Alle Rechte, einschließlich das des vollständigen oder auszugsweisen
Nachdrucks in jeglicher Form, sind vorbehalten.

Der Preis dieses Bandes versteht sich einschließlich der gesetzlichen
Mehrwertsteuer.

Umwelthinweis:
Dieses Buch wurde auf chlor- und säurefreiem Papier gedruckt.

Wo das Glück wartet

Nora Roberts
Zwischen Sehnsucht und Verlangen

Seite 7

BJ James
Heißes Wiedersehen

Seite 179

Justine Davis
Der Mann in Schwarz

Seite 299

Judith Duncan
Endlich wieder im Paradies

Seite 431

MIRA® TASCHENBUCH
Band 20036
1. Auflage: Oktober 2012

MIRA® TASCHENBÜCHER
erscheinen in der Harlequin Enterprises GmbH,
Valentinskamp 24, 20354 Hamburg
Geschäftsführer: Thomas Beckmann

Copyright dieser Ausgabe © 2012 by MIRA Taschenbuch
in der Harlequin Enterprises GmbH

Titel der nordamerikanischen Originalausgaben:

The Return Of Rafe MacKade
Copyright © 1995 by Nora Roberts
erschienen bei: Silhouette Books, Toronto

The Return Of Adam Cade
Copyright © 2000 by BJ James
erschienen bei: Silhouette Books, Toronto

The Return Of Luke McGuire
Copyright © 2000 by Janice Davis Smith
erschienen bei: Silhouette Books, Toronto

The Return Of Eden McCall
Copyright © 1995 by Judith Mulholland
erschienen bei: Silhouette Books, Toronto

Published by arrangement with
HARLEQUIN ENTERPRISES II B.V./S.àr.l.

Konzeption/Reihengestaltung: fredebold&partner gmbh, Köln
Umschlaggestaltung: pecher und soiron, Köln
Redaktion: Mareike Müller
Titelabbildung: Thinkstock/Getty Images, München
Satz: GGP Media GmbH, Pößneck
Druck und Bindearbeiten: CPI – Ebner & Spiegel, Ulm
Printed in Germany
Dieses Buch wurde auf FSC®-zertifiziertem Papier gedruckt.
ISBN 978-3-86278-468-4

www.mira-taschenbuch.de

Werden Sie Fan von MIRA Taschenbuch auf Facebook!

Nora Roberts

Zwischen Sehnsucht und Verlangen
Roman

Aus dem Amerikanischen von
Emma Luxx

PROLOG

Die MacKade-Brüder hielten wieder einmal Ausschau nach jemandem, mit dem sie sich anlegen konnten. Das hatten sie sich beinahe schon zur Gewohnheit gemacht. Ein geeignetes Objekt zu finden war in dem kleinen Städtchen Antietam allerdings gar nicht so einfach, doch war ihnen das erst gelungen, war es schon der halbe Spaß.

Wie üblich kabbelten sie sich vor dem Losfahren darum, wer das Steuer des schon leicht hinfälligen Chevys übernehmen durfte. Zwar gehörte der Wagen Jared, dem ältesten der vier Brüder, dieser Umstand war jedoch keineswegs gleichbedeutend damit, dass er ihn notwendigerweise auch fuhr.

Diesmal hatte Rafe darauf bestanden, den Wagen zu steuern. Ihn dürstete nach dem Rausch Geschwindigkeit, er wünschte sich, die dunklen kurvigen Straßen entlangzujagen, ohne den Fuß vom Gaspedal zu nehmen. Fahren, nur fahren, um woanders anzukommen.

Irgendwo ganz anders.

Vor zwei Wochen hatten sie ihre Mutter begraben.

Vielleicht, weil seine Brüder erkannten, in was für einer gefährlichen Stimmung sich Rafe befand, hatten sie sich gegen ihn als Fahrer entschieden. Devin hatte das Steuer übernommen, mit Jared als Beifahrer. Rafe brütete nun auf dem Rücksitz, neben sich seinen jüngsten Bruder Shane, düster vor sich hin und starrte mit finsterem Blick auf die Straße.

Die MacKade-Brüder waren ein rauer Haufen. Alle waren sie hochgewachsen, schlank und sehnig wie Wildhengste, und ihre Fäuste waren nur allzu schnell und gern bereit, ein Ziel zu finden. Ihre Augen – die typischen MacKade-Augen, die alle Schattierungen von Grün aufwiesen – waren imstande, einen Mann auf zehn Schritt Entfernung in Angst und Schrecken zu versetzen. Waren sie schlechter Laune, war es klüger, ihnen aus dem Weg zu gehen.

In Duff's Tavern angelangt, orderte jeder ein Bier – trotz Shanes Protest, der Angst hatte, nicht bedient zu werden, weil er noch nicht einundzwanzig war –, und dann steuerten sie geradewegs auf den Billardtisch zu.

Sie liebten die schummrige, rauchgeschwängerte Atmosphäre der Bar. Das Geräusch, das die Billardkugeln verursachten, wenn sie klackernd aneinanderprallten, war gerade erregend genug, um die innere Anspannung, unter der sie standen, noch ein bisschen weiter in die Höhe zu treiben, und Duff Dempseys Blick, der sie immer wieder streifte, war nervös genug, um sie zu belustigen. Die Wachsamkeit, die sich bei ihrem Anblick in den Augen der anderen Gäste spiegelte, die sich den neuesten Klatsch erzählten, war ihnen Beweis genug dafür, dass sie lebten.

Und auch heute hegte niemand Zweifel daran, dass die MacKade-Jungs wieder einmal auf Streit aus waren. Und natürlich würden sie schließlich auch finden, wonach sie suchten.

Rafe klemmte sich die Zigarette in den Mundwinkel, griff nach seinem Queue, beugte sich über den Billardtisch, spähte mit zusammengekniffenen Augen durch den Qualm, zielte und stieß zu. Die vielen dunklen Bartstoppeln an seinem Kinn – er hatte es bereits seit Tagen nicht für nötig gehalten, sich zu rasieren – spiegelten seine Stimmung wider.

Volltreffer! Seine Kugel schoss über die Bande, prallte ab und beförderte die Sieben wie vorausberechnet mit einem satten Klackern ins Loch.

„Glück für dich, dass es wenigstens eine Sache gibt, die du kannst." Joe Dolin, der an der Bar saß, griff nach seiner Bierflasche und starrte aus trüben Augen zu Rafe hinüber. Er war wieder einmal betrunken, was bei ihm um diese Tageszeit schon fast üblich war. Wenn er sich in diesem Zustand befand, wurde er meistens über kurz oder lang bösartig. In der Highschool war er eine Zeit lang der Star des Footballteams gewesen und hatte mit den MacKade-Brüdern um die Gunst der schönsten Mädchen der Stadt gewetteifert. Doch bereits jetzt, mit Anfang zwanzig, war sein Gesicht vom Alkohol aufgeschwemmt, und sein Körper zeigte erste Anzeichen von Schlaffheit.

Seelenruhig rieb Rafe seinen Queue mit Kreide ein und zog es vor, Joe zu übersehen.

„Jetzt, wo deine Mama tot ist, musst du schon ein bisschen mehr auf die Beine stellen, MacKade. Um 'ne Farm am Laufen zu halten, muss man mehr können, als den Queue zu schwingen." Während Joe die Flasche zwischen zwei Fingern hin und her drehte, machte sich ein gemeines Grinsen auf seinem Gesicht breit. „Hab schon gehört, dass ihr verkaufen müsst, weil ihr Steuern nachzuzahlen habt."

„Da hast du falsch gehört." Cool ging Rafe um den Tisch herum und berechnete seinen nächsten Stoß.

„Glaub ich kaum. Die MacKades sind doch schon immer eine Bande von Lügnern und Betrügern gewesen."

Shane setzte bereits zum Sprung an, doch Rafe hielt ihn zurück. „Er hat mit mir gesprochen", sagte er ruhig und sah seinem jüngeren Bruder einen Moment zwingend in die Augen, bevor er sich umwandte. „Oder irre ich mich da, Joe? Du hast doch mit mir gesprochen, oder?"

„Ich hab mit euch allen gesprochen." Während er seine Bierflasche wieder an die Lippen setzte, glitt Joes Blick über die vier MacKades. Erst über Shane, den Jüngsten, der zwar durchtrainiert war von der Arbeit auf der Farm, aber noch immer eher aussah wie ein Junge, dann über Devin, dessen verschlossener Gesichtsausdruck nichts preisgab. Jared stand lässig gegen die Musikbox gelehnt und war ganz offensichtlich gespannt auf das, was als Nächstes geschah.

Joes Blick wanderte wieder zu Rafe zurück, dem die ungezügelte Wut aus den Augen leuchtete. „Aber wenn du meinst, dann hab ich eben mit dir geredet. Du bist doch sowieso die größte Niete von euch allen, Rafe."

„Findest du, ja?" Rafe nahm die Zigarette aus dem Mund, drückte sie aus und nahm gelassen einen langen, genießerischen Schluck von seinem Bier. Es wirkte wie ein Ritual, das er absolvierte, bevor die Schlacht begann. Die übrigen Gäste verrenkten sich fast die Hälse, um besser zu sehen, was vor sich ging. „Und wie läuft's in der Fabrik, Joe?"

„Immerhin krieg ich jeden Monat Kohle auf die Kralle, um meine Miete bezahlen zu können", erwiderte Joe aggressiv. „Mir will niemand das Haus unterm Hintern wegziehen."

„Zumindest nicht, solange deine Frau bereit ist, in Zwölfstundenschichten Tabletts zu schleppen."

„Halt's Maul. Meine Frau geht dich gar nichts an. Ich bin der, der das Geld nach Haus bringt. Ich brauch keine Frau, die mir Geld gibt, so wie das bei deinem Dad und deiner Mama war. Er hat doch ihre ganze Erbschaft durchgebracht und ist dann auch noch vor ihr gestorben."

„Stimmt, er starb vor ihr." Wut und Trauer kochten in Rafe hoch und drohten ihn hinwegzuschwemmen. „Aber er hat sie nie geschlagen. Sie jedenfalls hat es niemals nötig gehabt, ihre Augen hinter einer Sonnenbrille zu verstecken, damit man die blauen Flecke nicht sieht. Sie musste auch niemandem erzählen, dass sie wieder mal die Treppe runtergefallen ist. Jeder weiß aber, dass das Einzige, worüber deine Mutter jemals gestürzt ist, die Faust deines Vaters war, Joe."

Mit einem Krachen, dass die Flaschen auf dem Regal über der Theke klirrten, setzte Joe seine Bierflasche auf dem Tresen ab. „Das ist eine dreckige Lüge! Ich ramm sie dir in deinen dreckigen Hals zurück, damit du dran erstickst!"

„Versuch's doch."

„Er ist besoffen, Rafe", murmelte Jared.

Rafe sah seinen Bruder an. Seine Augen sprühten gefährliche Funken. „Na und?"

„Ist keine große Kunst, ihm in diesem Zustand die Fresse zu polieren. Damit machst du bestimmt keinen Punkt." Jared hob eine Schulter. „Lass gut sein, der Kerl ist doch den ganzen Aufwand gar nicht wert, Rafe."

Doch Rafe ging es gar nicht darum, einen Punkt zu machen. Er brauchte jetzt einfach den Kampf. Langsam hob er seinen Queue, unterzog die Spitze einer ausgiebigen Betrachtung und legte ihn dann quer über den Billardtisch. „Du willst dich also mit mir anlegen, Joe."

„Nicht hier drin." Obwohl ihm klar war, dass sein Protest zwecklos war, machte Duff eine Bewegung mit dem Daumen hin zum Telefon, das an der Wand hing. „Wenn ihr Ärger macht, ruf ich auf der Stelle den Sheriff an. Dann könnt ihr euch im Knast abkühlen."

„Lass bloß deine verfluchten Finger vom Telefon." Rafes Augen glitzerten kalt und angriffslustig, doch der Barkeeper, der Erfahrung mit Raufbolden hatte, blieb standhaft.

„Ihr geht sofort nach draußen", wiederholte er.

„Aber nur du gegen mich", verlangte Joe und starrte die übrigen MacKades finster an, während er seine Hände bereits zu Fäusten ballte. „Nicht dass mir die anderen dann noch zusätzlich in den Rücken fallen."

„Mit dir werde ich schon noch allein fertig." Wie um es zu beweisen, landete Rafe sofort, nachdem sich die Tür hinter ihnen geschlossen hatte, mit seiner Rechten einen Kinnhaken, der es in sich hatte. Beim Anblick des dicken Bluttropfens, der sich auf Joes Unterlippe bildete, verspürte er eine grimmige Befriedigung.

Er hätte nicht einmal genau sagen können, warum er diesen Kampf gewollt hatte. Joe bedeutete ihm nicht mehr als der Staub auf der Straße. Es tat einfach gut. Auch wenn Joe jetzt besser in Deckung ging als zu Anfang und hin und wieder sogar einen Volltreffer landete, tat es gut. Fäuste und Blut waren eine klare Sache. Das Krachen, das ertönte, wenn

12

Knochen auf Knochen traf, war ein befreiendes Geräusch; wenn er es hörte, konnte er alles andere vergessen.

Als Devin das blutige Rinnsal sah, das sich vom Mund seines Bruders über sein Kinn hinabzog, zuckte er kurz zusammen, rammte dann aber entschlossen die Hände in die Hosentaschen. „Fünf Minuten gebe ich ihnen noch", erklärte er seinen Brüdern.

„Quatsch, in drei Minuten ist Joe fertig." Mit einem Grinsen beobachtete Shane die beiden Gegner, deren Boxkampf mittlerweile in ein erbittertes Ringen übergegangen war.

„Zehn Dollar."

„Rafe! Los, auf! Mach ihn fertig!", feuerte Shane seinen Bruder an.

Genau drei Minuten und dreißig hässliche Sekunden dauerte es, bis Joe in den Knien einknickte. Breitbeinig stellte sich Rafe vor ihn hin und verpasste ihm methodisch einen Kinnhaken nach dem anderen. Als Joe begann, die Augen zu verdrehen, sodass man nur noch das Weiße sah, machte Jared rasch einen Schritt vor und zog seinen Bruder weg.

„Er hat genug." Jared packte Rafe, um ihn zur Besinnung zu bringen, bei den Schultern und schüttelte ihn. „Er hat genug, kapiert?", wiederholte er. „Lass ihn jetzt in Ruhe."

Nur langsam wich der rasende Zorn aus Rafes Augen. Er öffnete seine Fäuste und starrte auf seine Hände. „Lass mich los, Jared. Ich mach nichts mehr."

Rafe blickte auf den vor sich hinwimmernden Joe, der halb bewusstlos auf dem Boden lag. Über ihn gebeugt stand Devin und zählte ihn aus.

„Ich hätte in Betracht ziehen müssen, wie besoffen er ist", gab er gegenüber Shane zu. „Aber glaub mir, wenn er nüchtern gewesen wäre, hätte Rafe fünf Minuten gebraucht."

„Ach, niemals! Du glaubst doch nicht, dass Rafe fünf Minuten an so einen Schwachkopf verschwendet."

Jared legte seinen Arm kameradschaftlich um Rafes Schultern. „Wie wär's mit einem abschließenden Bier?"

„Nein." Rafes Blick wanderte zu den Fenstern der Kneipe hinüber, wo sich sensationslüstern eine Menschentraube zusammendrängte. Geistesabwesend wischte er sich das Blut aus dem Gesicht. „Vielleicht sollte jemand von euch ihn auflesen und nach Hause schaffen", schrie er Duffs Gästen zu und wandte sich dann an seine Brüder. „Los, lasst uns abhauen."

Als er schließlich im Auto saß, machten sich seine Platzwunden und Prellungen unangenehm bemerkbar. Nur mit halbem Ohr hörte er Shanes mit Begeisterung vorgetragener Wiederholung des Kampfes zu, während er sich mit Devins Halstuch das Blut, das immer wieder von Neuem von seiner Unterlippe tropfte, abwischte.

Du hast kein Ziel, dachte er. Willst nichts. Tust nichts. Bist nichts. Seiner Meinung nach bestand der einzige Unterschied zwischen ihm und Joe Dolin darin, dass Joe ein Trinker war und er nicht.

Er hasste die verdammte Farm ebenso wie diese verdammte Stadt hier. Er kam sich vor wie in einer Falle, in einem Morast, in dem er mit jedem Tag, der zu Ende ging, tiefer versank.

Jared hatte seine Bücher und seine Studien, Devin seine absonderlich schwerwiegenden Gedanken und Fantasien und Shane das Land, das ihm offensichtlich alles geben konnte, was er zu seiner Befriedigung brauchte.

Nur er hatte nichts.

Am Ortsausgang, wo die Straße anzusteigen begann und der Baumbestand dichter wurde, stand ein Haus. Das alte Barlow-Haus. Düster und verlassen lag es da. Es gab Leute im Ort, die steif und fest behaupteten, in dem alten Gemäuer würde es spuken, weshalb die meisten Einwohner von Antietam sich bemühten, das Haus möglichst nicht zur Kenntnis zu nehmen, oder aber ein wachsames Auge darauf hatten.

„Halt mal kurz an."

„Himmel, Rafe, wird dir womöglich zu guter Letzt noch schlecht?"

„Nein. Halt an, Jared, verdammt noch mal."

Sobald der Wagen stand, sprang Rafe hinaus und kraxelte den steinigen Abhang zu dem Haus hinauf. Überall wucherten Büsche und Sträucher, und dornige Zweige verfingen sich in seinen Hosenbeinen. Er brauchte nicht erst hinter sich zu sehen, um die Flüche zu hören, die seinen Brüdern, die hinter ihm herstolperten, über die Lippen kamen.

Er blieb stehen und blickte versonnen auf das zweistöckige düstere Gemäuer, dessen Quader wahrscheinlich, wie er vermutete, aus dem Steinbruch, der nur ein paar Meilen entfernt lag, stammten. Da die Scheiben längst zu Bruch gegangen waren, hatte man die Fenster mit Brettern vernagelt. Da, wo vermutlich früher ein Rasen gewesen war, wucherten jetzt Disteln, wilde Brombeeren und Hexengras. Inmitten des Gestrüpps erhob eine abgestorbene knorrige alte Eiche ihre kahlen Äste.

Doch als sich nun der Mond zwischen ein paar Wolken hervorstahl und einen warmgoldenen Mantel über das Haus warf, während eine leichte Brise leise flüsternd durch die Sträucher und die hohen Gräser strich, bekam das alte Gemäuer für Rafe plötzlich etwas Zwingendes. Es hatte Wind und Wetter getrotzt und, was am wichtigsten von allem war, auch dem Geschwätz und dem Misstrauen, das ihm die Einwohner der Stadt entgegenbrachten.

„Hältst du etwa Ausschau nach Gespenstern, Rafe?" Shane trat neben ihn, und seine Augen glitzerten in der Dunkelheit.

„Kann sein."

„Kannst du dich noch daran erinnern, wie wir damals, um uns unseren Mut zu beweisen, die Nacht hier draußen verbracht haben?" Geistesabwesend riss Devin ein paar Grashalme ab und rollte sie zwischen seinen Fingern hin und her. „Vor zehn Jahren oder so, schätze ich. Jared hatte sich ins Haus reingeschlichen und quietschte mit den Türen, während Shane, der nichts davon wusste, draußen stand und sich vor Angst in die Hosen machte."

„Einen Teufel hab ich getan."

„Aber sicher, genauso war's."

Die beiden älteren Brüder ignorierten den Wortwechsel der beiden jüngeren, der voraussehbar in einem Gerangel enden würde.

„Wann wirst du weggehen?", erkundigte sich Jared ruhig. Er hatte es schon eine ganze Weile geahnt, aber nun erkannte er es deutlich. Die Art, wie Rafe das Haus betrachtete, war ganz eindeutig ein Abschiednehmen.

„Heute Nacht. Ich muss hier weg, Jared. Ich muss irgendwo anders hin und ganz neu anfangen, etwas anderes machen. Wenn ich es nicht mache, werde ich so enden wie Dolin. Oder noch schlimmer. Mom ist tot, sie braucht mich nicht mehr. Zum Teufel, sie hat niemals jemanden gebraucht."

„Weißt du schon, wohin du willst?"

„Nein. Vielleicht gehe ich in den Süden. Für den Anfang zumindest." Es gelang ihm kaum, seinen Blick von dem Haus loszureißen. Er hätte schwören können, dass es ihn genau beobachtete. Und auf ihn wartete. „Wenn ich kann, werde ich versuchen, euch Geld zu schicken."

Obwohl es ihm wirklich nicht ganz leichtfiel, zuckte Jared gelassen mit den Schultern. „Wir kommen schon zurecht."

„Du musst dein Jurastudium beenden. Mom hätte das so gewollt, das weißt du." Rafe blickte über die Schulter nach hinten, wo das Ge-

15

rangel, das zu erwarten gewesen war, bereits beste Fortschritte erzielt hatte. „Die beiden kommen schon klar, wenn sie erst mal genau wissen, was sie wollen."

„Shane weiß, was er will. Die Farm."

„Stimmt." Mit einem dünnen Lächeln holte Rafe ein Zigarettenpäckchen aus seiner Hemdtasche, schüttelte sich eine Zigarette heraus und zündete sie an. „Denk darüber nach. Verkauf so viel Land wie notwendig, aber lass dir nichts wegnehmen. Das, was uns gehört, werden wir auch behalten. Und eines Tages werden sich die Leute im Ort auch wieder daran erinnern, wer die MacKades eigentlich sind."

Rafes dünnes Lächeln verwandelte sich in ein breites Grinsen. Zum ersten Mal seit Wochen verspürte er den bohrenden Schmerz, der sein Inneres zu zerfressen schien, nicht mehr. Seine jüngeren Brüder, die ihren Kampf beendet hatten, hockten leicht ramponiert auf dem Erdboden und lachten sich halb tot.

So behältst du sie alle in Erinnerung, nahm er sich vor. Genau so. Die MacKades, wie sie nebeneinander auf einem steinigen Grund und Boden saßen, auf den niemand Rechtsansprüche hatte und den keiner wollte.

1. KAPITEL

Der schlimme Junge war zurückgekehrt. Die Gerüchteküche in Antietam brodelte.

Was schließlich serviert wurde, war eine dicke Brühe, scharf gewürzt mit Skandalen, Sex und süßen Geheimnissen. Rafe MacKade war nach zehn Jahren wieder da.

Das bedeutete Ärger, davon waren einige Leute felsenfest überzeugt. Ärger hing Rafe MacKade am Hals wie einer Kuh die Glocke. Rafe MacKade, der keinem Streit aus dem Weg ging und der den Pickup seines toten Daddys zu Schrott gefahren hatte, noch bevor er überhaupt im Besitz eines Führerscheins gewesen war.

Nun war er zurückgekommen und parkte seinen Superschlitten unverfroren wie immer direkt vor dem Büro des Sheriffs.

Sicher, die Zeiten hatten sich sehr geändert. Seit fünf Jahren war sein Bruder Devin der Sheriff von Antietam, aber es hatte auch Zeiten gegeben – und die meisten konnten sich noch gut daran erinnern –, in denen Rafe MacKade selbst eine oder zwei Nächte in einer der Zellen, die sich an der Rückseite des Gebäudes befanden, hatte verbringen müssen.

Oh, er war attraktiv wie eh und je – zumindest war das die uneingeschränkte Meinung der Frauen am Ort. Geradezu verteufelt gut sah er aus – ein Geschenk, das alle MacKades in die Wiege gelegt bekommen hatten.

Sein Haar war schwarz und dicht, die Augen, grün und hart wie die Jade der kleinen chinesischen Statuen, die in der Auslage des Antiquitätengeschäfts Past Times standen, funkelten angriffslustig wie in alten Zeiten. Sie trugen nichts dazu bei, um dieses kantige, scharf geschnittene Gesicht mit der kleinen Narbe über dem linken Auge weicher erscheinen zu lassen.

Wenn sich jedoch seine Mundwinkel zu einem Lächeln nach oben bogen, machte jedes Frauenherz einen Satz. Dieser Meinung war zumindest Sharilyn Fenniman von der am Ortseingang liegenden Tankstelle Gas and Go gewesen, als er sie angelächelt hatte, während er ihr einen Zwanzigdollarschein für Benzin in die Hand drückte. Noch bevor er den Gang hatte einlegen können, war Sharilyn zum Telefon gerast, um Rafes Rückkehr zu verkünden.

„Sharilyn hat natürlich sofort ihre Mama angerufen." Während sie sprach, füllte Cassandra Dolin Regan Kaffee nach. Es war Nachmittag, und in Ed's Café war nicht viel los. Wahrscheinlich lag das an dem Schnee, der in dicken Flocken vom Himmel fiel und die Straßen und Bürgersteige im Nu weiß werden ließ. Cassie, die über Regans Tasse gebeugt stand, richtete sich vorsichtig auf und zwang sich, den schmerzhaften Stich, der sich an ihrer rechten Hüfte bemerkbar gemacht hatte, zu ignorieren.

Regan Bishop zauderte kurz, bevor sie den Löffel in ihren Eintopf eintauchte und lächelte. „Er stammt doch von hier, stimmt's?"

Auch nach den drei Jahren, die sie nun schon hier lebte, verstand sie noch immer nicht, was die Leute am Kommen und Gehen ihrer Mitmenschen so faszinierte. Irgendwie gefiel ihr aber die Anteilnahme und amüsierte sie auch, allerdings konnte sie das alles nicht so recht verstehen.

„Ja, sicher, aber er war doch so lange weg. Während der ganzen Zeit ist er nur ein- oder zweimal hier gewesen, für ein oder zwei Tage in den letzten zehn Jahren." Während Cassie hinausschaute auf das Schneetreiben, überlegte sie, wo er wohl gewesen war, was er gemacht und erlebt hatte. Ja, und sie versuchte sich vorzustellen, wie es woanders wohl sein mochte.

„Du siehst müde aus, Cassie", murmelte Regan.

„Hm? Ach, nein, ich träume nur gerade ein bisschen. Das hält mich immer aufrecht. Ich habe den Kindern gesagt, dass sie direkt von der Schule hierherkommen sollen, aber …"

„Dann werden sie es bestimmt auch tun. Du hast großartige Kinder."

„Ja, das stimmt." Als sie lächelte, wich die Anspannung aus ihren Augen, zumindest ein bisschen.

„Warum holst du dir nicht auch eine Tasse? Komm, setz dich doch zu mir und trink einen Schluck." Mit einem raschen Blick durch das Café hatte sich Regan davon überzeugt, dass der Moment günstig war. Rechts hinten in der Nische saß ein Gast, der über seinem Kaffee eingedöst zu sein schien, und das Pärchen am Tresen schien ebenfalls wunschlos glücklich. „Du bist ja im Augenblick mit Arbeit nicht gerade eingedeckt." Als sie sah, dass Cassie zögerte, zog sie kurz entschlossen die Trumpfkarte. „Ich bin doch so neugierig. Erzähl mir was über Rafe MacKade."

Cassie kaute, noch immer unentschlossen, auf ihrer Unterlippe herum. „Na gut", willigte sie schließlich ein. „Ed", rief sie, „ich mach jetzt Mittagspause, okay?"

Auf ihr Rufen hin kam eine hagere Frau in einer weißen Schürze, auf dem Kopf eine wirre rote Dauerwellenpracht, aus der Küche. „Alles klar, Honey." Ihre dunkle Stimme klang rau von den zwei Päckchen Zigaretten, die sie täglich konsumierte, und ihr sorgfältig geschminktes Gesicht glühte von der Hitze, die der Herd, an dem sie arbeitete, ausstrahlte. „Hallo, Regan", sie grinste breit. „Sie haben Ihre Mittagspause schon um fünfzehn Minuten überzogen."

„Ich lasse das Geschäft heute Nachmittag geschlossen", gab Regan zurück. Sie wusste, dass Edwina Crump ihre Öffnungszeiten immer wieder von Neuem amüsierten. „Ich kann mir kaum vorstellen, dass die Leute bei diesem Wetter Lust haben, Antiquitäten zu kaufen."

„Es ist wirklich ein harter Winter." Cassie, die gegangen war, um sich eine Tasse zu holen, kam an den Tisch zurück und schenkte sich Kaffee ein. „Jetzt haben wir noch nicht mal den Januar hinter uns, und die Kids haben schon gar keine Lust mehr, Schneemänner zu bauen und Schlitten zu fahren." Sie seufzte und achtete sorgfältig darauf, nicht vor Schmerz zusammenzuzucken, als sie sich setzte. Sie war zwar erst siebenundzwanzig – ein Jahr jünger als Regan –, aber im Moment fühlte sie sich alt.

Nach drei Jahren Freundschaft konnte Regan Cassies Seufzer sehr gut einordnen. „Die Dinge stehen nicht zum Besten, stimmt's?", fragte sie leise und legte ihre Hand auf die von Cassie. „Hat er dich wieder geschlagen?"

„Nein, nein. Mir geht's gut", beeilte sich Cassie zu versichern und starrte in ihre Kaffeetasse. Sie fühlte sich von Scham, Angst und Schuld wie zerfressen, Gefühle, die mehr schmerzten als jeder Schlag, den ihr Joe je versetzt hatte. „Ich habe keine Lust, über Joe zu reden."

„Hast du dir die Sachen über Gewalt gegen Frauen und das Frauenhaus in Hagerstown durchgelesen, die ich dir mitgebracht habe?"

„Ja ... ich hab mal reingeschaut. Regan, ich habe zwei Kinder, verstehst du? Ich muss zuerst an sie denken."

„Aber ..."

„Bitte." Cassie hob den Blick und sah Regan flehentlich an. „Ich will einfach nicht darüber sprechen."

„Na gut." Regan musste sich bemühen, sich ihre Ungeduld nicht anmerken zu lassen. Sie drückte Cassies Hand. „Also los, erzähl mir was über diesen legendären MacKade."

„Rafe." Cassies Gesicht hellte sich auf. „Ich hatte immer eine Schwäche für ihn. Eigentlich für alle MacKades. Es gab nicht ein Mädchen in der ganzen Stadt, das nicht wenigstens einmal von einem der MacKades geträumt hätte."

„Ich mag Devin." Regan nippte an ihrem Kaffee. „Er erscheint mir solide, manchmal vielleicht ein bisschen geheimnisvoll, aber absolut zuverlässig."

„Ja, auf Devin kann man sich verlassen", stimmte Cassie zu. „Hätte doch keiner gedacht, dass er jemals ein so guter Sheriff werden würde. Er ist immer gerecht. Jared hat eine gut gehende Anwaltspraxis in Hagerstown. Auch Shane ist absolut in Ordnung – na ja, er hat vielleicht seine Ecken und Kanten, doch er arbeitet auf seiner Farm mindestens für zwei. Als die MacKades noch jünger waren, mussten die Mütter ihre Töchter förmlich einsperren, wenn die Jungs von der Ranch runter in die Stadt kamen."

„Sind alle gute Bürger geworden, hm?"

„Ja. Früher hatten sie immer eine Riesenwut im Bauch. Bei Rafe war es am schlimmsten. In der Nacht, als er die Stadt verließ, hat er sich mit Joe geprügelt. Er hat ihm das Nasenbein gebrochen und zwei Zähne ausgeschlagen."

„Tatsächlich?" Regan beschloss, Rafe genau dafür zu mögen, wie auch immer er sonst sein mochte.

„Ihr Vater starb, als sie noch Kinder waren", erzählte Cassie weiter. „Ich muss damals so etwa zehn gewesen sein. Rafe verließ kurz nach dem Tod ihrer Mutter die Stadt. Sie war zuvor ein Jahr lang krank gewesen, der Grund dafür, dass die Dinge auf der Farm nicht zum Besten standen. Die Leute hier waren fast alle fest davon überzeugt, dass die MacKades verkaufen müssten, aber sie hielten durch."

„Zumindest drei von ihnen."

„Mmm …" Cassie genoss ihren Kaffee. Sie hatte so selten Zeit, sich einmal hinzusetzen. „Sie waren ja alle noch nicht richtig erwachsen. Jared muss damals dreiundzwanzig gewesen sein, und Rafe zehn Monate jünger. Devin ist vier Jahre älter als ich, und Shane ist der Jüngste."

„Das klingt so, als sei Mrs MacKade eine fleißige Frau gewesen."

„Sie war großartig. Stark. Sie hielt alles zusammen, egal wie schlimm und verfahren die Situation auch war. Ich habe sie immer bewundert."

„Nicht in jedem Fall ist es gut, durchzuhalten bis zum bitteren Ende", murmelte Regan und dachte dabei an Cassie. Sie schüttelte den Kopf. Nein, sie hatte sich vorgenommen, Cassie nicht zu drängen. Die

Dinge brauchten ihre Zeit. „Warum, glaubst du, ist er zurückgekommen?"

„Keine Ahnung. Ich habe gehört, dass er in den vergangenen Jahren eine Menge Geld mit Haus- und Grundstücksverkäufen verdient haben soll. Er hat wohl jetzt eine Immobilienfirma. MacKade hat er sie genannt. Einfach nur MacKade. Meine Mutter war immer der Meinung, dass er eines Tages im Gefängnis landen würde, aber …" Sie unterbrach sich mitten im Satz und starrte wie gebannt aus dem Fenster. „Oh Gott", murmelte sie hingerissen. „Sharilyn hatte recht."

„Hm?"

„Er sieht besser aus als je zuvor."

Gerade in dem Moment, in dem Regan neugierig den Hals reckte, um einen Blick auf ihn zu erhaschen, bimmelte die Türglocke, und er trat ein. Selbst wenn er noch heute das schwarze Schaf sein sollte, als das er von hier fortgegangen ist, so ist er doch zumindest ein Prachtexemplar, dachte Regan anerkennend.

Er schüttelte sich den Schnee aus dem dichten Haar, das die Farbe von Kohlenstaub hatte, und schälte sich aus seiner schwarzen sportlichen Lederjacke, die mit Sicherheit nicht die richtige Bekleidung für einen harten Ostküstenwinter darstellte. Er hat das Gesicht eines Kriegers, dachte Regan – die kleine Narbe über dem linken Auge, der Dreitagebart und die leicht gekrümmte Nase, die sein Gesicht davor bewahrte, allzu ebenmäßig zu erscheinen.

Sein Körper wirkte, als sei er hart wie Granit, und seine Augen waren auch nicht weicher. Er trug ein Flanellhemd, ausgewaschene Jeans und ramponierte Stiefel. Dass er reich und erfolgreich aussah, konnte man nicht gerade behaupten.

Rafe amüsierte die Tatsache, und gleichzeitig war er erfreut darüber, dass sich Eds Lokal während der zehn Jahre seiner Abwesenheit um keinen Deut verändert hatte. Vermutlich waren das noch immer jene Barhocker, die er als Junge bereits angewärmt hatte, während er auf seinen Eisbecher oder seinen Softdrink wartete. Ganz sicher aber lag noch immer der gleiche Geruch in der Luft, ein Gemisch aus Fett, dem Duft gebratener Zwiebeln und Zigarettenrauch, das alles angereichert mit einem Schuss Reinigungsmittel, das nach Kiefernnadel roch.

Sicher stand Ed wie immer hinten in der Küche und wendete Burgers oder stocherte in den Pommes herum, um zu überprüfen, ob sie schon knusprig genug waren. Und ebenso sicher war der Alte, der da drüben in der Nische über seinem mittlerweile kalt gewordenen Kaffee döste, Tidas. Er schnarchte friedlich vor sich hin, ganz so, wie er es immer getan hatte.

Rafes kühl taxierender Blick erfasste den leuchtend weißen Tresen, auf dem mit Plastikfolie abgedeckte Kuchenplatten standen, wanderte weiter über die Wände, wo Schwarzweiß-Drucke der berühmtesten Schlachten aus dem Bürgerkrieg hingen, hin zu einer Nische, in der zwei Frauen vor ihren Kaffeetassen saßen.

Die eine der beiden hatte er noch nie gesehen. Am liebsten hätte er einen anerkennenden Pfiff ausgestoßen. Das schimmernde braune Haar, auf Kinnlänge geschnitten, umrahmte ein weiches Gesicht, dessen Haut die Farbe von Elfenbein hatte. Lange, dichte dunkle Wimpern beschatteten dunkelblaue Augen, die ihm mit unverhüllter Neugier entgegenblickten. Über dem vollen Mund saß direkt in der Ecke ein winziger frecher Leberfleck.

Bildschön, dachte er. Als wäre sie gerade einem Hochglanz-Modemagazin entstiegen.

Sie starrten einander einen Moment lang an und taxierten sich so, wie man ein begehrenswertes Schmuckstück in einem Schaufenster einschätzt. Dann ließ er seinen Blick weiterwandern zu der kleinen, zerbrechlich wirkenden Blondine mit den traurigen Augen und dem zögernden Lächeln.

„Teufel noch mal." Ein breites Grinsen erhellte sein Gesicht, ein Umstand, der die Raumtemperatur schlagartig in die Höhe zu treiben schien. „Die kleine, süße Cassie Connor."

„Rafe. Ich habe schon gehört, dass du wieder da bist." Als er sie am Handgelenk packte und hochzog, um sie besser anschauen zu können, lachte sie perlend. Regan hob erstaunt die Augenbrauen. Es war wirklich selten, dass Cassie so frei herauslachte.

„Hübsch wie immer", sagte Rafe und küsste sie ungeniert auf den Mund. „Ich hoffe, du hast den Trottel rausgeschmissen, damit ich jetzt freie Bahn habe."

Sie wich einen Schritt zurück und bemühte sich ganz offensichtlich, ihre Zunge sorgsam im Zaum zu halten. „Ich habe jetzt zwei Kinder!"

„Ja. Hab's schon gehört. Einen Jungen und ein Mädchen, stimmt's?" Er zog scherzhaft am Träger ihrer Latzschürze, während er leicht bestürzt registrierte, dass sie noch schmaler und zerbrechlicher wirkte als früher. Sie war viel zu dünn. „Du arbeitest immer noch hier?"

„Ja. Ed ist hinten in der Küche."

„Ich geh gleich mal hin, um sie zu begrüßen!" Während seine Hand noch immer wie zufällig auf Cassies Schulter ruhte, fiel sein Blick wieder auf Regan. „Und wer ist deine Freundin?"

„Oh, entschuldige. Das ist Regan Bishop. Ihr gehört das Past Times, ein Antiquitätengeschäft, ein paar Häuser weiter die Straße hinunter. Regan, das ist Rafe MacKade."

„Einer der MacKade-Brüder." Sie bot ihm die Hand. „Ich habe schon von Ihnen gehört."

„Davon bin ich überzeugt." Er nahm ihre Hand und hielt sie fest, während er ihren Blick suchte. „Antiquitäten? Was für ein Zufall. Das interessiert mich sehr."

„Ach ja? Geht es Ihnen um eine bestimmte Epoche?"

„Mitte bis spätes neunzehntes Jahrhundert. Ich habe mir gerade ein Haus hier gekauft, das ich ganz im Stil dieser Zeit einrichten will. Glauben Sie, dass Sie mir dabei behilflich sein können?"

Vor Verblüffung blieb ihr fast der Mund offen stehen. Ihr Geschäft ging recht gut, sie lebte von den Touristen, und ab und an kauften sich auch die Einheimischen ein schönes Stück. Dieses Angebot aber, das er ihr eben unterbreitet hatte, würde ihr normales Einkommen schlagartig verdreifachen. „Selbstverständlich."

„Du hast dir ein Haus gekauft?", schaltete sich Cassie nun überrascht ein. „Ich dachte, du wohnst bei deinem Bruder auf der Farm."

„Stimmt. Bis jetzt zumindest. Dieses Haus habe ich mir allerdings auch nicht gekauft, um darin zu wohnen. Ich will ein Hotel daraus machen. Es ist das alte Barlow-Haus."

Überrascht drehte Cassie die Kaffeekanne in ihren Händen hin und her. „Das Barlow-Haus? Aber dort …"

„Spukt es?" Seine Augen funkelten. „Da hast du verdammt recht. Wie steht's, Cassie, könnte ich denn vielleicht auch ein Stück von diesem Kuchen hier haben und einen Kaffee? Wenn ich das alles hier sehe, bekomme ich richtig Appetit."

Obwohl Regan kurz darauf gegangen war, hatte Rafe noch etwa eine Stunde in Ed's Café vertrödelt. Gerade als er aufbrechen wollte, kamen Cassies Kinder hereingestürmt. Cassie veranstaltete einen Riesenwirbel, weil der Junge vergessen hatte, seine Handschuhe anzuziehen, und dann begann das kleine Mädchen mit den großen Augen feierlich und ernsthaft von den Ereignissen des Tages zu erzählen.

Vieles war über den Zeitraum von zehn Jahren hinweg gleich geblieben. Aber es hatte sich auch eine Menge verändert. Er war sich klar darüber, dass die Neuigkeit seiner Rückkehr im Moment durch die Telefondrähte schwirrte. Und er freute sich darüber. Er wollte, dass die ganze Stadt wusste, dass er wieder da war und dass er nicht geschlagen zurückgekommen war, wie so mancher es vorausgesagt hatte.

Er hatte genügend Geld in der Tasche und Pläne für seine Zukunft. Das Barlow-Haus war das Herzstück seiner Pläne. Es hatte ihn die ganzen Jahre über nicht losgelassen. Nun gehörte es ihm, jeder Stein, jeder Balken – und alles, was sonst noch darin sein mochte. Er würde es neu erschaffen, ebenso wie er sich selbst neu erschaffen hatte.

Eines Tages würde er am Dachfenster stehen und auf die Stadt hinunterschauen. Er würde es allen beweisen – und auch sich selbst –, dass Rafe MacKade alles andere als ein Niemand war.

Er ließ ein großzügiges Trinkgeld liegen, wobei er darauf achtete, dass es nicht so großzügig ausfiel, dass es Cassie beschämen könnte. Sie ist viel zu dünn, dachte er wieder wie vorhin schon einmal, und ihre Augen blicken allzu wachsam. Ihm war aufgefallen, dass sie diese Wachsamkeit nur gegenüber Regan abgelegt hatte.

Die schien ihm eine Frau zu sein, die wusste, was sie wollte. Ruhige, entschlossene Ausstrahlung, ein energisches Kinn und weiche Hände. Sie hatte mit keiner Wimper gezuckt, als er ihr sein Angebot unterbreitet hatte. Oh, natürlich konnte er sich gut vorstellen, wie es sie innerlich durchzuckt hatte, aber anmerken lassen hatte sie sich nichts.

„Wo ist denn dieses Antiquitätengeschäft? Zwei Häuser weiter?"

„Genau." Cassie brühte gerade eine Kanne frischen Kaffees auf, wobei sie die ganze Zeit ein Auge auf ihre Kinder hatte. „Auf der linken Seite. Aber soweit ich weiß, hat sie heute Nachmittag geschlossen."

Rafe schlüpfte in seine Lederjacke und grinste. „Das glaube ich kaum."

Er schlenderte hinaus, die Jacke offen, als wäre draußen das herrlichste Frühlingswetter. Bei jedem Schritt knirschte der Schnee unter seinen Schuhsohlen. Ganz wie erwartet, brannte bei Past Times das Licht. Doch statt gleich in der Wärme des Ladens Schutz vor der Kälte zu suchen, blieb er nun vor dem Schaufenster stehen und studierte interessiert die Auslage, die er sehr ansprechend fand.

Das gesamte Fenster war mit einer Flut von blau schimmerndem

Brokatstoff ausgelegt, auf dem ein zierlicher Kinderschaukelstuhl stand, in den man eine Porzellanpuppe mit riesigen himmelblauen Augen hineingesetzt hatte. Ihr zu Füßen türmte sich ein raffiniert angerichtetes Durcheinander von antikem Kinderspielzeug. Auf einem Sockel bäumte sich züngelnd, das Maul weit aufgerissen, ein Drache aus Jade auf. Daneben stand ein auf Hochglanz poliertes Schmuckkästchen, aus dessen geöffneten Schubladen perlmuttschillernde Perlenketten, mit funkelnden Steinen besetzte Armbänder, goldene Reifen, Ringe und Ohrgehänge quollen, gerade so, als ob eine Frauenhand auf der Suche nach dem passenden Stück alles durchwühlt hätte.

Nicht schlecht gemacht, dachte er anerkennend.

Als er den Laden betrat, bimmelten die Schlittenglöckchen, die über der Tür hingen, melodisch, und ihm schlug ein Duft nach Zimt, Äpfeln und Nelken entgegen. Und noch etwas hing in der Luft, das er sofort erkannte und das ihn veranlasste, ganz tief Atem zu holen: der unaufdringliche, aber unverkennbare Duft von Regan Bishops Parfüm.

Er ließ seine Blicke durch den Raum schweifen. Eine Couch hier, ein Tisch da, alles stand wie zufällig herum, aber ihm war klar, dass die Anordnung der Dinge Methode hatte. Lampen, Schüsseln, Vasen waren bewusst ausgestellt und erweckten doch den Anschein, als wären sie Dekoration. Ein Esstisch war sorgfältig gedeckt mit feinem chinesischen Porzellangeschirr, handgeschliffenen Gläsern und Kristallkaraffen, feierlich breitete ein Kerzenleuchter seine Arme über der Festtafel aus, und ein frischer, zartfarbiger Blumenstrauß ließ in dem Betrachter das Gefühl aufkommen, als müssten die erwarteten Gäste jeden Moment eintreffen.

Der Laden hatte drei große Ausstellungsräume. Nirgendwo entdeckte er Trödel, altes Gerümpel oder auch nur ein Stäubchen. Alles glänzte, funkelte und war auf Hochglanz poliert. Er blieb vor einem roh gebeizten Küchenschrank aus hellem Holz stehen, in dem große dunkelblaue Teller, Tassen und Krüge aus Ton standen.

„Ein schönes Stück, nicht wahr?", bemerkte Regan, die hinter ihn getreten war.

„Wir haben einen ähnlichen Schrank in unserer Küche auf der Farm." Er drehte sich nicht um. „Meine Mutter bewahrte das Alltagsgeschirr darin auf. Und die Gläser. Aber dicke, die nicht so leicht zerbrechen konnten. Die warf sie dann nach mir, wenn ich wieder einmal unverschämt und aufsässig war."

„Hat sie Ihnen denn auch ab und zu mal eine Ohrfeige verpasst?"

„Nein, aber sie hätte es bestimmt getan, wenn sie der Meinung gewesen wäre, dass es nötig ist." Nun drehte er sich um und präsentierte ihr ein geradezu verheerend charmantes Grinsen. „Und sie hatte verdammt viel Kraft in den Armen, das können Sie mir glauben. Und – was machen Sie eigentlich hier mitten im Nirgendwo, Regan Bishop?"

„Antiquitäten verkaufen, Rafe MacKade."

„So, so. Und sie sind tatsächlich gar nicht mal so schlecht. Was möchten Sie denn für den Drachen draußen im Schaufenster?"

„Fünfundfünfzig. Sie haben einen exzellenten Geschmack, das muss ich schon sagen."

„Fünfundfünfzig. Sie scheinen ja ziemlich gesalzene Preise zu haben." Seelenruhig streckte er die Hand aus und öffnete einen der goldenen Knöpfe ihrer marineblauen Kostümjacke.

Sie fand die kleine Geste reichlich unverschämt, aber sie dachte gar nicht daran, sie zu kommentieren. „Sie bekommen ja auch etwas für Ihr Geld."

Er hakte seine Daumen in die Taschen seiner Jeans und begann wieder herumzuschlendern. „Wie lange sind Sie denn schon hier?"

„Im vergangenen Sommer waren es drei Jahre."

„Und wo kommen Sie her?" Als er keine Antwort bekam, drehte er sich um und sah, dass sie eine ihrer schön geschwungenen schwarzen Augenbrauen leicht hochgezogen hatte. „Wir machen doch nur ein bisschen Konversation, Darling. Es ist mir ganz angenehm, wenn ich von den Leuten, mit denen ich geschäftlich zu tun habe, ein bisschen was weiß."

„Bis jetzt haben wir aber noch nicht geschäftlich miteinander zu tun." Sie strich sich das Haar hinter die Ohren und strahlte ihn an. „Darling", setzte sie dann angriffslustig hinzu.

Er brach in ein Lachen aus. Sie fand es ansteckend. Nimm dich in Acht, sagte sie sich.

„Ich habe das Gefühl, dass wir gut miteinander zurechtkommen werden, Regan." Er blieb vor ihr stehen, legte den Kopf auf die Seite und taxierte sie vom Kopf bis zu den Zehenspitzen. „Sie sind nicht übel."

„Führen wir noch immer eine Konversation?"

„Nein, das ist jetzt eine Inspektion." Er wippte auf den Zehenspitzen leicht hin und her, die Daumen noch immer in die Hosentaschen gehakt, in den Mundwinkeln ein Grinsen, und studierte die Ringe an ihren Fingern. „Da ist aber keiner dabei, der mich abhalten könnte, oder?"

Plötzlich hatte sie Schmetterlinge im Bauch. Sie straffte die Schultern. „Kommt ganz darauf an, worauf Sie hinauswollen."

Er zuckte nur die Schultern, ließ sich auf einem mit dunkelrotem Samt bezogenen Zweiersofa nieder und legte lässig den Arm über die geschwungene Lehne. „Wollen Sie sich nicht zu mir setzen?"

„Nein, danke. Sind Sie hergekommen, um Geschäfte mit mir zu machen oder weil Sie die Absicht haben, mich ins Bett zu zerren?"

„Ich zerre niemals Frauen ins Bett." Er lächelte sie an.

Nein, dachte sie. Das hast du mit Sicherheit auch gar nicht nötig, du brauchst nur dieses Grinsen aufzusetzen.

„Wirklich, Regan. Es ist rein geschäftlich." Er streckte bequem die Beine aus und legte die Füße übereinander. „Zumindest noch."

„Okay. Wie wär's mit einem heißen Apfelwein?"

„Danke, gern."

Sie wandte sich ab und ging in den hinteren Teil des Ladens. Rafe haderte unterdessen mit sich selbst. Eigentlich hatte er nicht die Absicht gehabt, so direkt zu sein. Der Duft, den sie ausströmte, musste ihm wohl das Hirn benebelt haben. Und provoziert hatte er sich gefühlt durch die kühle Art, wie sie da in ihrem eleganten Schneiderkostüm vor ihm stand.

Wenn ihm jemals eine Frau über den Weg gelaufen war, die versprach, ihm Schwierigkeiten zu machen, so war es Regan Bishop. Aber er hatte noch niemals den einfacheren Weg gewählt. Er liebte die Herausforderung.

Kurz darauf kam sie zurück. Beim Anblick ihrer langen Beine stockte ihm fast der Atem.

„Danke." Er nahm ihr den emaillierten Becher mit dem dampfend heißen Gebräu aus der Hand. „Eigentlich hatte ich beabsichtigt, eine Firma in Washington oder Baltimore mit der Einrichtung des Hauses zu beauftragen, aber es würde mich wahrscheinlich einige Zeit kosten, eine geeignete zu finden."

„Was Ihnen so eine Firma bieten kann, kann ich auch. Und ich mache Ihnen einen besseren Preis." Sie hoffte es zumindest.

„Mag sein. Nun, mir wäre es ganz recht, wenn der Laden hier am Ort ist. Eine enge Zusammenarbeit ist so besser gewährleistet." Er kostete von dem heißen Apfelwein. Er schmeckte gut, war aber ziemlich stark. „Was wissen Sie über das Barlow-Haus?"

27

„Jammerschade, dass man es so verfallen lässt. Und eigentlich verstehe ich es nicht, denn hier in der Gegend werden doch sehr viele historische Bauten restauriert. Nur dieses Haus wird von der Stadt total ignoriert."

„Es ist zwar solide gebaut, aber man muss eine Menge Arbeit hineinstecken …" Er ließ all die Aufgaben, die vor ihm lagen, vor seinem geistigen Auge Revue passieren. „Fußböden müssen gelegt werden, die Wände brauchen einen neuen Verputz, einige will ich auch einreißen, die Fenster sind hinüber, und das Dach ist eine einzige Katastrophe." Er zuckte die Schultern. „Es wird Zeit kosten und Geld, das ist alles. Wenn es fertig ist, soll es wieder genauso aussehen wie 1862, als die Barlows hier lebten und vom Fenster ihres Salons aus die Schlacht von Antietam verfolgten."

„Haben sie das?", fragte Regan und lächelte. „Ich würde viel eher annehmen, dass sie sich vor Angst in ihrem Keller verkrochen haben."

„Glaube ich nicht. Sie waren reich und privilegiert, und es ist zu vermuten, dass die ganze Sache für sie eher eine Art der Unterhaltung war. Vielleicht haben sie sich geärgert, wenn vom Lärm des Kanonendonners das eine oder andere Fenster einen Sprung bekommen hat oder wenn die Todesschreie der Soldaten das Baby aus seinem Mittagsschlaf geweckt haben."

„Sie sind ja ein echter Zyniker. Reich zu sein heißt doch nicht, dass man keine Panik verspüren würde, wenn direkt vor dem Haus auf dem Rasen Menschen sich im Todeskampf winden und verbluten."

„Die Schlacht spielte sich ja nicht unmittelbar vor dem Haus ab. Aber egal. Jedenfalls möchte ich, dass das Haus wieder genau so eingerichtet wird, wie es damals war. Die Tapeten, die Möbel, die Stoffe – und alles in den Originalfarben natürlich." Er verspürte das drängende Bedürfnis nach einer Zigarette, kämpfte es aber nieder. „Und wie denken Sie darüber, ein Haus, in dem es spukt, zu restaurieren?"

„Wäre äußerst interessant." Sie sah ihn über den Rand ihrer Tasse hinweg an. „Nebenbei gesagt, ich glaube nicht an Gespenster."

„Das wird sich bald ändern. Ich habe in meiner Kindheit mal zusammen mit meinen Brüdern eine Nacht in dem Barlow-Haus verbracht."

„Ach ja? Haben die Türen gequietscht und die Ketten gerasselt?"

„Nein." Das Lächeln war aus seinem Gesicht wie fortgewischt. „Bis auf die Geräusche, die Jared arrangiert hat, um uns zu erschrecken. Aber es gibt auf einer der Treppen einen bestimmten Punkt, der einem das Blut in den Adern gerinnen lässt, und wenn man den Flur entlanggeht, erscheint es manchmal, als würde einem jemand über die Schulter schauen. Und wenn es still ist und man lauscht angestrengt genug, kann man Säbelrasseln hören."

Obwohl sie stark an der Glaubwürdigkeit seiner Aussagen zweifelte, gelang es ihr doch nicht, den Schauer, der sie überlief, zu unterdrücken. „Wenn Sie versuchen, mich aus dem Rennen zu nehmen, indem Sie mir Angst einjagen, muss ich Sie leider enttäuschen."

„Ich beschreibe ja nur. Am besten wäre ein gemeinsamer Ortstermin, was halten Sie davon? Und dann können Sie mir Ihre Vorschläge unterbreiten. Wie wär's mit morgen Nachmittag? Vielleicht gegen zwei?"

„Ja, das würde mir gut passen. Dann kann ich auch gleich alles ausmessen."

„Okay." Er stellte seine Tasse ab und erhob sich. „Die geschäftliche Verbindung mit Ihnen fängt an, mir Spaß zu machen."

Sie nahm die Hand, die er ihr entgegenstreckte. „Willkommen zu Hause."

„Oh, da sind Sie die Erste, die mir das sagt." Mit betonter Ironie hob er ihre Hand an die Lippen und küsste sie. „Vielen Dank, aber anscheinend wissen Sie nicht, mit wem Sie es zu tun haben. Also, bis morgen dann." Er wandte sich um und ging zur Tür. „Und, Regan", fügte er hinzu, „holen Sie den Drachen aus dem Fenster. Ich nehme ihn."

Nachdem er die Stadt hinter sich gelassen hatte, fuhr Rafe an den Straßenrand, hielt an und stieg aus. Ohne auf das Schneetreiben und den eisigen Wind, der ihm entgegenschlug, zu achten, stand er versonnen da und blickte auf das einsame Haus, das sich auf dem Hügel vor ihm erhob. Welche Geheimnisse mochte es bergen?

Gespenster, dachte er, während die Schneeflocken lautlos auf ihn niederfielen. Vielleicht. Aber langsam wurde ihm klar, dass es sich wahrscheinlich um Gespenster handelte, die in ihm selbst wohnten.

2. KAPITEL

Regan freute sich immer wieder von Neuem darüber, dass sie es zu einem eigenen Geschäft gebracht hatte. Sie allein konnte entscheiden, was sie ankaufte und verkaufte, ganz nach ihrem Geschmack, und sie selbst war es, die die Atmosphäre schuf, die ihr Laden ausstrahlte. Die Zeit, die sie dort verbrachte, war Zeit, die ihr gehörte, denn alles, was sie tat, tat sie für sich.

Aber obwohl sie ihr eigener Chef war, erlaubte sich Regan keinerlei Nachlässigkeiten. Im Gegenteil, sie war streng mit sich selbst und erwartete von sich, dass sie bereit war, nur das Beste zu geben. Sie arbeitete hart und beklagte sich selten.

Sie hatte genau das, was sie sich immer gewünscht hatte – ein Zuhause und ein Geschäft in einer Kleinstadt, die fast ländlich anmutete, weit weg von der Hektik und dem Lärm der Großstadt, in der sie fünfundzwanzig Jahre ihres Lebens verbracht hatte.

Nach Antietam zu ziehen und ein eigenes Geschäft aufzumachen, war Teil des Fünfjahresplans gewesen, den sie sich nach dem Examen aufgestellt hatte. Nach Abschluss ihres Studiums der Geschichte und Betriebswirtschaft hatte sie einige Zeit im Antiquitätenhandel gearbeitet, um Erfahrungen zu sammeln.

Nun war sie endlich ihr eigener Herr. Jeder Quadratzentimeter des Ladens und der gemütlichen Wohnung, die im Stockwerk darüber lag, gehörte ihr. Und der Bank. Das Geschäft, das sie mit MacKade machen würde, würde sie der vollkommenen Unabhängigkeit einen großen Schritt näherbringen.

Gleich nachdem Rafe sie gestern Nachmittag verlassen hatte, hatte sie den Laden abgeschlossen, war in die Bibliothek hinübergegangen und hatte sich eine ganze Ladung Bücher ausgeliehen, um ihr Wissen über die Epoche, mit der sie sich nun würde beschäftigen müssen, aufzufrischen und zu ergänzen.

Noch um Mitternacht saß sie über die Bücher gebeugt, las und machte sich Notizen über jedes kleine Detail des Alltagslebens während des Bürgerkriegs in Maryland. Erst als die Buchstaben vor ihren Augen zu tanzen begannen, konnte sie sich dazu entschließen, ihre Lektüre zu beenden.

Nun kannte sie jeden Aspekt der Schlacht von Antietam, wusste alle Einzelheiten über General Lees Marsch und seinen Rückzug über den Fluss und hatte die genaue Anzahl der Toten und Verwundeten im Kopf, ebenso wie das Bild des blutigen Kampfes, der über die Hügel und durch die Kornfelder Marylands getobt hatte.

Das meiste davon hatte sie natürlich schon vorher gewusst, vor allem deshalb, weil sie die Vorstellung, dass ausgerechnet hier, in dieser stillen, abgeschiedenen Gegend eine der größten Schlachten des amerikanischen Bürgerkriegs geschlagen worden war, schon immer fasziniert hatte. In gewisser Weise war es sogar so, dass dieses Wissen ihre Wahl bezüglich des Ortes, an dem sie sich niederlassen wollte, beeinflusst hatte.

Diesmal jedoch hatte sie nach mehr ins Detail gehenden Informationen Ausschau gehalten – Informationen, die die Barlows betrafen. Sie wollte alles wissen, sowohl die Fakten als auch das, was an Spekulationen über sie angestellt wurde. Bereits hundert Jahre vor jenem schrecklichen Tag im September des Jahres 1862 war die Familie in dem Haus auf dem Hügel ansässig geworden. Als wohlhabende Großgrundbesitzer und Geschäftsleute hatten sie gelebt wie die Fürsten. Ihre rauschenden Bälle und festlichen Dinner hatten Gäste in großer Zahl aus Washington und aus Virginia angelockt.

Sie wusste, wie sie sich gekleidet hatten, sah die Gehröcke der Herren und die mit Spitzen besetzten Reifröcke der Damen genau vor sich, die Hüte aus Seide und die mit Satin bezogenen Pumps. Sie wusste, wie sie gelebt hatten, mit Dienstboten, die ihnen den Wein aus Kristallkaraffen in handgeschliffene, funkelnde Pokale einschenkten und die ihr Heim schmückten und die Möbel mit Bienenwachs wienerten, bis man sich darin spiegeln konnte.

Selbst jetzt, hier auf dieser verschneiten, kurvigen Straße, die sie gerade entlangfuhr, hatte sie die Farben und Stoffe vor Augen, die Möbel und all die schönen Kleinigkeiten, mit denen sich die Barlows umgeben hatten. Rafe MacKade würde für sein Geld den adäquaten Gegenwert bekommen. Sie hoffte nur, dass seine Taschen auch tief genug waren.

Auf der schmalen, holprigen Straße, die zu dem Haus hinaufführte, lag hoher, jungfräulich weißer Schnee. Unmöglich. Diese Straße konnte sie keinesfalls hinauffahren. Sie würde in den Schneeverwehungen stecken bleiben.

Leicht verärgert darüber, dass Rafe diesem Umstand keine Beachtung geschenkt hatte, fuhr sie bis zur nächsten Biegung, parkte den Wagen und stieg aus. Nur mit ihrer Aktentasche bewaffnet, trat sie den mühseligen Marsch nach oben an.

Wie gut, dass du deine Winterstiefel anhast, sagte sie sich, als sie fast bis zu den Waden im Schnee versank. Zuerst hatte sie ein Kostüm und Schuhe mit hohen Absätzen anziehen wollen, aber im letzten Moment war ihr eingefallen, dass es weiß Gott nicht darum ging, bei Rafe MacKade Eindruck zu schinden.

Nachdem sie die Anhöhe erklommen hatte, sah sie sich um. Das Haus hatte etwas Faszinierendes an sich, und es zeichnete sich trotz der langjährigen Vernachlässigung stolz und unverwüstlich gegen das kalte Blau des Himmels ab.

Sie trat, vorsichtig durch die Schneeverwehungen stapfend, näher und kämpfte sich durch das Gesträuch. Brombeerranken streckten ihre dornigen Finger nach ihren Hosenbeinen aus und verhakten sich. Und doch war hier früher einmal weicher grüner Rasen mit in allen Farben blühenden Blumenrabatten gewesen.

Wenn Rafe auch nur ein kleines bisschen Fantasie hatte, könnte es eines Tages wieder so sein.

Während sie sich ermahnte, dass die Landschaftsgestaltung nicht ihr Problem war, bahnte sie sich ihren Weg zur vorderen Eingangstür.

Er ist zu spät dran, dachte sie mit einem Anflug von Missmut.

Regan schaute sich um, stampfte ein paarmal, um wärmer zu werden, mit den Füßen auf und warf einen Blick auf ihre Armbanduhr. Der Mann konnte doch kaum erwarten, dass sie in dieser Eiseskälte hier draußen herumstand und auf ihn wartete. Zehn Minuten und keine Sekunde länger, sagte sie sich. Sie würde ihm eine Nachricht hinterlassen, in der sie ihn darüber aufklärte, dass sie getroffenen Verabredungen viel Wert beimaß, und wieder wegfahren.

Aber es konnte nicht schaden, einen kurzen Blick ins Innere des Hauses zu werfen.

Vorsichtig stieg sie die schadhaften Stufen empor. *Hier, an diesem Seitenbogen sollten sich unbedingt Glyzinien oder Wicken emporranken,* überlegte sie, und für einen Moment war ihr, als läge deren Duft, das süße Aroma des Frühlings, bereits in der Luft.

Als sie die Hand auf die Türklinke legte, wurde ihr plötzlich klar, dass sie das schon die ganze Zeit hatte tun wollen. *Bestimmt ist die Tür abgeschlossen,* dachte sie. Selbst in Kleinstädten nimmt ja der Vandalismus immer mehr zu. Doch sie hatte den Gedanken kaum zu Ende gedacht, da merkte sie, dass die Tür nachgab.

Es war nur vernünftig, hineinzugehen. Zwar würde es drin auch nicht warm sein, aber wenigstens windstill. Und sie könnte sich schon einmal umsehen. Plötzlich zog sie die Hand zurück, als hätte sie sich verbrannt. Ihr Atem kam stoßweise, erschreckend laut in der Stille. Sie zitterte.

Du bist nur etwas kurzatmig, weil du den Hügel so schnell hinaufgelaufen bist, versuchte sie sich zu beruhigen. Und vollkommen durchgefroren, deshalb zitterst du. Das ist alles. Aber es war nicht alles. Die Wahrheit war, dass ihr die Furcht tief in den Knochen steckte, sie hatte es bis jetzt nur nicht gemerkt.

Beschämt schaute sie sich nach allen Seiten um. Gott sei Dank war kein Mensch weit und breit zu sehen, der ihre lächerliche Reaktion hätte beobachten können. Sie holte tief Luft, lachte über sich selbst, fasste sich ein Herz und öffnete die Tür.

Sie quietschte. Das war zu erwarten, sie war ja seit vielen Jahrzehnten nicht mehr geölt worden. Das riesige Foyer, das nun vor ihren Augen lag, entschädigte sie für ihre Angst, sodass sie alles andere vergaß. Sie schloss die Tür hinter sich und lehnte sich erleichtert aufseufzend mit dem Rücken dagegen.

Überall lag fingerdick der Staub, und Schimmelpilz wucherte über die Wände. Die Fußleisten waren von Mäusen angefressen, und Spinnweben hingen schmutzigen Schleiern gleich von der Decke herab. Sie sah jedoch alles bereits in neuem Glanz, die Wände gestrichen in dem vollen, dunklen Grünton, der für die Epoche so typisch war, der Holzfußboden unter ihren Füßen so blitzblank gewachst, dass man sich darin spiegeln konnte.

Und dort drüben, dachte sie, steht der Tisch, an dem die Jagdgesellschaft gleich Platz nehmen wird, ein riesiger Rosenstrauß in der Mitte, flankiert von silbernen Kerzenleuchtern. Ein kleiner Sessel aus Walnussholz mit durchbrochener Lehne, ein gehämmerter Schirmständer und ein Spiegel mit einem vergoldeten Rahmen.

Während sie sich ausmalte, wie es gewesen war und wie es wieder sein würde, sah und hörte sie nichts und spürte auch nicht die kalte Luft, die ihren Atem in einer kleinen weißen Wolke vor sich hertrieb.

Im Salon angelangt, blieb sie vor dem gemauerten Kamin stehen. Der Marmor war schmutzig, aber unbeschädigt. Sie hatte zwei Vasen im Geschäft, die perfekt auf den Sims passen würden. Und ein handbesticktes Fußbänkchen. Voller Eifer schlug sie ihr Notizbuch auf und begann alles aufzuschreiben, was ihr bis jetzt eingefallen war.

Sie ging hin und her, überlegte. Spinnweben hingen in ihrem Haar, an ihrem Kinn saß ein schwarzer Fleck, und ihre Stiefel waren staubig, aber sie befand sich im siebten Himmel. Als sie Schritte hinter sich hörte, war ihre Laune so blendend, dass sie überhaupt nicht daran dachte, sich zu beschweren.

„Es ist wundervoll. Ich kann überhaupt nicht …" Sie redete die Wand an.

Regan stutzte, verließ den Salon und ging in die Halle. Sie öffnete den Mund, um laut zu rufen, aber dann wurde ihr klar, dass die Fußtritte im Staub ihre eigenen waren.

Jetzt siehst du schon Gespenster, dachte sie erschauernd. Verursachten denn große, leere Häuser nicht eine Menge Geräusche? Holz, das sich setzt, Wind, der durch die Fensterritzen pfeift, Rascheln von Nagetieren, dachte sie und schnitt eine Grimasse. Sie hatte keine Angst vor Mäusen. Auch nicht vor Spinnen oder sonstigem Getier.

Doch als plötzlich die Decke über ihr zu ächzen begann, entschlüpfte ihr ein Aufschrei, und das Herz klopfte ihr bis zum Hals. Bevor sie sich wieder in den Griff bekommen konnte, hörte sie, wie oben eine Tür zugeschlagen wurde.

Sie raste durch die Halle, und noch während sie blindlings nach der Türklinke tastete, wurde ihr klar, was die Geräusche zu bedeuten hatten.

Rafe MacKade.

Oh, er hält sich wohl für besonders witzig, dachte sie wütend. Schleicht sich ins Haus hinauf in den ersten Stock, dieser Idiot, um kurz mal Geist zu spielen.

Nicht mit mir, nahm sie sich vor und straffte entschlossen die Schultern, hob das Kinn und marschierte strammen Schrittes auf die gewundene Treppe zu.

„Halten Sie das für besonders komisch, MacKade?", rief sie hinauf. „Sie können jetzt runterkommen, ich würde nämlich ganz gern endlich anfangen zu arbeiten."

Sie ging ein paar Stufen hinauf und erstarrte, als sie die Hand auf das Treppengeländer legte. Oh Gott, was war das? Ihre Hand fühlte sich an wie taub. Ein eisiger Luftschwall wehte ihr entgegen. Kam das von der Eiseskälte, die das Holz abstrahlte? Das konnte nicht sein. Regan ging mit Herzklopfen noch ein paar Stufen weiter, und als sie auf halber Höhe war, geriet sie ins Taumeln, als müsse sie gegen einen Widerstand anrennen. Sie hörte ein Ächzen, von dem sie aber gleich darauf erkannte, dass es ihr eigenes war. Endlich hatte sie den oberen Treppenabsatz erreicht.

„Rafe." Ihre Stimme klang brüchig, was sie mit Verärgerung zur Kenntnis nahm. Sie biss sich auf die Unterlippe und starrte den langen Gang, der rechts und links von geschlossenen Türen gesäumt war, hinunter. „Rafe", rief sie wieder und bemühte sich, statt der Angst, die sie verspürte, Ungehaltenheit in ihre Stimme zu legen. „Ich muss meinen Zeitplan einhalten, könnten wir jetzt langsam anfangen?"

Sie vernahm ein schabendes Geräusch, gleich darauf das Zuknallen einer Tür, dem ein Wimmern, das wie das leise Weinen einer Frau klang, folgte. Das war zu viel. Regan vergaß allen Stolz, drehte sich auf dem Absatz um und floh, wie von Furien gehetzt, die Treppe nach unten. Sie hatte die letzte Stufe noch nicht erreicht, als sie den Schuss hörte.

Rechts neben ihr öffnete sich ächzend wie von Geisterhand eine Tür.

Nun begann sich die Halle vor ihren Augen zu drehen, Regan schwankte, gleich darauf fiel sie in ein tiefes, schwarzes Loch.

„Los, Darling, reißen Sie sich zusammen!"

Regan warf nervös den Kopf hin und her, stöhnte und erschauerte.

„Alles klar, Mädchen. Kommen Sie, öffnen Sie Ihre schönen blauen Augen. Tun Sie's für mich."

Die Stimme klang so zwingend, dass sie den Worten Folge leistete. Als sie die Lider hob, sah sie direkt in Rafe MacKades jadegrüne Augen. „Das war nicht besonders lustig."

Erleichtert darüber, dass sie endlich eine Reaktion zeigte, lächelte er und streichelte ihre Wange. „Was war nicht lustig?"

„Dass Sie sich da oben versteckt haben, um mich zu erschrecken." Nachdem sie, um wieder klar sehen zu können, ein paarmal schnell hintereinander geblinzelt hatte, entdeckte sie, dass sie in einem Sessel im Salon saß. Und zwar auf Rafes Schoß. „Lassen Sie mich herunter."

„Noch nicht. Dafür sind Sie noch zu wacklig auf den Beinen. Ruhen Sie sich noch einen Moment aus." Er verlagerte ihren Kopf so, dass er bequem in seiner Armbeuge zu liegen kam.

„Ich brauche mich nicht auszuruhen. Mir geht's gut."

„Sie sind weiß wie ein Bettlaken. Leider gibt's hier keinen Schnaps.

Den hätten Sie jetzt bitter nötig. Aber eines muss man Ihnen lassen. Ich habe noch niemals eine Frau so würdevoll in Ohnmacht fallen sehen. Es ging ganz langsam und gemessen vonstatten, sodass ich alle Zeit der Welt hatte, Sie aufzufangen, bevor Sie zu Boden stürzten."

„Wenn Sie jetzt von mir erwarten, dass ich Ihnen meinen Dank ausspreche, muss ich Sie leider enttäuschen." Sie versuchte, sich aus seinen Armen zu befreien. „Weil Sie nämlich überhaupt nur schuld daran sind, dass es so weit gekommen ist."

„Oh, vielen Dank. Was für ein erregender Gedanke, dass eine Frau schon allein bei meinem Anblick in Ohnmacht fällt. Ah …" Er hob mit dem Zeigefinger ihr Kinn an. „Sehen Sie, das hat jetzt die Farbe in Ihre Wangen zurückgebracht."

„Wenn das die Art und Weise ist, in der Sie Ihre Geschäftsbeziehungen pflegen, dann muss ich leider passen." Wütend presste sie die Kiefer zusammen. „Lassen Sie mich runter."

„Versuchen wir's doch mal so." Er hob sie hoch und setzte sie neben sich. „Wollen Sie mir nicht erzählen, warum Sie so fuchsteufelswütend auf mich sind?"

Sie schnitt eine ärgerliche Grimasse und klopfte sich den Staub von der Hose. „Das wissen Sie doch selbst ganz genau."

„Alles, was ich weiß, ist, dass Sie, als ich zur Tür reinkam, umgekippt sind."

„Ich bin in meinem Leben noch nie in Ohnmacht gefallen." Und es war ihr zutiefst peinlich, dass es ihr ausgerechnet jetzt passiert war – vor ihm. „Wenn Sie möchten, dass ich mit Ihnen zusammenarbeite, sollten Sie in Zukunft solche Scherze unterlassen, verstanden?"

Während er sie betrachtete, griff er in seine Tasche, um seine Zigaretten herauszuholen. Dann fiel ihm ein, dass er gar keine dabeihatte, weil er vor genau acht Tagen beschlossen hatte, das Rauchen aufzugeben. „Ich weiß noch immer nicht, was Sie mir eigentlich vorwerfen. Womit hab ich Sie denn so erschreckt?"

„Indem Sie da oben herumgelaufen sind, Türen geöffnet und zugeknallt haben und auch sonst noch so allerlei vollkommen lächerliche Geräusche verursacht haben."

„Ich bin doch erst vor fünfzehn Minuten von der Farm weggefahren."

„Ich glaube Ihnen kein Wort."

„Ja, warum sollten Sie auch. Aber es ist dennoch so." Wenn er schon nicht rauchen konnte, musste er sich wenigstens bewegen. Er stand auf und schlenderte zum Kamin hinüber. Plötzlich hatte er Rauchgeruch in der Nase – Rauch von einem Feuer, das erst vor Kurzem ausgegangen war. Was natürlich nicht sein konnte. „Shane ist mein Zeuge – und auch Cy Martin, der Bürgermeister."

„Sie brauchen mir nicht zu sagen, wer Cy Martin ist", erwiderte sie unwirsch.

Er trat auf sie zu, zog seinen Mantel aus und legte ihn ihr über die Knie. „Wie sind Sie denn überhaupt hier reingekommen?"

„Ich …" Sie starrte ihn an und schluckte. „Ich habe die Tür aufgemacht."

„Sie war doch abgeschlossen."

„Nein, war sie nicht."

Er hob eine Augenbraue und klimperte mit den Schlüsseln in seiner Tasche. „Interessant."

„Und Sie beschwindeln mich wirklich nicht?", erkundigte sie sich einen Moment später misstrauisch.

„Nein, diesmal nicht. Erzählen Sie mir doch mal genau, was Sie gehört haben."

„Schritte. Aber da war niemand." Ihre Hände waren eiskalt. Um sie anzuwärmen, steckte sie sie unter seinen Mantel. „Die Dielen im Stockwerk über mir haben geknarrt. Deshalb bin ich hochgegangen." Sie erzählte weiter bis zu dem Moment, als ihr schwarz vor Augen geworden war. Allein die Erinnerung jagte ihr von Neuem einen Angstschauer nach dem anderen den Rücken hinunter.

Er ließ sich wieder neben ihr nieder und legte fürsorglich einen Arm um ihre Schulter. „Ich hätte nicht zu spät kommen dürfen." Vollkommen unerwartet beugte er sich vor und gab ihr einen kurzen, wie zufällig wirkenden Kuss. „Verzeihung."

„Das ist wohl kaum der Punkt."

„Die Sache ist die, dass manche Menschen hier in diesem Haus Dinge wahrnehmen, die anderen verborgen bleiben." Er betrachtete sie und schüttelte leicht ungläubig den Kopf. „Es wundert mich allerdings, dass Sie etwas gehört haben wollen, denn Sie scheinen mir eher ein Verstandesmensch zu sein."

Sie verschränkte die Arme vor der Brust. „Ach, wirklich, meinen Sie?"

„Ja. Vollkommen unbeirrbar", fügte er mit einem Grinsen hinzu.

„Aber es scheint, dass Sie mehr Fantasie haben, als ich Ihnen zugetraut hätte. Fühlen Sie sich jetzt besser?"

„Mir geht's gut."

„Sind Sie sicher, dass Sie sich nicht noch ein bisschen auf meinen Schoß setzen möchten?"

„Ganz sicher, danke."

Er hielt ihren Blick fest, während er ihr ein paar Spinnweben aus dem Haar pflückte. „Möchten Sie jetzt wirklich gehen?"

„Unbedingt."

Er nahm seinen Mantel von ihren Knien. „Ich würde Sie gern irgendwohin bringen."

„Nicht nötig, danke. Ich habe Ihnen doch schon gesagt, dass es mir …" Energisch stand sie auf und stieß dabei versehentlich mit der Schulter gegen seine Brust, „… gut geht."

„Aber wir haben doch noch zu tun, Darling", erinnerte er sie, während er ihr eine Haarsträhne hinters Ohr strich. „Was halten Sie davon, wenn wir uns ein etwas gemütlicheres Plätzchen suchen, um noch ein paar Sachen zu bereden?"

Sie fand seinen Vorschlag vernünftig und willigte ein. „Also gut."

„Regan?"

„Ja?"

„Ihr Gesicht ist schmutzig." Er lachte über den wütenden Blick, den sie ihm zuwarf, und zog sie in seine Arme. Noch bevor sie einen Protestschrei loswerden konnte, hatte er sie hochgehoben und durch die Haustür nach draußen getragen. Dort setzte er sie ab. Nachdem er abgeschlossen hatte, deutete er auf den Jeep, der nur ein paar Schritte entfernt parkte. „Dort hinüber. Aber passen Sie auf sich auf."

„Das habe ich mir schon seit Langem zur Gewohnheit gemacht."

„Worauf man mit Sicherheit Gift nehmen kann", murmelte er vor sich hin, während er langsam um den Wagen herumging.

Vorsichtig fuhr er den Hügel hinunter und machte keine Anstalten, bei ihrem Auto anzuhalten.

„Moment, ich nehme meinen Wagen", protestierte sie.

„Da wir jetzt nicht bis ans Ende der Welt fahren, bringe ich Sie später wieder hierher zurück."

„Wohin fahren wir denn?"

„Nach Hause, Darling, nach Hause."

Vor der MacKade-Farm, die, umgeben von weiß verschneiten Feldern, friedlich dalag, tollten bellend zwei goldbraune Hunde im Schnee herum.

Regan war hier schon zahllose Male vorübergefahren, allerdings immer im Frühling oder im Sommer, wenn der Pflug tiefe Furchen in die dunkelbraune Erde der Felder gerissen hatte oder wenn das goldene Korn hoch stand. Manchmal war Shane auf seinem Traktor vorbeigekommen, und dann hatte sie angehalten und ein paar freundliche Worte mit ihm gewechselt. Shane schien mit dem Land, das er bebaute, vollkommen verwachsen. Rafe MacKade dagegen konnte sie sich hier nicht vorstellen.

„Wegen der Farm sind Sie aber nicht zurückgekommen, oder irre ich mich da?"

„Himmel, nein. Shane liebt sie, Devin steht ihr mehr oder weniger gleichgültig gegenüber und Jared sieht sie als ein prosperierendes Unternehmen."

Sie legte den Kopf schief und betrachtete ihn forschend, während er den Jeep neben seinem Wagen parkte. „Und Sie?"

„Mir ist sie verhasst."

„Fühlen Sie sich denn nicht mit dem Stück Land, auf dem Sie aufgewachsen sind, verbunden?"

„Das habe ich nicht gesagt. Ich wollte damit nur zum Ausdruck bringen, dass ich das Farmerdasein hasse." Rafe kletterte aus dem Jeep und tätschelte die beiden Retriever, die fröhlich bellend an ihm hochsprangen. Dann ging er um den Wagen herum und hob Regan, noch bevor sie einen Fuß in den knöcheltiefen Schnee setzen konnte, herunter.

„Ich wünschte, Sie würden endlich damit aufhören, mich ständig herumzutragen. Ich bin schon groß und kann allein laufen."

„Ihre Stiefel sind zwar recht hübsch, aber für Schneewanderungen ausgesprochen ungeeignet", gab er zurück. „Ihr bleibt draußen", befahl er den beiden Hunden, die versuchten, sich dazwischenzudrängen, als er mit dem Ellbogen die Haustür öffnete.

„He, Rafe, was hast du denn da mitgebracht?", rief ihm Shane erstaunt durch die offen stehende Wohnzimmertür entgegen.

Grinsend verlagerte Rafe Regans Gewicht auf seinen Armen, zog eine Hand hervor und winkte Shane zu. „Na, das siehst du doch – eine Frau."

„Und was für eine!" Shane kniete vor dem Kamin und warf ein dickes Holzscheit ins Feuer, dann erhob er sich und grinste ebenfalls.

„Na, du hast ja schon immer einen guten Geschmack gehabt." In seinen Augen lag ein warmes Lächeln, als er Regan zunickte. „Hallo, Regan."

„Hallo."

„Gibt's Kaffee?", erkundigte sich Rafe.

„Aber sicher." Shane kickte mit dem Fuß ein Holzscheit, das von dem Stapel neben dem Kamin heruntergerutscht war, beiseite. „Die Küche auf der MacKade-Farm hat immer geöffnet."

„Prima. Und jetzt bleib uns vom Hals."

„Das war aber ziemlich grob", bemerkte Regan und blies sich eine Haarsträhne aus den Augen, während Rafe sie den Flur hinunter in die Küche trug.

„Sie haben keine Geschwister, stimmt's?"

„Nein, aber …"

„Hab ich mir gedacht." Er setzte sie auf einem der Stühle, die um den Küchentisch standen, ab. „Was nehmen Sie in Ihrem Kaffee?"

„Nichts – ich trinke ihn schwarz."

„Was für eine Frau." Er zog seinen Mantel aus und hängte ihn an einen Haken an der Küchentür, wo schon die schwere Arbeitsjacke seines Bruders hing. Dann ging er zum Küchenschrank und holte zwei große weiße Kaffeebecher heraus. „Möchten Sie etwas zu Ihrem Kaffee dazu? Shane hat immer irgendeine hoffnungsvolle junge Frau an der Hand, die ihm Plätzchen backt. Wahrscheinlich weil er so ein hübsches, unschuldiges Gesicht hat."

„Hübsch vielleicht. Ihr seht ja alle verdammt gut aus." Sie schlüpfte aus ihrem Mantel. „Aber die Plätzchen werde ich mir wohl besser entgehen lassen."

Er stellte eine mit dampfend heißem Kaffee gefüllte Tasse vor sie hin und setzte sich ebenfalls. „Und die Gelegenheit mit dem Haus? Werden Sie sich die ebenfalls entgehen lassen?"

Sie schaute sinnend in ihre Kaffeetasse. „Ich habe eine ganze Menge Kleinkram, von dem ich glaube, dass Sie sich dafür begeistern könnten, wenn alles erst einmal fertig eingerichtet ist. Die Sachen würden hundertprozentig passen. Außerdem habe ich mich mittlerweile sachkundig gemacht über die Farben und Stoffe, die man in dieser Epoche verwendet hat."

„Ist das ein Ja oder ein Nein auf meine Frage, Regan?"

„Nein, ich werde sie mir nicht entgehen lassen." Sie hob den Blick und sah ihn an. „Aber es wird Sie eine schöne Stange Geld kosten."

„Sie sind also nicht beunruhigt?"

„Ganz so würde ich das vielleicht nicht sagen. Nun weiß ich immerhin, was mich erwartet. Ich kann Ihnen zumindest die Garantie dafür geben, dass ich kein zweites Mal in Ohnmacht falle."

„Das freut mich. Ich habe mich ja zu Tode erschreckt." Er streichelte ihre Hand, die auf dem Tisch lag. Dabei bewunderte er die Feingliedrigkeit ihrer Finger. „Sind Sie bei Ihren Nachforschungen auch auf die beiden Unteroffiziere gestoßen?"

„Was für Unteroffiziere?"

„Da sollten Sie die alte Mrs Metz fragen. Sie erzählt diese Geschichte immer wieder gern. Was ist denn das für eine Uhr, die Sie da tragen?" Neugierig schob Rafe einen Finger unter das schwarze Elastikarmband ihrer Uhr.

„Sie dürfte etwa Jahrgang 1920 sein. Was war denn nun mit den beiden Unteroffizieren?"

„Die beiden hatten in der Hitze des Gefechts den Anschluss an ihr jeweiliges Regiment verloren. Über dem Kornfeld da drüben im Osten hingen so dicke Rauchschwaden, dass man kaum mehr die Hand vor Augen sehen konnte."

„Hier auf diesen Feldern hat sich auch ein Teil der Schlacht abgespielt?", fragte sie überrascht.

„Ja, ein Teil. Aber egal. Jedenfalls war es wohl so, dass die beiden – einer war von der Union, einer von den Konföderierten – den Anschluss verpasst hatten. Sie waren noch halbe Kinder, und wahrscheinlich hatten sie panische Angst. Und dann brachte sie ein böser Zufall in dem Wald, der die Grenze zwischen dem MacKade-Land und dem Barlow-Besitz bildet, zusammen."

„Oh." Gedankenverloren strich sie sich das Haar aus der Stirn. „Mir war gar nicht klar, dass die beiden Ländereien direkt aneinanderstoßen."

„Wenn man quer durch den Wald geht, ist es weniger als eine halbe Meile bis hinüber zum Barlow-Haus. Aber wie auch immer, jedenfalls standen sich die beiden plötzlich gegenüber. Wenn sie auch nur ein bisschen Grips im Kopf gehabt hätten, hätten sie ganz schnell die Beine unter den Arm genommen und sich in Sicherheit gebracht. Was jedoch keiner von beiden tat." Er nahm einen Schluck Kaffee. „Sie schafften es jedenfalls in diesem Wäldchen, sich gegenseitig ein paar Löcher in den Bauch zu schießen, aber tot war keiner von beiden. Der Konföde-

41

rierte schleppte sich mit letzter Kraft auf das Barlow-Grundstück und brach vor der Haustür zusammen. Dort entdeckte ihn dann eine mitleidige Sklavin und brachte ihn ins Haus."

„Und im Haus starb er", murmelte Regan und wünschte sich, das grausame Bild, das ihr allzu deutlich vor Augen stand, fortwischen zu können.

„Ja. Die Sklavin informierte sofort ihre Herrin Abigail O'Brian Barlow, die aus der Familie der Carolina-O'Brians stammte. Abigail ordnete an, den Jungen nach oben zu bringen, wo sie seine Wunden versorgen wollte. Da kam ihr Mann hinzu und erschoss ihn direkt auf der Treppe, wie einen tollwütigen Hund."

Von Entsetzen gepackt, sah Regan Rafe an. „Oh mein Gott. Warum denn nur?"

„Weil er es niemals zugelassen hätte, dass seine Frau einem Konföderierten half. Zwei Jahre später starb sie in ihrem Zimmer. Man erzählt sich, dass sie seit diesem Vorfall kein einziges Wort mehr mit ihrem Mann gewechselt hat. Allerdings hatten sie sich wohl auch schon vorher nicht besonders viel zu sagen, es war eine dieser arrangierten Ehen gewesen. Und angeblich soll er sie mit schöner Regelmäßigkeit verprügelt haben."

„Mit anderen Worten – er war offensichtlich eine äußerst herausragende Persönlichkeit", bemerkte Regan sarkastisch.

„Tja, das ist die Geschichte. Abigail O'Brian war eine empfindsame und unglückliche Frau."

„Und saß in der Falle", murmelte Regan, wobei sie an Cassie denken musste.

„Ich glaube kaum, dass sich die Leute damals über Misshandlung oder Ähnliches viele Gedanken gemacht haben. Und Scheidung", er zuckte die Schultern, „kam unter diesen Umständen wahrscheinlich überhaupt nicht infrage. Ich könnte mir vorstellen, dass die Tat ihres Mannes bei ihr das Fass zum Überlaufen gebracht hat. Dass das mehr an Grausamkeit war, als sie ertragen konnte. Aber das ist nur die eine Hälfte der Geschichte."

„Es gibt also noch mehr." Sie seufzte und erhob sich. „Ich glaube, ich brauche noch einen Kaffee."

„Der Yankee taumelte in die entgegengesetzte Richtung davon", fuhr Rafe fort und murmelte ein Danke, als sie ihm Kaffee nachfüllte. „Mein Urgroßvater fand ihn bewusstlos vor der Räucherkammer. Er hatte seinen ältesten Sohn bei Bull Run verloren – er kämpfte auf der Seite der Konföderierten."

Regan schloss die Augen. „Ihr Urgroßvater hat den Jungen erschossen."

„Nein. Mag sein, dass er daran gedacht hat, es zu tun, vielleicht war er auch in Versuchung, ihn einfach hilflos verbluten zu lassen, aber er tat es nicht. Er brachte ihn ins Haus und holte seine Frau und seine Töchter zu Hilfe. Sie legten ihn auf den Küchentisch und verarzteten seine Wunden. Nicht auf diesen hier", fügte Rafe mit einem winzigen Lächeln hinzu.

„Beruhigend zu wissen."

„Der Verletzte kam ein- oder zweimal zu sich und versuchte etwas zu sagen, aber er war zu schwach. Am nächsten Morgen war er tot."

„Sie haben jedenfalls alles getan, was in ihrer Macht stand."

„Ja, aber nun hatten sie einen toten Soldaten im Haus, sein Blut klebte überall. Und jeder, der sie kannte, wusste, dass sie überzeugte Südstaaten-Anhänger waren, die schon einen Sohn im Krieg verloren hatten sowie noch zwei andere, die für ihre Überzeugung kämpften. Mein Urgroßvater und seine Frau hatten Angst, und deshalb versteckten sie die Leiche des Jungen, warteten, bis es dunkel wurde, und begruben sie dann zusammen mit seinem Revolver und einem Brief seiner Mutter, den sie in der Tasche seines Uniformrocks gefunden hatten." Nun sah er sie an, seine Augen blickten kühl und bestimmt. „Und das ist der Grund, weshalb es spukt."

Ihr verschlug es für einen Moment die Sprache, dann setzte sie behutsam ihre Tasse ab. „Wollen Sie damit sagen, dass es hier in diesem Haus auch spukt?"

„Überall hier in der Gegend. Im Haus, in den Wäldern, auf den Feldern. Man gewöhnt sich an die seltsamen Geräusche, die eigenartigen Gefühle, die einen manchmal überkommen. Wir haben nie viel darüber gesprochen, es war einfach da. Vielleicht bekommen Sie irgendwann auch noch einen Sinn dafür, was sich manchmal nachts in den Wäldern abspielt oder auch auf den Feldern, wenn der Morgennebel aufsteigt." Er lächelte leicht, als er Neugier in ihren Augen aufflackern sah. „Auch Zyniker verspüren etwas, wenn sie auf einem ehemaligen Schlachtfeld stehen. Nach dem Tod meiner Mutter erschien mir unser Haus … unruhig. Aber vielleicht war die Unruhe auch nur in mir selbst."

„Sind Sie deshalb weggegangen?"

„Ach, dafür gab es viele Gründe."

„Und für Ihre Rückkehr?"

„Einen oder auch zwei. Ich habe Ihnen den ersten Teil der Geschichte deshalb erzählt, weil Sie ja jetzt auch etwas mit dem Barlow-Haus zu tun haben. Mir ist daran gelegen, dass Sie die Dinge einordnen können. Und den zweiten Teil deshalb, weil", er streckte die Hand aus und öffnete die beiden obersten Knöpfe ihres Blazers, „ich beabsichtige, für eine Weile hier auf der Farm zu wohnen. Nun können Sie selbst entscheiden, ob Sie immer hierher kommen möchten oder ob ich lieber zu Ihnen kommen soll."

„Da mein gesamtes Inventar in meinem Laden ist …"

„Ich rede nicht von Ihrem Inventar." Nun beugte er sich vor, nahm ihr Gesicht zwischen seine beiden Hände, sah ihr tief in die Augen und küsste sie.

Sein Kuss war erst weich und vorsichtig. Behutsam. Doch gleich darauf stöhnte er und presste seinen Mund fest auf ihre Lippen, die sie ihm bereitwillig öffnete. Er beobachtete, wie ihre Augenlider zu flattern begannen, hörte, wie sie aufseufzte, und spürte direkt unter seinen Fingern das Blut in ihrer Halsschlagader pochen. Der ganz leicht rauchige Duft ihrer Haut war ein erregender Gegensatz zu dem Geschmack ihrer Lippen, der ihn an klares Quellwasser denken ließ.

Regan umklammerte mit ihren Händen ihre Knie. Die Entdeckung, wie gern sie ihn damit berührt hätte, schockierte sie. Sie malte sich aus, wie sich ihre Finger in sein dichtes Haar wühlten und wie sie mit den Fingerspitzen die Muskelstränge betastete, die sich unter seinem ausgewaschenen Flanellhemd abzeichneten. Aber es blieb nur eine Fantasie. Einen kurzen Augenblick lang war ihr Verstand von einem überraschend heftigen Begehren getrübt, doch sie hielt stand.

Als er sich schließlich von ihr löste, lagen ihre Hände noch immer in ihrem Schoß. Sie wartete, bis sie sich sicher sein konnte, dass ihre Stimme auch wirklich trug. „Ich bin Ihre Geschäftspartnerin und nicht Ihre Gespielin", erklärte sie kühl und warf Rafe einen Blick zu, der streng sein sollte.

„Stimmt, wir machen miteinander Geschäfte", pflichtete er ihr bei.

„Hätten Sie dieses Manöver auch dann gestartet, wenn ich ein Mann wäre?"

Er starrte sie an. Dann begann er zu lachen, erst leise, kurz darauf jedoch konnte er nicht mehr an sich halten und platzte los. „Darauf kann ich nur mit einem definitiven Nein antworten. Und ich könnte mir auch vorstellen, dass du mich in diesem Fall nicht wiedergeküsst hättest."

„Also, jetzt will ich mal eines klarstellen. Ich habe ja schon viel über die MacKade-Brüder und die unwiderstehliche Wirkung, die sie auf Frauen ausüben, gehört."

„Ja, ja, das liegt wie ein Fluch über unserem Leben", fiel er ihr vergnügt ins Wort.

Es gelang ihr nur mit Mühe, sich ein Schmunzeln zu verkneifen. „Der Punkt ist, dass ich weder an einem Quickie noch an einer Affäre und auch an keiner Beziehung interessiert bin. Ich denke, damit habe ich alle Möglichkeiten aufgezählt."

„Oh, du wirst deine Meinung schon noch ändern, verlass dich darauf", gab er im Brustton der Überzeugung zurück. „Warum fangen wir nicht mit einem Quickie an und arbeiten uns von da aus nach oben?"

Das war zu viel. Abrupt erhob sie sich und zog ihren Mantel an. „Nur in deinen Träumen."

„Du bist dir ja wirklich sehr sicher. Warum also lade ich dich nicht einfach zum Essen ein?"

„Warum fährst du mich denn nicht einfach zu meinem Auto?"

„Na gut", gab er nach, stand auf und nahm seinen Mantel vom Haken. Nachdem er ihn angezogen hatte, streckte er die Hand aus und stellte ihren Kragen hoch. „Die Nächte sind lang und kalt um diese Jahreszeit."

„Dann nimm ein Buch", schlug sie vor, während sie ihm voran durch die Halle ging, „und setz dich vor den Kamin."

„Machst du so was?" Er schüttelte den Kopf. „Dann werde wohl ich ein bisschen Aufregung in dein Leben bringen müssen."

„Vielen Dank, aber ich mag mein Leben genau so, wie es jetzt ist. Lass mich …" Sie beendete den Satz mit einem Fluch, als er sie hochhob. „MacKade", sagte sie mit einem tiefen Seufzer, während er sie zum Jeep trug, „langsam fange ich wirklich an zu glauben, dass du ebenso schlecht bist wie dein Ruf."

„Darauf kannst du Gift nehmen."

3. KAPITEL

Es klang gut. Das aus dem Radio dringende dunkle Wehklagen der Countrysängerin wurde von dumpfen Hammerschlägen, sägenden Geräuschen und dem Surren eines Bohrers übertönt. Ab und zu riefen sich die Männer, deren Schritte auf den Holzdielen über ihm dröhnten, etwas zu.

Die harte Arbeit auf dem Bau hatte ihm vielleicht sogar das Leben gerettet. Durchdrungen von Gefühlen der Freiheit und des Abenteuers war er damals vor zehn Jahren auf seiner gebraucht erstandenen Harley durch die Landschaft gebraust. Aber sein Magen knurrte, und er wusste, dass ihm nichts anderes übrig bleiben würde, als irgendwo sein Geld zu verdienen, wenn er essen wollte.

Also hatte er sich in einen Arbeitsanzug geschmissen, den Werkzeuggürtel umgeschnallt und auf dem Bau seinen Schmerz, seine Wut und seine Frustration aus sich herausgeschwitzt.

Er konnte sich noch sehr gut an das berauschende Gefühl erinnern, das in ihm aufgestiegen war, nachdem er einen Schritt zurückgetreten war, um das erste Haus, das er geholfen hatte hochzuziehen, in Augenschein zu nehmen. Plötzlich war ihm klar geworden, dass es ihm gelungen war, mit seinen eigenen Händen etwas zu erschaffen. Genauso wollte er auch sich selbst erschaffen.

Nach einiger Zeit machte er sich selbstständig, und sein erstes in Eigenregie gebautes Haus war nicht viel mehr als ein Schuppen. Er schluckte Staub, bis er meinte, daran ersticken zu müssen, und schwang den Hammer, bis er seine Arme nicht mehr spürte. Als es schließlich fertig war, gelang es ihm, es mit Gewinn zu verkaufen. Das Geld steckte er in das nächste Grundstück und das nächste Haus. Innerhalb von vier Jahren schaffte er es, ein kleines Unternehmen auf die Beine zu stellen, das bald in dem Ruf stand, zuverlässige Arbeit zu leisten.

Und doch hatte er niemals aufgehört zurückzuschauen. Die Vergangenheit hatte ihn nie losgelassen. Das wurde ihm jetzt, als er im Salon des Barlow-Hauses stand und sich langsam umsah, klar. Er hatte einen Kreis beschrieben und war wieder an seinen Ausgangspunkt zurückgekehrt.

Er war darauf versessen gewesen, diese Stadt zu verlassen, und nun war er zurückgekehrt, um hier etwas aufzubauen. Egal, ob er sich entschließen würde hierzubleiben oder ob er wieder wegging, er würde etwas Bleibendes von sich hinterlassen.

Rafe kauerte sich vor dem Kamin nieder und untersuchte die Feuerstelle. Er war bereits gut vorangekommen mit den Ausbesserungsarbeiten. Nun würde es nicht mehr lange dauern, und dann würden orangerote Flammen emporzüngeln und Holzscheite knistern.

Ein Lächeln spielte um seine Mundwinkel, als er seine Kelle nahm und sich in einem Eimer neuen Mörtel anrührte. Sorgfältig und präzise begann er wenig später, die Fugen zwischen den Steinen zu füllen.

„Ich dachte immer, der Boss sitzt nur am Schreibtisch und addiert Zahlenkolonnen."

Rafe drehte sich um, und sein Blick fiel auf Jared, der mit auf Hochglanz polierten schwarzen Schuhen auf einem schmutzigen Lappen hinter ihm stand. Rafe hob die Augenbrauen. Sein Bruder trug unter dem offen stehenden dunklen Mantel einen vornehmen grauen Nadelstreifenanzug mit Weste. Aus irgendeinem unerfindlichen Grund wirkte die Wayfarer-Sonnenbrille, die er aufhatte, nicht einmal deplatziert.

„Das ist Sache der Buchhalter."

Jared nahm die Brille ab und steckte sie in die Manteltasche. „Die dann dabei darüber nachsinnen, was wohl die Welt wäre ohne sie."

„Vielleicht." Rafe tauchte die Kelle in den Mörtel, während er seinen Bruder von Kopf bis Fuß musterte. „Willst du auf eine Beerdigung?"

„Ich hatte einen Termin im Ort und wollte nur mal sehen, wie die Dinge so stehen." Während er seine Blicke durch den Raum schweifen ließ, ertönte von oben ein ohrenbetäubender Krach, dem ein kräftiger Fluch folgte. „Himmel, was war denn das?"

„Nur keine Aufregung." Rafe seufzte, als er sah, wie Jared eine kleine Blechschachtel aus seiner Manteltasche holte und ihr ein schlankes Zigarillo entnahm. „Du hast's gut. Komm doch ein bisschen näher, damit ich wenigstens den Qualm riechen kann, wo ich doch seit zehn Tagen nicht mehr rauche."

„Wohl auf dem Gesundheitstrip, hm?" Entgegenkommend kam Jared heran, kniete sich neben Rafe vor den Kamin und blies ihm genüsslich den Rauch ins Gesicht, während er fachmännisch das Mauerwerk betrachtete. „Hat sich ziemlich gut gehalten."

Rafe klopfte mit dem Fingerknöchel gegen den Kaminsims. „Ist ja auch ein echter Adam, Kumpel."

Jared brummte anerkennend und klemmte sich das Zigarillo zwischen die Zähne. „Kann ich dir hier irgendwas helfen?"

Rafe zog eine Braue hoch. „Mit den Schuhen?"

„Nicht jetzt natürlich, Rafe. Aber zum Beispiel am Wochenende."

„Zwei starke Arme kann ich immer brauchen." Erfreut über das Angebot, nahm Rafe die Kelle wieder zur Hand. „Was machen deine Muskeln?"

„Sind bestimmt nicht mickriger als deine."

„Trainierst du noch?", spöttelte Rafe und versetzte Jared mit der geballten Faust einen scherzhaften Stoß auf den Bizeps. „Ist doch nur was für Waschlappen."

Jared stieß eine Rauchwolke aus. „Lust auf 'ne Runde, Bruderherz?"

„Sicher – wenn du nicht so rausgeputzt wärst." Selbstquälerisch inhalierte Rafe den Zigarrenrauch, der in der Luft hing. „Mehr gedient wäre mir allerdings mit deinem juristischen Sachverstand bei dieser Sache hier." Er machte eine umfassende Geste.

„Wart nur ab, bis du erst die Rechnung von mir bekommst." Jared erhob sich mit einem Grinsen. „Als du mich telefonisch beauftragt hast, die Eigentumsverhältnisse von dieser Hütte hier zu rekonstruieren, hab ich wirklich befürchtet, dass du jetzt vollkommen durchgeknallt bist. Und nach der Ortsbegehung war ich mir sicher, dass es so ist. Zwar bekommst du das Haus praktisch umsonst, weil kein Besitzer mehr existiert, aber das, was du reinstecken musst, ist ungefähr das Zweifache dessen, was dich ein funkelnagelneues Haus mit allem Komfort kosten würde."

„Das Dreifache", korrigierte Rafe milde, „wenn ich alles so mache, wie ich es mir vorstelle."

„Und wie stellst du es dir vor?"

„Genau so, wie es früher einmal war." Rafe presste Mörtel in eine Fuge und strich ihn mit der Kelle glatt.

„Da hast du dir ja was vorgenommen", murmelte Jared. „Aber wenigstens scheinst du mit den Arbeitern keine Probleme zu haben. Ich hatte schon Bedenken, dass du niemanden finden würdest, der bereit wäre, in diesem Haus hier zu arbeiten."

„Ist alles nur eine Frage des Geldes", gab Rafe zurück. „Allerdings muss ich zugeben, dass heute Morgen ein Klempnerlehrling das Handtuch geworfen hat." Seine Augen funkelten belustigt. „Sie waren gerade dabei, die Rohre in einer der beiden Toiletten im ersten Stock zu legen. Plötzlich schrie der Junge, dass sich eine Hand von hinten in seine

Schulter gekrallt hätte, und ist davongerast, als sei der Teufel persönlich hinter ihm her. Den bin ich wohl leider los."

„Aber sonst hast du keine Probleme?"

„Jedenfalls keine, für die ich einen Anwalt bräuchte. Kennst du eigentlich den von dem Anwalt und der Klapperschlange?"

„Oh Gott, der hat ja nun wirklich schon so einen Bart", erwiderte Jared und schnitt eine Grimasse. „Glaub mir, ich kenne sie alle, ich hab mir eigens einen Ordner dafür angelegt."

Rafe lachte und wischte sich die Hände an seiner Jeans ab. „Gut gemacht, Jared. Überhaupt würde Mom sich darüber freuen, was aus dir geworden ist." Anschließend hüllte er sich für einige Zeit in Schweigen, und man vernahm nur das schabende Geräusch, das entstand, wenn er mit der Kelle den Mörtel in den Fugen glatt strich. „Auf der Farm ist's ja irgendwie seltsam. Shane und ich sind meistens allein, Devin verbringt die Hälfte seiner Nächte auf einer Couch im Sheriffoffice, und du bist in deinem netten kleinen Stadthaus. Wenn Shane aufsteht, ist es immer noch stockduster, aber der Idiot pfeift so laut und fröhlich vor sich hin, als ob es für ihn kein größeres Vergnügen gäbe, als an einem kalten dunklen Januarmorgen die Kühe zu melken."

„Ist aber so. Es hat ihm schon immer Spaß gemacht. Shane war der, der die Farm am Leben erhalten hat."

„Ich weiß."

Jared glaubte, ein leichtes Schuldgefühl in der Stimme seines Bruders mitschwingen zu hören, und schüttelte den Kopf. „Du hast deinen Teil dazu beigetragen, Rafe. Das Geld, das du uns geschickt hast, hat uns viel geholfen." Jared starrte sinnend aus dem Fenster. „Ich denke darüber nach, ob ich das Haus in Hagerstown nicht wieder verkaufen sollte." Als Rafe nicht darauf einging, zuckte er die Schultern. „Damals, nach der Scheidung, erschien es mir am besten, es zu behalten, nachdem Barbara kein Interesse daran hatte."

„Hast du an der Trennung noch zu knabbern?"

„Nein. Es ist jetzt drei Jahre her, und Gott sei Dank ging alles zivilisiert über die Bühne. Wir liebten uns einfach nicht mehr."

„Ich habe sie nie besonders gemocht."

Jared verzog die Lippen zu einem kleinen Lächeln. „Ich weiß. Ist doch jetzt auch egal. Ich überlege jedenfalls, ob ich das Haus nicht verkaufen soll. Während der Übergangszeit, bis ich etwas gefunden habe, was mir wirklich zusagt, könnte ich mich auch auf der Ranch einquartieren."

„Shane würde sich bestimmt darüber freuen. Und ich auch. Du hast mir gefehlt, Jared." Rafe wischte sich mit einer rußverschmierten Hand übers Kinn, das ebenfalls rußig war. „Eigentlich ist mir das erst jetzt, nachdem ich wieder hier bin, so richtig klar geworden." Zufrieden mit seinem Werk taxierte er das Mauerwerk und kratzte am Eimerrand den restlichen Mörtel von seinem Spachtel ab. „Du willst mir also am Samstag wirklich helfen?"

„Du besorgst das Bier."

Rafe nickte zustimmend und erhob sich. „Lass mal deine Hände sehen, du feiner Pinkel."

Jareds Erwiderung war alles andere als fein und hing noch in der Luft, als Regan den Salon betrat.

„Aber, aber, Herr Rechtsanwalt", tadelte Rafe seinen Bruder mit einem leisen Grinsen und wandte sich dann Regan zu. „Hallo, Darling."

„Oh, ich störe wohl."

„Nein, überhaupt nicht. Dieser vulgäre Mensch hier ist mein Bruder Jared."

„Wir kennen uns bereits. Er ist nämlich mein Anwalt. Hallo, Jared."

„Hallo, Regan." Jared ließ seinen Zigarrenstummel in eine leere Mineralwasserflasche fallen. „Wie läuft denn das Geschäft?"

„Es blüht und gedeiht – dank Ihres kleinen Bruders." Sie lächelte und wandte sich Rafe zu. „Ich habe Stoff- und Tapetenmuster und Farbproben dabei. Ich dachte, du würdest es dir vielleicht gern ansehen."

„Du scheinst dir ja schon eine Menge Arbeit gemacht zu haben." Er bückte sich und machte sich an einer kleinen Kühlbox zu schaffen. „Möchtest du einen Drink?"

„Nein, danke."

„Du, Jared?"

„Ich würde mir ganz gern was für unterwegs mitnehmen, wenn du nichts dagegen hast. Ich muss nämlich jetzt los." Jared griff nach der Colaflasche, die Rafe ihm hinhielt, zog seine Sonnenbrille aus der Tasche und setzte sie auf. „Nun will ich euch nicht länger bei euren geschäftlichen Besprechungen aufhalten. War nett, Sie zu sehen, Regan."

„Samstag um halb acht", rief Rafe Jared, der den Raum bereits verlassen hatte, hinterher. „Aber morgens, Kumpel. Und lass deinen Anzug daheim."

„Ich hatte nicht die Absicht, ihn zu vertreiben", bemerkte Regan.

„Das hast du auch nicht. Willst du dich setzen?"

„Und wohin, wenn ich fragen darf?"

Er klopfte auf einen umgestülpten Eimer, der neben ihm stand.

„Ist zwar sehr großzügig von dir, aber ich kann nicht lang bleiben. Ich habe nur eine kurze Mittagspause."

„Dein Boss wird dir schon nicht gleich die Ohren lang ziehen, wenn du ein bisschen überziehst."

„Hast du eine Ahnung." Regan öffnete ihren Aktenkoffer und holte zwei dicke Umschläge heraus. „Hier ist alles drin. Wenn du das Zeug durchgesehen hast, lass es mich wissen." In Ermangelung von etwas Besserem legte Regan die Musterproben auf zwei nebeneinanderstehenden Sägeböcken ab. Dann sah sie sich um. „Du hast dich ja schon mächtig ins Zeug gelegt."

„Wenn man weiß, was man will, gibt es keinen Grund, Zeit zu verschwenden. Wie also wäre es zum Beispiel mit einem gemeinsamen Abendessen?"

Sie hielt seinem Blick stand. „Abendessen?"

„Ganz recht. Heute Abend. Wir könnten uns dann zusammen die Sachen ansehen." Er tippte mit dem Zeigefinger auf einen der Umschläge und hinterließ eine Ruß-Spur. „Das spart Zeit."

„Aha." Während sie überlegte, fuhr sie sich mit den Fingern durchs Haar. „Ich verstehe."

„Wie wär's gegen sieben? Wir könnten in den Lamplighter gehen."

„Wohin?"

„In den Lamplighter. Das kleine Lokal, wo die Church Street von der Main abzweigt."

Sie neigte den Kopf leicht zur Seite und überlegte. „Lokal? Da ist doch ein Videoladen."

Er stieß einen Fluch aus und rammte die Hände in die Hosentaschen. „So ein Mist. Da war früher ein Restaurant. Und dein Laden war ein Haushaltswarengeschäft."

„Tja, da kannst du es mal sehen – auch Kleinstädte verändern sich."

„Ja." Auch wenn er es nicht gern zugeben wollte. „Hast du Lust auf Italienisch?"

„Schon, aber hier gibt es nichts dergleichen in der Nähe. Der nächste Italiener ist auf der anderen Seite des Flusses in West Virginia. Wir könnten uns höchstens bei Ed's treffen."

„Nein. Italienisch. Um halb sieben bin ich bei dir." Er holte eine Uhr aus seiner Tasche, um zu sehen, wie spät es gerade war. „Ja, das schaffe ich. Also halb sieben, einverstanden?"

„Oh, die ist aber schön", sagte sie bewundernd und war mit zwei Schritten bei ihm, um ihm die Taschenuhr aus der Hand zu nehmen. „Hm ... Amerikanisches Fabrikat, Mitte neunzehntes Jahrhundert." Sie wog sie in der Hand und drehte sie dann um. „Sterlingsilber, gut erhalten. Ich biete dir fünfundsiebzig dafür."

„Ich habe aber neunzig bezahlt."

Sie lachte und schüttelte ihr Haar zurück. „Da hast du ein verdammt gutes Geschäft gemacht. Sie ist mindestens hundertfünfzig wert." Sie sah ihn an. „Du bist doch gar kein Taschenuhr-Typ."

„Bei meinem Job kann man keine Armbanduhr tragen. Sie wäre sofort hinüber." Er hatte große Lust, Regan zu berühren. Sie wirkte so sauber und adrett, dass die Vorstellung, sie etwas in Unordnung zu bringen, ihn außerordentlich reizte. „Verdammt schade, dass meine Hände so staubig sind."

Sofort in Alarmbereitschaft versetzt, trat sie einen Schritt zurück. „Von deinem Gesicht ganz zu schweigen. Was allerdings deinem guten Aussehen keinen Abbruch tut." Sie grinste, klemmte sich ihren Aktenkoffer unter den Arm und wandte sich zum Gehen. „Um halb sieben dann also. Und vergiss bloß nicht, die Sachen mitzubringen."

Erst nachdem sie sich dreimal umgezogen hatte, fing Regan sich wieder und versuchte Vernunft walten zu lassen. Es war ein Geschäftsessen und sonst nichts. Gewiss war ihre Erscheinung wichtig, aber so wichtig nun auch wieder nicht. Geschäft war Geschäft, und wie sie aussah, war zweitrangig.

Nachdenklich fragte sie sich, ob sie nicht vielleicht doch das kleine Schwarze hätte anziehen sollen.

Nein, nein, nein. Verärgert über sich selbst, nahm sie die Bürste zur Hand und fuhr sich durchs Haar. Je schlichter, desto besser. Das Restaurant in West Virginia war ein ganz normales Familienrestaurant, und der Zweck ihres Treffens war ein rein geschäftlicher. Der Blazer, die schwarze, schmale Hose und die dunkelgrüne Seidenbluse waren genau das richtige Outfit.

Weshalb nur verfiel sie bei einem Geschäftsessen auch nur entfernt auf die Idee, dass es sich in Wirklichkeit um ein Rendezvous handeln könnte? Diese Frage beschäftigte sie vor allem deshalb, weil sie sich etwas in der Art mit Rafe MacKade überhaupt nicht wünschte. Weder mit ihm noch mit sonst jemandem. Gerade jetzt, wo ihr Geschäft aufzublühen begann, konnte sie einfach keine Ablenkung vertragen.

Eine Beziehung würde sie drei Jahre ihres Lebens kosten. Mindestens. Niemals würde sie den Fehler ihrer Mutter wiederholen, die von ihrem Ehemann sowohl finanziell als auch emotional abhängig gewesen war. Sie, Regan, wollte erst ganz sicher sein, dass sie auch wirklich ganz allein und ohne fremde Hilfe auf eigenen Beinen stehen konnte, bevor sie bereit war, sich voll und ganz einem Mann zuzuwenden.

Und ganz bestimmt würde sie sich nicht vorschreiben lassen, ob sie arbeiten durfte oder nicht. Sie wollte niemals in die Situation kommen, ihren Mann um Geld bitten zu müssen, wenn sie Lust hatte, sich ein neues Kleid zu kaufen. Es mochte ja durchaus sein, dass ihren Eltern diese Art zu leben nichts ausmachte oder dass sie ihnen sogar gefiel, denn einen unglücklichen Eindruck hatten sie niemals gemacht. Doch was für ihre Eltern gut war, musste für Regan Bishop deshalb noch lange nicht gut sein. Sie wünschte sich ein anderes Leben.

Das Einzige, was sie störte, war, dass Rafe so verflucht gut aussah. Was ihr natürlich auch prompt, nachdem sie ihm auf sein Klingeln hin die Tür geöffnet hatte, wieder ins Auge stach.

Wirklich jammerschade, dieses Geschenk Gottes an die Frauenwelt unangetastet vorbeiziehen zu lassen, ging es ihr bei seinem Anblick voller Bedauern durch den Sinn, und sie nahm sich vor, derartigen Gedanken in Zukunft keinen Raum mehr zu geben.

Er präsentierte ihr ein verführerisches Grinsen, während er sie voller Bewunderung musterte. „Gut siehst du aus", stellte er fest, und noch bevor sie ihm ausweichen konnte, hatte er sich schon zu ihr herabgebeugt und strich mit seinen Lippen leicht über ihren Mund.

„Ich hole nur rasch …", begann sie und unterbrach sich, als ihr Blick auf die Tüten fiel, die er bei sich hatte. „Was ist denn das?"

„Das?" Er sah an sich herunter. „Das ist unser Abendessen. Wo ist die Küche?"

„Ich …" Doch er war schon eingetreten und hatte die Tür hinter sich zugemacht. „Ich dachte, wir gehen aus."

„Nein. Ich habe nur gesagt, dass wir italienisch essen." Mit einem raschen Blick überflog er den Raum. Sehr geschmackvoll eingerichtet, natürlich mit antiken Möbeln, registrierte er, und vor allem sehr weiblich. Kleine zierliche Sessel, auf Hochglanz polierte Mahagonitischchen, frische Blumen. „Hübsch hast du es hier."

„Willst du mir etwa jetzt erzählen, dass du vorhast, hier zu kochen?"

„Es ist der einfachste Weg, eine Frau ohne Körperkontakt dazu zu bringen, dass sie mit einem ins Bett geht. Geht's hier zur Küche?"

Seine Unverschämtheit verschlug ihr für einen Moment die Sprache. Erst als sie schon in der Küche waren, fiel ihr eine passende Erwiderung ein. „Ich würde sagen, das hängt ganz davon ab, wie gut du kochst, oder?"

Ihre Antwort schien ihm zu gefallen, denn er lächelte beifällig, während er begann, die Zutaten, die er mitgebracht hatte, aus der Tüte auszupacken. „Nun, du wirst es mir dann ja schon sagen, schätze ich. Wo hast du eine Pfanne?"

Sie holte eine aus dem Küchenschrank und zögerte einen Moment, bevor sie sie ihm überreichte.

„Falls du überlegt haben solltest, ob du mir mit dem Ding eins überbraten sollst, hast du recht daran getan, es zu unterlassen. Denn dann hättest du wirklich die leckerste Tomaten-Basilikum-Soße aller Zeiten verpasst."

„So? Dann warte ich eben bis nach dem Essen."

Er setzte Wasser auf und machte sich dann daran, den Salat zu putzen.

„Wer hat dir denn das Kochen beigebracht?"

„Wir kochen alle. Hast du ein Wiegemesser? Für meine Mutter gab es keinen Unterschied zwischen Männer- und Frauenarbeit. Danke", fügte er hinzu, nahm das Messer entgegen und begann lässig und wie nebenbei die Kräuter für den Salat zu hacken, sodass sie erstaunt die Augenbrauen hob. „Es war einfach nur Arbeit", beendete er seine Ausführungen.

„Ein Nudelgericht mit Tomaten-Basilikum-Soße klingt aber nicht nach einem Farmeressen."

„Sie hatte eine italienische Großmutter. Könntest du dich vielleicht etwas näher neben mich stellen? Du duftest so gut."

Sie tat so, als hätte sie nicht gehört, was er gesagt hatte, wobei sie sich bemühte, das Kribbeln in ihrem Bauch zu ignorieren, und hielt ihm die Weinflasche, die er mitgebracht hatte, hin. „Machst du sie auf, bitte?"

„Warum machst du es nicht selbst?"

Sie zuckte die Schultern und nahm einen Korkenzieher aus einer Schublade, öffnete die Flasche und ging danach ins Wohnzimmer. Er hatte um musikalische Untermalung gebeten. Während sie eine CD von Count Basie auflegte, fragte sie sich, warum sie einen Mann mit aufgekrempelten Hemdsärmeln, der Karotten in den Salat schnitt, so erotisch fand.

„Lass dein Olivenöl zu", sagte sie, als sie zurückkam. „Ich habe ein offenes."

„Kalt gepresstes?"

„Selbstverständlich." Sie stellte eine Flasche auf den Tresen.

„Count Basie, eigenes Olivenöl." Er grinste sie an. „Willst du mich heiraten?"

„Warum nicht? Am Samstag hätte ich zum Beispiel Zeit." Amüsiert darüber, dass er diesmal offensichtlich nicht gleich eine schlagfertige Antwort parat hatte, schmunzelte sie vor sich hin, während sie zwei Weingläser aus dem Schrank holte.

„Ich hatte aber eigentlich vor, am Samstag zu arbeiten." Er stellte den Salat beiseite und ließ sie nicht aus den Augen.

„Faule Ausreden."

„Herrgott, diese Frau machte es einem nicht leicht." Als sie den Wein eingoss, pirschte er sich näher an sie heran. „Wenn du mir garantieren kannst, dass du dir in lauen Sommernächten mit mir zusammen die Baseballspiele im Fernsehen ansiehst, könnten wir uns vielleicht einig werden."

„Da muss ich leider passen. Ich hasse Sport."

Jetzt kam er noch näher, so nahe, dass sie schnell, in jeder Hand ein Weinglas, einen Schritt zurückwich. „Gut, dass ich das noch rechtzeitig herausgefunden habe, bevor es zu spät ist."

„Du Glücklicher." Ihr Herz machte ihr Schwierigkeiten, irgendwie klopfte es viel schneller als gewöhnlich.

„Das gefällt mir", murmelte er und fuhr mit dem Finger über den kleinen Schönheitsfleck über ihrem Mundwinkel, während er mit der anderen Hand die Knöpfe ihres Sakkos öffnete.

„Warum machst du das eigentlich immer?"

„Was denn?"

„Den Blödsinn mit meinen Knöpfen."

„Ich übe nur ein bisschen." Ein verwegenes Grinsen huschte kurz wie ein Wetterleuchten über sein Gesicht. „Außerdem siehst du immer wie aus dem Ei gepellt aus, sodass ich Lust bekomme, dich ein bisschen in Unordnung zu bringen."

Ihr Rückzug endete damit, dass sie sich mit dem Rücken an der Wand wiederfand. Rechts neben ihr stand der Kühlschrank, links war ebenfalls eine Wand.

„Scheint so, als hättest du dich selbst in die Ecke gedrängt, Darling." Er trat vor sie hin, legte beide Hände um ihre Taille, beugte sich zu ihr hinab und küsste sie. Während er den Kuss vertiefte, arbeiteten sich seine Finger weiter nach oben und stoppten erst kurz unterhalb ihrer Brüste.

Es gelang ihr nicht, Zurückhaltung zu wahren. Ihr Atem ging schneller, sie öffnete ihm ihre Lippen, und ihre Zungen begegneten sich. Sowohl der männlich herbe Duft, den er ausströmte, als auch der dunkle, wilde Geschmack seines Mundes trafen sie wie ein Pfeil mitten ins Zentrum ihres Begehrens.

Im hintersten Winkel ihres Gehirns blinkte ein Warnlämpchen auf. Mit Sicherheit wusste er genau, wie es ein Mann anstellen musste, um eine Frau zu verführen. Alle Frauen. Irgendeine Frau. Aber es war ihr egal, ihr Begehren war stärker als ihr Verstand.

Ihr Blut begann schneller als gewöhnlich durch die Adern zu rauschen, ihre Haut prickelte. Sie hatte das Gefühl zu spüren, wie ihre Knochen dahinschmolzen wie das Wachs einer Kerze unter der Flamme.

Es erregte ihn unglaublich, sie zu beobachten. Seine Augen waren die ganze Zeit weit geöffnet, während er mit seiner Zunge ihre warme, feuchte Mundhöhle erforschte. Das Flattern ihrer Lider, die Wangen, in die das Verlangen Farbe gebracht hatte, und der hilflose kleine, lustvolle Seufzer, der ihr entschlüpfte, als er seine Fingerspitzen leicht über die Knospen ihrer Brüste gleiten ließ, jagten ihm einen Lustschauer nach dem anderen den Rücken hinunter.

Mit einiger Anstrengung gelang es ihm nach einer Weile, den Kuss zu beenden. „Du lieber Gott. Das ist wirklich nicht der geeignete Zeitpunkt." Zärtlich knabberte er an ihrem Ohrläppchen. „Oder wollen wir es doch noch mal versuchen?"

„Nein." Ihre Antwort überraschte sie selbst, denn sie war das Gegenteil dessen, was sie wollte. Sie hielt noch immer in jeder Hand ein Weinglas und presste nun eines davon wie zur Verteidigung gegen seine Brust.

Er betrachtete es einen Moment, dann wanderte sein Blick wieder nach oben und sah sie an. Er lächelte nicht, und der sanfte Ausdruck, der noch kurz zuvor auf seinem Gesicht gelegen hatte, war verschwunden. In seinen Augen lauerte nun etwas Dunkles, fast Gefährliches, wie bei einem Raubtier, das zum Sprung ansetzt auf seine Beute. Trotz ihres gesunden Menschenverstands fühlte sie sich von diesem Mann, der sich ohne Bedenken nehmen würde, wonach ihm der Sinn stand, fast unwiderstehlich angezogen und scherte sich nicht um die Konsequenzen.

„Deine Hände zittern ja, Regan."

„Ich weiß."

Sie war sich darüber im Klaren, dass ein falsches Wort, eine falsche Bewegung das, was in seinen Augen lauerte, zum Ausbruch bringen und sie verschlingen würde. Und sie würde es zulassen. Und genießen.

Darüber galt es erst einmal nachzudenken.

„Nimm dein Weinglas, Rafe. Es ist Rotwein, er wird hässliche Flecken auf deinem Hemd hinterlassen, wenn man ihn verschüttet."

Einen verwirrenden Moment lang brachte er kein Wort heraus. Ein Verlangen, das er nicht verstand und mit dem er nicht gerechnet hatte, schnürte ihm die Kehle zu. Sie ist beunruhigt, dachte er. Und er fand, dass es klug war von ihr, denn sie hatte allen Grund zur Beunruhigung. Eine Frau wie sie hatte keine Ahnung, wozu ein Mann wie er fähig war.

Er nahm das Glas entgegen und stieß mit ihr an, der helle Klang schwebte noch in der Luft, als er sich umwandte und zum Herd ging.

Sie fühlte sich so, als wäre sie eben am Rand einer Klippe entlanggetaumelt und hätte es gerade noch rechtzeitig geschafft, dem unvermeidlich erscheinenden Sturz zu entgehen. Doch was sie angesichts dessen verspürte, war nicht Erleichterung, sondern Bedauern.

„Irgendwie sollte ich wohl jetzt was sagen. Ich … äh …" Sie holte tief Luft und nahm einen großen Schluck Wein. „Ich will ja nicht abstreiten, dass ich mich von dir angezogen fühle …"

In dem Versuch, sich zu entspannen, lehnte er sich gegen den Tresen und fixierte sie über den Rand seines Weinglases hinweg. „Und?"

„Und." Sie strich sich eine Haarsträhne aus dem Gesicht. „Aber ich denke, Komplikationen sind … eben kompliziert", beendete sie ihren wenig aussagekräftigen Satz. „Ich will das nicht … Ich kann mir nicht vorstellen …" Sie schloss die Augen und nahm noch einen Schluck. „Oh Gott, jetzt stottere ich schon."

„Ist mir auch aufgefallen. Es stärkt mein Selbstvertrauen ungemein."

„Das hast du doch gar nicht nötig." Sie stieß hörbar die Luft aus und räusperte sich. „Ich habe keinen Zweifel daran, dass Sex mit dir eine denkwürdige Sache wäre – hör auf, so blöd zu grinsen!"

„Oh, Entschuldigung." Doch das Grinsen wich nicht von seinem Gesicht. „Das muss an deiner Wortwahl liegen. Denkwürdig ist gut –

wirklich gut, gefällt mir. Aber ich habe verstanden, was du meinst. Du willst dir alles gründlich durch den Kopf gehen lassen. Und wenn du dann so weit bist, lässt du es mich wissen."

Sie überlegte einen Moment, dann nickte sie. „Ja, so könnte man es sagen."

„Okay. Jetzt bin ich dran." Er wandte sich um, drehte die Herdplatte an und goss Öl in die Bratpfanne. „Ich begehre dich, Regan. Sofort, als ich bei Ed's reinkam und dich mit Cassie so geschniegelt und gebügelt dasitzen sah, hat's mich umgehauen, ehrlich. Es hat mich einfach erwischt."

Sie tat alles, um die Schmetterlinge, die wieder begannen, in ihrem Bauch zu flattern, nicht zur Kenntnis zu nehmen. „Hast du mir deshalb diesen Job angeboten?"

„Du bist wirklich zu intelligent, um eine solche Frage zu stellen. Es geht um Sex, verstehst du? Sex ist etwas Persönliches."

„Na gut." Sie nickte wieder. „Na gut."

Er nahm eine Tomate zur Hand und betrachtete sie eingehend. „Das Problem ist nur, dass ich nicht viel davon halte, über solche Sachen allzu lange nachzugrübeln. Ich weiß ja nicht, wie du das siehst, aber ich finde, Sex ist etwas Animalisches. Es geht darum, zu riechen, zu schmecken und zu fühlen." Seine Augen hatten sich verdunkelt wie bereits vorhin schon, und wieder lag in ihnen ein Anflug von Waghalsigkeit und Leichtsinn. Er nahm das Messer in die Hand und fuhr mit dem Finger prüfend über die Schneide. „Und zu erobern", fügte er langsam hinzu. „Aber da das nur mein eigener Blickwinkel ist und die Sache schließlich uns beide betrifft, musst du wohl wirklich dein Ding durchziehen und erst noch ein Weilchen überlegen."

Verblüfft starrte sie ihn an, während er eine Knoblauchzehe schälte. „Soll ich dir jetzt dafür danken oder was?"

„Quatsch." Fachmännisch legte er die Messerschneide flach über die Knoblauchzehe und hieb einmal kurz mit der Faust darauf. „Ich wollte nur, dass du mich verstehst, ebenso wie ich versuche, dich zu verstehen."

„Du bist ja ein ganz moderner Mann, MacKade."

„Wenn du dich da mal nicht täuschst, Darling. Auf jeden Fall werde ich dich wieder zum Stottern bringen, verlass dich drauf."

Diese Herausforderung würde sie annehmen. Entschlossen griff sie nach der Weinflasche und füllte ihre Gläser auf. „Dann will ich dir jetzt mal sagen, worauf du dich verlassen kannst. Falls ich mich entschließen sollte, mit dir ins Bett zu gehen, wirst du zumindest ebenso stottern wie ich."

Er warf den zerdrückten Knoblauch in das Öl, wo er gleich darauf zu brutzeln begann. „Du gefällst mir, Darling. Du gefällst mir wirklich ausnehmend gut."

4. KAPITEL

Die Sonne lachte vom Himmel und brachte die Eiszapfen an den Dachrinnen zum Schmelzen. Die Schneemänner in den Vorgärten verloren an Gewicht, und die Mohrrüben und Steine, die als Nasen und Augen gedient hatten, purzelten ihnen aus den Gesichtern.

Regan brachte die folgende Woche damit zu, sich umzuhören, wo sie geeignete Einrichtungsgegenstände für das Barlow-Haus auftreiben könnte, und ergänzte auf einer Auktion ihren Warenbestand.

Wenn keine Kundschaft im Laden war, nutzte sie die Zeit, um die Pläne, die sie für das zukünftige MacKade Inn von Antietam ausgearbeitet hatte, zu studieren. Immer wieder kamen ihr neue Ideen, die sie voller Begeisterung den schon existierenden hinzufügte.

Auch in diesem Augenblick, während sie einem interessierten Ehepaar eine antike Kredenz aus Walnussholz schmackhaft zu machen versuchte, waren ihre Gedanken bereits bei dem Haus. Obwohl sie sich dessen noch nicht bewusst war, hatte es sie bereits ebenso gefangen genommen wie Rafe.

In das vordere Schlafzimmer im ersten Stock kommt das Himmelbett, überlegte sie, die Tapete mit den Rosenknospen und der Schrank aus Satinholz. Ein romantisches, traditionelles Brautgemach ganz im Stil jener Zeit sollte es werden.

Und was den großen Raum im Erdgeschoss anbelangte, so wirkte der ja schon allein durch seine herrliche Südlage. Voraussetzung war natürlich, dass Rafe die richtigen Fenster aussuchte, aber da hatte sie keine Bedenken. Sie würde für leuchtend warme Farben, denen ein Goldton beigemischt war, plädieren, sodass der Eindruck entstehen konnte, die Sonne würde auch dann scheinen, wenn es regnete. Und viele, viele Grünpflanzen. Wie ein Wintergarten sollte er wirken, ein Ort, von dem aus man ruhig die Blicke durch die großen Panoramafenster nach draußen schweifen lassen konnte, in den großen Garten und weiter darüber hinaus in die Wälder.

Sie konnte es kaum mehr erwarten, selbst Hand anzulegen, um das Haus mit den winzigen, aber wichtigen Kleinigkeiten auszustatten, die es in altem Glanz erstrahlen lassen sollten und die dafür sorgen würden, dass es wieder ein richtiges Heim wurde.

Kein Heim, berichtigte sie sich sofort in Gedanken. Höchstens ein

Heim für Gäste. Ein Hotel. Komfortabel, charmant, aber nur zur zeitweiligen Benutzung. Mit einiger Anstrengung gelang es ihr, den Kopf schließlich freizubekommen.

Die Frau fuhr begehrlich mit den Fingerspitzen über das glänzende Holz, während Regan den hoffnungsvollen und bittenden Blick auffing, den sie ihrem Ehemann zuwarf.

„Sie ist wirklich wunderschön. Nur leider kostet sie mehr, als wir eigentlich vorhatten auszugeben."

„Ja, ich verstehe. Aber eine Kredenz in diesem ausgezeichneten Zustand …"

Sie unterbrach sich, weil die Ladentür geöffnet wurde, und ihr Herz machte einen kleinen Satz. Doch es war nicht Rafe, der, wie sie insgeheim gehofft hatte, hereingeschneit kam, sondern Cassie. Verärgert spürte sie, wie Enttäuschung in ihr hochstieg, und versuchte sogleich, sie abzuschütteln. Noch bevor sie Cassie ein freundliches Willkommenslächeln zuwerfen konnte, entdeckte sie den Bluterguss auf dem Gesicht der Freundin und erschrak zutiefst.

„Wenn Sie mich für einen Moment entschuldigen möchten, ich bin gleich wieder da."

Bei Cassie angelangt, nahm sie sie wortlos am Arm und führte sie in ihr Büro.

„Setz dich, Cassie. Komm." Sanft, aber nachdrücklich, drückte sie die junge Frau in einen Sessel, der vor einem schmiedeeisernen kleinen Tischchen stand. „Um Gottes willen, was ist denn passiert? Ist es schlimm?"

„Ach, es ist nichts, ich bin nur …"

„Halt den Mund." Sie konnte nicht anders, als dem Zorn, der beim Anblick ihrer Freundin in ihr aufgeflammt war, ein Ventil zu geben, und knallte den Teekessel auf die Platte des kleinen Kochers. „Entschuldige bitte. Ich mach uns erst mal einen Tee, ja?" Sie musste sich noch eine kleine Verschnaufpause verschaffen, ohne die sie nicht imstande sein würde, mit Cassie ruhig und vernünftig zu reden. „Bis das Wasser kocht, gehe ich kurz noch einmal zu meinen Kunden hinaus. Du bleibst hier sitzen und entspannst dich, verstanden?"

In Cassies Augen brannte die Scham. Sie sah Regan für den Bruchteil einer Sekunde an, dann senkte sie schnell den Blick, starrte auf ihre Hände und nickte bedrückt. „Danke", murmelte sie kaum hörbar.

Zehn Minuten später war Regan wieder zurück. Sie hatte sich ge-

61

schworen, ihre Wut zu zügeln, alles andere würde die Angelegenheit nicht besser machen und Cassie keinen Schritt weiterhelfen. Sie brauchte Unterstützung und keine Vorwürfe.

Doch alle guten Vorsätze waren vergebens. Das Bild des Jammers, das ihre Freundin, die zusammengekauert in dem Sessel hockte, bot, ließ sie von Neuem explodieren.

„Herrgott noch mal, warum lässt du dir das gefallen? Wann hast du bloß endlich die Schnauze voll davon, für diesen sadistischen Dreckskerl den Sandsack zu spielen, an dem er sich abreagieren kann? Muss man dich vielleicht erst ins Krankenhaus einliefern, ehe du zu Verstand kommst?"

Cassie, in äußerster Bedrängnis, legte die Arme auf das vor ihr stehende Tischchen, vergrub den Kopf darin und begann zu schluchzen.

Sofort spürte Regan, wie ihr ebenfalls die Tränen kamen, sie ging neben ihrer Freundin in die Knie und umarmte sie. „Ach, Cassie. Es tut mir so leid, es tut mir so leid. Ich hätte nicht so mit dir herumkeifen dürfen."

„Ich hätte nicht herkommen sollen", schluchzte Cassie, hob den Kopf, bedeckte ihr Gesicht mit den Händen und rang um Fassung. „Ich hätte wirklich nicht herkommen sollen, aber ich hab einfach jemanden gebraucht, mit dem ich reden kann."

„Ach, Cassie, natürlich war es richtig von dir, herzukommen. Komm, lass mich mal sehen." Regan versuchte, Cassies Hände von ihrem Gesicht wegzuziehen. Nachdem es ihr schließlich gelungen war, sah sie das ganze Ausmaß dessen, was Joe angerichtet hatte. Der Bluterguss zog sich über die gesamte rechte Gesichtshälfte hin, von der Schläfe bis nach unten zum Kiefer, und das rechte Auge war lilablau verfärbt und fast ganz zugeschwollen.

„Oh, Cassie, was ist denn bloß passiert? Kannst du es mir nicht erzählen?"

„Er ... Joe ...", begann Cassie, immer wieder von Neuem von Schluchzen geschüttelt, „er hat sich schon die ganze Zeit nicht gut gefühlt ... Die Grippe ... du weißt doch ..." Sie holte tief Luft. „Er war in letzter Zeit so oft krank ... und gestern ... gestern haben sie ihm gekündigt." Ohne Regan anzuschauen, bückte sie sich nach ihrer Handtasche und kramte ein Papiertaschentuch hervor. „Er war völlig fertig ... Zwölf Jahre war er bei der Firma beschäftigt, und jetzt – aus und vorbei. Wenn ich bloß an die Rechnungen denke ... Ich habe erst vor Kurzem eine neue Waschmaschine auf Kredit gekauft, und Connor wollte unbedingt diese neuen Tennisschuhe. War mir ja klar, dass sie viel zu teuer waren, aber …"

„Hör auf", fiel ihr Regan bestimmt ins Wort und legte ihre Hand auf Cassies Arm. „Hör auf mit deinen ewigen Selbstanklagen. Ich kann es wirklich nicht ertragen."

„Ich weiß, dass das alles nur Ausflüchte sind." Cassie schöpfte zitternd Atem und schloss die Augen. Wenigstens Regan gegenüber sollte sie ehrlich sein. Ihre Freundin hatte es nicht verdient, belogen zu werden, denn sie war in den drei Jahren, die sie sich nun schon kannten, immer für sie da gewesen. „Also, um die Wahrheit zu sagen, er hatte überhaupt keine Grippe. Er ist schon seit fast einer Woche fast ununterbrochen betrunken. Sie haben ihn nicht entlassen, sondern sie haben ihn auf der Stelle gefeuert, weil er sternhagelvoll an seinem Arbeitsplatz erschienen ist und sich natürlich sofort mit seinem Vorarbeiter angelegt hat."

„Und dann ist er nach Hause gekommen und hat seine Wut an dir ausgelassen." Regan erhob sich, nahm den Kessel vom Herd und brühte Tee auf. „Wo sind denn die Kinder?"

„Bei meiner Mutter. Ich bin noch in der Nacht mit ihnen zu ihr gefahren." Sie betastete ihre Wange und ihr Auge. „So schlimm wie diesmal war es noch nie." Unbewusst fuhr sie sich mit der Hand an den Hals. Unter dem Rollkragen verbargen sich noch mehr Blutergüsse, die Joe ihr zugefügt hatte, als er sie so gewürgt hatte, dass sie schon dachte, er würde sie umbringen. Fast hatte sie es sich gewünscht.

„Okay, das ist ja immerhin schon mal etwas." Während Regan dünne chinesische Teeschalen aus Porzellan auf den Tisch stellte, überlegte sie, wie sie Cassie am besten helfen könnte. „Der erste Schritt zu einem neuen Anfang", fügte sie hinzu.

„Nein." Vorsichtig legte Cassie beide Hände um ihre Teeschale, als müsse sie sich wärmen. „Sie erwartet von mir, dass wir noch heute zu Joe zurückgehen. Sie würde uns nicht noch eine Nacht bei sich aufnehmen."

„Auch nicht nach dem, was passiert ist?", fragte Regan fassungslos.

„Eine Frau gehört zu ihrem Mann", erwiderte Cassie schlicht. „Ich habe ihn geheiratet und habe gelobt, zu ihm zu halten, in guten wie in schlechten Zeiten."

Regan konnte ja noch nicht einmal ihre eigene Mutter verstehen,

63

doch das, was Cassie da von sich gab, erschien ihr schlicht unfassbar. „Was du da sagst, ist einfach ungeheuerlich."

„Das sind nur die Worte meiner Mutter", murmelte Cassie und zuckte zusammen, als sie ihre aufgeplatzte Lippe mit dem heißen Tee benetzte. „Sie ist der festen Überzeugung, dass es die Pflicht der Frau ist, dafür zu sorgen, dass eine Ehe funktioniert. Und wenn das nicht der Fall ist, ist es allein ihre Schuld."

„Und du? Was glaubst du? Dass es deine Pflicht ist, dich von Joe verprügeln zu lassen?"

„Ich bin verheiratet, Regan. Und außerdem denkt man immer, dass es irgendwann wieder besser werden wird." Sie holte zitternd Luft. „Vielleicht war ich ja zu jung, als ich Joe geheiratet habe, und möglicherweise habe ich auch einen Fehler gemacht. Und dennoch war ich immer fest entschlossen, an meiner Ehe festzuhalten, obwohl Joe mir schon seit Jahren untreu ist." Wieder begann sie zu weinen. „Wir sind nun seit zehn Jahren verheiratet, Regan. Und wir haben Kinder zusammen. Ich habe so viele Fehler gemacht, zum Beispiel habe ich mein Trinkgeld genommen und Connor davon neue Schuhe gekauft, und bei Emma lasse ich es zu, dass sie Mannequin spielt und meinen Lippenstift benutzt, obwohl sie noch so klein ist. Und eine neue Waschmaschine konnten wir uns überhaupt nicht leisten – aber gekauft habe ich sie dennoch. Und im Bett war ich auch niemals gut, bestimmt nicht so gut, wie die anderen Frauen, mit denen er …"

Als sie Regans fassungslosen Blick sah, unterbrach sie sich schlagartig.

„Hast du dir diesmal selbst zugehört, Cassie?", erkundigte sich Regan sanft. „Hast du gehört, was du gerade gesagt hast?"

„Ich kann einfach nicht mehr länger bei ihm bleiben." Cassies Stimme brach. „Er hat mich vor den Kindern geschlagen. Früher hat er wenigstens immer noch gewartet, bis sie im Bett waren, und das war schon schlimm genug. Aber gestern hat er mich vor ihnen verprügelt und mir währenddessen ganz schreckliche Sachen an den Kopf geworfen. Sachen, die sie nie und nimmer hätten hören dürfen. Dazu hat er kein Recht. Er zieht sie in alles mit rein, und dazu hat er kein Recht."

„Nein, Cassie, dazu hat er kein Recht. Du brauchst jetzt Hilfe."

„Ich habe die ganze Nacht wach gelegen und habe darüber nachgedacht." Sie zögerte einen Moment, dann schob sie ihren Rollkragen ein Stück hinunter.

Entsetzt starrte Regan auf die blutunterlaufenen Würgemale, die sich über Cassies weißen Hals zogen. Ihr Gesicht verzerrte sich vor Wut, und in ihren Augen loderte kalter Zorn auf. „Oh mein Gott", stammelte sie, „er hat versucht, dich zu erwürgen."

„Ich glaube nicht, dass es das war, was er anfangs wollte. Es war nur so, weil er mir so wehgetan hat, habe ich geschrien, und zuerst wollte er wohl nur, dass ich aufhöre. Aber ich konnte nicht, und da ist er mir an den Hals gegangen und hat zugedrückt. Oh Gott." Cassie schlug wieder die Hände vors Gesicht. „Und dann habe ich es gesehen. In seinen Augen stand blanker Hass. Er hasst mich einfach deswegen, weil ich da bin. Und er wird mir wieder etwas tun, wenn ich ihm die Gelegenheit dazu gebe, aber ich muss jetzt an die Kinder denken. Ich habe vor, zu Devin zu gehen, um Anzeige zu erstatten."

„Gott sei Dank."

„Ich wollte nur vorher bei dir reinschauen, damit ich ein bisschen ruhiger werde." Cassie wusste, dass es nun kein Zurück mehr gab. Sie bemühte sich um ein zitterndes Lächeln und wischte sich mit dem Handrücken die Tränen aus dem Gesicht. „Es fällt mir schwer, weil es ausgerechnet Devin ist. Ich kenne ihn schon mein ganzes Leben lang. Nicht, dass die ganze Sache ein Geheimnis wäre, er war ja schon unzählige Male bei uns, weil die Nachbarn die Polizei gerufen haben. Und dennoch ist es hart." Sie seufzte. „Weil es Devin ist."

„Ich komme mit dir."

Cassie schloss die Augen. Das war der Grund, weshalb sie hergekommen war. Weil sie jemanden brauchte, der ihr jetzt zur Seite stand. Oder – genauer ausgedrückt – weil sie jemanden brauchte, der sie aufrecht hielt. „Nein, ich muss es allein machen. Aber ich weiß nicht, was ich danach tun soll", erwiderte sie tapfer und nahm einen Schluck von ihrem Tee, der ihrer geschundenen Kehle wohltat. „Ich kann unmöglich die Kinder wieder nach Hause zurückbringen, ohne dass ich weiß, wie es jetzt weitergeht."

„Du könntest in das Frauenhaus …"

Cassie schüttelte den Kopf. „Ich weiß, dass es falscher Stolz ist, Regan, aber ich kann da nicht hingehen. Vor allem nicht mit den Kindern. Zumindest nicht jetzt."

„Okay. Dann bleibst du eben hier. Bei mir." Als Cassie Einspruch erhob, wiederholte Regan ihr Angebot ein zweites Mal. „Ich habe zwar nur noch ein zusätzliches Schlafzimmer, deshalb wird es für euch drei ziemlich eng werden, aber eine Zeit lang wird es bestimmt gehen."

„Wir können dir unmöglich so zur Last fallen, Regan."

„Ihr fallt mir nicht zur Last. Es ist ein Notfall, und ich habe es dir doch angeboten. Schau, Cassie, du warst meine erste Freundin hier in Antietam und hast mir geholfen, mich hier einzuleben. Und nun möchte ich dir helfen, also lass es mich auch."

„Oh nein, Regan, wirklich. Das ist mir unangenehm. Ich habe einiges gespart. Wir könnten ein paar Tage in einem Motel unterkommen, dafür reicht es gerade."

„Das kommt gar nicht infrage, Cassie. Es ist wirklich alles kein Problem, ihr wohnt für die nächste Zeit bei mir, und dann werden wir weitersehen. Wenn du es schon nicht für dich tust, dann tu es für die Kinder", fügte sie schnell hinzu, erleichtert darüber, dass ihr endlich das Argument eingefallen war, das für Cassie am schwersten wog.

Cassies Reaktion bewies ihr, dass sie recht hatte. Nun endlich nickte die Freundin zustimmend. „Also gut. Wenn ich von Devin komme, hole ich sie ab." Wenn es um ihre Kinder ging, war Cassie sogar ihr Stolz nicht mehr wichtig. „Ich bin dir wirklich sehr dankbar, Regan."

„Ich dir auch. Jetzt."

„Ja, was ist denn hier los? Gemütliches Plauderstündchen während der Geschäftszeiten, hm?" Rafe kam vergnügt zur Tür herein und warf seinen Mantel schwungvoll auf die Couch. Erst nachdem er sich gesetzt hatte, fiel ihm Cassies zerschlagenes Gesicht auf.

Zu beobachten, wie sich Rafes eben noch charmant vergnügte Miene in eine eisige Maske verwandelte, machte Regan für einen Augenblick sprachlos. Als könne er seinen Augen nicht trauen, streckte er die Hand aus und fuhr leicht mit einer Fingerspitze über den Bluterguss.

„Joe?"

„Es ... es war ein Unfall", stammelte Cassie.

Er stieß einen wüsten Fluch aus und sprang auf. Sofort war Cassie, die seine Gedanken erriet, ebenfalls auf den Beinen und stellte sich ihm in den Weg.

„Nein, Rafe, bitte", flehte sie, „mach keine Dummheiten." Verzweifelt krallte sie sich in seinen Ärmel. „Bitte, geh nicht zu ihm."

Er hätte sie mit Leichtigkeit beiseiteschieben können, aber er tat es nicht, weil ihm klar war, dass er damit nur noch mehr Öl ins Feuer gießen würde. „Hör zu, Cassie", sagte er deshalb in ruhigem Ton, „du bleibst hier bei Regan."

66

„Nein, bitte." Hilflos begann Cassie wieder zu weinen. „Bitte. Mach nicht alles noch schlimmer, als es sowieso schon ist."

„Diesmal wird der Dreckskerl für seine Sauereien bezahlen", stieß Rafe zwischen zusammengebissenen Zähnen hervor, drückte sie entschlossen in den Sessel und schaute auf sie herunter. Ihre Tränen bewirkten, dass er weich wurde. „Cassie." Er kniete sich neben sie hin, schlang die Arme um sie und zog sie an seine Brust. „Hör auf zu weinen, Baby. Komm, alles wird wieder gut."

Regan, die schnell aufgesprungen war, beobachtete ihn ungläubig. Sie konnte es kaum fassen, wie nah Zärtlichkeit und Härte bei ihm nebeneinanderlagen. Er wiegte Cassie wie ein Kind in seinen Armen und murmelte dabei tröstliche Worte.

Als er den Kopf hob, um sie anzusehen, war Regans Kehle wie zugeschnürt. Ja, die Gewalttätigkeit lauerte noch immer in seinen Augen. Lebendig und heftig genug, um sie in Angst zu versetzen. Sie schluckte krampfhaft.

„Misch dich nicht ein, Rafe. Cassie wird es allein schaffen." Ihre Stimme klang rau.

Jeder Nerv in ihm war angespannt, er fieberte nach der Jagd, wollte den Kampf. Er wollte Blut sehen. Joes Blut. Aber die Frau, die hier in seinen Armen lag, zitterte. Und die andere, die ihn erschreckt mit weit aufgerissenen Augen ansah, hatte sich auf leises Bitten verlegt. Er rang mit sich selbst.

„Entschuldige bitte", flüsterte Cassie.

„Du musst dich nicht bei mir entschuldigen." Behutsam ließ er sie los und wischte ihr die Tränen ab. „Du musst dich bei überhaupt niemandem entschuldigen."

„Sie wird zu Devin gehen und Anzeige erstatten." Regans Hände zitterten. Um sich zu beruhigen, holte sie Rafe eine Tasse und goss ihm Tee ein. „Das ist in dieser Situation das einzig Richtige."

„Es ist ein Weg." Er zog seinen eigenen vor. Er sah Cassie an und strich ihr eine Haarsträhne aus dem nassen Gesicht. „Hast du einen sicheren Platz, an dem du unterkommen kannst?"

Cassie nickte und nahm das Papiertaschentuch, das Rafe ihr hinhielt. „Fürs Erste bleiben wir hier bei Regan. Bis wir …"

„Mit den Kindern ist alles in Ordnung?"

Sie nickte wieder. „Sie sind bei meiner Mutter. Wenn ich bei Devin alles erledigt habe, werde ich sie abholen."

„Sag mir, was du brauchst, dann geh ich zu dir nach Hause und hol es dir."

„Ich … ich weiß nicht. Ich … glaube, ich brauche nichts."

„Lass uns später noch mal darüber reden. Was hältst du davon, wenn ich mit dir komme?"

Zitternd stieß sie den Atem aus und trocknete sich mit dem Taschentuch das Gesicht. „Nein. Da muss ich allein durch, Regan. Am besten, ich mache mich jetzt gleich auf den Weg."

„Hier." Regan zog eine Schublade auf. „Das ist der Schlüssel für die Eingangstür oben. Das Zimmer, in dem ihr euch ausbreiten könnt, kennst du ja. Macht es euch gemütlich." Sie drückte Cassie den Schlüssel in die Hand und schloss ihre Finger darum. „Und leg die Sicherheitskette vor, Cassie."

„Ja. Dann muss ich jetzt wohl gehen." Alles, was sie zu tun hatte, war aufzustehen und zur Tür zu gehen. Aber noch niemals in ihrem Leben, so erschien es ihr, war ihr etwas so schwergefallen. „Ich habe doch immer gedacht, dass er sich ändert", flüsterte sie vor sich hin. „Ich habe es so gehofft …" Seufzend raffte sie sich auf und erhob sich. „Noch mal danke für alles." Sie bemühte sich um ein tapferes Lächeln, ehe sie sich umwandte und mit gesenktem Kopf und hängenden Schultern hinausging.

„Hast du eine Ahnung, wo das Schwein ist?", knurrte Rafe wütend.

„Nein."

„Egal, ich werde ihn finden." Er streckte die Hand aus, um seinen Mantel zu nehmen, aber Regan fiel ihm in den Arm. Er hob langsam den Blick und sah sie aus brennenden Augen an. „Komm nicht auf die Idee, dich mir in den Weg zu stellen."

Als Erwiderung nahm sie sein Gesicht in ihre Hände und küsste ihn. Es war ein weicher Kuss, der sie beide beruhigte.

„Womit habe ich denn das verdient?"

„Oh, da gibt es schon ein paar Sachen." Sie atmete tief ein und legte ihm beide Hände auf die Schultern. „Zum Beispiel für deinen Wunsch, dem Dreckskerl die Fassade zu polieren." Sie küsste ihn wieder. „Und dafür, dass du es nicht getan hast, weil Cassie dich darum gebeten hat." Noch ein Kuss. „Und zum Schluss dafür, dass du ihr gezeigt hast, dass nicht alle Männer so sind wie Joe, sondern dass die meisten Männer, die meisten wirklichen Männer, liebenswürdig sind und nicht brutal."

„Verdammt." Besiegt lehnte er seine Stirn gegen ihre. „Das ist ja eine ganz miese Art, mich davon abzubringen, ihm die Fresse einzuschlagen."

„Ein Teil von mir empfindet so wie du. Aber ich bin nicht stolz darauf." Als sie spürte, dass der Zorn wieder heiß in ihr aufstieg, wandte sie sich von Rafe ab und ging zur Kochplatte. „Ein Teil von mir hätte gern zugeschaut, wie du so lange auf ihn eindrischst, bis er umfällt."

Rafe ging zu ihr hinüber, nahm ihre Hand, die sie zur Faust geballt hatte, öffnete sie behutsam und drückte ihr einen Kuss auf die Handfläche. „Na so was. Wie konnte ich mich bloß so in dir irren?"

„Ich hab doch gesagt, dass ich nicht stolz darauf bin." Ein kleines Lächeln huschte über ihr Gesicht. „Aber damit würden wir Cassie nicht helfen. Man muss alle Gewalttätigkeiten von ihr fernhalten, auch wenn es in diesem Fall nur gerecht wäre, dass Joe mal so richtig Prügel bezieht."

„Ich kenne sie, seit sie ein Kind war." Rafe blickte auf die Tasse, die Regan ihm hinhielt, und schüttelte den Kopf. Der Tee duftete wie eine Wiese im Frühling, und bestimmt schmeckte er auch so. „Sie war schon immer so zerbrechlich, hübsch und scheu. Und so unheimlich lieb." Auf Regans neugierigen Blick hin schüttelte er wieder den Kopf. „Nein, es ist nicht, wie du jetzt vielleicht denkst. Ich hatte niemals irgendwelche Absichten. Liebe Frauen sind nicht mein Typ."

„Danke."

„Keine Ursache." Er fuhr ihr mit den Fingern durchs Haar. „Ist dir klar, dass du eine Menge auf dich nimmst, wenn du sie mit den Kindern bei dir wohnen lässt? Sie könnten bei uns auf der Farm unterkommen, wir haben viel Platz."

„Sie braucht jetzt eine Frau, Rafe, keinen Männerhaufen – egal, wie gut es gemeint ist. Meinst du, dass sich Devin der Sache auch richtig annimmt?"

„Darauf kannst du dich hundertprozentig verlassen."

Zufrieden mit seiner Antwort, nahm sie ihre Tasse und ging hinüber zum Tisch. „Gut. Und du solltest es auch." Sie betrachtete die Angelegenheit nun für abgeschlossen und sah ihn über den Rand ihrer Tasse hinweg an. „Warum bist du eigentlich hier?"

„Weil ich das Bedürfnis hatte, dich zu sehen." Er lächelte. „Und ich dachte mir, wir könnten vielleicht die Tapeten und die Möbel für den Salon zusammenstellen. Ich würde gern als Erstes einen Raum ganz fertig machen, um ein Gefühl für den Rest zu bekommen."

„Gute Idee. Ich ..." Sie unterbrach sich, weil aus dem Laden Schritte und Stimmen herüberdrangen. „Ich habe Kundschaft bekommen. Hier liegt alles, die Farbmuster und die Stoffproben und auch eine Liste der Möbel, die ich ins Auge gefasst habe."

„Ich habe auch ein paar Proben mitgebracht."

„Ah, das ist gut. Nun, dann ..." Sie ging zu ihrem Schreibtisch und schaltete den Computer ein. „Ich habe hier Raum für Raum aufgelistet, ganz so, wie ich es mir vorstelle. Willst du vielleicht in der Zwischenzeit mal reinschauen? Verschiedene der Stücke, die ich vorschlage, habe ich auch hier. Du kannst sie dir ansehen, wenn du fertig bist."

„Okay."

Dreißig Minuten später kam Regan vergnügt und mit geröteten Wangen ins Büro zurück. Sie hatte drei wertvolle Möbelstücke an den Mann gebracht. Wie groß er aussieht, dachte sie, als ihr Blick auf Rafe fiel, der sich an ihrem zierlichen Chippendale-Sekretär, auf dem der Computer stand, häuslich eingerichtet hatte. So sehr ... männlich.

Seine Stiefel waren abgestoßen, und sein Hemd hatte an der Schulter einen kleinen Riss. In seinem Haar entdeckte sie Spuren von Gips oder Mauerstaub. Seine Ausstrahlung hatte etwas Animalisches, und plötzlich begehrte sie ihn mit jeder Faser ihres Herzens, ohne Sinn und Verstand. Es war ein Verlangen, das sich fernab von jeder zivilisierten Empfindung bewegte, es war einfach nichts als pure Lust.

Himmel! Sie versuchte ihre Gefühle unter Kontrolle zu bringen, presste die Hand auf ihren flatternden Magen und holte dreimal nacheinander tief Luft.

„Und? Wie findest du es?"

„Du bist eine sehr tüchtige Frau, Regan, das muss man dir lassen", gab Rafe, ohne sich umzudrehen, zurück. Er war gerade dabei, eine Liste auszudrucken.

Mit weichen Knien ging sie zu ihm hinüber und sah ihm über die Schulter. „Ich bin mir sicher, dass wir noch längst nicht alles haben. Aber das werden wir erst dann sehen, wenn die Zimmer fertig sind."

„Ich habe bereits einiges ergänzt."

Überrascht richtete sie sich auf. „Ach, wirklich?"

„Diese Farbe hier habe ich rausgenommen. Ich will sie nicht." Brüsk tippte er mit dem Finger auf einen Farbchip und holte sich dann die Seite mit der Farbtabelle auf den Bildschirm. „Ich möchte lieber dieses Erbsengrün hier anstelle des – wie heißt die Farbe? Ach, ja. Tannengrün."

„Das ist aber die Originalfarbe."

„Sie ist schauerlich."

Sie war zwar ganz seiner Meinung, dennoch … „Damals hatte man aber genau diese Farbe", beharrte sie. „Ich habe gründliche Nachforschungen angestellt. Die, die du dir jetzt ausgesucht hast, ist viel zu modern für das neunzehnte Jahrhundert."

„Kann schon sein. Dafür wird sie wenigstens den Leuten nicht den Appetit verderben. Mach dir nicht ins Höschen, Darling." Als sie auf seine dreiste Bemerkung hin empört schnaubte, grinste er unverschämt, lachte laut auf und drehte sich zu ihr um. „Hör zu, du hast wirklich verdammt gute Arbeit geleistet. Ich muss ehrlich zugeben, dass ich das in dieser Ausführlichkeit nicht erwartet hätte. Und vor allem nicht so schnell. Du hast wirklich ein gutes Händchen für diese Dinge."

Sie dachte gar nicht daran, sich durch seine schönen Worte beschwichtigen zu lassen. Hier ging es um ihre Berufsehre. „Ich habe nur das getan, wofür du mich engagiert hast. Du willst doch das Haus im Stil des neunzehnten Jahrhunderts einrichten."

„Genau. Und deshalb kann ich auch die Änderungen vornehmen, die ich vorzunehmen wünsche. Ich bin eben nun mal der Meinung, dass wir uns auch ein bisschen an die Geschmacksmaßstäbe der Menschen von heute halten müssen. Ich habe auch schon einen Blick auf das Schlafzimmer oben geworfen, Regan. Also, ehrlich gesagt, für meinen Geschmack ist es einfach etwas zu weiblich eingerichtet."

„Darum geht es im Moment doch gar nicht", schnitt sie ihm das Wort ab.

„Und so ordentlich, dass ein Mann überhaupt nicht wagt, seinen Fuß über die Schwelle zu setzen", fuhr Rafe ungerührt fort. „Aber Sinn für Stil hast du, das muss man dir lassen. Das sollte man nutzen."

„Mir scheint es eher, als würden wir hier über deinen ganz persönlichen Geschmack diskutieren. Willst du es nun originalgetreu haben oder nicht? Wenn du die Richtlinien ändern willst, dann sag es doch klar heraus."

„Bist du immer so stur oder nur bei mir?"

Sie überhörte seine unverschämte Frage. „Du hast Genauigkeit verlangt. Woher soll ich wissen, dass du mittendrin plötzlich umschwenkst?"

Während er noch überlegte, nahm Rafe die Farbprobe zur Hand, die den Stein ins Rollen gebracht hatte. „Nur eine Frage. Und ich will, dass du sie ganz ehrlich beantwortest. Gefällt dir diese Farbe?"

„Das ist doch überhaupt nicht der Punkt."

„Eine einfache Frage. Gefällt sie dir?"

Pfeifend stieß sie den Atem aus. „Natürlich nicht. Sie ist grässlich."

„Na siehst du. Wenn sie dir auch nicht gefällt, muss man die Dinge eben etwas lockerer sehen und die Richtlinien außer Kraft setzen."

„Dann kann ich wirklich keine Verantwortung mehr übernehmen."

„Aber dafür bezahle ich dich ja." Damit war für ihn die Angelegenheit erledigt, er drehte sich um und blickte wieder auf den Bildschirm. „Was ist mit diesem Zweiersofa hier?"

Ihr Herz sank ihr fast bis in die Kniekehlen. Sie hatte die Couch vor zwei Wochen bei einer Auktion für seinen Salon erstanden. Wenn er sie jetzt nicht haben wollte, würde sie in die roten Zahlen kommen, denn sie war sündhaft teuer gewesen, und einen anderen Kunden würde sie dafür bestimmt nicht so schnell finden. „Ich habe sie hier im Laden, du kannst sie dir ansehen", gab sie zurück und wunderte sich, dass ihre Stimme trotz alledem kühl und professionell klang.

„Gut, dann lass uns einen Blick darauf werfen. Und den Kaminschirm und diese Tische hier möchte ich mir auch ansehen."

„Du bist der Boss", murmelte sie und ging ihm voran nach draußen.

Als sie vor dem Zweiersofa stehen blieb, waren ihre Nerven zum Zerreißen angespannt. Es war ein wunderbares Stück, daher eben auch der dementsprechende Preis. Doch als sie sich nun ihren Kunden in seinem zerrissenen Hemd und den abgestoßenen Stiefeln von der Seite betrachtete, konnte sie nicht umhin, über sich selbst den Kopf zu schütteln. Wie war sie nur auf die Idee gekommen, Rafe MacKade könnte an einem so eleganten, fein gearbeiteten, ausgesprochen feminin wirkenden Möbelstück interessiert sein?

„Äh, es ist Walnuss …", begann sie zögernd und fuhr mit einer eiskalten Hand über die geschwungene Lehne. „Um 1850. Natürlich ist es in der Zwischenzeit neu bezogen und aufgepolstert worden, aber das Material ist originalgetreu. Die Verarbeitung ist erstklassig, und man sitzt erstaunlich gut darauf."

Er murmelte etwas vor sich hin und kniete sich auf den Boden, um einen Blick auf die Unterseite der Couch zu werfen. „Ziemlich kostspieliges kleines Ding."

„Es ist sein Geld auf jeden Fall wert."

„Okay."

Sie blinzelte. „Okay?"

„Ja. Wenn es mir gelingt, meinen Zeitplan einzuhalten, müsste der Salon am Wochenende eigentlich fertig werden. Am Montag kann das teure Stück dann geliefert werden, es sei denn, mir kommt noch etwas dazwischen. Dann lasse ich es dich natürlich wissen." Er kniete noch immer auf dem Boden und sah jetzt zu ihr auf. „Ist dir das recht so?"

„Ja." Sie bemerkte plötzlich, dass sie ihre Beine von den Knien abwärts gar nicht mehr spürte. „Natürlich."

„Zahlbar bei Lieferung, okay? Ich habe nämlich mein Scheckbuch nicht dabei."

„Ja, ja, das ist schon in Ordnung."

„Und jetzt möchte ich den Pembroke-Tisch sehen."

„Den Pembroke-Tisch, aha." Sie fühlte sich noch immer leicht schwindlig vor Erleichterung. Unsicher blickte sie sich um. „Hier drüben."

Als er aufstand, gelang es ihm nur mit Mühe, sich ein Grinsen zu verbeißen. „Was ist denn das da?"

Sie blieb stehen. „Der Tisch? Oh, das ist ein Ausstellungsstück. Satinholz und Mahagoni."

„Er gefällt mir."

„Er gefällt dir", wiederholte sie.

„Er würde sich gut im Salon machen, was meinst du?"

„Ja, ich hatte ihn auch noch als eine Möglichkeit im Hinterkopf."

„Schick ihn mir zusammen mit der Couch. Ist der Pembroke hier?"

Alles, was sie tun konnte, war schwach zu nicken. Und als Rafe sie eine Stunde später verließ, nickte sie noch immer.

Rafe fuhr geradewegs zum Sheriffoffice. Er hatte zwar schon viel zu viel Zeit vertrödelt, aber er war fest entschlossen, die Stadt erst zu verlassen, wenn sich Joe Dolin hinter Schloss und Riegel befand.

Devin, die Füße auf dem Tisch, hatte es sich in seinem Schreibtischstuhl bequem gemacht, als Rafe das Büro betrat. Seine Uniform bestand aus einem Baumwollhemd, verwaschenen Jeans und Cowboystiefeln mit schief gelaufenen Absätzen. Das einzige Zugeständnis an seine Position war der Sheriffstern, der vorn auf seiner Hemdbrust prangte. Er las gerade in einer eselsohrigen Taschenbuchausgabe von ‚Die Früchte des Zorns'.

„Und du bist also für Recht und Ordnung in der Stadt zuständig."

Devin blickte auf, knickte bedächtig die rechte obere Ecke der Seite, auf der er sich gerade befand, ein, klappte das Buch zu und legte es beiseite. „Zumindest haben sie mir das damals bei der Einstellung gesagt. Und auf dich wartet immer eine leere Zelle."

„Wenn du Dolin dafür einbuchten würdest, wäre ich zu allem bereit."

„Schon passiert. Er ist hinten." Devin machte eine Kopfbewegung zum rückwärtigen Teil des Büros hin, wo die Gefängniszellen lagen.

Rafe nickte beifällig und schlenderte zur Kaffeemaschine. „Hat er Ärger gemacht?"

Devins Lippen kräuselten sich zu einem träge boshaften Lächeln. „Gerade so viel, dass ich meinen Spaß dabei hatte. Ich will auch eine Tasse."

„Wie lange kannst du ihn drinbehalten?"

„Das liegt nicht bei mir." Devin streckte die Hand aus, um den Becher, den Rafe ihm hinhielt, entgegenzunehmen. Weil er von Anfang an darauf bestanden hatte, sich seinen Kaffee selbst zu kochen, war es die übliche MacKade-Brühe. Heiß, stark und schwarz wie die Nacht.

„Wir werden ihn nach Hagerstown verlegen", fuhr Devin fort. „Er bekommt einen Pflichtverteidiger. Wenn Cassie keinen Rückzieher macht, kommt er mit Sicherheit vor Gericht."

Rafe setzte sich auf eine Ecke des mit Aktenbergen beladenen Schreibtischs. „Glaubst du, sie zieht ihre Anzeige zurück?"

Devin kämpfte gegen ein aufflammendes Unbehagen an und zuckte die Schultern. „So weit wie jetzt ist sie noch nie gegangen. Und der Drecksack verprügelt sie seit Jahren. Wahrscheinlich hat er schon in der Hochzeitsnacht damit angefangen. Sie kann nicht mehr als hundert Pfund wiegen, hat Knochen wie ein Vogel." In seinen normalerweise ruhigen Augen flammte Zorn auf. „Du müsstest mal die Würgemale am Hals sehen, die das Schwein ihr verpasst hat."

„So schlimm?"

„Ich habe Fotos gemacht." Devin fuhr sich mit der Hand übers Gesicht und nahm die Füße vom Schreibtisch. Das Gerangel mit Joe, die paar blauen Flecken, die er ihm verpasst hatte – selbstverständlich im Rahmen des Erlaubten –, und auch die Handschellen um seine Handgelenke hatten Devins Rachedurst nicht stillen können. „Du kannst dir nicht vorstellen, wie leid sie mir tat, wie sie da vor mir saß. Sie sah aus, als würde sie das alles vollkommen überfordern. Weiß der Himmel, wie ihr erst zumute sein wird, wenn sie die ganze dreckige Wäsche vor dem Richter ausbreiten muss."

Abrupt stand er auf und trat ans Fenster. „Ich konnte nicht mehr tun, als ihr die Standardratschläge zu geben", fuhr er fort. „Na, du weißt schon – rechtliche Sachen, Therapieangebote und Schutzmaßnahmen." Er schluckte. „Und sie saß vor mir wie ein Häufchen Unglück und weinte still vor sich hin. Ich bin mir vorgekommen wie der letzte Bürokrat."

Rafe starrte in seinen Kaffee und runzelte die Stirn. „Sag bloß, du empfindest noch immer was für sie, Dev?"

„Ach, das war damals auf der Highschool." Mit einiger Anstrengung öffnete er seine Faust und wandte sich Rafe wieder zu.

Man hätte tatsächlich meinen können, sie seien Zwillinge, so ähnlich sahen sich die beiden Brüder. Vor allem hatten sie den gleichen wilden, ungebärdigen Blick, nur dass Devins Augen eher moos- als jadegrün waren, und seine Narben trug er nicht auf dem Gesicht, sondern in seinem Herzen.

„Aber natürlich mache ich mir Sorgen um sie", sagte Devin, nun wieder ruhiger geworden. „Herrgott noch mal, Rafe, schließlich kenne ich sie mein Leben lang. Und ich fand es schon immer schrecklich zu wissen, was er ihr antat, ohne dass ich die Möglichkeit hatte, einzuschreiten. Jedes Mal, wenn ich zu ihr nach Hause gerufen wurde, hatte sie riesige Blutergüsse, und jedes Mal erklärte sie, es sei nur ein Unfall gewesen."

„Diesmal nicht."

„Nein, diesmal nicht. Ich habe ihr meinen Deputy zur Begleitung mitgegeben, er fährt sie zu ihren Kindern."

„Du weißt, dass sie die nächste Zeit bei Regan Bishop wohnen wird?"

„Ja, sie hat es mir erzählt." Er schüttete seinen Kaffee hinunter und ging zur Kaffeemaschine, um sich noch eine Tasse einzugießen. „Nun, immerhin hat sie den ersten Schritt gemacht. Es war wahrscheinlich der schwerste." Weil es nichts mehr gab, was er noch hätte für sie tun können, bemühte er sich nun, seine Aufmerksamkeit anderen Dingen zuzuwenden. „Da wir schon von Regan Bishop sprechen … Mir ist zu Ohren gekommen, dass du hinter ihr her bist. Ist da was dran?"

„Gibt es vielleicht ein Gesetz, das das verbietet?"

„Und selbst wenn es eins gäbe, würde dich das vermutlich nicht abhalten." Devin ging zum Schreibtisch seines Deputys und durchforstete die Schubladen. Er konfiszierte zwei Schokoladenriegel, von de-

75

nen er einen Rafe zuwarf. „Sie ist nicht der Typ, den du normalerweise bevorzugst."

„Mein Geschmack ist besser geworden."

„Wurde auch langsam mal Zeit." Devin biss von dem Riegel ein Stückchen ab. „Ist es was Ernsthaftes?"

„Eine Frau ins Bett zu kriegen ist immer ernsthaft, Bruderherz."

Kauend murmelte Devin etwas, das nach Zustimmung klang. „Und sonst ist nichts dahinter?"

„Ich weiß noch nicht genau. Aber ich habe so das Gefühl, dass es zumindest verdammt gut anfängt." Er schaute auf und grinste, als Regan das Büro betrat.

Sie blieb fast ruckartig stehen, so wie es wahrscheinlich jede Frau getan hätte, die sich unversehens zwei blendend aussehenden Männern gegenübersieht. „Tut mir leid. Ich wollte nicht stören."

„Aber nein, Ma'am." Devin entfaltete seinen ruhigen Country-Charme mit voller Wucht und stand auf. „Es ist mir immer ein Vergnügen, Sie zu sehen."

Rafe legte den Kopf leicht schräg und grinste sie an. „Die gehört mir, Devin", sagte er nur in milde warnendem Tonfall.

„Wie bitte?" Regan trat verblüfft einen Schritt zurück und machte ein Gesicht, als wollte sie ihren Ohren nicht trauen. „Ich bitte vielmals um Verzeihung, aber sagtest du gerade ‚Die gehört mir'?"

„Ganz recht." Rafe biss genüsslich in seinen Schokoriegel und hielt ihr das, was noch davon übrig war, hin. Als sie seine Hand beiseitestieß, zuckte er nur die Schultern und aß den Rest selbst.

„Das ist ja nicht zu fassen – da sitzt ein erwachsener Mann vor mir, futtert Süßigkeiten und sagt ganz einfach ‚Die gehört mir' über mich, so als wäre ich die letzte Packung Eiscreme in der Gefriertruhe."

„Ich habe es schon früh gelernt, meine Ansprüche geltend zu machen." Wie um es zu beweisen, packte er sie an den Ellbogen, hob sie auf die Zehenspitzen und küsste sie lang und hart auf den Mund. „So, das war's", sagte er, nachdem er sie wieder losgelassen hatte. „Bis dann, Dev."

„Ja, bis dann." Zu weise, um laut herauszulachen, räusperte sich Devin bedächtig. Die Sekunden zerrannen, und Regan starrte noch immer auf die Tür, die Rafe hinter sich zugeknallt hatte. „Möchten Sie, dass ich ihm nachgehe und ihn ins Kittchen werfe?"

„Wenn Sie dort eine Windelhose für ihn haben."

„Bedauerlicherweise nicht. Aber ich habe ihm einmal einen Finger gebrochen, als wir noch Kinder waren. Ich könnte es noch mal versuchen."

„Ach, machen Sie sich keine Gedanken." Sie würde Rafe später schon die Leviten lesen. „Eigentlich bin ich hergekommen, um zu sehen, ob Sie Joe Dolin inzwischen schon festgenommen haben."

„Rafe war auch deswegen hier."

„Das hätte ich mir denken können."

„Möchten Sie vielleicht eine Tasse Kaffee, Regan?"

„Nein danke, ich muss gleich wieder weiter. Ich wollte nur wissen, ob ich irgendwelche Vorsichtsmaßnahmen wegen Joe treffen muss. Weil doch Cassie und die Kinder für einige Zeit bei mir wohnen werden."

Ruhig musterte er sie. Er kannte sie nun seit drei Jahren, allerdings nur flüchtig. Ab und zu waren sie sich bei Ed oder auf der Straße begegnet und hatten ein paar Worte gewechselt. Dass sie schön war, war ihm natürlich nicht entgangen. Doch nun erkannte er, was es war, das seinen Bruder an ihr anzog. Ihr Geist, ihr Humor und ihr Mitgefühl. Er fragte sich, ob Rafe klar war, dass diese Kombination eine neue Qualität in sein Leben bringen könnte.

„Warum setzen Sie sich nicht wenigstens für einen kleinen Moment?", fragte er. „Wir können die Dinge in Ruhe durchgehen."

5. KAPITEL

Am Montagmorgen war Regan schon früh auf den Beinen. In ein paar Stunden würden die ersten Möbelstücke in das Haus auf dem Hügel geliefert werden. Mit dem Geld, das sie an ihnen verdient hatte, würde sie gleich heute Nachmittag auf einer Auktion in Pennsylvania ihren Warenbestand wieder aufstocken.

Heute konnte sie es sich durchaus leisten, das Geschäft einmal nicht zu öffnen.

Sie stellte die Kaffeemaschine an und legte zwei Scheiben Weißbrot in den Toaster. Als sie sich umdrehte, fiel sie fast über Connor, der hinter ihr stand.

„Oh Gott, Connor." Lachend drückte sie den Jungen an ihr laut klopfendes Herz. „Hast du mich aber erschreckt."

„Entschuldigung." Der Junge war dünn und blass und hatte große, wie von dunklem Nebel verhangene Augen. Genau wie seine Mutter, dachte Regan, während sie ihn anlächelte.

„Macht doch nichts. Ich habe gar nicht gehört, dass du schon aufgestanden bist. Es ist doch noch so früh, auch wenn es ein Schultag ist. Willst du schon frühstücken?"

„Nein danke."

Sie hielt einen Seufzer zurück. Ein achtjähriges Kind sollte wirklich nicht so ausgesucht höflich sein. Sie hob eine Braue und nahm das Müsli, von dem sie wusste, dass er es besonders gern aß, aus dem Schrank. Sie hielt die Packung hoch und schüttelte sie. „Was ist, willst du nicht einen Teller mit mir zusammen essen?"

Nun zeigte er ein scheues Lächeln, das ihr fast das Herz brach. „Wenn du jetzt schon was isst."

„Nimm doch bitte die Milch aus dem Kühlschrank und stell sie schon mal auf den Tisch, ja?" Weil es sie schmerzte zu sehen, wie vorsichtig und bedächtig er diese einfache Pflicht übernahm, versuchte sie ihre Stimme besonders munter klingen zu lassen. „Ich habe vorhin im Radio gehört, dass es wieder schneien wird. Ganz viel wahrscheinlich."

Sie nahm Teller und Löffel aus dem Küchenschrank, ging ins Wohnzimmer und stellte alles auf den Tisch. Als sie die Hand hob, um Connor über sein vom Schlaf noch verstrubbeltes Haar zu streichen, zuckte er zusammen. Während sie innerlich über Joe Dolin fluchte, lächelte sie den Jungen an. „Ich wette, morgen habt ihr schulfrei wegen des Schnees."

„Ich gehe gern in die Schule", gab er zurück und kaute auf seiner Unterlippe herum.

„Ich bin auch gern zur Schule gegangen." Mit aufgesetzter Fröhlichkeit eilte sie wieder in die Küche, um ihren Kaffee zu holen. „Was ist denn dein Lieblingsfach?"

„Englisch. Ich schreib unheimlich gern Aufsätze."

„Wirklich? Worüber denn?"

„Geschichten." Er ließ die Schultern hängen und sah zu Boden. „Einfach irgendwie so blödes Zeug."

„Ich bin sicher, dass das kein blödes Zeug ist, was du da schreibst." Sie konnte nur hoffen, dass sie sich nicht zu weit vorwagte, aber ihr Herz führte ihr die Hand, als sie sie Connor unters Kinn legte und seinen Kopf hob, sodass er ihr ins Gesicht sehen musste. „Ich weiß, wie stolz deine Mutter auf dich ist. Sie hat mir erzählt, dass du den ersten Preis gewonnen hast für eine Geschichte, die du geschrieben hast."

„Ja?" Man sah ihm an, wie hin- und hergerissen er war zwischen dem Wunsch, sie anzulächeln, und dem Bedürfnis, seinen Kopf wieder hängen zu lassen. Aber das ging nicht, denn Regans Hand lag noch immer unter seinem Kinn. Plötzlich schossen ihm die Tränen in die Augen. „Sie hat so schrecklich geweint letzte Nacht. Ich wusste nicht, was ich tun sollte."

„Ich weiß, mein Kleiner."

„Er hat sie schon immer gehauen. Ich weiß es, weil ich gehört hab, wie sie geweint hat. Aber wie konnte ich ihr denn helfen, wo mein Daddy doch so stark ist?"

„Du sollst dir wirklich keine Vorwürfe machen, Connor." Sie ließ ihren Gefühlen freien Lauf, zog ihn auf ihren Schoß und legte die Arme fest um ihn. „Es gab nichts, was du hättest tun können. Aber jetzt seid ihr alle drei in Sicherheit."

„Ich hasse ihn."

„Sssch…" Entsetzt darüber, mit welch explosionsartiger Wucht diese drei Worte aus ihm hervorbrachen, presste sie ihre Lippen auf sein Haar und wiegte ihn in ihren Armen.

Regan erreichte das Barlow-Haus kurz vor dem Transportunternehmen, das sie angeheuert hatte. Das emsige Hämmern, Bohren und Klopfen, das ihr entgegenschlug, als sie die Haustür öffnete, hob ihre Laune. Der Flur war mit Plastikplanen ausgelegt, überall standen Farbeimer und Werkzeug herum, aber die Spinnweben waren ebenso verschwunden wie der muffige Geruch, der über dem gesamten Haus gelegen hatte. Alles roch frisch und sauber.

Vielleicht hatte ja schon eine Art Geisteraustreibung stattgefunden. Amüsiert von diesem Gedanken, ging sie zur Treppe und schaute nach oben. Ob sie es überprüfen sollte?

Mutig nahm sie den ersten Treppenabsatz, doch noch bevor sie ganz oben angelangt war, schlug ihr wieder dieser eisige Lufthauch ins Gesicht. Ruckartig blieb sie stehen, eine Hand umklammerte das Geländer, die andere presste sich auf ihren Magen, während sie gegen die Eiseskälte anzukämpfen versuchte, die ihr die Luft zum Atmen nahm.

„Du scheinst gute Nerven zu haben."

Mit schreckgeweiteten Augen wandte sie sich zu Rafe um. „Ich habe gedacht, ich hätte mir das vielleicht nur eingebildet, aber jetzt hab ich es wieder gespürt. Wie schaffen es die Arbeiter hier hochzugehen, ohne …"

„Nicht jeder merkt es. Und manche beißen eben die Zähne zusammen und denken nur an ihren Gehaltsscheck." Er kam die Treppen nach oben und nahm ihre Hand. „Und du?"

„Wenn ich es nicht selbst gespürt hätte, würde ich es niemals glauben." Ohne Protest ließ sie sich von ihm nach unten führen. „Immerhin wird diese merkwürdige Sache unter deinen zukünftigen Gästen für nie versiegenden Gesprächsstoff sorgen."

„Na, hoffentlich, Darling. Damit rechne ich fest. Komm, gib mir deinen Mantel. Wir haben die Heizung für diesen Teil des Hauses bereits heute fertig gemacht. Sie läuft schon." Er streifte ihr den Mantel von den Schultern. „Sie läuft zwar nur auf kleiner Flamme, aber man kann es aushalten."

Sie war erfreut, dass es wenigstens so warm war, dass sie nicht wie die Male vorher vor Kälte zu bibbern brauchte. „Ich brenne vor Neugier, erzähl schon, was hat sich oben getan?"

„Oh, dies und das. Ich will auch noch ein zweites Bad einbauen lassen. Könntest du vielleicht versuchen, irgendwo so eine Klauenfuß-Badewanne aufzutreiben? Und ein Waschbecken mit Sockel? Schlimmstenfalls würden es auch gute Imitate tun, wenn sich keine Originale finden lassen."

„Gib mir ein paar Tage Zeit, ja?" Sie rieb ihre Hände aneinander, allerdings nicht wegen der Kälte, sondern weil sie nervös war. „Zeigst du mir freiwillig, was du die Woche über geschafft hast, oder muss ich dich erst darum bitten?"

„Ich zeige es dir ganz freiwillig." Er hatte schon die ganze Zeit auf sie gewartet und alle paar Minuten nach ihr Ausschau gehalten. Und nun, da sie endlich da war, war er ganz gegen seine sonstige Gewohnheit angespannt. Die vergangene Woche über hatte er geschuftet wie ein Ackergaul, zwölf bis vierzehn Stunden pro Tag, nur um diesen einen Raum endlich fertig zu kriegen.

„Ich finde, die Farbe kommt wirklich gut." Er steckte die Hände in die Hosentaschen und ging ihr voran in den Salon. „Ein hübscher Kontrast zum Fußboden und der Einrichtung, denke ich. Mit den Fenstern gab's ein paar Probleme, aber sie sind gelöst."

Als sie schließlich auf der Schwelle zum Salon stand, verschlug es ihr für einen Moment die Sprache. Dann ging sie ganz langsam, den Widerhall ihrer Schritte auf dem spiegelblank gewienerten Parkett in den Ohren, in den Raum hinein.

Durch die hohen Fenster mit den eleganten Rundbogen fielen sattgoldene Sonnenstrahlen herein, die bis in die hintersten Winkel drangen. Die Wände waren in einem dunklen, warmen Blau gehalten, das sich wunderbar von der reichlich mit Stuck verzierten elfenbeinfarbenen Decke abhob.

Die Nische am Fenster hatte Rafe in einen Alkoven verwandelt, der einen ganz eigenen Charme ausstrahlte, und der Marmorsims am Kamin war so blank poliert, dass man sich darin spiegeln konnte.

„Jetzt fehlen nur noch die Möbel, Vorhänge und dieser Spiegel, den du ausgesucht hast." Er wünschte, sie würde endlich etwas sagen. Egal was, einfach irgendetwas. Missmutig schob er die Hände tiefer in seine Hosentaschen. „Also, wo ist das Problem? Habe ich irgendein wichtiges authentisches Detail vergessen?"

„Oh nein, es ist einfach wundervoll." Begeistert fuhr sie mit dem Finger über die glänzende Fenstereinfassung. „Absolut perfekt. Ich habe niemals geglaubt, dass du es so gut hinbekommen würdest." Mit einem kleinen Auflachen sah sie sich nach ihm um. „Das sollte keine Beleidigung sein."

„So habe ich es auch nicht aufgefasst, keine Sorge, Regan. Ich bin über mich selbst erstaunt, dass es mir so viel Spaß macht, dieses alte Gemäuer wieder richtig herzurichten."

„Es ist viel mehr als das. Du hast das Haus zu neuem Leben erweckt.

Du kannst sehr stolz sein auf dich."

Das war er auch. Aber dennoch war ihm ihr Lob irgendwie peinlich. „Ach, es ist einfach ein Job. Man braucht einen Hammer, Nägel und ein gutes Auge, das ist alles."

Sie legte den Kopf schräg, und er beobachtete, wie sich die Sonnenstrahlen in ihrem Haar verfingen und es golden aufschimmern ließen. Sein Mund wurde trocken.

„Du bist wirklich der letzte Mann, von dem ich Bescheidenheit erwartet hätte. Wie kommt es zu dieser überraschenden Wandlung deiner Persönlichkeit?"

„Ach, das meiste ist doch nur Kosmetik", brummte er und ließ offen, ob sich seine Bemerkung auf den Salon oder seine Persönlichkeit bezog.

„Irgendwas hast du gemacht", murmelte sie, drehte sich im Kreis und schaute sich um. „Du hast wirklich irgendetwas gemacht."

Noch bevor er ihr antworten konnte, war sie auf die Knie gesunken und fuhr mit der Handfläche über den Fußboden.

„Er ist spiegelblank wie Glas." Sie konnte gar nicht mehr damit aufhören, die Schönheit des Parketts zu rühmen, und als er ihr nicht antwortete, richtete sie sich halb auf, hockte sich auf ihre Fersen, legte den Kopf schief und sah zu ihm hoch. Ihr Lächeln verblasste, als er sie weiterhin nur anstarrte. „Was ist denn los? Stimmt irgendetwas nicht?"

„Steh auf."

Seine Stimme klang rau. Während sie sich langsam erhob, trat er einen Schritt zurück. Keinesfalls durfte er sie jetzt berühren. Er wusste, dass er, würde er erst einmal damit anfangen, sich nicht mehr würde bremsen können. „Du passt genau in diesen Raum hier hinein. Du solltest dich nur mal selbst sehen. Du bist genauso exquisit wie er. Ich begehre dich so sehr, dass ich nichts anderes sehen kann als dich."

Ihr Herz kam ins Stolpern. „Du bringst mich schon wieder zum Stottern, Rafe." Es bedurfte einer ganz bewussten Anstrengung, um Atem zu schöpfen.

„Wie lange willst du mich eigentlich noch warten lassen?", verlangte er zu wissen. „Wir sind keine Kinder mehr. Wir wissen, was wir fühlen und was wir wollen."

„Das ist genau der Punkt. Wir sind keine Kinder mehr, sondern erwachsen genug, um sensibel zu sein."

„Sensibilität ist was für alte Damen. Sex hat vielleicht was mit Verantwortung zu tun, aber bestimmt nichts mit Sensibilität."

Die Vorstellung, mit ihm nur einfach wilden, intensiven Sex zu haben, raubte ihr fast den Verstand. „Ich weiß einfach nicht, wie ich mit dir umgehen soll. Ebenso wenig wie mit den Gefühlen, die ich für dich empfinde. Normalerweise habe ich die Dinge im Griff, aber dies hier … Ich denke, wir müssen darüber reden."

„Ich denke, du musst darüber reden. Ich nicht. Ich sage einfach nur, was ich zu sagen habe." Plötzlich fühlte er eine ungeheure Frustration in sich aufsteigen, und grundlos verärgert angesichts seiner eigenen Hilflosigkeit ihr gegenüber, wandte er sich ab, um zum Fenster hinauszuschauen. „Deine Möbelpacker sind da. Ich geh nach oben, ich habe zu arbeiten. Stell das Zeug hin, wo immer du möchtest."

„Rafe …"

Er fiel ihr in den Arm, als sie Anstalten machte, ihn zu berühren. „Im Moment solltest du mich vielleicht besser nicht anfassen." Seine Stimme klang ruhig und sehr kontrolliert. „Es wäre ein Fehler."

„Du bist unfair."

„Wie zum Teufel kommst du eigentlich darauf, dass ich fair sein sollte?" Er kniff die Augen zusammen. „Frag jeden, der mich kennt. Dein Scheck liegt auf dem Kaminsims." Damit wandte er sich endgültig von ihr ab und ging hinaus.

Wut kochte in ihr hoch. Oh nein, so ließ sie sich nicht von ihm behandeln. Entschlossen lief sie ihm nach aus dem Zimmer und holte ihn in der Halle, kurz vor der Treppe, ein. „MacKade."

Er blieb am Absatz stehen und drehte sich langsam und widerwillig um. „Was ist?"

„Es interessiert mich nicht, was andere Leute über dich sagen oder denken. Wenn das nämlich der Fall wäre, hätte ich mit Sicherheit versucht, dich mir vom Hals zu halten." Sie blickte nach oben, als sie bemerkte, dass ein Arbeiter neugierig seinen Kopf durch die Sprossen des Treppengeländers steckte und interessiert zuhörte. „Verschwinden Sie", fuhr sie ihn an und sah, wie sich Rafes Lippen zu einem widerwilligen Lächeln verzogen. „Ich mache mir ein eigenes Bild von den Menschen, mit denen ich es zu tun habe. Allerdings nehme ich mir dafür auch genau die Zeit, die ich brauche." Sie ging zur Tür, um den Möbelpackern zu öffnen. „Da kannst du jeden fragen."

Als sie sich über die Schulter nach ihm umsah, war er verschwunden. Der Boden hatte ihn verschluckt, als sei er sein eigener Geist.

83

Vergiss es, dachte Rafe. Es war bereits später Abend, doch er war noch immer bei der Arbeit. Er war sich nicht ganz sicher, weshalb er heute Morgen in dieser Weise reagiert hatte. Es war noch niemals seine Art gewesen, an eine Frau Forderungen zu stellen. Ebenso wenig wie er sich normalerweise seine Verärgerung und Enttäuschung anmerken lassen würde. Allerdings hatte er das bisher auch noch niemals nötig gehabt. Aber vielleicht, überlegte er, während er sorgfältig Mörtel in eine Fuge strich, war ja das das Problem.

Er hatte bisher jede Frau bekommen, die er wollte.

Er liebte Frauen. Das war schon immer so gewesen. Er mochte die Art, wie sie aussahen, sprachen, dachten. Und dufteten. Frauen stellten für ihn eine Bereicherung des Lebens dar. Weil sie so anders waren als er.

Frauen waren wichtig. Er liebte es, sich mit ihnen zu unterhalten, er mochte die Partnerschaft, die sie anboten, nahm gern die Wärme an, die sie ausstrahlten. Und den Sex natürlich, gab er nach einiger Überlegung mit einem kleinen Lächeln zu, den genoss er selbstverständlich auch. Himmel, schließlich war er auch nur ein Mensch.

Aber Häuser waren auch wichtig. Es befriedigte ihn, ein Haus zu renovieren oder zu restaurieren. Je mehr Arbeit man hineinstecken musste, umso erfüllter fühlte man sich, wenn man damit fertig war. Und das Geld, das dabei heraussprang, war auch nicht zu verachten. Von irgendwas musste man ja schließlich leben.

Allerdings war ihm bisher kein Haus untergekommen, das ihm so wichtig gewesen wäre wie dieses hier. Und keine Frau, die ihm so viel bedeutet hatte wie Regan. Das Haus und sie.

Wahrscheinlich würde sie ihn zu Hackfleisch verarbeiten, wenn sie wüsste, dass er sie mit einem Haus mit Balken und Backsteinen verglich. Er bezweifelte, dass sie verstehen würde, was es für ihn bedeutete, dass er sich das erste Mal in seinem Leben ganz und gar auf eine einzige Sache und auf einen einzigen Menschen konzentrierte.

Das Haus hatte ihn schon sein ganzes Leben lang irgendwie beschäftigt, Regan kannte er erst seit einem Monat. Nun spukten sie beide in seinem Kopf herum: das Haus und die Frau. Mit seiner Behauptung, dass er nichts anderes mehr sah als sie, hatte er nicht übertrieben. Sie ließ ihn nicht mehr los, sie war in ihm wie die rastlosen Gespenster hier in diesem Haus.

Allein ihr bloßer Anblick heute Morgen hatte seine Hormone in Aufruhr versetzt. Und dann hatte er alles verpfuscht. Nun, irgendwie würde er die Angelegenheit bestimmt wieder ins Reine bringen können. Was ihn an der Sache so verdammt verwirrte, war, dass ihm das erste Mal in seinem Leben bei seinen Überlegungen Gefühle in die Quere gekommen waren, die er nicht mehr hatte steuern können.

Halt dich zurück, MacKade, befahl er sich selbst, während er einen neuen Eimer mit Mörtel anrührte. Sie braucht Zeit, also gib ihr welche. Und es war doch schließlich nicht so, dass er keine Zeit hätte. Es konnte schon sein, dass sie etwas Besonderes war, und auch, dass sie ihn vielleicht mehr faszinierte, als er wagte sich einzugestehen. Aber sie war dennoch nur eine Frau. Was bedeutete, dass er die Sache bald schon wieder in den Griff bekommen würde.

Plötzlich ertönte ein Wimmern, und er verspürte einen eisigen Lufthauch. Er zögerte nur einen winzigen Moment lang, bevor er seine Kelle in den Mörtel tauchte.

„Schon gut", brummte er vor sich hin. „Ich weiß ja, dass ihr da seid. Ihr müsst euch einfach an meine Gesellschaft gewöhnen, denn ich habe nicht die Absicht, wieder von hier zu verschwinden."

Eine Tür schlug mit dumpfem Knall zu. Die endlosen kleinen Dramen amüsierten ihn mittlerweile. Er hörte das Hallen von Schritten, irgendetwas quietschte, dann vernahm er ein Flüstern, wenig später ein Wimmern. Ihm erschien es, als würde er inzwischen schon dazugehören. Er betrachtete sich als eine Art Hausmeister, der alles in Ordnung brachte und dafür sorgte, dass die, die von dem Haus nicht loskamen, in ihm leben konnten.

Er vernahm das Geräusch von Schritten draußen auf dem Gang. Zu seiner Überraschung hielten sie direkt vor der Tür inne. Dann wurde die Klinke heruntergedrückt. In diesem Moment verlöschte die Arbeitslampe hinter ihm und tauchte den Raum in tiefe Finsternis.

Es ließ sich nicht leugnen, dass sein Herz plötzlich schneller schlug. Um diesen kleinen Ausrutscher zu übertünchen, begann er laut zu fluchen und rieb sich seine Handflächen, die feucht geworden waren, an seinen Jeans trocken. Dann tastete er sich vorsichtig in Richtung Tür. Im selben Moment, in dem er sie erreicht hatte, flog sie auf und knallte ihm direkt ins Gesicht.

Jetzt murmelte er seine Flüche nicht mehr, sondern brüllte sie lauthals heraus. Sterne explodierten vor seinen Augen, und er spürte etwas Warmes, das ihm aus der Nase tropfte. Blut.

Als ein heiserer Schrei ertönte, während gespenstische Schatten den

Flur hinunterhasteten, zögerte er keine Sekunde. Er schoss vorwärts und stürzte sich auf sein Opfer. Egal, ob Geist oder nicht, wer auch immer es gewesen war, der ihm eine blutige Nase verpasst hatte, er würde dafür bezahlen müssen.

Es dauerte einige Sekunden, bis ihm klar wurde, dass das, was sich da in seinen Armen wand, kein Gespenst war, sondern ein warmer menschlicher Körper. Und wenig später gelang es ihm, den Duft, den dieser Körper ausströmte, zu identifizieren.

Diese Frau lässt dich tatsächlich nicht mehr los, dachte er erbittert.

„Was zum Teufel machst du denn hier?"

„Rafe?", ächzte sie. „Oh mein Gott, du hast mich zu Tode erschreckt. Ich dachte … ach, ich weiß nicht. Ich hörte … Gott sei Dank, das bist nur du …"

„Oder besser gesagt, das, was du von mir übrig gelassen hast." Im Dämmerlicht sah er ihr Gesicht, das weiß war wie ein Leintuch, und ihre vor Schreck weit aufgerissenen Augen. „Was machst du überhaupt hier?"

„Ich war heute Nachmittag auf einer Auktion und habe ein paar Sachen mitgebracht – oh Gott, du blutest ja!"

„Halb so schlimm." Mit einem verärgerten Blick wischte er sich das Blut ab, das noch immer aus seiner Nase tropfte. „Ich glaube nicht, dass du es geschafft hast, mir meine Nase zu brechen. Das wäre dann immerhin das zweite Mal in meinem Leben."

„Ich …" Sie legte eine Hand auf ihr Herz, weil sie das Gefühl hatte, es könnte jeden Augenblick zerspringen. „Habe ich dich mit der Tür erwischt? Es tut mir wirklich leid. Hier." Sie suchte in den Taschen ihrer Kostümjacke und förderte ein Taschentuch zutage. „Es tut mir wirklich leid", wiederholte sie und wischte ihm das Blut aus dem Gesicht. „Es war doch nur …" Sie schüttelte den Kopf, und plötzlich erschien ihr die ganze Situation mehr als komisch, und sie überkam das unwiderstehliche Bedürfnis, laut herauszulachen. Das wollte sie ihm jedoch nicht antun, deshalb versuchte sie, den ersten Lacher mit einem Schluckauf zu kaschieren. „Es war doch nur, weil mir nicht klar war …" Nun konnte sie nicht mehr an sich halten und platzte los.

„Du hast ja einen richtigen Lachanfall."

„Tut mir leid. Ich … kann … einfach … nicht aufhören", prustete sie. „Ich dachte … Ich weiß gar nicht, was ich dachte." Sie hielt inne und wischte sich die Lachtränen aus den Augenwinkeln. „Ich hörte sie – oder es – was auch immer –, deshalb bin ich schnell raufgelaufen, um zu sehen, was es war. Und dann kamst du plötzlich aus der Tür rausgeschossen."

„Du hast Glück gehabt, dass ich dich nicht niedergeschlagen habe."

„Ich weiß, ich weiß."

Er verengte die Augen, während er sie betrachtete. „Das könnte ich ja immer noch tun."

„Oh nein, lieber nicht." Noch immer glucksend, wischte sie sich wieder über die Augen, „Wir sollten lieber mal deine Nase verarzten. Ein bisschen Eis würde ihr bestimmt guttun."

„Darum kann ich mich selbst kümmern", wehrte er brüsk ab.

„Hab ich dich sehr erschreckt?" Sie bemühte sich, ihre Stimme mitfühlend klingen zu lassen, während sie hinter ihm die Treppen nach unten ging.

„Na ja."

„Aber ... aber hast du es auch gehört?" Sie kreuzte die Arme vor der Brust, als sie an den Punkt der Treppe gelangte, an dem sie, wie sie inzwischen schon wusste, unweigerlich der eisige Luftzug wieder erfassen würde.

„Ja, sicher habe ich es gehört. Man hört es jede Nacht. Und ab und zu auch tagsüber."

„Und ... und es macht dir gar nichts aus?"

Ihre Frage gab seinem Ego mächtig Auftrieb. „Warum sollte es? Es ist doch auch ihr Haus."

„Ich verstehe." Sie waren in dem Raum angelangt, der eines Tages die Küche werden sollte. Es gab einen kleinen, verbeulten Kühlschrank, den Rafe sich gleich zu Anfang mitgebracht hatte, in einer Ecke stand ein verrosteter Herd, und eine alte Tür, die auf zwei Sägeböcken lag, diente als Tisch. Rafe ging zum Wasserhahn und hielt seinen Kopf unter das eiskalte Wasser.

„Es tut mir wirklich schrecklich leid, Rafe. Tut es sehr weh?"

„Ja." Er schnappte sich ein durchgescheuertes Handtuch, das am Fenstergriff hing, und trocknete sich rasch das Gesicht damit ab. Ohne ein weiteres Wort schlenderte er dann zum Kühlschrank und holte sich ein Bier heraus.

„Es hat aufgehört zu bluten."

Mit einem herumliegenden Schraubenzieher hebelte er den Kronkorken der Flasche ab, feuerte ihn in eine Ecke und kippte dann in einem Zug mehr als ein Drittel des Bieres hinunter.

„Ich habe dein Auto gar nicht vor dem Haus stehen sehen. Nur deshalb war ich doch der Meinung, allein im Haus zu sein", bemühte sich Regan, ein Gespräch in Gang zu bringen.

„Devin hat mich abgesetzt und holt mich morgen ab. Ich habe vor, die Nacht hier zu verbringen, weil ich noch bis spät arbeiten will. Und wir werden wohl in einigen Stunden einen Schneesturm bekommen. Zumindest laut Wettervorhersage."

„Aha. Das erklärt alles."

„Willst du auch ein Bier?"

„Nein danke. Ich trinke kein Bier." Sie schwieg einen Moment, dann räusperte sie sich. „Also … ich denke, dann fahre ich wohl besser zurück. Es fängt schon leicht an zu schneien." Sie fühlte sich unbehaglich und wusste nicht, was sie tun oder sagen sollte. „Ach, fast hätte ich es vergessen – draußen im Flur stehen ja noch die Kerzenständer und ein paar wirklich schöne Schürhaken, die ich heute gekauft habe. Ich bring sie rasch in den Salon. Mal sehen, wie sie sich machen."

Er setzte die Flasche wieder an die Lippen, während er sie unausgesetzt beobachtete. „Und? Wie sind sie?"

„Ich weiß noch nicht. Ich hatte gerade alles im Flur abgesetzt, als … als die … äh … Spätvorstellung begann."

„Und dann hast du beschlossen, alles stehen und liegen zu lassen und auf Gespensterjagd zu gehen."

„Kann man so sagen. Aber jetzt will ich die Sachen schnell noch auspacken, bevor ich mich wieder auf den Weg mache."

Rafe nahm sich ein neues Bier und ging mit ihr zusammen hinaus. „Ich hoffe, du hast dich seit heute Morgen etwas abgekühlt."

„Etwas, aber noch nicht ganz." Sie warf ihm von der Seite einen kurzen Blick zu. „Immerhin war es mir eine Genugtuung, dir eine blutige Nase zu verpassen, auch wenn es unabsichtlich geschehen ist. Du hast dich nämlich wirklich wie der letzte Blödmann benommen."

Mit zusammengekniffenen Augen beobachtete er, wie sie energisch, um ihre Worte zu unterstreichen, die Kartons zusammenraffte, sie sich eilig unter den Arm klemmte und damit durch die Halle segelte. Gemächlich schlenderte er hinter ihr her. „Danke gleichfalls. Manche Frauen wissen im Gegensatz zu dir Aufrichtigkeit durchaus zu schätzen."

„Manche Frauen mögen auch Blödmänner." Im Salon stellte sie die

Kartons auf den Tisch, den sie von den Möbelpackern ans Fenster hatte stellen lassen. „Ich allerdings nicht. Ich mag Aufrichtigkeit, gute Manieren und Taktgefühl. An Letzterem mangelt es dir allerdings komplett." Dann drehte sie sich um und grinste. „Aber ich denke, unter diesen Umständen könnten wir langsam einen Waffenstillstand schließen, was meinst du? Wer hat dir deine Nase schon mal gebrochen?"

„Jared. Als wir noch Kinder waren, haben wir immer im Heuschober miteinander gekämpft."

„Hm …" Dass für die MacKade-Brüder blutige Nasen ein Beweis der Zuneigung waren, würde sie wohl niemals verstehen. „Und hier willst du also heute Nacht kampieren?" Sie deutete auf den Schlafsack, der vor dem Kamin ausgebreitet lag.

„Ja. Es ist noch immer der wärmste Raum im Haus. Und der sauberste. Was meinst du denn mit Waffenstillstand unter diesen Umständen?"

„Du darfst die Flasche nicht ohne Untersetzer auf dem Tisch abstellen. Das gibt hässliche Ränder. Antiquitäten darf man nicht behandeln wie …"

„Möbel?", beendete er ihren Satz, aber er nahm dennoch den silbernen Untersetzer, den Regan mittlerweile aus ihrem Karton gekramt hatte und ihm nun hinhielt, legte ihn auf den Tisch und stellte die Flasche darauf. „Was für Umstände, Regan?" Er blieb hartnäckig.

„Zum einen meine ich damit unsere wohl noch einige Zeit andauernde Geschäftsverbindung." Weil sie ihre Finger irgendwie beschäftigen musste, knöpfte sie ihren Mantel auf, während sie wieder an den großen Tisch am Fenster zurückging. „Wir versuchen beide, das Beste aus diesem Haus hier zu machen, da wäre es doch unklug, wenn wir uns über irgendwelche Merkwürdigkeiten in die Haare gerieten, oder meinst du nicht auch?" Sie holte zwei Schürhaken aus Messing sowie eine Kohlenschaufel aus dem Karton und hielt sie hoch. „Sind die nicht hübsch? Müssen nur mal wieder geputzt werden."

„Hoffentlich lässt sie sich besser handhaben als die Kohlenschaufel, die ich bisher benutzt habe." Er hakte seine Daumen in seine Hosentaschen und sah ihr nach, wie sie zum Kamin ging und das Kaminbesteck sorgsam in den dafür vorgesehenen Ständer stellte.

„Womit auch immer du das Feuer geschürt hast, jedenfalls brennt es optimal." Hin- und hergerissen zwischen Mut und Verzweiflung, starrte sie in die Flammen. „Nur den richtigen Schirm habe ich noch nicht gefunden. Der hier passt meiner Meinung nach irgendwie nicht so ganz. Wahrscheinlich kann man ihn besser für eins der Zimmer oben hernehmen. Wenn ich mich recht erinnere, wolltest du doch dort die Kamine auch alle wiederherrichten, oder irre ich mich?"

„Vielleicht." Er kannte sie doch erst seit ein paar Wochen. Woher zum Teufel nahm er eigentlich die Gewissheit, dass all das, was sie im Moment von sich gab, nur dazu diente, die Tatsache zu verdecken, dass sie mit sich selbst im Widerstreit lag? Und doch wirkte sie entspannt, wie sie so dastand im flackernden Schein der Flammen, die im Kamin emporschlugen und Glanzlichter auf ihr Haar warfen. Vielleicht war es nur die Art, wie sie die Finger ineinander verschlang, oder deshalb, weil sie ihn nicht ansah, während sie redete. Wie auch immer, er war sich jedenfalls sicher, dass sie einen inneren Kampf mit sich ausfocht. „Warum bist du gekommen, Regan?"

„Das habe ich dir doch schon gesagt." Sie wandte sich wieder dem Karton zu. „Ich habe noch ein paar andere Sachen von der Auktion mitgebracht, aber du bist hier noch nicht so weit. Doch das hier …" Sie packte zwei schwere Kerzenleuchter aus Kristall aus. „Sie passen perfekt. Und für die Vase brauchst du unbedingt Blumen. Auch im Winter."

Sie stellte je einen Leuchter zu beiden Seiten der Doulton-Vase, die sie ihm bereits verkauft hatte. „Tulpen würden sich am besten machen. Sieh zu, dass du welche bekommen kannst", fuhr sie fort und packte die weißen Kerzen aus, die sie ebenfalls mitgebracht hatte. „Aber Chrysanthemen würden's auch tun. Oder Rosen natürlich." Sie setzte ein Lächeln auf und drehte sich zu ihm um. „Na, wie findest du es?"

Wortlos nahm er eine Schachtel Streichhölzer vom Kaminsims und ging zum Tisch, um die Kerzen anzuzünden. Über den Schein hinweg sah er ihr in die Augen und hielt ihren Blick fest. „Nun, sie funktionieren."

Regan schüttelte mit einem leichten Anflug von Verzweiflung den Kopf. „Also wirklich, Rafe. Nein, ich meinte das ganze Arrangement. Und das Zimmer überhaupt." Sie nahm ihre eigenen Worte als guten Anlass, einige Entfernung zwischen sich und Rafe zu legen, ging hinüber zu der Couch und fuhr mit den Fingerspitzen über die Schnitzerei an der Lehne.

„Es ist alles perfekt. Etwas anderes habe ich allerdings von dir auch nicht erwartet."

„Ich bin überhaupt nicht perfekt", brach es plötzlich unerwartet aus ihr heraus. „Du machst mich ganz nervös mit diesem Gerede. Ich habe mich zwar immer darum bemüht, aber mittlerweile ist mir alles entglitten. In mir ist nur noch Chaos." Unruhig fuhr sie sich mit den Fingern durchs Haar. „Das war vorher anders. Nein – bleib, wo du bist." Sie trat schnell einen Schritt zurück, als er Anstalten machte, sich ihr zu nähern.

Man konnte ihr ansehen, wie unbehaglich ihr die ganze Situation war. „Ich habe mich heute Morgen wirklich sehr über dich geärgert, Rafe. Und mehr noch: Du hast mich erschreckt."

Es fiel Rafe nicht leicht, seine Hände bei sich zu behalten. „Warum denn?"

„Ich weiß nicht. So etwas ist mir einfach noch nie passiert. Ich bin noch keinem Mann begegnet, der mich so sehr begehrt hat." Sie hielt inne und rieb sich mit den Händen ihre Oberarme, als sei ihr plötzlich kalt. „Du siehst mich dauernd so an, als wüsstest du schon ganz genau, wie es kommt mit uns beiden. Und ich habe keinerlei Kontrolle über das Ganze."

„Wieso hast du keine Kontrolle? Die Entscheidung liegt doch allein bei dir."

„Aber ich habe über meine Gefühle keine Kontrolle. Und darüber bist du dir durchaus im Klaren. Du weißt genau, wie man Menschen beeinflusst."

„Wir reden nicht über Menschen."

„Gut. Dann sage ich eben, du weißt genau, wie du mich beeinflussen kannst", schleuderte sie ihm entgegen und ballte die Hände zu Fäusten, um ihre Fassung wiederzuerlangen. „Du weißt, dass ich dich begehre. Und warum sollte ich es auch nicht? Es ist genau so, wie du gesagt hast. Wir sind beide erwachsen, und wir wissen, was wir wollen. Je öfter ich dich abweise, desto idiotischer komme ich mir vor."

Seine Augen lagen im Schatten, deshalb war es ihr nicht möglich, in ihnen zu lesen. „Was erwartest du von mir? Dass ich dir einfach nur ruhig zuhöre, während du diese Sachen sagst?"

„Alles, was ich möchte, ist eine vernünftige und rationale Entscheidung. Ich habe einfach keine Lust, mich von meinen Gefühlen überwältigen zu lassen." Sie stieß laut vernehmbar den Atem aus. „Und wenn diese Entscheidung erst einmal gefallen ist, werde ich dir die Kleider vom Leib reißen, verlass dich drauf."

Er konnte nicht anders, er musste laut auflachen. Und es war wahr-

91

scheinlich am besten so, denn sein Heiterkeitsausbruch entschärfte die Bombe, die in seinem Innern tickte. „Erwarte nicht von mir, dass ich dich davon abhalte." Als er einen Schritt auf sie zukam, sprang sie federnd zurück. „Ich will doch nur an mein Bier", brummte er, nahm die Flasche und hob sie an die Lippen. Er trank einen langen Schluck, der es aber auch nicht vermochte, das Feuer, das in ihm brannte, zu löschen. „Gut. Dann fangen wir eben noch mal von vorn an, Regan. Also, was haben wir? Zwei ungebundene, gesunde Erwachsene, die beide dasselbe wollen."

„Die sich kaum kennen", fügte sie hinzu. „Die so gut wie nichts miteinander verbindet. Und die vielleicht etwas mehr Feingefühl aufbringen sollten, als sich kopfüber in Sex zu stürzen, als handle es sich um einen Swimmingpool."

„Ich habe mich noch nie damit aufgehalten, vorher erst die Wassertemperatur zu überprüfen; ich wüsste auch nicht, wozu."

„Ich schon." Alles, was sie tun konnte, um ihre Beherrschung zu wahren, war, wieder die Finger ineinander zu verhaken. „Für mich ist es wichtig zu wissen, worauf ich mich einlasse."

„Bloß kein Risiko eingehen, was?"

„Nein." Endlich, so schien es ihr, hatte der Verstand die Oberhand gewonnen. „Ich hatte heute während meiner Fahrt nach Pennsylvania eine Menge Zeit, um nachzudenken. Wir müssen innehalten und uns das Bild, das vor uns liegt, genau betrachten." Das, was sie sagte, klang ruhig und vernünftig. Und warum konnte sie dann nicht aufhören, an ihrem Blazer herumzuzupfen und an ihren Ringen zu drehen?

„Es ist genau wie dieses Haus hier", fuhr sie rasch fort in dem Bemühen, ihre eigenen Zweifel zu überdecken. „Das erste Zimmer ist fertig, und es ist wunderschön geworden. Wirklich wunderschön. Aber mit Sicherheit hättest du dieses Projekt niemals begonnen, ohne einen kompletten Plan von dem ganzen Haus im Kopf zu haben. Ich denke, mit Intimitäten muss man ebenso sorgsam umgehen wie mit der Renovierung eines Hauses."

„Das leuchtet ein."

„Gut." Sie holte tief Luft und atmete gleich darauf hörbar aus. „Also, dann lass uns ein paar Schritte zurücktreten, damit wir einen klareren Blick bekommen." Als sie nach ihrem Mantel griff, zitterte ihre Hand leicht. „Es ist der vernünftigste und verantwortungsvollste Weg, an die Dinge heranzugehen."

„Stimmt." Er stellte seine Bierflasche ab. „Regan?"

Sie umklammerte ihren Mantel wie einen Rettungsanker. „Ja?"

„Geh nicht."

Ihre Fingerspitzen wurden taub. Sie holte tief Luft, und ihr Atemzug verwandelte sich in einen tiefen, zitternden Seufzer. „Endlich sagst du es."

Mit einem unsicheren Auflachen warf sie sich stürmisch in seine Arme.

6. KAPITEL

„Es ist total verrückt." Atemlos vergrub sie ihre Hände in seinem Haar und zog seinen Kopf ganz nah zu sich heran. Sie dürstete nach seinen Küssen, nach der Hitze, die sie erzeugten, nach dem Versprechen, das sie beinhalteten, und nach der Gefahr, die in ihnen wohnte. „Ich wollte nicht, dass es so weit kommt."

„Aber ich." Er nahm seinen Mund von ihren Lippen und küsste zärtlich ihre Stirn, ihre Wangen, ihre Nase, ihre Augen.

„Dabei habe ich mir alles so schön zurechtgelegt." Als ihre Knie zu zittern begannen, lachte sie kurz und hilflos auf. „Wirklich. Und alles, was ich gesagt habe, war absolut richtig. Es ist einfach nur die Chemie, eine Anziehungskraft, die stärker ist als ich selbst."

„Ja." In einer fließenden Bewegung schob er ihr die Jacke von den Schultern und hielt dabei ihre Arme fest, sodass sie keine Gegenwehr leisten konnte. Nachdem der Blazer zu Boden geglitten war, zog er sie eng an sich. Ihr Keuchen erregte ihn und ließ sein Blut schneller durch seine Adern rauschen. Als er einen Blick in ihre riesigen, weit aufgerissenen Augen warf, schoss das Verlangen schmerzhaft durch seine Lenden.

Seine Lippen wanderten hinunter zu ihrem Hals. Ihre Haut war glatt und geschmeidig und duftete genau so, wie er es sich in seinen Fantasien ausgemalt hatte.

Mit den Händen umklammerte sie seine Hüften, den Kopf hingebungsvoll in den Nacken zurückgeworfen, damit er sich nehmen konnte, was er wollte. Ihr Atem kam nun stoßweise, Flammen züngelten in ihr auf und breiteten sich aus im Zentrum ihres Begehrens.

Plötzlich ließ er ihre Handgelenke, die er während der ganzen Zeit wie ein Schraubstock umklammert gehalten hatte, los, seine Hand glitt unter ihren Pullover und legte sich besitzergreifend auf ihre Brust.

Haut und Seide, Kurven und die süßen Schauer der Erregung, er fand alles, wonach sein Herz begehrte. Aber er wollte mehr. Sein Mund setzte seinen unerbittlichen Angriff fort, während sich seine Finger in ihren Seiden-BH schoben und sich langsam über die weiche, glatte Haut ihrer Brüste tasteten.

Mit einem raschen Griff öffnete er Knopf und Reißverschluss ihrer Hose, dann ließ er seine Fingerspitzen über ihren flachen Bauch, auf dem er die Gänsehaut eines Lustschauers spüren konnte, den Bauchnabel sanft umkreisend nach unten gleiten. Sie bäumte sich unter ihm auf, presste sich voller Verlangen an ihn, drehte den Kopf so, dass sie mit ihrem Mund seinen Nacken erreichen konnte, und grub mit einem heiseren Aufstöhnen ihre Zähne in sein muskulöses, festes Fleisch.

Er wusste, er hätte sie jetzt nehmen können, schnell und wild, einfach im Stehen. Es hätte ihm unsägliche Erleichterung verschafft, hätte das Feuer der Leidenschaft gelöscht, das wild lodernd in ihm brannte und ihn zu verzehren drohte.

Aber er wollte mehr.

Er zog ihr den Pullover über den Kopf, warf ihn achtlos beiseite und wölbte seine Hände über ihre Brüste. Die Seide, von der sie bedeckt wurden, war glatt und zart und so dünn, dass er durch sie hindurch die Hitze des Verlangens, die ihre Haut abstrahlte, spüren konnte. Erbarmungslos schraubte er ihre Lust noch höher, streichelte mit seinen von der Arbeit aufgerauten Fingerspitzen ihre Knospen, die sich begehrlich und hart aufgerichtet hatten, bis sie sich unter seinem Griff wand und wie im Fieberwahn vor sich hinflüsterte.

„So aufgelöst wollte ich dich sehen – schon seit vielen Wochen."

„Ich weiß."

Sie lag hilflos in seinen Armen und sah voller Verlangen zu ihm auf, die Wangen gerötet, die Augen weit geöffnet, während der Widerschein der Flammen geheimnisvolle Muster auf ihr Gesicht zeichnete. Er küsste ihre Schultern, öffnete die Lippen und zog dann mit den Zähnen den schmalen Träger ihres BHs herunter. „Ich glaube kaum, dass du dir vorstellen kannst, was ich in meiner Fantasie schon alles mit dir gemacht habe. Deshalb werde ich es dir nun zeigen."

Er nahm den Blick nicht von ihr, während er seinen Finger in das Tal zwischen ihren Brüsten gleiten ließ, um währenddessen mit der anderen Hand den Verschluss ihres BHs zu öffnen.

Ihre wunderschönen himmelblauen Augen verschleierten sich. Gleich darauf senkte sie halb die Lider, als könne sie so den Sturm, der in ihrem Inneren tobte, unter Kontrolle bringen. Doch das Gegenteil war der Fall, er konnte an ihren Reaktionen ablesen, wie sie von ihm erfasst und willenlos hin und her geschleudert wurde. Allein dieser Anblick vermochte es, seine Lust ins schier Unermessliche zu steigern.

Er bog ihren Oberkörper noch weiter zurück und beugte sich über ihre Brüste, saugte an den harten Spitzen und traktierte sie mit kleinen Bissen, bis sie stoßweise atmete. Seine Zunge bereitete ihr Folterqualen, die ihre Begierde in einem Maße entfachten, dass es ihr bald unerträglich schien.

Wie eine Raubkatze an ihrer Beute zerrte sie an seinem Hemd, während sie spürte, dass ihre Knie langsam nachgaben und sie unaufhaltsam zu Boden sank. Gleich darauf fand sie sich, noch immer an seinem Hemd reißend, auf dem Schlafsack, der vor dem Kamin lag, wieder.

Nachdem sie es schließlich geschafft hatte, es ihm über den Kopf zu ziehen – Zeit, um die Knöpfe mühevoll zu öffnen, war nicht mehr –, musste sie feststellen, dass es noch eine zweite Schicht gab, die seine Haut von der ihren trennte. Sie gierte nach ihm, nach seinem nackten, heißen Fleisch, und das jetzt auf der Stelle. Jede Sekunde, die sie noch länger warten musste, vergrößerte ihre Qual. Doch endlich, endlich war es so weit, sie stürzte sich mit rasender Begierde auf ihn und grub ihre Zähne in seine Schulter.

„Fass mich an", drängte sie heiser. „Ich will deine Hände auf mir spüren."

Und da fühlte sie sie auch schon. Überall. Plötzlich war sie nur noch Körper, der Verstand war ausgeschaltet, ihr Gehirn leer, sie bestand nur noch aus Milliarden hochempfindsamer Nerven, die jede Berührung in sich aufsogen wie ein trockener Schwamm das Wasser.

Neben ihr im Kamin zischten die Flammen, und die Holzscheite knackten, während das Feuer, das in ihr wütete, sie zu verschlingen drohte. Sie sah ihn wie durch einen Schleier, der sich über ihre Augen gelegt hatte – sein schwarzes Haar, die vor Leidenschaft glühenden Augen, seinen von einem feinen, glänzenden Schweißfilm überzogenen muskulösen Körper, auf dem der Widerschein der Flammen einen wilden Tanz vollführte. Voller Protest stöhnte sie auf, als er sich von ihren Lippen löste, doch nur Sekundenbruchteile später, als er sich über ihre Brüste beugte, sie mit Küssen überschüttete und dann eine brennende Spur über ihren Bauch hinunter bis hin zum Zentrum ihrer Lust zog, war jeder Gedanke an Auflehnung vergessen.

Als er den Kopf hob, um Atem zu schöpfen, streckte sie in blindem Verlangen die Arme nach ihm aus, zog ihn besitzergreifend voller Leidenschaft an sich, die Lippen auf der Suche nach allen Geschmacksvarianten, die sein Körper zu bieten hatte.

„Die Stiefel", stieß er hervor, während er die Schuhe abstreifte. Sie hatte die Beine um ihn geschlungen, ihr herrlicher Körper schob sich über ihn, ihre Hände … diese unglaublich eleganten Hände.

Mit einem dumpfen Poltern fielen die Stiefel schließlich neben dem Schlafsack zu Boden.

Sie lag auf ihm, aber dieses Mal, beim ersten Mal, wollte Rafe es anders. Er wollte sie in Besitz nehmen, wollte spüren, wie sich ihr nackter, heißer Körper unter ihm wand. Er wollte ihren Lustschrei hören und ihr in die Augen sehen, wenn erst die Begierde und dann die Erfüllung ihren Blick verschleiern würden.

Keuchend schob er sie von sich hinunter, rollte sie auf den Rücken, schob hart seine Hände zwischen ihre Schenkel, bis sie die Beine spreizte und ihm ihren Schoß entgegenwölbte. Mit einem heiseren Aufstöhnen drang er tief in sie ein.

Als sie im Morgengrauen erwachte, war das Feuer im Kamin fast niedergebrannt, und im ganzen Haus herrschte tiefe Stille, sodass Regan ihren eigenen Herzschlag hören konnte. Der Raum war in ein weiches Halbdunkel gehüllt, nur in den Ecken lauerten schwarze Schatten, aber sie ängstigten sie nicht. Im Gegenteil, das Zimmer schien eine friedvolle Ruhe auszustrahlen. Vielleicht schlafen die Gespenster ja auch, überlegte sie. Oder fühlte sie sich einfach nur entspannt, weil Rafe neben ihr lag?

Sie wandte den Kopf und betrachtete im fast schon erloschenen Lichtschein der Glut im Kamin sein Gesicht. Selbst im Schlaf hatte es nichts Unschuldiges an sich. Sowohl seine Stärke als auch die Härte hatten sich unübersehbar in seine Züge eingegraben.

Aber sie wusste, dass er auch zärtlich sein konnte. Sehr zärtlich sogar. Nicht zuletzt im Umgang mit Cassie war ihr das aufgefallen. Als Liebhaber jedoch war er fordernd, gnadenlos und ohne Erbarmen.

Und sie hatte es ihm mit gleicher Münze zurückgezahlt. Jetzt, in der Stille der nächtlichen Dunkelheit, die wie eine Decke über sie gebreitet lag, fiel es ihr schwer sich vorzustellen, dass sie ihm zu tun erlaubt hatte, was er getan hatte. Mehr noch, sie hatte es sich aus tiefstem Herzen gewünscht.

Ihr Körper schmerzte an den unmöglichsten Stellen, und später, im hellen Licht des Tages, würde sie bei der Erinnerung daran, wie sie zu ihren blauen Flecken gekommen war, wahrscheinlich vor Scham in den Boden versinken. Bei der Erinnerung daran, wie sie gelechzt und gehungert hatte nach seinen großen, harten und doch so feinfühligen Händen und wie sie unter ihnen erbebt war. Noch mehr allerdings würde sie möglicherweise erschrecken darüber, was sie mit ihren eigenen getan hatte.

Und was du jetzt am liebsten schon wieder tun würdest, durchzuckte es sie.

Sie holte flach Atem und schlüpfte vorsichtig unter dem Arm, den Rafe besitzergreifend um sie gelegt hatte, hervor, stand leise auf und bückte sich nach seinem Flanellhemd. Nachdem sie es sich übergestreift hatte, schlich sie hinaus in die Küche. Sie hatte Durst. Und vielleicht würde ein Glas kaltes Wasser ihr auch wieder einen klaren Kopf verschaffen.

Während sie am Spülstein stand, wanderte ihr Blick zum Fenster hinaus. Noch immer fielen dicke Schneeflocken vom Himmel. Nein, sie bereute nichts. Das wäre auch idiotisch. Das Schicksal hatte ihr einen außergewöhnlich guten Liebhaber zukommen lassen. Einen Mann, von dem man als Frau nur träumen konnte, und sie wäre dumm, wenn sie es nicht auskosten würde. Natürlich war es nur eine rein körperliche Angelegenheit, aber das war gut so, und so sollte es auch bleiben. Es war schließlich genau das, was sie wollte. Sie würde sich – und ihn – vor allen Komplikationen, die mit einer echten Beziehung einhergingen, bewahren.

Er hatte es ja schon gesagt: Sie waren beide erwachsen und wussten, was sie wollten. Wenn das Haus erst einmal fertig war, würde er sich sowieso aller Wahrscheinlichkeit nach wieder aus Antietam verabschieden. Was aber hinderte sie beide daran, bis dahin ihren Spaß miteinander zu haben? Wenn es dann an der Zeit war, Abschied zu nehmen, würde es in gegenseitigem Einvernehmen geschehen, und bei keinem würden Wunden zurückbleiben. Sie hätten etwas Schönes erlebt, das irgendwann zu Ende gegangen war, das war alles.

Aber wahrscheinlich war es ratsam, über das, was man voneinander erwartete – oder genauer gesagt nicht erwartete – noch einmal zu reden, bevor man den Dingen ihren Lauf ließ.

Rafe stand in der offenen Tür und beobachtete sie. Sie lehnte mit dem Rücken zu ihm am Spülbecken und blickte nachdenklich aus dem Fenster, in dessen Scheibe sich ihr Gesicht spiegelte. Sein Hemd reichte ihr bis zu den Oberschenkeln. Abgetragener Flanell auf cremeweißer, seidiger Haut.

Als er sie so stehen sah, überkam ihn der drängende Wunsch, ihr zu sagen, dass er noch niemals in seinem Leben eine Frau kennengelernt hatte, die so schön war wie sie, die so perfekt und einzigartig war, doch der Augenblick schien ihm nicht geeignet, ihr zu gestehen, wie viel sie ihm bedeutete.

„Steht dir gut, das Hemd, Darling." Er hatte sich für einen beiläufigen Tonfall entschieden.

Da sie ihn nicht gehört hatte, zuckte sie zusammen und hätte vor Schreck fast das Glas fallen lassen. Rasch drehte sie sich um und sah ihn mit einem amüsierten Grinsen auf den Lippen am Türrahmen lehnen. Er trug zwar seine Jeans, hatte sich jedoch nicht die Mühe gemacht, sie zuzumachen.

„War das Erstbeste, was ich gefunden habe", erwiderte sie leichthin.

„So gut hatte es dieses alte Hemd noch nie. Kannst du nicht mehr schlafen?"

„Ich hatte Durst."

„Und? Keine Angst so allein in der Dunkelheit?"

„Nein. Nicht vor dem Haus zumindest."

Er hob die Augenbrauen. „Wovor denn dann? Vor mir etwa?" Seine Stimme klang belustigt.

„Ja. Ich habe Angst vor dir."

„Ich war wohl ein wenig zu grob zu dir", vermutete er vorsichtig, und die übermütigen Fünkchen in seinen Augen waren mit einem Mal verschwunden.

„Das wollte ich damit nicht sagen." Sie wandte sich um und griff nach dem Wasserkessel, füllte ihn und setzte ihn auf. „So etwas wie mit dir ist mir noch nie passiert. Ich habe völlig die Kontrolle verloren. Ich war plötzlich so … gierig. Es überrascht mich ziemlich, wenn ich daran zurückdenke. Nun gut …" Sie seufzte kurz auf und setzte den Filter auf die Kaffeekanne.

„Überrascht? Oder tut es dir leid?"

„Nein, es tut mir überhaupt nicht leid, Rafe." Sie musste sich zwingen, sich umzudrehen und ihm in die Augen zu sehen. „Wirklich nicht. Es verunsichert mich nur zu wissen, dass du alles mit mir machen kannst, was du willst. Ich verliere einfach den Verstand. Ich habe schon vorher vermutet, dass mit dir zu schlafen aufregend sein würde. Aber dass es so ist … Ich habe das Gefühl, es könnte alles passieren. Es ist so chaotisch, nichts ist vorhersehbar."

„Ich hab Lust auf dich. Das ist vorhersehbar."

„Wenn du solche Dinge sagst, bleibt mir jedes Mal fast das Herz stehen", brachte sie mühsam heraus. „Ich brauche Ordnung in meinem Leben, verstehst du?" Sie gab einige Messlöffel Kaffee in den Filter. „Vermutlich werden in Kürze deine Arbeiter hier aufkreuzen. Nicht gerade die beste Zeit, um das alles auszudiskutieren."

„Heute kommt niemand. Wir sind total eingeschneit, Darling."

„Oh." Ihre Hand zitterte, und etwas von dem Kaffee ging daneben. „Wir haben also viel Zeit, um alles, was dich bewegt, zu diskutieren." Sie räusperte sich. „Nun gut." Wie anfangen? Sie wusste es nicht. Nachdem sie ihm einen prüfenden Blick zugeworfen hatte, räusperte sie sich ein zweites Mal. „Wichtig ist, dass wir die Dinge verstehen."

„Was für Dinge?"

„Die Dinge eben." Wütend über sich selbst, über ihr Zaudern schleuderte sie ihm das Wort fast entgegen. „Das, was sich zwischen uns abspielt, ist eine rein sexuelle Angelegenheit, eine Affäre. Es macht Spaß und ist außergewöhnlich befriedigend. Aber mehr ist es nicht. Was heißt, keine Fesseln, keine Verpflichtungen, keine …"

„Komplikationen?"

„Ja." Regan nickte erleichtert. „So ist es."

Er war überrascht darüber, dass ihm ihre leidenschaftslose Beschreibung der Situation ganz und gar nicht behagte. Dabei entsprach doch alles, was sie gesagt hatte, seinen Wünschen, oder etwa nicht? „Das ist geordnet genug. Wenn dein Vorschlag allerdings auch beinhalten sollte, dass ich nicht der Einzige bin, wird von deiner schönen Ordnung nicht mehr allzu viel übrig bleiben. Ich werde …"

„Lass doch diesen Blödsinn. Ich habe überhaupt nicht die Absicht …"

„Gut, dann will ich jetzt mal zusammenfassen: Du und ich, wir haben eine rein sexuelle Beziehung, die so, wie sie ist, uns beide zufriedenstellt. Ist es recht so?"

Endlich wieder ruhiger geworden, wandte sie sich zu ihm um und lächelte ihn an. „Ja, dem kann ich zustimmen."

„Das war ein hartes Stück Arbeit, Regan. Willst du den Vertrag in zwei- oder in dreifacher Ausfertigung?"

„Ich wollte einfach nur sicherstellen, dass wir beide von den gleichen Voraussetzungen ausgehen." Sie musste ihre ganze Konzentration aufbringen, um ihre Hand ruhig zu halten, während sie Wasser in den Kaffeefilter schüttete. „Wir haben uns nicht die Zeit genommen, um uns wirklich kennenzulernen. Und jetzt sind wir ein Liebespaar. Ich will nicht, dass du denkst, ich würde mehr suchen als das."

„Und wenn ich mehr suche?"

Ihre Finger schlossen sich hart um den Griff des Kessels. „Ist das so?"

Er wandte den Blick ab und sah zum Fenster hinaus. „Nein."

Rasch schloss sie für einen Moment die Augen und redete sich ein, dass das Gefühl, das sie bei seinen Worten verspürte, Erleichterung war. Nichts als Erleichterung. „Nun, dann ist ja alles in Ordnung."

„Ja, bestens." Seine Stimme klang ebenso ruhig und ungerührt wie ihre. „Keine Liebesbeziehung heißt keine Probleme, und keine Versprechungen heißt keine Lügen. Das Einzige, das wir voneinander wollen, ist, miteinander zu schlafen. Das macht die Dinge sehr einfach."

„Ja, ich will mit dir schlafen." Angenehm überrascht davon, wie leicht ihr dieser beiläufige Ton fiel, stellte sie zwei Kaffeebecher auf den Tisch. „Allerdings will ich das nur deshalb, weil ich dich mag."

Er trat an sie heran und steckte ihr das Haar, das ihr auf einer Seite wie ein Vorhang ins Gesicht fiel, hinters Ohr. „Offen gestanden machst du mich langsam völlig wahnsinnig."

Glücklicherweise war ihm nicht klar, wie schwer es ihr fiel, die Dinge derart zu vereinfachen. Das machte es ihr leichter. „Ich wollte dir nur ein Kompliment machen. Glaubst du vielleicht, ich wäre letzte Nacht hierhergekommen, wenn ich mir nichts aus dir machen würde?"

„Du hast die Kerzenständer abgeliefert."

„Du bist ein Idiot." Belustigt über den Verlauf des Gesprächs goss sie Kaffee ein. Es machte Spaß, so offen und frei von der Leber weg über Sex zu reden. „Das glaubst du doch nicht wirklich, oder?"

Interessiert daran, was nun kommen würde, nahm er die Tasse, die sie ihm nun hinhielt, und behauptete: „Doch, natürlich."

Sie nahm einen Schluck und grinste. „Trottel."

„Vielleicht mag ich ja keine raffinierten, draufgängerischen Frauen."

„Aber natürlich magst du sie. In Wirklichkeit willst du doch, dass ich dich jetzt auf der Stelle verführe."

„Glaubst du?"

„Ich weiß es genauso. Aber erst möchte ich meinen Kaffee trinken."

Er sah ihr zu, wie sie voller Genuss den nächsten Schluck nahm. „Vielleicht will ich ja mein Hemd zurück. Du hast mich nicht gefragt, ob du es dir ausborgen darfst."

„Gut." Mit einer Hand begann sie, die Knöpfe zu öffnen. „Nimm's dir doch, wenn du es willst."

Er nahm ihr die Tasse weg und stellte sie zusammen mit seinem Becher auf dem Tisch ab. Ihr süffisantes Lächeln raubte ihm fast den Verstand. Es blieb ihm nichts, als auf sie zuzugehen, sie hochzuheben und sie, überschüttet von ihrem perlenden Lachen und kleinen Beißattacken, die sie auf sein Ohrläppchen startete, aus der Küche hinaus in den Flur zu tragen. In diesem Moment wurde die Haustür von draußen geöffnet, und ein Schwall eisiger Kälte schwappte herein.

Erst als die schneebedeckte Gestalt ihren Hut abnahm und sich schüttelte wie ein nasser Hund, erkannte Rafe in dem schummrigen Dämmerlicht, um wen es sich dabei handelte.

„Hallo!" Lässig warf Shane mit dem Fuß die Tür hinter sich ins Schloss. „Von Ihrem Auto ist kaum noch was zu sehen, Regan."

„Oh." Peinlich berührt hielt Regan sich das Hemd über der Brust zu und zerrte sich den Saum über die Oberschenkel, während sie sich bemühte, so zu tun, als sei nichts. „Wir haben eine Menge Schnee bekommen."

„Mehr als zwei Fuß." Mit unübersehbarer Belustigung musterte Shane seinen Bruder und die Frau, die er auf dem Arm trug. „Sieht so aus, als könnten Sie jemanden brauchen, der Sie ausgräbt, hm?"

„Meinst du vielleicht, das schaffe ich nicht allein?" Rafe schnaubte entrüstet und ging an Shane vorbei in den Salon, um Regan auf dem Sofa abzusetzen. „Du bleibst hier."

„Rafe! Wie redest du denn mit mir?", fragte sie empört. „Verdammt noch mal."

„Genau hier", wiederholte er und beeilte sich, wieder in die Halle zu kommen.

„Täusche ich mich, oder riecht es hier nach Kaffee?", erkundigte sich Shane, der selbst bereits so früh am Morgen bester Laune zu sein schien.

„Sag mir erst einen guten Grund, warum ich dir nicht das Genick brechen sollte."

Shane zog seine Handschuhe aus und blies sich in die hohlen Hände, um sie anzuwärmen. „Weil ich mich mitten im Schneesturm aufgemacht habe, um euch zu retten." Er beugte sich etwas vor, es gelang ihm aber nicht, einen Blick in den Salon zu werfen. „Das sind vielleicht Beine."

„Halt dich zurück, ich warne dich."

„Ich meine ja bloß." Sein Grinsen förderte das typische MacKade-

Grübchen zutage. „He, woher sollte ich denn wissen, was hier abgeht? Ich habe mir vorgestellt, du steckst möglicherweise im Schnee fest. Allein natürlich. Und als ich dann ihr Auto sah, dachte ich, dass ich sie vielleicht mit in die Stadt nehmen kann." Wieder warf er einen hoffnungsvollen Blick in den Salon und trat näher. „Am besten, ich frage sie selbst."

„Noch einen Schritt weiter, Shane, und du bist ein toter Mann."

„Was ist, wenn ich gewinne? Gehört sie dann mir?" Auf Rafes wütendes Schnauben hin brach Shane in lautes Lachen aus. „Nein, fass mich lieber nicht an. Ich bin der reinste Eiszapfen, es besteht die Gefahr, dass ich in der Mitte auseinanderbreche."

Unter gemurmelten Drohungen nahm Rafe Shane beim Kragen und zerrte ihn die Halle hinunter, weg von der offen stehenden Salontür. „Augen geradeaus, MacKade." In der Küche schnappte er sich eine Thermoskanne, die auf dem Tisch stand, füllte sie mit heißem Kaffee und drückte sie Shane in die Hand. „So. Und jetzt mach die Biege."

„Bin schon weg." Shane schraubte den Verschluss der Kanne wieder ab, setzte sie an und nahm einen großen Schluck. „Ah das tut gut." Genießerisch leckte er sich die Lippen. „Der Wind ist die Hölle. Hör zu, ich hatte nicht die Absicht, dein nettes Tête-à-Tête zu stören", begann er, unterbrach sich jedoch rasch, als er an Rafes Augen erkannte, dass er den falschen Tonfall gewählt hatte. „He, ist es womöglich etwas Ernstes?"

„Kümmere dich verdammt noch mal um deine eigenen Angelegenheiten."

Shane pfiff durch die Zähne und verschloss die Thermoskanne. „Da gehörst du auch dazu. Regan ist eine tolle Frau, Rafe. Und das meine ich jetzt ganz ernst."

„Na und?", erkundigte sich Rafe mit drohendem Unterton.

„Nichts und." Shane scharrte mit den Füßen. „Es ist nur … Sie hat mir schon immer gut gefallen. Ich habe sogar schon mal daran gedacht …" Plötzlich wurde ihm klar, dass es ratsam war, den Satz nicht zu beenden. Um seine Unsicherheit zu überspielen, kramte er umständlich seine Handschuhe aus der Tasche und begann eine fröhliche Melodie zu pfeifen.

„An was gedacht?", bohrte Rafe mit finsterem Blick.

Zur Vorsicht gemahnt, ließ Shane seine Zunge über die obere Zahnreihe gleiten. Er wollte seine Zähne wirklich gern alle behalten. „Na ja, es ist schon so, wie du vermutest. Herrgott noch mal, Rafe, schau sie dir doch an. Jeder Mann würde das Gleiche denken." Geschickt schlüpfte er unter Rafes Hand, die sich blitzschnell nach ihm ausstreckte, durch. „Aber mehr als daran gedacht habe ich nicht. Und Fantasien sind schließlich nicht strafbar, oder?" Er hob beschwichtigend beide Hände. „Ich wollte damit doch nur zum Ausdruck bringen, dass du den Jackpot geknackt hast, Bruderherz."

Rafes Verärgerung legte sich langsam, während er nach seiner Kaffeetasse griff. „Wir schlafen miteinander. Das ist alles."

„Na ja, irgendwo muss man ja anfangen."

„Sie ist anders als andere Frauen, Shane." Was er vor sich selbst nicht hätte zugeben können, kam ihm seltsamerweise im Gespräch mit seinem Bruder ganz leicht über die Lippen. „Ich weiß zwar nicht, warum, aber irgendwie ist sie anders. Sie bedeutet mir ziemlich viel."

„Irgendwann erwischt's jeden." Shane klopfte Rafe lachend auf die Schulter. „Sogar dich."

„Ich habe nicht gesagt, dass es mich erwischt hat", brummte Rafe unwillig.

„Brauchst du auch gar nicht. Schließlich hab ich Augen im Kopf. So – ich hau jetzt ab. Die Arbeit ruft." Fröhlich pfeifend wandte er sich um und ging aus der Küche, die Halle hinunter. Vor der offenen Salontür blieb er grinsend stehen und sah sich nach Rafe um.

„Ich warne dich", rief Rafe.

„Schon passiert. Wie gesagt, die Beine sind große Klasse. Bis dann, Regan."

In dem Moment, in dem Regan das Geräusch der zuschlagenden Haustür vernahm, ließ sie den Kopf auf die Knie sinken und presste das Gesicht in den Schoß.

Als Rafe in den Salon kam, zuckte er bei ihrem Anblick zusammen. Ihre Schultern bebten. „Tut mir leid, Darling. Ich hätte die Haustür zuschließen sollen." Schuldbewusst ließ er sich neben ihr auf dem Sofa nieder und begann sie zu streicheln. „Komm, so schlimm ist es doch auch wieder nicht, Regan. Shane wird sich schon nichts dabei denken. Reg dich nicht auf."

Sie gab einen erstickten Laut von sich, und als sie das Gesicht hob, war es tränenüberströmt. Sie konnte nun nicht mehr an sich halten und krümmte sich vor Lachen, das von ihren Lippen perlte wie köstlichster Champagner. „Kannst du dir vorstellen, wie wir drei da in der

Halle ausgesehen haben?", japste sie und hielt sich den Bauch vor Lachen. „Wir beide fast nackt und Shane, der aussah wie ein wandeln-
der Schneemann?"

„Du fandest es also lustig?"

„Lustig? Es war eine umwerfend komische Situation." Entkräftet
vor Lachen, ließ sie sich an seine Brust sinken und wischte sich die Tränen aus den Augen. „Die MacKade-Brüder! Himmel, worauf habe ich
mich da nur eingelassen?"

Nun lachte auch er und zog sie übermütig auf seinen Schoß. „Gib
mir mein Hemd zurück, Darling, dann werde ich dir zeigen, worauf
du dich eingelassen hast."

7. KAPITEL

Regan döste, warm und gemütlich in den Schlafsack verpackt, vor sich hin, während die Flammen im Kamin prasselten und das Holz knackte. Ihre Träume waren fast so erotisch wie die vergangenen Stunden und lebendig genug, um sie wieder von Neuem zu erregen.

Im Halbschlaf wohlig aufseufzend, drehte sie sich auf die andere Seite und tastete nach ihrem Liebhaber, aber der Platz neben ihr war leer. Wiederum seufzte sie, diesmal enttäuscht, und setzte sich dann auf.

Das Feuer im Kamin brannte lichterloh, Rafe hatte offensichtlich, gleich nachdem er aufgestanden war, eine ausreichende Menge Holz nachgelegt. Die Beweise, die nur allzu deutlich Zeugnis ablegten von den Ereignissen der vergangenen Nacht, lagen überall im Zimmer auf dem Fußboden verstreut. Schuhe, Strümpfe, ihre elegante Hose, die mit Sicherheit ihrer Bügelfalte verlustig gegangen war, ihre seidene Unterwäsche, alles das, was sie sich in rasender Hast und brennendem Verlangen vom Leib gerissen hatten.

Sie reckte und streckte sich wohlig und gähnte. Als ihr Blick auf die Unordnung fiel, spürte sie, wie ihr Begehren von Neuem aufflammte. Sie wünschte, Rafe wäre hier und würde das Feuer in ihr ebenso kräftig schüren, wie er es mit dem Kaminfeuer getan hatte. Aber auch ohne ihn fand sie es herrlich zu entdecken, dass ihr eine Leidenschaft innewohnte, von deren Vorhandensein sie bis zu dem Tag, an dem Rafe sie endlich geweckt hatte, nichts geahnt hatte.

So wie mit ihm war es niemals vorher gewesen. Oder, noch deutlicher ausgedrückt, bis er ihr über den Weg gelaufen war, hatte sie sich eigentlich überhaupt nicht besonders viel aus Sex gemacht. Wenn es dazu gekommen war – und das war nicht sehr oft gewesen –, hatte sie sich gehemmt gefühlt, und es war ihr nicht gelungen, der Sache einen besonderen Geschmack abzugewinnen. Sie überlegte, was Rafe wohl dazu sagen würde, wenn er es wüsste.

Mit einem neuerlichen Gähnen griff sie nach ihrem Pullover und streifte ihn sich über den Kopf.

Wahrscheinlich würde er nur sein süffisantes Grinsen aufsetzen und sie an sich ziehen.

Nach einigen mehr oder weniger frustrierenden Erfahrungen hatte sie die letzten Jahre enthaltsam gelebt. Diesen Umstand allerdings konnte sie wohl kaum als Entschuldigung dafür ins Feld führen, dass sie nun plötzlich vor Leidenschaft total entbrannt war. Es war, als hätte man eine brennende Fackel in einen knochentrockenen Reisighaufen geworfen. Den Grund dafür in ihrer Abstinenz zu suchen, wäre jedoch von der Wahrheit weit entfernt.

Was auch immer ihr Leben vorher gewesen war, Rafe hatte das Unterste zuoberst gekehrt. Seit er ihr über den Weg gelaufen war, hatte sich alles verändert, und es war mehr als zweifelhaft, ob sie jemals wieder einen Mann treffen würde, der in ihr dieselben Gefühle weckte wie er. Wie zum Teufel sollte sie es anstellen, wieder zu ihrem ruhigen, gesicherten Leben zurückzukehren, nachdem sie eine Kostprobe von Rafe MacKade genommen hatte?

Nun, eines Tages würde ihr nichts anderes übrig bleiben. Dann würde sie zusehen müssen, wie sie damit zurechtkam. Im Moment interessierte sie nur, wo zum Teufel er eigentlich steckte, deshalb machte sie sich auf, ihn zu suchen. Auf Strümpfen begann sie durchs Haus zu wandern. Als sie nach oben kam, fand sie die Tür zu dem Bad, in dem er bereits seit Tagen arbeitete, offen.

„Kann ich dir helfen?"

Er warf ihr einen Blick über die Schulter zu und schüttelte den Kopf. „Bestimmt nicht in diesem Outfit", grinste er angesichts ihres Kaschmirpullovers und der eleganten Hose. „Macht aber nichts, ich wollte sowieso nur noch diese Wand hier fertig machen."

Sie lehnte sich gegen den Türrahmen und sah ihm zu. „Warum sehen eigentlich manche Männer so verdammt sexy aus bei der Arbeit?"

„Es gibt eben Frauen, die finden es wirklich toll, wenn Männer schwitzen."

„Zu denen scheine ich offensichtlich zu gehören." Nachdenklich studierte sie seine Technik, mit einem ganz bestimmten Schwung aus dem Handgelenk heraus den Verputz an die Wand zu klatschen. „Weißt du was? Du bist tatsächlich noch geschickter als der Typ, der meinen Laden renoviert hat. Und der war auch nicht schlecht. Sehr ordentlich."

„Ich hasse Verputzarbeiten."

„Warum machst du es dann?"

„Weil es mir gefällt, wenn es fertig ist. Außerdem bin ich schneller als die Leute, die ich angeheuert habe."

„Wo hast du das denn gelernt?"

„Ach, auf der Farm gab's immer irgendetwas in der Art zu tun. Und später habe ich auf dem Bau gearbeitet."

„Bis du deine eigene Firma aufgemacht hast?"

„Ja. Ich arbeite nicht gern für jemand anders."

„Ich auch nicht." Sie zögerte und sah zu, wie er sein Werkzeug sauber machte. „Wohin bist du denn gegangen? Ich meine damals, als du von hier weggegangen bist."

„In den Süden." Er verschloss den Plastikeimer, in dem sich der Mörtel befand, mit einem Deckel. „Immer, wenn mir das Geld ausging, hab ich mir einen Job auf dem Bau gesucht. Den Hammer zu schwingen war mir lieber, als ein Feld zu pflügen." Aus alter Gewohnheit griff er in seine Brusttasche. Sie war leer. Er fluchte. „Ich habe das Rauchen aufgegeben", brummte er.

„Dein Körper wird es dir danken."

„Es macht mich aber ganz verrückt." Um sich zu beschäftigen, ging er hinüber zu einem kürzlich verputzten Mauerriss.

„Du bist dann also nach Florida gegangen?", bohrte sie weiter.

„Ja. Das heißt, dort bin ich zum Schluss gelandet. In Florida wird irrsinnig viel gebaut. Dort habe ich meine eigene Firma aufgemacht. Ich habe angefangen, Häuser – oft waren es eher nur noch Schutthaufen – zu entkernen und neu aufzubauen. Dann habe ich sie verkauft. Hat prima funktioniert. Und nun bin ich wieder da." Er wandte sich zu ihr um. „Das war's."

„Ich wollte wirklich nicht neugierig sein", entschuldigte sie sich.

„Hab ich was gesagt? Aber mehr ist einfach nicht dahinter, Regan. Bis darauf, dass mein Ruf wohl nicht besonders gut ist. In der Nacht, in der ich weggegangen bin, war ich in eine Kneipenschlägerei verwickelt. Mit Joe Dolin."

„Dachte ich's mir doch, dass da in der Vergangenheit mal etwas war", murmelte sie.

„Oh, ich hatte mehr als nur diese eine Schlägerei mit ihm." Er nahm sich das Halstuch ab, das er sich um den Kopf gebunden hatte, um beim Arbeiten sein Haar aus der Stirn fernzuhalten. „Ich konnte Joe auf den Tod nicht ausstehen."

„Ich würde sagen, du hast einen exzellenten Geschmack."

Ruhelos ging er auf und ab. Nun hob er die Schultern. „Aber wenn er es in dieser Nacht nicht gewesen wäre, wäre es mit Sicherheit jemand anders gewesen. Ich war einfach in der Laune, verstehst du?" Er grinste freudlos. „Himmel noch mal, eigentlich war ich immer in dieser Laune. Ständig hatte ich eine Riesenwut im Bauch. Und niemand hätte sich wohl je vorstellen können, dass ich es im Leben noch mal zu was bringe, am wenigsten ich selbst."

Versuchte er, ihr etwas zu sagen? Sie war sich nicht sicher, ob sie ihn richtig verstand. „Sieht ganz danach aus, als hätten sich alle geirrt. Und du auch."

„Ist dir eigentlich klar, dass die Leute anfangen werden, sich die Mäuler über uns zu zerreißen?" Das war ihm eingefallen, als er heute Nacht wach gelegen, sie im Schlaf beobachtet hatte und schließlich aufgestanden war, um den Mauerriss, den er sich eben betrachtet hatte, zu verputzen. „Du wirst nur zu Ed's oder in den Kingston's Market zu gehen brauchen, und schon werden sie sich auf dich stürzen, um dich auszuquetschen. Und wenn du wieder rausgehst, wird das Geschwätz darüber anheben, was denn diese sympathische Miss Bishop mit einem Raufbold wie Rafe MacKade zu schaffen hat."

„Ich weiß doch, wie das so läuft, Rafe. Immerhin lebe ich auch schon seit drei Jahren hier."

Weil er plötzlich das dringende Bedürfnis hatte, sich zu beschäftigen, nahm er Sandpapier und schmirgelte einen bereits verputzten und getrockneten Mauerriss ab. „Ich kann mir nicht vorstellen, dass du bisher besonders viel Anlass zum Tratsch gegeben hast."

Er arbeitet, als würde ihm der Teufel dabei über die Schulter sehen, dachte sie verwundert. Als wollte er einen inneren Druck loswerden.

„Ach, täusch dich da nicht. Als ich ganz neu in der Stadt war, musste ich durchaus als Klatschobjekt herhalten. Was, diese Großstadtpflanze übernimmt den Laden von dem alten Leroy? Und Antiquitäten will sie verkaufen anstatt Schrauben und Installationen?" Regan lächelte leise. „Immerhin hat mir das eine Menge Schaulustige eingetragen. Und aus manch einem von ihnen ist später ein Kunde geworden." Sie legte den Kopf leicht schräg und sah ihn an. „Klatsch ist eben manchmal auch gut fürs Geschäft."

„Ich wollte dich ja nur darauf hinweisen, worauf du dich eingelassen hast."

„Dafür ist es ein bisschen spät, Rafe." Weil sie spürte, dass er einen kleinen Schubs brauchte, tat sie ihm den Gefallen. „Vielleicht bist du ja nur um deinen eigenen Ruf besorgt."

„Genau." Der Staub flog ihm um die Ohren, so heftig schmirgelte er. „Ich hatte nämlich eigentlich vor, für das Amt des Bürgermeisters zu kandidieren."

„Du weißt genau, was ich meine. Du hast Angst um dein Bad-Boy-Image. Der MacKade muss ja total zahm geworden sein, sonst würde sich doch diese anständige Regan Bishop nicht mit ihm abgeben. Das Nächste wird sein, dass er sich Blumen holt anstelle eines Sixpacks. Ihr werdet es schon sehen, die wird ihn schon noch zurechtstutzen."

Er ließ seinen Arm sinken und legte das Sandpapier beiseite, hakte die Daumen in seine Taschen und sah sie forschend an. „Ist es das, was du versuchst, Regan? Mich zurechtzustutzen?"

„Ist es das, wovor du Angst hast, MacKade?"

Der Gedanke war ihm nicht gerade angenehm. „Oh, das haben Legionen von Frauen vor dir bereits versucht, und keiner ist es gelungen." Er schlenderte zu ihr hinüber und fuhr mit seinem staubigen Zeigefinger über ihre Wange. „Das würde mir bei dir wahrscheinlich leichter fallen als dir bei mir, Darling. Wetten, dass ich dich noch so weit bringe, dass du in Duff's Tavern einläufst, um Billard zu spielen?"

„Dann bringe ich dich im Gegenzug dazu, Shelley zu rezitieren."

„Shelley – wer ist denn das?"

Mit einem glucksenden Lachen stellte sie sich auf die Zehenspitzen und gab ihm gut gelaunt einen Kuss. „Percy Bysshe Shelley. Du solltest gut auf dich aufpassen."

Diese Vorstellung war so lächerlich, dass sich seine verkrampfte Nackenmuskulatur auf der Stelle entspannte. „Darling, eher fliegen Shanes prämierte Schweine die Main Street hinunter, als dass du mich jemals ein Gedicht wirst aufsagen hören."

Sie lächelte wieder und küsste ihn auf die Nasenspitze. „Wollen wir wetten?"

Er schnappte sich ihre Hand. „Und worum wetten wir, Regan?"

Lachend zog sie ihn in den Flur hinaus. „War doch nur Spaß. Komm, Rafe, führ mich doch mal durch das ganze Haus, ja?"

„Moment. Kein MacKade ist bisher jemals vor einer Mutprobe zurückgeschreckt. Also, was ist? Worum wetten wir?"

„Du willst also, dass ich dich dazu bringe, Shelley zu rezitieren? Okay, du wirst schon sehen."

„Nein, nein. So doch nicht. Das ist ja keine Wette." Während er überlegte, hob er ihre Hand und spielte mit ihren Fingern. Das Flämmchen der Erregung, das in ihren Augen aufglomm, inspirierte ihn. „Ich be-

110

haupte, dass du innerhalb eines Monats so verrückt nach mir sein wirst, dass du bereit bist, alles für mich zu tun. Und du wirst es mir beweisen, indem du in einem roten superengen Ledermini bei Duff aufkreuzt, dir ein Bierchen bestellst und mit den Jungs eine Runde Billard spielst."

Amüsiert lachte sie auf. „Was für seltsame Fantasien du hast, MacKade. Kannst du dir mich wirklich in einem derart lächerlichen Aufzug vorstellen?"

„Aber natürlich." Er grinste anzüglich. „Ich sehe es schon ganz genau vor mir. Und Schuhe mit so richtig hohen Absätzen brauchst du natürlich auch."

„Selbstverständlich", erwiderte sie mit todernster Miene. „Zu Leder passen nur Stilettos. Alles andere wäre geschmacklos."

„Und keinen BH", präzisierte er.

Sie prustete plötzlich laut heraus. „Du gehst ja wirklich ins Detail."

„Sicher. Und dir wird auch nichts anderes übrig bleiben." Er legte ihr die Hände um die Taille und zog sie näher zu sich heran. „Weil du nämlich verrückt werden wirst nach mir."

„Nun, mir scheint, zumindest einer von uns beiden hat offensichtlich bereits seinen Verstand verloren. Na, okay." Sie legte die Hand auf seine Brust und schob ihn weg. „Jetzt bin ich dran. Ich wette, dass ich dich innerhalb desselben Zeitraums in die Knie zwinge. Du wirst mit einem Strauß Flieder …"

„Flieder?"

„Ja, ich liebe Flieder. Also, du wirst mit einem Strauß Flieder in der Hand auf den Knien vor mir liegen und Shelley rezitieren."

„Und was bekommt der glückliche Gewinner?"

„Genugtuung."

Er musste grinsen. „Okay. Das sollte reichen. Schlag schon ein."

Sie schüttelten sich die Hände.

„Führst du mich jetzt ein bisschen herum? Überall dahin, wohin ich mich wegen deiner Mitbewohner, die mir noch immer nicht ganz geheuer sind, allein nicht traue?"

Dazu ließ er sich nur allzu gern überreden, und gut gelaunt machten sie sich auf den Weg durch das riesige Haus.

„Schlaf mit mir." Sie erhob sich auf die Zehenspitzen und küsste ihn auf den Mund. Warum nur fühlte sie sich plötzlich so unendlich glücklich? Auf ihrem Rundgang waren sie nun als Letztes bei dem Zimmer angelangt, das Regan in das Brautgemach verwandeln wollte und das schon seit Längerem in voller Pracht vor ihrem geistigen Auge stand. Sie war vollkommen überrascht, dass Rafe es bereits in Angriff genommen hatte. Die Rosenknospentapete, die sie vorgeschlagen hatte, klebte schon fast überall an der Wand, und die hohen französischen Fenster, die auf das, was später einmal ein blühender Garten werden sollte, hinausgingen, waren bereits eingesetzt.

Er nahm ihr Gesicht in beide Hände und erwiderte ihren Kuss. Dann hob er sie ohne ein Wort hoch und trug sie aus dem Zimmer, den Flur entlang. Sie schlang die Arme um seinen Nacken und presste ihren Mund an seinen Hals. Schon begann ihr Herz schneller zu schlagen, und das Blut wälzte sich wie glühende Lava durch ihre Adern.

„Es ist wie eine Droge", murmelte sie.

„Ich weiß." Am Treppenabsatz blieb er stehen und suchte wieder ihre heißen Lippen.

„Ich habe so etwas noch nie in meinem Leben erlebt." Überwältigt von der Heftigkeit ihrer Gefühle, barg sie ihren Kopf zwischen seinem Hals und seiner Schulter.

Ich auch nicht, dachte er, sprach es jedoch nicht aus.

Er trug sie nach unten, und als sie den Salon betraten, umfing sie eine ruhige, angenehme Wärme, aber sie merkten es nicht.

Behutsam legte er sie auf dem Schlafsack vor dem Kamin nieder und kniete sich vor sie, um mit seinen Fingerspitzen zärtlich die Linie ihrer Wange entlangzufahren. Sofort begann ihr Begehren Funken zu schlagen und setzte ihr Herz in Flammen.

„Rafe."

„Sschch."

Er legte den Zeigefinger auf ihre Lippen, beugte sich zu ihr hinab und küsste sie auf die Lider. Sie wusste gar nicht, was sie hatte sagen wollen, deshalb war sie froh, dass er sie zum Schweigen gebracht hatte. Für das, was sie empfand, mussten die Worte erst noch gefunden werden. Und sie verstanden sich glücklicherweise auch ganz ohne Worte.

Sie erbebte unter seinem leidenschaftlichen Kuss, seinen Lippen, die sich gierig gegen ihre drängten. Als er sich schließlich von ihr löste, war zwar ihr drängendes Verlangen noch nicht gestillt, aber sie fühlte sich weich und entspannt, bereit, sich ohne Rückhalt einfach fallen zu lassen.

Sie verspürte den Drang nach Zärtlichkeit. Nach tiefer Zärtlichkeit. So süß und so unerwartet, dass der kleine Seufzer, den sie unwillkürlich ausstieß, wie ein geflüstertes Geheimnis klang.

Er bemerkte die Veränderung, die in ihr vorgegangen war. In ihr und in ihm selbst. Warum hatten sie es bisher immer so eilig gehabt? Warum nur hatte er bis jetzt gezögert, die Situation voll auszukosten, sich den Duft ihrer Haut, den Geschmack ihrer Lippen, die Formen ihres Körpers einzuprägen? Während er sich noch darüber wunderte, beschloss er, alles nachzuholen, was er bisher versäumt hatte.

Seine Hände waren behutsam diesmal, als er ihr den Pullover über den Kopf zog und ihr die Hose über die Hüften nach unten schob. Als sie nackt vor ihm lag, beugte er sich über sie und küsste sie zart. Dieser Kuss benebelte seinen Verstand und ließ ihn ganz und gar vergessen, dass sowohl sie als auch er jenseits dieses Hauses, jenseits dieses Raumes, in dem plötzlich die Zeit stehen geblieben zu sein schien, jeder sein eigenes Leben lebte.

„Lass mich", murmelte sie wie im Traum und erhob sich, sodass sie jetzt vor ihm, der ebenfalls auf den Knien lag, kniete. Ihr verhangener Blick ruhte für eine Weile auf ihm, dann streckte sie traumwandlerisch die Hand aus, begann langsam sein Hemd aufzuknöpfen, schob es ihm über die Schultern und sank an seine nackte Brust.

Sie hielten einander in den Armen und streichelten sich vorsichtig, behutsam, als seien ihre Körper unendlich kostbare Gegenstände, die man um keinen Preis der Welt beschädigen durfte. Seine Lippen streiften ihre Schultern, und sie lächelte, während sie den Duft seiner Haut tief in sich einsog.

Nachdem auch er nackt war, legte er sich auf den Rücken und zog sie auf sich. Ihr schimmerndes Haar lag ausgebreitet wie ein glänzender Seidenteppich auf seiner Brust.

Sie hatte das Gefühl, auf einer weichen Wolke zu schweben, die sie hoch hinaustrug, höher, immer höher, während die Wintersonne ihre Strahlen durchs Fenster zu ihnen hereinschickte und die Holzscheite im Kamin knackten. Das Streicheln seiner Hände, das sie beruhigte und zugleich erregte, war wie ein Geschenk des Himmels. Sie spürte das Wunder in jedem Nerv, in jeder Pore, in jedem Herzschlag.

Es gab keine Hast, keine Eile, kein Ungestüm, kein verzweifeltes, verrücktes Verlangen. Sie hatten alle Zeit der Welt. Plötzlich war sie hellwach, nahm mit äußerster Klarheit die Dinge um sich herum wahr – die Muster von Licht und Schatten auf dem Parkett, das leise Zischen der Flammen, den betörenden Duft der Rosen, die in der Vase auf dem

Tisch standen, und den noch tausendmal betörenderen des Mannes, der unter ihr lag.

Während ihre Lippen über seine Brust wanderten, vernahm sie seinen Herzschlag, der schneller und härter wurde, als sie den Mund öffnete und mit der Zunge den Vorhof seiner Brustspitze umkreiste. Mit einem tiefen Seufzer, der ihr in der Kehle stecken blieb, schlang sie die Beine um seine Hüften, als er sich unter ihr erhob und sie auf den Rücken rollte.

Die Zeit zog sich dahin, dehnte sich ins Endlose, wurde unwirklich. Die Uhr an der Wand tickte die Sekunden vorbei und die Minuten. Aber das war eine andere Welt. In der Welt, in der sie sich liebten, hatte die Zeit aufgehört zu existieren. In dieser Welt gab es nur ihr beiderseitiges Verlangen, das so langsam und allmählich gestillt werden wollte, als hätte es den Begriff Zeit nie gegeben.

Als er sie schließlich sanft und voller Gefühl zum Höhepunkt führte und noch darüber hinaus, flüsterte sie leise immer wieder seinen Namen, während sie sich ihm instinktiv entgegenhob, sich anspannte und gleich darauf wieder in die Kissen zurücksank mit einem Gefühl, als würde sie zerschmelzen wie Schnee unter der Sonne. Sie öffnete sich ihm und zog ihn, nachdem er schließlich in sie hineingeglitten war, mit einem heiseren Aufstöhnen ganz eng an sich, so eng, als wolle sie für immer eins mit ihm sein.

Überwältigt von ihr und überwältigt davon, wie unendlich schön Zärtlichkeit sein konnte, barg er sein Gesicht in ihrem Haar und begann sich langsam in ihr zu bewegen.

Als sie am nächsten Morgen erwachten, sprachen sie nicht über die Geschehnisse der vergangenen Nacht. Sie verhielten sich betont sachlich, aber weder ihr noch ihm gelang es, an etwas anderes zu denken. Und das beunruhigte sie beide.

Während die Sonne langsam hinter den Bergen im Osten hervorkroch, stand Rafe vor dem Haus und winkte ihr zu, als sie davonfuhr. Nachdem ihr Wagen hinter der Biegung entschwunden war, legte er sich tief in Gedanken versunken die Hand auf die Brust. Dahin, wo sein Herz schlug.

Dort verspürte er bereits seit dem Aufwachen einen Schmerz, der nicht vorübergehen wollte. Und er wurde das Gefühl nicht los, dass sie der Grund dafür war.

Oh Gott, er vermisste sie bereits jetzt, dabei war sie noch nicht einmal fünf Minuten fort. Er verfluchte sich dafür, um gleich anschließend mit sich selbst zu hadern, dass er nach einer Zigarette gierte wie ein dressierter Hund nach einer Belohnung. Beides ist ja nur Gewohnheit, versuchte er sich einzureden. Wenn ihm der Sinn danach stand, konnte er sich so viele Päckchen Zigaretten kaufen, wie er wollte, und konnte rauchen, bis ihm die Lunge zum Hals heraushing. Genauso, wie er sich auch Regan wieder holen konnte, wenn ihm danach zumute war.

Sex war ein starkes Band. Es war nicht weiter überraschend, dass es ihn so erwischt hatte. Mehr war an der Sache nicht dran. Und sie hatten ja schließlich vorher alles geklärt, was zu klären war. War es denn ein Wunder, dass er nun, nach mehr als dreißig Stunden Sex mit einer großartigen Frau, leicht zittrige Knie hatte? Das würde einem Mann ja wohl noch gestattet sein.

Und mehr wollte er nicht. Ebenso wie sie.

Es war eine unglaubliche Erleichterung und ein Vergnügen, eine Geliebte zu haben, die nicht mehr und nicht weniger wollte als man selbst. Eine Frau, die nicht von einem erwartete, dass man die ewig gleichen Spielchen spielte, und einem keine unsinnigen Versprechen abpresste, die man sowieso nicht einzuhalten gedachte. Eine Frau, die keinen Wert darauf legte, Worte zu hören, die doch immer nur Worte bleiben würden.

Der Schnee begann langsam und still auf ihn niederzurieseln, während er noch immer dastand und seinen Gedanken nachhing. Als er es schließlich bemerkte, schnitt er eine Grimasse und schüttelte über sich selbst den Kopf. Missmutig griff er nach der Schneeschaufel, die an der Hauswand lehnte, und begann den Weg freizuräumen. Er hatte weiß Gott Wichtigeres zu tun, als hier draußen in der Kälte herumzustehen und über seine Beziehung zu Regan Bishop zu brüten.

Nachdem er sowohl am Ende der Fahrbahn als auch am Ende seiner Geduld angelangt war, sah er, wie Devin in seinem Dienstwagen die Straße hinaufgeholpert kam.

„Was zum Teufel machst du denn hier?", rief Rafe ihm entgegen. „Hast du einen Haftbefehl?"

„Ist doch immer wieder lustig zu sehen, was so ein kleiner Schneesturm bewirken kann." Devin war ausgestiegen, lehnte am geöffneten Wagenschlag und betrachtete seinen Bruder amüsiert. „Hab gerade gesehen, dass Regans Auto weg ist, und dachte mir, ich schau mal kurz vorbei."

„Meine Leute kommen gleich, ich hab keine Zeit zum Quatschen, Devin."

„Was soll's, dann nehme ich eben meine Donuts und verzieh mich wieder."

Rafe wischte sich mit einer Hand über sein halb erfrorenes Gesicht. „Was für welche denn?"

„Apfel mit braunem Zucker."

Es gab Dinge, die ihm heilig waren, und dazu gehörten Apfel-Donuts mit braunem Zucker an einem kalten Wintermorgen.

„Na dann los, her damit! Oder willst du noch lange mit deinem idiotischen Grinsen auf dem Gesicht hier herumstehen?"

Devin bückte sich in den Wagen und kramte herum. Schließlich förderte er eine Tüte zutage. „Gestern gab's drei Unfälle in der Stadt. Gott sei Dank nur Blechschäden. Manche Leute sollten bei dem Schnee ihr Auto wirklich besser stehen lassen."

„Ja, ja, Antietam ist nun mal eine wilde Stadt", grinste Rafe, dessen Laune sich beim Anblick der Donuts schlagartig hob. „Hoffe, du warst nicht gezwungen zu schießen."

„In letzter Zeit nicht." Nachdem Devin sich einen Donut genommen und genüsslich hineingebissen hatte, hielt er Rafe die Tüte hin. „Aber eine Schlägerei gab's, bei der ich hart durchgreifen musste."

„In Duff's Tavern?"

„Nein, im Supermarkt. Millie Yender und Mrs Metz kloppten sich um die letzte Packung Toilettenpapier."

Rafes Lippen verzogen sich zu einem amüsierten Grinsen. „Da braucht's nur ein bisschen Schnee, und die Leute verlieren doch glatt die Nerven."

„Kann man wohl sagen. Mrs Metz haute Millie eine Salatgurke über den Kopf. Es verlangte mein gesamtes diplomatisches Geschick, um Millie davon abzubringen, Anzeige zu erstatten."

„Tätlicher Angriff mit Gemüse – ganz gefährliche Sache." Rafe nickte verständnisvoll und leckte sich ein bisschen Apfelgelee vom Daumen. „Was willst du eigentlich hier? Nur um mir das zu erzählen, bist du ja wahrscheinlich kaum hergekommen, oder?"

„Nein, das war nur eine Zugabe." Nachdem Devin seinen Donut verputzt hatte, holte er eine Packung Zigaretten aus der Tasche, klemmte sich einen Glimmstängel zwischen die Lippen und zündete ihn an. Das Grinsen, mit dem er Rafe bedachte, während er nach dem ersten Zug den Rauch ausstieß, war breit und provozierend. Rafe stöhnte. „Immerhin habe ich gehört, dass einem das Essen besser schmecken soll, wenn man aufgehört hat", bemerkte Devin wenig hilfreich.

„Gar nichts schmeckt besser", schnappte Rafe. „Aber es gibt eben im Gegensatz zu dir Menschen, die haben echte Willenskraft. Blas den Rauch hierher zu mir, du Dreckskerl."

„Du siehst irgendwie ein bisschen daneben aus, Rafe. Was ist los?"

„Shane konnte offensichtlich mal wieder die Klappe nicht halten."

Devins Antwort bestand aus einem breiten Grinsen.

„Und? Bist du jetzt hier, um mir deinen guten Rat anzubieten?"

„Wäre mir neu, dass ich in der MacKade-Familie der Experte in Liebesangelegenheiten bin." Er trat von einem Fuß auf den anderen, um sich anzuwärmen, und schüttelte den Kopf. „Nein, dachte nur, du interessierst dich vielleicht für den letzten Stand der Dinge. Joe Dolin betreffend."

„Er sitzt im Kittchen."

„Noch. Aber es wird nicht mehr lange dauern, und dann ist er wieder frei. Sein Anwalt scheint recht geschickt zu sein. Er wird beim Haftrichter auf Unzurechnungsfähigkeit plädieren und behaupten, sein Mandant hätte sich vor lauter Gram darüber, dass er seinen Arbeitsplatz verloren hat, sinnlos besoffen und hätte nicht mehr gewusst, was er tat. Es wird funktionieren, du wirst sehen. Joe Dolin kann schon morgen draußen sein, und nichts auf der Welt kann ihn davon abhalten, Cassie demnächst wieder zu verprügeln."

„Meinst du?"

Devin nickte bedrückt. „Todsicher. Die Gefängnisse sind total überfüllt, und abgesehen davon wird das Problem der Gewalt in der Familie noch immer nicht ernst genug genommen."

„Und was willst du tun?"

„Ich weiß nicht. Ich mache mir Sorgen um Cassie und die Kinder. Ich …" Er zögerte. „Ich weiß ja nicht, wie die Dinge zwischen dir und Regan stehen …"

Rafe horchte auf. „Nun rück schon raus mit deiner Bitte."

„Also, ich habe mir gedacht, das Einzige, was Cassie helfen könnte, wäre ein Mann in ihrer Nähe, der sie im Zweifelsfall vor Dolin beschützen kann. Meine Idee war deshalb folgende …"

8. KAPITEL

„Das kommt überhaupt nicht infrage." Mit entschlossenem Gesichtsausdruck verschränkte Regan die Arme vor der Brust. „Bei mir wohnen im Moment zwei kleine Kinder, da hast du in meinem Bett nichts zu suchen."

„Es ist doch nicht deshalb, weil ich mit dir schlafen will", erwiderte Rafe geduldig. „Das wäre lediglich eine reizvolle Zugabe. Es handelt sich um eine offizielle Bitte des Sheriffs."

„Der zufälligerweise dein Bruder ist. Nein." Energisch wandte sie sich um und stellte die Gläser, die sie eben abgestaubt hatte, auf das Regal zurück. „Cassie wäre es bestimmt unangenehm, und für die Kinder wären wir ein schlechtes Vorbild."

„Aber es geht ja um Cassie und die Kinder", drängte er. „Du glaubst doch nicht im Ernst, dass Dolin sie in Ruhe lassen wird, wenn er rauskommt. Und das kann schon heute sein."

„Ich bin schließlich auch noch da. Um an Cassie ranzukommen, muss er erst an mir vorbei."

Schon allein der Gedanke daran ließ ihm das Blut in den Adern gefrieren. „Jetzt hörst du mir mal zu …"

Sie schüttelte die Hand ab, die er auf ihre Schulter gelegt hatte, und wirbelte herum. „Nein, du hörst mir zu. Der Mann ist ein Schläger und ein Säufer. Aber ich habe keine Angst vor ihm. Ich habe Cassie angeboten, dass sie mit ihren Kindern bei mir wohnen kann, und zwar so lange, wie sie es für nötig hält. An meiner Tür befindet sich ein solides Schloss, das wir auch benutzen werden. Und für den Fall der Fälle weiß ich sogar die Nummer des Sheriffs auswendig. Reicht das nicht?"

„Hier ist aber während der Geschäftszeiten nicht abgeschlossen." Rafe stieß seinen ausgestreckten Zeigefinger in Richtung Ladentür. „Was kann ihn daran hindern, hier einfach hereinzukommen und dich zu belästigen? Oder Schlimmeres?"

„Ich."

„Großartig", gab er beißend zurück. Am liebsten hätte er sie geschüttelt, um sie zur Vernunft zu bringen. „Glaubst du, du brauchst nur dein stures Kinn zu heben, und schon kratzt er die Kurve? Nur für den Fall, dass es dir bisher noch nicht aufgefallen ist: Er liebt es, Frauen zu verprügeln."

„Darf ich dich daran erinnern, dass ich im Gegensatz zu dir die letzten drei Jahre hier verbracht habe? Es ist mir keineswegs entgangen, wie er mit Cassie umgesprungen ist."

„Und du glaubst, nur weil du nicht mit ihm verheiratet bist, tut er dir nichts?" Jetzt packte er sie entgegen seinem Vorsatz doch an der Schulter und schüttelte sie. „So naiv kannst du doch nicht sein."

„Ich bin ganz und gar nicht naiv", schoss sie zurück. „Aber ich brauche keinen Leibwächter, ich kann mir selbst helfen, kapiert?"

Sein Gesicht wurde verschlossen, er krampfte einen Moment die Hand, die noch immer auf ihrer Schulter lag, in den Stoff ihrer Kostümjacke, dann ließ er los. „Das ist dein letztes Wort? Du brauchst meine Hilfe nicht?"

Das verletzt sein männliches Ego, dachte sie und stieß einen erstickten Seufzer aus. „Das Sheriffoffice ist fünf Minuten von hier entfernt, wenn es nötig ist, wird sofort jemand hier sein." In der Hoffnung, beruhigend auf ihn einzuwirken, legte sie ihm eine Hand auf die Schulter. „Rafe, ich weiß deine Fürsorge wirklich zu schätzen, glaube mir. Aber ich kann auf mich selbst aufpassen. Und auf Cassie auch, wenn es nötig sein sollte."

„Ich wette, dass du das kannst."

„Schau, Rafe", fuhr sie begütigend fort, „Cassie ist im Moment so verletzlich, und die Kinder sind viel zu still. Ich befürchte, sie könnten mit der Tatsache, dass ein Mann im Haus ist, zurzeit einfach nicht richtig umgehen, verstehst du das denn nicht? Und die Kinder kennen dich überhaupt nicht."

Missmutig rammte er die Hände in seine Hosentaschen. „Ich habe nicht vor, sie herumzustoßen."

„Aber das wissen sie doch nicht. Es könnte einfach sein, dass sie sich fürchten. Klein Emma sitzt die ganze Zeit verschüchtert auf Cassies Schoß, starrt mit großen Augen vor sich hin und sagt kaum ein Wort. Und der Junge … Herrgott, Rafe, er bricht mir fast das Herz. Sie müssen erst wieder lernen, sich sicher zu fühlen, und du bist einfach zu groß, zu stark und zu … männlich."

„Du bist stur wie ein Panzer."

„Ich tue nur das, was mir richtig erscheint. Glaube mir, ich habe es mir hin und her überlegt, aber wie ich es auch drehe und wende, es kommt nichts anderes dabei heraus."

„Lad mich doch zum Abendessen ein", schlug er brüsk vor.

„Du willst mit uns zu Abend essen?"

„Ja. Dann kann ich die Kinder kennenlernen, und sie können sich an mich gewöhnen."

„Wer von uns beiden hier ist eigentlich stur?", fragte sie, aber gleich darauf seufzte sie. Sein Vorschlag war ein vernünftiger Kompromiss. „Also gut, heute Abend um halb acht. Aber um zehn bist du draußen."

„Können wir wenigstens auf der Couch noch ein bisschen schmusen, wenn die Kinder im Bett sind?"

„Vielleicht. Und jetzt geh. Ich habe zu tun."

„Bekomme ich von dir nicht wenigstens noch einen Abschiedskuss?"

Sie stellte sich auf die Zehenspitzen und gab ihm einen kleinen Kuss auf die Wange. „Ich bin beschäftigt", erklärte sie, lachte dann aber doch vergnügt, als er nach ihren Handgelenken griff und sie an sich zog. „Rafe, wir stehen direkt vor dem Schaufenster, jeder kann uns …"

Der Rest ihres Satzes wurde von dem heißen Kuss, den er ihr auf die Lippen drückte, verschluckt.

Ein paar Häuser weiter saß Cassie Devin in seinem Büro gegenüber. Nervös zerknüllte sie ein Taschentuch.

„Tut mir leid, dass ich jetzt erst komme, aber wir hatten so viel zu tun, ich konnte nicht eher Pause machen."

„Ist schon in Ordnung, Cassie." Da sie ihm wie ein verängstigter kleiner Vogel erschien, war es ihm bereits zur Gewohnheit geworden, mit leiser Stimme zu ihr zu sprechen. „Ich habe das ganze Zeug schon so weit fertig gemacht, du brauchst nur noch zu unterschreiben."

„Er muss wirklich nicht ins Gefängnis?", erkundigte sie sich verzagt.

Sein Mitleid mit ihr schnürte ihm fast die Kehle zu. „Nein."

„Ist es deshalb, weil ich mich nicht gewehrt habe?"

„Nein." Er wünschte, er könnte die Hand ausstrecken und sie auf ihre Hände, die nervös an dem Taschentuch herumzupften, legen, um sie zu beruhigen. Aber der Schreibtisch zwischen ihnen war eine offizielle Barriere, die er nicht überschreiten durfte. „Er hat – wahrscheinlich auf Anraten seines Anwalts hin – alles zugegeben, woraufhin das Gericht bei seiner Entscheidung sowohl sein Alkoholproblem als auch den Verlust seines langjährigen Arbeitsplatzes berücksichtigte. Er hat die Auflage bekommen, einen Entzug und eine Therapie zu machen."

„Das könnte gut sein für ihn", murmelte sie und hob den Blick, um ihn sofort wieder zu senken. „Wenn er erst einmal aufhört zu trinken, wird vielleicht alles wieder gut", fügte sie hilflos hinzu.

„Ja." Und Schweine können fliegen, dachte er mit grimmigem Humor. „Aber in der Zwischenzeit musst du gut auf dich aufpassen, Cassie. Der Haftrichter hat ihm zwar die Auflage gemacht, sich von dir fernzuhalten. Aber man kann natürlich nie wissen, ob er nicht versucht, sich an dir zu rächen."

Wieder hob sie den Blick, um ihn anzusehen, diesmal jedoch hielt sie stand und wich nicht aus. „Das steht in diesem Papier, das ich unterschreiben muss? Dass er nicht zurückkommen darf?"

Devin zündete sich eine Zigarette an. Als er weitersprach, klang seine Stimme kühl und offiziell. „Ja. Er darf sich dir nicht nähern, weder auf deiner Arbeitsstelle noch auf der Straße, und zu Regan, wo du jetzt wohnst, ist es ihm auch verboten zu gehen. Das Gericht hat sozusagen eine Bannmeile um dich herum gezogen, und er muss sich ganz und gar von dir fernhalten. Sollte es ihm einfallen, sich nicht an diese Auflagen zu halten, wandert er für achtzehn Monate hinter Gitter."

„Und das weiß er alles?"

„Selbstverständlich."

Sie befeuchtete ihre Lippen. Er konnte ihr nicht mehr zu nahe kommen. Was bedeutete, dass er sie auch nicht mehr schlagen konnte. Vor Erleichterung wurde ihr fast schwindlig. „Und ich muss es nur noch unterschreiben?", erkundigte sie sich noch immer ungläubig.

„Ja, ganz recht." Devin sah sie lange und nachdenklich an, dann schob er ihr die Unterlagen samt einem Kugelschreiber zu, stand auf und trat ans Fenster, während sie sich alles sorgfältig durchlas.

Rafe war zehn Minuten zu früh dran und drückte sich vor Regans Haustür herum wie ein räudiger Kater. In der einen Hand hielt er eine Flasche Wein und in der anderen eine Schachtel mit Keksen, die hoffentlich dazu beitragen würden, das Eis zwischen ihm und den Kindern zum Schmelzen zu bringen.

Um zu testen, ob die Tür auch tatsächlich verschlossen war, drückte er die Klinke herunter und stellte zu seiner Zufriedenheit fest, dass sie sich nicht öffnen ließ. Einen Moment später klopfte er laut, woraufhin kurze Zeit später Regan den Kopf durch den schmalen Türspalt, den die Sicherheitskette ließ, steckte.

„So weit, so gut, aber du hättest erst fragen sollen, wer draußen steht", merkte Rafe tadelnd an.

„Ich habe dich schon vom Fenster aus gesehen." Nachdem sie ihn eingelassen hatte, warf sie einen Blick auf seine Mitbringsel. „Kein Flieder, Rafe?", erkundigte sie sich schmunzelnd.

„Keine Chance." Obwohl er sie rasend gern geküsst hätte, nahm er angesichts der großen grauen Augen, die ernst auf ihm ruhten und dem kleinen Mädchen in der Sofaecke gehörten, davon Abstand. „Sieht aus, als hättest du ein Mäuschen bei dir einquartiert."

Regan lächelte. „Sie ist zwar ebenso still wie ein Mäuschen, aber viel hübscher. Emma, das ist Mr MacKade. Du hast ihn vor Kurzem bei Ed's schon mal getroffen, erinnerst du dich?"

Während es ihn wachsam beäugte, rutschte das kleine Mädchen von der Couch herunter, schoss schnell wie der Blitz zu Regan hinüber und versteckte sich hinter ihrem Rock. Von dort aus lugte es neugierig mit einem Auge zu ihm herüber.

„Ich habe deine Mama schon gekannt, als sie so alt war wie du jetzt", bemühte sich Rafe, ein Gespräch in Gang zu bringen.

Emma klammerte sich an Regans Beine und spähte zu ihm herauf.

Obwohl ihm bewusst war, dass es eine schamlose Bestechung war, schüttelte er die Keksdose. „Willst du ein Plätzchen, Honey?"

Sein Versuch, Freundschaft zu schließen, brachte ihm von der Kleinen immerhin ein winziges Lächeln ein, doch Regan vereitelte seine Bemühungen, indem sie ihm die Dose aus der Hand nahm. „Nicht vor dem Essen."

„Spielverderber. Aber das Essen riecht gut."

„Cassie hat Hähnchen mit Klößen gemacht. Komm, Emma, wir bringen die Plätzchen in die Küche."

Sich mit einer Hand an Regans Rock festklammernd, folgte ihr das Mädchen in die Küche, wobei es Rafe unablässig im Auge behielt.

Rafe schloss sich den beiden an. Bei ihrem Eintreten sah Cassie, die am Herd stand, auf und lächelte. „Hi, Rafe."

Er trat neben sie und streifte mit den Lippen ihre Wange. „Hallo, wie geht's?"

„Danke, gut." Sie legte eine Hand auf die Schulter des Jungen, der neben ihr stand. „Connor, das ist Mr MacKade, erinnerst du dich?"

„Nett, dich wiederzusehen, Connor." Rafe streckte ihm die Hand hin, die der Junge zögernd nahm. „Schätze, du bist in der dritten Klasse, stimmt's? Oder schon in der vierten?"

„In der dritten, Sir."

Rafe hob eine Augenbraue und reichte Regan die Weinflasche. „Ist Miss Witt immer noch an der Schule?"

„Ja, Sir."

„Wir haben sie immer Miss Dimwit, Fräulein Dummkopf, genannt. Wette, das macht ihr auch, habe ich recht?" Er pickte sich ein Stückchen Mohrrübe aus einer Salatschüssel, die auf dem Tisch stand.

„Ja, Sir", murmelte Connor und warf dabei seiner Mutter einen unsicheren Blick zu. „Manchmal." Nun nahm er seinen ganzen Mut zusammen und holte tief Luft. „Sie renovieren das Barlow-Haus."

„Stimmt."

„Aber dort spukt's doch."

Rafe nahm sich eine Mohrrübe, biss hinein und grinste. „Darauf kannst du wetten."

„Ich weiß alles über die Schlacht und so", platzte Connor nun heraus. „Es war der blutigste Tag im gesamten Bürgerkrieg, und keiner hat wirklich gewonnen, weil …" Beschämt brach er ab. Deshalb, dachte er, nennen dich manche in der Schule Spinner.

„Weil es keiner Seite gelungen ist, den entscheidenden Schlag zu landen", beendete Rafe den Satz für ihn. „Wenn du Lust hast, komm doch mal bei mir vorbei. Ich könnte jemanden, der über die Schlacht genau Bescheid weiß, gut brauchen."

„Ich habe ein Buch. Mit Bildern."

„Ach ja?" Rafe nahm das gefüllte Weinglas, das Regan ihm hinhielt. „Zeigst du es mir?"

Damit war das Eis gebrochen, und sie begannen angeregt über die Schlacht von Bumside Bridge zu debattieren. Plötzlich hatte Rafe einen hellwachen, interessierten Achtjährigen vor sich, der alle Scheu verloren hatte.

Das Mädchen, eine Miniaturausgabe ihrer Mutter, wich Cassie nicht vom Rockzipfel, wobei sie Rafe jedoch während des Essens unablässig beäugte wie ein junger Falke seine Beute.

Nach dem Abendessen brachte Cassie die Kinder zu Bett, und Rafe half Regan beim Abwasch. „Dolin ist nicht nur ein Dreckskerl, er ist zusätzlich auch noch ein Riesenidiot." Rafe setzte einen Stapel Teller auf dem Küchentresen ab. „Cassie ist so eine liebe Frau, und die Kinder sind einfach großartig. Jeder Mann auf der Welt könnte sich glücklich schätzen, so eine Familie zu haben."

Ein eigenes Heim, ging es Rafe durch den Kopf. Eine Frau, die dich liebt, Kinder, die dir freudig entgegengerannt kommen, wenn du abends von der Arbeit nach Hause kommst. Abendessen an einem großen runden Tisch, um den die ganze Familie sitzt. Seltsam, dass es ihm nie in den Sinn gekommen war, sich nach etwas Derartigem zu sehnen.

„Du hast ja ziemlich Eindruck geschunden", begann Regan anerkennend, während sie Wasser ins Spülbecken laufen ließ. „Ich kann mich nicht erinnern, sie irgendwann einmal so aufgeweckt und fröhlich gesehen zu haben. Und zwar alle – sowohl die Kinder als auch Cassie." Sie wandte den Kopf, um ihn anzusehen, aber ihr Lächeln verblasste, als sie seinen Blick auffing. Sie hatte sich schon an die Art, wie er sie manchmal anzustarren pflegte, gewöhnt – fast jedenfalls –, heute jedoch war es noch anders als sonst. „Was ist?"

„Hm?" Er zuckte augenblicklich zusammen, und es dauerte einen Augenblick, bis er sich wieder fing. Er war ganz weit weg gewesen. „Nichts. Gar nichts." Heiliger Himmel, er hatte sich doch wirklich gerade vorzustellen versucht, wie es wohl wäre, verheiratet zu sein und Kinder zu haben. „Der Junge – Connor. Er ist ungeheuer aufgeweckt, findest du nicht auch?"

„Er bringt nur die besten Noten mit nach Hause", erwiderte Regan so stolz, als sei Connor ihr eigener Sohn. „Er ist intelligent, sensibel und weich – die ideale Zielscheibe für Joe. Der Drecskerl hat den armen Jungen ständig gequält."

„Hat er ihn auch geschlagen?" Sein Ton war ruhig, innerlich aber kochte er.

„Nein, ich glaube nicht, Cassie hat aufgepasst wie ein Schießhund. Gegen die psychischen Quälereien konnte sie aber kaum etwas machen, und blaue Flecken hinterlassen sie allenfalls auf der Seele." Sie zuckte die Schultern. „Na ja, Gott sei Dank ist das alles ja jetzt vorbei." Sie gab ihm einen Teller. „Hat dein Vater auch abgetrocknet?"

„Nur an Thanksgiving. Buck MacKade war stolz auf seine ausgeprägte Männlichkeit."

„Buck?" Beeindruckt spitzte Regan die Lippen. „Klingt gewaltig."

„So war er auch. Wenn man etwas angestellt hatte, konnte er einen ansehen, dass man am liebsten im Boden versunken wäre. Devin hat seine Augen geerbt. Und ich seine Hände." Gedankenverloren starrte Rafe auf seine Handflächen. „War eine ziemliche Überraschung, als ich eines Tages auf meine Hände schaute und seine sah."

Sie musste lächeln, als sie ihn so dastehen sah, ein Geschirrtuch über die Schulter geworfen und versonnen auf seine Hände starrend. „Hast du ihm gefühlsmäßig sehr nahegestanden?"

„Nicht nah genug. Und vor allem zu kurz."

„Wie alt warst du, als er starb?"

„Fünfzehn. Ein Traktor hat ihn überrollt. Er lag eine ganze Woche im Sterben."

Sie tauchte ihre Hände wieder in das Spülwasser, während sie versuchte, sich die vier Jungen vorzustellen, denen ein grausames Schicksal den Vater viel zu früh genommen hatte. Es machte sie traurig. „Ist das der Grund, weshalb du die Farm hasst?"

„Ja, vermutlich." Seltsamerweise hatte er bisher niemals darüber nachgedacht, aber es erschien ihm plausibel. „Er hat sie geliebt. Jeden Zentimeter Boden, jeden Stein. Wie Shane."

Sie gab ihm wieder einen Teller zum Abtrocknen. „Mein Vater hat niemals in seinem Leben ein Geschirrtuch in die Hand genommen, und ich bin sicher, meine Mutter würde in Ohnmacht fallen, wenn er es plötzlich täte. Sie hängen beide der festen Überzeugung an, die Küche sei das Reich der Frau."

„Stört dich das?"

„Früher schon", gab sie zu. „Er hat an ihr herumerzogen, bis sie die Frau war, die er haben wollte, und sie ließ es zu. Sollte sie jemals anders gewesen sein, etwas anderes gewollt haben, so hat sie es sich jedenfalls niemals anmerken lassen. Sie ist die Ehefrau des Chirurgen Dr. Bishop, und das ist alles."

Langsam begann ihm zu dämmern, warum sie so war, wie sie war. „Vielleicht ist das alles, was sie sein will."

„Offensichtlich. Trotzdem fällt es mir immer wieder schwer, ruhig zu bleiben, wenn ich sehe, wie sie ihn von vorn bis hinten bedient und er ihr dann als Dank dafür den Kopf tätschelt." Allein der Gedanke daran machte sie so wütend, dass sie mit den Zähnen knirschte. Dann seufzte sie. „Was soll's? Merkwürdigerweise scheinen sie dennoch irgendwie glücklich zu sein."

Gegen Mitternacht kehrte Rafe in das Barlow-Haus zurück. Bereits aus einiger Entfernung hatte er im Kegel seines Scheinwerferlichts das Auto erkannt, das oben auf dem Hügel vor dem Haus parkte. Da er wie gewöhnlich nicht abgeschlossen hatte, überraschte es ihn nicht, Jared im Salon mit einem Bier in der Hand vorzufinden.

„Haben Sie schon vor, mir die Hypothek zu kündigen, Anwalt MacKade?"

Anstatt auf Rafes scherzhaften Ton einzugehen, starrte Jared nur auf sein Bier und brütete wortlos vor sich hin. Es dauerte einige Zeit, ehe er sich zu einer Erklärung aufraffte. „Ich habe heute mein Haus zum Verkauf angeboten. Es hat einfach keinen Sinn mehr, ich fühle mich dort nicht wohl."

Rafe murmelte etwas Unverständliches vor sich hin, ließ sich auf den Schlafsack fallen und zog sich die Stiefel aus. Jared blies offensichtlich Trübsal. Ein Zustand, der Rafe nicht fremd war.

„Ist kein großer Verlust. Ich konnte das Haus nie leiden, ebenso wenig wie deine Exfrau."

Jared musste wider Willen lachen. „Sieht immerhin so aus, als würde ich bei der ganzen Sache noch einen netten Profit rausschlagen."

Als Jared ihm die Bierflasche hinhielt, schüttelte Rafe den Kopf. „Schmeckt mir nicht mehr so besonders, seit ich das Rauchen aufgegeben habe. Ganz abgesehen davon, dass ich müde bin. Ich muss in sechseinhalb Stunden wieder aufstehen." Er schwieg einen Moment. „Morgen früh allerdings hatte ich vor, sowieso bei dir vorbeizuschauen", fügte er nach kurzer Überlegung hinzu.

„Ach. Warum das denn?"

„Um dir ordentlich den Kopf zu waschen." Rafe gähnte und legte sich auf dem Schlafsack zurück. „Aber das kann bis morgen warten. Im Moment fühle ich mich gerade so schön entspannt."

„Okay. Aber dann sag mir wenigstens den Grund."

„Weil du meine Frau geküsst hast", erwiderte Rafe, wobei er daran dachte, dass ihm Regan vorhin erzählt hatte, dass sie ein paarmal mit Jared ausgegangen war.

„Habe ich das?" Jared machte es sich gemütlich, legte die Beine über die Armlehnen des Sofas und grinste breit. „Ja, ja … es fällt doch alles wieder auf einen zurück. Aber seit wann ist sie denn deine Frau?"

Rafe hatte seine Jeans ausgezogen und warf sie beiseite. Dann begann er sein Hemd aufzuknöpfen. „Das kommt davon, wenn man in der Stadt wohnt, Bruderherz. Du bist einfach nicht mehr auf dem Laufenden. Sie gehört jetzt mir, kapiert?"

„Aha. Ist ihr das auch schon klar?"

„Wer weiß?" Er war nun bis auf seine Boxershorts nackt und kroch in den Schlafsack. „Ich glaube, ich möchte sie nicht mehr hergeben."

Jared verschluckte sich fast an seinem Bier. „Willst du damit sagen, dass du vorhast, sie zu heiraten?"

„Ich habe nur gesagt, dass ich sie behalten will", erwiderte Rafe. Um keinen Preis der Welt würde er das Wort Heirat jemals in den Mund nehmen. „Alles bleibt so, wie es jetzt ist."

Sehr interessant, dachte Jared. Viel interessanter, als immer nur über der Vergangenheit zu brüten. „Und wie ist es jetzt?"

„Gut", gab Rafe knapp zurück. Noch immer konnte er ihren Duft riechen, der aus dem Schlafsack aufstieg. „Ich muss dir nur noch einen Denkzettel verpassen. Rein aus Prinzip."

„Kapiert." Jared gähnte und streckte sich. „Dann werde ich wohl nicht umhinkönnen, mich an die Sache mit Sharilyn Bester, jetzt Fenniman, zu erinnern."

„Ich habe mich erst an sie rangemacht, nachdem du ihr den Laufpass gegeben hattest."

„Ja, ich weiß. Dennoch. Rein aus Prinzip."

Gedankenverloren rieb Rafe sich über seine Bartstoppeln. „Hm. Okay – ein Punkt für dich. Aber Sharilyn ist – so hübsch sie auch sein mag – nicht Regan Bishop."

„Ich jedenfalls habe Regan niemals nackt gesehen."

„Das ist auch dein Glück." Er legte die Hände unter seinen Kopf. „Nun, vielleicht sollten wir die Angelegenheit ausnahmsweise auf sich beruhen lassen", schlug er schließlich großmütig vor.

Jared grinste breit. „Gott sei Dank kommst du endlich zur Vernunft. Ich hätte aus Angst vor dem, was morgen auf mich zukommt, heute Nacht kein Auge zutun können."

9. KAPITEL

Regan hatte geschlafen wie ein Murmeltier. Nach dem Aufstehen musste sie feststellen, dass die Kinder bereits zur Schule gegangen waren und dass auch Cassie das Haus schon verlassen hatte. Nun saß sie gemütlich am Küchentisch, gönnte sich die zweite Tasse Kaffee und genoss die Ruhe. Und doch war alles auf seltsame Weise anders als sonst. Regan hatte das Alleinleben bisher nie etwas ausgemacht. Im Gegenteil, sie lebte gern allein. Seit Kurzem aber hatte sie entdeckt, dass es mindestens ebenso schön war, Gesellschaft zu haben.

Sie mochte es, wenn morgens beim Frühstück die Kinder um sie herum waren, wenn die kleine Emma ihr einen ihrer feierlichen Küsse auf die Wange drückte oder Connor ihr ein zurückhaltendes Lächeln schenkte.

Und es gefiel ihr, Cassie mit vom Schlaf noch zerzaustem Haar in die Küche eilen zu sehen, um das Kaffeewasser aufzusetzen und den Kindern Cornflakes mit Milch in ihre Teller zu füllen. Es war eine ganz andere Art von Leben als das, das sie führte.

Mutterschaft war zwar niemals etwas gewesen, wonach sie sich gesehnt hatte, nun aber begann sie sich zu fragen, ob es nicht etwas war, das auch ihr Befriedigung verschaffen könnte.

Sie nahm eine Zeichnung zur Hand, die Emma auf dem Tisch hatte liegen lassen, und schnüffelte daran. Sie roch nach frischen Wasserfarben. Es amüsierte sie zu sehen, wie die Kinder innerhalb kürzester Zeit dem Haus ihren Stempel aufgedrückt hatten.

Noch ganz in Gedanken, faltete sie Emmas Bild zusammen, steckte es in ihre Tasche und stand auf. Es wurde höchste Zeit, den Laden aufzuschließen.

Kurz nachdem sie das Geöffnet-Schild herumgedreht und die Ladentür aufgeschlossen hatte, betrat auch schon Joe Dolin das Geschäft. Offensichtlich hatte er bereits draußen gewartet.

Sofort begannen in ihrem Kopf die Alarmglocken zu läuten, aber sie versuchte sich mit dem Gedanken zu beruhigen, dass Cassie ja Gott sei Dank nicht im Haus war.

Man sah es Joe noch immer an, dass er früher einmal ein hübscher Junge gewesen sein musste, mittlerweile jedoch hatte der übermäßige Alkoholgenuss unübersehbare Spuren hinterlassen.

An einem Vorderzahn fehlte eine Ecke, und sie überlegte, ob er es vielleicht nur der Höflichkeit des jungen Rafe zu verdanken hatte, dass er seinen Zahn nicht ganz verloren hatte.

Voller Unbehagen fiel ihr plötzlich ein, dass er schon ein- oder zweimal den Versuch unternommen hatte, sich ihr zu nähern, und auch die gierigen Blicke und das wissende Lächeln, das er ihr des Öfteren zugeworfen hatte, standen ihr schlagartig wieder vor Augen. Cassie gegenüber hatte sie niemals etwas davon erwähnt. Und würde es auch nicht tun.

Während sie sich im Geiste für die unvermeidlich scheinende Auseinandersetzung wappnete, schloss er die Tür, nahm seine Baseballkappe ab und drehte sie bescheiden in den Händen wie ein reuiger Sünder.

„Regan. Es tut mir wirklich leid, dass ich dich belästigen muss."

Er klang so zerknirscht, dass sie fast Mitleid mit ihm bekam, dann aber erinnerte sie sich glücklicherweise wieder an die Würgemale an Cassies Hals. „Was willst du, Joe?"

„Ich hab gehört, dass Cassie bei dir wohnt."

Er redet nur von Cassie, registrierte sie. Kein Wort von den Kindern. „Das ist richtig."

„Schätze, du weißt von dem ganzen Ärger."

„Ja. Du hast Cassie verprügelt und bist daraufhin festgenommen worden und ins Kittchen gewandert."

„Ich war sternhagelvoll."

„Für das Gericht mag das als Entschuldigung genügen. Für mich nicht."

Er verengte seine Augen, noch immer jedoch hielt er den Kopf gesenkt. „Ich kann nur sagen, dass mir das, was ich gemacht habe, schrecklich leidtut", beteuerte er. „Aber ich bin eigentlich hier, weil ich dich um einen Gefallen bitten wollte. Du weißt ja sicher, dass ich mich in Cassies Nähe nicht mehr blicken lassen darf." Nun hob er den Kopf, und sie sah überrascht, dass seine Augen feucht waren. „Cassie hält große Stücke auf dich."

„Ich halte große Stücke auf sie", erwiderte Regan bestimmt. Von den Tränen eines Mannes würde sie sich ganz bestimmt nicht beeindrucken lassen.

„Ja, gut. Ich hatte gehofft, du könntest vielleicht bei ihr ein gutes Wort für mich einlegen und sie fragen, ob sie es nicht noch mal mit mir versuchen will. Ich werde mich ändern, wirklich, ich schwöre es. Wenn ich könnte, würde ich es ihr gern selbst sagen, aber mir ist es ja verboten, mit ihr zu reden. Doch wenn du es ihr sagst, macht sie es. Auf dich hört sie ganz bestimmt."

„Ich glaube, du überschätzt meinen Einfluss auf Cassie bei Weitem, Joe."

„Nein, ganz bestimmt nicht", widersprach er. „Da bin ich mir hundertprozentig sicher. Sie hat mir doch ständig erzählt, wie sehr sie dich bewundert und für wie toll sie dich hält. Angenommen, du rätst ihr jetzt, dass sie sich wieder mit mir versöhnen soll, wird sie es machen, da kannst du Gift drauf nehmen."

Sehr langsam und bedächtig legte Regan ihre Hände auf den Ladentisch. „Wenn sie auf mich hören würde, hätte sie dich schon vor Jahren verlassen."

Die Muskeln an seinem unrasierten Kinn zuckten. „Hör zu. Jeder Ehemann hat das Recht …"

„Seine Frau zu schlagen?", fragte sie eisig. „Nicht nach meinem Verständnis. Und Gott sei Dank auch nicht nach geltendem Recht. Nein, Joe, mit Sicherheit werde ich ihr nicht dazu raten, zu dir zurückzukehren. Wenn das alles ist, was du von mir wolltest, solltest du jetzt besser wieder gehen."

Er bleckte vor Wut die Zähne, und seine Augen wurden hart wie Granit. „Noch immer so hochmütig wie eh und je, was? Du glaubst wohl wirklich, du seist was Besseres als ich."

„Das glaube ich nicht nur, das weiß ich, Joe. Und jetzt machst du auf der Stelle, dass du aus meinem Laden rauskommst, sonst rufe ich den Sheriff."

„Eine Frau gehört zu ihrem Mann, kapiert!", schrie er, zornrot im Gesicht, und ließ krachend seine Faust auf den Ladentisch niedersausen, dass die Gläser in den Regalen klirrten. „Und du sagst ihr, dass sie gefälligst ihren mageren Hintern nach Hause bewegen soll, sonst passiert ein Unglück."

Angst stieg plötzlich in ihr hoch und schnürte ihr die Kehle zu. Sie schluckte krampfhaft, während sie verzweifelt überlegte, auf welche Art es ihr gelingen könnte, ihn loszuwerden. Emmas Zeichnung in ihrer Jackentasche fiel ihr ein, und sie umklammerte sie wie einen Talisman. „Ist das eine Drohung?", gab sie kühl zurück. „Ich glaube kaum, dass dein Bewährungshelfer mit deinem Benehmen einverstanden wäre. Soll ich ihn anrufen?"

„Du Luder, du! Du bist nichts als ein dreckiges, frigides Weibsstück, das nur neidisch ist, weil es keinen richtigen Mann abgekriegt hat!" In seinen Augen loderte Hass auf, und er hob die Hand. Gleich würde er zuschlagen, es konnte sich nur noch um Sekunden handeln, das stand in seinem Gesicht allzu deutlich geschrieben.

Einen Moment später schien er es sich jedoch anders überlegt zu haben und ließ den Arm sinken. „Du hast dich zwischen mich und meine Frau gestellt, das werdet ihr mir beide büßen", stieß er zwischen zusammengepressten Zähnen hervor. „Wenn ich mit Cassie fertig bin, komm ich zurück, verlass dich drauf. Deine Arroganz treib ich dir schon noch aus, du Drecksstück." Sein Lachen klang gemein.

Er drückte sich seine Baseballkappe auf den Kopf und stapfte polternd zur Tür. Dort angelangt, wandte er sich noch einmal kurz um und starrte sie drohend an. „Und gib ihr den guten Rat, dass sie gut daran tut, ihre Anzeige gegen mich sofort zurückzunehmen. Ich warte auf eine Antwort. Sofort."

In dem Moment, in dem die Tür krachend hinter ihm ins Schloss fiel, sank Regan gegen den Tresen. Ihre Hände zitterten. Sie hasste es, Angst zu haben, sich verletzlich zu fühlen. Ohne lange zu überlegen, griff sie nach dem Telefonhörer und begann mit fliegenden Fingern eine Nummer zu wählen. Doch gleich darauf hielt sie inne.

Es ist falsch, dachte sie, während sie den Hörer langsam auf die Gabel zurücklegte. Im ersten Ansturm der Gefühle war ihr Rafe in den Sinn gekommen. Ihn hatte sie anrufen wollen, aber sie tat wohl besser daran, es sein zu lassen. Das Erste, was er tun würde, wäre, nach Joe zu suchen, um ihn zu verprügeln, dass ihm Hören und Sehen verging. Das allerdings würde nicht dazu beitragen, die Probleme zu lösen. Fäuste waren keine guten Argumente.

Sie straffte die Schultern und holte tief Luft. Wo war ihre kühle Selbstbeherrschung geblieben? War sie denn nicht ihr gesamtes Erwachsenenleben allein klargekommen? Ihre Gefühle für Rafe sollten – durften auf keinen Fall ihre Selbstständigkeit beeinträchtigen. Das würde sie niemals zulassen. Also würde sie das tun, was in diesem Fall das Angebrachte war.

Regan nahm den Hörer wieder auf und wählte rasch die Nummer des Sheriffbüros.

„Zuerst war er ganz zerknirscht." Der Tee schwappte in ihrer Tasse. Regan schnitt eine Grimasse und stellte die Tasse vorsichtig auf die

Untertasse zurück. Ihre Hände bebten noch immer. „Sieht so aus, als hätte er mir einen größeren Schrecken eingejagt, als ich zuerst dachte", sagte sie entschuldigend, als sie den besorgten Blick bemerkte, den Devin ihr zuwarf.

„Das bisschen Zittern braucht Ihnen nicht peinlich zu sein", erwiderte er, während er stirnrunzelnd den tiefen Riss betrachtete, den Joes Faust auf der Holzplatte des Ladentischs hinterlassen hatte. Hätte alles viel schlimmer kommen können, dachte er finster. Viel schlimmer. Sie hat noch mal Glück gehabt. „Ich muss allerdings zugeben, dass ich nicht damit gerechnet habe, dass er tatsächlich verrückt genug ist, hier aufzukreuzen."

Regan räusperte sich. „Betrunken war er jedenfalls nicht. Seine Wut schraubte sich ganz langsam hoch, er wurde von Sekunde zu Sekunde aggressiver." Sie griff wieder nach ihrer Tasse. „Aber es gibt keine Zeugen. Wir waren beide allein."

„Sie müssen Anzeige erstatten. Das gibt mir die Handhabe, ihn zu verhaften."

Sie lächelte ein noch immer leicht zittriges Lächeln. „Hört sich so an, als ob Ihnen nichts lieber wäre."

„Darauf können Sie jede Wette eingehen."

„Gut, dann werde ich das tun. Was ist mit Cassie?"

„Ich habe sofort nach Ihrem Anruf einen meiner Deputys zu Ed's geschickt und einen anderen zur Schule."

„Die Kinder, mein Gott." Das Blut drohte ihr in den Adern zu gefrieren. „Glauben Sie, dass er imstande ist, ihnen etwas anzutun?"

„Daran hat er meiner Meinung nach kein Interesse. Die Kinder sind für ihn praktisch nicht vorhanden. Alles, worum es ihm geht, ist, seine Macht über Cassie nicht zu verlieren."

„Ja, ich denke, Sie haben recht." Sie versuchte sich zu erinnern, wie er früher mit den Kindern umgegangen war. Wenn er sie nicht gerade wieder einmal quälte, waren sie Luft für ihn gewesen. Sie schwieg einen Moment. „So. Dann werde ich jetzt den Laden schließen und mit Ihnen kommen, damit die Sache erledigt ist."

„Je eher, desto besser."

Nachdem sie offiziell Anzeige erstattet hatte, verließ Regan das Sheriffoffice und ging über den Marktplatz. Cassie und sie würden beide heute Abend etwas Trost brauchen. Ein gutes Essen hält Leib und Seele zusammen, dachte sie. Ja, ich werde heute Spaghetti mit Fleischbällchen machen und als Nachspeise einen großen Schokoladenkuchen backen, beschloss sie und steuerte den Supermarkt an.

Während sie an der Kasse darauf wartete, dass ihre Sachen eingepackt wurden, spürte sie die neugierigen Blicke in ihrem Rücken und hörte, wie einige Frauen miteinander tuschelten. Die Klatschbrigade ist im Anmarsch, stellte sie amüsiert fest und musste ein Grinsen unterdrücken.

Da kam auch schon die dicke Mrs Metz auf sie zugewatschelt. „Ach, dachte ich's mir doch, dass ich Sie gesehen habe, Miss Bishop."

„Hallo, Mrs Metz." Das Oberhaupt der Klatschbrigade pflanzte sich vor sie hin. „Was meinen Sie, kriegen wir wieder Schnee?"

„Eisregen", erwiderte Mrs Metz, wie stets über alles bestens informiert. „Ich habe es vorhin in den Nachrichten gehört. Wie kommt es, dass Sie zu dieser Tageszeit unterwegs sind?"

„Im Moment ist bei mir im Geschäft nicht viel los. Die Leute halten Winterschlaf."

„Ach ja, verstehe. Aber Sie haben ja wahrscheinlich sowieso genug mit dem Barlow-Haus zu tun, stimmt's?"

„Ja, in der Tat." Regan hatte sich entschlossen mitzuspielen. „Es geht gut voran. Das Haus wird ein richtiges Schmuckstück werden."

„Ich hätte ja im Leben nie geglaubt, dass sich eines Tages noch mal jemand für den alten Kasten interessiert. Und vor allem nicht, dass es Rafe MacKade sein würde." Ihre Augen leuchteten neugierig. „Sieht so aus, als hätte er im Süden gut verdient."

„Offensichtlich."

„Na ja, die MacKade-Jungs waren schon immer für eine Überraschung gut. Und der Rafe, der war ja ein ganz Wilder. Den Wagen seines Daddys hatte er schon zu Schrott gefahren, da hatte er noch nicht mal den Führerschein. Und immer auf der Suche nach einem, mit dem er sich anlegen konnte. Wenn's irgendwo Ärger gab, konnte man davon ausgehen, dass einer der MacKades mittendrin war. Und den Mädels haben sie den Kopf verdreht, kann ich Ihnen sagen – besonders Rafe." Mrs Metz schwelgte in alten Erinnerungen und konnte kein Ende finden.

„Nun, ich vermute, die Zeiten haben sich geändert. Was meinen Sie?"

„So sehr auch wieder nicht." Ihr Doppelkinn schwabbelte, als sie ein dröhnendes Lachen von sich gab. „Da brauche ich ihn mir bloß

anzuschauen. Der hat noch immer diesen bestimmten Blick drauf."
Vertraulich senkte sie nun die Stimme. „Mir hat ein kleiner Vogel zu-
gezwitschert, dass er ein Auge auf Sie geworfen hat. Ist da was dran?"

„Ja, Ihr kleiner Vogel hat ganz recht. Vor allem hat nicht nur er ein
Auge auf mich geworfen, sondern ich auch eines auf ihn."

Nun prustete Mrs Metz so laut heraus, dass sie ihre Tüte abstellen
musste, um sich vor Lachen den Bauch zu halten. „Bei einem Mann
wie ihm täten Sie besser daran, gut auf sich aufzupassen, meine Liebe.
Früher war er ein ganz Schlimmer. Und aus schlimmen Jungs werden
gefährliche Männer."

„Ich weiß." Regan wandte sich zum Gehen und winkte ihr zum Abschied lachend zu. „Das ist ja der Grund, weshalb er mir so gut gefällt."

Noch immer amüsiert über die Unterhaltung mit Mrs Metz, trat Regan aus dem Supermarkt und schlenderte die Straße hinab. Die Bürgersteige waren holprig, die Bibliothek hatte nur an drei Tagen in der
Woche geöffnet, und in der Post machten sie eine volle Stunde Mittagspause. Doch trotz alledem, oder vielleicht sogar gerade deshalb,
war Antietam ein nettes Städtchen, in dem man sich so richtig wohlfühlen konnte. Wahrscheinlich war das Rafe noch gar nicht aufgefallen.

Kein fettes Kalb ist geschlachtet worden bei der Rückkehr des verlorenen Sohnes, dachte sie, während sie den gefrorenen Bürgersteig
entlangging. Er war ohne Pauken und Trompeten empfangen worden, hatte sich unauffällig wieder eingefügt in den Lebensrhythmus
der Stadt und würde genauso unauffällig wieder verschwinden, wenn
er die Zeit dafür reif hielt.

Nichts würde sich verändern, alles würde so bleiben, wie es immer
war. Hoffentlich auch bei ihr.

Vor ihrem Haus angelangt, ging sie um den Laden herum zur Hintertür, kramte den Schlüssel aus ihrer Tasche und ging mit ihren Tüten
beladen langsam die Treppe hinauf zu ihrer Wohnung.

Wäre sie nicht so in Gedanken versunken gewesen, hätte sie es vielleicht schon früher bemerkt. Hätte sie nicht wieder einmal, wie so oft
in letzter Zeit, an Rafe denken müssen, hätte sie vielleicht noch etwas
abwenden können. So aber fiel ihr zu spät auf, dass ihre Wohnungs-
tür nur angelehnt war.

Einen winzigen Moment zu spät. Als sie es bemerkte, war ihr Gehirn für den Bruchteil von Sekunden leer.

Gerade als sie auf dem Absatz kehrtmachen wollte, um die Treppe nach unten zu fliehen, wurde die Tür aufgerissen. Dahinter kam Joe zum Vorschein und baute sich bedrohlich vor ihr auf.

Ihr Schrei wurde erstickt, als er seine Hände brutal um ihren Hals legte.

„Hab mich gefragt, wer von euch beiden eher kommt. Prima, dass du es bist." Sein Atem, der nach Whisky, Saurem und Erregung stank, schlug ihr ins Gesicht. „Ich hab schon lange darauf gewartet, dich endlich mal zwischen die Finger zu kriegen." Er presste seine Lippen an ihr Ohr, erregt davon, wie sie sich unter seinem Griff wand. „Jetzt werd ich dir zeigen, was ein richtiger Mann ist."

Er hob seine riesige Pranke und krallte seine Finger in ihre Brust, dass ihr vor Schmerz einen Moment lang schwarz vor Augen wurde. „Jetzt hol ich mir das, was du dem Dreckskerl Rafe MacKade so schön freiwillig gibst, und hinterher mach ich dein Gesicht zurecht, dass er dich nicht mehr wiedererkennt."

Panik durchflutete sie, als er versuchte, sie durch die aufgebrochene Tür in die Wohnung zu ziehen. Sie war verloren, saß in der Falle wie eine Maus, ohne Hoffnung auf Rettung, sie war ihm hilflos ausgeliefert, denn es gab keinen Zweifel, dass er ihr körperlich bei Weitem überlegen war. Mit dem Mut der Verzweiflung stemmte sie sich mit aller Kraft gegen ihn, aber er zog sie weiter, ihre Absätze schrammten über die Holzdielen, die Tüten mit den Lebensmitteln waren ihr längst aus den Händen geglitten, die Milchflasche war zerbrochen, und ihr Inhalt ergoss sich wie ein weißer See über den Boden.

„Und wenn Cassie auftaucht, blüht ihr dasselbe", schnaubte er, wobei sich seine Brust vor Erregung und Anstrengung rasch hob und senkte. „Aber erst bist du dran, Süße." Mit seiner freien Hand riss er sie an den Haaren, wobei ihn ihr erstickter Schrei und das anschließende Wimmern erst richtig anzufeuern schienen. Dann hielt er plötzlich inne, starrte sie an und verzog sein Gesicht zu einem hässlichen, breiten Grinsen.

Ihre Gedanken rasten. Sie musste ihm entkommen. Plötzlich fiel ihr ein, dass ihre Finger noch immer den Schlüsselbund umklammerten, sie hob blitzschnell und ohne zu überlegen die Hand und knallte ihn ihm direkt zwischen die blutunterlaufenen Augen.

Der Schmerz ließ ihn wie einen tödlich verwundeten Schakal aufheulen, sein Griff lockerte sich, einen Sekundenbruchteil später ließ er sie los. Sie nutzte den Überraschungsmoment, machte auf dem Absatz kehrt und jagte wie von Furien gehetzt die Treppe nach unten. Auf der letzten Stufe stolperte sie und stürzte zu Boden. Die Angst im Nacken, in der Kehle einen Schrei, wandte sie den Kopf, um zu sehen, ob er eventuell hinter ihr her sei.

Er lehnte, eine Hand übers Gesicht gelegt, vor Schmerz zusammengekrümmt am Treppengeländer. Unter seinen Fingern quoll Blut hervor. Gott sei Dank. Sie schien ihn für den Moment außer Gefecht gesetzt zu haben. Mühsam rappelte sie sich auf, setzte, als sie endlich stand, wie in Trance einen Fuß vor den anderen, ging durch den Hausflur und zur Tür hinaus in Richtung von Ed's Café.

Ohne sich Gedanken darüber zu machen, wie sie aussah – der rechte Ärmel ihres Mantels war herausgerissen, und ihre Hosen waren an den Knien zerrissen und blutbefleckt –, ging sie hinein.

Cassie fiel bei ihrem Anblick vor Schreck das Tablett aus den Händen und krachte scheppernd zu Boden. Porzellan- und Glasscherben spritzten auf. „Regan! Mein Gott!"

„Ruf Devin an", brachte Regan mühsam heraus und ließ sich vollkommen entkräftet auf den nächstbesten Stuhl sinken. „Joe hockt vor meiner Wohnung, er ist verletzt." Plötzlich drehte sich ihr alles vor Augen.

„Los, mach schon", befahl Ed Cassie resolut, die noch immer wie angewurzelt auf demselben Fleck stand und Regan entsetzt anstarrte. Dann marschierte sie auf Regan zu, der anzusehen war, dass sie kurz vor einer Ohnmacht stand, setzte sich auf einen Stuhl vor sie und zog ihren Kopf in ihren Schoß. „Kopf runter und ganz tief einatmen, Herzchen", kommandierte sie, wobei sie den sechs Gästen, die voller Neugier und Erschrecken die Szene verfolgten, einen scharfen Blick zuwarf. „Worauf wartet ihr noch? Hat keiner von euch starken Männern so viel Mumm in den Knochen, um rüberzugehen und den Dreckskerl dem Sheriff zu übergeben? Hoffentlich wird's bald! Und du, Horace, setz deinen fetten Hintern in Bewegung und hol der Armen ein Glas Wasser!"

Befriedigt konnte Ed alsbald konstatieren, dass ihre rauen Befehle Bewegung in ihre Gäste gebracht hatten. Drei von ihnen stürmten hinaus, während Horace eilig ihrer Aufforderung, Regan etwas zu trinken zu bringen, nachkam.

Als Regan einen Moment später den Kopf hob, lächelte Ed sie an. „Gott sei Dank, du hast ja schon wieder ein bisschen Farbe. Dachte schon, du kippst mir um." Während sie sich zurücklehnte, kramte sie in ihrer Schürzentasche nach ihren Zigaretten. Nach dem ersten tiefen Zug schüttelte sie den Kopf und grinste. „Hoffentlich hast du's dem Dreckskerl ordentlich gegeben. Verdient hat er es allemal."

Kurz darauf saß Regan, in der Hand eine Tasse mit heißem Kaffee, wieder einmal in Devins Büro. Das Schlimmste war überstanden, die Panik legte sich langsam, und nach und nach gelang es ihr wieder, klar zu denken.

Cassie saß neben ihr. Sie schwieg. Shane, der zufälligerweise gerade in der Stadt gewesen war und bei seinem Bruder hineingeschaut hatte, lief unruhig wie ein Tiger im Käfig auf und ab. Devin saß hinter seinem Schreibtisch und nahm ihre Anzeige auf.

„Tut mir leid, Ihnen all diese Fragen stellen zu müssen, Regan", entschuldigte er sich behutsam, „aber je klarer Ihre Aussage ist, desto leichter wird es sein, Dolin zur Rechenschaft zu ziehen."

„Schon in Ordnung, ich bin ja jetzt wieder okay", beteuerte sie, während sie noch immer benommen an ihren zerrissenen Hosen herumzupfte. Ihre Knie brannten wie Feuer – was einerseits seine Ursache darin hatte, dass Ed ihr das Desinfektionsmittel fast literweise über die Schürfwunden gekippt hatte, und andererseits von dem Sturz selbst herrührte. „Ich würde es gern sofort hinter mich bringen, ich ..."

In diesem Moment wurde die Tür abrupt aufgerissen, und Rafe stand wie ein Racheengel auf der Schwelle. Einen Augenblick lang sah sie nur sein Gesicht – es war weiß vor Zorn, und seine grünen Augen schleuderten feurige Blitze.

Plötzlich schlug ihr das Herz bis zum Hals. Noch bevor sie aufspringen konnte, war er auch schon bei ihr, zog sie hoch und schloss sie so fest in die Arme, dass sie fürchtete, er würde ihr alle Rippen einzeln brechen.

„Geht's dir gut? Bist du verletzt?" Seine Stimme klang rau wie Sandpapier. Es gelang ihm nicht, auch nur einen einzigen klaren Gedanken zu fassen. Sobald er von Joes Überfall erfahren hatte, war er in seinen Wagen gesprungen und wie ein Irrer in die Stadt gerast. Er sah rot. Aber noch mehr als die wahnwitzige Wut auf Dolin hatte ihn die Panik, dass Regan etwas passiert sein könnte, vorwärtsgetrieben. Seine Hände, die nun zärtlich und voller Erleichterung ihren Kopf streichelten, waren eiskalt und klamm vor Angst.

Plötzlich begann sie wieder zu beben, offensichtlich saß ihr der Schock noch immer tief in den Knochen. „Ich bin okay, Rafe. Wirklich. Ich bin …" Ihre Worte blieben zitternd in der Luft hängen, und sie überkam plötzlich das irrationale Bedürfnis, ganz tief in ihn hineinzukriechen und dort Schutz zu suchen.

„Hat er dir wehgetan?" Mit einer Hand war er bemüht, sie zu beruhigen, indem er ihr unablässig über das Haar strich, während er mit der anderen ihr Kinn hob, um ihr in die Augen schauen zu können. „Hat er dich angefasst?"

Sie konnte nur den Kopf schütteln und barg gleich darauf ihr Gesicht wieder an seiner Schulter.

Rafe starrte Devin an. Wieder loderte Zorn, lichterloh brennend wie eine Fackel, in seinen Augen auf. „Devin, wo ist er?"

„In Gewahrsam."

Rafe ließ seinen Blick nach hinten, in die Richtung, in der die Gefängniszellen lagen, wandern. „Er ist nicht hier, Rafe." Devins Stimme klang ruhig, er hatte sich bereits für eine Auseinandersetzung mit seinem Bruder gewappnet. „Du kriegst ihn nicht zwischen die Finger."

„Glaubst du, du könntest mich aufhalten?"

Jared, der kurz nach Rafe das Büro betreten hatte, legte seinem Bruder begütigend eine Hand von hinten auf die Schulter. „Warum setzt du dich nicht erst einmal hin?"

Wutschnaubend schüttelte Rafe Jareds Hand ab. „Lass mich."

„Das ist jetzt ein Fall für die Justiz, Rafe. Du hast nicht das Recht, dich einzumischen", erklärte Devin ruhig.

„Die Justiz soll sich zum Teufel scheren, und du gleich mit. Ich will verdammt noch mal auf der Stelle wissen, wo er ist."

„Wenn du ihn findest, Rafe, halte ich dir solange den Mantel, bis du den Dreckskerl fertiggemacht hast." Shane, der scharf darauf war, dass etwas passierte, feixte. „Darauf warte ich schon seit Jahren."

„Halt die Klappe", fuhr Jared ihn ungnädig an und warf dabei einen Blick auf Cassie, die den ganzen Vorgang schweigend mit großen Augen verfolgte.

„Du kannst dir dein Anwaltsgeschwätz an den Hut stecken, Bruderherz." Shane hatte in Vorfreude auf das Kommende bereits die Hände zu Fäusten geballt. „Ich stehe auf Rafes Seite."

„Ich brauche weder deine Hilfe noch die von sonst jemandem", schnappte Rafe. „Geh mir sofort aus dem Weg, Devin."

„Ich denke ja gar nicht daran. Los, setz dich hin, oder ich muss dir ein paar Handschellen verpassen und dich abführen. Wegen Widerstands gegen die Staatsgewalt." Devins Stimme hatte einen drohenden Unterton angenommen.

Überraschend ließ Rafe Regan los und war mit einem einzigen langen Satz beim Schreibtisch. Er beugte sich vor, packte Devin mit beiden Händen am Kragen und schüttelte ihn. Während die beiden Brüder sich wutentbrannt anbrüllten, begann Regan wieder zu zittern.

Die Sache drohte zu eskalieren. Sie würde in einen Faustkampf ausarten, wenn sie nicht eingriff.

„Hört sofort auf", befahl sie, aber ihre Stimme bebte so sehr, dass sie kaum trug. „Ich habe gesagt, ihr sollt aufhören", versuchte sie es wieder, lauter und energischer diesmal. Als die beiden Streithähne noch immer nicht bereit waren, voneinander zu lassen, begann sie zu brüllen. „Stopp habe ich gesagt, verdammt noch mal! Stopp!"

Rafes erhobene Faust blieb vor Überraschung in der Luft hängen.

„Ihr benehmt euch wie die Kinder, ja, schlimmer noch. Habt ihr eigentlich vollkommen den Verstand verloren? Glaubt ihr vielleicht, es macht die Sache besser, wenn ihr euch gegenseitig verprügelt? Typisch, wirklich, ich habe nichts anderes von euch erwartet." Aus ihrer Stimme war alle Unsicherheit gewichen, sie triefte nun vor Missbilligung. „Ihr seid mir vielleicht die richtigen Helden." Mit einem verächtlichen Schnauben griff sie nach ihrem Mantel. „Wenn ihr glaubt, ich hätte Lust, hier rumzustehen und zuzusehen, wie ihr euch gegenseitig die Köpfe einschlagt, habt ihr euch getäuscht", verkündete sie wütend und wandte sich zum Gehen.

„Setz dich hin, Regan." Fluchend kam Rafe hinter ihr her. „Komm schon, setz dich." Er packte sie am Ärmel und versuchte sie mit sanftem Druck zu einem Stuhl zu schieben, wobei man ihm ansah, wie viel Mühe es ihn kostete, seine Wut zu zügeln und sich zumindest einen leisen Anstrich von Besonnenheit zu geben. „Großer Gott, schau doch nur, wie deine Hände zittern."

Behutsam nahm er sie in seine, drückte sie zärtlich und hob dann ihre Rechte an seine Lippen. Die Geste war so innig, dass die anderen MacKades verlegen den Blick abwandten.

„Was erwartest du denn von mir?" Erneut spürte er das Gefühl hilfloser Wut in sich emporkochen. „Was erwartest du von mir, wie ich reagieren soll? Ist dir eigentlich klar, wie ich mich fühle?"

139

„Ich weiß nicht", erwiderte sie erschöpft. Im Moment wusste sie ja nicht einmal, wie sie sich selbst fühlte unter seinem verdammt eindringlichen Blick. „Ich würde das Ganze nur einfach gern hinter mich bringen, Rafe. Lass mich zu Protokoll geben, was ich zu sagen habe, und dann gehe ich."

„Gut." Er trat einen Schritt zurück. „Tu, was du nicht lassen kannst."

Nachdem sie sich wieder gesetzt hatte, nahm sie den Becher mit frischem Kaffee, den Jared ihr hinhielt, entgegen. Devin fragte, sie antwortete, und Rafe hörte schweigend zu. Nach einer Weile drehte er sich abrupt um und verließ wortlos das Büro.

Sie bemühte sich, sich nicht verletzt zu fühlen, und zerbrach sich den Kopf darüber, warum er sie jetzt wohl allein gelassen hatte. „Und wie wird es jetzt weitergehen, Devin?"

„Sobald Joes Verletzungen es zulassen, wird er vom Krankenhaus ins Gefängnis überführt. Da er sich nicht an die Auflagen gehalten hat, die ihm das Gericht erteilt hat, muss er nun wieder in Haft und seine Strafe absitzen." Für sie ist das wahrscheinlich nur ein schwacher Trost, dachte Devin, während er Cassie musterte, die während der vergangenen dreißig Minuten kein einziges Wort gesagt hatte.

„Nun gut." Regan holte tief Luft. „Es ist vollbracht. Können Cassie und ich jetzt gehen?"

„Selbstverständlich. Wir bleiben in Verbindung."

„Ich kann keinesfalls wieder mit zu dir", brach Cassie ihr Schweigen. Ihre Stimme klang zaghaft und leise.

„Aber selbstverständlich."

„Ach, Regan, wie könnte ich nur?" Unglücklich starrte sie auf Regans zerrissene rauchgraue Hose, der man selbst in diesem Zustand noch ansah, wie teuer sie einmal gewesen war. Jetzt allerdings war sie ein für alle Mal dahin. „Ich bin doch daran schuld, dass alles so gekommen ist."

„Er ist schuld, Cassie", erwiderte Regan ruhig, aber bestimmt. „Du trägst für das, was er getan hat, keinerlei Verantwortung."

Es war ein hartes Stück Arbeit, Cassie die irrationalen Schuldgefühle auszureden, und auch nachdem es Regan schließlich einigermaßen gelungen war, war Cassie noch immer nicht bereit, mit ihr nach Hause zu gehen.

„Ich muss jetzt endlich anfangen, mein eigenes Leben zu leben, Regan. Ich muss einen Weg finden, um den Kindern das Zuhause zu geben, das sie verdienen."

„Warte damit noch ein paar Tage."

„Nein", erwiderte Cassie fest entschlossen und holte tief Luft. „Kannst du mir helfen, Jared?"

„Ich bin bereit, alles zu tun, was in meiner Macht steht, Honey. Es gibt eine Menge Hilfsprogramme für Frauen …"

„Nein, das meine ich nicht." Cassie presste ihre Lippen so hart aufeinander, bis sie nur noch ein schmaler Strich waren. „Ich möchte die Scheidung einreichen und will von dir wissen, welche Schritte ich als Nächstes unternehmen muss."

„Okay." Jared nickte. „Warum kommst du nicht mit? Wir könnten irgendwo gemütlich einen Kaffee trinken und dabei alles in Ruhe besprechen."

Cassie willigte ein, und nachdem Shane Regan angeboten hatte, ihr Türschloss zu reparieren, brachen sie schließlich alle gemeinsam auf.

10. KAPITEL

Es war ein befreiendes Gefühl, auf etwas einzuschlagen. Selbst wenn es nur ein Nagel war. Um sich von einer unüberlegten Handlung abzuhalten, hatte sich Rafe in das Schlafzimmer im Ostflügel geflüchtet und arbeitete dort wie ein Besessener. Allein sein Blick hatte es seinen Arbeitern ratsam erscheinen lassen, für den heutigen Tag Abstand zu halten.

Der Baulärm, der ohrenbetäubend durch das Haus dröhnte, passte hervorragend zu seiner düsteren, aggressiven Stimmung. Bei jedem Hammerschlag, den er krachend niedersausen ließ, stellte er sich genüsslich vor, es wäre seine Faust, die er Joe Dolin erbarmungslos zwischen die Rippen rammte.

Als er ein Türgeräusch hinter sich vernahm, stieß er, ohne sich auch nur umzudrehen, einen wilden Fluch aus. „Mach, dass du sofort rauskommst, oder du bist gefeuert, hast du verstanden."

„Na los, dann feuer mich doch." Regan knallte die Tür hinter sich zu. „Dann kann ich dir wenigstens endlich mal die Meinung sagen, ohne befürchten zu müssen, dass ich damit unsere Geschäftsgrundlage zerstöre."

Jetzt warf er einen kurzen Blick über die Schulter. Sie hatte sich umgezogen und sah wie üblich wie aus dem Ei gepellt aus. Nicht nur, dass sie die Hose gewechselt hatte, sie trug auch eine andere Bluse, einen anderen Blazer und anderen Schmuck.

Leider erinnerte er sich noch viel zu gut daran, wie sie ein paar Stunden zuvor ausgesehen hatte mit ihrem wild zerzausten Haar, bleich und zittrig, mit blutbesudelter Kleidung.

„Du bist im Moment hier nicht erwünscht." Er zielte auf den Kopf des Nagels und ließ den Hammer krachend niedersausen.

„Ich bin jetzt aber nun mal hier, MacKade."

Nachdem sie nach Hause gekommen war, hatte sie erst einmal geduscht und versucht, sich damit alles, was mit Joe Dolin in Zusammenhang stand, von der Seele zu waschen. Danach fühlte sie sich gefestigt genug, um Rafe MacKade gegenübertreten zu können. „Ich will wissen, was mit dir eigentlich los ist."

Wenn er ihr die Wahrheit sagte, würde sie ihm vermutlich ins Gesicht lachen. Was bei ihm – da war er sich sicher – das Fass endgültig zum Überlaufen bringen würde. „Ich habe zu tun, Regan, siehst du

142

das nicht? Diese Sache hat mich mehr als einen halben Tag gekostet."

„Das kannst du nicht mir zum Vorwurf machen. Schau mich an, wenn ich mit dir rede, verdammt noch mal." Da er keine Reaktion zeigte und vollkommen unberührt weiterhin seine Nägel in die Wand schlug, stützte sie empört die Hände in die Hüften. „He, hörst du nicht?", brüllte sie ihn an. „Ich will von dir wissen, warum du vorhin einfach ohne einen Ton zu sagen abgehauen bist."

„Weil ich zu tun hatte."

Um ihm zu zeigen, was sie von seiner Antwort hielt, kickte sie wütend mit dem Fuß den Werkzeugkoffer beiseite. „Ich vermute, ich muss mich jetzt bei dir bedanken, dass du mein Schloss wieder in Ordnung gebracht hast."

„Falls du gezwungen warst, einen Schlosser zu holen, bin ich gern bereit, dir deine Unkosten zu erstatten."

Hilflos angesichts seiner Sturheit schüttelte sie den Kopf. „Warum bist du denn bloß so sauer auf mich? Was habe ich dir denn …"

Sie verschluckte sich fast vor Schreck, als sie sah, wie plötzlich der Hammer durch die Luft segelte, an der gegenüberliegenden neu tapezierten Wand abprallte und polternd zu Boden fiel.

„Du hast mir verdammt noch mal gar nichts getan. Du bist nur überfallen worden, fast vergewaltigt und hast dir die Knie blutig geschlagen, aber was zum Teufel sollte mich das scheren?"

Zumindest einer von uns muss jetzt die Ruhe bewahren, sagte sie sich. Und nach dem Ausdruck seiner Augen zu urteilen, würde sie das wohl sein müssen. „Ich weiß, wie aufgebracht du bist über das, was passiert ist."

„Ja, ich bin aufgebracht." Bleich vor Zorn stapfte er zu der Werkzeugkiste hinüber, hob sie hoch über den Kopf und schmetterte sie anschließend mit voller Wucht zu Boden. „Nur ein bisschen aufgebracht. Und jetzt mach, dass du rauskommst."

„Ich will aber nicht." Trotzig hob sie das Kinn. „Na vorwärts, los, lass ruhig noch weiter die Fetzen fliegen. Ich warte gern, bis du dich abgeregt hast. Vielleicht ist es ja dann möglich, dass wir wie zivilisierte Menschen miteinander reden."

„Vielleicht geht es ja irgendwann auch in deinen verdammten Dickschädel hinein, dass ich kein zivilisierter Mensch bin."

„Ist schon angekommen", konterte sie. „Und jetzt? Schießt du jetzt auf mich? Was beweisen würde, dass du ein noch härteres Mannsbild bist als Joe Dolin."

Seine Augen wurden fast schwarz. Für den Bruchteil einer Sekunde entdeckte sie in ihnen Zorn, vermischt mit Schmerz. Sie war zu weit gegangen und hatte ihn verletzt. Beschämt räusperte sie sich. „Tut mir leid. Das wollte ich nicht sagen, ich nehme es zurück."

Mit unterdrückter Wut starrte er sie an. „Normalerweise sagst du aber immer genau das, was du meinst." Als sie zu einer Erwiderung ansetzte, hob er die Hand, um sie zum Schweigen zu bringen. „Du willst ein zivilisiertes Gespräch", fuhr er fort. „Bitte. Dann führen wir dieses verdammte Gespräch eben."

Er ging mit Riesenschritten zur Tür, riss sie auf, steckte seinen Kopf durch den Spalt und brüllte zweimal laut hintereinander „Feierabend", und knallte sie wieder zu.

„Es ist wirklich nicht nötig, deswegen gleich die Arbeiter nach Hause zu schicken", begann sie. „Ich bin sicher, dass wir nicht mehr als ein paar Minuten brauchen."

„Es geht aber nicht immer alles nach deinem Kopf."

„Ich weiß überhaupt nicht, wovon du redest."

„Kann ich mir gut vorstellen." Wutentbrannt riss er wieder die Tür auf und brüllte: „Hat irgendwer eine verdammte Zigarette für mich?" Als keine Antwort kam – wahrscheinlich hatte ihn niemand gehört –, schlug er die Tür mit einem Krachen wieder zu.

Regan beobachtete fast schon fasziniert, wie er unter gemurmelten Flüchen seinen Rundgang durchs Zimmer wieder aufnahm. Er hatte seine Hemdsärmel bis zu den Ellbogen hochgekrempelt, um die Taille trug er einen Werkzeuggürtel, und um den Kopf hatte er ein Halstuch als Stirnband geschlungen. Er sieht aus wie ein Bandit, dachte sie.

Und auf jeden Fall war es für sie jetzt gerade vollkommen inakzeptabel, der Erregung, die mit jeder Sekunde, die verging, mehr und mehr Besitz von ihr ergriff, Raum zu geben.

„Ich könnte uns rasch einen Kaffee machen", schlug sie diplomatisch vor, biss sich jedoch angesichts des bösen Blicks, den er ihr zuwarf, auf die Lippen. „Na ja, vielleicht besser doch nicht. Rafe …"

„Halt den Mund."

Sie straffte die Schultern. „Ich bin es nicht gewöhnt, dass man in diesem Ton mit mir redet."

„Dann gewöhnst du dich eben jetzt daran. Ich habe mich lange genug zurückgehalten."

„Zurückgehalten?" Erstaunt riss sie die Augen auf. Wenn er nicht ausgesehen hätte wie ein Besessener, hätte sie jetzt laut herausgelacht. „Du hast dich zurückgehalten? Dann würde ich doch gern mal sehen, wie es ist, wenn du dich nicht zurückhältst."

„Das kannst du gleich erleben", schleuderte er ihr entgegen. „Du bist also sauer, weil ich einfach weggegangen bin, ist das richtig? Gut, dann will ich dir jetzt mal zeigen, was passiert wäre, wenn ich dageblieben wäre."

„Fass mich nicht an." Ihr Arm schoss nach oben, die Hand zur Faust geballt wie ein Boxer, der auf das ‚Ring frei zur nächsten Runde' wartet. „Wage es nicht, ich warne dich."

Die Augen vor Kampflust funkelnd, hob er die Hand, umschloss ihre noch immer erhobene Faust und drängte Regan, indem er ganz nah an sie herantrat, Schritt für Schritt hin zur Tür. „Na los, Darling, mach schon. Ich gebe dir hiermit noch eine letzte Chance, von hier zu verschwinden, du solltest sie besser ergreifen."

„Nenn mich nicht in diesem Ton Darling."

„Du bist wirklich ein verdammt zäher Brocken." Er ließ ihren Arm fallen und trat beiseite. „Du willst also wissen, warum ich abgehauen bin. Das also ist für dich die Frage aller Fragen, die dir auf den Nägeln brennt, ja? Deshalb bist du hier?"

„Ja."

„Aber heute Morgen, nachdem Joe dich bereits zum ersten Mal bedroht hat, hast du es nicht für nötig gehalten, mir auch nur ein Sterbenswörtchen davon zu erzählen. Und nachdem er dich überfallen hat, erst recht nicht." Und genau das war es, was ihn so gnadenlos erbitterte. Wie verheerend auch immer das sein mochte.

„Ich war bei Devin."

„Jaaa." Er zog das Wort höhnisch in die Länge. „Du warst bei Devin." Plötzlich kam eine eisige Ruhe über ihn. „Weißt du eigentlich, was passiert ist, Regan? Dolin ist zu dir in den Laden gekommen – genau wie ich es vorausgesagt habe."

„Und ich bin mit der Situation klargekommen", konterte sie. „Genau wie ich es vorausgesagt habe."

„Sicher. Du kommst ja immer mit allem klar. Er hat dir gedroht. Er hat dir Angst eingejagt."

„Ja, okay. Er hat mir Angst eingejagt." Ebenso wie sie auch jetzt Angst hatte. Wohin sollte das alles bloß noch führen? „Deshalb habe ich Devin angerufen."

„Und nicht mich. Du bist zu Devin ins Büro gegangen und hast Anzeige erstattet."

„Ja. Natürlich. Weil ich wollte, dass Joe verhaftet wird."

„Sehr löblich. Dann bist du einkaufen gegangen."

„Ich …" Sie verschränkte die Finger und zog sie gleich darauf wieder auseinander. „Ich dachte … ich wusste, dass Cassie sich aufregen würde, wenn sie von der Sache hört … und ich wollte … ich hab mir gedacht, ein gutes Essen würde dazu beitragen, dass wir uns beide besser fühlen."

„Und in der ganzen Zeit ist es dir nicht ein einziges Mal in den Kopf gekommen, mir vielleicht auch Bescheid zu sagen?"

„Ich war …" Sie unterbrach sich. „Also gut, ja. Meine erste Reaktion heute Morgen war, dich anzurufen, nachdem Joe endlich aus dem Laden war. Aber ich habe es gleich wieder verdrängt."

„Verdrängt?"

„Ja. Weil ich überzeugt davon war, dass die Sache mein Problem ist und dass ich versuchen musste, es ganz allein zu lösen."

Ihre aufrichtigen Worte versetzten ihm einen schmerzhaften Stich. „Und nachdem er dich dann überfallen hatte, dir wehgetan hat und dich um ein Haar …" Er konnte das Wort nicht aussprechen. Schon allein der Versuch vermittelte ihm das Gefühl, als würde er in einzelne Teile auseinanderfallen, die zusammenzusetzen ihm nie mehr gelingen würde. „Auch dann bist du noch immer nicht auf die Idee gekommen, mich anzurufen. Ich musste es erst von Shane erfahren, der zufälligerweise bei Devin war, als der Anruf kam."

Langsam wurde ihr klar, womit sie ihn verletzt hatte. Das hatte sie nicht gewollt. „Rafe, ich habe einfach nicht nachgedacht." Sie machte einen Schritt auf ihn zu und blieb dann doch wieder stehen. Wahrscheinlich war es nicht ratsam, näher an ihn heranzugehen. „Ich war wie vor den Kopf geschlagen, verstehst du das denn nicht? Erst in Devins Büro konnte ich wieder einigermaßen klar denken. Alles ist so schnell gegangen", fügte sie in beschwörendem Ton hinzu. „Und es gab immer wieder Momente, in denen mir die ganze Geschichte vollkommen unwirklich vorkam."

„Du bist damit klargekommen."

„Was blieb mir denn anderes übrig? Hätte ich mich vielleicht gehen lassen sollen?"

146

„Du hast mich nicht gebraucht." Nun war sein Blick gleichmütig, und nicht länger brennend. Das Feuer war aus. „Und du brauchst mich auch jetzt nicht."

Eine nie gekannte Panik überfiel sie. „Das ist nicht wahr."

„Oh, ja – unser Sex ist großartig." Er lächelte kühl und humorlos. „Das ist etwas, das wir bestens miteinander teilen können. Mein Problem, dass ich die Ebenen miteinander verwechselt habe. Es wird nicht noch einmal passieren."

„Es geht doch nicht nur um Sex."

„Sicher tut es das." Er zog einen Nagel aus seinem Werkzeuggürtel und hielt ihn an die Stelle, an der er ihn einschlagen wollte. „Sex ist das, was uns verbindet. Und das ist ja immerhin eine ganze Menge." Mit einem Krachen sauste der Hammer auf den Nagelkopf nieder. „Also, wenn du das nächste Mal wieder Lust hast, weißt du ja, wo du mich finden kannst."

Sie wurde blass. „Das klingt schrecklich, so wie du es sagst."

„Deine Regeln, Darling. Warum soll man eine einfache Sache kompliziert machen, stimmt's?"

„Ich will nicht, dass es so zwischen uns läuft, Rafe."

„Aber ich will es. Und es war von Anfang an in deinem Sinne." Er rammte den nächsten Nagel in die Wand. Er würde ihr nicht noch einmal die Gelegenheit geben, ihn zu verletzen.

Sie öffnete den Mund, um ihm zu sagen, dass sie jetzt gehen würde, doch sie konnte es nicht. Tränen brannten in ihren Augen, und sie hatte Mühe, das Schluchzen, das ihr in der Kehle hochstieg, zu unterdrücken. Konnte es sein, dass sie sich in ihn verliebt hatte?

„Ist das alles, was du für mich empfindest?"

„Ich habe einfach nur versucht zu sagen, wie ich die Sache sehe."

Weil sie keine Lust hatte, sich lächerlich zu machen, schluckte sie ihre Tränen hinunter. „Und das alles nur deshalb, weil du dich über mich geärgert hast."

„Sagen wir lieber, diese Angelegenheit hat dazu beigetragen, dass ich wieder einen klaren Blick bekommen habe. Du willst dich in deinem Leben mit nichts belasten, stimmt's?"

„Nein, ich …"

„Teufel noch mal – ich doch auch nicht. Nenn es von mir aus verletzte Eitelkeit, aber es hat mir eben einfach nicht gepasst, dass du direkt zu meinem Bruder gerannt bist, anstatt zuerst mal zu mir zu kom-

147

men. Vergiss es, und lass uns jetzt einfach so weitermachen, als sei nichts geschehen."

Merkwürdig, die tödliche Wut, die er vorher ausgestrahlt hatte, hatte ihr viel mehr zugesagt als das offenkundige Desinteresse, das er jetzt an den Tag legte. „Ich bin mir nicht sicher, dass das möglich ist. Im Moment bin ich nicht in der Lage, dir eine Antwort zu geben."

„Dann überleg's dir in Ruhe, Regan. Ich bin sicher, dass du zu einem zufriedenstellenden Schluss gelangen wirst."

„Würdest du vielleicht lieber …" Sie presste eine Hand auf den Mund und wartete, bis sie sich sicher sein konnte, dass ihre Stimme auch wirklich trug. „Wenn du dich lieber nach einer neuen Geschäftsverbindung umsehen möchtest, kann ich dir die Adressen von anderen Antiquitätenhändlern hier in der Gegend geben."

„Nicht nötig." Als er sich nach ihr umdrehte, sah er, dass ihre Augen trocken waren, ihr Gesichtsausdruck war beherrscht. „In einer Woche bin ich hier mit diesem Raum so weit, dass du mir die Möbel liefern kannst."

„Okay. Dann werde ich die notwendigen Vorbereitungen treffen." Blind griff sie nach der Türklinke, ging schnell hinaus und rannte die Treppe hinunter.

Als er unten die Haustür ins Schloss fallen hörte, setzte sich Rafe auf den Boden. In der Luft lag ein leises Wimmern, während er sich mit der Hand übers Gesicht fuhr.

„Ich weiß genau, wie du dich fühlst", murmelte er vor sich hin.

Es war das erste Mal in seinem Leben, dass eine Frau ihm das Herz gebrochen hatte, und der einzige Trost, den er für sich selbst bereithielt, war der, dass es auch das letzte Mal sein würde.

Der vorausgesagte Eisregen war eingetroffen und verwandelte die Straßen in spiegelblanke Eisflächen. Seit Tagen ging das nun schon so.

Rafe kümmerte das verdammt wenig. Das lausige Wetter gab ihm wenigstens einen Grund, sich nicht aus dem Haus zu rühren und zwanzig von den vierundzwanzig Stunden des Tages zu arbeiten. Mit jedem Nagel, den er einschlug, und mit jeder Wand, die er mit Sandpapier abschliff, wurde das Haus mehr zu seinem Eigentum.

In den Nächten, in denen es ihm selbst dann, wenn er bis an den Rand der Erschöpfung gearbeitet hatte, nicht gelang einzuschlafen, wanderte er ziellos im Haus umher, die flüsternden, wimmernden Gespenster an seiner Seite.

Um an Regan zu denken, fehlte ihm die Zeit. Das versuchte er sich zumindest einzureden. Und wenn es doch einmal vorkam, dass sie sich in seine Gedanken einschlich, brauchte er nur noch ein bisschen härter und ausdauernder zu arbeiten, und schon war der Spuk vorbei.

„Du siehst ziemlich abgekämpft aus, Kumpel." Devin zündete sich eine Zigarette an und sah seinem Bruder bei der Arbeit zu.

„Nimm einen Hammer in die Hand oder mach dich einfach dünn."

„Wirklich wunderschön." Devin überhörte Rafes Bemerkung und fuhr leicht mit der Hand über die Tapete. „Wie heißt denn diese Farbe?"

Rafes Antwort bestand lediglich aus einem unwirschen Brummen, was Devin veranlasste, ihn forschend von der Seite her zu betrachten. „Bist du gekommen, um dein Urteil über meine Tapeten abzugeben?"

Devin stippte seine Asche in einem leeren Kaffeebecher ab. „Quatsch. Ich will mich einfach nur ein bisschen mit dir unterhalten. Joe wurde heute aus dem Krankenhaus ins Gefängnis überführt."

„Und? Was geht mich das an?"

„Er hat Glück gehabt, dass er sein Auge nicht verloren hat", fuhr Devin gelassen fort. „Er muss nur noch eine Weile eine Augenklappe tragen, aber etwas Ernsthaftes bleibt aller Wahrscheinlichkeit nach nicht zurück."

„Sie hätte zwischen seine Beine zielen sollen."

„Ja, wirklich zu schade. Ich habe gedacht, es würde dich interessieren, dass er sich auf den Rat seines Anwalts hin der Körperverletzung für schuldig erklärt hat. Die Anklage wegen versuchter Vergewaltigung wollen sie wohl fallen lassen."

Rafe versuchte, unbeeindruckt zu erscheinen. „Was wird er bekommen?"

„Drei Jahre, schätze ich. Nach einem Jahr werden sie ihn wahrscheinlich auf Bewährung freilassen wollen, aber daran werde ich auf jeden Fall noch versuchen zu drehen."

„Wie nimmt Cassie es auf?"

„Ganz gut, glaube ich. Jared treibt die Scheidung voran. Aufgrund der Umstände wird sicher die übliche Wartefrist von einem Jahr diesmal nicht eingehalten werden müssen, und Joe kann auch keinen Einspruch dagegen einlegen. Je schneller die ganze unerfreuliche Angelegenheit über die Bühne ist, desto früher wird Cassie mit den Kindern zusammen anfangen können, wirklich ihr eigenes Leben zu leben."

Gedankenverloren drückte er seine Zigarette in dem Kaffeebecher aus. „Interessiert es dich denn gar nicht, wie Regan mit der ganzen Sache zurechtkommt?"

„Nein."

„Na gut. Ich erzähl's dir trotzdem." Ohne Rafes wütendes Schnauben zu beachten, setzte sich Devin seelenruhig auf einen wackligen, mit Farbe bespritzten Stuhl und schlug die Beine übereinander. „Wenn du mich fragst, sieht sie so aus, als hätte sie in letzter Zeit nicht besonders viel geschlafen."

„Ich frag dich aber nicht."

„Ed hat erzählt, dass sie nicht mal in ihrer Mittagspause zum Essen rüberkommt. Irgendwas muss ihr offensichtlich ziemlich auf den Magen geschlagen sein. Nun ist es durchaus vorstellbar, dass sie das mit Joe aus der Bahn geworfen hat, und doch werde ich den Verdacht nicht los, dass noch etwas anderes dahintersteckt."

„Sie wird's schon wieder auf die Reihe kriegen, sie kann sehr gut auf sich allein aufpassen."

„Sicher kann sie das. Und doch hätte ihr, wenn es Joe gelungen wäre, sie in die Wohnung zu ziehen, noch weitaus mehr passieren können."

„Glaubst du vielleicht, das wüsste ich nicht selbst?", fauchte Rafe.

„Ja, ich denke schon, dass du das weißt. Und ich denke noch etwas: dass das Wissen darum dich fast auffrisst, und das tut mir leid. Bist du jetzt bereit, mir zuzuhören?"

„Nein."

Da Rafes Verneinung in Devins Ohren jedoch nicht entschieden genug klang, beschloss er zu sagen, was er zu sagen hatte. „Augenzeugen haben ausgesagt, dass sie zuerst dachten, Regan sei betrunken, als sie hereingewankt kam. Wenn Ed sich nicht sofort um sie gekümmert hätte, wäre sie mit Sicherheit in Ohnmacht gefallen."

„Ich will das alles nicht hören."

„Verstehe", murmelte Devin und betrachtete Rafes Hand, die den Hammergriff so fest umklammert hielt, dass die Knöchel weiß hervortraten. „Als ich zu ihr kam, befand sie sich in einem Schockzustand, Rafe, verstehst du? Ihre Pupillen waren riesengroß, und ich habe erst überlegt, ob ich nicht den Notarzt rufen sollte. Aber dann hat sie mit aller Kraft versucht, sich zusammenzureißen, was ihr nach kurzer Zeit auch gelang."

„Sie ist eben knallhart. Auch gegen sich selbst. Erzähl mir doch mal

150

etwas, das ich nicht weiß."

„Okay. Also, ich glaube kaum, dass du in dem Zustand, in dem du dich befunden hast, als du in mein Büro reingeplatzt kamst, wirklich bemerkt hast, was mit ihr los ist. Sie hat sich eben zusammengenommen, weil ihr zu dem Zeitpunkt nichts anderes übrig blieb. Aber du hättest ihren erleichterten Gesichtsausdruck sehen sollen, als sie dich sah."

„Sie braucht mich nicht."

„Das ist doch absoluter Käse. Mag ja sein, dass du leicht beschränkt bist, aber so viel solltest du doch noch wissen."

„Immerhin weiß ich jetzt, dass ich beschränkt genug war, sie an mich heranzulassen, und das zuzulassen, was sie von mir wollte. Damit allerdings hat es jetzt ein Ende, denn beschränkt genug, um mich vollends zum Narren zu machen, bin ich auch wieder nicht." Entschieden rammte er den Hammer in die dafür vorgesehene Schlaufe an seinem Werkzeuggürtel. „Und ich brauche sie ebenso wenig wie sie mich."

Seufzend erhob Devin sich. „Du bist bis über beide Ohren verliebt in sie."

„Keineswegs. Vielleicht hatte ich eine Zeit lang eine Schwäche für sie, aber darüber bin ich längst hinweg."

Devin hob die Brauen. „Bist du sicher?"

„Ich habe es doch gesagt, oder nicht?"

„Gut." Devin lächelte. „Dann ist ja alles klar. Da ich annahm, du hättest was mit ihr am Laufen, wollte ich dir nicht in die Quere kommen. Aber nachdem du mir versichert hast, dass du nicht interessiert bist, sieht die Sache für mich natürlich anders aus. Mal sehen, ob es mir nicht vielleicht doch gelingt, ihren Appetit anzuregen."

Er hatte den Schlag, der mit voller Wucht gegen seinen Kiefer donnerte, schon erwartet und nahm ihn mit stoischer Gelassenheit sowie in der Gewissheit, einen Punkt gemacht zu haben, hin. Es stand nur zu hoffen, dass sein Kiefer der Begegnung mit Rafes Faust standgehalten hatte.

„Teufel noch mal, du bist ja tatsächlich drüber weg."

„Vielleicht sollte ich dir gleich noch eins überbraten", stieß Rafe nun aufgebracht zwischen zusammengepressten Zähnen hervor.

„Das würde ich an deiner Stelle lieber sein lassen. Dieser eine war frei." Vorsichtig schob Devin den Unterkiefer vor und zurück. „Eins muss man dir lassen, Rafe, du hast noch immer einen verflucht präzisen Schlag."

Fast schon amüsiert streckte Rafe seine schmerzenden Finger. „Und du hast einen Kiefer wie ein Felsbrocken, du Dreckskerl."

„Ich mag dich auch." Vergnügt legte Devin einen Arm um die Schultern seines Bruders. „Und? Geht's dir jetzt besser?"

„Nein." Er überlegte einen Moment. „Vielleicht."

„Willst du nicht zu ihr gehen und die Angelegenheit bereinigen?"

„Ich bin noch nie in meinem Leben einer Frau hinterhergerannt", brummte Rafe.

Aber diesmal, darauf würde ich wetten, wirst du es tun, dachte Devin. Früher oder später. „Was hältst du davon, wenn wir heute Nacht mal wieder so richtig einen draufmachen?"

Rafe grinste. „Keine schlechte Idee." Sie gingen zusammen auf den Flur hinaus und die Treppe nach unten. „Wie wär's, wenn wir uns in Duff's Tavern treffen? Gegen zehn?"

„Gebongt. Mal sehen, ob ich Shane und Jared auch überreden kann."

„Wie in alten Zeiten. Und wenn Duff uns kommen sieht, wird er gleich …"

Rafe unterbrach sich, weil sein Herz einen Riesensatz machte. Am Fuß der Treppe stand Regan, die Schultern gestrafft, die Augen kühl.

„Deine Möbel sind da." Es kostete sie einige Anstrengung, ihre Stimme unbeteiligt klingen zu lassen. „Du hast mir auf dem Anrufbeantworter hinterlassen, dass ich um drei liefern soll."

„Stimmt." Ihm drehte sich vor Aufregung fast der Magen um. Du lieber Gott, wann hatte ihn jemals eine Frau derartig aus dem Gleichgewicht gebracht? „Kannst die Sachen raufbringen lassen."

„Okay. Hallo, Devin."

„Hallo, Regan. Ich wollte gerade gehen. Bis heute Abend dann, Rafe. Um zehn in Duff's Tavern, wir rechnen fest mit dir."

„Ja." Seine Augen ruhten unablässig auf Regan, während er die Stufen hinabstieg. „Bist du gut durchgekommen, oder war es noch immer glatt?"

„Nein, die Straßen sind wieder frei." Sie wunderte sich, dass er ihr nicht ansah, wie jämmerlich ihr zumute war. „Ich habe auch die Federkernmatratze bekommen, die du für das Himmelbett haben wolltest."

„Ich weiß die Mühe, die du dir gemacht hast, wirklich zu schätzen, Regan. Die Möbelpacker können die Sachen reinbringen, und ich werde mich verziehen, bis sie fertig sind, ich muss nämlich noch …" Nichts, wurde ihm mit erschreckender Deutlichkeit klar. Er musste gar nichts.

„Arbeiten", beendete er schließlich seinen Satz. „Ruf mich, wenn ihr so weit seid, ich lege unterdessen schon mal deinen Scheck bereit."

Sie hätte gern noch etwas gesagt, irgendetwas, egal was, aber er hatte sich bereits umgedreht und war davongegangen. Sie straffte die Schultern und ging hinaus, um den Möbelpackern weitere Instruktionen zu erteilen.

Bis schließlich alles so war, wie sie es sich vorgestellt hatte, wurde es fast fünf. Vollkommen vertieft in ihre Arbeit, war Regan die Ruhe, die mittlerweile im Haus eingekehrt war, völlig entgangen. Weil sich das Tageslicht langsam verabschiedete und der Dämmerung Platz machte, drehte sie die Stehlampe und rückte sie näher an den Sessel heran, den sie vor dem Kamin platziert hatte.

Noch knackten darin keine Holzscheite und auch keine roten Flammen züngelten auf, aber sie spürte deutlich, dass der Raum nur darauf wartete, endlich wieder bewohnt zu werden.

Ihr Blick wanderte hinüber zu dem Himmelbett. Sie würde noch ein paar spitzenbesetzte Kissen darauf drapieren. Und in die Kommode neben dem Bett gehörte feines, duftendes Leinen. Vor den Fenstern fehlten noch die Vorhänge aus irischer Spitze, und auf die Frisierkommode käme eine versilberte Bürste. Nur noch ein paar kleine Handgriffe, und das Zimmer würde perfekt sein, wirklich perfekt. Es würde hübsch werden, wunderhübsch.

Sie wünschte sich, sie hätte dieses Brautgemach hier niemals gesehen, ebenso wenig wie das ganze Haus und auch Rafe MacKade.

Er stand schweigend auf der Schwelle und beobachtete sie bei ihrem abschließenden Rundgang durch das Zimmer. Sie schritt so würdevoll und leichtfüßig dahin, als sei sie selbst eins der Gespenster, die dieses Haus bewohnten.

Plötzlich reckte sie energisch das Kinn und drehte sich zu ihm um. Die Sekunden zerrannen.

„Ich bin eben erst fertig geworden", brachte sie mühsam heraus.

„Wie man sieht." Er blieb stehen, wo er stand, und riss seinen Blick von ihr los, um ihn durch den Raum schweifen zu lassen. „Wirklich umwerfend."

„Das eine oder andere fehlt zwar noch, aber langsam bekommt man doch einen Eindruck, wie es am Ende aussehen wird." Sein Gleichmut begann an ihren Nerven zu zerren. „Ich habe gesehen, dass du in dem anderen Schlafzimmer auch schon große Fortschritte gemacht hast."

„Ja. Es geht voran."

„Du arbeitest schnell."

„Ja. Das hat man mir schon immer nachgesagt." Er zog einen Scheck aus seiner Brusttasche hervor und hielt ihn ihr hin. „Hier. Der Scheck."

„Danke." Sie nahm ihn, öffnete ihre Handtasche, die sie auf dem Tisch abgestellt hatte, und schob ihn hinein. „So. Dann werde ich jetzt mal gehen." Sie warf sich den Riemen ihrer Tasche über die Schulter, drehte sich brüsk um und rannte direkt in ihn hinein. „Oh, Entschuldigung." Als sie Anstalten machte, um ihn herum zu gehen, verstellte er ihr den Weg. Ihr Herz schlug plötzlich wie ein Schmiedehammer. „Lass mich durch."

Ungerührt blieb er stehen und musterte sie von Kopf bis Fuß. „Du siehst nicht besonders gut aus."

„Vielen Dank."

„Du hast Ringe unter den Augen."

So viel zu meiner Schminktechnik, dachte sie mit bitterer Ironie. „Es war ein langer Tag, und ich bin müde."

„Wie kommt's, dass du überhaupt nicht mehr zu Ed zum Essen gehst?"

Sie fragte sich, wie sie jemals auf den Gedanken hatte verfallen können, dass es angenehm sei, in einer Kleinstadt zu leben. „Selbst wenn du zusammen mit dem Nachrichtendienst von Antietam da anderer Meinung sein solltest: Was ich in meiner Mittagspause mache, ist noch immer ganz allein meine Angelegenheit. Lass dir das gesagt sein."

„Dolin ist im Gefängnis. Er kann dir nicht mehr zu nahe kommen."

„Ich habe keine Angst vor Joe Dolin, das kannst du mir glauben." Stolz auf ihre gespielte Tapferkeit warf sie den Kopf zurück. „Ich trage mich mit dem Gedanken, mir eine Waffe zuzulegen."

„Das solltest du dir vielleicht noch mal überlegen."

In Wirklichkeit hatte sie noch keine Sekunde daran gedacht. „Ah ja, ich verstehe, du bist der Einzige auf der ganzen weiten Welt, der in der Lage ist, sich selbst zu verteidigen und andere gleich mit dazu, stimmt's? Mach Platz, MacKade, ich habe hier nichts mehr verloren."

Als er sie am linken Arm packte, verpasste sie ihm ohne nachzudenken mit der Rechten eine schallende Ohrfeige. Entsetzt über sich selbst, wich sie gleich darauf einen Schritt zurück.

„So weit musste es also kommen." Fassungslos und den Tränen nahe riss sie sich ihre Handtasche von der Schulter. „Ich kann es nicht glauben, dass du mich dazu gebracht hast, so etwas zu tun. Noch nie in meinem Leben habe ich einen Menschen geschlagen."

„Dafür, dass es das erste Mal war, war es schon ganz gut." Während er sie nicht aus den Augen ließ, fuhr er sich mit der Zunge über die Innenseite seiner Wange, die wie Feuer brannte. „Du solltest es das nächste Mal mit einem Schwung aus der Schulter heraus versuchen. Im Handgelenk hat man nicht genug Kraft."

„Es wird kein nächstes Mal geben. Im Gegensatz zu dir halte ich nichts von roher Gewalt." Sie holte tief Luft, um sich zu beruhigen. „Entschuldige bitte."

„Solltest du versuchen, zur Tür zu gehen, muss ich mich dir leider wieder in den Weg stellen, und der ganze Zirkus fängt von vorn an."

„Also gut." Sie ließ ihre Tasche auf dem Boden, wo sie sie hingeschleudert hatte, liegen. „Offensichtlich hast du mir noch etwas zu sagen."

„Hör auf, so trotzig das Kinn zu heben, das macht mich langsam wahnsinnig. Also, da ich ein zivilisierter Mensch bin, erkundige ich mich jetzt ganz höflich nach deinem werten Befinden. Zivilisiert ist das, was du bist, denk dran."

„Mir geht es gut", schleuderte sie ihm wütend entgegen. „Und wie geht es dir?"

„Gut genug jedenfalls. Möchtest du ein Bier? Oder lieber einen Kaffee?"

„Nein, vielen Dank." Wer zum Teufel war dieser Mann? Wie kam er bloß auf die Idee, in aller Seelenruhe eine vollkommen sinnlose Unterhaltung führen zu wollen, während in ihrem Inneren ein Hurrikan tobte? „Ich will weder Bier noch Kaffee."

„Was willst du dann, Regan?"

Jetzt erkannte sie ihn wieder. Dieser scharfe, ungeduldige Ton, den er nun anschlug, brachte ihr den alten Rafe MacKade zurück. Nach dem sie sich sehnte. „Ich will, dass du mich gehen lässt."

Ohne ein Wort machte er einen Schritt zur Seite und gab den Weg frei.

Sie bückte sich und hob ihre Handtasche auf. Gleich darauf stellte sie sie wieder ab. „Das kann ja wohl nicht dein Ernst sein." Zum Teufel mit ihrem Stolz und ihrem Gefühl. Was scherte sie das alles? Schlimmer verletzt, als sie es ohnehin schon war, konnte sie schließlich nicht mehr werden.

„Du hättest es sowieso nicht bis zur Tür geschafft", erklärte er ruhig. „Wahrscheinlich war dir das ohnehin schon klar, Regan."

„Mir ist gar nichts klar, bis darauf, dass ich einfach keine Lust mehr
habe zu kämpfen."

„Ich kämpfe doch gar nicht. Ich warte."

Sie nickte. Ja, sie hatte verstanden. Wenn das alles war, was er bereit
war, ihr zu geben, würde sie es eben akzeptieren. Sie würde es sich genug
sein lassen. Sie schlüpfte aus ihren Schuhen und knöpfte den Blazer auf.

„Was machst du denn da?"

„Das ist die Antwort auf dein Ultimatum von letzter Woche." Sie
warf den Blazer über den Stuhl und öffnete ihre Bluse. „Erinnerst du
dich? Nimm's oder lass es bleiben, hast du gesagt. Nun gut, ich nehme
es."

11. KAPITEL

*D*as war eine Wendung, die er nicht erwartet hatte. Als Rafe die Sprache wiedergefunden hatte, trug sie nichts mehr am Leib als zwei winzige Teile aus schwarzer Seide. Sein Gehirn war vollkommen blutleer, er konnte einfach keinen klaren Gedanken fassen.

„Einfach so?"

„Es war immer nur einfach so, oder etwa nicht, Rafe? Chemie, schlicht und ergreifend." Die Augen fest auf ihn gerichtet, ging sie auf ihn zu. „Nimm's oder lass es bleiben, MacKade." Sie trat ganz nah an ihn heran, hob beide Hände und riss mit einem einzigen Ruck sein Hemd auf, sodass die Knöpfe nach allen Seiten wegspritzten. „Weil ich mir sonst nämlich dich nehmen muss."

Ihre Lippen brannten wie Feuer auf den seinen und sandten Blitze durch seinen Körper, die ihn zu versengen drohten. Erschüttert bis in seine Grundfesten, umfasste er ihre Hüften, während sich seine Finger ihren Weg durch die Seide hindurch zu ihrer nackten Haut suchten.

„Fass mich an." Sie grub die Zähne in das feste Fleisch seiner Schulter. „Ich will deine Hände auf mir spüren", verlangte sie mit heiserer Stimme, während sie, bebend vor verzweifelter Begierde, an seinen Jeans zerrte.

„Warte." Die Bombe, die in ihm tickte und zur Explosion drängte, übertönte alles, was jenseits dieses pulsierenden, überwältigenden Verlangens lag. Sein verwundetes Herz war eine klägliche Waffe, und das war der Grund, weshalb er der Speerspitze seines Begehrens hilflos ausgeliefert war. Und ihr.

Mit fliegenden Fingern riss er sich die Kleider vom Leib und nahm, sobald er nackt war, Regan in die Arme und hob sie hoch.

Noch bevor sie aufs Bett sanken, war er tief in sie eingedrungen.

Es war schneller, hemmungsloser, ungezügelter Sex. Blinde Gier. Ungezähmtes Verlangen. Sie waren nichts als Körper, nacktes, heißes Fleisch, das in einem wilden, ungestümen Rhythmus gegeneinanderklatschte, zwei Lungen, die keuchend nach Atem rangen, zwei Herzen, die mit rasender Geschwindigkeit den Takt zu den Bewegungen ihrer Leiber schlugen, Zähne und Fingernägel und zwei Zungen, die voneinander nicht genug bekommen konnten.

Es war eine Schlacht, nach der sie beide gelechzt hatten. Heiß und hart und rasant, eine Schlacht, die alle Gedanken erstickte und jede einzelne ihrer zig Milliarden Nervenenden in Aufruhr versetzte. Beide wollten sie mehr – in anderer Hinsicht –, und doch gab sich jeder mit weniger zufrieden. Sie sehnten sich nach der Seele des anderen und bekamen nur den Körper. Aber das genügte jetzt für den Augenblick, in dem sie nichts anderes waren als das.

Sie saß rittlings mit gespreizten Beinen auf ihm, wand sich unter seinen streichelnden, erfahrenen Fingern und wartete in atemloser Spannung darauf, dass er sie wieder, wie die Male vorher schon, genau an den Schnittpunkt brachte, an dem Lust und Schmerz aufeinandertrafen und dadurch die Lust in ungeahnte Höhen emportrieben. Dort würde sie wieder ganz lebendig werden, so lebendig, wie sie es gewesen war, bevor er sich von ihr abgewandt hatte.

Und sie spürte, dass er seinen Begierden ebenso hilflos ausgeliefert war wie sie selbst, unfähig zu widerstehen, getrieben von einem erbärmlichen Verlangen, das um jeden Preis der Welt gestillt werden musste. Sie konnte es fühlen, wie es wie ein Hurrikan durch seinen Körper hindurchraste und alles mit sich fortriss.

Während ihr Herz jedoch nach Liebe schrie, schrie ihr bebender, von Lustschauern geschüttelter Körper nach Erlösung.

Es gab in diesem Augenblick keinen Raum für Stolz, keine Zeit für Zärtlichkeit.

Als der Moment endlich gekommen war und sie mit einem gellenden Lustschrei über ihm zusammensank, erschien es ihr, als hätte sich ihr Körper in Luft aufgelöst, so befreit fühlte sie sich.

Er jedoch rollte sie schonungslos, ohne ihr eine Atempause zu gönnen, auf den Rücken, warf sich über sie und begann den rasenden Ritt, der auch ihm endlich die lang ersehnte Erfüllung bringen sollte.

Keuchend und ohne zu denken, wühlte er sich tief, ganz tief in sie hinein, um ihr auf diese Weise – die einzige Weise, die sie, wie er glaubte, akzeptierte – ganz nah zu sein. Halb besinnungslos vor Raserei warf er den Kopf zurück und schüttelte sich eine Haarsträhne aus den Augen. Es steigerte seine Lust ins Unermessliche, sie zu beobachten, wenn die heißen Schauer, die über ihren Körper hinwegpeitschten, ihre Augen riesig werden ließen, wenn ihr feine Schweißperlen auf die Stirn traten und ihre Lippen vor Lust bebten.

Plötzlich überschwemmte ihn ein Gefühl irrsinniger Liebe zu ihr.

„Schau mich an", verlangte er rau. „Du sollst mich anschauen."

Ihre Augen öffneten sich, doch sie waren blind vor Hingabe und Leidenschaft. Er fühlte, wie sich ihr Körper unter ihm spannte, und gleich darauf bäumte sie sich auf wie ein wildes Pferd. Er sah, wie sich ihre Augen weiteten, und entdeckte das Feuer darin, als sie einen Moment später mit einem Schrei auf den Lippen wieder zurückfiel.

Auch wenn er es gewollt hätte, es stand nicht in seiner Macht, ihr nicht zu folgen in den Abgrund, in den sie getaumelt war. Nur Sekundenbruchteile nach ihr erreichte er den Rand und stürzte ihr nach.

Der fast bis zur Besinnungslosigkeit gehenden Erregung folgte die totale Leere. Bisher war ihm noch niemals so deutlich klar geworden, wie sehr Körper und Seele zusammengehörten. Nun aber, als er völlig ausgepumpt neben Regan auf der Matratze lag und an die Decke starrte, erkannte er, dass es ihm niemals möglich sein würde, beides zu trennen.

Nicht mit ihr. Und er begehrte nur sie allein.

Sie hatte ihm etwas gegeben, worum er seit Jahren kämpfte: Selbstachtung. Wie eigenartig, dass er das nicht schon früher bemerkt hatte. Und seltsam, dass es ihm jetzt, genau in diesem Moment, auffiel. Er war sich nicht sicher, ob er sich diese erschütternde Tatsache jemals vergeben könnte. Und ihr.

Sie lag da und wünschte sich verzweifelt, dass er sie endlich in die Arme nehmen würde, so wie er es die anderen Male nach ihrem Liebesspiel getan hatte. Es machte sie unsagbar traurig, so ohne jede Berührung neben ihm zu liegen.

Sie wagte es nicht, näher an ihn heranzurücken, sie durfte es nicht, schließlich hatte sie sich ja bereit erklärt, auf seine Bedingungen einzugehen. Seine Bedingungen, dachte sie bitter und schloss die Augen. Der schlimme Rafe MacKade ist zurückgekehrt.

„Nun, immerhin haben wir es geschafft, zur Abwechslung mal in einem Bett miteinander zu schlafen", sagte sie schließlich leichthin. Ihre Stimme klang ruhig. Sie setzte sich auf und drehte ihm dabei den Rücken zu, weil sie überzeugt davon war, dass ihr Gesicht die tiefe Enttäuschung, die sie verspürte, preisgeben würde. „Bei uns gibt es doch immer wieder ein erstes Mal, stimmt's, MacKade?"

„Ja." Wie gern hätte er diesen Rücken gestreichelt, aber er war so steif und gerade, dass er es nicht wagte. „Das nächste Mal sollten wir es mit Laken versuchen."

„Ja, warum nicht?" Ihre Hände zitterten, als sie aus dem Bett stieg und sich nach ihrer Unterwäsche bückte. „Ein paar Kissen könnten auch nicht schaden", erwiderte sie mit gespielter Munterkeit.

Er sah sie scharf an, und seine Augen verengten sich, während er ihr zusah, wie sie ihren BH anzog. Schmerz und Wut vermischten sich. Er erhob sich ebenfalls, schnappte sich seine Jeans und fuhr hinein. „Ich mag keine Vorspiegelungen falscher Tatsachen."

„Oh ja, richtig." Sie hob ihre Bluse auf und streifte sie sich über. „Alles muss klar und durchsichtig sein für dich. Keine Spielchen, keine Mätzchen."

„Was zum Teufel ist los mit dir? Hast du nicht bekommen, was du wolltest?"

„Du hast doch nicht den leisesten Schimmer, was ich wirklich will." Sie hatte Angst, dass sie gleich anfangen würde zu weinen. Rasch schlüpfte sie in ihre Slacks. „Und ich offensichtlich auch nicht."

„Du warst doch die, die sich die Kleider vom Leib gerissen hat und der alles gar nicht schnell genug gehen konnte, Darling." Seine Stimme klang viel zu glatt.

„Und du warst doch der, der sich, nachdem alles vorüber war, gar nicht schnell genug von mir runterrollen konnte." Hastig schlüpfte sie in ihre Schuhe.

Sie durfte ihn nur nicht ansehen, dann würde sie vielleicht noch eine Chance haben, ohne Tränen zu entkommen. Eine winzige zumindest. Aber da war er schon mit ein paar Schritten neben ihr, packte ihre Handgelenke und umklammerte sie wie mit einem Schraubstock, während seine Augen die ihren mit Blicken durchbohrten.

„Sag das nicht noch mal", stieß er drohend zwischen zusammengepressten Zähnen hervor. „Freiwillig hätte ich dich niemals in dieser Weise behandelt. Es wäre mir nicht mal im Traum eingefallen."

„Du hast recht." Merkwürdigerweise war es sein Wutausbruch, der ihr ihre Ruhe zurückgab. Der sie davon abhielt, sich selbst zum Narren zu machen. „Tut mir leid, Rafe, was ich gesagt habe, war unfair, und es stimmt auch nicht", sagte sie kühl und beherrscht.

Ganz langsam ließ er sie los und ließ die Hände sinken. „Vielleicht war ich ja zu schnell, weil du mich so überrumpelt hast."

„Nein. Du warst nicht zu schnell." Ja, jetzt fühlte sie sich wirklich sehr ruhig. Ruhig und beherrscht und sehr, sehr zerbrechlich. Zerbrechlich wie hauchdünnes Glas. Sie bückte sich, hob ihren Blazer auf und zog ihn an. Sollte Rafe sie jetzt noch einmal berühren, würde sie in tausend Stücke zerspringen. „Ich selbst habe schließlich diese heutige Sache inszeniert und deinen Bedingungen zugestimmt."

„Meine Bedingungen …"

„Sind klar", beendete sie seinen Satz. „Und akzeptabel. Vermutlich ist das Problem nur, dass wir beide sehr impulsiv sind und unter bestimmten Umständen eben leicht an die Decke gehen. Vergessen wir doch den Wortwechsel von eben. Er ist albern und durch nichts gerechtfertigt."

„Musst du so vernünftig sein, Regan?"

„Nein, aber ich bin es eben." Obwohl sich ihre Lippen zu einem Lächeln verzogen, erreichte es ihre Augen nicht. „Ich weiß überhaupt nicht, worüber wir eigentlich streiten. Wir haben doch das perfekte Arrangement. Eine ganz simple sexuelle Beziehung. Nicht mehr und nicht weniger. Perfekt ist es vor allem deshalb, weil wir ansonsten so gut wie keine gemeinsame Ebene haben. Also, ich entschuldige mich hiermit noch einmal, und ich hoffe, damit ist die Angelegenheit aus der Welt. Ich bin nämlich ein bisschen müde und würde jetzt ganz gern gehen." Sie stellte sich auf die Zehenspitzen und küsste ihn flüchtig. „Wenn du morgen Abend nach der Arbeit bei mir vorbeischaust, mache ich alles wieder gut, einverstanden?"

„Ja, vielleicht." Warum zum Teufel stand nicht auf ihrer Stirn geschrieben, was wirklich in ihr vorging? Er hatte doch sonst immer ganz gut ihre Gedanken lesen können, wenn er es nur ausdauernd genug versuchte.

Nachdem sie sich mit kühler Höflichkeit voneinander verabschiedet hatten, ging sie hinaus zu ihrem Wagen, schloss ihn auf, setzte sich hinein und startete. Langsam und konzentriert fuhr sie den Hügel hinab und bog auf die Straße ab, die in die Stadt führte.

Nach einer halben Meile lenkte sie das Auto an den Straßenrand, schaltete den Motor aus, legte die Arme aufs Steuerrad, vergrub das Gesicht darin und begann zu schluchzen.

Es dauerte zwanzig Minuten, ehe sich der Ansturm ihrer Gefühle langsam legte. Sie wischte sich mit dem Handrücken die Tränen aus dem Gesicht und ließ den Kopf gegen die Nackenstütze sinken. Sie war vollkommen durchgefroren, aber sie hatte nicht einmal die Kraft, die Standheizung anzustellen.

Du bist eine Frau, die mit beiden Beinen im Leben steht, sagte sie sich. Und das war nicht nur ihre eigene Meinung, sondern ebenso die ihrer Mitmenschen. Sie war klug, hatte ihr Leben bestens im Griff, war in Maßen erfolgreich und ausgeglichen. Wie um alles in der Welt konnte

161

sie nur in ein solches Chaos geraten?

Rafe MacKade war schuld daran. Natürlich. Von dem Moment an, wo er ihr das erste Mal über den Weg gelaufen war, waren ihre Ruhe, Gelassenheit und Ausgeglichenheit dahin gewesen. Damit hatte alles angefangen.

Sie hätte sich ihm niemals hingeben dürfen. Sie hätte es wissen müssen, dass sie nicht der Typ war, der einfach nur eine Affäre hatte, bei der die Gefühle außen vor blieben.

Wenn sie es recht betrachtete, war ihm das allerdings auch nicht gänzlich gelungen. Auch er hatte sich in seine Gefühle verstrickt. Und es hatte sogar Momente gegeben, in denen er fast schon bereit gewesen war, etwas von sich preiszugeben. Bis sie alles kaputtgemacht hatte. Wenn sie nur ein ganz klein wenig feinfühliger gewesen wäre, wenn sie nicht so erbittert darauf versessen gewesen wäre, sich ihre Unabhängigkeit zu bewahren, wäre vielleicht alles anders gekommen.

Vielleicht hätte er sich sogar in sie verliebt.

Nein, verdammt noch mal, dachte sie und haute wütend mit der Faust aufs Steuerrad. Das war die Art, wie ihre Mutter ihr ganzes Leben lang gedacht hatte. Mach es dem Mann schön, sodass er sich wohlfühlen kann. Streichle sein Ego, dulde seine Launen.

Mitspielen, um zu gewinnen.

Nein, das lehnte sie ab. Sie war entsetzt über sich selbst, dass sie eine solche Möglichkeit überhaupt in Betracht ziehen konnte. Sie würde nicht ihre eigenen Bedürfnisse unterdrücken und ihre Persönlichkeit deformieren, nur um einen Mann damit zu ködern.

Aber hatte sie nicht genau das getan? Sie schauerte zusammen, aber es war nicht die Kälte, die sie frieren ließ. Hatte sie nicht genau das getan, eben dort oben im Schlafzimmer?

Wie um Trost zu finden, umarmte sie das Steuerrad und legte den Kopf in beide Hände. Sie konnte sich keiner Sache mehr sicher sein. Ihre Welt war ins Wanken geraten. Nur eines gab es, das für sie unverrückbar feststand: Sie liebte ihn. Und nur ihr hartnäckiger Vorsatz, auf keinen Fall zu versuchen, ihn zu ködern, hatte alles zerstört. Er war wie ein scheues Tier, das man anlocken musste, doch ihr war nichts Besseres eingefallen, als es zu vertreiben. Sie hatte sich benommen wie ein Idiot.

Was würde passieren, wenn sie ihre Verhaltensweise änderte? Hatte er dasselbe denn nicht auch in gewisser Weise bereits getan? Er war verletzt gewesen, erinnerte sie sich. Sie hatte ihn verletzt, hatte ihn zur

Weißglut gebracht. An dem Tag, an dem die Sache mit Joe Dolin passiert war, hatte er sich immerhin dazu durchgerungen, seine Wut lieber an Nagelköpfen auszulassen als an lebenden Objekten. Sie war der Feigling, sie wagte es nicht, ihm Vertrauen entgegenzubringen, aus Angst davor, es könnte enttäuscht werden. Er hatte niemals versucht, sich in ihr Leben einzumischen oder in ihre Gedanken, er hatte niemals versucht, sie zu ändern. Nein, er hatte ihr Raum gegeben, war zärtlich gewesen und so leidenschaftlich, wie es sich eine Frau nur wünschen konnte.

Und sie hatte sich die ganze Zeit über nur ängstlich zurückgehalten und in einer Haltung verharrt, die nichts weiter war als eine Kurzschlussreaktion auf ihre Kinderstube.

Warum hatte sie dabei nicht ein einziges Mal an ihn gedacht? An seine Gefühle, Bedürfnisse, seine Sehnsüchte, seinen Stolz? War es nicht höchste Zeit, dass sie das Versäumte nachholte? Sie war doch flexibel, oder etwa nicht? Ein Kompromiss war noch lange keine Kapitulation. Es war noch nicht zu spät, um ihm zu zeigen, dass sie willens war, einiges an ihrem Verhalten zu ändern. Sie würde es nicht zulassen, dass es zu spät war …

Die Idee, die ihr plötzlich kam, war so lächerlich einfach, dass sie sich sicher war, auf dem richtigen Weg zu sein. Ohne auch nur noch einen einzigen Gedanken daran zu verschwenden, startete sie entschlossen den Motor und gab Gas. Wenige Minuten später war sie bei Cassie angelangt und rannte mit klopfendem Herzen die Treppe hinauf.

„Regan." Mit Emma, die hinter ihrem Rock hervorlugte, stand Cassie vor ihr in der Tür und strich sich das zerzauste Haar glatt. „Ich wollte gerade … Oh mein Gott, du hast ja geweint." Alarmiert starrte sie Regan an. „Joe …"

„Nein, nein, es ist nichts. Ich wollte dich nicht erschrecken, Cassie. Ich brauche deine Hilfe."

„Was ist denn los?" Rasch öffnete Cassie die Tür und ließ Regan eintreten. „Stimmt etwas nicht?"

„Ich brauche einen kurzen roten Ledermini, und zwar sofort. Hast du eine Ahnung, wo ich um diese Tageszeit so was auftreiben könnte?"

„Tief einatmen und die Luft anhalten, Herzchen."

„Okay." Regan tat, wie ihr geheißen, während sich Ed mit aller Kraft bemühte, den Reißverschluss des Rockes, der etwa die Größe eines

Deckchens hatte, bis oben hin hochzuziehen.

„Das Problem ist, dass du eine Figur hast, während ich nur aus Haut und Knochen bestehe." Entschlossen presste Ed die Lippen aufeinander, zerrte und zog und ließ sich schließlich mit einem triumphierenden Seufzer auf Cassies Bett sinken. „Geschafft!" Sie grinste. „Aber mach bloß keine schnelle Bewegung."

„Ich glaube nicht, dass ich überhaupt eine Bewegung machen kann." Vorsichtig wagte Regan den ersten Schritt. Der Rock, sowieso schon gefährlich kurz, rutschte noch ein paar Zentimeter höher.

„Du könntest mir ruhig ein bisschen was von deiner Größe abgeben", bemerkte Ed und betrachtete neiderfüllt Regans lange schlanke Beine. Dann grinste sie, zog eine Zigarette aus der Packung und zündete sie an. Ihre Augen funkelten belustigt. „Wenn er nur noch einen Zentimeter höher rutscht, bleibt Devin gar nichts anderes übrig, als dich zu verhaften."

„Ich kann gar nichts sehen." Obwohl sie sich auf die Zehenspitzen stellte und sich fast den Hals verrenkte, gab Cassies Spiegel den Blick von ihrer Taille abwärts nicht preis.

„Ist auch gar nicht nötig, Sweetie. Du hast mein Wort, er wird es tun."

„So, die Kinder sind im Bett." Cassie kam zur Tür herein und blieb wie angewurzelt auf der Schwelle stehen. „Oh, mein …"

„Der Rock ist eine heiße Nummer, stimmt's?" Ed betrachtete noch immer ehrfürchtig Regans Beine. Als sie den Rock das letzte Mal bei einem Tanzabend der Armee getragen hatte, waren den Männern ja schon fast die Augen aus dem Kopf gefallen. Aber wenn sie erst Regan sehen würden …

„Und jetzt probierst du diese Schuhe hier an", kommandierte sie. „Die gehören unbedingt dazu."

Regan schlüpfte hinein und versuchte vorsichtig, auf den zwölf Zentimeter hohen Stilettos auf und ab zu gehen. „Na, das muss ich noch ein bisschen üben." Schnell hielt sie sich an Cassies Schrank fest, weil sie nicht aufgepasst hatte und ins Wanken geraten war.

„Übung macht den Meister." Ed brach in ein heiseres Kichern aus. „So, und jetzt kommt die Kriegsbemalung." Vergnügt öffnete sie den Reißverschluss ihrer überdimensionalen Kosmetiktasche und kippte den Inhalt aufs Bett.

„Ich bin mir nicht sicher, ob ich das durchstehe. Was für eine verrückte Idee", ließ sich Regan nun leicht kläglich vernehmen.

„Jetzt krieg bloß keine kalten Füße." Ed schnaubte empört. „Willst du den Mann oder willst du ihn nicht?"

„Ja, schon, aber …"

„Gut. Dann musst du auch was dafür tun. Also los, komm schon, setz dich, damit ich dir ein bisschen Farbe ins Gesicht schmieren kann."

Nach dem zweiten Versuch erklärte Regan ihre Bemühungen, sich hinzusetzen, für gescheitert. „Unmöglich, es geht nicht, selbst wenn ich die Luft anhalte. Ich würde mir sämtliche inneren Organe zerquetschen."

„Na auch gut, dann bleibst du eben stehen." Resolut wühlte Ed in ihren Sachen und förderte einen Lippenstift zutage. Hingebungsvoll machte sie sich gleich darauf an die Arbeit.

Als Rafe an der Reihe war, mit der Spitze seines Queues sorgfältig zielte und gleich darauf zustieß, spritzten die Bälle auseinander und klackten gegen die Bande. Die Nummer fünf rollte ins Loch.

„Glück", kommentierte Jared trocken und rieb mit lässig trägen Bewegungen seinen Stock mit Kreide ein.

Rafe gab nur ein verächtliches Schnauben von sich. „Sechs von neun hab ich schon, also warte es ab." Wieder beugte er sich über den Tisch, zielte und landete den nächsten Treffer.

„Rafe ist eben nicht zu schlagen", stellte Shane, der mehr an der kleinen Rothaarigen an der Bar interessiert war als an dem Spiel, fest und nahm einen ausgiebigen Schluck von seinem Bier. Er lehnte mit dem Rücken an der Musikbox und starrte fast unablässig zu der jungen Frau hinüber, die allein war und ganz seinem Geschmack entsprach. „Hast du sie hier schon mal gesehen, Dev?"

Devin schaute auf und ließ seinen Blick über die Rothaarige schweifen. „Das ist Holloways Nichte aus Mountain View. Aber ich kann dir nur raten, lass die Finger von ihr. Sie hat einen Freund, der halb so groß ist wie ein Sattelschlepper. Der bricht dir alle Rippen, wenn du ihm in die Quere kommst."

Shane beschloss, dass ihm der Sinn nach einer kleinen Herausforderung stand, und schlenderte hinüber zur Bar. Lässig schwang er sich auf den freien Barhocker neben dem Mädchen und ließ seinen Charme sprühen.

Devin lächelte resigniert. Wenn ihr Freund hereinkam, würde es bösen Ärger geben, woraufhin ihm wahrscheinlich nichts übrig bleiben würde, als seinen Schlagstock zum Einsatz zu bringen, und damit hatte dann der gemütliche Abend ein Ende.

„Mein Spiel." Rafe hielt die Hand auf, um die zehn Dollar, die Jared ihm schuldete, zu kassieren. „Du bist dran, Dev."

„Ich brauche ein Bier."

„Jared bezahlt." Rafe grinste über die Schulter. „Okay, Bruderherz?"

„Ich habe doch schon die letzte Runde auf meine Kappe genommen."

„Du hast verloren."

„Der großzügige Sieger bezahlt", entschied Jared kurz entschlossen, hielt drei Finger hoch, um dem Barkeeper seine Bestellung zu signalisieren, deutete dabei auf Rafe und rief: „Auf seinen Deckel."

„He, und was ist mit mir?", machte sich Shane, dem trotz seiner anderweitigen Interessen nichts entging, von der Bar aus bemerkbar.

Jared blickte hinüber. Die Rothaarige hielt seinen Arm umklammert wie wilder Wein. „Du fährst, Kleiner."

„Wir losen."

Entgegenkommend fischte Jared eine Münze aus seiner Tasche. „Kopf oder Zahl?"

„Kopf."

Jared schnippte das Geldstück in die Luft und fing es geschickt wieder auf. „Zahl. Du fährst."

Mit einem gleichgültigen Schulterzucken wandte sich Shane wieder der Rothaarigen zu.

„Muss er eigentlich alles anmachen, was einen Rock trägt?", brummte Rafe, während sich Devin mit den Bällen abrackerte.

„Exakt. Er muss. Weil nämlich jemand deine Rolle übernehmen musste, nachdem du weggegangen bist, Bruderherz." Devin trat einen Schritt zurück und wechselte dann den Queue. „Und solange du dieses Verhalten unterstützt …"

„Wer sagt denn, dass ich es unterstütze?" Rafe unterzog die Rothaarige einer ausgiebigen Musterung, aber er verspürte beim Anblick ihrer hübschen Rundungen nicht mehr als ein ganz leichtes Ziehen, das Anerkennung signalisierte. Und sofort fiel ihm Regan ein, und der Gedanke an sie versetzte ihm einen schmerzhaften Stich.

Jared klopfte auf der Musikbox mit den Fingern den Takt zur Musik, während er seinen kleinen Bruder beobachtete, der offensichtlich bei der Rothaarigen bereits gute Fortschritte erzielt hatte. Das allein wäre schon Grund genug, sich und ihm wieder mal eine kleine Rauferei zu gönnen.

Rafe grinste ihm verständnisvoll zu, als hätte er seine Gedanken gelesen, und auch Devin, der über den Billardtisch gebeugt stand, richtete sich wie auf ein Stichwort hin auf und blickte hinüber zu Shane. Mit brüderlicher Zuneigung studierte er, wie Shane alle Register seiner Verführungskünste zog, und seufzte.

„Der Junge tut wahrlich sein Bestes, um heute noch eine tüchtige Abreibung zu bekommen. Wenn er noch länger mit dem Mädel herumspielt, bleibt uns wohl nichts anderes übrig, als ihn zur Ordnung zu rufen."

„Ganz meine Meinung", stimmte Jared grinsend zu. „Aber wir sollten versuchen, dabei so human wie möglich vorzugehen."

Der Barkeeper, dem aufgefallen war, wie die drei plötzlich die Köpfe zusammengesteckt hatten, hatte gelauscht und legte nun seinen Protest ein. „Nicht hier drin. Komm schon, Devin, lass den Blödsinn, du bist das Gesetz."

„Ich erfülle doch nur meine brüderlichen Pflichten."

„Um was geht's?" Auch Shane war aufmerksam geworden, rutschte von seinem Barhocker herunter und ging wiegenden Schrittes zu dem Grüppchen hinüber. Er brauchte seine drei Brüder nur anzusehen, und schon war bei ihm der Groschen gefallen. „Drei gegen einen?", fragte er, und die Kampflust leuchtete ihm aus den Augen. „Soll mir recht sein. Ihr werdet schon sehen, was ihr davon habt."

Damit ging er in Stellung. In diesem Moment öffnete sich die Tür, und ihm blieb vor Überraschung der Mund offen stehen, was Rafe zu seinem Vorteil nutzte und ihm einen donnernden Kinnhaken verpasste. Shane schwankte nur kurz und konnte seinen Blick noch immer nicht von der Tür losreißen.

„Du machst es einem ja wirklich leicht." Rafe lachte laut auf, folgte dann jedoch Shanes Blick und erstarrte.

Die Länge des feuerroten Rocks bewegte sich hart an der Grenze zur Anstößigkeit, und er saß so eng, dass er die Kurven ihres Körpers weit mehr enthüllte als verbarg. Die schwindelerregend hohen Stilettos in derselben Farbe ließen ihre Beine endlos erscheinen. Rafe wurde es ganz schwummrig, als er seinen Blick an ihnen hinaufwandern ließ.

Das hautenge schwarze Oberteil vermochte nichts, aber auch gar nichts zu einer Beruhigung seiner Sinne beizutragen. Im Gegenteil. Es schmiegte sich an zwei volle, straffe Brüste, die von keinem BH gehal-

167

ten wurden und einer solchen Stütze auch gar nicht bedurften.

Er brauchte mehr als zehn Sekunden, um sich von dem Anblick loszureißen und den Blick zu heben, um sich ihrem Gesicht zuzuwenden.

Ihre sinnlichen Lippen waren knallrot geschminkt und glänzten feucht. Das kleine Muttermal an der Seite über der Oberlippe wirkte kühn und so sexy, dass er sofort ein ihm nur allzu bekanntes Ziehen in den Lenden verspürte. Das Haar zerzaust, die Augen umflort, mit schweren Lidern, wirkte sie wie eine Frau, die eben nach einer Liebesnacht aus dem Bett gestiegen war und die Absicht hatte, in Kürze wieder dorthin zurückzukehren.

„Heiliger Himmel!" Es war Shanes fassungsloser Kommentar, der ihn in die Wirklichkeit zurückholte. „Ist das Regan? Teufel noch mal, sieht die heiß aus!"

Rafe hatte nicht die Kraft zu antworten. Als er wie im Traum langsam einen Fuß vor den anderen setzte, um zur Tür zu gehen, drehte sich noch immer alles in seinem Kopf, ganz so, als sei er derjenige gewesen, der den Schlag hatte einstecken müssen.

„Was tust du denn hier?"

Sie bewegte die Schulter, was bewirkte, dass ihr der eine Träger ihres Oberteils verführerisch herabfiel. „Ich hatte plötzlich Lust, ein bisschen Billard zu spielen."

Plötzlich hatte er einen Kloß im Hals. Er räusperte sich. „Billard?"

„Ja." Sie stöckelte, ihn im Schlepptau, zur Bar hinüber und lehnte sich lässig an den Tresen. „Wie wär's, spendierst du mir ein Bier, MacKade?"

12. KAPITEL

Wenn er doch bloß endlich aufhören würde, sie anzustarren! Sie war sowieso schon so nervös, dass sie nicht wusste, wo ihr der Kopf stand.

Weil sie sich einen großartigen Auftritt hatte verschaffen wollen, hatte sie ihren Mantel im Auto gelassen, aber nun war ihr so kalt, dass nur die Angst, sich vollkommen lächerlich zu machen, sie davon abhielt, mit den Zähnen zu klappern. Und ihre Füße in den ungewohnten Stilettos schmerzten höllisch.

Als von Rafe keine Antwort kam, ließ sie ihre Blicke durch den Raum schweifen, wobei sie sich bemühte, angesichts der hungrigen Blicke, die sie fast verschlangen, keine Miene zu verziehen. Schließlich fasste sie sich ein Herz und präsentierte dem Barkeeper ein strahlendes Lächeln.

„Ein Bier, bitte." Mit dem Glas in der Hand drehte sie sich um. Keiner der Anwesenden hatte auch nur mit einem Muskel gezuckt.

Sie hasste Bier.

Noch immer vollkommen fassungslos, starrte Rafe ihr nach, als sie mit schwingenden Hüften zu dem Ständer mit den Queues hinüberstöckelte, die Billardstöcke fachmännisch musterte und schließlich einen herauszog, um ihn prüfend in der Hand zu wiegen.

Erst das Klackern der aneinanderstoßenden Kugeln brachte ihn wieder zur Besinnung. Er schrak auf und fand sie wieder neben sich. „Hast du nicht gesagt, du wolltest heute früh ins Bett gehen?"

„Ich habe mich eben anders besonnen." Ihre Stimme klang belegt, ein Umstand, der zwar ausgezeichnet zu ihrem Aufzug passte, allerdings keine Absicht, sondern lediglich ihrem knappen Luftvorrat zuzuschreiben war. Sie ging langsam zum Billardtisch, wobei sie der Versuchung widerstand, ihren Rocksaum nach unten zu zerren. „Hat jemand Lust zu spielen?"

Ein halbes Dutzend Männer scharrte unruhig mit den Füßen, doch keiner sagte etwas. Das Geräusch, das Rafe von sich gab, hatte so viel Ähnlichkeit mit dem wütenden Knurren eines Hundes, der seinen Knochen bewacht, dass die Anwesenden entschieden, es sei im Moment wohl eher angebracht, gerade keine Lust zum Spielen zu haben.

„War bloß ein Witz, kapiert?"

Regan nahm den Queue, den Devin ihr hinhielt, und ließ ihre Fingerspitzen leicht über den Schaft und über die Spitze gleiten. Irgendjemand stöhnte. „Ich war unternehmungslustig, das ist alles."

Sie übergab Jared, der neben ihr stand, ihr Bier, stemmte ihre Füße auf den Boden, so fest es ging, um zumindest ein kleines bisschen Standfestigkeit zu bekommen, und beugte sich, den Queue in der Hand, über den Billardtisch. Das Leder ächzte und spannte sich dabei beängstigend.

Rafes Ellbogen landete in Shanes Magen. „Pass auf, wo du hinglotzt, Kleiner."

„Alles klar, Rafe." Shane steckte ungerührt die Hände in die Hosentaschen und grinste. „Wo soll ich denn hinschauen?"

Auf Anhieb war es ihr gelungen, einen Treffer zu landen. Sie stöckelte um den Tisch herum, um besser an die nächste Kugel, die sie anvisiert hatte, heranzukommen. Devin stand ihr im Weg.

„Sie blockieren den Tisch, Sheriff."

„Oh. Ja, richtig. Entschuldigung."

Als sie sich wieder hinabbeugte, begegneten sich Devins und Jareds Blicke, während sich ein breites Grinsen auf ihren Gesichtern breit machte.

Und wieder gelang es ihr, eine Kugel ins Loch zu stoßen. Ihr Erfolg verführte sie dazu, einen Stoß zu wagen, der auch Ansprüche an die Geschicklichkeit eines geübten Billardspielers gestellt hätte. Mit einem atemberaubenden Hüftschwung stellte sie sich in Positur.

Als die Kugel ihr Ziel verfehlte, verzog Regan enttäuscht die vollen, rot geschminkten Lippen zu einem Schmollmund. „Mist." Sie richtete sich auf und blickte Rafe unter halb herabgelassenen Wimpern mit einem Schlafzimmerblick an. „Du bist dran." Leicht fuhr sie ihm mit der Hand über seine Hemdbrust. „Möchtest du, dass ich deinen Queue einreibe?", fragte sie mit heiserer Stimme.

Der Raum zerbarst fast unter dem Johlen und Pfeifen der Anwesenden. Rafe war kurz vorm Explodieren. „So. Das reicht jetzt."

Er riss ihr den Queue aus der Hand, warf ihn Jared zu, packte sie am Handgelenk und zerrte sie in Richtung Tür.

„Aber wir haben doch noch gar nicht fertig gespielt", protestierte sie, wobei es ihr wegen ihrer hohen Absätze schwerfiel, Schritt mit ihm zu halten.

Er riss seine Lederjacke von der Garderobe und warf sie ihr über. „Los, zieh sie an, bevor ich in Versuchung gerate, einem der Kerle die Faust zwischen die Rippen zu jagen." Damit schob er sie durch die Tür.

„Ich bin selbst mit dem Auto da", begann Regan, als er sie zu seinem Wagen zerrte.

Doch er zeigte keine Reaktion und hielt ihr ungerührt den Schlag seines Wagens auf. „Los, steig ein. Auf der Stelle."

„Ich fahre hinter dir her."

„Einsteigen habe ich gesagt."

Es erwies sich als ein schwieriges Manöver, in den Sportwagen hineinzukommen, aber schließlich schaffte sie es doch, ohne dass der Rock aufplatzte. „Wohin fahren wir?"

„Ich bring dich nach Hause", erwiderte Rafe knapp und knallte die Beifahrertür zu, ging um das Auto herum und stieg ein. „Und wenn du klug bist, hältst du während der Fahrt den Mund."

Sie war klug. Als er schließlich vor ihrem Haus anhielt, war kein einziges Wort gefallen. Da sie Mühe hatte, ohne seine Hilfe auszusteigen, reichte er ihr seine Hand.

„Gib her", raunzte er sie an, als sie vor der Tür standen, entriss ihr den Schlüsselbund und schloss auf.

Verärgert über seine rüde Art, stellte sie sich ihm in den Weg. „Wenn du mit reinkommen willst, dann …"

Es gelang ihr gar nicht erst, ihren Satz zu beenden. Ehe sie sich's versah, fühlte sie sich gegen die Tür gedrückt, und Bruchteile von Sekunden später pressten sich seine heißen Lippen hart auf ihren Mund.

Als er sie schließlich wieder losließ und leicht taumelnd einen Schritt zurücktrat, ging sein Atem schnell. Verdammt wollte er sein, wenn er sich auf diese Art und Weise den Kopf von ihr verdrehen ließ. Er lehnte es ab, sich zum Opfer seiner eigenen Begierden zu machen.

In der Wohnung riss er ihr die Lederjacke von den Schultern und feuerte sie in einen Sessel. „Runter mit den Klamotten", befahl er wutschnaubend.

Irgendetwas in ihr zersprang. Die Augen gesenkt, griff sie nach ihrem Reißverschluss und öffnete ihn.

„Nein", protestierte er, „ich habe nicht gemeint, dass du … Großer Gott …" Wenn sie jetzt anfangen würde, sich vor ihm auszuziehen, wäre er verloren. Die Verwirrung, die sich in ihren Augen spiegelte, veranlasste ihn, sich in seinem Ton zu mäßigen. „Ich wollte damit sagen, dass es mir lieber wäre, wenn du dich umziehst. Bitte."

„Ich dachte, du …"

„Ich weiß, was du dachtest." Gleich würde er sterben vor Verlan-

171

gen. „Nein, einfach nur umziehen, damit ich sagen kann, was ich zu sagen habe."

„Okay."

Er wusste, dass es ein Fehler war, ihr hinterherzusehen, wie sie aus dem Zimmer stöckelte. Aber schließlich war auch er nur ein Mensch.

Im Schlafzimmer schlüpfte Regan erleichtert aus den Schuhen und bewegte die schmerzenden und geschwollenen Zehen. Dann schälte sie sich aus dem Lederrock. Wie herrlich, endlich wieder frei atmen zu können. Sie wünschte sich, Belustigung über die Situation empfinden zu können, aber alles, was sie verspürte, war brennende Scham. Sie kam sich vor wie der letzte Idiot. Sie hatte sich gedemütigt und ihre Würde verspielt. Für nichts und wieder nichts.

Nein, dachte sie, während sie ihre Hose zumachte. Für ihn. Sie hatte es für ihn getan, aber er hatte es nicht gewürdigt.

Als sie zurückkam, das Gesicht gewaschen, die Haare zurückgebürstet, den beigen Pullover ordentlich in die schwarze Hose gesteckt, ging er unruhig im Zimmer auf und ab.

„Ich will wissen, was du dir dabei gedacht hast", verlangte er, ohne sich mit größeren Vorreden aufzuhalten. „Wie kommst du dazu, in einem derart provozierenden Aufzug in Duff's Tavern zu erscheinen?"

„Das war doch deine Idee", schleuderte sie ihm entgegen, aber er war zu beschäftigt damit, mit den Zähnen zu knirschen und wilde Flüche auszustoßen, um ihren Einwand zur Kenntnis zu nehmen.

„Fünf Minuten länger, und es hätte einen Aufstand gegeben. Und ich wäre derjenige gewesen, der ihn begonnen hätte."

„Du hast gesagt, dass du …"

Er explodierte. „Es interessiert mich einen feuchten Kehricht, was die Leute hinter meinem Rücken über mich sagen, aber ich will nun mal nicht, dass sie hinter vorgehaltener Hand über dich tuscheln, hast du das ein für alle Mal kapiert?"

„Nun, wirklich …"

„Ja, wirklich. Und sich so ungeniert über den Billardtisch zu lehnen, dass jeder verdammte …"

Ihre Augen verengten sich. „Pass auf, was du sagst, MacKade."

„Jetzt bin ich dazu gezwungen, meinen Brüdern alles, was sie gedacht haben, aus ihren verdammten Hirnen wieder rauszuprügeln."

„Das macht dir doch Spaß."

„Das gehört jetzt nicht zur Sache."

„So? Aber das gehört zur Sache." Wutentbrannt griff sie nach ihrer Lieblingsvase und schleuderte sie zu Boden. Mit grimmiger Befriedigung beobachtete sie, wie sie in tausend Scherben zersprang. „Ganz allein für dich habe ich mich gedemütigt, kapiert? Für niemand anders als für dich habe ich mich in diesen lächerlichen Rock gezwängt und meine Füße mit diesen absurden Schuhen malträtiert. Und wahrscheinlich werde ich Wochen brauchen, um dieses verdammte Make-up, das all meine Poren verstopft hat, wieder abzukriegen. Ich habe meine gesamte Würde verspielt, und das einzig und allein nur für dich. Ich hoffe, du bist nun zufrieden."

„Ich ..."

„Halt den Mund!", schrie sie. „Diesmal hältst du den Mund, wenigstens dieses eine Mal. Einmal wollte ich etwas tun, das du dir wünschst. Ich wollte dir eine Freude machen, und alles, was dir dazu einfällt, ist, an mir herumzukritisieren und dir Sorgen zu machen über irgendwelchen Klatsch, der im Grunde genommen keinen von uns beiden interessiert." Mit zornsprühenden, brennenden Augen starrte sie ihn an und suchte nach weiteren Worten. „Ach, geh doch zur Hölle." Erschöpft ließ sie sich in einen Sessel fallen und rieb ihre noch immer schmerzenden nackten Füße.

Er wartete, bis er sicher sein konnte, dass sie sich etwas beruhigt hatte. „Du willst damit sagen, du hast es für mich getan?"

„Nein, ich hab's gemacht, weil es für mich nichts Schöneres gibt, als auf zwölf Zentimeter hohen Absätzen und halb nackt mitten im Winter in eine Bar einzulaufen und den Männern den Kopf zu verdrehen. Einzig nur dafür lebe ich", setzte sie höhnisch hinzu.

„Du hast es wirklich für mich getan", stellte er fest und sah sie noch immer ungläubig an.

Ihre Wut begann zu verrauchen, sie lehnte sich zurück und schloss erschöpft die Augen. „Ich habe es gemacht, weil ich verrückt nach dir bin. So wie du es mir prophezeit hast. Und jetzt geh bitte und lass mich allein. Ich bin hundemüde."

Schweigend musterte er sie von Kopf bis Fuß, wandte sich dann um, ging hinaus und machte die Tür leise hinter sich zu.

Bewegungslos blieb sie zusammengekauert in ihrem Sessel sitzen und holte tief Luft. Ihr war nicht nach Weinen zumute. Selbst wenn sie sich gedemütigt hatte, es würde vorübergehen. Die Wogen würden sich wieder glätten. Nun hatte sie ihm alles gegeben, was sie zu geben hatte, und sie konnte es nicht mehr rückgängig machen. Was geschehen war, war geschehen. Aber sie würde niemals aufhören ihn zu lieben.

Auch als sie hörte, wie die Tür wieder geöffnet wurde, hielt sie ihre Augen weiterhin geschlossen. „Ich bin wirklich müde, Rafe. Kannst du nicht bis morgen warten, um deine Schadenfreude auszukosten?"

Etwas fiel in ihren Schoß. Regan zuckte zusammen, öffnete die Augen und starrte auf einen Strauß Flieder.

„Es ist kein echter", bemerkte er. „Echter Flieder ist im Februar nicht aufzutreiben. Ich fahre ihn schon seit ein paar Tagen in meinem Kofferraum spazieren."

„Oh, Rafe. Er ist trotzdem sehr hübsch." Langsam strichen ihre Fingerspitzen über die winzigen Blüten aus Stoff, der glänzte wie Seide. „Ein paar Tage", murmelte sie und sah zu ihm auf.

„Ja." Er machte ein finsteres Gesicht, vergrub die Hände in den Hosentaschen und wippte auf den Zehenspitzen leicht hin und her. „Oh, Mann", stöhnte er schließlich, wobei er dachte, es sei wahrscheinlich einfacher, sich eine Schlinge um den Hals zu legen und zuzuziehen, als das zu tun, was zu tun er gerade im Begriff stand. Seine Kehle würde mit Sicherheit nicht weniger brennen.

Er kniete sich vor sie hin.

„Was machst du denn?"

„Sei jetzt einen Moment einfach nur still, ja? Und wehe, du lachst." Ihm war die Sache so peinlich, dass er am liebsten im Boden versunken wäre, aber es half nichts, da musste er durch.

„When I arose and saw the dawn, I sighed for thee."

„Rafe ..."

„Unterbrich mich nicht. Jetzt muss ich noch mal von vorn anfangen."

„Aber du musst doch gar nicht ..."

„Regan."

Sie holte tief Luft. „Entschuldigung, Rafe. Mach einfach weiter."

Er verlagerte sein Gewicht von einem Knie auf das andere und begann noch einmal von vorn, aber bereits bei der zweiten Zeile blieb er stecken. „Oh, Himmel." Er fuhr sich mit den Fingern durchs Haar und versuchte sich zu konzentrieren. „Ah, jetzt hab ich's wieder." Mit belegter Stimme rezitierte er eine Strophe eines Gedichtes von Shelley.

So erleichtert, als fiele ihm ein zentnergroßer Stein vom Herzen, atmete er schließlich auf. „So, das ist alles. Mehr kann ich nicht. Es hat schon länger als eine Woche gedauert, ehe ich allein das hier intus hatte.

Aber wehe, wenn du das jemals weitererzählst."

„Das hätte ich mir niemals träumen lassen." Bewegt legte sie eine Hand auf seine Wange. „Wie süß von dir, wirklich."

„Das Gedicht ähnelt in gewisser Weise dem, was ich für dich empfinde. Ich habe jeden Tag an dich gedacht, Regan. Aber wenn du jetzt Poesie willst, dann muss ich …"

„Nein." Entschlossen schüttelte sie den Kopf, beugte sich vor und barg ihr Gesicht an seiner Brust. „Nein, ich brauche keine Poesie, Rafe."

„Ich fürchte, mir fehlt die romantische Ader. Alles, was ich anzubieten habe, sind künstliche Blumen und Worte, die nicht mal auf meinem eigenen Mist gewachsen sind."

Sie war so gerührt, dass sie am liebsten geweint hätte. „Ich mag die Blumen, und das Gedicht ist wunderschön. Aber ich brauche weder das eine noch das andere. Ich will dich nicht verändern, Rafe. Bleib so, wie du bist."

„Und ich mag dich so, wie du bist, Regan, immer so ordentlich und korrekt, tipptopp. Allerdings muss ich auch zugeben, dass mich dein Aufzug von vorhin nicht gerade kalt gelassen hat."

„Ich bin sicher, dass ich mir die Sachen von Ed wieder einmal ausborgen kann."

„Ed?" Er grinste. „Kein Wunder, dass das Zeug so eng saß wie eine zweite Haut." Und plötzlich spürte er die warmen Tropfen, die auf seinen Hals fielen. „Oh, tu das nicht, Baby. Bitte nicht."

„Ich weine ja gar nicht wirklich. Ich bin nur so gerührt, dass du meinetwegen ein Gedicht von Shelley auswendig gelernt hast." Sie presste sich fest an ihn, ehe sie sich wieder in den Sessel zurücklehnte. „Sieht ganz danach aus, als hätten wir die Wette beide gewonnen – oder verloren, ganz wie man's nimmt." Sie wischte sich mit dem Handrücken ihre Tränen ab. „Obwohl du immerhin wenigstens nicht in aller Öffentlichkeit verloren hast."

„Wenn du glaubst, du könntest mich dazu überreden, diese kleine Dichterlesung in Duff's Tavern noch mal zu wiederholen, musst du wirklich verrückt sein. Ich würde da niemals lebendig wieder rauskommen."

Sie holte tief Luft. „Ich mag dich genau so, wie du bist, Rafe. Und ich brauche dich viel mehr, als du denkst. Ich habe dich gebraucht, als Joe zu mir ins Geschäft kam und mir Angst einjagte, aber ich wollte dich das nicht wissen lassen."

Er nahm ihre Hand und küsste sie.

Als er sie an sich zog, machte sie sich frei und lächelte. „Lass mich erst nachsehen, ob ich eine passende Vase für den Strauß finde, sonst wird er noch ganz zerdrückt."

Er tastete auf dem Boden herum und hob ein paar Scherben auf. „Wie wär's mit der hier?"

„Ausgezeichnet", erwiderte sie trocken und nahm ihm die Scherben aus der Hand. „Ich kann es kaum glauben, dass ich sie wirklich zerdeppert habe."

„Ja, es war ein ereignisreicher Abend."

Sie schmunzelte. „Stimmt. Möchtest du vielleicht hierbleiben, um zu sehen, was als Nächstes passiert?"

„Du scheinst wirklich meine Gedanken erraten zu können. Weißt du, Regan, ich glaube, dass wir mehr gemeinsam haben, als man auf den ersten Blick annehmen könnte. Du spielst ausgezeichnet Billard, und ich liebe Antiquitäten." Plötzlich nervös geworden, stand er auf und begann unruhig im Zimmer umherzuwandern. Nach einer Weile blieb er vor einer Kommode stehen, nahm eine Katze aus chinesischem Porzellan in die Hand und stellte sie, nachdem er sie einer ausgiebigen Betrachtung unterzogen hatte, behutsam wieder zurück. „Was hältst du davon, wenn wir heiraten?"

Sie stand mit dem Rücken zu ihm am Tisch und zupfte nachdenklich an einem Fliederzweig herum. „Hm … Das hast du mich, wenn ich mich recht erinnere, vor einiger Zeit schon mal gefragt. Nur um mir dann zu sagen, dass es nicht ginge, weil ich keine Lust habe, mir Baseballspiele anzuschauen."

„Diesmal meine ich es ernst, Regan."

Sie wirbelte herum und stieß mit der Hand gegen die Tischkante. „Wie bitte?"

„Hör zu, wir kennen uns zwar noch nicht sehr lange." Sie blickte ihn an, als ob er den Verstand verloren hätte. Und er war sich sicher, dass sie mit ihrer Vermutung recht hatte. „Aber zwischen uns gibt es etwas, das ich mir nicht erklären kann. Etwas, das über Sex weit hinausgeht."

„Rafe, ich kann nicht …"

„Vielleicht würdest du mich jetzt mal ausreden lassen." Sein Tonfall klang plötzlich gereizt. „Ich kenne deine Prioritäten und habe mir alles genau überlegt. Aber das Mindeste, was du für mich tun kannst, ist, die Sache auch einmal von meinem Standpunkt aus zu sehen. Es ist nicht einfach nur Sex für mich, und das ist es auch nie gewesen. Ich liebe dich."

Fassungslos starrte sie in diese harten, zornigen Augen und hörte, wie er die köstlichen Worte mit einem wütenden Schnauben von sich gab. Sie fühlte ihr Herz aufgehen wie eine Rosenknospe im Frühling. „Du liebst mich", wiederholte sie.

Früher war es ihm ganz leicht gefallen, diese Worte auszusprechen. Weil er gewusst hatte, dass sie nicht zählten. Das war nun anders. „Ich liebe dich", sagte er noch einmal. „Das ist mir noch nie im Leben passiert."

„Mir auch nicht", murmelte sie.

Das Rauschen seines Blutes dröhnte ihm in den Ohren und verschluckte ihre Erwiderung. „Wenn du mir nur eine Chance geben würdest …" Er ergriff ihre Handgelenke. „Komm, Regan, nimm das Risiko auf dich. Das Leben ist nun mal gefährlich."

„Ja."

Sein Griff lockerte sich. „Ja, was?"

„Warum haben wir nur immer solche Schwierigkeiten, einander zu verstehen?", wollte sie wissen. „Also, hör genau zu, Rafe, das ist wichtig", befahl sie. „Ja, ich will dich heiraten."

„Einfach so? Und du willst nicht erst noch einmal darüber schlafen?"

„Ja, ganz einfach so. Weil ich dich auch liebe."

Viel später, als sie sich unter dem warmen Federbett aneinanderkuschelten, legte sie die Hand auf sein Herz und lächelte ihn an.

„Ich bin unendlich glücklich darüber, dass du wieder hierher zurückgekommen bist, MacKade. Willkommen zu Hause."

Und dann schliefen sie ein.

– ENDE –

BJ James

Heißes Wiedersehen

Roman

Aus dem Amerikanischen von
Brigitte Bumke

PROLOG

*J*a, Sir, ich halte die Aktienmehrheit an der Firma. Nein, Sir, sie steht nicht zum Verkauf." Die erwartete Bestätigung wurde leise ausgesprochen, die Ablehnung mit höflich-respektvollem Unterton.

Aber keiner der anwesenden älteren Herren, allesamt einflussreiche Manager, ließ sich von diesem kultivierten Ton irreleiten. Keiner von ihnen war unvorbereitet zu dem Meeting in dem spärlich, aber geschmackvoll eingerichteten Büro gekommen. Jeder wusste, dass der um so viele Jahre jüngere Mann ein Südstaatler aus guter Familie war, geboren und aufgewachsen auf einer alten Plantage an der Küste von South Carolina. Jeder wusste, dass er ein hervorragender Ingenieur für Offshore-Ölförderung war. Ein ideenreicher Erfinder, ein kluger Investor, ein mit allen Wassern gewaschener Geschäftsmann.

Er war Adams Cade, siebenundddreißig Jahre alt und ein überaus erfolgreicher Unternehmer, aber ein von seiner Familie Verbannter, ein verurteilter Straftäter. Wegen seines geschäftlichen Erfolgs waren die hochkarätigen Manager eines Konkurrenzunternehmens zu diesem Termin gekommen. Wegen seiner Vergangenheit als Straftäter legte keiner seine Höflichkeit als Schwäche aus.

„Adams … ich darf Sie doch Adams nennen?" Jacob Helms erhob sich voller Zuversicht. Er war groß, hager, tadellos gekleidet. „Mir ist bewusst, dass Cade Enterprises gegenwärtig und wohl auch zukünftig nicht zum Verkauf steht." Er hielt kurz inne und blickte dem Jüngeren fest in die braunen Augen. „Aus diesem Grund möchten wir Ihnen einen anderen Vorschlag machen."

Nachdem er flüchtig diverse Bilder und alte Fotografien an der Wand betrachtet hatte, fuhr Jacob Helms fort: „Wir schlagen vor, dass wir uns zusammenschließen, mit anderen Worten, eine Beteiligung an Ihrer Firma." Mit leicht zur Seite geneigtem Kopf musterte er Adams Cade. „So etwas hören Sie zum ersten Mal, darauf wette ich."

Adams verzog keine Miene. „Warum?"

Über den Rand seiner Brille warf Jacob Helms ihm einen ungeduldigen Blick zu. „Warum Sie diesen Vorschlag nicht schon früher gehört haben?"

„Nein, Sir, warum Sie ihn gerade jetzt machen. Warum mit dem Vorstand von ‚Helms, Helms & Helms' im Schlepptau?"

Jacobs Helms ging ein paar Schritte hin und her, dann wandte er sich abrupt um. „Eine gute Frage."

Adams lehnte sich in seinen Schreibtischsessel zurück und wartete gespannt darauf, dass Jacob Helms mit der Sprache herausrückte.

„Ganz einfach. Weil wir Ihnen den perfekten Deal anbieten können. Eine Verbindung mit einer Firma, deren Service und Produkte Ihre eigenen ergänzen." Zögernd blickte Jacob Helms in die Runde. „Und weil wir Millionen investieren möchten. Im zweistelligen Bereich."

„Warum?" Adams verzog nach wie vor keine Miene. „Wofür?"

„Für wen", verbesserte Helms ihn. „Für John Quincy Adams Cade, den ältesten Sohn von Caesar Augustus Cade. Den Sprössling einer angesehenen Familie aus der Küstenregion von South Carolina. Für Sie, Adams Cade und Ihr Fachwissen."

„Bis Sie es sich angeeignet haben, und dann pfeifen Sie auf den glänzenden Adams Cade." Der geniale Erfinder, Südstaatengentleman, von der Familie Verbannte und ehemalige Sträfling konnte sich ein Grinsen kaum verkneifen.

In das entsetzte Gemurmel des Vorstands hinein erwiderte Jacob Helms entrüstet: „Wo denken Sie hin. Das ist doch das Schöne an einer Beteiligung – die Sicherheit."

„Also …", Adams verschränkte die Arme, „… was springt für mich dabei heraus außer Geld?"

„Was wollen Sie denn sonst noch?" Jacob Helms und seine Gefolgschaft waren sichtlich irritiert. „Ich verstehe nicht."

„Ja, das sehe ich."

„Aber werden Sie über unser Angebot nachdenken?"

Adams ließ sich Zeit mit seiner Antwort, während er in Gedanken durchging, was er im Laufe der Jahre über Helms, Helms & Helms gehört hatte. Es war eine angesehene Firma, die ehrliche Geschäfte machte und von Ehrenmännern geführt wurde. „Ja."

Vor Überraschung wäre Jacob Helms fast die Goldrandbrille von der Nase gerutscht. „Haben Sie Ja gesagt?"

Adams nickte. „Ja, Sir, ich werde über Ihr Angebot nachdenken."

Jacob Helms war es gewöhnt, seine Schlachten auf eigenem Terrain zu schlagen. Zu dieser Schlacht, bei der er sich nicht unbedingt als Gewinner sah, hatte er seinen Vorstand mitgebracht, um Stärke zu zeigen. Nun, da sie auf Anhieb gewonnen zu sein schien, ärgerte es ihn, dass er seinen Einsatz ohne Not deutlich erhöht hatte. „Würden Sie mir das in die Hand versprechen, junger Mann?"

„Würden Sie denn auf das Wort eines ehemaligen Häftlings etwas geben?"

„Ich gebe etwas auf das Wort von Adams Cade, egal, ob er im Gefängnis war. Im Gegenteil, ich gebe etwas auf sein Wort, weil er fünf Jahre Gefängnis überstanden hat und als geläuterter Mann entlassen wurde."

„In diesem Fall, vorausgesetzt, meine Mitarbeiter und noch ein paar andere stimmen zu …" Das Telefon neben Adams begann zu klingeln. Am liebsten hätte er es ignoriert, nahm dann aber doch ab. „Ja, Janet?" Er runzelte die Stirn. „Jefferson? Stellen Sie ihn durch."

Im Büro war es still, alle Augen waren auf Adams Cade gerichtet. „Jefferson?" Einen Moment lang schien Adams wie erstarrt. Dann murmelte er: „Jeffie?" Unbewusst war ihm der Kosename aus Kindertagen entschlüpft. „Wie geht's dir? Und Lincoln und Jackson?" Stockend ergänzte er mit leiser Stimme: „Wie geht es Gus?"

Sein eben noch freudiger Gesichtsausdruck wurde sorgenvoll, sein attraktives Gesicht fahl. Reglos hörte Adams zu. Dann straffte er die Schultern. „Ich werde kommen."

Schon im Begriff aufzulegen, hielt er sich den Hörer erneut ans Ohr. „Jeffie?" Adams zögerte. Dann stellte er die Frage, die er stellen musste, auch wenn er sich vor deren Antwort fürchtete. „Hat er nach mir gefragt?"

Es herrschte Stille im Raum, keiner der Anwesenden bewegte sich, bis Adams aufseufzte. „Ist schon in Ordnung", flüsterte er. „Ich habe auch nicht damit gerechnet. … nein, es braucht dir nicht leidzutun. Egal, was dir dein Gewissen einredet, du hast absolut keine Schuld daran." Nach einem weiteren tiefen Seufzer wiederholte er: „Ich werde trotzdem kommen und abfliegen, sobald das Flugzeug bereit ist."

Wieder lauschte Adams in den Hörer. „Nicht dorthin." Sein Entschluss stand fest. „Ich werde nach Belle Terre kommen. Nicht …" Das Wort „nach Hause" lag ihm schon auf der Zunge, doch er verkniff es sich. „Nicht auf die Plantage … nicht nach Belle Ràve."

Die Verhandlungsdelegation hörte ungeniert zu. Es war Adams egal. „Vom Stadtrand von Belle Terre bis nach Belle Ràve sind es weniger als fünf Meilen. Also ein Katzensprung.

„Wo ich wohnen werde?" Nachdenklich schüttelte Adams den Kopf. „Ich bin jetzt so lange weg, dass ich kein Hotel dort kenne. Mach mir ein paar Vorschläge – Janet wird alles Weitere erledigen." Er notierte die Namen einiger Unterkünfte in der schönen, alten Stadt. „Das dürfte genügen. Janet kann Informationen einholen und dann für mich entscheiden."

Adams sah auf seine Armbanduhr. „In ein paar Stunden bin ich da, Jeffie. Halt die Ohren steif."

Kaum hatte er aufgelegt, da erhob sich Adams Cade, und erst in dem Moment entsann er sich seiner Besucher. „Gentlemen, ich fürchte, wir müssen diese Konferenz ein andermal fortsetzen. Mein Vater ist krank. Ich werde Atlanta sofort verlassen."

„Sie können nicht weg", erklärte Jacob Helms in gebieterischem Ton.

Adams Cade beeindruckte das nicht im Geringsten. „Da täuschen Sie sich, Sir. Ich kann weg. Und zwar jetzt gleich."

„Wir hatten eine Abmachung."

„Nein, Sir. Wir waren dabei, eine Abmachung unter bestimmten Voraussetzungen zu treffen."

Helms war seine Verärgerung deutlich anzumerken. „Wir waren uns einig."

„Wir waren uns einig, dass wir eine Vereinbarung treffen würden, falls alle Einzelheiten zusammenpassen. Vorläufig kann das nicht geprüft werden." Adams stützte sich mit beiden Händen auf seinen Schreibtisch. „Dieses Meeting war Ihre Idee, die Bedingungen Ihre eigene Entscheidung. Meine dagegen war es, Ihnen zuzuhören und Ihren Vorschlag zu akzeptieren oder nicht zu akzeptieren."

„War?" Jacob Helms, so arrogant er auch auftrat, hatte sein Geschäftsimperium nicht aufgebaut, indem er schnell aufgab.

„Ja, Sir." Adams richtete sich auf. „Es war meine Entscheidung. Aber jetzt wurde sie mir aus der Hand genommen."

Wie eben noch Adams stützte sich nun Jacob Helms auf den Schreibtisch und beugte sich vor. „Ihr Bruder ruft an, um Ihnen zu sagen, dass Ihr Vater erkrankt sei, und Sie verschieben ein Geschäft, bei dem es um Millionen im zweistelligen Bereich geht?"

Adams nickte nur. Es überraschte ihn nicht, dass Helms wusste, dass er mit Jefferson über seinen Vater und dessen Gesundheitszustand gesprochen hatte.

„Für einen Mann, der Sie verstoßen hat, der Sie nicht einmal ansehen wird, riskieren Sie es, dass wir unser Angebot zurückziehen?"

„Für meinen Vater würde ich alles riskieren. Und seinetwegen muss ich abreisen." An den Vorstand gewandt fuhr er freundlich fort: „Gentlemen, Sie müssen mich entschuldigen. Ich muss ein Flugzeug erreichen." Ohne Jacob Helms und dessen Managern weitere Beachtung zu schenken, verließ er das Büro.

Nach einer Zeit, die ihm wie eine Ewigkeit vorkam, würde Adams Cade in die Küstenregion von South Carolina zurückkehren, in das Marschland und die Inselwelt, wo er seine Kindheit und Jugend verbracht hatte.

Zu dem Land und dem Vater, den er liebte.

1. KAPITEL

Er ist hier, Mrs Claibourne. Und total gefährlich!"
Nachdem sie die letzte Blüte in das üppige Blumenarrangement gesteckt hatte, das in ihr Cottage gebracht werden sollte, trat Paige Claibourne, die Inhaberin des Hotels „The Inn at River Walk", einen Schritt zurück. Sorgfältig überprüfte sie ihr kleines Kunstwerk, ehe sie sich der atemlosen jungen Frau an ihrer Seite zuwandte.

„Wo ist er denn, Merrie?", fragte sie ruhig.

Merrie, ihre jüngste, hübscheste und am leichtesten zu beeindruckende Mitarbeiterin holte tief Luft. „Ich habe ihn in die Bibliothek geführt, wie Cullen es angeordnet hat, und ihm gesagt, dass Sie in Kürze dort sein würden."

„Danke." Paige warf Merrie einen prüfenden Blick zu. Sie war die Tochter einer Freundin, studierte am hiesigen College und war neu in Belle Terre. Dennoch schien der Ruf des neuen Gastes ihm sogar ins Foyer des Hotels vorausgeeilt zu sein. „Dir ist klar, dass es nicht wirklich gefährlich ist, Merrie, oder?"

„Nicht gefährlich im wörtlichen Sinn, Mrs Claibourne. Gefährlich als Mann! Weil er so fantastisch aussieht." Merrie lachte. „So jedenfalls würden ihn meine Mitstudentinnen beschreiben."

Paige musste schmunzeln, denn normalerweise nahm Merrie Männer kaum wahr, egal, wie attraktiv sie waren. Das junge Mädchen schwärmte einzig und allein für Pferde. „Hast du unserem Gast einen Drink angeboten? Oder ein Glas Wein?"

Merrie nickte. „Mr Cade möchte Wein lieber später, auf seinem Zimmer."

„In Ordnung." Paige Claibourne erinnerte sich nur zu genau, dass Adams Cade einmal die gleiche Wirkung auf sie gehabt hatte wie jetzt auf Merrie.

Energisch schob sie Erinnerungen, die besser nicht aus der Vergangenheit hervorgeholt wurden, beiseite. „Wenn du Cullen bitte ausrichtest, dass er einen guten Wein auswählen und die Flasche dann zusammen mit diesen Blumen hier ins Cottage am Fluss bringen soll, dann gehe ich jetzt unseren neuen Gast begrüßen."

In der Gewissheit, dass ihre Anweisungen von ihrer rechten Hand, Cullen Pavaouau, genauestens ausgeführt werden würden, eilte Paige Roberts Claibourne in die Bibliothek.

Über die Jahre waren viele bedeutende und berühmte Gäste in ihrem Hotel abgestiegen, in das Paige ihr schönes Elternhaus aus der Zeit vor dem Bürgerkrieg verwandelt hatte. Aber schon ehe sie nach Belle Terre zurückgekehrt war und das historische Wahrzeichen der Gegend vor dem Verfall gerettet hatte, war sie es als Nicholas Claibournes Ehefrau gewöhnt gewesen, sich in besseren Kreisen zu bewegen. Doch in all den Jahren und an all den Orten, die die Claibournes auf ihren Reisen besucht hatten, von all den Menschen, die sie kennengelernt hatte, hatte niemand die Inhaberin des River Walk derart in Aufregung versetzt wie damals Adams Cade.

Lieber Himmel! Ich bin schon genau wie Merrie, dachte sie. Die Hand auf der Türklinke der einen Spaltbreit offen stehenden Tür zur Bibliothek blieb Paige stehen und atmete tief durch. Sie strich sich das dunkelblonde Haar aus dem Gesicht, richtete ihre Bluse und zupfte ein Blütenblatt von ihrem schmalen Rock. Dann straffte sie die Schultern und trat ein.

Er war da. Adams stand am Fenster und sah auf die Gartenanlage hinaus und den Fluss. Ganz in Gedanken versunken, hatte er sie nicht hereinkommen hören, und so konnte sie ihn einen Moment ungestört betrachten.

Er erschien ihr kräftiger, muskulöser, was irgendwie besser zu seinen breiten Schultern passte als seinerzeit seine jugendlich schlanke Statur. Ein Zeichen dafür, dass er älter und reifer geworden war. Genau wie das erste Silbergrau in seinem dichten, perfekt gestylten Haar.

Paige hätte nicht sagen können, welche Störung ihn aus seinen Gedanken riss. Ein nervöser Atemzug? Ein Knarren des Parkettbodens, als sie von einem Fuß auf den anderen trat? Das wilde Klopfen ihres Herzens?

Als wären seit ihrer letzten Begegnung nicht dreizehn Jahre vergangen, drehte Adams Cade sich um und blickte ihr direkt ins Gesicht.

Äußerlich ganz die elegante, weltgewandte Paige Claibourne, ließen die Erinnerungen eines jungen Mädchens sie innerlich erschauern und die Lider niederschlagen. Sie sah ihn wieder als stürmischen, unglaublich attraktiven jungen Mann vor sich, ein Bild, das sich unauslöschlich ihrem Herzen eingeprägt hatte. Dann hob sie den Blick, um in Adams schönem ernsten Gesicht nach Spuren des fröhlichen Jungen von einst zu suchen.

Den frechen Jungen, den sie als Kind, als sie selbst ein richtiger Wildfang gewesen war, so gemocht hatte. Damals, als sie von allen nur Robbie genannt wurde und ständig mit Adams und seinen Brüdern unterwegs war. Wie ein Schatten hatte sie sich ihm an die Fersen geheftet und alles mitgemacht, was auch er sich getraute. Nur damit er sie anlächelte und ihr neckend durch die widerspenstigen Locken fuhr, die ihre Großmutter ihr immer ganz kurz schnitt.

Jetzt, im fahlen Licht, das durch die Fenster der Bibliothek fiel, sah Paige Adams fest in die Augen und suchte erneut nach dem smarten jungen Mann, der aus dem ausgelassenen Jungen geworden war. Nach Adams, ihrem Freund und Beschützer, den sie durch eine Tragödie, die ihn ins Gefängnis brachte, für immer verloren glaubte. Adams, ihrem ersten, überaus zärtlichen Geliebten.

Doch in den Tiefen seiner wunderschönen braunen Augen entdeckte sie keine Fröhlichkeit, keine Erinnerung, nur kühle Beherrschung.

Er war der Inbegriff männlicher Attraktivität in seinem tadellosen Anzug. Einfach alles an ihm war schick, und damit erinnerte er sie sofort an eine bestimmte Nacht, als er genauso elegant, aber nicht so beherrscht gewesen war.

Dreizehn Jahre waren vergangen, seit sie in die Gesellschaft eingeführt worden war.

Sie war damals neunzehn und gerade aufs College gekommen. Adams war vierundzwanzig und in ihren Augen ein Mann von Welt. Doch zu ihrer großen Freude hatte er zugestimmt, für die Ballsaison ihr Begleiter zu sein. Bereit, für die nervige Robbie Roberts die Förmlichkeiten und endlosen Galas zu ertragen, die er so lästig und langweilig fand. Bei ihrem ersten Ball war er derart galant und sah so hinreißend aus, dass sie ihn bis an die Schmerzgrenze liebte.

Nach dem Ball schlenderten sie barfuß in ihrer festlichen Kleidung Hand in Hand einen verlassenen Strand entlang, und sie wünschte, die Nacht würde nie zu Ende gehen. Als Adams sie dann im Mondschein küsste und auf den Sand zog, schmiegte sie sich bereitwillig in seine Arme. In einem heftigen Kampf um Selbstbeherrschung hätte sein Verstand fast gesiegt, aber ihre unbeholfenen Liebkosungen rissen ihn mit und verführten ihn schließlich.

Ihr weißes Ballkleid wurde zum Laken in ihrer ersten Liebesnacht. Und im Moment höchster Ekstase nannte Adams sie Paige, und sie entdeckte, wie schön die körperliche Liebe sein konnte.

Die Nacht war voller Magie. Genau wie Adams. Und als er sie vor ihrer Haustür ein letztes Mal küsste, hätte sie es nie für möglich gehalten, dass sie ihn erst nach dreizehn Jahren wiedersehen würde. Dreizehn unendlich lange Jahre, in denen die Erinnerungen an die atemberaubende Nacht mit ihm nie verblasst waren.

Als sie ihm jetzt in die Augen schaute, wusste sie, dass auch er nichts vergessen hatte. Aber sie fragte sich, ob er je so wie sie voller Sehnsucht und Wehmut daran dachte.

Er atmete tief durch, und ein Anflug von Bedauern huschte über sein Gesicht. Doch dann hob er kaum merklich die Schultern, wie um seine Gefühle abzuschütteln. Er trat einen Schritt vor und streckte ihr die Hand hin.

Und ebenso ruhig wie er legte sie ihre Hand in seine Hand, und er drückte sie fest und doch sanft zugleich.

„Paige."

Seine Begrüßung war kaum mehr als ein Flüstern, und er hatte sie nicht Robbie genannt, sondern Paige. So, wie er sie bisher nur einmal in einer mondhellen Nacht am Strand genannt hatte. Da wurde Paige klar, dass Adams nichts vergessen und nie aufgehört hatte, sich sehnsüchtig zu erinnern.

„Dein Haar ist dunkler." Seine Stimme hatte mit den Jahren ein angenehm tiefes Timbre bekommen. „Ich erinnere mich an hellblonde Locken."

Paige nickte, während sein Blick über ihr Haar glitt, ihre Brauen, ihre Wangen. Nur den Bruchteil einer Sekunde ließ er ihn auf ihrem Mund verweilen, ehe er ihn langsam über ihren Hals wandern ließ, ihre Brüste und ihre Hüften.

„Du wirkst größer und schlanker", murmelte Adams.

„Nur ein wenig." Paige war bewusst, dass sie mit fast zweiunddreißig ihre jugendlich weichen Rundungen verloren und sportlich schlank geworden war.

„Ich hätte nie gedacht, dass ich noch einmal nach Belle Terre kommen würde. Und erst recht nicht, dass ich Robbie Roberts als schöne, kultivierte Paige Claibourne antreffen würde, die Inhaberin dieses beeindruckenden Hotels."

„Ich auch nicht." Allmählich gewann Paige wieder ihre Fassung. „Aber du bist hier, und ich bin, wer ich nun mal bin. Also, Adams, sei willkommen im River Walk und in unserer Heimatstadt Belle Terre." Sie lächelte ihn an, während ihre Hand noch immer in seiner Hand lag.

„Das Cottage am Fluss erwartet dich."

„Das Cottage?" Er wirkte jetzt weniger reserviert, wenn auch noch nicht entspannt. „Ich werde nicht im Hotel wohnen?"

„Natürlich kannst du im Haupthaus wohnen, wenn du möchtest. Aber sieh dir erst mal das Cottage an." Sie trat mit ihm ans Fenster und zeigte auf ein kleines Haus am Flussufer, das von Bäumen und Sträuchern fast verdeckt war.

Die untergehende Sonne, die durch das Laub der mit spanischem Moos überwucherten Eichen fiel, warf lange Schatten auf das malerische Häuschen. Durch die üppigen Azaleen-, Kamelien- und Oleanderbüsche und kleineren Fächerpalmen ringsum bekam es etwas noch Abgeschiedeneres.

„Es hat eine umlaufende Veranda, und es führt ein eigener Pfad direkt zum Fluss hinunter", erklärte Paige, während Adams das Cottage wohlwollend betrachtete. „Ich dachte mir, du würdest gern etwas ungestörter wohnen, wenigstens am Anfang."

Adams war ihr für ihre Rücksicht dankbar. In seine Heimat zurückzukehren und sich mit alten Erinnerungen konfrontiert zu sehen, war schon ohne neugierige Blicke schwierig genug. Eins, zwei ruhige Tage, um sich zu akklimatisieren, würden ihm helfen, soweit ihm überhaupt zu helfen war. „Danke, Paige."

„Keine Ursache, Adams." Dabei hoffte sie, er würde nie erfahren, für welchen Wirbel seine Buchung gesorgt hatte, denn alles sollte bestens vorbereitet sein. „Zum Charme dieses Hotels gehört schließlich auch, dass wir unseren Service den speziellen Bedürfnissen unserer Gäste anpassen."

„Dann danke ich dir und deinem Personal."

Ein gewisser Unterton ließ Paige augenblicklich bedauern, dass sie seinen Dank so kühl entgegengenommen hatte, als wäre er nur ein ganz gewöhnlicher Gast. Adams war inzwischen prominent, eine Persönlichkeit in der Geschäftswelt. Daher war er besondere Aufmerksamkeit zweifellos gewöhnt. Aber wie oft aus Uneigennützigkeit? Weil jemand an Adams selbst etwas lag und der Betreffende sich nicht nur einen Vorteil davon erhoffte?

„Adams", fing sie an, und als sie merkte, dass ihr eine Erklärung schwerfiel, berührte sie sacht seine Wange, als könne sie den Schmerz verlorener Jahre wegstreicheln und die seelischen Verletzungen, die nie verheilt waren. „Ich freue mich, dass du gekommen bist, und ich

190

möchte, dass du dich in meinem Zuhause wohlfühlst und glücklich bist." Weil sie sich plötzlich aufdringlich vorkam, zog Paige hastig ihre Hand zurück und lächelte Adams nur freundlich an. „Aber genug davon." Sie spürte noch immer überdeutlich die Wärme seiner Haut. „Nach deinem Flug musst du müde und hungrig sein."

„Ja, es war ein anstrengender Tag." Dabei versuchte Adams sich zu erinnern, wann ihn zuletzt eine hübsche Frau so zart berührt und so liebevoll angelächelt hatte.

„Dann stehen wir zu Ihren Diensten, Sir." Paige neigte leicht den Kopf. „Dein Aufenthalt soll ganz nach deinen Wünschen verlaufen. Egal, was du möchtest – Ruhe oder Gesellschaft. Mahlzeiten im großen Speisesaal oder im Cottage. Wir werden alles ermöglichen. Du brauchst deine Wünsche nur zu äußern."

Im Moment war Adams nach einem ruhigen Essen ohne neugierige Blicke. „Dinner im Cottage klingt sehr verlockend, aber ich möchte deinem Personal keine Umstände machen."

Froh darüber, die prickelnde Spannung, die sich durch ihre Berührung in ihr aufgebaut hatte, überspielen zu können, lachte Paige leise auf. „Mein Personal würde das nie so sehen. Im Gegenteil, es haben sich schon Freiwillige gemeldet, die dich heute Abend bedienen möchten."

„Dann würde ich gern im Cottage essen. Wie du es sicher schon geahnt und geplant hast." Als sein Blick wieder auf ihrem Haar und ihrem Gesicht ruhte, empfand es Paige wie eine vertraute Liebkosung. „Und es würde mir noch besser gefallen, wenn du mir Gesellschaft leisten würdest."

Seine tiefe, weiche Stimme löste eine Sehnsucht in ihr aus, die lieber im Dornröschenschlaf blieb. „Normalerweise bin ich abends immer im Speisesaal", wich sie aus. „Begrüße Gäste, glätte Wogen, wenn es mal welche zu glätten gibt."

„Und wie oft ist das der Fall?"

Sein herausfordernder Blick ließ sie erneut lächeln. „Weil ich einen exzellenten Majordomus und sehr gutes Personal habe, glücklicherweise sehr selten."

„Ah, genau, wie ich bei meiner Ankunft vermutet habe. Ein gut organisierter und daher gut funktionierender Betrieb." Er nahm sie bei der Hand und betrachtete den Sonnenuntergang. „Also", versuchte er sie zu überreden und begann, mit dem Daumen sacht über ihre Finger zu reiben, „man würde dich zwar vermissen, aber keiner deiner Gäste würde in seine Chantillysoße weinen oder in seine Pfirsiche mit Grand Marnier, falls sie einen Abend ohne dein strahlendes Lächeln auskommen müssten?"

Paiges überraschter Blick ließ ihn leise auflachen. Es klang ein wenig frech und brachte sofort noch mehr Erinnerungen zurück, die ihren Puls beschleunigten. „Du scheinst ja eine Menge über das Hotel zu wissen. Sogar, welche Spezialitäten unsere Gäste jetzt im Frühling am liebsten essen."

„Dank Janet."

„Janet?" Dass er so beiläufig eine Frau erwähnte, erschreckte Paige. Sie hätte nicht erklären können, warum, aber Adams Cade wirkte wie ein ungebundener Single.

„Meine Sekretärin." Er hörte auf, ihre Finger zu streicheln, und drückte seine Hand fest auf ihre. „Sie ist sehr tüchtig und hat eine Menge über das River Walk in Erfahrung gebracht, allerdings nichts über ein abgeschieden gelegenes Gästehaus am Fluss."

„Das Cottage wird offiziell nicht angeboten. Wir halten es für Gäste mit ganz speziellen Wünschen frei."

„Wie Adams Cade, das zurückgekehrte schwarze Schaf?" Adams verzog das Gesicht, sein Ton hatte nichts Neckisches mehr. „Adams Cade, dessen Ruf ihm sicherlich vorauseilt. Zumindest, wenn in der Stadt noch so viel geklatscht wird wie früher."

Wieder wurde deutlich, wie verletzt er war, und er versuchte, es durch schroffe Mutmaßungen zu verbergen. Doch Paige hatte nicht verlernt, den Klang seiner Stimme, den sie früher einmal so sehr geliebt hatte, zu deuten.

Ernst schaute sie ihm in die Augen. „Ja, für Gäste wie Adams Cade, denn Adams Cade ist etwas ganz Besonderes."

„Ein verurteilter Straftäter, das verstoßene schwarze Schaf der Familie", zählte er auf. „Wie kann mich das zu etwas Besonderem machen?"

„Für mich bist du das alles nicht", widersprach Paige. „Ich sehe das alles anders. Und gehässige Klatschmäuler, die dir Schlechtes nachsagen, soll der Teufel holen."

Da nahm Adams ihre beiden Hände und blickte ihr forschend ins Gesicht. Aber statt gespielter Tapferkeit entdeckte er nur unerschütterliche Ehrlichkeit. „Was war ich denn für dich? Und was bin ich jetzt, meine schöne Paige?"

Paige. Dass er sie Paige nannte und nicht Robbie, ließ ihr Herz höher schlagen.

„Was du warst?" Nachdenklich lächelte sie ihn an. „So vieles."

„Zum Beispiel?"

„Als ich damals noch scheu und reserviert war und nicht die leiseste Ahnung hatte, wie ich von euch Jungs anerkannt werden könnte, da hast du mich unter deine Fittiche genommen. Du hast mir das Gefühl gegeben, eine Prinzessin zu sein, obwohl ich so schrecklich ungelenk und ungeschickt war."

„Du warst viel zu hübsch und clever für uns. Auf keinen Fall ungelenk und ungeschickt, das hast du dir nur eingebildet."

Wenn er bei ihr war, erging es ihr immer so. Er gab ihr das Gefühl, besser zu sein, als sie dachte. Glücklicher. „Als mein Großvater mich mit nach Belle Ràve nahm …"

„Nur zu. Der Name stört mich nicht. Das, was in jener Nacht damals passierte, hat mir zwar mein Zuhause und meine Familie genommen, aber das heißt nicht, dass ich gute Zeiten oder gute Erinnerungen vergessen habe. Ich kann durchaus ohne Verbitterung an Belle Ràve denken und alles, was damit zusammenhängt."

Paige zögerte noch immer. Denn trotz seiner Ermunterung musste sie annehmen, dass es alte Wunden aufreißen würde, von seiner Familie und dem Zuhause zu reden, das ihm vorenthalten wurde. „Also, als mein Großvater mich mit nach Belle Ràve nahm, um die Pferde zu behandeln", fuhr sie schließlich fort, „da war ich fasziniert von dem Haus und den unzähligen Pferden. Am meisten jedoch von dir.

Denn auch wenn du es abstreitest, Adams Cade, ich war ungelenk und ungeschickt. Ich hing an dir wie eine Klette. Doch du warst unglaublich nett und geduldig. Du warst älter, hast mich jedoch nie wie ein lästiges kleines Mädchen behandelt." Lächelnd sah Paige ihm in die Augen. „Wenn ich so zurückblicke, dann warst du mein erster und allerbester Freund."

„Und jetzt, Paige?" Sein Blick ließ keinen Zweifel daran, wie sehr er sich einen Freund wünschte.

Paige wollte so gern, dass er nicht länger verletzt war, sich abgelehnt fühlte. Sie wünschte, sie könnte ihn von seiner eisernen Selbstbeherrschung befreien. Den vorsichtigen, ernsten Fremden durch den herrlich frechen Charmeur von damals ersetzen. Sie wollte ihn in die Arme nehmen, ihn trösten. Und falls er sie liebte …

Sie wagte es nicht, diesen Gedanken weiterzuspinnen, hielt jedoch Adams' Blick stand. „Du warst mein Freund, und ich hoffe, du wirst es wieder sein."

Vielleicht konnte sie sich diesmal für all das revanchieren, was er für sie getan hatte und wodurch sie letztendlich eine selbstsichere Frau geworden war.

Jeder in Belle Terre wusste, dass der jähzornige Gus Cade erkrankt war. Jeder wusste von den Differenzen in der Familie Cade. Seit Adams wegen schwerer Körperverletzung verurteilt worden war, hatte Gus kein Geheimnis aus seiner Verbitterung darüber gemacht, dass sein ältester Sohn Schande über die Familie gebracht hatte. Eine Meinung, die einige Leute in Belle Terre teilten. Die meisten jedoch nicht. Während Adams im River Walk wohnte, würde sie ihn beschützen, so wie er damals sie. Und der Himmel stehe denen bei, die in ihrer Gegenwart schlecht von ihm redeten.

„Ich soll dein Freund sein und du wirst meiner sein, richtig?" Adams' Anspannung löste sich langsam. Da er ihre Hände noch immer festhielt, begann er, zärtlich mit den Daumen über ihre Knöchel zu reiben. „Dann kannst du als ersten Freundschaftsbeweis heute Abend mit mir im Cottage essen."

„Ich dachte, du wärst müde. Und sicher wirst du mit deinen Brüdern reden wollen."

„Ich bin zwar müde, aber du wirkst so entspannend auf mich wie seit Langem nichts mehr. Mit meinen Brüdern habe ich bereits kurz nach der Landung gesprochen. Lincoln, Jackson und Jefferson wissen, dass ich hier bin, für den Fall, dass sich Gus' Zustand verschlechtert. Sie würden mich sofort anrufen."

„Soweit ist also alles geregelt. Und inzwischen möchte ich dich, meine süße Paige, beim Wort nehmen."

„Beim Wort?" Paige erinnerte sich nicht, etwas versprochen zu haben.

„‚Dann stehen wir zu deinen Diensten, heute Abend und jederzeit. Du brauchst deine Wünsche nur zu äußern …'"

„Oh." Paige errötete.

„Genau. Und mein Wunsch heute Abend wäre ein ruhiges Dinner im Cottage mit dir." Sein leises Lachen klang herausfordernd, fast wie in der Vergangenheit. „Gib es auf, Sweetheart. Du sitzt in der Falle, geschlagen mit deinen eigenen Waffen. Du hast etwas versprochen, und irgendwie habe ich das Gefühl, du bist eine Frau, die ihr Wort hält."

„Das ist Erpressung." Doch Paige wusste nur zu gut, dass sie ihm, wenn er so war – wie der Junge und der junge Mann, die sie einmal gekannt und geliebt hatte – nichts abschlagen konnte.

„Vielleicht, aber du wirst nicht Nein sagen."

Da merkte Paige, dass er sein altes Selbstvertrauen noch hatte. Und ein neues als Überlebenskünstler dazugewonnen hatte, das ihn in der Geschäftswelt nach ganz oben gebracht hatte und das nur in seiner alten Heimat ins Wanken geraten war.

„Stimmt", räumte sie schließlich ein, „ich werde nicht Nein sagen. Ich werde mit dir im Cottage zu Abend essen."

Aber nicht so, wie sie war. Sie würde dem Mann, den sie seit einer Ewigkeit liebte, nicht direkt nach einem langen Arbeitstag Gesellschaft leisten. „Wie wär's, wenn wir uns beide erst mal frisch machen? Merrie, die junge Frau, die dich vorhin in die Bibliothek geführt hat, wird dich ins Cottage bringen und deine Wünsche fürs Dinner entgegennehmen."

„Ich möchte die Wahl lieber dir überlassen."

„In Ordnung, ich werde mich gleich darum kümmern und dann in etwa einer Dreiviertelstunde zu dir kommen. So hast du Zeit, dich einzurichten und vor dem Essen ein wenig zu entspannen."

„Du kommst wirklich?", vergewisserte er sich in einem Ton, den sie nicht deuten konnte. „Versprochen, Paige?"

„Fest versprochen, Adams."

„Dann warte ich hier auf Merrie." Damit gab er sie frei und setzte sich nach einer galanten Verbeugung in einen Sessel am Fenster.

Ganz in Gedanken saß er noch immer dort, als Paige auf dem Rückweg von der Küche an der Bibliothek vorbeikam.

„Adams ist wieder hier", murmelte sie vor sich hin, ehe sie lächelnd die Treppe zu ihrer Wohnung im zweiten Stock hinaufging.

„Wer einem so idyllischen Fluss wohl den einfallslosen Namen Broad River gegeben hat?" Paige lehnte an einer der Verandasäulen, während der allerletzte helle Streifen am Himmel verblasste. Ihr gemeinsames Dinner mit Adams war längst zu Ende, Cullens sorgfältig ausgewählter Wein fast ausgetrunken.

„Er ist traumhaft schön", stimmte Adams zu. „Abende am Fluss wie heute vermisse ich am meisten."

„Die Stille ringsum. Das Farbenspiel des Sonnenuntergangs auf dem

Wasser. Erst die Blautöne, die über Türkis zu Dunkelblau werden. Danach flammendes Orange und Rot. Dann werden die Rottöne langsam zu Dunkelrot, und es wird endgültig Nacht." Paige sprach leise, um den friedlichen Zauber des Abends nicht zu zerstören.

„Im Dunkeln spiegelt sich der Mond viel besser im Wasser."

Adams hatte hinter ihr auf der Veranda gesessen, doch leise Schritte verrieten Paige, dass er neben sie ans Geländer getreten war. Früher einmal hatte er nach Sonnenschein geduftet, nach Seeluft und Seife. Jetzt dachte sie in seiner Nähe an Konferenzräume, raschelnde Akten und teueres Eau de Cologne. Doch das konnte sich ändern.

„Du könntest zurückkommen, Adams." Er war ihr so nah, dass sie nur die Hand auszustrecken bräuchte, um ihn zu berühren. „Du könntest nach Hause kommen. Wenn nicht auf die Plantage, dann nach Belle Terre."

Adams schüttelte nur den Kopf. Er wollte weder über die Vergangenheit sprechen noch über die Zukunft. Er wollte nur an Paige denken. Langsam strich er mit dem Finger über ihren Arm und trat dabei einen Schritt näher. „Danke für alles – das Willkommen, die Unterbringung im Cottage und das Dinner. Und besonders dafür, dass du mir Gesellschaft geleistet hast." Er lachte leise. „Und für dieses Naturschauspiel."

„Oh, wir tun, was wir können." Paige lachte ebenfalls leise. Seine zarte Berührung sandte einen heißen Schauer durch ihren Körper. „Aber dein Lob für die Inszenierung gebührt Mutter Natur allein."

„Sie ist eine wunderschöne Lady. Genau wie du."

„Ich bin nicht wirklich schön, Adams. Das kommt dir bei diesem Dämmerlicht bloß so vor. Ich bin doch nur eine ganz normale Frau, und früher war ich ein halber Junge."

„Du bist schön. Das liegt nicht am Licht, dem Mond oder dem Wein. Und, Sweetheart …", sein Ton wurde unbewusst verführerisch, „… es ist ziemlich lange her, seit du ein halber Junge warst."

Weil sie ihn daraufhin überrascht ansah, hätte Adams sie am liebsten in die Arme gezogen und ihr ganz ohne Wort bewiesen, dass er sie wirklich schön fand. So schön, dass die Erinnerung an ihr mondbeschienenes Gesicht einem einsamen Mann im Gefängnis Kraft und Trost gegeben hatte.

Immer wieder hatte er davon geträumt, sie zu berühren. Auch jetzt wollte er sie berühren, als ihr Geliebter, wie er es nur ein einziges Mal getan hatte. Aber das war eine Ewigkeit her. Zu viel war inzwischen geschehen. Der Adams Cade, den sie damals am Strand geliebt hatte, war nicht der Mann, der jetzt bei ihr war.

Zu lange hatte er unter harten und rücksichtslosen Männern gelebt. Um zu überleben, war er ebenfalls hart und rücksichtslos geworden, hatte sich die Spielregeln der Macht angeeignet.

Und er hatte Affären mit schönen Frauen gehabt. Aber nie aus Liebe. Nie aus zärtlichen Gefühlen. Und so sehr er auch gesucht hatte, keine war auch nur annähernd wie Paige gewesen.

Jetzt war sie bei ihm. Die gleiche süße Paige, unverdorben wie damals trotz ihrer Welterfahrenheit. Vielleicht konnten sie Freunde sein, wie sie es sich wünschte. Aber nie wieder ein Liebespaar, wie er es ersehnte, denn er war viel zu hart geworden, um zu ihr zu passen.

„Es ist spät geworden, und es war ein langer Tag für uns beide."

Sanft zog er sie mit dem Schal, den sie sich um die Schultern gelegt hatte, an sich. Als er ganz sanft ihre Stirn küsste, genoss er es, wie weich sich Paige anfühlte und wie verführerisch sie duftete. Aber da ihm bewusst war, dass er ihr nicht näher kommen konnte, gab er sie schnell wieder frei.

Zärtlich streichelte er mit dem Handrücken ihre Wange. „Du bist müde. Ich habe heute viel zu viel von dir verlangt."

„Nein."

Er legte ihr kurzerhand einen Finger auf den Mund. „Komm." Er nahm sie bei der Hand. „Ich begleite dich nach Hause."

Sie protestierte nicht mehr. Nicht einmal, als er die empfindsame Innenseite ihres Handgelenks küsste, um sich noch einmal höchst galant für den zauberhaften Abend zu bedanken. Und auch nicht, als er sie auf der breiten Veranda des Hotels allein ließ.

Paige blickte ihm nach, bis er in der Dunkelheit verschwand, ohne sich noch einmal umzudrehen. „Gute Nacht, Adams", flüsterte sie. Und mit Tränen in den Augen wiederholte sie: „Gute Nacht, Adams, mein Liebster."

2. KAPITEL

*M*rs Claibourne."

Paige, die an diesem strahlenden Frühlingsmorgen gerade dabei war, im Garten Blumen zu schneiden, sah hoch. Es war Merrie, die ihr aufgeregt entgegeneilte.

Irgendetwas schien passiert zu sein, und Paige überlegte, was ihre temperamentvollste Mitarbeiterin wohl derart in Aufregung versetzen konnte. Im Geist sah sie schon ganze Termitenschwärme auf den Veranden oder Mäuse im Vorratsraum.

„Es sind noch mehr!" Merrie war völlig außer Atem.

„Nun beruhige dich erst mal, und dann erzählst du mir, was um Himmels willen dich so aufregt. Was soll das heißen, es sind noch mehr?"

Wie sich nach einigem Nachfragen herausstellte, waren noch weitere gut aussehende Männer ins Hotel gekommen.

„Adams' Brüder", vermutete Paige sofort und war sich nicht so sicher, ob die drei jüngeren, ebenfalls ausgesprochen attraktiven Cades im Haus zu haben wirklich weniger beunruhigend war als Termiten auf den Veranden oder Mäuse im Vorratsraum. „Hast du sie auch in die Bibliothek gebeten?"

„Da ich Mr Adams nach seiner Ankunft dorthin bringen sollte, war ich mir sicher, dass das auch für die übrige Familie in Ordnung ist."

„Das hast du gut gemacht, Merrie. Aber das nächste Mal versuch bitte, sie mit etwas mehr Gelassenheit anzukündigen."

„Entschuldigen Sie." Merrie wirkte richtig zerknirscht. „Es ist nur … keiner hat mich vorgewarnt, dass die Männer in South Carolina so … so … gefährlich sind."

Paige musste schmunzeln, weil ihr einfiel, dass Merrie auch Adams so beschrieben hatte, und sie überlegte, ob sie ihr erklären sollte, dass die Cades wirklich etwas Besonderes und nicht mit anderen Männern zu vergleichen waren. Doch dann beschloss sie, dass Merrie das selbst herausfinden sollte.

„Sie möchten Mr Adams sprechen", fuhr das junge Mädchen fort. „Mrs Claibourne, es war hoffentlich in Ordnung, Cullen fragen zu lassen, ob sie Kaffee und Muffins möchten."

„Wunderbar, Merrie. Das war genau richtig."

„Soll ich jetzt Mr Adams holen? Oder die Gentlemen zum Cottage bringen?"

„Nein. Noch nicht." Nach Merries Beschreibung bezweifelte Paige zwar nicht, dass wirklich Adams' Brüder in der Bibliothek warteten. Trotzdem wollte sie sich erst vergewissern und die Stimmung ausloten, ehe Adams gestört wurde.

„Diese Blumen hier sind für die Suite im Westflügel", erklärte sie Merrie. „Die Rhetts kommen kurz nach dem Lunch an. Falls ich mit den Cades aufgehalten werde, würdest du die Blumen bitte arrangieren und in die Suite bringen?"

„Natürlich." Merrie nahm Paige den Korb ab. „Meine Mutter hat mich oft gebeten, die Blumen zu arrangieren, wenn wir Gäste hatten."

„Ich weiß. Tu dein Bestes, Merrie. Mehr verlange ich nicht."

„Das werde ich, Mrs Claibourne."

„Ich weiß", wiederholte Paige. Alle ihre Mitarbeiter gaben jederzeit ihr Bestes. Dank der angenehmen Arbeitsbedingungen und der guten Bezahlung, auf die Paige großen Wert gelegt hatte, war ihr Personal sehr zuverlässig.

In der freudigen Erwartung, gleich alte Freunde wieder zu sehen, eilte sie zum Haus. Schon an der Hintertür des Foyers hörte Paige ihre Stimmen. Stimmen, die ihr seit Ewigkeiten vertraut waren.

Die Tür zur Bibliothek stand offen, und obwohl Paige leise eintrat, entging keinem der attraktiven und doch so grundverschiedenen jungen Männer ihr Kommen. Augenblicklich waren alle auf den Füßen, denn jeder wollte der Erste sein, der sie zur Begrüßung umarmte und küsste.

So war das schon immer gewesen, seit sie sie kannte. Es waren eben die Cades, die nicht nur ganz anders waren als andere Männer, sondern auch untereinander sehr unterschiedlich. Doch trotz aller Verschiedenheit hatten sie sich alle einmal sehr nah gestanden. Und Paige hoffte, dass das wieder so sein könnte.

„Hallo, Lincoln", begrüßte sie den größten der Brüder, den zweitältesten, der sie buchstäblich in den Himmel hob.

Noch ehe er seinen Begrüßungskuss beendet hatte, riss Jackson, der Temperamentvollste von allen, sie in die Arme und nahm ihr mit seiner stürmischen Umarmung fast den Atem.

„He, Bruderherz, lass sie los, oder du bekommst es mit unserem ältesten Bruder zu tun", meinte Jefferson, während er sie behutsam aus Jacksons starken Armen befreite.

Jefferson, der Ruhigste der Vier, umfasste sie an den Schultern und musterte sie von oben bis unten, als suche er nach Verletzungen. Dann lachte er, murmelte etwas von „unverwüstlich" und „bildschön" und zog sie an sich. „Wie geht's dir, Robbie?", fragte er leise. Und dann: „Wie geht's ihm?" Er gab sie frei, hielt aber ihre Hand fest und wiederholte in seltsam eindringlichem Ton: „Wie geht's Adams?"

„Als er ankam, war er müde und sehr besorgt wegen Gus. Aber einer Mitarbeiterin zufolge hat er heute schon zeitig gefrühstückt. Also fühlt er sich wohl ganz gut." Sie ging mit Jefferson zum Sofa und nahm neben ihm Platz, wie er ihr angeboten hatte.

Denn sosehr er es an Zuneigung hatte fehlen lassen, mit Belehrungen, wie man sich richtig benahm, hatte Gus Cade seinen Söhnen gegenüber nie gespart. Was auch immer sie als Jungs ausgefressen haben mochten, im traditionsbewussten Belle Terre gab es kaum jemanden, der es in Bezug auf gute Umgangsformen mit Jefferson, Jackson oder Lincoln hätte aufnehmen können. Nur einer war noch galanter als sie. Adams.

Paige nahm den Kaffee, den Lincoln ihr einschenkte, und etwas von der Sahne, die Jackson ihr anbot, und trank einen Schluck, ehe sie fortfuhr: „Adams wohnt im Gästehaus am Fluss. Ich dachte, das wäre passender für euer Wiedersehen."

Paige wusste, dass sich die Brüder entgegen Gus Cades striktem Verbot in all den Jahren gelegentlich getroffen hatten. Doch nie in Belle Terre.

Keiner wollte sich offen Gus widersetzen, doch war auch keiner bereit, den Bruder zu verstoßen, wie ihr Vater es getan hatte. Also hatten sie sich immer heimlich und fernab der Heimat getroffen. Und nun waren sie alle im River Walk.

Während sie den Blick von einem Bruder zum nächsten wandern ließ, fragte sich Paige, wieso sie alle derart beschäftigt waren, dass sie einander so selten sahen. Trotzdem wollte sie sie nicht aufhalten, denn bei aller Freude über das Wiedersehen mit ihr konnten sie es natürlich kaum erwarten, endlich mit Adams zu reden.

„Als ich heute Morgen im Garten war, erzählte mir der Gärtner, er habe Adams unten am Anleger des Gästehauses gesehen. Ich nehme an, er ist immer noch dort", sagte sie.

„Nein, er ist hier", erklang Adams' Stimme von der Tür her. „Er hat ein paar Fische fürs Abendessen abgeliefert."

Beinah wäre Paige die Kaffeetasse aus der Hand gefallen. Ehe seine Brüder ihn umringten, sah sie, dass Adams' perfekt gestyltes Haar zerzaust war. Statt eines tadellosen Anzugs trug er ein Freizeithemd und

Jeans, statt der schicken Schuhe Turnschuhe. Am besten aber gefiel ihr, dass das Lächeln, das er ihr schenkte, etwas von dem Lächeln des jungen Mannes hatte, den sie geliebt hatte.

Lincoln fand als Erster die Sprache wieder, während sie sich an den Unterarmen umfassten, genau wie früher. „Ich habe so auf den Tag gewartet, an dem du nach Hause kommen würdest."

„Nicht nach Hause, Linc, aber ganz in die Nähe." Trotz der Wiedersehensfreude war Adams anzumerken, wie tief verletzt er immer noch war. „Aber wann oder wo auch immer, es ist schön, euch alle wiederzusehen."

„Adams." Nun umfassten auch Jackson und sein Bruder sich am Unterarm. Aus dem Begrüßungsritual aus Kindertagen war eine herzliche Willkommensgeste unter Männern geworden.

Es gab keinen Zweifel daran, dass die vier Brüder einander sehr liebten und ihren Vater auch. Gus dagegen, der seine Söhne streng und ohne Erbarmen erzogen hatte, hatte ihnen nie ein Jota Zuneigung entgegengebracht.

Nur Jefferson, der Jüngste, schien dem boshaften alten Mann überhaupt etwas zu bedeuten. Gus' Liebling zu sein hatte Jeffersons Leben in mancher Hinsicht vielleicht erleichtert. Doch Paige wusste nur allzu gut, dass es in anderer Hinsicht sein Leben auch sehr viel schwerer machte.

Vielleicht gab es eine Erklärung für die besondere Beziehung, die seit jeher zwischen Adams, dem Prügelknaben, und Jefferson, dem Lieblingssohn, bestand. Doch selbst Paige war nie dahintergekommen.

Nun war es an Jefferson, Adams zu begrüßen. Ohne ihn zu berühren, ohne zu sprechen stand er vor ihm. Zwei Männer konnten kaum weniger wie Brüder aussehen. Dennoch war jedem sofort klar, dass sie Brüder waren.

Auch wenn der eine dunkle Haare hatte und dunkle Augen und der andere blond war und blaue Augen hatte, so gab es doch Ähnlichkeiten. Ähnlichkeiten, die sich in einem Blick ausdrückten, einer Geste, einer Kopfhaltung. In einem Lächeln, einem seltenen Lachen.

Sie alle vier waren Söhne von Caesar Augustus Cade, hatten jedoch verschiedene Mütter. Nicht einer hatte etwas von Gus, abgesehen von Stolz und eisernem Willen. Im Aussehen kam jeder Sohn ganz nach seiner Mutter.

Bei der Wahl seiner Ehefrauen war Gus offenbar entschlossen gewesen, eine möglichst ungleiche Familie zu gründen. Adams' Mutter hatte französische Vorfahren. Lincolns schottische, Jacksons irische und Jeffersons dänische. Die Frauen hatten nichts gemein außer ungewöhnlicher Schönheit. Deshalb waren sich die vier Brüder äußerlich auch so unähnlich. Doch durch ihren willensstarken Vater, der einzigen beständigen Bezugsperson in ihrem jungen Leben, verband sie etwas, was sie zu Brüdern machte.

Paige hatte sich dieses Phänomen früher nicht erklären können. Und sie konnte es auch jetzt nicht. Doch während sich Adams und Jefferson noch immer schweigend gegenüberstanden, war sie sich dieser besonderen Verbundenheit mehr denn je bewusst.

Dann umarmte Adams seinen Bruder lächelnd. „Jeffie."

Der Kosename aus Kindertagen löste die Spannung, die im Raum gelegen hatte. Kurz darauf redeten alle vier gleichzeitig, lachten. Paige wollte sich unbemerkt zurückziehen. Doch noch ehe sie die Tür erreicht hatte, legte ihr jemand einen Arm um die Taille und zog sie, Paige, sacht an seine Brust.

Adams. Sie würde seine Berührung jederzeit erkennen.

„Wohin willst du denn?" Er war ihr so nah, dass sein Atem ihren Nacken streifte. „So leicht entkommst du uns nicht."

Lachend drehte Paige sich zu ihm um und erwartete eigentlich, dass er sie freigeben würde. Stattdessen fand sie sich in seinen Armen wieder.

„Ich wollte doch nicht entkommen, Adams." Sie war froh, trotz seiner Nähe ganz normal sprechen zu können.

„Dann schleichst du dich also immer wie ein Schatten zur Tür hinaus?" Adams lächelte sie kaum merklich an. „Komisch. Ich erinnere mich zwar an so manche Unart von dir, aber daran nicht."

„Von wegen Unart. Ich wollte nur, dass du mit deinen Brüdern ungestört bist."

Sein plötzlich ernster Blick verriet Paige, dass Adams bewusst war, dass sie die seltsame Spannung zwischen ihm und Jefferson gespürt hatte. Und sein Blick verriet ihr auch, dass er ihr eine Erklärung dafür vorerst nicht geben würde. Wenn überhaupt.

Jetzt hatte er also Geheimnisse vor ihr, während er ihr früher voll vertraute. Vielleicht war es ein weiteres Anzeichen für die Veränderungen, die das Gefängnis bewirkt hatte? Aber warum hatte es diese Anspannung nur mit Jefferson gegeben und nicht mit Lincoln und Jackson?

Es machte keinen Sinn. Aber Paige war sich ganz sicher, dass sie es sich nicht eingebildet hatte.

„Bitte bleib, Paige", beharrte Adams. „Meine Brüder und ich haben später noch Zeit genug zum Reden. Wenn du hier dabei bist, ist es wie in alten Zeiten. Ich weiß besser als jeder andere, dass Geschehenes nicht ungeschehen gemacht werden kann, und dass uns das Leben alle verändert hat. Aber daran sollten wir im Moment nicht denken, sondern lieber ein wenig in alten Erinnerungen schwelgen."

„Hört! Hört!" Neugierig sah Lincoln seinen Bruder an.

„Ja, du hast recht", stimmte Jackson Adams zu. Dann nahm er seine halb volle Kaffeetasse, hielt sie hoch, als sei es ein Glas Champagner, und brachte schmunzelnd einen Toast aus. „Auf die alten Zeiten."

Einen Moment lang waren alle überrascht, dann nahm einer nach dem anderen seine Tasse zur Hand. Als sie unter viel Gelächter miteinander anstießen, fiel Adams ein Spruch aus ihrer Jugend ein. „Ein Cade für alle und alle Cades für einen."

Dann suchte er Paiges Blick und ergänzte, wie früher immer: „Und für Robbie."

„Für Robbie", stimmten die jüngeren Cades ein und verneigten sich galant.

Adams nannte sie jetzt Robbie, und das fand Paige in dieser Situation völlig in Ordnung.

Sie bedankte sich für den Toast mit einer leichten Verbeugung. Mit Blick auf Jefferson überlegte sie, ob sich nach allem, was geschehen war, das alte Zusammengehörigkeitsgefühl wieder einstellen würde.

„Auf Paige." Adams' Stimme riss sie aus ihren trüben Gedanken. „Früher einmal unsere Robbie", erklärte er, während er ihren Blick gefangen hielt und seine Tasse erneut erhob. „Jetzt die bildschöne und elegante Paige Claibourne."

„Auf Paige", riefen auch die anderen Cades wie aus einem Mund und prosteten ihr strahlend zu.

Gleich darauf stellte Jackson seine Tasse zurück auf das Silbertablett. „Das reicht", meinte er und zwinkerte Paige zu. „Wenn ich noch mehr von diesem starken Gebräu trinke, kann ich bestimmt eine Woche lang nicht schlafen."

„Seit du Inga, die Unermüdliche, getroffen hast, kannst du doch sowieso nicht schlafen."

Lincolns Bemerkung löste lautes Gelächter aus und ließ Jefferson sticheln: „Übrigens, Lincoln, wie ist das mit ‚schlaflos in Belle Terre'? Mit Alice, wenn ich nicht irre?"

Diese Sticheleien brachten das wohlbekannte brüderliche Geplän-
kel in Gang. Paige fühlte sich nun wirklich in die Vergangenheit versetzt. Ein Blick auf Adams sagte ihr, dass er, obwohl er zu wenig vom
jetzigen Leben seiner Brüder wusste, das Herumalbern sehr genoss.

Im Moment dachte er nicht an seine Verbannung und die angeschlagene Gesundheit seines Vaters. Doch nur allzu bald verloren die Neckereien ihren Reiz, und die jüngeren Cades wurden einer nach dem
anderen so schweigsam wie ihr Bruder.

Paige zog sich zurück, weil sie spürte, dass es Zeit für ein ernstes
Gespräch war. Dabei würde selbst sie nur stören. Kaum hatte sie sich
in einen Sessel am Fenster gesetzt, da beendete Adams das allgemeine
nachdenkliche Schweigen.

„Ich habe heute Morgen im Krankenhaus angerufen."

„Dann weißt du es ja", meinte Jefferson.

„Dass Gus morgen mit ein paar Krankenschwestern entlassen wird,
die ihn betreuen sollen?" Adams rieb sich den Nacken. „Ja, das weiß
ich. Ich fand es schrecklich, dass ich unter Beweis stellen musste, dass
ich das Recht habe, mich zu erkundigen. Mein erster Gedanke war, dass
Gus erfahren hatte, dass ich hier bin, und Anweisung gegeben hatte,
mir jede Auskunft zu verweigern. Dann merkte ich, dass ich keinen
der behandelnden Ärzte kannte. Ist Doc Wilson in Rente gegangen?"

„Vor drei Jahren", erwiderte Jackson. „Einer von uns hätte es dir
sagen sollen."

„Es ist nicht so wichtig." Adams war sich bewusst, dass es in den
dreizehn Jahren, die er weg war, viele Veränderungen gegeben haben
dürfte, von denen er nichts wusste. „Nach dem, was der Arzt mir sagte,
hat sich Gus' Zustand nicht viel verbessert, und das Krankenhaus kann
nichts anderes mehr für ihn tun, was nicht auch die Schwestern in …
in Belle Ràve tun könnten."

Paige sah seinen Brüdern an, dass es ihnen sehr leidtat, dass Adams
die Worte „zu Hause" nicht über die Lippen brachte. Denn es war Gus
Cades ältester Sohn, der ihren Vater und ihr Zuhause am meisten von
ihnen allen liebte.

Adams, Gus' Prügelknabe. Der ergebene Sohn, der die Verbannung
durch seinen Vater ohne Kommentar oder Bitterkeit ertrug. Adams,
der unerwartete, zärtliche Geliebte, der nach ihrer Liebesstunde am
Strand nach Rabb Town geritten war. Dort lebten die Rabbs, die er-
bitterten Rivalen der Cades. Der geliebte Bruder und Freund, der un-

erklärlicherweise Junior Rabb fast zu Tode geprügelt hatte und dann schweigend fünf Jahre Gefängnis erduldete, die Verdammung durch seinen Vater und die Verbannung von seiner Familie.

Eine Tat ohne vorausgegangene Provokation. Es machte alles keinen Sinn, und Adams hatte nie eine Erklärung dafür abgegeben, hatte sich nie verteidigt. Stattdessen hatte er für einen rätselhaften nächtlichen Vergeltungsakt alles verloren, was er liebte und was ihm in seinem jungen Leben wichtig war.

„Ich konnte es damals nicht glauben", murmelte Paige aufseufzend vor sich hin. „Und ich werde es niemals glauben."

„Führst du Selbstgespräche?" Lincoln war neben sie getreten und sah sie fragend an. „Langweilen wir dich so sehr?"

Paige brachte ein Lächeln zustande. „Aber nein. Welche Frau würde sich in Gesellschaft der aufregenden Cades langweilen? Besonders mit allen vieren im selben Raum."

„Soso, wir sind also illuster." Lincoln setzte sich neben Paige und ergriff ihre Hand. „Und darüber hast du Selbstgespräche geführt?"

„Vielleicht."

„Oder vielleicht über Adams, dem du dein Herz geschenkt hast?" Ihr schockierter Blick ließ ihn lächeln. „Du hast geglaubt, keiner hätte es gemerkt? Dass wir zu jung dazu waren? Sweetheart, wir alle wussten es, selbst Jefferson mit seinen dreizehn Jahren. Das heißt, wir alle außer Adams … bis es zu spät war."

„Was wollte er in Rabb Town, Lincoln?" Diese Frage hatte sich Paige selbst schon tausend Mal gestellt. „Warum ritt er die vielen Meilen durch gefährliche Sümpfe und über unwegsame Wege? Adams hegte keinen Hass gegen die Rabbs. Sie waren die diejenigen, die jedem mit Feindseligkeit begegneten. Besonders Junior. Ich begreife es nicht. Das alles ergab damals keinen Sinn, und es ergibt auch jetzt keinen."

„Ich weiß, Paige."

„Was meinst du dazu, Lincoln?" Er war ein Mann mit einem ausgeprägten Instinkt, ein Tierarzt mit fast übernatürlicher Begabung, genau wie ihr Großvater. Seit ihrer Rückkehr nach Belle Terre hörte Paige die Einheimischen immer wieder über seine einmalige Fähigkeit reden, die richtige Diagnose zu stellen. Unter Pferdezüchtern war das ein beliebtes Thema beim Essen im River Walk. Paige glaubte nicht, dass Lincolns Einfühlungsvermögen auf Tiere beschränkt war. „Rede mit mir", bat sie flehentlich. „Du hast doch sicher eine Theorie zu den

Ereignissen in jener Nacht."

Mit gesenktem Kopf saß Lincoln neben ihr und hing seinen Gedanken nach. „Willst du wissen, was ich glaube?", meinte er schließlich. „Oder was ich weiß?"

Die Vorstellung, dass es einen Beweis zugunsten Adams gab, ließ Paiges Herz vor Freude einen Sprung machen. Doch sie erkannte sofort, wie töricht das war. Falls Lincoln etwas wusste, was die Anklage widerlegte, dann hätte er seine Aussage längst gemacht. Trotzdem wollte sie hören, welche Meinung der besonnenste von Adams' Brüdern hatte. „Sag mir alles. Bitte."

„Es ist nicht viel, Paige." Lincoln legte seine große, kräftige Hand auf ihre. „Es sind bestenfalls Vermutungen, weil ich meinen Bruder schließlich kenne."

„Ich möchte deine Meinung hören", erwiderte sie mit bebender Stimme. „Wie du dazu gekommen bist, ist mir egal."

„Schon gut." Lincoln drückte ihr beschwichtigend die Hand und wartete einen Moment, bis sie sich gefasst hatte. Seit ihrer Rückkehr nach Belle Terre hatte er die ruhige, zurückhaltende Paige Claibourne noch nie so temperamentvoll erlebt.

Mehr noch, er hatte noch nie eine Frau getroffen, die so sehr liebte. Das Schicksal seines Bruders war tragisch. Und doch konnte er sich sehr glücklich schätzen, eine Freundin wie Paige zu haben.

„Ich glaube, dass Adams unschuldig ist. Ich glaube, dass er etwas verschweigt. Vielleicht, um jemanden zu schützen."

„Zu schützen?" Paige zögerte. „Aber wen? Warum? Wem würde er so viel Loyalität und Liebe entgegenbringen, dass er sein eigenes Leben opfern würde, um sie oder ihn zu beschützen?"

„Diese Frage habe ich mir selbst unzählige Male gestellt. Die Antwort ist immer die gleiche. Ich weiß es nicht. Am Abend deines ersten Balls waren wir ausnahmsweise einmal alle zu Hause, außer Adams. Gus, Jackson und ich halfen einer Stute bei einer schwierigen Geburt. Jefferson lag im Bett und schlief. Du selbst warst noch vor eins wieder zu Hause." Lincoln hob die Schultern. „Die Menschen, die er so sehr liebte, dass er sich für sie opfern würde, waren also alle sicher und geborgen. Wer bleibt da übrig? Jahrelang habe ich mir darüber den Kopf zerbrochen, aber mir fällt einfach niemand ein."

„Trotzdem glaubst du, dass das die Erklärung ist."

„Hast du eine andere?"

Paige sah zu Adams hinüber, der ganz in ein Gespräch mit seinen jüngeren Brüdern vertieft war. „Nein, absolut keine."

Irgendwo machte Lincolns Theorie Sinn. Sie erklärte, warum ein Mann sich wegen einer fast tödlichen Attacke, die er, weil er viel zu besonnen war, eigentlich gar nicht verübt haben konnte, nicht rechtfertigte. Doch die Schlüsselfrage blieb unbeantwortet.

„Wen will er denn nur schützen?"

An der Tür tauchte ein großer, breitschultriger Mann auf. Er trug eine tadellos sitzende kakifarbene Uniform, in der Hand hielt er einen Stetson. Aufmerksam ließ er den Blick durch die Bibliothek schweifen, bis er schließlich an Adams hängen blieb.

Als habe er nur darauf gewartet, sah Adams hoch. „Hallo, Jericho. Ich habe mich schon gefragt, wann du vorbeikommen würdest."

„Adams." Jericho Rivers nickte ihm zu, und die Bewegung ließ den Stern an seiner Brust aufblitzen. Mit kurzem Nicken begrüßte er auch die anderen. „Jackson. Jefferson. Lincoln." Sein Ton wurde weich. „Paige. Ich hoffe, es ist dir recht, dass ich darauf bestanden habe, dass Cullen mich vorlässt."

„Aber natürlich. Komm herein, Jericho." Paige ging ihm entgegen. „Kann ich irgendetwas für dich tun?"

„Nein danke, Paige. Ich wollte nur kurz mit Adams reden."

„Wollen Sie mich aus der Stadt verjagen, Sheriff?"

„Ganz so dramatisch ist es nicht." Die Augen des Sheriffs blitzten amüsiert. „Ich wollte dir nur sagen, dass Junior Rabb weiß, dass du hier bist. Junior ist außerordentlich nachtragend. Wenn ich du wäre, wäre ich auf der Hut."

„Danke, Jericho, ich werde mich vorsehen."

„Gut. Und wenn du bei Gelegenheit mal im Büro vorbeikommen könntest, ich hätte ein paar Fragen an dich."

„Der Fall wurde lange vor deiner Amtsübernahme abgeschlossen, Jericho."

„Ich weiß. Aber tu mir doch den Gefallen, Adams."

„Wenn du darauf bestehst. Ich habe nichts zu sagen, Sheriff", erwiderte Adams freundlich. „Aber fragen kannst du ja."

„Das werde ich", gab Jericho ebenso freundlich zurück. Und mit einem höflichen Kopfnicken zu Paige hinüber war er auch schon wieder verschwunden. Die Augen aller in der Bibliothek Zurückbleibenden jedoch blieben neugierig auf Adams gerichtet.

3. KAPITEL

„Guten Morgen."

Paige blickte von den auf ihrem Frühstückstisch ausgebreiteten Unterlagen hoch und sah sich einem Mann gegenüber, der eher wie ein verdrießlicher Grizzly aussah als ein freundlich grüßender Gast.

„Guten Morgen, Adams. Das ist ja eine Überraschung. Ich hätte dich hier gar nicht erwartet."

„Nein? Gibt es einen Grund, warum ich nicht ins Haupthaus kommen sollte?" Er betrachtete sie mit gerunzelter Stirn, ehe er seinen finsteren Blick über das Servicepersonal gleiten ließ, das gerade anfing, die Tische für den Lunch zu decken. Dann über die Gäste, die ihr Frühstück noch nicht ganz beendet hatten. Und die alle, wie Paige unglücklich feststellte, den Charme des schönen, sonnendurchfluteten Speisesaals genossen, im Gegensatz zu Adams.

„Du bist mein Gast, Adams, und hier jederzeit willkommen." Seine schlechte Laune ignorierte sie einfach. „Ich führe nur Konversation. Wie jede andere Hotelinhaberin hätte ich dich als Nächstes gefragt, ob du gut geschlafen hast." Nach einer vielsagenden Pause fuhr sie fort: „Aber da ich den Eindruck habe, du bist herübergekommen, um zu streiten, nehme ich eher an, du hast miserabel geschlafen."

„Da irrst du dich", erwiderte er unverändert verdrießlich. „Ich habe gut geschlafen. Und ich bin auch nicht hergekommen, um zu streiten."

„Tatsächlich? Wie man sich doch täuschen kann."

„Ich bin hergekommen, weil ich Abwechslung brauche."

„Also die können das Hotel und sein weitläufiger Garten dir sicherlich bieten." Ganz die Hotelbesitzerin, die es gewohnt war, selbst mit anspruchsvollsten Gästen umzugehen, ergänzte Paige ruhig: „Und falls das nicht reicht, werden mein Personal und ich alles tun, um dir deinen Aufenthalt angenehmer zu machen. Falls wir etwas vergessen haben, Adams, werden wir Abhilfe schaffen. Falls du einen besonderen Wunsch hast, werden wir versuchen, ihn zu erfüllen."

„Spar dir die Floskeln", entgegnete er mürrisch. „Du weißt verdammt gut, dass es am Service nichts auszusetzen gibt. Oder am Garten, der Aussicht, dem Cottage, meinem Bett oder an irgendetwas anderem."

Mit zusammengebissenen Zähnen stand Adams da und holte tief

Atem, um sich zu fassen. Dann lächelte er kaum merklich. „Zum Teufel, Paige, ich habe es einfach satt, mir selbst Gesellschaft zu leisten."

Paige lehnte sich zurück. „Dann bist du also hergekommen, um Anschluss zu suchen."

„Nein."

„Nein?"

„Nein! Verdammt, Paige", brach es in einem neuerlichen Anflug von Gereiztheit aus ihm heraus, „gibt es hier drinnen ein Echo?"

„Nicht, dass ich wüsste, Adams."

„Hör auf damit!" Über den schmalen Tisch hinweg stützte er sich auf die Armlehnen von Paiges Stuhl. „Ich suche keinen Anschluss, und ich bin auch nicht hergekommen, um darüber zu diskutieren, ob ich gut geschlafen habe oder nicht. Ich bin deinetwegen hergekommen, Paige Claibourne."

„Warum?" Er war ihr so nah, dass sein teures Eau de Cologne, das sie automatisch an Konferenzräume und Berge von Akten denken ließ, ihre Sinne betörte. Ihr Herz raste. Doch ihre Miene blieb beherrscht, verriet nichts vom Aufruhr ihrer Gefühle.

„Warum?", wiederholte er wie ein Papagei. „Warum?" Er warf ihr einen hitzigen Blick zu.

„Ja, Adams. Warum?"

„Zum Kuckuck, da ist schon wieder dieses verdammte Echo."

Paige lachte und war froh, dass das ganz natürlich klang. „Tut mir leid. Wir beide hören uns wirklich wie Echos an." Dann fragte sie ruhig: „Also, Adams, was kann ich an diesem schönen Morgen konkret für dich tun?"

Er ging ein paar Schritte hin und her, ehe er zu ihr zurückkehrte und ihr fest in die Augen blickte. „Du kannst beispielsweise aufhören, mir aus dem Weg zu gehen."

„Aber das tue ich doch gar nicht." Kaum hatte sie das gesagt, da war Paige klar, dass das gelogen war. „Okay, es stimmt, ich bin dir aus dem Weg gegangen. Aber nur, weil ich weiß, wie schwierig die Situation für dich ist, und weil ich dachte, du brauchst etwas Abstand und Zeit für dich selbst."

„Ich brauche keinen Abstand. Und erst recht keine Zeit für mich allein. Weiß der Himmel, in dieser einen Woche war ich mehr als genug allein." Er hätte ihr von der Einsamkeit im Gefängnis erzählen können. Wie unendlich verloren und allein er sich gefühlt hatte, selbst unter seinen Mitgefangenen. Er hätte ihr vieles erzählen können, tat es jedoch nicht. Er hatte noch nie mit jemandem über diese Zeit tiefster Verzweiflung und Qual gesprochen. Und er würde es wahrscheinlich nie können.

Er fuhr sich mit den Händen durch das dichte, braune Haar und versuchte es erneut mit einem Lächeln. Es misslang. „Was ich jetzt brauche, ist ein Freund."

Und müde gestand Adams Cade, der dynamische Geschäftsmann, der durch einen gnadenlosen Strafvollzug Abgehärtete, was er nie für möglich gehalten hätte: „Verdammt, ich brauche dich, Paige. Ich muss mich unbedingt vergewissern, dass es auch noch Liebenswürdigkeit und Charme auf dieser Welt gibt."

„Und du willst, dass ich dir das beweise?" Paige war der Mund trocken geworden, und ihre Stimme klang rau und unsicher.

Doch aufgewühlt, wie Adams war, schien er es nicht zu bemerken. „Wer zum Teufel denn sonst?"

Adams war frustriert. Doch Paige wusste, dass das nicht allein von seelischem Schmerz kam, sondern von einem Gefühl totaler Hilflosigkeit. Männer wie Adams Cade, Männer der Tat und ungewöhnlicher Leistungen, ertrugen es nicht, sich hilflos zu fühlen. Deshalb brauchte er vielleicht wirklich Gesellschaft.

Vielleicht brauchte er sogar sie – eine alte Freundin aus vergangenen Tagen. Dennoch war Paige instinktiv klar, dass das Letzte, was er zulassen würde, Mitleid war.

„Tja, wer sonst?" Sie tat, als denke sie angestrengt nach. „Ah, ich hab's."

„Du scheinst höchstens den Vorsatz zu haben, mich langsam verrückt zu machen, indem du alles, was ich sage, wiederholst." Adams Miene war hart und verschlossen. Seine schlechte Laune hatte sich nicht gebessert. Und ihn zu necken, schien auch nicht zu helfen.

Aber sie konnte es noch einmal versuchen. „Mir fiel eben ein, dass ich Cullen bitten könnte, dir eine Hostess zu besorgen." Den hitzigen Blick, den er ihr zuwarf, erwiderte sie mit unbewegter Miene. „Es ist zwar noch Vormittag, und diese Damen arbeiten meistens am Abend, aber bestimmt kann Cullen eine finden, die das nicht so eng sieht. Es wäre nicht das erste Mal, dass ein Mann, der dringend Gesellschaft braucht, sich schon vormittags …"

„Verdammt, Paige! Hör mit diesem Unsinn auf!" Vorher hatte

Adams relativ gedämpft gesprochen, um die Gäste im Speisesaal nicht zu stören. Jetzt war er laut geworden. „Ich bin nicht auf Sex aus. Und wenn ich es wäre, dann würde ich mir schon selbst eine Hostess suchen. Im Moment jedenfalls brauche ich nur dich."

Paige übersah es geflissentlich, dass ihre Gäste erschreckt zu ihnen herübersahen. Schnell warf sie Cullen, der Adams inzwischen mit finsterer Miene beobachtete, einen beruhigenden Blick zu, ehe sie leise nachhakte: „Du brauchst mich als Freundin?"

„Ja."

„Und du bist sicher, dass du nicht doch lieber eine dieser Damen haben möchtest?" Sie sollte endlich aufhören, ihn zu necken. Aber sie konnte einfach nicht widerstehen.

„Du bist eine Dame."

„Danke, Adams. Ich hätte nicht gedacht, dass du das bemerkt hast."

Ohne auf ihre Bemerkung einzugehen, schaute er auf den Fluss hinaus, der hinter einer Gruppe alter Sumpfeichen sichtbar war. „Kommst du mit?"

Paige konnte sich an Adams nicht sattsehen. Selbst frustriert und schlecht gelaunt fand sie ihn hinreißend. „Wohin?"

„Irgendwohin." Nach einem mürrischen Blick in die Runde, als könne er es keine Minute länger in dem gediegenen ehemaligen Ballsaal, den Paige mit viel Geschick in einen Speisesaal verwandelt hatte, aushalten, ergänzte er leise: „Bitte, Paige."

Schnell senkte sie den Blick, weil ihr Tränen in die Augen stiegen. Das war Adams, der ehemalige Friedensstifter, der selten wütend war, aber stets zur Versöhnung bereit. Adams, der so tief verletzt war, dass er sein liebes Lächeln verloren hatte und das freche, ansteckende Grinsen, das sie so sehr mochte. Adams, der sie brauchte.

„Ja."

„Tut mir leid, dass ich so gereizt war. Falls ich dich gekränkt habe … Was?" Abrupt hielt Adams inne. „Was hast du da gesagt?"

„Ich habe Ja gesagt. Ich komme mit dir." Noch während sie sich wunderte, wo ihr Selbsterhaltungstrieb geblieben war, hörte sie sich fragen: „Wohin möchtest du, Adams? Zum Fluss? Zum Strand? Oder möchtest du lieber segeln?"

„Das darfst du bestimmen."

Er mochte nicht unter Leute. Er mochte nicht einmal eine Wahl treffen. Das war Paige klar. Doch ebenso klar war ihr, dass sie auf keinen

Fall mit Adams Cade allein sein sollte. Nicht, weil sie Angst vor ihm hatte. Sie würde niemals Angst vor ihm haben. Nein, die einzige Person, die sie fürchten musste, war Paige Claibourne.

„Ich kenne eine schöne Ecke auf Summer Island", hörte sie sich sagen. Weil sie offenbar plötzlich den Verstand verloren hatte, versuchte sie, sich auf die normalerweise sehr vernünftige, gelassene Geschäftsfrau, die sie war, zu besinnen.

Doch es wollte ihr nicht so recht gelingen. Denn selbst, als die vernünftige Paige ihr zuflüsterte, dass die Insel praktisch menschenleer und daher gefährlich war, erklärte die wagemutige Paige von einst: „Da es nur sechs Häuser an dem über drei Meilen langen Strand gibt und die meisten jetzt zu Saisonbeginn noch unbewohnt sind, dürfte der Strand wohl kaum überfüllt sein."

„Hört sich gut an."

„Wir können das Motorboot nehmen oder auch segeln. Ganz wie du möchtest, Adams."

„Schön." Nachdem sie zugestimmt hatte, etwas mit ihm zu unternehmen, war es ihm egal, wohin sie gingen oder wie sie dorthin gelangten. Alles war ihm recht, Hauptsache, Paige war bei ihm.

Statt sich zu beschweren, dass er ihr nicht geantwortet hatte, fragte Paige: „Hast du schon gefrühstückt?"

„Merrie hat mir zwar Frühstück gebracht, aber ich hatte keinen Hunger." Was bedeutete, dass er es nicht mehr ertragen konnte, allein zu essen.

„Vielleicht hast du ja nach einem Segeltörn und einem Strandspaziergang Hunger. Ich werde Cullen bitten, ein Picknick einzupacken, während ich mich umziehe."

Sie sah auf ihre Uhr. „In einer Viertelstunde bin ich startbereit." Und sie konnte dabei sogar noch Cullen beschwichtigen, dass er sich keine Sorgen zu machen brauchte. „Wir treffen uns dann am Bootsschuppen. In Ordnung?"

„In Ordnung."

Paige verkniff sich ein Schmunzeln, weil sie sich erneut verdächtig nach einem Echo anhörten. Sie nahm ihre Unterlagen, um die sie sich dringend hätte kümmern müssen, und ging Richtung Treppe.

„Paige? Du kommst doch wirklich mit, oder?"

Ihr Herz machte einen Freudensprung, weil er sich so sehr nach ihrer Gesellschaft sehnte. Ohne sich umzudrehen, weil sie fürchtete, schwach zu werden und ihm um den Hals zu fallen, murmelte sie: „Natürlich komme ich mit."

„Versprich es."

„Ich verspreche es, Adams."

Die „River Lady", die Einmast-Slup des Hotels, war startklar. Adams hatte sich umgezogen und trug jetzt kakifarbene Shorts und ein Poloshirt und erwartete sie, Paige, bereits auf dem Bootssteg.

„Entschuldige, dass ich mich verspätet habe. Es gab eine kleinere Katastrophe in der Küche. Eine verloren gegangene Bestellung, was bedeutet, dass es den Red Snapper heute Abend nicht in Pistazienkruste gibt."

„Also hast du umdisponiert." Trotz ihrer Verspätung erstaunlich gelassen, nahm Adams ihr den schweren Picknickkorb ab. Dann reichte er ihr die Hand, um ihr an Bord zu helfen.

„Wir nehmen Mandeln", sagte Paige, eigentlich nur, um etwas zu sagen. Denn der bevorstehende Segeltörn mit Adams beunruhigte sie ziemlich.

„Mandeln passen immer." Er reichte ihr die Hand, damit sie ins Boot springen konnte. „Fertig?"

Paige nickte und erschauerte unwillkürlich, als er sie berührte. Doch wenn es Adams half, seine Frustration abzubauen, indem er den zuvorkommenden Gentleman spielte, wem schadete das schon?

Nicht bereit, sich die einzige Antwort darauf einzugestehen, begann Paige sofort mit den Vorbereitungen fürs Ablegen. Sie wagte nicht, den Blick auf Adams zu richten, weil sie sonst nur wieder fasziniert davon gewesen wäre, wie unglaublich gut er aussah.

Nachdem sie abgelegt hatten, bot Paige Adams an, das Ruder zu übernehmen. Früher hatte er diesen Kurs regelmäßig gesteuert. Doch im Laufe der Jahre hatte sich das Flussbett durch die Gezeiten und so manchen Hurrikan verändert. Anhand einer selbst gefertigten und immer wieder aktualisierten Karte zeigte Paige ihm die beste Route, wies ihn auf Hindernisse unter Wasser und Untiefen hin.

Als dann die Segel gesetzt waren, überließ sie die Navigation ganz Adams. An die Kajüte gelehnt, beobachtete sie den Fluss und Adams und hoffte, die Fahrt würde ihm die gewünschte Abwechslung bieten.

Zunächst strahlte er eine gewisse Grimmigkeit aus, die ihn ungeduldig machte und irgendwie unbeholfen. Früher einmal hatte er mühelos die Fahrrinne des Flusses durchfahren. Jetzt kämpfte er gegen die Tücken an, statt sie mit Freude zu meistern. Er stand auf Kriegsfuß mit den Elementen, agierte nicht wie ein Mann, der das Wasser liebte.

Paige hatte großes Mitleid mit ihm. Manchmal hätte sie ihm am liebsten geholfen, ihm Ratschläge gegeben. Doch sie sagte nichts.

Er kam ihr wie ein Langstreckenläufer vor, der sich über einen schlechten Weg quälte, während er doch eigentlich mit dem Wind um die Wette laufen wollte.

Eine Weile noch stand ihm seine Ungeduld im Weg. Dann legte sich seine Verbissenheit, er entspannte sich und gewann seine alte Sicherheit im Umgang mit dem Boot zurück.

Seine Verwandlung zu erleben war für Paige wie eine Rückkehr in alte Zeiten. Wenn auch nur für eine kleine Weile. Für diesen einen Tag.

Adams redete nicht. Sie auch nicht. Doch es war das friedliche Schweigen alter Freunde, die gemeinsam schöne Erinnerungen durchlebten. Einmal zeigte er ihr einen Adler, der hoch über dem Fluss dahinsegelte. In dieser Küstenregion hatte es damals, als ihr Adams genommen wurde, keine Adler gegeben. Doch da sie die besondere Stimmung nicht zerstören wollte, wartete Paige lieber auf eine andere Gelegenheit, um Adams zu erzählen, dass jetzt ein Dutzend dieser majestätischen Vögel in der Gegend lebten.

Sie beobachteten noch andere Tiere, und Adams' Freude an der Natur wurde immer größer, sein seelischer Kummer schwand mehr und mehr. Er wurde zusehends lockerer. Und Paige wusste, dass sie, egal, was der Tag noch bringen mochte, diesen Ausflug niemals bereuen würde.

Inzwischen kamen sie mühelos voran. Bald verbreitete sich die Fahrrinne, und sie erreichten die Flussmündung. Im tieferen Wasser und mit einer kräftigen Brise von See her in den Segeln glitt die River Lady dann fast wie von selbst dahin. Und Adams entspannte sich zum ersten Mal seit Jahren.

Nichts hatte sich geändert. Sein Vater war immer noch schwer krank, er war immer noch das schwarze Schaf der Familie, und es war immer noch gut möglich, dass er Belle Ràve nie wieder sehen würde. Das alles konnte er nicht vergessen, aber er konnte seinen Kummer für die Dauer dieses Segeltörns verdrängen.

Mit einem entschlossenen Lächeln entledigte er sich seines Poloshirts, setzte eine Schirmmütze auf und zog sie sich tief in die Stirn.

Dann trat er wieder ans Ruder und nahm Kurs auf Summer Island.

Als das Boot so durch die Wellen glitt, auf der Steuerbordseite die ruhige, offene See, zog auf der Backbordseite eine kleine Insel nach der anderen mit weißen Sandstränden und mit Strandhafer überwachsenen Dünen vorüber.

Adams erinnerte sich, dass der Küste an die sechzig kleine Inseln vorgelagert waren. Einige waren bewohnt, die meisten jedoch nicht. Summer Island gehörte zu den größeren.

Auf einmal wurde Adams bewusst, dass der Frühling unaufhaltsam in den Sommer überging. Es war deutlich wärmer geworden, und die nach Salz schmeckende riechende Brise, die von See her wehte, ließ ahnen, dass der Sommer mit seinen heißen Tagen, die man am besten am Strand verbrachte, vor der Tür stand.

„Wenn ich doch nur …", murmelte er vor sich hin, dann schüttelte er energisch den Kopf. Nein, er würde im Sommer nicht mehr hier sein. Er konnte es nicht. Doch er würde nicht zulassen, dass sein Bedauern das überschattete, was er jetzt genießen konnte. Und das war dieser herrliche Frühlingstag mit Paige.

Lächelnd sah er zu ihr hinüber und streckte ihr einladend die Hand entgegen.

Paige hatte Adams, seit sie abgelegt hatten, fasziniert beobachtet. Nun war seine Verwandlung abgeschlossen. Er hatte die Hülle, die ihn wie ein schützendes Schneckenhaus umgeben hatte, abgestreift. Und der Himmel stehe ihr bei, er hatte immer noch diesen frechen Charme von damals, sodass sie keine Chance hatte, dass ihr Herz unversehrt blieb.

Adams so unbeschwert zu erleben war mehr, als sie zu hoffen gewagt hatte. Und zugleich das, wovor sie sich gefürchtet hatte. Doch als er sie an sich zog, wünschte sich Paige verzweifelt, dass dieser Tag nie zu Ende gehen würde und dass Adams immer so sein könnte wie jetzt.

„Erinnerst du dich?", fragte er.

„An den Sommer, als du mir Segeln beigebracht hast?"

„Hm." Er lachte leise. „Von all den Kandidaten warst du meine beste Schülerin."

„Weil ich am ältesten war, Adams. Und weil du auch nicht ganz so streng mit mir warst, weil ich am kleinsten war."

„Ja, du warst wirklich ein kleines Ding. Doch davon kann keine Rede mehr sein."

„Kein Wunder, ich bin gewachsen."

„Das kann man wohl sagen." Adams grinste. „Genau an den richtigen Stellen."

„Ich rede von Zentimetern, du Schlaumeier."

„Ich auch, Sweetheart. Ich auch."

Paige suchte nach einer schlagfertigen Erwiderung, doch noch ehe ihr etwas einfiel, kam Summer Island in Sicht.

Die nächsten Minuten waren sie damit beschäftigt, auf dem Fluss zu kreuzen, bis sie den ersten einer Reihe von Anlegeplätzen am Ufer erreichten. Das Anlegemanöver ging ihnen schnell und problemlos von der Hand.

„Summer Island hat sich nicht sehr verändert", bemerkte Adams, als sie den Steg entlangschlenderten, am Haus vorbei und dann Richtung Strand. „Sea Watch", las Adams den Namen des Hauses vor, der in ein Stück Treibholz geschnitzt war. „Wer wohnt denn hier?"

„Freunde von mir. Devlin O'Hara hat das Haus vor ein paar Jahren gekauft. Sozusagen ein verspätetes Hochzeitsgeschenk für Kate, seine Frau."

„Er muss sie sehr lieben", meinte Adams, während er das traumhaft schöne Haus betrachtete.

„Ja, ich habe noch nie ein Paar getroffen, das sich so sehr liebt. Ich würde dir die beiden gern vorstellen, aber es wird noch eine Weile dauern, bis sie zurückkommen. Ihre Tochter Tessa ist taub, doch jetzt gibt es neue Hoffnung, dass sie vielleicht bald hören kann."

„Und darüber verschaffen sie sich gerade Klarheit?"

„Ja, Devlin würde Himmel und Hölle für Tessa in Bewegung setzen."

„Ich würde sie gern kennenlernen. Und sei es nur, um mich zu bedanken, dass wir uns auf ihrer Insel aufhalten dürfen."

Noch ehe sie den Sandstrand erreichten, war das sanfte Rauschen der Brandung zu hören. Es war gerade Niedrigwasser, und die See war ruhig.

Nachdem sie sich vergewissert hatte, dass das Wasser schon warm genug zum Schwimmen war, zog sich Paige ihr Frotteekleid, das sie über ihrem Badeanzug getragen hatte, über den Kopf. „Wer zuerst in China ist, gewinnt!", rief sie lachend und rannte ins tiefere Wasser.

Geschmeidig wie ein Delfin schwamm Paige davon. Vorsichtshalber brachte Adams ihr Kleid vor der auflaufenden Flut in Sicherheit. Er hatte keine Badehose dabei, aber es wäre nicht das erste Mal, dass er in seinen Shorts gebadet hätte. Oder ganz ohne.

Paige winkte und bedeutete ihm, ihr zu folgen. Sie brauchte ihn nicht zwei Mal zu locken. Im Nu war er im Wasser, und nach ein paar kräftigen Zügen tauchte er neben ihr auf. Doch im nächsten Augenblick war sie schon wieder weg.

Eine Weile spielten sie ausgelassen wie in alten Zeiten Fangen im Wasser. Immer, wenn der eine den anderen eingefangen hatte, begannen sie ihr Spiel von Neuem.

Schließlich zog Adams Paige in die Arme, statt ihr nur den üblichen Klaps zu geben. Er strich ihr das Haar aus dem Gesicht und flüsterte ihr ins Ohr: „Willst du immer noch nach China?"

„China?" Das freche Funkeln in seinen Augen brachte Paige zum Lachen. „Darum ging es also. Du wolltest mich müde machen, damit du als Erster dort bist. Wie unfair."

„Heißt das, du gibst dich geschlagen?", fragte er grinsend, und es war genau dieses spitzbübische Grinsen, das Paige schon früher den Atem geraubt hatte.

„Das war volle Absicht", beschwerte sie sich. „Damit ich aufgeben muss und du ein Pfand bekommst."

„Wer hat sich denn einfangen lassen? Du, Sweetheart. Wieso bin ich dann der Schummler?"

„Okay, okay. Also ein Pfand." Mit gespielt finsterer Miene fragte sie ihn: „Was willst du?"

„Einen Kuss." Diese Antwort überraschte Adams ebenso sehr wie Paige. Doch wenn er ehrlich war, musste er sich eingestehen, dass er einen Kuss von ihr seit Tagen ersehnte.

„Aber nur einen", warnte Paige, während ihr Herz heftig zu klopfen begann.

„Nur einen", versprach Adams. Als er sie jedoch in die Arme zog, da wussten sie beide tief im Inneren, dass sein Versprechen nur leere Worte waren. Ein einziger Kuss würde für Liebende, die viel zu lange getrennt gewesen waren, niemals genug sein.

„Adams ..." Zögernd schlang sie ihm die Arme um den Nacken und lehnte ihre Stirn an seine nackte Brust.

„Ist schon okay, Paige. Es war doch nur ein albernes Kinderspiel. Wenn du nicht willst, dann ..."

Da hob sie den Kopf und schaute ihm tief in die Augen. „Ich will es. Der Himmel stehe mir bei, Adams, aber ich will es unbedingt."

„Bist du sicher, süße Paige?", flüsterte er rau. „Bitte sei dir sicher."

Flüchtig streifte sie mit den Lippen seine Lippen. Und noch einmal, zweimal, ehe er sie aufstöhnend an sich riss und mit ungezügelter Leidenschaft ihren Mund eroberte. Sofort öffnete sie die Lippen und ging begierig auf sein verführerisches Zungenspiel ein. Dabei streichelte sie seinen Körper genauso hemmungslos wie er ihren. Sie wollte Adams. Sie brauchte ihn. Liebte ihn.

Er küsste sie wieder und wieder. Und sie erwiderte seine Küsse mit der gleichen glühenden Hingabe. Und während sie sich völlig ineinander verloren, trug die Flut sie langsam Richtung Strand.

Sobald Adams Grund unter den Füßen hatte, hob er Paige auf die Arme. Er fragte nicht weiter. All seine Fragen waren längst beantwortet.

Dort, wo der Strand in die Dünen überging, stand eine Strandhütte. Auf deren Veranda hatte Adams vorhin eine Sonnenliege stehen sehen, die anderen Liebespaaren sicher auch schon sehr willkommen gewesen war.

Er trug Paige über den Steg und die wenigen Stufen hinauf. Auf der von der Sonne ausgebleichten Veranda setzte er sie ab, um sie in fliegender Eile zu entkleiden. Aber Paige kam ihm zuvor. Ehe er es sich versah, hatte sie ihr Bikinioberteil abgestreift, und dann landete auch der allerletzte Streifen Stoff, der sie noch bedeckte, auf dem Boden.

Sie war bildschön. So atemberaubend schön, dass er sich unmöglich die Zeit nehmen konnte, sie ausgiebig zu bewundern, sie mit Blicken zu liebkosen. Ihm blieb nur, voller Ungeduld mit ihr auf die Sonnenliege zu sinken.

Von diesem Augenblick an verschwamm der Tag wie im Nebel. Adams hätte nicht sagen können, wann er Paige kurz freigab, um sich seiner Shorts zu entledigen. Von der Sekunde an, als sie seine Hand ergriff, um ihn wieder zu sich auf die Liege zu ziehen, erinnerte er sich nur noch gefragt zu haben: „Bist du geschützt?"

„Ich … ja", stotterte sie, und unendlich erleichtert drang er sofort tief in sie ein.

Danach zählte nichts mehr, nur noch Paiges wohltuende Weichheit, ihre fiebernde Hitze. Und schließlich das erlösende Beben, das sie im gleichen Moment mit aller Urgewalt erfasste wie ihn.

4. KAPITEL

Als Adams ihr zärtlich mit den Fingern durchs Haar fuhr, wachte Paige auf.

Es fiel ihr schwer, die Augen zu öffnen. Sie fühlte sich viel zu träge, um sich zu bewegen. Seufzend reckte sie sich, und als Adams leise zu lachen begann, tat ihr das ebenso wohl wie sein liebevolles Streicheln.

„Du bist wie ein weiches, schnurrendes Kätzchen", flüsterte er heiser, ihre kleinen Lustschreie beim Liebesspiel noch immer im Ohr. Als er Paige sich unter das Strandlaken kuscheln sah, das er vom Boot geholt hatte, kostete es ihn größte Selbstbeherrschung, sie nicht erneut in die Arme zu ziehen. Auch wenn ihm sein Verstand sagte, dass er sie nicht noch einmal lieben durfte, begehrte er sie über alle Maßen.

Als er sie im Schlaf betrachtet hatte, war ihm aufgefallen, dass sie gleichmäßig zart gebräunt war, bis auf die schmalen helleren Streifen, die ihr Bikinihöschen hinterlassen hatte. Sie war offenbar keine fanatische Sonnenanbeterin, schien sich jedoch ab und zu nackt oder fast nackt zu sonnen. Sich vorzustellen, wie sie nur mit einem winzigen Etwas angetan an einem sonnigen Sandstrand herumtollte, brachte seine Selbstbeherrschung erneut ins Wanken.

An welchem einsamen Strand hatte sie ihren wunderbaren Körper gebräunt? Und war sie dort wirklich einsam gewesen?

Adams wurde ärgerlich. Weil er den Gedanken nicht ertrug, dass womöglich ein anderer Mann Paige so gesehen hatte wie er, sie berührt hatte wie er. Sie geliebt hatte wie er.

Hatte sie einen Geliebten? Wachte sie auch neben ihm träge und zufrieden auf? Und wollte auch er sie gleich noch einmal? Am Strand, in der Brandung?

Adams ballte die Hände zu Fäusten, als ihm klar wurde, dass er kein Recht hatte, diese Fragen zu stellen. Oder verärgert zu sein. Was wusste er schon von Paige? Außer, dass sie Witwe war, Hotelbesitzerin, eine alte Freundin? Wer war sie?

Er musste es in Erfahrung bringen. Ob er das Recht dazu hatte oder nicht.

„Paige", drängte er leise. „Zeit aufzuwachen. Wenn du in der prallen Sonne liegen bleibst, wirst du dir einen Sonnenbrand holen."

„Ach wo." Sie reckte und streckte sich. Verträumt sah sie ihn an. Das

Handtuch rutschte ihr bis zu den Hüften, aber es war ihr egal. „Ich bekomme schon keinen Sonnenbrand." Ihre Stimme klang sinnlich-weich. „Aber ich werde mit Sicherheit verhungern."

„Du bist also hungrig." Adams auch, aber ihm stand der Sinn nicht nach Essen. Er verdrängte seine lüsternen Gedanken, so schwer es ihm auch fiel. „Ich habe den Picknickkorb schon vom Segelboot geholt. Wir können in der Strandhütte essen und der Sonne so eine Weile ent-kommen."

„Wir könnten auch ins Haus der O'Haras gehen. Ich habe einen Schlüssel, weil ich immer nach dem Rechten sehe, wenn Kate und Dev-lin nicht da sind."

„Kommt das oft vor?"

„Nein. Früher einmal war Devlin ständig auf Achse, doch mit Kate und Tessa ist er auch an einem einzigen Ort glücklich. Er und Kate ge-ben Kurse am College. Und beide arbeiten engagiert mit Kindern, die hörgeschädigt sind."

„Wegen Tessa?"

„Ja." Paige erhob sich. Sie schlang das Strandlaken um sich und steckte die Enden über ihren Brüsten fest. „Strandhütte oder Haus?"

„Strandhütte", erwiderte Adams zögernd, weil er in Gedanken im-mer noch bei Paige und einsamen Stränden war. Wo sonnte sie sich? Mit wem?

Langsam wurde er richtig besessen von diesen Fragen.

„Es ist dir sehr unangenehm, nicht wahr?"

Überrascht sog Adams den Atem ein. Konnte sie etwa Gedanken lesen?

„Du bist lieber draußen, weil dir geschlossene Räume ein Gräuel sind", vermutete Paige, ehe er hätte antworten können. „Das war auch mit der Grund, warum du heute Morgen so rastlos warst, stimmt's?"

„Stimmt." Er hasste es, eingesperrt zu sein. Nach den Jahren im Ge-fängnis hatte Adams inzwischen akzeptiert, dass das wohl immer so bleiben würde.

Zart berührte sie sein Gesicht. „Ich weiß, wie es ist, eingesperrt zu sein, Adams. Ich weiß, dass man sich sogar unter Freunden ein-geengt fühlen kann. Als ich nach dem Tod meines Mannes nach Belle Terre zurückkam, dauerte es lange, bis ich dieses Gefühl überwun-den hatte."

„Du warst nicht im Gefängnis." Das klang keineswegs bitter, aber ihm war auch nicht anzuhören, dass ihre Bemerkung ihn neugierig gemacht hatte.

„Stimmt schon, es gab keine Gitter vor den Fenstern, keine Wachen. Ganz im Gegenteil. Aber das ist längst Vergangenheit und dürfte dich kaum interessieren." Paige schaute Adams in die Augen und wurde sofort an die unmittelbare Vergangenheit erinnert, die sie miteinander erlebt hatten. „Wir sollten lieber die Gegenwart genießen. Mit anderen Worten, diesen schönen Tag auf Summer Island und Cullens Picknick."

Sie lachte leise. „Also auf in die Strandhütte, sonst verhungere ich tatsächlich."

„Cullen ist wirklich Gold wert." Adams aß seine letzte Erdbeere, dann trank er den letzten Schluck Champagner und stellte Teller und Glas beiseite. „Wo hast du ihn gefunden?"

„Man könnte sagen, ich habe ihn geerbt", erklärte Paige. „Cullens Familie stand über ein Jahrhundert lang im Dienst der Familie meines Mannes. Nicholas und er waren beide die letzten männlichen Nachkommen ihrer Familien. Als Nicholas starb, ging Cullen seiner Meinung nach automatisch an mich über."

„Die Ehre alter Familientraditionen gepaart mit Zuneigung." Adams hatte auch Männer wie Cullen getroffen. „Etwas anderes kennt er nicht, und wenn er sich um niemanden mehr kümmern könnte, dann würde er sterben."

Paige wirkte sehr traurig. „Nach Nicholas' Tod mochte ich nicht auf Fatu Hiva, seinem Paradies im Pazifik, bleiben. Doch die Insel war Cullens Zuhause, und ich dachte, er wäre dort glücklicher. Doch schließlich begriff ich, dass Cullen ohne Nicholas ebenso wenig dort bleiben konnte wie ich."

„Hat er sich inzwischen in unserer Kultur eingewöhnt?"

„Vollkommen. Aber ein so großer Unterschied war es für ihn gar nicht. Er war immer mit Nicholas auf Reisen. Und auch wenn er hier unser Experte für Weine geworden ist, so ist er eigentlich meine rechte Hand, weil er alles kann. Cullen überwacht sogar die Gartenarbeiten." Paige lächelte jetzt. „Die Orchideen vermisst er allerdings sehr."

„Nicholas Claibourne aus Fatu Hiva", sinnierte Adams. „Die Marquesasinseln und der Pazifik liegen sehr weit vom Atlantik und Belle Terre entfernt."

„Du fragst dich, wie Nicholas und ich uns getroffen haben."

„Ein Mann aus einer derart exotischen Gegend – ist meine Neugier da nicht verständlich?"

„Es war ganz unspektakulär. Wir waren an der Universität im gleichen Kurs. Nicholas kam mit einem Gastprofessor für Kunst und Design. Er war etwas älter, weil sein Studium sich durch Krankheit verzögert hatte. Wir fanden uns sympathisch. Doch als der Kurs zu Ende war, kehrte Nicholas nach Fatu Hiva zurück."

„Aber er kam zu dir zurück." Adams beobachtete Paige im Schatten der Strandhütte aufmerksam und stellte sich vor, was für eine lebhafte junge Studentin sie gewesen sein musste. War es da ein Wunder, dass ein Mann mit Sinn für Kunst sie begehrte?

„Ich hörte ein Jahr lang nichts von ihm. In diesem Jahr verlor ich innerhalb weniger Monate beide Großeltern. Als ich meinen Abschluss machte, dachte ich, das würde niemanden interessieren. Doch da stand plötzlich Nicholas vor mir."

„Er war also zurückgekommen." Es schmerzte Adams, dass er nicht für sie hatte da sein können, als sie ihre Großeltern und damit ihre einzigen Verwandten verlor. Oder als sie ihr Examen mit Auszeichnung bestand. Doch statt den reichen, kultivierten Nicholas Claibourne zu hassen, war er dankbar für die Liebenswürdigkeit eines Mannes, den er nie gekannt hatte.

„Er bat mich, ihn zu heiraten und mit ihm nach Fatu Hiva zu gehen. Und da mir hier nichts geblieben war, sagte ich Ja."

Adams hatte Paige genau zugehört. Es klang Zuneigung aus ihren Worten, wenn sie von ihrem Mann und dessen exotischer Heimat sprach. Doch unterschwellig auch noch ein anderes Gefühl.

Paige schien glücklich mit Nicholas Claibourne auf seiner Insel gewesen zu sein. Dennoch war sie nach seinem Tod nach Belle Terre zurückgekehrt. Warum?

„Hast du ihn geliebt, Paige?"

Wieder wurde sie traurig. „So sehr er es wollte."

Ehe er ihre rätselhafte Bemerkung hinterfragen konnte, machte Paige sich daran, die Reste des Picknicks wegzuräumen, das eigentlich eher ein Festmahl gewesen war. Daran waren Paige zufolge Cullen und sein untrügliches Gespür für exzellentes Essen schuld. Der Chefkoch des River Walk war mittlerweile berühmt und der ständig ausgebuchte Speisesaal der beste Beweis für seine Kochkunst. Doch bevor Cullen Pavaouau ihn unter seine Fittiche genommen hatte, war er nur ein gewöhnlicher Koch gewesen.

„Wenn du einen Spaziergang machen willst, würde ich gern jemanden mit dir besuchen." Der Mann, den sie im Sinn hatte, war kein Fremder für Adams. „Es ist nicht weit, und er würde dich nie verurteilen. Ohne die O'Haras ist er im Moment vermutlich recht einsam."

Summer Island war eine bewachte Insel. Ein einzelner Wachmann wachte über die sechs Häuser auf dem über drei Meilen langen Strand. Sie kam selten auf die Insel, ohne im Wachhäuschen vorbeizuschauen.

„Willst du mir nicht verraten, wer dieser einsame Mann ist?"

„Nein."

„Und du willst ihn mit einem Strandlaken angetan besuchen?" Adams' Neugier war nun endgültig geweckt.

„Er hat mich schon mit weniger bekleidet gesehen."

„Ach ja?" Sein erster Gedanke war, dass es der Geliebte war, mit dem sie sich sonnte und halb nackt herumtollte. Doch er bezweifelte das sofort.

Paige hatte keinen Geliebten. Sie war zu ehrlich und unschuldig, um mit mehreren Männern gleichzeitig ein Verhältnis zu haben. Dessen war er sicher. Ohne es zu merken, vertraute er Paige inzwischen, genau wie damals Robbie, seiner Jugendfreundin. Nein, wenn es einen anderen Mann in ihrem Leben gäbe, dann hätte sie niemals mit ihm, Adams, geschlafen.

„Ja. Und ich bin froh, dass er es war." Paige war nun nicht mehr traurig, sondern lächelte ungezwungen.

„Fragt sich nur, warum."

„Wenn du ihn siehst, wirst du es wissen."

Als sie den Strand entlang Richtung Wachhaus gingen, blieb Adams immer wieder stehen, weil er so viele Veränderungen entdeckte.

„Als wir als Kinder hierher kamen, gab es nur zwei Häuser hier. Jetzt sind es sechs. Aber wenn man bedenkt, wie sehr Strandhäuser in Mode gekommen sind, dann kann man von Glück sagen, dass es nur sechs sind."

„McGregor sorgt dafür, dass die Insel möglichst unverändert bleibt", erzählte Paige.

„McGregor, der König des Asphalts von South Carolina?" Adams warf Paige einen wohlwollenden Blick zu. Entgegen ihrer Ankündigung hatte sie doch ihr Strandkleid angezogen.

„Er mag ja der König des Asphalts sein, doch er hat durchgesetzt, dass Asphalt auf Summer Island verboten bleibt. Im Übrigen kümmert er sich auch um die Erhaltung des alten Muschelpfads."

„Der führt immer noch quer über die Insel?" Der Muschelpfad war eine der Attraktionen, die Adams und seine Brüder an den wenigen faulen Sommertagen, die Gus ihnen zugestand, auf die Insel gelockt hatte. Der Pfad schlängelte sich seit Menschengedenken durch die Dünen.

Wissenschaftler vermuteten, dass der Pfad auf einen alten Stamm Ureinwohner zurückging. Vielleicht die Chicora, die sich schon im sechzehnten Jahrhundert an den Stränden einfanden, um zu jagen, zu fischen und die im Überfluss vorhandenen Austern, Venusmuscheln und Miesmuscheln zu sammeln.

„Der Pfad ist nach wie vor die einzige Verbindung von einem Inselende zum anderen. McGregor kämpfte gegen eine moderne Straße, und er achtet mit größter Sorgfalt auf den Erhalt der alten. Nach einem ungewöhnlich hohen Hochwasser oder einem Sturm rückt er sofort mit seiner Crew an, um die notwendigen Reparaturen vorzunehmen." Paige hob eine hübsche Muschel auf und steckte sie in ihre Tasche."

„Wer hat denn entschieden, dass es hier nur sechs Häuser geben soll?" Adams ergriff Paiges Hand. „Auch McGregor?"

Atemlos war sich Paige bewusst, wie kraftvoll und doch zärtlich Adams ihre Hand umschloss. Sofort fiel ihr wieder ein, mit welcher Leichtigkeit er sie auf die Veranda der Strandhütte getragen und mit welcher Zärtlichkeit er sie dort geliebt hatte.

Gefangen von ihren Träumereien, verlor sie für einen Moment den Gesprächsfaden. „Als ein für rigorose Baumaßnahmen bekannter Investor hier auf der Insel herumzuschnüffeln begann, kaufte McGregor kurzerhand alles Bauland hier auf und entwickelte selbst ein umweltverträgliches, begrenztes Bauprogramm."

„Das kann man bei nur sechs Häusern auf über drei Meilen Strand wohl sagen, die noch dazu von einem grimmigen, mysteriösen Wachmann bewacht werden."

Paige musste lachen. „Ich werde ihm sagen, dass du ihn grimmig genannt hast. Das wird ihn köstlich amüsieren." Sie entzog ihm ihre Hand, weil sie noch eine Muschel entdeckt hatte. „Ist sie nicht perfekt?"

Sie hatte eine Flügelmuschel gefunden, die beiden Muschelhälften hafteten noch zusammen. Das war recht selten und sah aus wie das verloren gegangene Flügelpaar eines Engelchens.

„Bildschön", murmelte Adams. Dabei betrachtete er weniger die Muschel als Paige selbst. Denn sie war es, die er bildschön fand. Ihr Gesicht strahlte vor Freude über ihren Fund. Wie sie so bis zu den Knöcheln in der Brandung stand, ließ der von Land her wehende Wind ihr Frotteekleid an ihr kleben wie eine zweite Haut, betonte ihre schönen Brüste, ihre Hüften, ihre Schenkel. Satin oder Spitze hätte kaum aufreizender sein können. Und aufgewühlt, wie er ohnehin schon war, stellte Adams sich unwillkürlich vor, das sie unter ihrem Strandkleid splitternackt war.

Der Himmel stehe ihm bei, aber was Paige betraf, kam er sich seltsam zwiegespalten vor. Einerseits wie ein Mann, der impulsiv nur an seine eigenen Bedürfnisse dachte. Der ihr am liebsten ihr Kleidchen vom Leib gerissen hätte, um sie in ihrer ganzen Nacktheit zu bewundern, der sie berühren, liebkosen und sich mit ihr in einem wilden Liebesakt in der Brandung tummeln wollte.

Und dann war da der vernünftige Mann, der gegen seine Begierde ankämpfte und die Lust, die in ihm wie eine heiße Flamme loderte. Der Mann, dem bewusst war, dass es für ihn keine Zukunft mit Paige gab. Sie war viel zu kultiviert für einen durch das Leben hart gewordenen Ex-Sträfling. Zu gefühlvoll für eine kurze Affäre mit einem Mann, den sein eigener Vater verstoßen hatte.

Doch keines der Argumente, die der vernünftige Adams Cade vorbrachte, hatte ihn davon abgehalten, Paige zu lieben. Und keines hielt ihn ab, sie jetzt erneut heftig zu begehren.

Er beschwor sich, daran zu denken, dass er sie nach einer zärtlichen Liebesstunde schon einmal verlassen hatte. Diesmal konnte es nicht anders sein. Nein, er durfte auf keinen Fall noch einmal mit ihr schlafen.

Ohne etwas vom Aufruhr seiner Gefühle zu merken, lächelte Paige Adams liebevoll an. „Diese Muschel wird das Prunkstück meiner Sammlung. Du bist mein Glücksbringer, Adams."

„Ich bin niemandes Glücksbringer. Deiner schon gar nicht."

„Bist du ärgerlich?" Paiges Freude verflog.

Adams nahm Paige wieder bei der Hand und wünschte, er könnte so vieles ungeschehen machen. Wünschte, er wäre ein anderer Mann, ein besserer Mann. „Ich bin nicht ärgerlich. Zumindest nicht auf dich."

„Was ist dann los?" War ihm eingefallen, dass sie, als sie beide wie von Sinnen vor Begierde waren, seine Frage nach Verhütung stotternd beantwortet hatte? Sie wollte so gern mit ihm über ihre Ehe mit Nicholas reden – und über das Risiko, das eine Frau, die nicht genau wusste, ob sie unfruchtbar war, in einem Moment wilder Lust eingegangen war. Aber nicht an einem Tag, wie sie ihn sich mit Adams nicht schöner hätte erträumen können. Die Wahrheit konnte warten.

„Nichts ist los. Nur eine Laune." Er grinste verlegen. „Ich bin nämlich launisch, wie du ja erst heute Morgen erlebt hast."

„So, so, eine Laune. Und du bist bestimmt nicht ärgerlich?"

„Auf dich nie." Er legte einen Arm um sie und zog sie an sich. „Lass es uns vergessen, deinen Freund besuchen und dann nach Hause segeln", flüsterte er.

Nach Hause. Ein Wort, das Adams sonst vermied. Paige fragte sich, ob es ihm aufgefallen war.

In der Hoffnung, es bedeutete, dass er sich inzwischen bei ihr im River Walk heimisch fühlte, legte sie ihm einen Arm um die Taille und ging mit ihm zur Brücke.

„Das ist ja ein gewaltiges Bauwerk." Adams blieb stehen. „Eine mit Steinfiguren verzierte Brücke aus Stahl und Beton hätte ich nicht erwartet."

„Alle Ferienhausbesitzer hier wohnen in Belle Terre. Einige kommen mit dem Auto oder Motorboot, aber die meisten mit dem Segelboot. Da wollte keiner eine umständliche Zugbrücke. Also ist es eine ganz normale Bogenbrücke geworden." Paige machte eine ausladende Handbewegung. „Der Brückenwärter wohnt in dem kleinen hübschen Haus dort drüben."

Als sie den höchsten Punkt des Brückenbogens erreichten, blieb Adams stehen und sah auf das schnell dahinfließende Wasser hinunter. „Erinnerst du dich, als wir von der alten Holzbrücke sprangen, die früher hier stand?"

„Und bis zu den Knien im Schlick landeten?" Paige lehnte sich an eine der Steinfiguren und blickte zurück auf die Insel. „Das war das erste Mal, dass du mich hast mitkommen lassen. Von der Brücke zu springen war eine Mutprobe, um mich abzuschrecken."

„Robbie konnte nichts abschrecken, stimmt's?"

„Ich hatte Angst, ließ mir aber nichts anmerken."

„Und jetzt, Paige?"

„Hallo, da oben auf der Brücke." Eine Männerstimme mit deutlichem Südstaatenakzent enthob Paige einer Antwort.

Ein älterer Mann kam auf sie zugehumpelt. „Paige bist du das?"

„Ja, Hobie. Und ich habe jemanden mitgebracht."

Der Alte kam näher, und auf einmal erkannte Adams ihn. „Hallo, Mr Verey."

„Adams?" Blinzelnd kam Hobie noch einen Schritt näher. „Adams Cade?"

„Ja, Sir. Adams."

„Verdammt, Junge." Hobie schüttelte Adams die Hand. „Wurde aber auch Zeit, dass du nach Hause kamst."

„Hier ist nicht mein Zuhause, Mr Verey. Nicht mehr. Ich bin nur zu einem Besuch hier."

„Aus welchem Grund auch immer, ich freue mich jedenfalls, dich wiederzusehen. Kommt doch mit ins Haus. Ich habe gerade eine Karaffe Limonade gemacht. Viel zu viel für mich allein, da Tessa ja nicht hier ist."

Damit humpelte der Alte einfach voraus, als bezweifle er keine Sekunde, dass Paige und Adams seine Einladung annehmen würden.

„Sobald du den Mund aufgemacht hast, wusste ich, dass du es warst, Adams. Keiner der Jungs, außer den Cades, nannte mich Mister. Und keinen der Cades konnte man verwechseln." Seufzend lehnte sich der alte Hobie in seinen abgewetzten Lehnstuhl zurück.

„Nein wirklich", fuhr er fort, „ich habe noch nie vier Brüder gesehen, die einander so verschieden und doch so ähnlich waren. In mancher Hinsicht war Gus gut für euch. Doch meistens war er ein verdammter Narr."

Adams und Paige hörten zu, tranken Limonade und knabberten Schokoladenkekse, die Kate O'Hara gebacken hatte. Sie ließen Hobie Verey reden, ohne selbst viel zu sagen.

„Ich war immer der Meinung, dass irgendwas an der Geschichte mit Junior Rabbs Kopfverletzung damals faul war. So was ist nicht deine Art, Adams. Bei all deinen jugendlichen Raufereien hast du nie jemanden von hinten angegriffen. Das würden ein Dutzend Zeugen bestätigen. Aber du hast ja nichts gesagt. Kein einziges Wort zu deiner eigenen Verteidigung während des gesamten Prozesses."

Hobie holte tief Luft, dann tätschelte er Adams das Knie. „Aber da du jetzt wieder zu Hause bist, kannst du die Sache ja vielleicht klarstellen."

„Da gibt es nichts klarzustellen, Mr Verey. Die Sache wurde so, wie es erforderlich war, vor dreizehn Jahren geklärt."

Plötzlich schaute Hobie Verey Adams mit durchdringendem Blick an. „Du meinst, sie wurde so weit geklärt, wie du es wolltest, oder?"

„Nein, Sir." Adams stellte seine Limonade beiseite. „Ich meine es genauso, wie ich es gesagt habe. Alles, was in jener Nacht damals geschah, ist so aufgeklärt, wie es erforderlich war." Sein Ton wurde sanfter. „Aber ich danke Ihnen für Ihr Vertrauen, auch wenn es in diesem Fall nicht angebracht ist."

„Das sehe ich ganz anders", erwiderte Hobie. „Aber die Cades sind alle gleich stur. Du musst bleiben, und das einzig Richtige tun für dich selbst und diese junge Dame hier." Über den Rand seiner Brille hinweg, die er aufgesetzt hatte, sobald sie im Haus waren, sah er Paige streng an. „Jetzt, wo du älter bist und hoffentlich klüger, wirst du dir doch wohl einen passenderen Platz zum Nacktbaden suchen als ausgerechnet meinen Lieblingsangelplatz."

Paige lachte auf, obwohl sie errötete. „Jetzt, wo ich deinen Angelplatz kenne, auf alle Fälle."

Hobies Brille rutschte noch tiefer, weil er die Brauen hochzog. „Demnach badest du immer noch ganz ohne."

„Bei jeder Gelegenheit." Paige war aufgestanden, um Hobie einen dicken Kuss auf die Glatze zu drücken. „Bei jeder erdenklichen Gelegenheit."

„Dann solltest du dich vor diesem jungen Mann hier vorsehen."

„Oh, das werde ich, Hobie." Sie gab ihm noch einen Kuss. „Aber nicht allzu sehr."

„Dann bin ich zufrieden." Hobie stand nicht auf, um sie zur Tür zu geleiten, und entschuldigte sich auch nicht dafür bei Paige. Aber sie verstand auch so, wie schmerzhaft seine Arthritis sein konnte. „Denk immer daran, dass er ein guter Kerl ist. Egal, was für Schandtaten die Leute ihm nachsagen oder welche Schuld er auf sich genommen hat." Hobie verzog gequält das Gesicht. „Gus Cade ist ein Narr. Jeder andere Vater hätte einen solchen Sohn mit offenen Armen willkommen geheißen. Egal, was er behauptet getan zu haben." Noch einmal sah der Alte Adams eindringlich in die Augen. „Oder vielleicht gerade deswegen."

Adams erwiderte nichts, dann legte er Hobie eine Hand auf die schmale, arthritische Schulter. „Ich danke Ihnen, Hobie. Ich werde es Ihnen nie vergessen, dass Sie an mich glauben."

„Für die Wahrheit brauchst du dich nicht zu bedanken." Und leise verabschiedete er sich: „Komm noch mal vorbei, Adams, ehe du abreist. Das heißt, falls du das überhaupt tust."

Auf dem Rückweg zum Boot schwiegen Adams und Paige, jeder ganz in Gedanken bei dem, was Hobie gesagt hatte. Weil es spät geworden war, sammelten sie schnell gemeinsam ihre Sachen ein. Und während Paige im Haus der O'Haras noch nach dem Rechten sah, verstaute Adams alles auf der River Lady.

Erst als sie abgelegt hatten und zum Hotel zurücksegelten, ergriff Paige das Wort.

„Er hatte dich schon immer besonders gern."

„Hobie?" Adams konzentrierte sich ganz auf die enge Flussbiegung, die sie passierten. „Ich weiß."

„Er hielt dich nie für fähig, Junior Rabb so schwer zu verletzen, mit oder ohne Provokation. Und dabei bleibt er auch."

„Wenn ein Gentleman wie Hobie Verey einen Narren an jemandem gefressen hat, dann gibt er eben nie auf."

„Ich auch nicht, Adams." In Paiges Blick standen unausgesprochene Fragen.

Fragen, die sie nicht stellen würde, das war Adams klar.

„Ich weiß", sagte er leise und streckte ihr die Hand hin.

Als sie sie ergriff, zog er Paige an sich. Sie roch nach Seeluft und Sonnenschein. Und ganz zart auch noch nach einem sehr exotischen Duft, den er nicht kannte, der aber unverwechselbar zu ihr gehörte.

Während er tief ihren geheimnisvollen Duft einatmete, streichelte er ihren nackten Arm. Dass sie wie selbstverständlich in seine Arme gekommen war, schürte seine Sehnsucht nach ihr von Neuem. Am liebsten hätte er eine ruhige Bucht angesteuert und Paige die ganze Nacht geliebt. Aber auch wenn es ihn große Überwindung kostete, beherrschte er sich. Er hoffte, dass sein Verzicht die unvermeidliche Trennung leichter machte. Wenigstens für Paige.

Den Rest der Fahrt hielten sie sich schweigend im Arm.

Als das Hotel in Sicht kam, zog Adams Paige noch enger an sich und flüsterte: „Egal, was mit mir passiert, egal, wohin ich gehe, ich werde dich und diesen Tag heute nie vergessen."

Da wusste Paige, dass er Hobies Rat nicht befolgen würde. Sobald sich Gus Cades Gesundheitszustand gebessert haben würde, würde Adams Belle Terre wieder verlassen.

Plötzlich fand Paige die Luft zum Ersticken. Es schien sich ein Gewitter zusammenzubrauen. Und alles hatte sich geändert.

Adams war ein zärtlicher, rücksichtsvoller Liebhaber gewesen, aber auch fordernd und ungestüm. Sie spürte jeden Teil ihres Körpers – ein wohliges Gefühl. Gleichzeitig fühlte sie sich schuldig, weil sie sein Leben noch komplizierter machte. Paige konnte kaum glauben, dass sie sich ihm derart hemmungslos hingegeben hatte.

Hatte sie insgeheim vorgehabt, sich noch eine Stunde der Leidenschaft zu stehlen, um die Erinnerung daran wie einen kostbaren Schatz in ihrem Herzen zu verwahren? Paige wusste es nicht. Sie konnte nicht klar denken. Doch trotz ihrer Schuldgefühle Adams gegenüber empfand sie bittersüße Freude darüber, dass Adams sie für eine kleine Weile geliebt hatte.

Nichts und niemand konnte ihr diese Erinnerung nehmen. Adams würde hier durchstehen, was er durchstehen musste, doch er war ein ungewöhnlich starker Mann. Danach würde er gehen. Er würde frei sein.

Sie selbst würde mit einem geheimen Stückchen Glück zurückbleiben.

Doch als Adams die River Lady mit sicherer Hand zum Anlegesteg des Hotels steuerte, erwartete sie dort ein finster dreinblickendes Empfangskomitee.

Paige ließ den Blick von Jefferson zu Jackson und Lincoln wandern und schließlich zurück zu Adams und wurde von einer dunklen Vorahnung ergriffen.

„Es ist schlimm", hörte sie Jefferson leise sagen, als er Adams' Hand ergriff, um ihm an Land zu helfen. „Er verlangt nach dir."

5. KAPITEL

Belle Ràve, das bedeutete „schöner Traum".

Adams brachte sein Pferd am Ende der Sumpfeichenallee zum Stehen. Während er sich umschaute, holte er tief Atem. Es duftete nach Blumen. Der leichte Wind wehte den Geruch des Sumpfes und des dahinter liegenden Flusses zu ihm herüber, und das weckte Erinnerungen an uralte Geschichten.

Der Name für die Plantage war sehr treffend. Sie war ein Traum, der mit dem rastlosen Bretonen Jean Cadieu begann, als er mit einer von William Hilton geführten Expedition ins Land kam. Für den wagemutigen Abenteurer war hier das Paradies, und er gab sein unstetes Leben dafür auf.

Jung und kühn, wie Cadieu immer noch war, nahm er den Rest des fast durchgebrachten Familienvermögens und kaufte so viel Land auf, wie er nur konnte. Wenn er nicht kaufen konnte, tauschte er ein. Wenn er nicht tauschen konnte, spielte er darum. So kam er in den Besitz von Ländereien, die nicht mehr nach Morgen bemessen wurden, sondern nach Quadratmeilen.

Sein Reichtum mehrte sich, sein Einfluss ebenfalls. Einige nannten ihn einen klugen Investor, andere einen Schurken.

Ganz gleich, was die Geschichte über seine Moral und seine Geschäfte berichtete, er begründete eine Dynastie in der Neuen Welt. Aus Jean Cadieu wurde John Cade, und dank seiner zahlreichen Nachkommen überdauerte sein Vermächtnis die Jahrhunderte.

„Belle Ràve", murmelte Adams. Er hätte nie geglaubt, noch einmal hier zu stehen. Am Ende der von alten Eichen gesäumten Auffahrt lag das Herrenhaus. Und dort erwartete ihn Gus.

Bei seiner Ankunft am Vorabend hatte sein Vater geschlafen. Eine willkommene Verzögerung des Wiedersehens, und Adams und seine Brüder hatten die ganze Nacht über miteinander geredet. Im Morgengrauen war er mit einem von Jacksons Arabern ausgeritten, um mit eigenen Augen zu sehen, was ihr Gespräch ans Licht gebracht hatte.

In der einen Woche, die er in Paiges Cottage wohnte, hatte er seine Brüder zwar mehrmals getroffen, doch keiner hatte ihm erzählt, in welchem Zustand sich die Plantage befand.

Ein Zustand, den er kaum fassen konnte. Auch wenn Jefferson beteuerte, dass er, als er am Vorabend am Anleger sagte, es sei schlimm, Belle Ràve meinte und nicht Gus' Gesundheitszustand. Trotzdem würde wohl keiner seiner Brüder schwören, dass das eine nicht Hand in Hand mit dem anderen ging.

Der Verfall hatte allerdings erst vor drei Jahren eingesetzt. Seit Gus das gesamte Personal entlassen hatte. Viele der Mitarbeiter waren auf der Plantage geboren worden und wären gern geblieben. Einige boten sogar an, nur für Kost und Logis zu arbeiten. Doch Gus war unerbittlich geblieben.

Nur eine Frau hatte bleiben dürfen, um für Gus zu kochen und zu putzen. Lincoln war damals in einem entfernten Bundesstaat, um sich als Tierarzt weiter zu qualifizieren. Jackson in Irland, um Einblicke in die Zucht der berühmten irischen Pferde zu gewinnen.

So blieb es Jefferson vorbehalten, wieder einmal die Last, der Lieblingssohn zu sein, zu tragen und sich zwei Jahre lang mit dem Niedergang der Plantage herumzuschlagen. Erst im dritten Jahr der Misswirtschaft waren alle Söhne wieder zu Hause, bis auf Adams, das schwarze Schaf der Familie.

Als Ältester war Adams sozusagen Gus' Prügelknabe gewesen. Doch wenn er an die Schuldgefühle dachte, die Jeffie hatte, weil er der Lieblingssohn war, dann fand Adams, dass er selbst durchaus den besseren Part hatte.

So hart und fordernd Gus auch gewesen sein mochte, er hatte nie mehr von seinen Söhnen verlangt als von sich selbst. Und Lincoln, Jackson, Jefferson und sogar er, Adams, würden für ihren Vater durchs Feuer gehen.

Im Geist listete Adams die Probleme der Plantage auf. Die Zäune verrotteten. Die Scheunen brauchten dringend neue Dächer und einen Anstrich. Die Weiden waren von Unkraut und jungen Bäumen überwuchert. Felder lagen brach.

„Aber wie soll ich alles wieder in Schuss bringen, wenn ich nicht willkommen bin?", sagte Adams leise zu sich selbst.

Der Araberhengst spitzte die Ohren, als wundere er sich, warum sein Reiter am Ende der Auffahrt wartete und Selbstgespräche führte.

Adams tätschelte dem bildschönen Hengst den Hals. „Du hast recht, Blackhawk, es ist albern. Das Unvermeidliche aufzuschieben, macht es nur noch schlimmer. Es ist Zeit, dem Hausherrn gegenüberzutreten."

Gus sah gebrechlich aus im Morgenlicht.

Für Adams war sein Vater immer ein großer, kräftiger Mann gewesen. In den dreizehn Jahren schien er kleiner geworden zu sein. Seine rechte Hand, die durch den Schlaganfall gelähmt war, lag schlaff auf der Armlehne seines Rollstuhls. In der linken hielt er eine Tasse Kaffee. Nur Gus' Augen waren unverändert. Offenbar nie verlöschender Ärger ließ sie immer noch Funken sprühen.

„Hallo, Gus." Adams hatte an der Tür des Frühstückszimmers gestanden und zugesehen, wie der Mann, von dem er geglaubt hatte, er würde nie alt werden, sich mit einer Scheibe Toast abmühte. Er hatte überlegt, wie er seinen Vater ansprechen sollte. Doch da er ihn bei sich eigentlich immer nur Gus genannt hatte, wollte er es dabei belassen.

Der Rollstuhl geriet in Bewegung. Die Tasse wurde vorsichtig auf einen Beistelltisch gestellt. Der Stuhl fuhr zurück. Und blitzende schwarze Augen in einem bleichen Gesicht schauten ihn grimmig an. „Was, zum Teufel, tust du hier?"

„Du hast nach mir geschickt." Nach ein paar Schritten war Adams stehen geblieben. „Jefferson, Jackson und Lincoln kamen gestern Abend zum River Walk, um mich abzuholen."

„Gestern Abend!" Der Rollstuhl rollte näher. Die schwarzen Augen funkelten noch heftiger. „Du warst gestern Abend hier?"

„Ja, Sir. Du hast geschlafen, als wir ankamen."

„‚Wir'? Das heißt wohl, deine Brüder sind auch hier."

„Ja, Sir." Adams hielt dem grimmigen Blick stand. „Jackson versorgt die Pferde, die er bei dir im Stall stehen hat. Lincoln sieht nach einer Stute, die demnächst fohlt. Jefferson ist …"

„Zum Jagen, Angeln, Malen oder was er sonst dauernd macht."

„Jefferson arbeitet hart, Gus. Das sagen sowohl Jackson als auch Lincoln." Im Moment versuchte der gescholtene Jüngste einen alten Traktor zu reparieren.

„Widersprichst du mir etwa, Junge?" Der Rollstuhl kam noch ein Stück näher. Dann hielt er so abrupt an, dass Adams schon fürchtete, der gebrechliche Mann, der sein Vater war, würde zu Boden stürzen.

Aber er zwang sich zur Gelassenheit. „Nein, Sir. Ich sage dir nur die Wahrheit."

„Ich habe den Jungen verzogen", schimpfte Gus.

Wenn es nicht so traurig gewesen wäre, hätte Adams die Vorstellung, dass Gus Cade irgendjemanden verzog, zum Lachen gebracht. „Vielleicht warst du nicht ganz so streng zu ihm wie zu uns anderen, aber verzogen wurde Jeffie nicht."

„Nein. Wahrscheinlich nicht."

Der Rollstuhl setzte sich ruckartig in Bewegung. Ein Reifen quietschte. Adams konnte sich nicht zurückhalten. „Vorsicht. Du hast die Bremsen angezogen, Gus."

„Dieses verdammte blöde Ding." Mit seiner gesunden Hand schlug Gus auf die Armlehne des Rollstuhls. Durch die Erschütterung rutschte seine rechte Hand von der Lehne und baumelte wie ein losgerissenes Tau an seiner Seite. Gus merkte es nicht sofort, doch dann begann ein mühsamer Kampf.

Ein Kampf, der trotz allem, was Gus gesagt und getan hatte, Adams in der Seele wehtat. Mit geballten Händen stand er da und wehrte seinen Schmerz ab. Gus war zäh. Er hatte schon so manches überstanden. Und er würde bestimmt alles überstehen, was dieser Schlaganfall ihm bescherte. Mitleid jedoch niemals.

Also blieb Adams abwartend stehen und schickte ein Stoßgebet zum Himmel.

Gus mühte sich wieder und wieder, mit seiner linken Hand seine gelähmte rechte zurück auf die Armlehne des Rollstuhls zu legen. Es wollte ihm nicht gelingen. Schließlich verließen ihn die Kräfte, und er sank leise fluchend in seinen Rollstuhl zurück. Er atmete schwer.

Als er wieder zu Atem gekommen war, hob Gus den Kopf. Er war noch bleicher, seine Augen lagen noch tiefer. Aber sie sprühten immer noch Funken, als er Adams' Blick suchte und stumm um Hilfe bat.

Schweigend ging Adams zu seinem Vater. Er kauerte sich neben den Rollstuhl, nahm den herunterhängenden Arm und legte ihn vorsichtig auf die Armlehne.

Er zögerte, und in diesem kurzen Moment spürte er, wie ihm unsicher übers Haar gestrichen wurde. Doch als er hochsah, war Gus nicht anzumerken, dass er ihn berührt hatte.

Wortlos erhob sich Adams. Und da ergriff Gus seine Hand.

„Ich habe dich gebeten herzukommen …" Gus entschuldigte sich nicht für die Jahre der Verbannung. Doch was immer er ihm zu sagen hatte, es fiel ihm sehr schwer. Er versuchte es erneut. „Ich habe dich hergebeten, damit du das hier in Ordnung bringst. Belle Ràve, meine ich. Lincoln kennt sich mit Bäumen und Tieren aus und wie man sie behandelt. Jackson versteht etwas von Pferden und Pferdezucht. Und

Jefferson … Du hast recht – er arbeitet hart. Aber du, Adams, du verstehst etwas von Zahlen. Von Geschäften. Wenn jemand die Sache hier richten kann, dann du."

„Darum geht es? Bei all dem hier?" Adams zeigte durch das ungeputzte Fenster nach draußen. „Du lässt das, was du mehr als alles auf der Welt liebst, wegen finanzieller Probleme verfallen? Wenn ich …"

„Ich brauche kein Geld von dir", unterbrach Gus ihn. „Ich brauche deine Hilfe."

„Wie denn?"

„Kümmere dich um die Bücher. Stell fest, welche finanziellen Mittel benötigt werden. Dann spuck in die Hände, um Belle Ràve wieder in Schuss zu bringen."

Adams traute seinen Ohren nicht. „Du willst, dass ich wieder auf der Plantage arbeite?"

Kaum hatte Adams das gesagt, da begriff er, dass Gus einfach zu stolz war, um andere sehen zu lassen, in welchen Zustand sein Missmanagement Belle Ràve versetzt hatte. Deshalb würde er seine Söhne schuften lassen. Und der alte Schurke wusste nur zu gut, dass seine Söhne genau das tun würden.

„Schön." Adams trat einen Schritt zurück. „Ich werde es tun, Gus Cade. Ich werde die Plantage wieder zu einem profitablen Betrieb machen. Ich werde reparieren, was repariert werden muss. Ganz gleich, wie lange es dauert – unter einer Bedingung."

„Welche Bedingung?"

„Dass ich freie Hand habe. Keine Einmischung, egal, ob du mit dem, was ich mache, einverstanden bist oder nicht", erklärte Adams fest. „Keine Kompromisse, Gus. Entweder auf meine Art oder gar nicht."

„Verdammt und zugenäht, du nutzt deinen Vorteil aber wirklich rücksichtslos aus."

„Ich hatte einen guten Lehrmeister."

Auch wenn ihm Bedingungen nicht behagten, so wusste Gus Cade sehr gut, dass er keine andere Wahl hatte. „In Ordnung. Keine Einmischung, keine Kompromisse."

„Auf meine Art?"

Gus starrte zum Fenster hinaus, und als Adams schon glaubte, er würde nicht zustimmen, murmelte er: „Auf deine Art."

„Ich komme morgen früh zurück. Punkt sieben. Dann nehme ich die Sache in Angriff." Damit wandte sich Adams zum Gehen.

„Du kannst hier wohnen!", rief Gus ihm nach.

Adams blieb stehen, ohne etwas zu erwidern.

„Lincoln hat eine Wohnung in der Stadt. Er behauptet, das sei näher zu seiner Praxis und den anderen Farmen, falls er zu einem Notfall muss. Jackson wohnt in River Trace, dieser halb verfallenen Farm, aus der er eine erstklassige Pferdezucht machen will." Gus tat die Idee mit einem Achselzucken ab. Aber nur eine Schulter bewegte sich. „Und was Jefferson abends so treibt, weiß man nicht so genau. Aber gegen Morgen taucht er immer hier auf."

Gus runzelte die Stirn, und da merkte Adams zum ersten Mal, dass seine Lähmung auch seine Mimik betraf. „Jeffie war von jeher ein Nachtmensch, Gus. Das weißt du doch. Er streifte früher immer durch die Sümpfe, um die nachtaktiven Tiere zu beobachten."

„Für dieses Hobby dürfte er langsam zu alt sein." Gus wirkte müde. Das Gespräch, das Eingeständnis, Hilfe zu brauchen, und der Kampf mit seinem herunterhängenden Arm hatten ihn sehr angestrengt.

„Jeffie hat mir erzählt, dass du mit zwei Krankenschwestern entlassen wurdest. Wo sind die denn? Ich bin seit gestern Abend hier und habe noch keine gesehen."

„Sie verstecken sich. Ich habe ihnen strikt verboten, unsere kleine Unterhaltung zu stören."

„Du warst dir sehr sicher, dass ich kommen würde?"

„Nicht unbedingt heute", räumte Gus ein. „Aber irgendwann."

„Du scheinst mich ziemlich gut zu kennen."

„Gut genug, Adams Cade. Gut genug."

„Dann weißt du ja auch, dass ich nicht hier schlafen werde."

Gus zog kaum merklich die buschigen Brauen hoch. „Dann bleibst du also in deinem jetzigen Quartier." Er lachte leise. „Als ich hörte, dass du in Belle Terre abgestiegen bist, dachte ich mir gleich, dass es dann ja nur im River Walk sein kann. Himmel, Junge, schon vor Jahren sah ein Blinder, dass du in die junge Dame, die aus dem River Walk ein prima Hotel gemacht hat, vernarrt warst."

Schmunzelnd rollte Gus zum Tisch, trank einen Schluck von seinem kalten Kaffee und sah Adams dann erneut scharf an. „Scheint immer noch so zu sein. Sonst würdest du sie nicht deinem engsten Verwandten vorziehen."

Dem engsten Verwandten – der Begriff ärgerte Adams. Besonders da der Mann, der ihn jetzt wie eine Waffe einsetzte, der Welt vor Jahren erklärt hatte, dass Adams Cade nicht länger sein Sohn und in Belle Ràve nie mehr willkommen sei. Aber Adams wollte alte Wunden nicht erneut aufbrechen lassen.

Trotz Gus' damaliger Verbannung war er jetzt hier, in Belle Ràve. Er hatte seine Hilfe zugesagt, und dazu würde er stehen. Zu seinen Bedingungen.

„Du irrst dich, was Paige betrifft", erklärte er. „Ich war zu alt für sie."

„Als sie zwölf war und du siebzehn, vielleicht. Sogar noch, als sie fünfzehn und du zwanzig warst." Ein verschmitztes Grinsen huschte über Gus' Gesicht. „Mit neunzehn und vierundzwanzig sah die Sache schon anders aus, oder?"

Adams verschlug es die Sprache. Er warf dem alten Spötter einen grimmigen Blick zu. Doch Gus amüsierte sich viel zu gut, um es zu bemerken.

„Zweiunddreißig und siebenunddreißig macht den Altersunterschied noch unbedeutender. Außer, dass sie langsam ein altes Mädchen wird, wenn man an die biologische Uhr denkt, über die Frauen ihres Alters heutzutage jammern."

„Nicht erst heutzutage." Adams war die Sticheleien leid. Sein Vater schien sie zu genießen. „Aber woher solltest du das auch wissen. All deine Frauen, vier, um genau zu sein, waren ja kaum den Kinderschuhen entwachsen. Vielleicht ist deshalb auch keine geblieben."

„Nicht alle haben mich verlassen", verteidigte sich Gus. Er hatte Adams auf die Palme gebracht, was bedeutete, dass dem Jungen Paige Claibourne doch nicht so gleichgültig war, wie er vorgab.

„Nein. Meine und Lincolns Mutter haben sich für dich zu Tode geschuftet. Jacksons und Jeffersons Mütter waren schlau genug, der Schinderei hier vorher zu entfliehen." Als Adams merkte, dass er die Hände zu Fäusten geballt hatte, versuchte er sich zu entspannen. „Aber das ließ dich kalt, nicht wahr? Du hattest, was du wolltest. Alles, was du je von jeder Einzelnen wolltest."

„Söhne." Gus schlug mit der linken Hand auf die Armlehne seines Rollstuhls. „Die will doch jeder Mann. Söhne, die seinen Namen weitertertragen."

„Hast du dich je gefragt, was du gemacht hättest, wenn wir alle Töchter geworden wären, Gus?"

„Aber ihr seid es nicht. Und nur das zählt."

„Für dich." Müde rieb sich Adams den Nacken. „Wenn wir hier jetzt fertig sind, habe ich noch anderes zu tun."

Er war schon fast an der Tür, als Gus ihm zurief: „Grüß Miss Paige Claibourne von mir."

„Sie ist Mrs Paige Claibourne, Gus." Achselzuckend ergänzte er: „Ich komme morgen wieder."

„Verdammt!" Fast wäre Adams gestolpert. Er war so müde wie lange nicht mehr. Der Arbeitseinsatz im Gefängnis war nie so anstrengend gewesen, auch nicht die Arbeit auf den Bohrinseln.

Du bist eben verweichlicht, Cade, spottete seine innere Stimme, als er den Pfad zum Cottage am Fluss einschlug. All die Jahre am Schreibtisch haben aus dir ein Weichei gemacht."

„Nicht ganz", murmelte Adams und bewegte seine verspannten Schultern.

Nach seinem Zusammentreffen mit Gus hatte er die Plantage nicht verlassen, sondern sich mit seinen Brüdern zu einer Familienkonferenz zusammengesetzt. Danach hatte er Jefferson mit dem Traktor geholfen. Unterdessen war das Fohlen auf die Welt gekommen, und weil Lincoln zu einem Farmer gerufen wurde, hatten sie schließlich zu dritt bis nach Sonnenuntergang die dringendsten Arbeiten erledigt.

Dann hatte Jackson sich um seine bei Gus untergestellten Araber kümmern müssen und anschließend um seine irischen Vollblüter in River Trace.

Jefferson hatte seinen Kunstunterricht ausfallen lassen, um genauso lange zu arbeiten wie Adams. Und das war zu lange, wie Adams jetzt feststellte. Er war erschöpft, und der morgige Tag würde auch kein Zuckerschlecken werden.

Denn da würde er mit Gus' Büchern anfangen. Er hoffte, er konnte das Chaos entwirren, das sein Vater aus der Buchführung und den Finanzen von Belle Ràve gemacht hatte.

Aber heute Abend wollte er nicht mehr an Gus und die Plantage denken.

Als er die Veranda des Cottages betrat, stand dort zu seiner Überraschung mitten auf einem Tablett voller Köstlichkeiten ein brennendes Windlicht.

Auf einmal hatte er Hunger. Mit einem feuchten Tuch, das neben dem Tablett lag, wischte er sich das verschwitzte Gesicht und die Hände ab. Dann trug er das Tablett an den Rand der Veranda, und während er an eine der Säulen gelehnt das Spiel des Mondlichts auf dem Fluss beobachtete, verspeiste er alles bis auf den letzten Bissen.

Zufrieden seufzend lehnte er den Kopf gegen die Säule. „Dem Himmel sei Dank für den fürsorglichen Cullen."

„Diesmal war es nicht Cullen." Paige trat aus dem Schatten der Veranda, wo sie auf Adams gewartet hatte.

„Paige." Sie kam ihm vor wie eine Traumgestalt, als sie da in ihrem trägerlosen Sommerkleid zu ihm herüberkam. Wegen der Schwüle hatte sich ihr sonst glattes, glänzendes Haar zu kräuseln begonnen. Es war nicht die wilde Lockenmähne, die sie als junges Mädchen gehabt hatte, aber ihre leicht in Unordnung geratene Frisur gab ihr etwas unglaublich Verführerisches. Und noch verführerischer war der Duft, der sie immer umgab.

„Adams."

Sie sagte nur seinen Namen, mehr nicht, und seine tiefe Müdigkeit war augenblicklich verflogen. „Ich wusste gar nicht, dass du hier bist. Hast du etwa auf mich gewartet?"

„Ja."

Ihre leise Antwort löste prickelndes Verlangen in ihm aus. „Es ist nach Mitternacht. Hast du lange gewartet?"

„Nicht lange." Sie strich sich das Haar aus dem Gesicht und fuhr sich mit den Fingerspitzen über den Hals, ehe sie seinen Blick suchte. „Jefferson hat mich angerufen."

„Aha." Adams war wie hypnotisiert von ihrer Handbewegung und konnte sich nichts Hinreißenderes vorstellen als Paige im Sommerkleid. Außer natürlich Paige ohne Kleid.

Sie nahm ihm das Tablett ab und stellte es auf den Tisch. Dann kam sie zu ihm zurück. Erst da merkte er, dass sie barfuß war und wahrscheinlich wenig oder gar nichts unter ihrem eng anliegenden Kleid trug.

Er sagte nichts, als sie ihm das zerzauste Haar aus der Stirn strich. Oder mit den Fingern über sein Gesicht und seinen Hals fuhr, genau wie eben bei sich selbst.

„Du siehst müde aus. Jefferson hatte also recht", flüsterte sie, während sie mit den Fingerspitzen die verspannten Muskeln seines Nackens und seiner Schulter aufspürte. „Du fühlst dich sogar müde an."

Leise lachend umfasste er ihre Taille. „Woher willst du das wissen, abgesehen von Jeffies Hinweis?"

„Ich erfühle es." Bisher hatte sie ihn nur mit einer Hand berührt.

239

Jetzt strich sie mit beiden Händen über seine Schläfen und begann, mit langsamen, kreisenden Bewegungen seine Verspannungen wegzumassieren. „Gus hat dir ganz schön zugesetzt."

„Stimmt." Adams fiel auf, dass seine Stimme ganz heiser klang, während Paige sich daran machte, weitere Verspannungen aufzuspüren.

„Paige", brachte er mühsam hervor, als sie ihre Hände von seinen Schultern über seine Arme gleiten ließ. „Ich weiß nicht, ob das eine gute Idee ist."

Sacht strich sie mit einem Finger über seine Lippen. „Komm mit mir, es wartet noch mehr auf dich."

Damit führte sie ihn zu einer Laube gleich hinter der Veranda, die über und über mit Kletterjasmin berankt war. Die kleinen weißen Blüten dufteten wunderbar.

In der Laube brannten mehrere Kerzen, und in der Mitte stand ein Badezuber aus Holz, der mit Wasser gefüllt war. Auf dem Wasser schwammen unzählige Blütenblätter.

„Was …"

Sie legte ihm kurzerhand die Hand auf den Mund. „Vertrau mir. Du bist müde und auch seelisch erschöpft, aber wenn du dich ganz in meine Obhut begibst, wirst du deinen Kummer und deine Müdigkeit bald vergessen haben. Wirst du mir vertrauen, Adams?"

Während sie erneut sanft über seine Schläfen strich, nickte er nur stumm.

Er hielt sie nicht davon ab, ihm das Hemd aufzuknöpfen. Und auch nicht davon, es ihm über die Schultern zu streifen.

Ihm stockte der Atem, und er bekam eine wohlige Gänsehaut, als sie seinen nackten Oberkörper streichelte. Erst als sie ihm die Hose ausziehen wollte, wehrte er ab. „Nein."

„Doch." Das klang bestimmt. „Ich habe dich schon mal nackt gesehen, Adams. Aber das hier hat nichts mit Erotik zu tun. Im Moment geht es nur darum, schmerzende Verspannungen zu lösen. Alles Weitere wird sich finden."

Einen Augenblick lang schwieg sie, dann suchte sie seinen Blick. „Bitte."

Allmählich gab Adams seinen Widerstand auf und geriet dabei völlig in ihren Bann. Und langsam fuhr Paige fort, ihn zu entkleiden. Als er splitternackt war, geleitete sie ihn zum Badezuber. Er dachte, sie würde sich zu ihm gesellen – stattdessen kniete sie sich hin und begann ihn mit einem rauen Schwamm zu bearbeiten.

Adams entsann sich nicht, je von einer Frau gebadet worden zu sein. Nicht einmal von seiner Mutter. Nur von Gus. Einem Gus, der dabei ganz sanft mit ihm umgegangen war. So sanft es vom Arbeiten raue Hände eben vermochten. Und während er sich daran erinnerte, dass Gus, als er jünger war, auch ein netter Vater hatte sein können, der mit seinen Söhnen lachte, entspannte er sich allmählich.

Nach einer Weile stand er gehorsam auf und ließ sich von Paige mit einem unglaublich flauschigen Handtuch abtrocknen.

Ihr Verhalten hatte absolut nichts Erotisches, ebenso wenig seine Reaktion darauf. Und daran änderte sich auch nichts, als sie ihn ins Schlafzimmer führte.

Genau wie die Veranda und die Laube hatte sie auch sein Bett vorbereitet. Tagesdecke und Laken waren entfernt. Stattdessen waren Tücher, die ebenso weich waren wie das Badetuch vorhin, über das Bett gebreitet. Auf dem Nachttisch stand ein Tablett mit verschiedenen kleinen Flaschen.

Ihm war, als würde er in einer Wattewolke versinken, als er sich auf dem Bett ausstreckte. Paiges Hände schienen sich in Zauberinstrumente zu verwandeln, als sie begann, seine verspannten Muskeln zu massieren und zu kneten. Ihre kundigen Finger fanden auch die letzte Verhärtung, den letzten Rest Müdigkeit. Sie bearbeitete ihn vom Kopf bis zu den Zehenspitzen, und der Duft ihrer Massageöle wirkte beruhigend und entspannend auf seine Seele.

Paige spürte genau den Moment, als er vollkommen ruhig geworden war, ganz dem Zauber hingegeben, den sie um ihn hatte spinnen wollen. Adams war ein starker Mann, der etwas aushalten konnte. Doch das Leben hatte ihn tief verletzt, und er würde erst dann wieder der Alte sein, wenn die Wunden verheilt waren. Sie hoffte, dass mit der Ruhe, die sie ihm gegeben hatte, und der Liebe, die sie ihm entgegenbrachte, dieser Heilungsprozess in Gang gesetzt wurde.

„Und zum Schluss Umu Hei Monoi", erklärte sie, als sie das letzte Fläschchen zur Hand nahm. Dann wurden Adams' Seele und Körper mit einem Duft aus verschiedenen Essenzen verwöhnt. Es war ein Duft, der jeden seiner Sinne erfasste, der sie aufweckte, erregte. Er konnte an nichts anderes mehr denken als an Paige.

Als sie ihre Massage schließlich beendete, wusste er, dass in der betörenden Duftkombination genau der Duft enthalten war, den Paige immer trug. Der Duft, den er Tag und Nacht in der Nase hatte, und der jetzt ein glühendes Verlangen nach ihr in ihm entfacht hatte.

„Paige." Er drehte sich auf den Rücken, und da sah er sie neben dem Bett stehen. Abwartend. Bereit für ihn. Mit einer einzigen Handbewegung löste sie die Brosche über ihren Brüsten, und das Kleid glitt zu Boden und entblößte ihren makellosen Körper.

In ihren Augen las er, dass Paige ihn ebenso heiß begehrte wie er sie. Er zog sie zu sich aufs Bett. „Umu Hei Monoi – ist dies das Mittel, mit dem die Frauen von Fatu Hiva die Launen ihrer Männer besänftigen?"

„Nur am Anfang." Sie küsste seine Schulter.

„Und dann?" Über sie gebeugt hielt Adams ihren Blick gefangen. Er brannte darauf, dass sie eins wurden.

Weil sie sich ihm entgegenhob, damit er endlich tief in sie hineinglitt, konnte sie nicht antworten. Sie liebten sich, ohne zu sprechen, und erst kurz vor dem Höhepunkt keuchte Paige: „Umu Hei Monoi ist das Parfüm der Verführung."

„Du kleine Hexe", murmelte Adams, als die Wogen der Lust langsam abklangen. „Ich glaube, du könntest mich glatt verhexen."

Paige lachte leise. „Ja, weiß ich, mein Liebster."

6. KAPITEL

*A*dams?"

„He, Kumpel." Ebenso verwundert wie Lincoln bewegte Jackson eine Hand vor Adams' Gesicht hin und her. „Wo bist du?"

Adams sah von einem Stapel Unterlagen hoch, und erst da merkte er, dass seine drei Brüder ihn neugierig beobachteten.

„Du warst plötzlich meilenweit weg", meinte Jefferson.

„Entschuldigung." Nur mit Mühe löste er sich von seinem Tagtraum, der ihn ständig einholte. Doch noch, während er sich erneut auf die Familienkonferenz konzentrierte, war ihm klar, dass Paige, nur in Kerzenlicht gehüllt und ihren exotischen Duft der Verführung, immer wieder seine Gedanken gefangen nehmen würde. Solange er lebte.

„Tut mir leid, ich war in Gedanken. Wo waren wir stehen geblieben, Lincoln?"

„Ich hatte die Frage aufgeworfen, wie es nur möglich war, dass Gus in so kurzer Zeit so viel verlieren konnte."

„Wenn man die Größe der Plantage bedenkt, ist der Verlust eigentlich gar nicht so sehr groß. Und weil Gus es schlau angestellt hat, ist es auch nicht so schnell gegangen, wie es auf den ersten Blick scheint", erklärte Adams.

„Was genau meinst du damit?" hakte Jefferson nach.

Daraufhin brachte Adams das, was er bei der Überprüfung der Finanzen herausgefunden hatte, auf den Punkt. „Gus hat Belle Râve jahrelang mit einem minimalem Budget geführt. Das fing an, als wir alle von zu Hause weggingen, um unser eigenes Leben zu leben."

„Du meinst, seit sich auch die letzten Sklaven emanzipiert haben?", bemerkte Jackson trocken. „Also, seit keiner mehr von uns hier war, um die Arbeit zu machen?"

Adams schwieg einen Moment, weil der Grund für sein Weggehen nun wirklich nichts mit Emanzipation zu tun hatte. Doch er wollte nicht über Tatsachen nachgrübeln, die nicht zu ändern waren. „Ja. Die Probleme fingen damals an."

„Aber die Dinge verschlechterten sich nur langsam, und Gus, clever, wie er ist, konnte es zunächst verbergen. Als dann erkennbar wurde, dass sich Belle Râve nicht mehr selbst tragen konnte, als das Missverhältnis zwischen Einkommen und Ausgaben immer größer wurde, sah

Gus sich nach einer neuen Geldquelle um."

„Am Aktienmarkt", warf Jefferson ein, während er den Blick zum Fenster hinausschweifen ließ. Alles Land, soweit das Auge reichte, war im Besitz der Cades und ein Vermögen wert. Doch solange Caesar Augustus Cade noch einen Atemzug tat, würde nicht das kleinste Stück davon verkauft werden.

Schuldbewusst sah Jefferson von einem seiner Brüder zum anderen. „Ich hätte es wissen müssen. Auch wenn ich nicht im Haus gewohnt habe, so war ich doch täglich hier. Ich hätte es kommen sehen und ihn bremsen müssen."

„Wie denn?" Jackson lachte auf. „Seit wann könnte irgendjemand Gus Cade aufhalten, wenn der sich erst mal etwas in den Kopf gesetzt hat?" Er blickte seinem jüngeren Bruder fest in die Augen. „Wieso zum Teufel solltest du schuld an diesem Schlamassel sein, Jeffie?"

„Ich hole die Post für Gus. Ich hätte Verdacht schöpfen müssen."

„Du liest seine Post, Jeffie?" hakte Adams gespielt ironisch nach, denn er kannte die Antwort natürlich.

„Lieber Himmel, nein. Ich bin doch nicht lebensmüde. Aber die ganze Post von Investmentfirmen und Anwälten hätte mir verdächtig vorkommen müssen."

„Du hättest absolut nichts tun können, Jeffie." Adams legte die Unterlagen beiseite, die den finanziellen Ruin von Belle Ràve belegten. „Keiner von uns hätte das gekonnt. Gus war und ist bei klarem Verstand. Belle Ràve gehört ihm. Genau, wie das eingesetzte Kapital ihm gehörte."

„Aber wer hätte gedacht, dass der alte Knabe so viel von unserem illustren Vorfahren in sich hat? Dass die Spielernatur des ersten Cades noch nach drei Jahrhunderten bei ihm durchbricht?" Jackson, der wieder einmal als Erster den Nagel auf den Kopf getroffen hatte, stand auf und trat ans Fenster.

„Diese Plantage hängt uns seit jeher wie ein Mühlstein am Hals." Abrupt drehte sich zu seinen Brüdern um. „Vielleicht wäre es gar nicht so schlimm, wenn wir sie verlieren würden."

„Wenn wir über die Rettung von Belle Ràve abstimmen würden, dann würdest du also dagegen stimmen, Jackson?" Adams sah seinen Bruder scharf an.

„Das weiß ich auch nicht so genau, Adams."

Es war merkwürdig, den sonst so entschlossenen Jackson verunsichert zu sehen. Aber Adams war bewusst, dass das für keinen von ihnen eine leichte Entscheidung war.

Adams selbst hatte sich bereits entschieden. Aber er würde seine Entscheidung den anderen nicht aufdrängen. Belle Ràve zu retten würde ihnen Opfer in zeitlicher und finanzieller Hinsicht abverlangen. Falls seine Brüder seinem Vorschlag zustimmten, dann wäre Geld kein Problem. Zeit dagegen war der Knackpunkt.

„Wie ich es sehe, haben wir ein zweifaches Dilemma", bemerkte Lincoln, als könne er Adams' Gedanken lesen. „Zeit und Geld."

„Wer hat schon genug von beidem?" bemerkte Jackson brummig.

„Wir. Geld jedenfalls ist kein Thema", erwiderte Adams ruhig.

„Das gilt vielleicht für dich", entgegnete Jackson. „Aber nicht für uns alle." Dann erklärte er, dass er durch die Reise nach Irland und den Aufbau seiner Pferdezucht praktisch pleite sei.

Auch Lincoln legte seine finanziellen Verhältnisse offen. „Tierärzte verhungern nicht, Adams. Aber wir verdienen auch nicht so viel, dass wir Plantagen von gewaltigen Ausmaßen sanieren könnten."

„Als Begleiter bei Jagd- und Angeltouren verdient man auch nicht gerade ein Vermögen", meinte Jefferson. „Mein letztes Bild habe ich für zweitausend Dollar an eine Kunstgalerie verkauft. Wenn wir uns damit die Meute lange genug vom Hals halten können, um vernünftig zu planen, überlasse ich sie dir zur bestmöglichen Verwendung, Adams."

„Danke, Jeffie, aber ehe wir hier weiter diskutieren, würde ich euch gern etwas erklären." Wieder einmal blickte Adams voller Stolz wegen ihrer so unterschiedlichen Talente von einem Bruder zum anderen. „Wir haben noch Cade Enterprises."

„Du meinst, du hast Cade Enterprises", widersprach Jackson sofort. „Und ich hoffe sehr, du hast nicht vor, deine Firma für Belle Ràve zu opfern."

„Nein, Jackson, ich meine ‚wir'." Adams stand auf und stützte sich mit beiden Armen auf den Tisch. „Jeder von euch ist als Partner mit vierundzwanzig Prozent an der Firma beteiligt. Ich selbst halte achtundzwanzig." Ohne auf ihre Fassungslosigkeit einzugehen, fuhr er fort: „Ihr seid noch nicht am Gewinn beteiligt worden, weil es bisher praktisch keinen Gewinn gab, der nicht in die Firma zurückgeflossen wäre. Auf dem Papier verfügen wir über Millionen – eine Fertigungsanlage, ein Flugzeug. Man hat uns ein sehr gutes Angebot gemacht. Und das bedeutet, dass wir die Firma nicht opfern müssen."

245

„Was zum Teufel soll dieser ganze Partnerschaftskram, Adams? Cade Enterprises ist deine Firma. Uns steht kein Anteil daran zu." Ausnahmsweise einmal blieb Lincoln nicht ruhig und gelassen.

„Und wir werden auf keinen Fall zulassen, dass du das, wofür du hart gearbeitet hast, für Belle Ràve hergibst", bekräftigte Jefferson. „Du hast dich immer besonders für Belle Ràve eingesetzt, aber dieses Opfer werden wir nicht zulassen. Nicht nach dem, was Gus dir angetan hat."

Jackson sah das ganz genauso.

„Ihr habt euren Anteil an Cade Enterprises sehr wohl verdient. Die Theorie hinter der speziellen Mechanik, die der Grundstein für die Firma war, wurde von uns allen hier in Belle Ràve entwickelt. Ich habe sie nur verbessert und für ein Problem bei der Ölförderung eingesetzt."

„Lieber Himmel, Adams! Soll das etwa heißen, dass dir die Idee für eine millionenschwere Firma beim gemeinsamen Reparieren altersschwacher Landwirtschaftsmaschinen gekommen ist?"

Dieser Einwand kam natürlich von Jackson. Adams musste schmunzeln. „Genauso ist es. Die Firma ist noch keine Millionen wert. Als eigenständige Firma vielleicht in ein paar Jahren. Sie kann es aber auch jetzt schon sein, wenn ihr als Aktionäre dafür stimmt, ein von Jacob Helms unterbreitetes Angebot anzunehmen. Aber egal, wie ihr entscheidet, eure Anteile gehören euch, solange Cade Enterprises existiert." Adams machte ein ernstes Gesicht. „Wenn ihr mir jetzt bitte zuhört, würde ich euch gern erläutern, welche Optionen wir haben."

„Erklärt mir bitte noch mal, warum wir das eigentlich machen." Nur mit Jeans, Stiefeln, Handschuhen und einem Stetson angetan, wischte sich Lincoln den Schweiß von der Stirn.

„Um den Stolz unseres Vaters zu retten?" Jefferson war gerade dabei, einen weiteren Zaunpfahl einzusetzen und die Erde darum herum festzustampfen.

„Wir tun das alles", ließ sich Jackson vom Traktor aus vernehmen, „damit niemand erfährt, was für ein stolzer Narr unser Vater ist. Mit dem Geld, das wir durch den Deal mit Helms hereinbekommen, könnten wir ohne Weiteres andere für uns schuften lassen."

Die letzte Bemerkung hatte er mit einem Seitenblick auf Adams gemacht, der lange und wortgewandt mit ihnen diskutiert hatte. Weil seine Argumente letzten Endes unschlagbar waren, und weil sie alle den alten Sturkopf, der ihr Vater war, liebten, hatte Adams schließlich gewonnen.

246

Und weil ihre Debatte so lange gedauert hatte, waren sie kurz vor Sonnenuntergang noch bei der Arbeit. Sie waren alle vier müde und hungrig und hofften inständig, dass Gus' Köchin wenigstens heute einmal ein ordentliches Abendessen für sie kochte.

Adams schulterte einen Zaunpfahl. „Lasst uns diesen Abschnitt noch fertig machen und dann für heute aufhören."

„Ganz meine Meinung", stimmte Jackson zu. „Meine Pferde werden schon am Verhungern sein."

„Ich kann dir beim Füttern helfen", bot Jefferson an. „In mein Blockhaus komme ich noch früh genug."

„Gus hat erzählt, dass du dir die alte Anglerhütte unten am Fluss hergerichtet hast." Adams ließ den letzten Pfahl in das letzte Loch fallen, das Jackson ausgehoben hatte. Nachdem er ihn zurechtgerückt hatte, suchte er Jeffersons Blick. „Ich würde sie mir bei Gelegenheit gern mal ansehen."

„Gütiger Himmel!", unterbrach Jackson ihn. „Wo zum Teufel kommt der denn her? Und was um alles in der Welt macht er da?"

„Wer? Wo?" fragte Lincoln, der gerade die alten Zaunpfähle aufstapelte.

„Paiges rechte Hand." Müde, wie er war, sprach Jackson nur noch in Stichworten. „Auf der Veranda. Nein, jetzt im Garten."

Adams fuhr herum. Sein Blick fiel auf Cullen, dann ließ er ihn suchend umherschweifen. Wenn Cullen nach Belle Ràve gekommen war, dann auch Paige.

Doch er konnte sie nirgends erblicken. Bis sich auf einmal die Hintertür öffnete und Gus in seinem Rollstuhl erschien, gefolgt von Paige.

Voller Sehnsucht sah Adams sie sich zu Gus hinunterbeugen und dafür sorgen, dass er es bequem hatte. Dann hörte er sie lachen, und seine Anspannung und Erschöpfung waren wie weggeblasen.

„Paige", murmelte er und merkte nicht, wie sich seine Brüder einer nach dem anderen überrascht zu ihm umdrehten. Und auch nicht, wie sie alle wissend grinsten.

Adams dachte, sie würde zu ihm herüberkommen. Stattdessen winkte sie nur lachend und wandte sich dann wieder Gus zu. War sie Gus besuchen gekommen? Warum sollte sie?

„Es riecht nach Holzkohle!", rief Jackson aus. „Paiges Mann schmeißt für uns Schwerarbeiter eine Grillparty."

„Das hättest du wohl gern", erwiderte Jefferson. Doch sein Grinsen verriet, dass auch er das hoffte.

„Es gibt ja sonst keinen vernünftigen Grund für Paiges Majordomus, in unseren Garten einzufallen und ein Feuer in Gang zu setzen." Lincoln sah von einem Bruder zum anderen. „Oder?"

Lachend räumten sie ihre Werkzeuge zusammen und fuhren gemeinsam mit Jackson auf dem Traktor zur Scheune zurück. Als sie die Araber versorgt und sich gewaschen hatten, ertönte die alte Glocke, mit der früher die Landarbeiter vom Feld gerufen wurden, und vom Haus her roch es appetitlich nach gegrillten Steaks.

„Danke."

„Für das Abendessen?"

„Unter anderem." Hand in Hand schlenderte Adams mit Paige über eine Wiese, die wieder als Weide genutzt werden würde, sobald der Zaun erneuert war. „Gus hat heute Abend gelacht. Und er hat mit Appetit gegessen. Seine Krankenschwestern – wenn sie sich denn blicken lassen – dagegen behaupten, er stochere immer nur in seinem Essen herum."

„Dieses Lob gebührt Cullen." Um ihm näher zu sein, legte Paige Adams einen Arm um die Taille. „Er ist der reinste Zauberkünstler, was Essen angeht."

„Aber du hast Gus zum Lachen gebracht. Ich glaube, das hat ihm sehr gut getan."

Nachdem sie eine Weile schweigend gegangen waren, blieb Adams auf einem Hügel stehen und sah mit Paige im Arm auf das im letzten Abendrot daliegende Herrenhaus hinab.

„Ich hätte nie gedacht, dass ich Belle Râve wiedersehen würde", murmelte er.

„Ich weiß." Paige drehte sich in seinen Armen zu Adams um. In der anbrechenden Dunkelheit konnte sie nur seine Silhouette erkennen, doch sie wusste auch so, dass sich in seinen Augen tiefe Traurigkeit widerspiegelte.

Gus Cade hatte seinen ältesten Sohn um Hilfe gebeten. Und ohne zu zögern oder irgendetwas dafür zu erwarten, hatte Adams sie ihm zugesagt. Paige hoffte aus ganzem Herzen, dass Gus eines Tages die Wahrheit erkennen und seinem Sohn ebenso großherzig vergeben würde, wie dieser ihm jetzt half.

Aber Paige war klar, dass Gus' Vergebung noch lange auf sich warten lassen würde. Bis dahin lag eine schwierige Zeit vor Adams. Und eine anstrengende.

„Du bist erschöpft." Sie streichelte sein Gesicht, fuhr zärtlich die Konturen seiner Lippen mit dem Zeigefinger nach.

Adams ergriff ihre Hand und küsste ihre Handfläche. „Ich fürchte, das wird für die nächste Zeit ein Dauerzustand werden."

„Es gibt hier so viel zu tun. Ich hatte keine Ahnung, wie viel."

„Das hat keiner von uns geahnt außer Jeffie. Zumindest bis Jackson letztes Jahr aus Irland zurückkam und Lincoln aus Kalifornien. Doch auch, als dann alle drei Bescheid wussten, hat mir keiner etwas vom Zustand der Plantage gesagt. Wenn Jefferson nicht angerufen und Gus nicht nach mir verlangt hätte …"

Paige legte ihm einen Finger auf den Mund. „Dann wärst du nicht zurückgekommen. Und ich würde jetzt mit dir nicht hier stehen und auf einen Kuss hoffen."

„Ich bin schmutzig, Sweetheart, und ich rieche nach Stall, aber wenn ich dich küsse, bleibt es vielleicht nicht bei einem Kuss."

Er rührte sich nicht, doch Paige spürte genau, wie sehr er sie begehrte. „Das Risiko gehe ich ein", flüsterte sie, als er den Mund auf ihren Mund senkte. „Jeden Tag."

Er küsste sie zärtlich, aber nur flüchtig, und schloss sie dann aufstöhnend in die Arme. Während er das Gesicht in ihr Haar drückte, zog er sie noch enger an sich, als könne er ihr gar nicht nah genug sein.

„Adams?"

„Bitte sag jetzt nichts. Frag nichts. Lass mich dich nur eine Minute ganz fest halten, Paige."

„Ja." Sie schlang ihm die Arme um die Taille und schmiegte sich an ihn. Dabei spürte sie, wie wild sein Herz klopfte, wie sich sein Verlangen nach ihr steigerte.

Adams kämpfte dagegen an, seit sie sich nach ihrem Wiedersehen zum ersten Mal geliebt hatten. Instinktiv begriff Paige, dass er auch jetzt um Selbstbeherrschung rang. Und auch, dass dieser Abend den Kurs für ihre verbleibende gemeinsame Zeit bestimmen würde. Egal, wie gern sie Adams beeinflussen oder sogar verführen würde, heute Abend musste er die Initiative ergreifen. Adams hatte schon genug zu tragen. Sie würde ihm nicht auch noch ein schlechtes Gewissen wegen einer Affäre mit Paige Claibourne aufbürden.

Also hielt sie ihn nur ganz fest und wünschte dabei sehnlichst, sie könnte ihm wenigstens einen kleinen Teil seiner Bürde abnehmen. Und sie wartete.

Adams nahm nichts um sich herum wahr außer der Frau in seinen Armen. Nur Paige, die ihn mit ihrer Umarmung zu trösten bereit war. Als er schließlich den Kopf hob, war er sich nicht sicher, ob er den Kampf gegen den Egoisten, der er im Gefängnis geworden war, gewonnen oder verloren hatte.

Er nahm ihr Gesicht in beide Hände, um sie zu küssen, und sie erwiderte seinen Kuss hingebungsvoll. Paige hatte ihn nach all den Jahren mit offenen Armen empfangen. Sie hatte ihm Liebe und Herzlichkeit entgegengebracht, wie er sie nie erfahren hatte, und die er ihr nur allzu gern zehnfach zurückgeben würde. Aber er wusste, dass das unmöglich war.

„Paige." Wie hypnotisiert strich er mit den Fingerspitzen über ihre weichen Lippen. „Ich kann nicht bleiben."

„Ich weiß." Das klang resigniert.

„Wenn die Arbeit hier erledigt ist, werde ich abreisen."

„Ja." Da ihr Gesicht nicht vom aufgehenden Mond beschienen wurde, hoffte Paige, dass Adams sie wenigstens anhörte, dass sie nie versuchen würde, ihn zu halten.

„Ich kann dich nicht bitten mitzukommen." Er würde ihr nicht erklären, dass die Welt, in der er lebte, rücksichtslos und kalt war. Er würde ihr nicht sagen, dass er selbst genauso sein musste, um in dieser Welt zu überleben und eine Frau wie sie nicht verdiente.

„Ich weiß."

„Und du willst mich trotzdem?" Er vergrub die Finger in ihrem Haar. „In dem vollen Bewusstsein, dass ich eines Tages gehen werde?"

„Ja, ich will dich trotzdem, Adams."

„Verdammt, Paige, du machst es mir nicht leichter." Abrupt wandte er sich von ihr ab. „Wenn ich einen stärkeren Willen hätte, würde ich dich wegschicken."

„Aber nicht, weil du mich nicht willst, Adams Cade."

„Nein, deswegen niemals." Adams' Stimme klang schroff und zärtlich zugleich.

Paige straffte die Schultern, denn nun wusste sie, wie es mit ihnen beiden weitergehen würde. Sie konnte mit seinen Bedingungen leben. In ihrer kostbaren gemeinsamen Zeit konnte sie alles akzeptieren, solange er sie nur begehrte. Und wenn er wieder weg war, würde sie ihre

Liebe zu ihm in ihrem Herzen bewahren wie in all den Jahren.

Sie hatte ihn immer geliebt, und sie würde ihn bis in alle Ewigkeit lieben. Außer Adams schien das jeder zu wissen. Auch Nicholas Claibourne hatte das getan, als er sie bat, ihn zu heiraten. Dass diese Liebe so tief und unerschütterlich war, fand Nicholas an seiner jungen amerikanischen Frau besonders anziehend.

Doch jetzt mochte Paige nicht an Nicholas denken. Sie ging zu Adams und legte ihm eine Hand auf die Schulter. „Ich bin hier, Adams. Bis du mir ins Gesicht sagen kannst, dass du mich nicht willst."

Leise fluchend drehte er sich zu ihr um und riss sie in die Arme. „Wie habe ich mich schon verflucht, dass ich nicht Gentleman genug bin, dich wegzuschicken. Ich habe es versucht, Paige, immer wieder. Aber ich kann es einfach nicht."

„Ich weiß, Adams. Und ich werde auf keinen Fall gehen, solange du mich willst und mich brauchst."

„Aber ich verdiene dich einfach nicht."

„Darum geht es doch gar nicht." Paige nahm seine Hand, als sie sich aus seiner Umarmung löste. „Unsere Beziehung, oder wie auch immer du es nennen willst, hat absolut nichts mit Verdienen oder Nichtverdienen zu tun."

Adams lachte leise. „Ich hatte ganz vergessen, dass du die Vorsitzende des Debattierklubs der Highschool warst."

„Ha! Du warst gar nicht zur gleichen Zeit wie ich auf der Highschool. Woher willst du das also wissen?"

„Ich weiß eine Menge über dich. Vieles, was andere nicht einmal ahnen." Seine Stimme klang sehr müde.

„Hört sich ganz nach Liebe an", neckte Paige ihn, während sie sich bei ihm einhakte, um mit ihm zum Haus zurückzugehen.

Ohne dass sie es gemerkt hätte, waren die jüngeren Cades bereits aufgebrochen. Sicher waren sie ebenso müde wie Adams. Vorsorglich hatte sie Cullen gebeten, sich um Gus zu kümmern, ehe er ins Hotel zurückfuhr. Nur für den Fall, dass die Krankenschwestern weiterhin unsichtbar blieben. Sie jedenfalls hatte schon nach fünf Minuten festgestellt, dass Gus längst nicht so furchterregend war, wie er tat. Vielmehr konnte er ganz charmant sein, wenn er wollte.

„Was hast du gesagt?" Mitten auf der Wiese blieb Adams stehen.

„Dass du nicht mit mir auf der Highschool warst."

„Danach."

„Dass sich das ganz nach Liebe anhört."

„Ja, genau das." Ehe sie weitergingen, legte er erneut den Arm um sie. „Wo sind denn die anderen?"

„Schon nach Hause gefahren. Sogar Cullen. Wir sind die Letzten, die von der Party übrig sind."

„Ja, es war eine richtige kleine Party." Adams sah zum Haus hinüber, in dem jetzt kein Licht mehr brannte. „Fast wie in alten Zeiten."

Es war noch längst nicht vorbei. Selbst wenn er zum Umfallen müde war, brachen sein Schmerz und seine Wehmut durch, die er so gut zu verbergen glaubte.

„Das meinst auch nur du, Cade." Paige wollte lieber einen Scherz machen, statt in Trübsal zu verfallen. „Ich fand sie schöner als in alten Zeiten. Keine Jungs mit frechen Sprüchen und vorwitzigen Händen."

Adams brach in Gelächter aus, und seine Laune stieg schlagartig. „Sei dir nicht so sicher, dass du ungeschoren davonkommst. Denn ich habe gerade überlegt, wie ich dich in die Scheune locken könnte." Er bedachte sie mit einem frivolen und zugleich betörenden Lächeln. „Hast du schon mal in frischem, duftendem Heu Liebe gemacht, süße Paige?"

„Da müsste ich lügen." Zu ihrer Erleichterung stellte sie fest, als sie sich der Auffahrt näherten, dass Cullen mit Adams' Mietwagen, nicht mit ihrem Kombi, zurückgefahren war. So würde sie Adams leichter überreden können, sich von ihr zum Hotel fahren zu lassen.

„Möchtest du es ausprobieren?"

„Das klingt sehr verlockend, aber wir wollen doch nicht die Krankenschwestern schockieren, oder?"

„Dann verschieben wir es auf ein andermal?"

Im Schein der Gaslaternen, die die Auffahrt beleuchteten, sah sie, wie er ihr übermütig zuzwinkerte. Sie ging auf sein Spiel ein. „Abgemacht. Liebe in einem Heuhaufen in der Scheune zu machen ist schließlich der Traum aller Mädchen."

„Genauso ist es." Wie selbstverständlich hielt Adams ihr die Wagentür auf. Dann setzte er sich auf den Beifahrersitz. „Nimmst du es mir übel, dass es mir nicht die Sprache verschlägt?"

Lachend fuhr Paige die von mächtigen Eichen gesäumte Auffahrt hinunter. Während sie sich fragte, wie lange wohl seine ausgelassene Stimmung anhalten würde, nickte Adams ein.

„O nein!", flüsterte Paige, als sie in die Fancy Row einbog. Vor dem

Hotel herrschte auf der sonst ruhigen Straße das reinste Chaos. Mehrere gelbe Blinklichter flackerten hektisch und warfen ihr grelles Licht auf eine kleine Menschenansammlung auf dem Gehsteig.

Adams war schlagartig hellwach, und sobald sie mitten auf der Straße angehalten hatte, sprang er aus dem Wagen. Im nächsten Moment führte er sie quer durch die Menge direkt zu Jericho Rivers, der inmitten einer Gruppe uniformierter Hilfssheriffs stand, umgeben von vier Streifenwagen.

Noch ehe Adams oder Paige hätten etwas sagen können, beantwortete Jericho ihre unausgesprochene Frage. „Ganz ruhig, Paige. Es war nur ein Einbruch. Es wurde niemand verletzt."

„Ein Einbruch?" Paige konnte sich das nicht vorstellen. Ein Dieb riskierte, sofort entdeckt zu werden, denn außer Cullen waren ja auch Gäste im Haus.

„Ja, aber wir wissen noch nicht genau, ob etwas gestohlen wurde", erklärte Jericho. „Cullen sagt, dass nichts fehlt, was zum Hotel gehört, aber Adams muss noch seine persönlichen Sachen überprüfen. Ich bezweifle, dass etwas fehlt."

„Es wurde im Cottage eingebrochen?" Paige sah von Jericho zu Adams und fing dabei einen vielsagenden Blick auf, den die beiden wechselten.

„Der Einbrecher kam vom Fluss her", mutmaßte Adams.

„Da sind wir uns ziemlich sicher." Jericho blickte zu den auf dem Gehsteig versammelten Hotelgästen hinüber. „Ich wüsste nicht, wie er sonst unbeobachtet ins Cottage hätte gelangen können."

„Selbst wenn er etwas gestohlen hat, glaubst du nicht, dass Diebstahl sein Motiv war, nicht wahr, Jericho?"

„Das wirst du auch nicht glauben, wenn du das Cottage erst gesehen hast", warnte der Sheriff.

Adams strich Paige über die Wange. „Warte bitte hier, Sweetheart. Jericho und ich kümmern uns um die Sache."

„Auf keinen Fall. Schließlich wurde in mein Gästehaus eingebrochen."

Als Paige von Adams und Jericho begleitet zum Cottage am Fluss ging, fiel ihr ein, dass sie sich vorhin noch gefragt hatte, wie lange wohl Adams' frohe Laune anhalten würde. Jetzt, so fürchtete sie, hatte sie die Antwort.

7. KAPITEL

O nein!"
Ihren Entsetzensschrei im Ohr konnte Adams nur hilflos
zusehen, wie Paige in dem Chaos umherging. Sie brach nicht
in Tränen aus, sagte aber auch nichts weiter.

Jericho hatte sie gebeten, nichts anzufassen und nichts zu verändern.
Sie sollte eine visuelle Bestandsaufnahme vornehmen, denn schließlich
kannte sie das Cottage und seine Einrichtung am besten.

Cullen hatte nach seinem Rundgang zu Protokoll gegeben, dass nichts
so sei, wie es sein solle, aber auch nichts entwendet worden sei. Paige sah
ein, dass der Sheriff von ihr nun eine Bestätigung dieser Aussage brauchte.

Cullen hatte recht – nichts war der Zerstörung entgangen. Jedes
Zimmer war verwüstet. Kissen waren aufgeschlitzt, Möbel zertrüm-
mert oder umgeworfen. Kunstgegenstände, zwar keine kostbaren, aber
dennoch wertvolle, waren zerbrochen oder mit Farbe bespritzt. Wände,
Böden und Fliesen waren in der gleichen roten Farbe, die wie Blut aussah, mit Obszönitäten beschmiert.

Im Schlafzimmer bot sich das gleiche Bild. Zudem waren Spiegel-
scherben über den ganzen Fußboden verstreut. Und mitten auf dem
Bett lag stinkender Unrat. Den musste der Täter mitgebracht haben,
um das Bett zu beschmutzen, in dem Adams schlief. Das Bett, in dem
er sie geliebt hatte.

Benommen lehnte sich Paige gegen ein Stückchen Wand, das unversehrt geblieben war, und betrachtete erneut das grenzenlose Durcheinander ringsum.

Sie hatte den Eindruck, da war jemand sehr methodisch vorgegangen, hatte das alles sehr sorgfältig geplant.

Auf einmal stieg ihr ein Duft in die Nase, der völlig fehl am Platz
war. Ein weicher, verführerischer Duft. Paige suchte Adams' Blick.
Adams hatte sie die ganze Zeit nicht berührt, nicht mit ihr geredet, war
jedoch immer in ihrer Nähe gewesen für den Fall, dass sie ihn brauchte.
Als sich ihre Blicke jetzt kreuzten, war ihr klar, dass er den Duft als
Umu Hei Monoi erkannt hatte, der sich da mit dem Gestank des Un-
rats mischte. Er bedauerte ebenso sehr wie sie, dass ihre prickelnden
Erinnerungen daran nun überschattet wurden.

„Wer hat das getan?", flüsterte sie. „Warum?"

„Wir wissen es nicht, Paige. Nicht mit Sicherheit", erwiderte Jericho.

„Aber du hast einen Verdacht, stimmt's?" Selbst wenn sie Jericho nicht so gut gekannt hätte, um diesen Schluss aus seinem Verhalten ziehen zu können, so hätte sie das nach dem Blick vermutet, den er und Adams vor dem Hotel gewechselt hatten.

„Ja, nur einen Verdacht, aber wir werden ihm nachgehen." Das klang fast entschuldigend. „Doch ein Verdacht und ein Beweis sind zwei verschiedene Dinge. Ehrlich gesagt, ich rechne nicht damit, dass wir einen Beweis finden. Das hier …", Jericho zeigte in die Runde, „… mag nach planloser Zerstörung aussehen, doch nichts daran ist Zufall. Deshalb vermute ich stark, dass wir nichts finden werden. Keinerlei Spuren, keine Fingerabdrücke."

„Du verdächtigst Junior Rabb, nicht wahr?" Paige warf Adams einen kurzen Blick zu, ehe sie Jericho ansah. „Du hast etwas Ähnliches befürchtet. Deshalb hast du Adams neulich vorgewarnt."

Jerichos Miene wurde noch grimmiger. „Ich habe mit einem Racheakt gerechnet, ja. Aber mit keinem von diesem Ausmaß und erst recht nicht, dass du mit hineingezogen wirst."

„Jericho." Adams nahm Paige am Arm. „Paige hat genug gesehen. Wir können diese Unterhaltung doch sicher an einem angenehmeren Ort fortsetzen."

„Du hast recht."

„Ich gehe davon aus, dass du hier noch einiges zu erledigen hast." Kaum dass Jericho zustimmend genickt hatte, fuhr Adams fort: „Unterdessen bringe ich Paige ins Haupthaus, und sobald du fertig bist, komme ich zurück, um meine persönlichen Sachen zu überprüfen."

Er warf einen letzten Blick auf den Schauplatz der Zerstörung. „Ich bin mit Jericho einer Meinung. Das hier war geplant und soll wohl eine Warnung sein."

Gefolgt von einem schweigsamen Cullen ging Adams mit Paige ins Hotel. In der Bibliothek zog sich Cullen mit einer leichten Verbeugung zurück. Doch Adams hatte keinen Zweifel daran, dass ihr Majordomus sich nicht weit von Paige entfernen würde, damit er sie jederzeit beschützen konnte.

„Es tut mir leid, Paige", sagte Adams niedergeschlagen, nachdem sich Paige erschöpft aufs Sofa hatte fallen lassen. „Es tut mir wirklich leid, dass ich dir das angetan habe."

„Dir tut es leid?" Sie sah ihn mit weit aufgerissenen Augen an. „Ich werde nicht zulassen, dass du dir die Schuld an dieser Tat gibst. Du

255

kannst absolut nichts dafür."

„Aber sie zielte auf mich." Adams begann auf und ab zu gehen. „Das lässt sich nicht abstreiten. Wenn ich momentan nicht im Cottage wohnen würde, wäre es noch genauso tadellos in Ordnung wie am Tag meiner Anreise."

„Wenn Jericho mit der Spurensicherung fertig ist, werden wir eine Reinigungsfirma kommen lassen, den Maler und den Innenausstatter. Danach wird das Cottage so gut wie neu sein."

„Meinst du?" Adams blieb stehen, um Paige anzusehen. „Was ist mit den Gemälden? Den Keramiksachen? Hast du die zerstörten Jagdtrophäen schon vergessen? Die können nicht ersetzt oder repariert werden."

„Sie sind versichert."

„Richtig." Adams' Stimme klang vor Erbitterung ganz schroff. „Wenn ich mich recht erinnere, dann ist dieses Haus seit Jahrhunderten im Besitz deiner Familie. Einige der Dekorationsgegenstände, die du heute Nacht verloren hast, waren Teil deines Familienerbes."

Er ging zu Paige hinüber und legte einen Finger unter ihr Kinn, um ihr forschend ins Gesicht zu blicken. „Als Junge hörte ich Gus über die Jagdtrophäen reden – wie alt sie waren, wie selten, wie wertvoll. Sie gehörten zur Sammlung deines Vaters. Gus bewunderte nicht viele Leute, doch Ted Roberts, der große Jäger und Sammler, war da eine Ausnahme."

Für einen Moment wirkte Adams höchst erstaunt. „Bis eben hatte ich völlig vergessen gehabt, dass ich Gus nur ein einziges Mal habe weinen sehen, nämlich, als deine Eltern auf einer Jagdexpedition am Amazonas ums Leben kamen."

Zum zweiten Mal hatte sich Adams in Paiges Gegenwart an etwas erinnert, was seinen unnachgiebigen, strengen Vater menschlicher machte. „Wenn Gus das so nahe ging, dann musste Ted Roberts schon ein besonderer Mann gewesen sein."

„Er lebte für die Jagd, und meine Mutter lebte für ihn. So sehr, dass sie mich regelmäßig bei meinen Großeltern ließ, um ihn zu begleiten. Ich war zwei, als sie nach einem Bootsunfall auf dem Amazonas vermisst wurden. Ich erinnere mich nicht an sie, Adams." Sie wich seinem Blick nicht aus. „Ja, die Jagdtrophäen meines Vaters sind unersetzlich. Ich wollte sie nie hergeben, aber an ihrem Verlust werde ich schon nicht sterben."

Nach einem Moment fuhr sie fort: „Wir werden das Cottage renovieren. Das habe ich schon einmal gemacht. Du hast recht, das River

Walk gehört seit Ewigkeiten meiner Familie. Einer meiner Urgroßväter hatte es für seine Geliebte bauen lassen. Danach hatte das Haus eine bewegte Geschichte, bis es schließlich als Überrest vergangenen Wohlstands zum Lagerhaus für Familientrödel wurde."

„Aber als du nach Belle Terre zurückkamst, um das Haus wieder in Besitz zu nehmen, konntest du es mit all diesen alten Sachen stilecht einrichten. Zusammen mit deinen eigenen Dekorationsideen geben sie deinem Hotel seinen einzigartigen Charme." Adams wollte nicht zulassen, dass sie das, was sie geschaffen und nun verloren hatte, herabsetzte. „Du hast Erbstücke von unschätzbarem Wert durch einen barbarischen Akt von Vandalismus verloren. Und zwar meinetwegen."

Paige nahm seine Hand und schmiegte ihre Wange hinein. „Die Jagdtrophäen können bestimmt restauriert werden. Die Gemälde und Skulpturen waren Kopien und lassen sich ersetzen. In kurzer Zeit wird das Cottage wieder aussehen, als sei nichts geschehen. Du wirst sehen."

„Nein, Paige." Adams trat beiseite, um ihr zu sagen, was er sagen musste. „Ich kann nicht hierbleiben. Es war von vornherein falsch von mir, im River Walk abzusteigen."

Paige war blass geworden. „Wenn du Belle Terre verlässt, verlässt du dann auch deine Brüder? Müssen sie Belle Ràve allein retten?"

Adams wandte sich ab, um Paiges Fassungslosigkeit nicht zu sehen. „Ich sollte dorthin zurückkehren, wohin ich gehöre. Wenn ich auch nur halbwegs bei Verstand wäre, könnten mir Belle Ràve, Belle Terre und Junior Rabb gestohlen bleiben. Aber ich habe Gus mein Wort gegeben. Und ich schulde es meinen Brüdern zu bleiben."

„Dann willst du also nur aus dem River Walk ausziehen."

„Sobald Jericho mir sein Okay gibt."

„Warum, Adams? Ich wusste ja, dass du eines Tages gehen würdest." Damit er nicht sah, wie verzweifelt sie war, blickte Paige auf ihre in ihrem Schoß gefalteten Hände. „Warum jetzt?"

„Hast du mir nicht zugehört? Verdammt, begreifst du nicht, dass ich der Grund für diesen Einbruch bin? Wie oft muss ich dir das noch sagen?" Als sie ihn schmerzerfüllt anschaute, konnte er es nicht länger ertragen, sie nicht zu berühren, sie nicht zu trösten.

Mit ein paar Schritten war er bei ihr und zog sie in die Arme, während er sich zu ihr setzte. „Entschuldige." Er schob ihren Kopf an seine Schulter, küsste ihr Haar, ihre Wangen, ihre Lider. „Ich bin nicht wütend auf dich. Wie könnte ich das sein?"

Er löste sich ein wenig von ihr, um ihr in die Augen schauen zu können. „Ich ziehe nicht aus, weil ich es will. Ich muss es. Falls das heute Abend Junior Rabb war, hat er bewiesen, wie sehr er mich hasst und wie gefährlich sein Hass sein kann.

Wenn er mich schon nicht zerstören kann, dann wird er etwas zerstören, was mir etwas bedeutet." Er schloss sie wieder fest in die Arme. „Falls er annimmt, dass wir je ein Liebespaar waren, wird er hinter dir her sein. Das kann ich nicht zulassen. Falls er dich verletzt …"

„Das wird er nicht, Adams." Paige entzog sich ihm. „Er ist viel zu feige und lässt seinen Zorn lieber an Sachen aus. Nicht an Menschen, die dann ja sehen würden, was für ein armseliger Tropf er ist."

„Mag sein. Aber dieses Risiko können wir nicht eingehen. Ich kann dieses Risiko nicht eingehen."

„Um mich zu beschützen, würdest du also ausziehen und jeden Kontakt zu mir abbrechen." Sie schaffte es, ruhig und gelassen zu bleiben. Eigentlich hätte sie damit rechnen müssen, dass Adams Cade ihr einen solchen Vorschlag machen würde, war er doch schon früher ihr Beschützer gewesen.

„Es gibt keine Alternative, Paige. Keine."

Auch wenn sie anderer Meinung war, nickte sie schließlich kaum merklich.

„Dann verstehst du es also?" Adams musste unbedingt wissen, dass sie wirklich die Gefahr sah und, wenn er nicht mehr bei ihr war, vorsichtig sein würde.

„Ja, Adams, ich verstehe es."

„Ich danke dir." Am liebsten hätte er sie in die Arme gerissen und geküsst. Aber das konnte er jetzt nicht mehr.

„Adams." Jericho stand an der Tür und dicht hinter ihm Cullen. „Wir sind im Cottage fertig und warten auf dich."

„Ich komme gleich, Jericho."

„Lass dir Zeit, um dich zu verabschieden." Der Sheriff lächelte verständnisvoll. „Ich warte solange in der Küche."

Nachdem Jericho und Cullen weg waren, nahm Adams Paiges Hände. Zärtlich küsste er ihre Knöchel und die empfindsame Innenseite ihrer Handgelenke. „Pass auf dich auf", sagte er leise. „Verlass nie allein das Haus. Denk immer daran, dass Junior womöglich weiß, dass wir ein Liebespaar waren. Denn dann wird er auch wissen, dass dich zu verletzen weit unerträglicher für mich wäre als alles, was er mir selbst antun könnte." Adams klang beinah verzweifelt. „Jericho wird dir einen Hilfssheriff als Bodyguard schicken. Aber verlass dich in erster Linie auf dich selbst. Vertrau deinem Instinkt. Sei immer auf der Hut. Immer, Sweetheart."

Während sie ihn nur stumm ansah, stand Adams auf. Er streichelte ein letztes Mal ihre Wange und ging dann, ohne sich noch einmal umzudrehen, hinaus.

Wie betäubt blieb Paige sitzen. Vom Flur her hörte sie Adams und Cullen leise miteinander reden.

„Passen Sie gut auf sie auf, Cullen."

„Das werde ich", erwiderte der sonst so schweigsame Cullen.

„Falls Junior Rabb hier auftauchen sollte, falls er ihr etwas antun sollte …"

„Dann werde ich ihn umbringen." Cullens Antwort klang wie ein heiliger Schwur.

„Ich weiß." Nach einem Moment fuhr Adams fort: „Ich danke Ihnen für alles, was Sie für sie getan haben."

„Für Mistress Paige da zu sein ist für mich selbstverständlich. Dafür braucht mir niemand zu danken."

Gleich darauf hörte Paige sich entfernende Schritte. Adams Schritte.

„Mr Adams." Cullens Ruf ließ Adams innehalten.

„Nennen Sie mich einfach Adams, Cullen."

„Ja, gern. Ich werde Sie vermissen, Adams. Das werden wir alle. Wenn das hier geklärt ist, werden Sie doch zurückkommen, oder?"

„Nein, ich werde nicht zurückkommen."

Dann hörte Paige wieder Schritte und eine Tür ins Schloss fallen. Mit gesenktem Kopf saß sie da und kämpfte gegen ihre Tränen an, als jemand sacht ihre Schulter berührte.

„Er irrt sich", sagte Cullen. „Er wird zurückkommen. Das verspreche ich Ihnen."

„Ich soll Sie in Sheriff Rivers Büro führen, Sir." Der junge Hilfssheriff, der so jugendlich aussah, dass man ihm kaum zutraute, dass er sich schon rasierte, kam um den Schreibtisch herum. „Hier entlang, Sir."

Als Adams ihm folgte, erkannte er den jungen Mann. Es war Court Hamilton, der damals zwölf und mit Jefferson befreundet war, als er, Adams, die Gegend verließ. Damit wäre er jetzt fünfundzwanzig, ein Jahr jünger als Jefferson. Trotzdem wirkte er sehr viel jünger.

Das Leben mit Gus und die harte körperliche Arbeit auf der Plantage bei jedem Wetter waren nicht spurlos an Jefferson vorübergegangen, und er wirkte reifer, als es seinem Alter entsprochen hätte.

Auch seine anderen Brüder hatte die tägliche Arbeit im Freien geprägt, sie waren gebräunt und durchtrainiert. Sie strahlten eiserne Disziplin und Entschlossenheit aus, und nur Jefferson wirkte irgendwie gehetzt.

Court Hamilton mit seiner Jugendlichkeit machte Adams das überdeutlich klar. Natürlich hatte er gewusst, dass Jefferson litt, als sein ältester Bruder zu einer Gefängnisstrafe verurteilt wurde. Doch erst jetzt, wo er den damaligen Freund vor Augen hatte, ging Adams auf, wie sehr Jefferson gelitten haben musste.

„Hier ist es, Sir.“

Adams sah den jungen Mann an, aber im Geist sah er Jefferson vor sich.

Der Vorfall mit Junior Rabb damals hatte ihrer aller Leben verändert. Adams fragte sich jetzt, ob das Gefängnis nicht leichter zu ertragen war als das, was Jefferson durchgemacht hatte.

Er betrat Jerichos Büro.

„Hallo, Adams.“ Jericho legte eine vergilbte Akte beiseite und stand auf, um Adams die Hand zu reichen. „Du bist pünktlich, dafür danke ich dir.“

Adams lachte leise. „Alte Gewohnheiten legt man nicht so leicht ab, oder? Ich frage mich, ob irgendeine der Benimmregeln, die Lady Mary ihren Schülern eintrichterte, je vergessen wurde.“

„Kaum.“ Nun lachte auch Jericho. „Sie würde uns gründlich die Leviten lesen, wenn sie den Verdacht hätte, selbst heute noch.“

„Sie lebt noch?“

„Ja, und sie würde sich freuen, dich zu sehen. Die Cades waren ihre Lieblinge. Besonders Jefferson. Vielleicht merkte sie, dass er der Sensibelste von eurer wilden Bande war.“

„Eine wilde Bande?“ Adams nahm auf dem Stuhl Platz, den Jericho ihm anbot. „Ja, das waren wir wohl, ohne den Einfluss einer Mutter.“ Die Erinnerung an die alte Lady, die allein in einem uralten Haus in der Stadt wohnte, brachte noch mehr Erinnerungen zurück. „In mancher Hinsicht wollte Gus nur das Allerfeinste für seine Söhne.“

„Als wir alt genug waren, putzte er uns zwei Mal die Woche heraus und schickte uns zu Lady Mary, damit wir uns wie ein Gentleman benehmen lernten. Zwei Jahre lang brachte sie uns Umgangsformen bei, die man wohl sein Leben lang behält.“ Wieder lachte Adams leise. „Ich habe immer noch Probleme mit Frauen, die sich nicht die Tür aufhalten lassen wollen."

„Ich war schon fast erwachsen, ehe ich mitbekam, dass sie eigentlich Mary Alston hieß und mit ihrem Benimm- und Tanzunterricht ihre kleine Rente aufbesserte." Während er sprach, blätterte Jericho in der Akte, die er beiseitegelegt hatte.

„Ich fand ihre Stunden schrecklich und hielt das alles für Weiberkram. Aber wenn ich Kinder hätte und in Belle Terre leben würde, würde ich sie unbedingt zu Lady Mary schicken."

Jericho warf Adams einen prüfenden Blick zu. „Aber du wirst nicht in Belle Terre bleiben, hab ich recht?"

„Ja, sobald meine Mission hier beendet ist, werde ich abreisen. Es ist das Beste für alle, dass ich wieder gehe."

„Ich bezweifle, dass Paige oder deine Brüder dem zustimmen würden." Wieder begann Jericho wortlos zu blättern.

„Gerade wegen Paige und wegen meiner Brüder muss ich abreisen. Ich glaube, das weißt du so gut wie ich, Jericho."

„Wegen Junior Rabb und wegen des Einbruchs gestern Abend im Cottage? Dafür hat Mr Rabb übrigens ein wasserdichtes Alibi." Es war Jericho anzuhören, dass er deswegen frustriert war.

„Wüsstest du noch einen triftigeren Grund?"

„Ehrlich gesagt wüsste ich überhaupt keinen Grund." Jericho ging zum Fenster hinüber. Eine Weile stand er tief in Gedanken da.

Adams war mit der Taktik des Schweigens vertraut. Sie verleitete Nichteingeweihte leicht, die Stille mit nervösem Gerede und unbeabsichtigten Enthüllungen zu überbrücken. Als alter Hase schwieg also auch er und wartete einfach ab.

Schließlich gab Jericho auf und wandte sich vom Fenster ab. „Es hat nie Sinn gemacht, weißt du das?"

Mit unbewegter Miene saß Adams da und schwieg weiter.

„Wir waren Freunde, Adams. Ich kannte dich so gut wie mich selbst. Du bist nie schnell wütend geworden, hast dich aber immer schnell versöhnt. Ich weiß gar nicht mehr, wie oft du einen Streithahn oder einen Rowdy nur mit deinem selbstsicheren Grinsen zur Vernunft gebracht hast. Aber wenn du dich mal geprügelt hast, dann war es der letzte Ausweg. Von dir aus hast du nie Streit angefangen. Verdammt, Adams!" Jericho fuhr sich mit der Hand übers Kinn und warf seinem Jugendfreund einen grimmigen Blick zu. „Du läufst vor einer Schlägerei zwar nicht davon, aber du hast in deinem ganzen Leben auch noch keine provoziert."

„Offenbar ja doch, in Rabb Town vor dreizehn Jahren."

„Nein." Jericho kehrte an seinen Schreibtisch zurück und stützte sich schwer auf die Akte. „Das geht zu sehr gegen deine Natur. Es gibt da etwas, was du mir nicht sagst. Wie auch schon dem damaligen Sheriff von Belle Terre nicht."

Jericho hielt Adams die Akte hin. „Ich habe sie unzählige Male studiert, immer auf der Suche nach einem Hinweis, der die Tat, die man dir vorwarf, erklären würde. Die Cades ändern ihre Hautfarbe nicht wie ein Chamäleon, Adams."

„Sag bloß, in die Polizeiverwaltung von Belle Terre hat der Computer noch nicht Einzug gehalten." Gespielt schockiert schüttelte Adams den Kopf. „Du musstest doch wohl nicht in verstaubten Akten nachlesen, was ein für alle Mal abgehakt ist."

Jericho ließ sich nicht ablenken. „O doch, es wurde alles im Computer gespeichert. Keine Sorge. Aber ich wollte unbedingt das Original in den Händen halten. Ich denke immer noch, es findet sich da etwas, was jemand übersehen hat."

„Du meinst, eine vergilbte Akte könnte dir etwas enthüllen und der gleiche Bericht auf strahlend weißem Computerpapier nicht?" Adams brach in Gelächter aus. „Bist du unter die Wahrsager gegangen? Liest du in alten Akten, wie der alte Zigeuner unten am Kai für uns Kinder im Kaffeesatz las?"

„Sehr witzig, Cade. Aber lass dir gesagt sein, für mich ist kein Fall, der derart unstimmig ist, abgeschlossen. Das hätte er auch damals nicht sein sollen."

„Lass gut sein, Jericho." Adams' Ton war schroff geworden. „Du hast auch so genug zu tun, ohne alte Akten hervorzukramen. Ich wiederhole, die Geschichte ist abgehakt."

„Vielleicht war sie das." Jericho warf die Akte auf seinen Schreibtisch. „Jetzt ist sie es nicht mehr, dank Junior Rabb."

„Womit wir wieder beim verwüsteten Cottage wären." Adams seufzte.

„Schließt sich nicht jeder Kreis, Adams? Und in diesem Fall bist du das letzte Teilstück, und Antworten kannst nur du mir geben."

„Ich habe keine Antworten, Jericho. Keine, die ich nicht schon damals gegeben hätte."

Jetzt war es an Jericho aufzuseufzen. „In Ordnung", sagte er unvermittelt. „Belassen wir es dabei."

„Für den Moment", mutmaßte Adams.

„Genau."

„Wenn diese kleine Unterredung dann beendet wäre ..."

Adams machte Anstalten aufzustehen, als Jericho noch einmal das Wort ergriff. „Da wären noch ein paar Dinge."

„Okay." Adams ließ sich wieder auf seinen Stuhl fallen. „Und die wären?"

„Erstens, ich habe einen Hilfssheriff als Bodyguard für Paige berufen. Obwohl bei einem Mitarbeiter wie Cullen eigentlich jeder meiner Leute überflüssig ist. Ich würde auch dir einen Bodyguard schicken ..."

„Nein!"

„... aber ich weiß ja, dass du das nicht dulden würdest", beendete Jericho unbeirrt seinen Satz. „Wie auch immer, der Tag, an dem du nicht mit Junior Rabb fertig wirst – falls er tatsächlich auf dich losgehen sollte –, ist der Tag, an dem ich das hier vielleicht glaube."

Adams sah zu, wie der Sheriff erneut in der Akte blätterte. „Leg sie weg, Jericho. Sie wird dir keine neuen Aufschlüsse geben."

Jerichos Miene verriet, dass er das sehr wohl wusste. „Du bist aus dem Cottage ausgezogen?"

„Ich hielt es für das Beste. Um Paiges willen."

„Um mit Jackson in dessen halb verfallenem Farmhaus zu kampieren, während seine Pferde in piekfeinen Ställen untergebracht sind? Muss interessant sein."

Es überraschte Adams nicht, dass Jericho wusste, wo er jetzt wohnte. „Bisher ist es nur ein Stall. Ihm ging das Geld aus, ehe er alle Ställe in River Trace oder Belle Ràve hätte fertigstellen können."

„Er will an beiden Orten Pferde züchten?"

„Sagen wir, er will es versuchen. So, wenn das jetzt alles ist ..."

Auch Jericho erhob sich und reichte Adams die Hand. „Vergiss bitte nicht, ich bin immer noch dein Freund."

„Das weiß ich doch." Statt ihm die Hand zu schütteln, umfasste Adams den Unterarm des Sheriffs, genauso, wie es in ihren Kindertagen ihr Gruß war. „Ich wünschte nur, du könntest verstehen, warum die Dinge sind, wie sie sind."

„Eines Tages vielleicht."

„Vielleicht auch nicht", entgegnete Adams mit diesem gewissen trägen Grinsen, an das Jericho sich noch gut erinnerte, öffnete die Bürotür und ging.

8. KAPITEL

„Schau ihn dir an."

Jackson legte das Zaumzeug, das er repariert hatte, beiseite und trat zu Adams an die Stalltür, um auf die Trainingskoppel hinüberzusehen. „Ja, schau ihn dir an."

„Ich hatte ganz vergessen, wie fantastisch er mit Pferden umgehen kann." Auch Adams hielt reparaturbedürftiges Zaumzeug in der Hand, während er beobachtete, wie Jefferson ein Pferd trainierte. „Man könnte meinen, die beiden halten Zwiesprache."

„Wenn Jeffie nicht wäre, hätte ich mit dem ganzen Unternehmen kaum Erfolg. Seit ich die Pferde aus Irland nach River Trace und die Araber nach Belle Ràve gebracht habe, hilft er mir praktisch Tag und Nacht. Lincoln auch, wenn er es einrichten kann. Schon vor Dads Schlaganfall versorgte Jeffie jeden Morgen die Araber, erledigte dann die Arbeiten für Gus. Nachmittags war er meistens verschwunden, kehrte aber immer kurz vor Sonnenuntergang zurück, um nach Dad zu sehen und Belle Ràve, ehe er nach River Trace, kam."

„Um die Pferde zu trainieren", ergänzte Adams.

„Besser als irgendjemand sonst." Jackson warf ein Zaumzeug über einen Haken neben der Tür. „Sein Job als Begleiter bei Angel- und Jagdausflügen ist saisonbedingt, kann jedoch erstaunlich viel einbringen."

„Kann", betonte Adams, „wenn er seine Zeit nur damit verbringen würde. Aber er hat ja jede Menge anderer Aufgaben übernommen."

„Ja. Schon seit … na ja, schon ziemlich lange."

„Seit ich Belle Ràve verlassen habe."

Jackson nickte kurz. „Von dem Tag an, als der Richter dein Urteil verkündete, war er kein Kind mehr. Es war fast, als hätte er beschlossen, dich zu ersetzen. Wie ein Besessener arbeitete er rund um die Uhr. Wenn Gus ihm nicht die Hölle heiß gemacht hätte, hätte er weder die Highschool abgeschlossen noch wäre er aufs College gegangen."

Adams lachte auf, ohne amüsiert zu sein. „Außer Belle Terre und Arbeit waren Gus nur zwei Dinge wichtig."

„Dass wir bei Lady Mary lernten, uns wie Gentlemen zu benehmen und dass wir eine Ausbildung bekamen. Wie wir Letztere finanzierten, war dabei unser Problem." Jackson seufzte. Dann erzählte er Adams, dass Jefferson praktisch nie ausgehe, obwohl er der Schwarm der Frauen sei. „Der Junge hat einfach alles – ein blendendes Ausse-hen, Charakter, eine große Begabung als Maler."

„Doch genau wie seine Angel- und Jagdbegleitung malt er nur so viel, dass er finanziell über die Runden kommt." Adams lebte inzwi-schen seit einem Monat in River Trace und fuhr jeden Morgen bei Ta-gesanbruch nach Belle Ràve. Dort arbeitete er bis zum frühen Abend, um dann anschließend in River Trace noch die Pferde zu versorgen. Jackson und Jefferson waren fast immer bei ihm. „Wann findet er ei-gentlich noch Zeit zum Malen?"

„Keine Ahnung." Jackson betrat die Koppel, um Jefferson zu sig-nalisieren, Schluss zu machen. „Aber er findet sie irgendwie. Du soll-test das Porträt sehen, das er für Robbie … ich meine, Paige, zum Ge-burtstag gemalt hat."

„Unglaublich, wie willig der Hengst sich von ihm führen lässt", be-merkte Adams, während Jefferson mit dem Pferd die letzten Übungen absolvierte. In Gedanken war er bei Paiges Porträt. Wie hatte Jefferson sie gemalt? Welche Merkmale hatte er auf die Leinwand gebannt? Er würde viel für einen kurzen Blick auf das Werk geben.

Noch während Jackson und er einmal mehr bewunderten, wie viel Einfühlungsvermögen Jefferson im Umgang mit Pferden hatte, kam ein Kombi die Auffahrt heraufgefahren.

„Sieht aus, als bekämen wir Gesellschaft", meinte Jackson.

„Paiges Wagen." Besorgt runzelte Adams die Stirn. „Sie sollte nicht herkommen. Es ist zu gefährlich."

„Es ist nicht Paige, Adams. Wenn ich nicht langsam Sehstörungen von zu viel Arbeit bekomme, sitzt da Cullen am Steuer und neben ihm das hübsche kleine Zimmermädchen, wie heißt sie noch gleich?"

„Stimmt." Adams war plötzlich alarmiert. Tief beunruhigt ließ er Jackson stehen, und kaum dass Cullen den Wagen auf der Auffahrt zum Halten gebracht hatte, riss er die Wagentür auf. „Was ist los, Cul-len? Warum sind Sie hergekommen? Ist Paige etwas passiert? Ist sie …"

„Der Mistress geht es gut", fiel Cullen ihm ins Wort, „den Umstän-den entsprechend. Wie es aussieht, vielleicht besser als Ihnen."

Nachdem der hünenhafte Cullen ausgestiegen war, meinte er freund-lich: „Es ist hart, nicht wahr? Besonders, weil Sie beide einander schon so lange etwas bedeuten."

Adams hatte den Insulaner noch nie eine persönliche Bemerkung machen hören. Doch so, wie er Cullen bisher bei der Arbeit und im

Umgang mit Paige erlebt hatte, überraschte es ihn nicht, dass er ein guter Beobachter war.

„Ja, es ist hart. Aber ich habe schon einmal harte Zeiten durchgemacht und werde es auch diesmal schaffen."

„Mistress Paige auch, aber warum muss sie das jetzt wieder?", fragte Cullen fast beiläufig. „Welchen Sinn hat das?"

„Sie kennen den Grund, Cullen." Adams' Blick blieb an Merrie hängen, die zur Koppel hinübergegangen war. „Die Verwüstung des Cottages war gegen mich gerichtet, auch wenn es dafür keinen handfesten Beweis gibt. Ich kann nicht riskieren, dass Paige meinetwegen noch mehr Probleme bekommt."

„Und wenn sie bereit wäre, das Risiko zu tragen?" Als Adams schwieg, fuhr Cullen fort: „Junior Rabb hätte ihr schon früher etwas antun können, wenn er gewollt hätte. Er ist ein Feigling, und wenn er nicht völlig verrückt ist, wird er es nicht wagen, ihr zu nahe zu kommen."

„Und falls sie ihm im Weg ist, wenn er hinter mir her ist? Was dann?"

„Falls er Ihnen je nachstellen sollte, dann wird er Sie von hinten angreifen, wenn Sie allein sind. So gehen nämlich Feiglinge vor, Adams."

„Ich kann dieses Risiko nicht eingehen, Cullen. Ich gebe Paige lieber auf, als sie womöglich für immer zu verlieren. Wir haben keine gemeinsame Zukunft. Die war uns nie bestimmt. Aber zu wissen, dass Paige lebt und es ihr gut geht, genügt mir." Als Cullen widersprechen wollte, hielt Adams ihn davon ab. „Nein, das Thema ist beendet. Weswegen sind Sie eigentlich hergekommen? Gibt es einen besonderen Grund?"

Nachdem Jackson kurz mit Merrie gesprochen hatte, hatte er sich während Adams' Gespräch mit Cullen etwas abseits gehalten. Jetzt trat er näher. „Cullen hat uns Unterstützung gebracht. Wie es scheint, ist Paiges kleine Argentinierin eine ausgesprochene Pferdeexpertin."

„So ist es", bestätigte Cullen. „Merrie liebt Pferde über alles. Deshalb hat ihre Mutter, eine Freundin von Mistress Paige auf dem College, sie gebeten, Merrie aufzunehmen. Vincente Alexandre fürchtet nämlich, dass aus seiner Tochter sonst noch ein Gaucho wird. Und wer wäre da wohl eine bessere Lehrerin als Mistress Paige?"

Adams erinnerte sich, dass einer der vermögendsten und einflussreichsten Männer Argentiniens so hieß. „Mr und Mrs Alexandre haben ihre Tochter nach Belle Terre geschickt, damit sie hier studiert und als Zimmermädchen lernt, wie sich eine Lady benimmt?" Adams lachte leise. „Sie müssen zugeben, Cullen, das klingt ziemlich abenteuerlich."

„Vincente Alexandre ist eben der Meinung, dass jeder wissen sollte, was es heißt, mit eigener Hände Arbeit Geld zu verdienen. Das gilt auch, und ganz besonders, für seine Tochter. Nur unter der Bedingung, dass sie sich für Mistress Paige nützlich macht, erlaubte er ihr überhaupt, in Amerika zu studieren."

Dass Cullen auf einmal derart gesprächig war, machte Adams misstrauisch. „Merrie wird also ins Ausland geschickt, um sie von Pferden fernzuhalten, und auf einmal ist es in Ordnung, dass sie nach River Trace kommt, um mit Jacksons Pferden zu arbeiten?"

„Es wurde alles mit ihrer Familie abgeklärt. Sie haben nichts gegen ihren Umgang mit Pferden, solange sie nicht bei ihnen und den Gauchos im Stall isst und schläft, wie sie das gelegentlich in Argentinien getan hat."

„Wenn sie wirklich etwas von Pferden versteht, kann Merrie gern hier helfen", meinte Jackson mit einem Blick auf das junge Mädchen, das gebannt den von Jefferson trainierten Hengst beobachtete. „Ich kann ihren Eltern garantieren, dass sie nicht bei den Pferden und erst recht nicht bei den Gauchos schlafen wird. Dieses Problem dürfte sich erübrigen, denn bei unserem Wiedersehen mit Adams im Hotel hatte die junge Dame sogar für Jeffie nur einen kurzen Blick übrig, und das will schon etwas heißen."

„Dann darf sie also abends gelegentlich herkommen, um zu helfen, Mr Jackson?"

„Nennen Sie mich doch einfach Jackson, Cullen." Er grinste. „Wenn sie so gut ist, wie Sie sagen, ist sie jederzeit willkommen. Solange ihr Studium oder ihre Arbeit im Hotel nicht darunter leiden."

„Keine Sorge. Merrie ist zwar noch jung, aber auch sehr fleißig", versicherte Cullen Jackson. „So, und jetzt sollten wir zurückfahren. Aber vorher wäre da noch etwas." Cullen holte einen Stapel Briefe aus seiner Jackentasche. „Das hier."

Neugierig nahm Adams den an ihn adressierten Umschlag in Empfang. Es war nicht die Handschrift, die er erwartet hatte. Paige hatte ihm am Anfang regelmäßig ins Gefängnis geschrieben. Doch weil er monatelang eisern geschwiegen hatte, hatte sie es schließlich aufgegeben. Er hatte ihre Briefe wieder und wieder gelesen, sie geradezu verschlungen. Um sie für Zeiten zu bewahren, in denen es ihm vielleicht ganz schlecht ging, hatte er sie irgendwann weggelegt. Und sich auf seine Erinnerung verlassen.

Aber Paiges Handschrift würde er jederzeit erkennen.

„Das sind die Einladungen zu Mistress Paiges Geburtstagsparty", erklärte Cullen Adams, als er ihm auch die an Jefferson und Lincoln adressierten Umschläge übergab. „Es ist immer eine wunderschöne Party. Gäste, die regelmäßig bei uns wohnen, kommen oft von weit her, um daran teilzunehmen."

„Cullen, ich kann nicht …"

Der Insulaner unterbrach Adams mit erhobener Hand. „Sagen Sie noch nicht ab. Überlegen Sie es sich ein paar Tage. Wägen Sie ihre Enttäuschung gegen die winzige Chance ab, dass Junior Rabb so dreist sein würde, in Gegenwart vieler einflussreicher Leute einen Akt der Gewalt zu verüben."

Damit verabschiedete sich Cullen mit einer knappen Verbeugung und ging zu Merrie hinüber, die noch immer an der Koppel stand und fasziniert Jacksons Pferd beobachtete.

„Paige richtet für sich selbst eine Geburtstagsparty aus?" Adams verzog das Gesicht. „Und dann schickt sie auch noch den Mann ihres Vertrauens, damit ich auch wirklich komme? Nein. Das ergibt keinen Sinn."

„Vielleicht, weil du das alles falsch verstanden hast, Bruderherz."

„Du hast doch gehört, dass Paige eine Geburtstagsparty gibt und wir dort erwartet werden."

„Paige gibt keine Party." Jackson betonte jedes Wort einzeln, als sei sein Bruder nicht recht bei Verstand. „Du weißt so gut wie ich, dass sie so etwas nie tun würde. Sie feiert sich doch nicht selbst. Und du solltest eigentlich auch wissen, dass sie von niemandem verlangen würde, daran teilzunehmen."

„Von mir schon gar nicht."

Jackson schaute Adams fest in die Augen. „Du meinst, schon gar nicht von jemandem, der sie ohne Blick zurück zum zweiten Mal verlassen hat?"

„Ich habe sie nicht verlassen."

„Nein? Dann sag mir, wie du das nennst, Adams, dich wieder in ihr Leben drängen, alte Gefühle aufwühlen und dann puff!" Jackson schnippte mit den Fingern. „Und schon bist du wieder weg."

„So ist das nicht. Es gibt da gewisse Umstände, die du nicht verstehst. Umstände …"

Genau wie vor kurzem Cullen, hob Jackson abwehrend die Hand.

268

„Erkläre das doch bitte Paige auf ihrer Geburtstagsparty. Das dürfte sie unheimlich freuen."

„Verdammt, Jackson, ich werde Paige nicht sehen. Ich werde nicht auf Befehl auf einer Party erscheinen."

„Wie du meinst." Jackson verschränkte die Arme vor der Brust. „Und wenn du schon bei den Ausreden bist, großer Bruder, dann vergiss die nicht, dass der böse, böse Junior Rabb dich davon abhält, an der Party teilzunehmen, die ihre Mitarbeiter und Gäste jedes Jahr für sie ausrichten."

Adams kam sich wie ein Idiot vor. „Ich hätte es wissen müssen. Du hast recht, Paige würde nie und nimmer für sich selbst eine Party geben."

„Vielleicht wärst du darauf gekommen, wenn du nicht so verdammt stur wärst." Damit drehte Jackson sich um und ging zu Cullen und Merrie hinüber.

Ärgerlich sah Adams seinem Bruder nach und fragte sich, warum seine Familie und die ganze Welt sich gegen ihn verschworen hatten, nur weil er etwas so Selbstverständliches tat, wie Paige Claibourne zu beschützen.

Mit dem festen Vorsatz, nicht zu Paiges Party zu gehen, kehrte Adams in den Stall zurück und widmete sich wieder durchgescheuerten Seilen und defektem Zaumzeug. Paiges Kombi war längst weg, als sich ein erschöpfter Lincoln neben ihn auf die Bank setzte.

„Harter Tag?"

„Das kann man wohl sagen." Lincoln lehnte sich mit geschlossenen Augen an die Wand, lächelte jedoch. „Das heißt, wenn man es hart nennen will, einer prämierten Stute und ihren Zwillingsfohlen bei der Geburt das Leben zu retten."

Adams klopfte Lincoln auf die Schulter. „Meinen Glückwunsch. Du klingst ganz wie ein stolzer Papa."

„Genauso fühle ich mich auch."

„Übrigens, Cullen hat eine Einladung für dich vorbeigebracht."

Ohne die Augen zu öffnen, meinte Lincoln: „Ah, das wird die Einladung zu Paiges Geburtstagsparty sein."

„Woher wusstest du das?"

„Wir haben Juli, Adams. Falls du es vergessen haben solltest, Paige hat am ersten August Geburtstag, und an diesem Tag geben ihre Angestellten ihr zu Ehren ein großes Fest, seit Jahren."

Noch immer an die Wand gelehnt, sah Lincoln Adams scharf an. „Du gehst doch hin, oder? Auch wenn du dich ihr gegenüber wie ein Idiot benimmst, wirst du Paige doch wohl an ihrem Ehrentag nicht enttäuschen."

„Was ist das eigentlich – eine Verschwörung? Seid ihr alle so beschränkt, oder tut ihr nur so? Begreift ihr das nicht? Seht ihr nicht …"

„Was ich sehe", unterbrach Lincoln Adams, „sind zwei Menschen, die einander wahnsinnig lieben. Schon immer. Nur, einer der beiden ist zu stur, um das einfach hinzunehmen und dankbar zu sein."

„Es gibt da ein kleines Detail, das ihr alle geflissentlich übersehet."

„Junior Rabb, den vergessen wir schon nicht. Das ist ein ganz feiger Schaumschläger, der seine Wut nur an Sachen auslässt. Und auch dann nur bei Nacht und Nebel."

„Du glaubst also nicht, dass er Paige etwas antun wird?"

„Nicht, wenn er noch einen Funken Verstand hat." Lincolns Miene verfinsterte sich. „Wir jüngeren Cades würden ihn dafür skalpieren. Das solltest du eigentlich wissen. Junior jedenfalls weiß das ganz genau."

„Ich kann das Risiko nicht eingehen." Dabei war sich Adams bewusst, dass Paige von jedem Mann in ihrer Umgebung bedingungslos beschützt werden würde. Aber das änderte nichts.

„Wie du willst." Lincoln verschränkte die Arme und verharrte so reglos, dass Adams schon glaubte, er sei vor Müdigkeit eingeschlafen. Daher schreckte er zusammen, als Lincoln plötzlich sagte: „Wir müssen in Betracht ziehen, uns in die Höhle des Löwen zu wagen."

„Redest du von Gus?"

„Von wem sonst?" Auf einmal war Lincoln hellwach. „Ich war heute unten beim Walnusswäldchen. Die Bäume sollten längst nicht mehr stehen, aber wir haben da einen schönen Bestand an Nutzholz. Der könnte zu gegebener Zeit eine Menge Geld bringen, wenn wir es richtig anstellen."

„Wie meinst du das?" Adams war ganz Ohr. Der zweite Cade-Sohn hatte ein Studium in Forstwirtschaft absolviert, ehe er Tiermedizin studierte. Weil er Bäume fast so sehr liebte wie Tiere, gehörte er zu den Freiwilligen, die bei Waldbränden im Einsatz waren.

„Die beiden letzten Jahre waren trocken, dieses Jahr war noch trockener. Das Wäldchen ist trocken wie Zunder und wartet nur auf ein Streichholz." Lincoln sah Adams ernst an. „Der erstbeste Blitz könnte die Bäume in Flammen aufgehen lassen, als seien sie in Benzin getränkt."

„Und was machen wir da? Was müssen wir dem Löwen denn schonend beibringen?"

„Einen kontrollierten Brand."

„Du willst Gus davon überzeugen, das Walnusswäldchen in Brand zu stecken, um es vor einem Brand zu schützen?" Adams hatte von der Methode gehört, Unterholz abzubrennen, um große Bäume zu schützen. Doch Gus davon zu überzeugen, war eine andere Sache. „Dann viel Glück, Kumpel."

„Das brauche nicht ich. Sondern du, Adams Cade."

„Das soll wohl ein Witz sein."

„Über Brände oder Bäume oder Gus mache ich nie Witze. Gus hört auf dich, wenigstens im Moment."

„Du hast gut reden."

„Ja, stimmt genau." Ein Gähnen unterdrückend reckte und streckte sich Lincoln, dann grinste er. „Da ihr hier alles unter Kontrolle zu haben scheint, fahre ich nach Hause."

An der Stalltür blieb er kurz stehen. „Du musst zu Paiges Party gehen, Adams. Du hast gar keine andere Wahl."

„Warum?", gab Adams gereizt zurück. Außer ihm schien jeder genau zu wissen, was er zu tun oder zu lassen hatte.

„Weil Jeffie ihr an diesem Abend das Porträt schenken wird. Du musst einfach dabei sein. Seit du ins Gefängnis musstest, hat er wahrlich genug durchgemacht und auf genug verzichtet. Einmal abgesehen von dem Gefühl, euch beiden im Weg zu stehen."

Adams sprang von seiner Bank auf. „Was zum Teufel soll das heißen?"

„Genau, was ich gesagt habe. Bitte sei da, Adams. Für Jeffie."

„Nein." Adams' Widerspruch verhallte ungehört. Lincoln war gegangen, und auch Jefferson und Jackson waren nicht mehr auf der Koppel. Er war allein mit seinen Gedanken. Allein, um sich über Lincolns letzte Bemerkung den Kopf zu zerbrechen.

Am Abend des ersten August klopfte jemand heftig an seine Schlafzimmertür. Als Adams öffnete, stand er einem grinsenden Lincoln gegenüber. Sein Bruder trug ein blütenweißes Hemd, seine Fliege war noch nicht gebunden. Eine weinrote Weste und ein schwarzes Jackett hatte er lässig an einem Finger über der Schulter hängen. Er musterte Adams mit kritischem Blick.

„Gut", meinte er und ging an seinem älteren Bruder vorbei in dessen Zimmer, als sei er hineingebeten worden. „Du bist passend angezogen. Ich hatte gehofft, dass ich dich vorher nicht erst noch verprügeln muss."

„Davon träumst du wohl, Bruderherz." Adams richtete seine dunkle Krawatte, dann schlüpfte er in seine Weste und das Jackett seines schwarzen Anzugs.

„Ich könnte es ja mal probieren." Lincoln machte einen Schritt auf Adams zu. „Als ich deine Sekretärin anrief, wusste sie gleich, was sie schicken sollte."

„Meine Sekretärin könnte nach dieser Nummer am längsten meine Sekretärin gewesen sein." Genervt fuhr sich Adams mit einer Hand durchs Haar.

„Hättest du das wirklich verpassen wollen, Adams? Es ist Jeffies erstes Porträt. Das erste Mal, dass er öffentlich macht, wie er jemanden sieht, und dafür hat er Paige ausgewählt." Lincoln schaute Adams fest in die Augen. „Könntest du diesen Augenblick verpassen? Selbst wenn es zehn Junior Rabbs gäbe?"

Adams antwortete nicht sofort. „Nein, ich hätte ihn nicht verpassen wollen", murmelte er schließlich.

Als Antwort darauf zog auch Lincoln Weste und Jacke an, und nachdem er seine Manschettenknöpfe gerichtet hatte, fragte er grinsend: „Fertig?"

„Wo ist Jackson?"

„Der wartet voller Ungeduld im Wagen." Und weil er merkte, dass Adams das Unvermeidliche hinauszögerte, fügte er hinzu: „Und Jefferson ist vorausgefahren, um mit Cullen in einer verschwiegenen Ecke des Gartens das Porträt aufzustellen, wo Paige es hoffentlich nicht schon vor der Enthüllung entdeckt."

„Moment mal. Sie weiß gar nichts von dem Porträt?"

„Natürlich nicht. Wie sollte es sonst eine Überraschung sein?"

„Wie hat Jeffie es dann gemalt? Nach Fotografien?"

„Vielleicht teilweise, aber das meiste hat er vermutlich aus dem Gedächtnis gemalt. Jeffie sieht nämlich mehr mit seinem geistigen Auge als die meisten von uns mit einem Fernglas."

„So gut ist er?" Adams knöpfte seine Weste zu. „Ehrlich?"

Lincoln grinste. „Ehrlich. Bist du jetzt so weit?"

„Willst du dir nicht die Fliege binden?"

Seufzend verdrehte Lincoln die Augen. „Nein. Ich werde das Lady Mary machen lassen. Sie schimpft und beklagt zu gern, dass ich dieses Kunststück wohl nie lernen werde."

„Von wegen." Endlich bewegte sich Adams Richtung Tür.

„Na und?" Lincoln zuckte mit den Schultern. „Ich lasse sie gern glauben, ich brauche sie. Es macht sie glücklich. Und wem schadet das schon?"

„Kein Wunder, dass du ihr Liebling warst."

„War ich nicht."

„Warst du doch."

Während ihr Gelächter noch durchs Haus hallte, wurde Lincoln wieder ernst. „Habe ich dir erzählt, dass Jericho und seine gesamte Mannschaft Wache halten werden? Da sie alle sowieso zur Party gekommen wären, sind sie diesmal also in einer Doppelfunktion dort. Als Gäste und Wachposten."

Adams blieb abrupt stehen. „Offenbar ist Jericho genauso besorgt wie ich."

„Jericho ist vorsichtig, nicht besorgt. Er hat sogar Verstärkung aus dem Nachbarbezirk angefordert, um das Grundstück bestmöglich zu überwachen." Und im Vorgriff auf Adams' nächste Frage ergänzte er: „Den Fluss auch. Beruhigt dich das?"

Adams holte tief Atem. „Ja."

„Schön." Lachend hakte sich Lincoln bei Adams ein. „So, wo waren wir stehen geblieben?"

„‚War ich nicht', glaube ich."

„Warst du doch."

Noch immer lachend stiegen die beiden Brüder zum dritten Bruder in den Wagen. Heute Abend würde der älteste Sohn von Gus Cade dem Talent des jüngsten Tribut zollen.

9. KAPITEL

Sie hörten die Musik, noch ehe sie aus Jacksons Wagen ausgestiegen waren. Noch ehe der junge Mann in Livree sie höflich begrüßt und die Wagenschlüssel an sich genommen hatte.

„Das ist bestimmt Cullens Werk", vermutete Lincoln, als sie vor dem Eingang des River Walk standen. Die Szene, die sich ihnen bot, hätte aus einem Film sein können.

„Das Haus, der Garten, die Musik oder das mindestens eine halbe Meile lange Büfett?", hakte Jackson nach.

„Alles. Wollen wir wetten?" Herausfordernd sah Lincoln seine Brüder an.

„Ich wette nicht, wenn etwas so klar ist." Jackson grinste.

„Und du, großer Bruder?" Weil Adams nicht reagierte, meinte Lincoln: „Warum machst du dich nicht gleich auf die Suche nach Paige? Falls du unterwegs Jeffie triffst, sag ihm, dass wir uns in etwa einer Stunde bei Cullens Bowle treffen."

„Ja, das sollte ich wohl." Ohne weiteren Kommentar ging Adams weg, den Blick in den Garten gerichtet, um unter den noch wenigen Gästen das gesuchte Gesicht zu finden.

„Glaubst du, er hat ein Wort davon mitbekommen?", fragte Lincoln Jackson, während sie Adams nachsahen.

„Nein. Nicht, nachdem du Paige erwähnt hast." Jackson traf bereits seine Wahl, mit wem er zuerst tanzen wollte. „Aber Jeffie wird uns schon finden. Und jetzt erwartet dich sicher Lady Mary." Er überließ Lincoln sich selbst und widmete sich seiner ersten Tanzpartnerin.

Die weitläufige Gartenanlage war perfekt gepflegt. Doch Adams hatte keinen Blick für all die Pracht übrig. Und er bemerkte auch die interessierten Blicke nicht, die ihm einige der weiblichen Gäste zuwarfen. Jericho dagegen nahm er sofort wahr und auch dessen kurzes Nicken, das besagte, dass alles in Ordnung sei.

Dann sah Adams sie. Paige, schöner denn je, in einem Traum von einem Kleid. Es hatte die Farbe von blühendem Lavendel und glänzte seidig. Der schlichte, schmale Schnitt betonte ihre Brüste, ihre Taille, umspielte ihre schlanken Hüften und schließlich ihre Knöchel. Schmale Spaghetti-Träger und ein dezentes Dekolleté gaben ihm etwas unglaublich Verführerisches.

Ihre Locken hatte sie lose aufgesteckt, doch einzelne Strähnchen lösten sich bereits aus der goldenen Haarspange, die mit Perlen und Amethysten besetzt war. Es sah sehr edel aus und zugleich provozierend, wie die Löckchen ihre nackten Schultern berührten, die Adams nur allzu gern geküsst hätte.

Doch es gab noch mehr an Paige zu bewundern. Sie trug eine perfekt zu ihrer Haarspange passende Kette, die ihr fast bis zur Taille reichte. Und beim Anblick der bei jeder Bewegung sanft über ihre Brüste gleitenden Perlen konnte kein Mann übersehen, dass die elegante, gepflegte Paige Claibourne eine begehrenswerte Frau war.

Offenbar tat das auch kein Mann, und Adams überkam bohrende Eifersucht, als er beobachtete, wie ein Gast nach dem anderen ihr die Wange oder die Hand küsste. Ein älterer Herr machte ihn sogar regelrecht wütend, weil er sie nach einem Begrüßungsküsschen auch noch innig umarmte. Da half es ihm wenig, dass dieser Gentleman andere Frauen genauso begrüßte.

Langsam bahnte er sich seinen Weg durch die inzwischen zahlreich versammelten Gäste, bis er endlich vor Paige stand.

„Adams!" Sie strahlte nur so vor Freude. „Du bist doch gekommen. Ich fürchtete schon, du würdest denken, du solltest lieber nicht kommen."

„Genauso war es." Er lächelte entschuldigend, unfähig, den Blick von Paige zu wenden.

„Ich freue mich." Sie ergriff seine Hände und merkte sofort, dass sie mit Schwielen und verschiedenen kleinen Verletzungen von der Arbeit auf der Plantage übersät waren. „Deine armen Hände. Jefferson erzählte mir, dass ihr dabei seid, die Weiden mit Stacheldraht einzuzäunen, um wieder Rinder zu halten und damit ein regelmäßiges Einkommen zu erzielen."

„Ja, das ist momentan unsere Hauptbeschäftigung", antwortete Adams und strich Paige dabei sanft über die Wange, weil sie richtig bestürzt über seine Blessuren zu sein schien. „Sweetheart, meine Hände sehen nicht schlimmer aus als früher auch schon. Das gibt sich wieder."

„Ich weiß. Trotzdem …"

Genau in dem Moment begann das Streichquartett nach einer kleinen Pause wieder zu spielen, und die Musik passte perfekt zu Paiges Geburtstagsempfang in dem herrlichen Garten.

„Ich überlasse dich besser wieder deinen Gästen." Doch statt gleich zu gehen, zog er sie aus einem Impuls heraus in die Arme. Sein Gesicht war ihrem Gesicht ganz nah. „Herzlichen Glückwunsch zum Geburtstag, meine schöne Paige."

Er wollte sie nur kurz auf die Wange küssen, aber wie in Zeitlupe wandte Paige den Kopf und bot ihm ihren Mund. Eine Versuchung, die so süß war, dass er einfach nicht widerstehen konnte.

Flüchtig streifte er mit den Lippen ihre Lippen, obwohl er sich nach einem sehr viel innigeren Kuss verzehrte. Als er sich von ihr löste, hielt Paige ihn fest. „Bleib heute Nacht bei mir."

Adams' Herz begann wild zu klopfen. „Nein, Paige."

„Dann wenigstens bis zum Ende der Party." Ihr Blick war beinah flehentlich. „Ich weiß, du willst nicht, dass die Leute dich mit mir in Verbindung bringen. Sie werden es trotzdem tun, egal, wie wir uns verhalten. Und was die Leute nicht persönlich hören oder sehen, das erfinden sie. Warum lassen wir sie nicht ein wenig über die Wahrheit klatschen?" Zärtlich fuhr sie mit einem Finger die Konturen seiner Lippen nach, und das war fast so verheißungsvoll wie ein Kuss. „Sind ein paar Gerüchte ein zu hoher Preis für einen gemeinsamen Abend in aller Unschuld? Wir waren fast unser ganzes Leben lang Freunde. Können wir nicht wieder Freunde sein? Nur Freunde. Nur für heute Abend?"

Sie verstummte, wartete ab, ohne den Blick von Adams zu wenden. Für Paige war außer ihm niemand im Garten. Heute war ihr Geburtstag, und seine Antwort könnte vielleicht das schönste Geschenk sein. Ihre ganze Sehnsucht lag in ihrem Blick. Nur ein Narr würde das nicht sehen. Nur ein Narr würde ablehnen.

„Ja, Liebste", flüsterte er. „Ich werde bleiben, bis der letzte Gast gegangen ist."

Paiges Lächeln, ihre Berührung, als sie sich bei ihm einhakte, waren jedes Risiko wert. Aber würde er das auch an einem weniger romantischen Abend so sehen?

„Einige deiner alten Schulfreunde sind hier. Von Cullen weiß ich, dass sie unbedingt mit dir sprechen möchten. Würde dir das sehr viel ausmachen?"

„Nein." Mit Paige an seiner Seite ganz bestimmt nicht. „Wer ist denn hier? Ich habe bisher nur Jericho gesehen."

„Komm mit, Adams, ich zeige es dir." Wie selbstverständlich ging sie neben ihm her, die Hand besitzergreifend auf seinem Ellbogen. Ihre weichen Brüste seinen Arm streifen zu spüren, war sehr erotisch und erinnerte ihn augenblicklich an ihre Stunden der Leidenschaft. Ihr leises Lachen klang ausgesprochen verführerisch. Zum ersten Mal seit Wochen und für diesen kurzen Abend war Paige Claibourne glücklich.

Während sie durch den Garten schlenderten, erzählte Paige Adams einiges über den einen oder anderen Gast, und das eine oder andere Gesicht erkannte er sogar wieder.

„Blaine." Erfreut schüttelte er dem ersten seiner alten Schulfreunde die Hand. „Wie geht es dir? Und der kleinen Melanie? Obwohl, ganz so klein dürfte sie nicht mehr sein."

Paige erinnerte sich, dass Blaine Ellington noch vor dem Abschluss der Highschool geheiratet und eine kleine Tochter bekommen hatte. Und offenbar erinnerte sich auch Adams.

Geschmeichelt erwiderte Blaine: „Sie ist neunzehn."

„Neunzehn? Ich weiß, es klingt abgedroschen, aber sie werden wirklich schnell groß. Und Cindy?"

„Wir wurden vor zehn Jahren geschieden. Weder Melanie noch ich haben seither etwas von ihr gehört."

Diese Unterhaltung war nur der Anfang. Alle anderen wollten auch mit Adams reden. Niemand war anmaßend. Niemand verurteilte ihn. Adams erinnerte sich an erstaunlich viele Einzelheiten aus der Schulzeit, und da er viel zu höflich war, um sich seinen alten Freunden zu entziehen, griff Paige schließlich ein.

„Ich glaube, das ist mein Tanz." Sie nahm Adams bei der Hand und bedachte die versammelten Freunde mit einem strahlenden Lächeln. „Entschuldigt ihr uns bitte?"

Als sie gleich darauf zu tanzen begannen, lächelte sie ihn zärtlich an. „Sie alle mögen dich, Adams. Keiner deiner alten Freunde glaubt, dass du zu der Tat fähig sein könntest, mit der Junior Rabb dich vor Gericht brachte. Es war ihnen deutlich anzumerken."

„Was ihnen anzumerken war, waren Lady Marys Manieren." Adams wirbelte Paige gekonnt im Kreis herum und zog sie wieder an sich, diesmal etwas enger.

„Nichts gegen Lady Marys gute Arbeit, aber es war mehr."

„Sweetheart", flüsterte er ihr ins Ohr. „Tust du mir einen Gefallen?" „Jeden."

„Sei still und lass mir mein Vergnügen, nur mit dir."

Seine zweideutige Anspielung ließ Paiges Herz einen Sprung machen. Dann begann sie zu lachen und zog damit alle Blicke auf sich.

„Ja, gern." Und leise fügte sie hinzu: „Es wäre mir ein Vergnügen, Sir."

„Nein, Liebste", erwiderte Adams, während sie sich in perfekter Harmonie bewegten, so eng aneinander geschmiegt, dass ihr Kleid ihre Reize nur noch optisch verbarg. „Das Vergnügen ist ganz auf meiner Seite."

Inzwischen hatten sie die Aufmerksamkeit aller Gäste auf sich gelenkt. Sogar Cullen und Merrie und die übrigen Mitarbeiter vom Service hielten inne, um Paige und Adams zuzusehen.

Die anderen Cades hatten sich zu diesem Zeitpunkt an dem Tisch eingefunden, auf dem Cullens Bowle stand. Ein exotisches Getränk, das tiefdunkelrot funkelte.

„Schau sie dir an", meinte Jackson. „Sie bewegen sich, als seien sie eine Person."

„Als gehörten sie zusammen", ergänzte Lincoln.

„Wie sie es seit dreizehn Jahren hätten sein sollen." Jeffersons Stimme klang belegt, bitter, doch weder Lincoln noch Jackson gingen auf seine Bemerkung ein.

„Was ist los mit dir, Jeffie?", erkundigte sich Jackson nach dem ersten Schluck Bowle, an dem er sich fast verschluckte. „Du solltest tanzen. Weiß der Himmel, an netten Tanzpartnerinnen dürfte es dir hier kaum fehlen."

„Heute Abend nicht. Ich bin zu nervös, weil ich immerzu daran denken muss, was Paige wohl zu dem Porträt sagen wird. Was ist, wenn sie es scheußlich findet?"

„Das wird sie nicht." Lincoln nahm sich ein Glas, um ebenfalls die Bowle zu probieren, da Jackson noch aufrecht stand.

„Das wisst ihr doch ebenso wenig, wie ich", gab Jefferson zurück.

„Doch, das wissen wir." Jackson nahm noch einen Schluck, den er schon leichter hinunterbekam. „Lincoln und ich können dein Werk viel besser beurteilen als du selbst."

„Richtig." Lincoln klang ganz heiser, während er eine Hand auf seinen Magen presste. „Du bist besorgt – das ist natürlich. Aber nach ein paar Schlucken von Cullens Teufelsgebräu garantiere ich dir, dass du keine flatternden Schmetterlinge mehr im Bauch haben wirst. Höchstens Geröstete."

Da lachte Jefferson, und seine Laune stieg, wie seine Brüder es beabsichtigt hatten. Er nahm sich ein Glas Bowle und trank es in einem Zug aus. Ohne eine Miene zu verziehen und mit fast normaler Stimme meinte er: „Wenn ihr das Zeug nicht vertragt, auf einem Tisch weiter hinten steht Limonade."

Dann erst verzog er nach Atem ringend das Gesicht. „Aber du hast recht, Lincoln. Keine Schmetterlinge mehr. Jetzt sind es die Flammen des Hades."

„Aber Sie mögen die Bowle. Sie ist nicht einmal gefährlich, solange sie sich nicht durch das Kristall frisst." Schmunzelnd gesellte sich Cullen zu ihnen. „Und Sie haben auch in anderer Hinsicht recht."

Ausnahmsweise einmal brach Cullen seine eigenen Regeln, schenkte sich ein Glas Bowle ein und trank es aus, als wäre es Wasser. „Ja, Adams und Mistress Paige bewegen sich wie eine Person. Ja, sie gehören zusammen. Ja, wenn die Umstände andere gewesen wären, dann hätten sie all die Jahre zusammen sein sollen. Aber dann wäre ich nicht hier. Und wir würden heute Abend nicht dieses Porträt enthüllen." Er sah auf seine Uhr. „Nämlich jetzt."

„Sie sind so weit?" Jefferson merkte, dass er sich getäuscht hatte – die Schmetterlinge hatten das Teufelsgebräu überlebt.

„Geben Sie mir fünf Minuten", sagte Cullen. „Dann kommen Sie bitte mit Ihrem Bruder und der Mistress nach."

Als Cullen außer Hörweite war, meinte Jackson: „Er muss beim Ansetzen der Bowle etwas zu oft probiert haben. Heute Abend ist er ja eine richtige Plaudertasche. Ich habe ihn noch nie so viele Sätze an einem Stück sagen hören, seit er mit Paige nach Belle Terre gekommen ist."

Lincoln verdrehte die Augen und zwinkerte Jefferson zu. „Offenbar wirkt die Bowle nicht nur bei Cullen. Hat unser Bruder eben ‚Plaudertasche' gesagt?"

„Ach kommt schon, Jungs. Das ist doch ein schönes Wort."

„Und ein langes." Jefferson lachte wieder, genau, wie seine Brüder es beabsichtigt hatten.

Wie durch Zauberei – jedenfalls kam es Adams so vor – begaben sich die Gäste auf einmal in einen versteckten Winkel des Gartens. Dort stand unter einer mächtigen, mit spanischem Moos behangenen Eiche und von Taschenlampen beleuchtet eine Staffelei. Flankiert von einer Gruppe Stechpalmen und üppigen Hortensien in Töpfen gab das über die Staffelei gebreitete, angestrahlte schwarze Samttuch der Szenerie etwas Geheimnisvolles.

Paige war hingerissen. Fragend sah sie Adams an, doch der zog nur kopfschüttelnd die Brauen hoch, als wisse er von nichts. Selbst Jefferson schien genauso ahnungslos zu sein, als Cullen vortrat und eine Hand auf die Staffelei legte.

„Bisweilen kommen eine schöne Frau und ein großes Talent am gleichen Ort und zur gleichen Zeit zusammen." Cullen sah erst Jefferson an, dann Paige. „Wenn diese einmalige Begegnung stattfindet, wird uns eine große Freude zuteil. Ladys und Gentlemen, Paige Roberts Claibourne, gemalt von Thomas Jefferson Cade."

Damit zog er das Tuch von der Staffelei und enthüllte ein vom Zauber eines nebeligen Gartens umgebenes Mädchen. Ein junges Mädchen in einem weißen, fließenden Kleid, fast schon eine Frau, aber noch nicht ganz. Ein Mädchen mit ungebändigten goldenen Locken und dem Erstaunen über das Wunder der Liebe in ihren sanften grauen Augen. Paige, wie sie in der Nacht ihres ersten Balls ausgesehen hatte. Ehe ihr Adams genommen worden war.

Plötzlich wurde es ganz still im Garten. Dann wurde geflüstert und schließlich applaudiert.

Paige stand wie angewurzelt da, umklammerte Adams' Hand, suchte Jeffersons Blick. Dann ging sie zu Jefferson, ergriff seine Hände und küsste ihn sanft auf die Wange.

„Danke", sagte sie leise. „Es ist wunderschön. Ich habe allerdings nie so schön ausgesehen."

„Doch. Du würdest auch jetzt so aussehen, wenn die Vergangenheit anders verlaufen wäre." Jefferson schaute ihr in die Augen. „Und du wirst wieder so aussehen, wenn du es zulässt."

„Du weißt es, nicht wahr?"

„Dass du meinen Bruder liebst?" Jefferson lächelte wehmütig. „Ich habe es immer gewusst."

„Du hast mich gemalt, wie ich deiner Meinung nach aussehen würde, wenn all meine Träume wahr werden könnten."

„Ich habe das Mädchen gemalt, das eine Frau wurde, die ihr Leben lebt und doch auf ihren Geliebten wartet, der kommt um sie ganz glücklich zu machen." Er drückte ihr fest die Hände. „Genauso kann es sein, Paige. Alles könnte sich aufklären, wenn Adams bloß …"

„Jefferson!" Lady Mary tippte ihm mit ihrem Krückstock auf die Schulter. „Also habe ich dir nicht seit Jahren gepredigt, dass du dein Talent vergeudest, indem du dich in den Sümpfen verkriechst?"

Das weitere Gespräch entging Paige, weil sie von Freunden umringt wurde. „Nein, ich habe nicht Modell gestanden", beantwortete sie deren neugierige Fragen. „Und ja, ich war ebenso überrascht wie alle hier."

Über die Köpfe ihrer Gäste hinweg lächelte Paige Adams an. Und ihr Lächeln nahm ihm den Atem. In ihrem Porträt war ganz genau der gleiche Blick verewigt, den sie ihm eben zugeworfen hatte.

All seine guten Vorsätze lösten sich in Luft auf. Voller Ungeduld, die er kaum verbergen konnte, wartete er, dass Paige wieder zu ihm kam. Stattdessen trat Jefferson zu ihm. „Und, Bruderherz, was hältst du davon?"

Adams umarmte ihn herzlich. „Ich finde, du hast sagenhaft viel Talent, Jeffie, und Lady Mary hat recht – du vergeudest es, indem du dich im Sumpf und in Belle Ràve verkriechst."

„Wohin soll ich denn sonst gehen, Adams? Was soll ich sonst machen?"

„Nein, Jeffie." Adams schüttelte seinen Bruder sanft, als könne er ihn so zur Vernunft bringen. „Die Frage ist, was kannst du nicht machen? Wenn du aufhörst, dich und dein Talent vor der Welt zu verstecken."

„Gus hat mich gebraucht. Er braucht mich immer noch."

„Gus ist auf dem Weg der Besserung. Wenn er zukünftig besser auf seine Gesundheit achtet, wird er wohl keinen weiteren Schlaganfall bekommen. Zudem wird es mit Belle Ràve bald wieder aufwärtsgehen. Die Instandhaltungsarbeiten sind fast abgeschlossen."

„Durch deine Arbeit, Adams, und das Geld aus der Firmenbeteiligung, das du in Belle Ràve gesteckt hast, hast du alles wieder gerichtet." Jeffersons Blick wanderte zu Paige hinüber, dann zurück zu Adams. „Wie du es immer getan hast, auf Kosten deiner eigenen Träume."

„Und das heißt, dass du keine eigenen Träume haben darfst? Dass du nicht verwirklichen kannst, wovon du träumst?" Adams wusste, dass er die Schlacht verlor. Und dass jetzt nicht der geeignete Moment war, um die Diskussion zu vertiefen. „Wie auch immer, ich kenne deine Antwort. Aber sieh dir noch mal deine Arbeit an.

„Lincoln und Jackson sagten, Paige habe dir nicht Modell gestanden, und vermutlich hattest du auch keine Fotos. Also hast du dieses Porträt aus dem Gedächtnis geschaffen." Adams warf einen bewundernden Blick auf das Bild. „Es ist mir schleierhaft, wie dir das bei so wenig Zeit gelungen ist, und doch hast du etwas Wunderbares und Einmaliges eingefangen."

„Ich habe sie gemalt, wie sie meiner Meinung nach aussehen würde, wenn wir die Vergangenheit hinter uns lassen könnten."

„Vielleicht können wir das, Jeffie." Adams legte Jefferson eine Hand auf die Schulter. „Junior verhält sich nun schon so lange ruhig, dass ich die Hoffnung habe, der Vandalismus im Cottage war sein großer Racheakt. Vielleicht hat er gemerkt, dass seine ewige Fehde letztendlich nichts bringt."

„Diese Party mit dem Wiedersehen alter Schulfreunde und jetzt dein Porträt von Paige haben mir gezeigt, dass ich vielleicht doch wieder nach Hause kommen kann."

„Gus' Einstellung hat sich nicht geändert, Adams. Obwohl du so hart gearbeitet hast und er einen gewissen Verdacht hat, woher das Geld für die Reparaturen kam, hat er seine Meinung über dich nicht geändert."

„Das bedrückt mich schon. Doch seine Meinung ist für mich endlich nicht mehr das Wichtigste im Leben."

„Nein." Jefferson lächelte. „Das Wichtigste in deinem Leben steht dort drüben am Springbrunnen. Wenn ich du wäre, würde ich sie keine Minute länger warten lassen."

„Ganz meine Meinung." Jackson legte seinem jüngsten und seinem ältesten Bruder einen Arm um die Schulter. „Ehrlich gesagt, wenn jemand wie Paige auf mich warten würde, dann würde ich mich überschlagen, ins nächste ..."

„Wow, Rotschopf, es könnte eine Lady mithören." Lincoln machte die Runde komplett. „Aber ich gebe euch absolut recht."

„Worauf warte ich dann noch?", überlegte Adams laut.

„Keine Ahnung." Jackson, der wieder einmal das letzte Wort haben musste, grinste schelmisch.

Paige hatte es geschafft, sich ihren Gästen zu entziehen, nachdem sie nach Jefferson selbst noch viele Fragen zu ihrem Porträt beantwortet hatte.

Jetzt stand sie allein neben einem kleinen Springbrunnen und genoss die beruhigende Wirkung des Geplätschers. Dass Adams sie auf einmal von hinten an der Taille umfasste und an sich zog, überraschte sie nicht. Sie hatte gewusst, dass er kommen würde. Von dem Moment an, als er sie nach der Enthüllung des Porträts mit diesem gewissen Blick angesehen hatte, hatte sie auf ihn gewartet.

Als sie sich an ihn schmiegte, fiel ihr auf, dass er nicht mehr nach dem teueren Cologne duftete. Der tadellos gestylte Geschäftsmann, der sich ständig beweisen zu müssen glaubte, war endlich verschwunden.

Das hier war Adams, und er war immer noch wunderbar. Sein dunkles Haar war nicht ganz so perfekt gestylt, seine Miene nicht ganz so beherrscht. Adams, der nach frischer Luft duftete und nach einem Hauch herber Seife. Ihr Adams.

„Es ist zwar deine Party", murmelte er gegen ihr Haar, „aber meinst du, wir könnten die ehrenwerten Bürger von Belle Terre schockieren, wenn wir uns für eine Weile zurückziehen?"

Paige drehte sich in seinen Armen zu ihm um. „Ich dachte schon, du würdest gar nicht mehr fragen."

„Und wohin gehen wir?"

„Cullen schlug vor, du würdest vielleicht gern sehen, wie wir das Cottage am Fluss renoviert haben."

„Das Cottage, hm?" Adams klang erfreut.

„Und für den Fall, dass du das möchtest, hat er eine Flasche Champagner ins Schlafzimmer gestellt." Auch Paige lachte leise. „Um auf meinen Geburtstag anzustoßen."

„Ach ja, dein Geburtstag. Ich habe gar kein Geschenk für dich." Zärtlich küsste er ihre Lider, ihre Nase, ihre Mundwinkel. Doch ehe sie seine Küsse erwidern konnte, hielt er inne. „Kannst du mir verzeihen?"

„Uns fällt bestimmt noch etwas ein, wie du das wieder gutmachen kannst." Damit legte sie ihm einen Arm um die Taille und ging mit ihm den lauschigen Pfad entlang zum Cottage.

Keiner von beiden nahm wahr, wie Cullen lächelnd hinter ihnen aus dem Schatten der Sträucher trat und sich mitten auf den Weg stellte. Ein Wachposten, an dem keiner vorbeikam.

Adams erwartete einen neuen Anflug von Bedauern, dass das Cottage seinetwegen verwüstet worden war. Doch die Renovierung war perfekt gelungen.

„Die Sammlung deines Vaters." Er nahm eine Jagdtrophäe in die Hand und begutachtete sie, dann eine Zweite. „So gut wie neu."

„Cullen fand jemanden, der sie restaurierte." Paige trat neben Adams, froh, dass er sich überzeugen konnte, dass der Einbrecher keinen bleibenden Schaden angerichtet hatte. „Er fand auch jemanden, der die Gemälde und Möbel restaurierte. Nur ein paar unbedeutendere Dinge ließen sich nicht restaurieren oder reparieren. Deine frühere Unterkunft ist also praktisch wieder wie vorher. Aber …", weil sie leicht den Kopf schüttelte, löste sich noch ein Löckchen aus ihrer Haarspange, „… müssen wir weiter über das Cottage reden?" Mit einem verheißungsvollen Lächeln ging sie zur Schlafzimmertür. „Falls dir kein anderes Thema einfällt, genehmige ich mir ein Glas Champagner. Reden macht schließlich durstig."

„Ich wüsste schon noch ein anderes Thema." Adams zog sie kurzerhand in die Arme. „Zum Beispiel dieses." Langsam bewegte er einen Finger unter einem Träger ihres Kleides von ihrer Schulter hinab zu ihren Brüsten. „Erfüllen diese Träger einen Zweck, oder sind sie nur Zierde?"

„Oh, sie haben schon einen Zweck, da kannst du sicher sein." Paige erschauerte wohlig, als Adams nun mit den Knöcheln ihren Träger entlang strich und wieder nur knapp über ihren Brustspitzen innehielt.

„Womöglich, um mich verrückt zu machen?", raunte er ihr ins Ohr. „Deshalb hast du dieses süße Nichts von einem Kleid angezogen, oder? Damit ich schwach werde und alle meine guten Vorsätze vergesse. Nicht wahr, Liebste?"

„Ja." Sie klang atemlos, und die pulsierende Ader an ihrem Hals verriet, dass sie sich in ihrem eigenen Netz verfangen hatte.

„Und jetzt süße Paige? Da dein Zauber also gewirkt hat, was jetzt?" Statt weiter mit ihren schmalen Trägern zu spielen, strich er mit den Fingerspitzen am Dekolleté ihres Kleides entlang und begann die seidige Haut ihres Brustansatzes zu streicheln. Als Paige erneut erschauerte und nur mit Mühe ein Stöhnen unterdrückte, lachte er leise auf. „Die Zauberfee, gefangen von ihrem eigenen Zauber? Was wird sie dagegen wohl tun?"

„Das." Genau wie eben er schob sie einen Finger erst unter den einen Träger ihres Kleides, dann unter den anderen. Mit vor der Brust gekreuzten Armen streifte sie die Träger wie in Zeitlupe über ihre Arme, sodass ihr Kleid langsam abwärts glitt. Als es schließlich auf dem Boden lag, trug sie nur die Perlenkette und einen Tanga, ähnlich dem Bikinihöschen, das sie auf Summer Island getragen hatte. Aufreizend langsam und ohne den Blick von Adams zu wenden, hob Paige die Arme, um ihre Haarspange zu öffnen.

„Lass mich das machen."

Paige ließ die Arme sinken. Abwartend stand sie da, genoss es, dass Adams sie mit Blicken regelrecht verschlang.

Als er die Spange löste, fielen ihr ihre gold schimmernden dunkelblonden Locken auf die Schultern, den Rücken, die Brüste. Er vergrub die Finger in ihrer seidigen Lockenpracht, bog ihren Kopf zurück und eroberte ihren Mund mit einem tiefen Kuss. Dann begann er, sie überall zu streicheln. An ihrer Taille zögerte er kurz, doch im nächsten Augenblick landete das letzte Stückchen Stoff, das seinen Liebkosungen noch im Weg war, auf dem Boden.

„Paige." Aufstöhnend küsste er sie erneut wie von Sinnen.

Ehe sie ganz den Verstand verlor, flüsterte Paige glücklich: „Du reist nicht ab. Du wärst nicht hier, würdest mich nicht lieben, wenn du abreisen wolltest."

„Nein, Liebste." Adams hob sie auf die Arme. „Ich gehe nirgendwohin, außer ins Schlafzimmer, mit dir."

„Das ist dein Geschenk für mich?"

„Ja. Und für mich selbst auch."

In einem spärlich beleuchteten Schlafzimmer, weit weg von den fröhlichen Partygästen, erfuhr ein Ausgestoßener, dass er gar kein Ausgestoßener war und es auch nie sein würde, solange die Augen und das Herz der einzigen Frau, die ihm je etwas bedeutet hatte, so voller Liebe waren. In ihren Armen entdeckte ein ehemals sanfter Mann, der lernen musste, hart und egoistisch zu sein, um zu überleben, dass seine Sanftheit eigentlich gar nicht erloschen war.

Als sie ihn zu sich hinunterzog, glaubte er endlich, dass der Mann, der er einmal war, nur auf ihre zarten Berührungen, ihre süßen Küsse und ihr bedingungsloses Vertrauen gewartet hatte, um ins Leben zurückzufinden.

In ihren Zärtlichkeiten fand er seinen inneren Frieden.

In ihrem geflüsterten „Ich liebe dich, Adams" fand er seine Seele wieder.

Paige war seine Zukunft und die Erfüllung all seiner Wünsche.

„Ich weiß, Paige", erwiderte er aus tiefstem Herzen, „meine einzige Liebe."

10. KAPITEL

Was zum Teufel ist das?" Adams trat so abrupt auf die Bremse, dass Jacksons Wagen fast ins Schleudern geriet. Jackson, Jefferson und Lincoln starrten genauso gebannt auf den rot glühenden Nachthimmel wie er selbst.

Paiges Party war um Mitternacht zu Ende gewesen, und Adams war als Fahrer und Zielscheibe endloser Neckereien auserkoren worden. Doch jetzt waren alle Brüder mit einem Schlag ernüchtert.

„Es brennt", flüsterte Lincoln.

„River Trace oder der Stall." Jackson wirkte geschockt. „Womöglich beides."

„Die Pferde!", stieß Jefferson hervor.

„Vielleicht ist es noch nicht zu spät." Adams raste die Straße hinunter, und als River Trace in Sicht kam, sahen sie meterhohe Flammen in den Nachthimmel schlagen.

Noch ehe er in der Nähe des Infernos hielt, hörten sie das panische Wiehern der Pferde. Der Stall brannte lichterloh, das Wohnhaus war wie durch ein Wunder nicht betroffen.

Kaum waren sie aus dem Wagen gesprungen, da war klar, dass das Wiehern nicht aus dem Stall kam. Jackson zeigte auf eine Weide, auf der seine Tiere voller Panik hin und her rannten.

„Jemand hat sie gerettet. Die ganze Herde."

„Dieser jemand dort!", schrie Adams über das Getöse herabstürzender Balken hinweg und deutete zum Haus hinüber.

„Merrie." Jefferson war als Erster bei ihr. Er nahm ihr den Wasserschlauch aus der Hand, um selbst das Haus weiter zu berieseln. „Bist du verletzt?"

Sichtlich erschöpft versicherte ihm Paiges jüngste Mitarbeiterin, dass sie okay sei. Dann war keine Zeit mehr zum Reden. Die Pferde waren gerettet. Der Stall war verloren. Und das Wohnhaus war in höchster Gefahr. Den Cades war klar, als sie sich an die Feuerbekämpfung machten, dass die Schlacht trotz Merries heldenhafter Bemühungen noch lange nicht geschlagen war.

„Warum warst du hier?" Der Stall war nur noch ein rauchender Trümmerhaufen. Jackson und Lincoln kümmerten sich um die Pferde, und Adams war am Küchentisch dabei, eine kleine Brandwunde an Merrie

Alexandres Hand zu versorgen. „Jackson kann froh sein, dass du hier warst. Aber warum?"

„Ich mag Pferde lieber als Partys." Obwohl sie voller Ruß war, zuckte Merrie lächelnd mit den Schultern. „Als ich alle Arbeiten im Hotel erledigt hatte, kam ich her, um mit den Pferden zu reden. Ich hoffe, Mr Jackson ist mir nicht böse."

Jefferson brachte ihr ein Glas Wasser. „Böse? Ich glaube, er ist eher in Stimmung, dich zu küssen."

„Nein danke. Ich mache mir nichts aus Küssen."

„Es sei denn, es betrifft ein Pferd", meinte Adams schmunzelnd.

Sirenengeheul enthob Merrie einer Antwort.

„Die Feuerwehr, und ich wette, Jericho gleich hinterher." Jefferson schob das Wasserglas näher zu Merrie hinüber. „Du solltest das trinken. Denn du wirst noch mal erklären müssen, dass du, als du im Stall warst, gehört, aber nicht gesehen hast, wie jemand das Feuer legte.

„Jericho wird das kleinste Detail wissen wollen." Jefferson verzog das Gesicht, als er sich an Merries Schilderung erinnerte. „Bis hin zu den durchtrennten Telefonleitungen, wie du es geschafft hast, eine Herde verängstigter Pferde aus einem brennenden Stall zu lotsen. Und deiner Eingebung, das Haus mit Wasser zu besprengen, damit es nicht auch in Flammen aufgeht."

„Du bist erschöpft, Merrie. Ich werde Jericho alles erklären, so gut ich kann. Dann geht deine Befragung schneller." Adams legte die Brandsalbe beiseite und stand auf. Über Merries Kopf hinweg sah er seinen Bruder müde an. „Jefferson?"

„Ich werde mich um sie kümmern, Adams. Geh du nur Jericho informieren."

Dreizehn Tage später warf Jericho den Bericht über den Brand in River Trace auf seinen Schreibtisch. „Jeder Brandexperte, der uns zur Verfügung stand, kroch tagelang in Jacksons Pferdestall herum. Der Abschlussbericht sagt uns alles über den Brand. Nur nicht, wer ihn gelegt hat."

„Wir wissen, wer ihn gelegt hat, Jericho." Adams sah aus dem Fenster auf die Hauptstraße von Belle Terre hinaus.

„Das spielt keine Rolle, Adams. Wir können Junior Rabb nicht ohne Beweis verhaften."

„Dann wird er also weiter mich und alle, die mir nahe stehen, angreifen, solange ich hier bin. Immer mit einem wasserdichten Alibi."

„Wir werden ihn erwischen. Früher oder später wird er einen Fehler machen."

„Schon möglich, aber ich kann es nicht riskieren, dass er bis dahin vielleicht jemanden verletzt."

„Deine Familie. Und Paige."

Adams stand noch immer am Fenster und starrte hinaus. „Um sie bin ich am meisten besorgt. Meine Brüder können auf sich selbst aufpassen."

„Paige hat Cullen. Der dürfte selbst eine Ratte wie Junior Rabb abschrecken. Aber natürlich kann er nicht Tag und Nacht um sie sein."

„Es gibt eine bessere Lösung." Adams ging zum Schreibtisch hinüber und sah Jericho offen an. „Eine, die ich schon vor Wochen hätte wählen sollen."

„Abreisen." Als Sheriff war sich Jericho im Klaren, dass das die logische Konsequenz war. Denn vor Adams Rückkehr hatte Rabb keinen der Cades behelligt. „Was ist mit Gus und der Plantage?"

„Gus geht es jeden Tag besser. Seit das Krankenhaus Schwestern geschickt hat, die sich nicht von ihm einschüchtern lassen, macht er phänomenale Fortschritte. Im Moment ist Belle Râve solvent. Und, so ironisch es klingen mag, nach einem kontrollierten Brand kann in ein, zwei Jahren so viel Nutzholz geschlagen werden, dass der Erlös einen vernünftig geführten Betrieb jahrelang am Laufen halten kann."

„Hast du Paige schon gesagt, dass du abreisen willst?"

„Seit dem Brand habe ich sie nur einmal gesehen. Sie kam nach River Trace. Ich bat sie, nicht mehr dorthin zu kommen."

„Wann wirst du es ihr also sagen?"

„Ich fahre morgen früh. Und sage es ihr dann."

Jericho beugte sich vor. „Ein wenig plötzlich, oder? Das Ganze wird sie sehr treffen."

„Ich weiß." Unverwandt starrte Adams auf seine geballten Fäuste. „Außer Rabb zur Rede zu stellen und zu riskieren, dass der zusätzliche Stress meinen Vater umbringt, kann ich absolut nichts tun. Je schneller ich abreise, desto schneller wird sein Rachefeldzug ein Ende haben."

„Einem Streit auszuweichen, geht doch gegen deine Natur, oder nicht? Ich kann mich nicht erinnern, dass du in alten Zeiten je einen Streit angefangen hast. Aber aus dem Weg gegangen bist du nie einem." Jericho beobachtete Adams genau, weil er auf eine Reaktion hoffte.

„Die alten Zeiten sind vorbei. Zum Schutz aller Unbeteiligten bleibt mir nur, mich zu verabschieden." Mit einem bitteren Lächeln schüttelte Adams dem Sheriff kurz die Hand. „Du bist der einzige Mann, den ich kenne, der größer ist als Cullen. Wirst du ihm helfen, auf sie aufzupassen?"

„Das weißt du doch."

„Da hast du recht." Adams öffnete die Bürotür.

„Adams." Jericho wartete, bis er die volle Aufmerksamkeit seines Freundes hatte. „Eigentlich wollten wir uns ja noch mal über jene Nacht unterhalten, in der diese ganze Sache mit Junior Rabb anfing."

„Das brauchen wir nicht, Jericho. Es steht alles in der Akte. Ich habe dem nichts hinzuzufügen." Mit einem letzten müden Lächeln verließ Adams das Büro des Sheriffs.

Mitten auf dem Gehsteig blieb Adams stehen und besah sich das prachtvolle River Walk, das schon Paiges Vorfahren gehört hatte. Diese Straße mit ihren alten Häusern war einmal das Vergnügungsviertel reicher Plantagenbesitzer gewesen. Fancy Row hieß sie allerdings wegen der Ladys, die hier ihrem Gewerbe nachgingen, nicht wegen der schönen Gebäude.

Belle Terre hatte seine ganz eigene Geschichte, ein ganz besonderes Flair. Er würde seine Heimatstadt vermissen. Wo sonst würde ein Mann mit dem hochtrabenden Namen Caesar Augustus Cade seine Söhne nach den Präsidenten John Quincy Adams, Abraham Lincoln, Andrew Jackson und Thomas Jefferson nennen?

Adams hatte nicht erwartet, dass er bedauern würde, Belle Terre wieder verlassen zu müssen. Aber er tat es. Und jetzt war es Zeit für den Abschied.

Vor dem Eingang des Hotels blieb er erneut stehen. Es war früh am Morgen. Im Garten würde noch Tau liegen, und Paige würde dort Blumen schneiden. Deshalb ging er um das Haus herum zum Gartentor. Paige war wirklich da, mit einem Korb frisch geschnittener Hortensien in der Hand. Es überraschte ihn immer wieder, wie bildschön sie war. Er liebte sie über alles.

„Adams?" Sie klang atemlos und erfreut zugleich. Dann sah sie den perfekten Anzug, die perfekte Krawatte. Den perfekt gestylten Mann, der ihren Geliebten verdrängt hatte.

Der Korb mit den Blumen fiel auf den Boden. Alle Farbe wich aus ihrem Gesicht, und Tränen traten ihr in die Augen.

„Du bist gekommen, um dich zu verabschieden."

„Ja." Adams zuckte zusammen. Es tat ihm weh, sie so fassungslos zu sehen.

„Warum?" Ehe er antworten konnte, schüttelte sie den Kopf. Sie trug ihr Haar heute Morgen offen, und es begann sich in der feuchten Morgenluft gerade zu locken. „Ich hoffte …"

„Was, Sweetheart?" Adams' Stimme klang heiser. Es kostete ihn große Beherrschung, Paige nicht in die Arme zu reißen.

„Es ist egal." Mit gesenktem Kopf starrte sie auf ihre verstreuten Blumen. Dann suchte sie seinen Blick. „Ich werde dich nicht fragen, ob du mich liebst. Ich weiß es. Ich werde dich nicht fragen, warum du glaubst, abreisen zu müssen. Ich wollte es nicht wahrhaben, aber ich wusste seit dem Feuer, dass du gehen würdest. Um die, die du liebst, vor Junior Rabbs Rache zu schützen."

„Wenn es einen anderen Weg gäbe …"

„Aber es gibt keinen. Ohne deinem Vater noch mehr Gram zu bereiten." Paiges Ton wurde bitter. „Einem Mann, der dich unbarmherzig ausgenutzt hat und doch nicht verzeihen kann, was du angeblich getan hast. Ich werde es niemals glauben, Adams. Egal, was du sagst oder Junior Rabb behauptet, ich werde niemals glauben, dass du grundlos jemanden angreifen würdest." Ihre Bitterkeit und Niedergeschlagenheit waren verschwunden. Sie sah großartig aus in der Morgensonne, großartig in ihrem Vertrauen zu und ihrem Glauben an ihn.

„Dieses Kapitel ist abgeschlossen, Paige. Niemand kann es mehr ändern."

„Ich schon." Junior Rabb, der sich an einer alten Eiche gelehnt hatte, trat vor. Sein Blick war wild und brutal. Er hob ein Gewehr an die Schulter und nahm Adams ins Visier. „Jetzt."

„Nein!" Mit einem Aufschrei machte Paige einen Schritt auf Rabb zu.

„Paige. Nicht." Adams packte sie am Handgelenk und zog sie neben sich. So sehr ihr Mut ihn erstaunte, so sehr bedauerte er, dass sie Rabbs Aufmerksamkeit auf sich gelenkt hatte.

Denn in dem Gesicht, das von dem Angriff, der ihrer aller Leben verändert hatte, eine Narbe davongetragen hatte, hatte Adams blanken Irrsinn aufflackern sehen. Diesen zum Töten bereiten Irrsinn, den er zu oft im Gefängnis erlebt hatte, um ihn mit normaler Wut zu verwechseln.

Und er war die Antwort auf das Rätsel, warum Rabb plötzlich mit seinen Racheakten angefangen hatte. Der Mann, geprägt von Brutalität und Inzucht, hatte vermutlich schon jahrelang am Rande des Wahnsinns gelebt. Adams' Rückkehr, die seinen Hass und Neid neu entfachte, war sicher der letzte Anstoß, der seinen Wahnsinn voll zum Ausbruch gebracht hatte.

Mit Vernunft war ihm nicht beizukommen, doch er musste es versuchen. „Du willst gar nicht schießen, Junior."

„Nein?" Das Gewehr wackelte.

„Wir wissen, dass du das Cottage verwüstet und Jacksons Pferdestall angesteckt hast. Aber wir haben keinen Beweis. Wenn du mich erschießt, gibt es Zeugen. Leute, die dich haben herkommen sehen."

„Wenn du Sheriff Rivers Wachposten meinst, den hab ich ertränkt. Aber wenn du die Lady hier meinst, da ich ja jetzt weiß, wie es zwischen euch steht, habe ich eine gute Idee für sie."

Ohne sie loszulassen, stellte sich Adams vor Paige. „Lass sie gehen, Junior. Sie wird nichts sagen. Ich gebe dir mein Wort."

Rabb lachte auf. „Willst deine Lady beschützen, wie damals deinen blöden kleinen Bruder, wie? Willst wieder wie ein Verrückter angeritten kommen, um den Retter zu spielen?

„Weißt du was?" Rabb versuchte, auf Paige zu zielen, doch sie war zu gut hinter Adams versteckt. „Da ich jetzt weiß, wie es zwischen euch steht, wirst du sie sterben sehen." Er reckte sich. „Ach was. Ich mache es anders. Zuerst du, Cade. Dann deine schicke Lady."

Es gefiel Rabb, das große Wort zu führen. Adams sah das als Paiges Chance. „Wenn ich dich loslasse, wirf dich zu Boden, Paige", flüsterte er ihr zu. „Ohne zu zögern. Hast du verstanden?"

„Sei still!" Wieder wackelte der Gewehrlauf, Rabbs Finger am Abzug zitterte. Egal, denn in dem Moment drückte Paige Adams zur Bestätigung die Hand.

„Du bist ein Narr, Junior." Er reizte Rabb absichtlich. In seiner Aufregung hatte er schon zwei Mal Mühe mit dem Zielen gehabt. Adams hoffte auf ein weiteres Mal. „Ein noch größerer Narr, als ich dachte."

„Wer von uns ging in den Knast?" Rabb kicherte, dann brach es voller Hass aus ihm heraus: „Als der Kleine durch den Sumpf nach Rabb Town schlich, dachte er wohl, er würde sich anschleichen wie ein verdammter Indianer. Stattdessen ließ er sich schnappen. Ich hätte ihm die Kehle durchgeschnitten und ihn an die Krokodile verfüttert, genau wie sein Pferd, und niemand hätte je was erfahren. Doch dann kam der große Bruder wie ein Wilder angeritten und wurde dafür verknackt. Also, wer ist da der Narr?"

„Du. Jetzt." Der Gewehrlauf hatte gewackelt. Das „Jetzt" war das Stichwort für Paige, als Adams sie beiseite stieß und sich auf Junior Rabb stürzte.

Paige hörte einen Schuss, als sie sich flach auf den Boden warf und dabei mit dem Kopf gegen den Betonsockel einer Sonnenuhr schlug. Dann wurde es still im Garten. Die Sonne verfinsterte sich.

Paige bewegte sich unruhig hin und her. Sie versuchte, die Augen zu öffnen, aber es wollte ihr nicht gelingen.

Jemand streichelte beruhigend ihre Hand. „Ganz ruhig, Sweetheart."

„Adams?" Sie fuhr hoch, und die Bewegung jagte einen stechenden Schmerz durch ihren Schädel. Endlich konnte sie die Lider heben, doch sie sah nur Weiß. „Adams!"

„Nein, Paige. Ich bin's, Jefferson."

Da merkte sie, dass sie in einem Krankenhausbett lag. Und dann fiel ihr alles wieder ein. „Ist Adams …"

„Er wird operiert, aber er kommt wieder in Ordnung. Genau wie du. Du hast eine leichte Gehirnerschütterung und jede Menge blaue Flecken."

„Junior?"

„Er ist in Untersuchungshaft und führt sich wie ein Irrer auf. In seinem Wahn plaudert er die ganze Geschichte aus. Prahlt damit, was er in der Nacht, als Adams mir nach Rabb Town folgte, mit mir machen wollte." Behutsam half er ihr, sich in die Kissen zurückzulehnen. Dann nahm er ihre Hand in seine Hände. „Es ist vorbei, Paige. Die Wahrheit kommt endlich ans Licht, und Adams kann auf Dauer nach Hause zurückkommen."

„Erzähl mir von Adams."

„Er bekam eine Kugel in die Schulter. Aber er konnte Junior überwältigen. Dich zu schützen war ihm wichtiger als sein eigenes Leben. Doch dank Cullens schneller Erster Hilfe wird er bald wieder auf die Beine kommen."

„Wann kann ich ihn sehen?" Ihr dröhnte der Kopf. Aber das war halb so schlimm, Hauptsache, Adams lebte noch.

„Sobald sie uns die Erlaubnis geben, bringe ich dich zu ihm."

„Du siehst erschöpft aus, Jefferson."

„War ein langer Tag." Er lächelte schief.

„Und Lincoln und Jackson?"

„Wir alle sind hier. Auch Cullen. Und sogar Hobie Verey und Gus. Hobie nannte Gus den größten Narren aller Zeiten und erklärte Jericho und allen anderen, dass er mich nach Rabb Town reiten sah, während er beim Angeln war. Und dass später Adams vorbeiritt, mit meinem Pferd im Schlepptau. Hobie sagt, er habe nie jemandem etwas davon erzählt, denn wenn die sturen Cades unbedingt ihre Version wollten, dann sei das ihre Sache. Ich wollte von Anfang an gestehen, dass ich Junior niedergeschlagen habe. Doch Adams fürchtete, es würde Gus umbringen, wenn er erführe, dass sein Liebling …"

„Vermutlich hatte er recht", versicherte Paige ihm. „Und Adams bedauert es nicht, Jeffie." Lächelnd drückte sie seine Hand. „Ich auch nicht, da ich jetzt ja Bescheid weiß."

„Aber für dich und Adams hätte es nicht so kommen dürfen."

„Wer weiß schon, ob es nicht gut so war? Wir hätten vielleicht nie erkannt, was wir aneinander haben, wenn wir nicht erst getrennt gewesen wären."

„Kannst du mir verzeihen? Du hältst mich nicht für einen Feigling?"

„Du warst noch sehr jung. Es war Adams' Entscheidung. Mit Feigheit hat das alles nichts zu tun, und zu verzeihen gibt es auch nichts. Außer, was Gus betrifft."

„Ach übrigens, Gus würde gern mit dir reden, wenn du dich besser fühlst."

„Weiß er es?"

„Dass Adams seinem Lieblingssohn nach Rabb Town folgte? Dass es sein Liebling war, der Junior den schicksalhaften Schlag versetzte? Er weiß es. Und jetzt, nachdem er Adams jahrelang jedes Mitgefühl und jede Vergebung versagte, fragt Gus sich, ob Adams ihm verzeihen kann. Darüber möchte er mit dir reden."

„Ich werde mit ihm reden." Paige sog scharf den Atem ein, weil sie erneut stechende Schmerzen im Kopf verspürte. „Später. Erst einmal möchte ich hören, was genau sich in dieser Nacht damals ereignete. Alles schön der Reihe nach."

Als Jefferson zu erzählen begann, schloss sie die Augen und ritt im Geist mit Adams nach Rabb Town.

„Hallo." Adams' Stimme und eine zarte Berührung ihres Haars weckten Paige auf. Als sie den Kopf hob, streichelte er ihr Gesicht. „Ich dachte schon, ich hätte dich geträumt."

„Ich bin kein Traum, Adams." Sie nahm seine Hand und küsste seine aufgeschlagenen Knöchel. „Danke, mein Liebster."

„Wofür?" Weil er viel Blut verloren hatte und stundenlang operiert worden war, sah er blass aus, brachte aber ein sarkastisches Lächeln zustande. „Dafür, dass ich dich in Lebensgefahr gebracht habe?"

„Aber nein." Paige, die mehrere Stunden dösend neben seinem Bett gewartet hatte, dass er aufwachte, stand auf. Zärtlich strich sie ihm das Haar aus der Stirn. „Dafür, dass du mir das Leben gerettet hast. Und dafür, dass du Adams Cade bist."

Leise fuhr sie fort: „Wir wissen Bescheid, Adams. Was Junior Rabb in seinem Wahn nicht von sich gegeben hat, stellte Jefferson klar. Und alle sind hier, um dich zu sehen."

„Auch Gus?"

„Gerade Gus. Er hofft, dass du ihm verzeihen kannst. Ich war so frei anzudeuten, dass du das sicher tun wirst."

Adams lächelte wehmütig. „Er ist ein eigensinniger alter Kauz. Das war er schon immer, und das wird er auch bleiben. Aber ich liebe ihn."

„Gus Cade kann sich glücklich schätzen, solche Söhne zu haben." Mit Tränen in den Augen sprach Paige aus, was die meisten Leute in Belle Terre dachten.

„Kann sein." Auch wenn sein Vater ein harter, stolzer Mann war, so war Adams endlich klar, dass er und seine Brüder ihm trotzdem alles bedeuteten. „Wie auch immer, unsere Kinder brauchen wenigstens einen Großvater. Selbst wenn er ein Griesgram ist."

Paige zuckte innerlich zusammen. Mit Adams Kinder zu haben, war ihr größter Wunsch. Aber es gab da etwas, was sie ihm unbedingt sagen musste, und sie hatte richtig Angst davor. „Adams", begann sie zögernd, „als wir uns am Strand liebten, fragtest du mich, ob ich geschützt sei."

„Du sagtest Ja."

Sie senkte den Blick. „Das entsprach nicht ganz der Wahrheit. Ich war nicht geschützt."

„Weil man dir gesagt hatte, dass es sehr unwahrscheinlich sei, dass du schwanger werden kannst. Cullen hat es mir erzählt. Bei einer Flasche Wein kann unser schweigsamer Insulaner recht gesprächig sein."

„Cullen?" Paige war überrascht, denn er redete nie über Privates.

Mit niemandem. „Wann hat er dir das erzählt?"

„Kurz bevor ich aus dem Cottage auszog. Er kam mit zwei Flaschen Wein an, lud sich selbst ein und wollte dann von mir wissen, welche Absichten ich in Bezug auf dich hätte. Er schwor, falls ich dich verletzen würde, würde er mich umbringen. Denn du seist schon genug verletzt worden.

Ich weiß auch, dass Nicholas Claibourne an einer Erbkrankheit litt, die er nicht weitervererben wollte. Er hatte solche Angst, dass du ein Kind von ihm bekommen könntest, dass Maßnahmen ergriffen wurden, das zu verhindern. Dann stellte sich heraus, dass die Chance einer Schwangerschaft wegen einer kleinen Anomalie sehr gering war. Diese Anomalie kann behoben werden, Sweetheart", ergänzte er leise. „Wenn du möchtest."

„Cullen hat dir das alles erzählt? Ich hatte keine Ahnung, dass er Bescheid wusste."

„Es geht noch weiter." Adams zog Paige sacht näher, um sie zu küssen. „Ich weiß, dass Nicholas Claibourne kein sehr leidenschaftlicher Mann war, und obwohl du ihn liebtest, machte es ihm nichts aus, dass du mich mehr liebtest."

„Nicholas wusste von Anfang an, dass du meine große Liebe warst und es immer bleiben würdest. Gerade das faszinierte ihn an mir. Er hatte nicht mehr lange zu leben, und es wäre schlimm für ihn gewesen, wenn ich ihn so sehr geliebt hätte, dass ich mir ein Kind von ihm gewünscht hätte. Eben wegen seiner schrecklichen Erbkrankheit."

„Mir war von vornherein klar, dass Nicholas mehr einen Freund wollte als eine Ehefrau. Trotzdem war unsere Ehe eine gute Ehe, Adams."

„Das alles spielt keine Rolle mehr", sagte er leise. „Unsere Vergangenheit ist vergangen, und wir sind endlich zusammen. Ich möchte, dass es immer so bleibt."

„Aber wenn diese ... Anomalie nicht behoben werden kann?" Es schnürte Paige vor Angst fast das Herz ab, dass er sie trotz aller Liebe nicht haben wollte, wenn sie ihm keine Kinder schenken konnte.

„Ach, meine Paige." Adams lächelte. „Es gibt auf der Welt so viele Kinder, die keine Eltern haben. Wir adoptieren welche und lieben sie wie eigene Kinder.

Jetzt bin ich müde. Ich muss schlafen, und ich möchte mit dir schlafen. Ohne Krankenhaushemd, nur nackte Haut an nackter Haut. Genau wie auf Summer Island."

„Dein Arm. Ich tu dir vielleicht weh", flüsterte sie.

„Schlimmer wäre, dich nicht im Arm zu halten. Wir werden es schon schaffen, Paige. Egal, was passiert, jetzt oder in Zukunft."

„Ja", versprach Paige glücklich, „das werden wir."

Nur mit einem Tanga angetan kuschelte sie sich behutsam an ihn. „Eines Tages", raunte er ihr ins Ohr, „möchte ich mit dir an dem Strand schlafen, an dem du dich so spärlich bekleidet sonnst."

„Wir brauchen nur ein Boot und eine Decke."

„Und eine etwas bessere Verfassung."

„Was ist mit Gus?"

„Du willst, dass Gus mit uns auf die Insel fährt?", neckte Adams sie trotz seiner Müdigkeit.

„Ach, Quatsch. Er wartet draußen, um dich zu sehen."

„Er hat mich dreizehn Jahre warten lassen. Da kommt es auf einen Tag mehr nicht an." Zärtlich küsste Adams ihren Nacken und wünschte sehnlichst, er hätte die Kraft für mehr als einen Kuss.

„Adams?"

„Noch eine Frage, Liebste?"

„Woher wusstest du, dass Jefferson nach Rabb Town geritten war?"

„Ich wusste es nicht. Ich vermisste nur sein Pferd und seinen Sattel, als ich beim Nachhausekommen im Stall nach dem Rechten sah. Ich suchte Jeffie eine ganze Weile. Dann wusste ich, wo er war." Seine müde Stimme bekam einen bitteren Unterton. „Ich hätte es gleich wissen müssen."

„Warum?" Paige nahm seine gesunde Hand und legte sie auf ihre nackte Brust. „Warum hättest du es wissen müssen?"

Adams holte tief Atem. „Junior hasste mich. Hauptsächlich deshalb, weil ich ein Cade bin. Damals beschimpfte er mich morgens in der Stadt. Die üblichen Hasstiraden. Ich lachte nur darüber, aber Jeffie wollte meine Ehre wiederherstellen."

„Er ging also deinetwegen nach Rabb Town. Und deswegen gibst du dir die Schuld an dem, was dort passierte."

„Das war der eine Grund", räumte Adams ein. „Und Gus war der andere."

„Ja", flüsterte Paige. „Und Gus."

Danach verfiel sie in Schweigen. Früher einmal war Adams ihr Beschützer gewesen, dann Jeffersons. Und jetzt wieder ihrer. Was für ein

Glück, dass es Adams gab. Sogar für Gus Cade. Besonders für Gus Cade.

Auf dem Flur waren eilige Schritte zu hören. Das Krankenhauspersonal versorgte die Patienten für die Nacht. Niemand näherte sich Adams' Tür. Niemand wagte es. Denn wenn das Schild „Bitte nicht stören" sie nicht abgeschreckt hätte, dann der hünenhafte Insulaner, der Wache stand.

„Adams." Paiges Stimme klang schläfrig. „Ich liebe dich."

Lächelnd zog Adams sie enger an sich. Sie genoss es, seinen Herzschlag zu spüren, seinen warmen Körper. Glücklich schlief sie in den Armen ihres Geliebten ein.

Es war alles still, als Cullen leise die Tür öffnete und ins Zimmer spähte. Paige Roberts Claibourne war endlich da, wo sie hingehörte.

Es gab juristische Details zu klären. Aber mit Lincolns, Jacksons und Jeffersons Hilfe hatte Jericho bereits begonnen, das jahrelange Schweigen zu durchleuchten. Wenn die Wahrheit, dass die beiden Brüder sich gegenseitig das Leben gerettet hatten, endlich öffentlich bekannt war, würde alles ins Lot kommen. Dann würde alle Welt wissen, dass der Mann, der Paige in den Armen hielt, ein guter Sohn war, ein guter Bruder, ein sehr starker und überaus ehrenhafter Mann.

Dann konnte Belle Terre wirklich die Rückkehr von Adams Cade feiern. Aber den schönsten Grund zum Feiern hatten die beiden Liebenden, als Adams mitten in der Nacht aufwachte und Paige zuflüsterte: „Ich liebe dich, Paige. Seit Ewigkeiten. Und ich werde dich morgen lieben und übermorgen und ..."

„Für immer", ergänzte sie.

„Für immer", wiederholte Adams, „und ewig."

– ENDE –

Justine Davis

Der Mann in Schwarz

Roman

Aus dem Amerikanischen von
Louisa Christian

1. KAPITEL

Es war längst nicht mehr solch eine Katastrophe wie früher, ein uneheliches Kind zu sein. Das war Luke McGuire klar.

Wäre er vor hundert oder auch nur vor fünfzig Jahren geboren worden, hätte sein Leben ein erheblich größerer Albtraum sein können. Doch der unerwartete Brief in seiner Hand weckte tief vergrabene Erinnerungen – Erinnerungen an ein Leben, das in der Tat ein Albtraum gewesen war.

Luke starrte auf die krakeligen Zeilen, welche die Seite des dreifach gelochten Notizblattes füllten, und betrachtete erneut den Umschlag. Er war nur mit seinem Namen und dem der kleinen Stadt River Park beschriftet. Würde Charlie Hanson nicht jeden Bewohner des Ortes kennen, hätte er den Brief wahrscheinlich nie erhalten.

Was vielleicht besser gewesen wäre.

Luke hob die Hand und schob sein vom Wind zerzaustes Haar aus der Stirn. Er musste es dringend schneiden lassen. Die dichten dunklen Strähnen versperrten ihm ständig die Sicht. Das änderte allerdings nichts an seinem Problem.

Sein jüngerer Bruder steckte in Schwierigkeiten.

Der kleine David. Das einzig Erfreuliche in seinem Leben, der einzige Mensch, der ihn jemals mit reiner, aufrichtiger Liebe in den Augen angesehen hatte.

Der kleine David?

Luke lachte kläglich. Das war acht Jahre her. David musste inzwischen fünfzehn sein. Kaum noch das unschuldige Kind mit den großen Augen, an das er sich erinnerte.

Plötzlich bekam Luke ein schlechtes Gewissen. Er hatte gewusst, mit welch einer Bürde er David zurückließ. Doch sein Bruder war der sehnlich erwartete Sohn gewesen. Deshalb hatte er gehofft, mit einem Vater an seiner Seite würde es gut gehen.

Vielleicht hatte sich alles erst zum Schlechten gewendet, seit Davids Vater vor sechs Monaten gestorben war. Wahrscheinlich sogar. Seine Mutter wäre niemals in aller Öffentlichkeit grausam zu ihrem Sohn gewesen, solange Ed Hiller lebte und für ihren Unterhalt sorgte. Doch sie kannte tausend Tricks, ihn heimlich zu quälen und ihre Gefühlspeitsche mit einer Maske aus Besorgnis oder sogar Zuneigung zu tarnen.

Luke spürte plötzlich einen Anflug von Sympathie für den Mann, der immer wie ein Vater zu ihm gewesen war. Ed hatte ihn gescholten – durchaus freundlich –, weil er seine Fähigkeiten nicht voll ausschöpfte. Er hatte ihm versichert, dass er klüger wäre, als seine Zeugnisnoten zeigten. Er hatte gespürt, dass der Ältere drauf und dran gewesen war, die Schule zu verlassen, und hatte ihn gedrängt, den Abschluss zu machen. Er hatte ihn nicht so geliebt wie den eigenen Sohn. Aber er war immer nett und gerecht gewesen. Das hatte ihm mehr bedeutet, als Ed Hiller ahnen konnte.

Und jetzt flehte der Sohn dieses Mannes ihn um Hilfe an. Vor allem wollte David, dass er kam und ihn zu sich holte.

Luke stand auf und ging zum Fenster seines Holzhauses. Es war das kleinste von fünf Gebäuden. Trotzdem hatte er es gern genommen. Von hier aus hatte er den besten Blick auf den Fluss. Nachts hörte er das Wasser rauschen und konnte sich einbilden, es wären die Stromschnellen weiter abwärts. Mehr brauchte er nicht.

Instinktiv zerknüllte er den Brief in seiner Hand. Er hatte sich geschworen, nie wieder einen Fuß in die Stadt Santiago Beach zu setzen. Nicht einmal wegen des Jungen, der ihm die Jahre dort erträglich gemacht hatte.

„He, McGuire! Kommst du endlich?"

Die Stimme seines Freundes und Partners Gary Milhouse war eine willkommene Unterbrechung.

„Ja", rief er. „Ich bin schon auf dem Weg." Eine halbe Pizza und ein oder zwei Bier. Dann würde die Sache schon anders aussehen.

Luke stopfte den Brief in die Tasche. Er würde ihn später verbrennen, damit er sich nicht ständig daran erinnerte.

Vielleicht brauchte er auch drei Bier dazu.

Amelia Blair beobachtete den schlaksigen Jungen, der auf die Buchhandlung zukam. Das lange blondierte Deckhaar wippte locker auf seinem Kopf. Die Schicht darunter war mittelbraun und kürzer geschnitten. Sein weites Hemd und seine weite Hose flatterten im Wind, während er die Straße überquerte. Der Junge hatte den typischen selbstbewussten Gang eines Teenagers, der versuchte, ein Erwachsener zu sein, es innerlich aber noch nicht war.

Amelia war sicher, dass ihr kleiner Freund große Sorgen hatte. Der offene natürliche Junge, der vor vier Jahren zum ersten Mal in ihren

Laden gekommen war, hatte sich völlig verändert – und nicht zum Besseren.

Die Tür öffnete sich, und die kultivierte Stimme von Kapitän Jean-Luc Picard erklang. Amelia hatte die Toneffekte aus *Star Trek* anstelle einer Glocke installiert und wechselte sie täglich. Besonders ihren jüngeren Kunden gefiel das sehr. Manche kamen täglich, um festzustellen, wer gerade an der Reihe war.

„Hi, Amelia", sagte David fröhlich.

„Hallo, David. Wie geht es dir?"

Er zuckte mit den Schultern. „Wie es einem so geht."

Amelia nickte stumm. Mehr sagte der Junge meistens nicht. Sie nahm es ihm nicht übel. Der plötzliche Unfalltod seines Vaters machte ihm immer noch zu schaffen.

David stöberte ein wenig in den Auslagen der Bestseller. Da sein Geschmack in Richtung Science-Fiction-Storys ging, bezweifelte sie allerdings, dass ihn die Bücher wirklich interessierten. Es dauerte jedes Mal eine Weile, bis er den Mut aufbrachte, um mit ihr zu reden. Deshalb wartete sie geduldig.

Nach einer Weile trat er zu ihr an den Tresen, stützte die Ellbogen darauf und sah sie an. „Wie war das Kickboxen heute?"

Amelia lächelte. „Anstrengend. Wir haben eine Punch- und Kick-Kombination geübt. Das ist wirklich hart."

„Ich wette, Sie könnten einen Ganoven damit außer Gefecht setzen."

„Das ist der Sinn der Sache", antwortete Amelia. Sie hatte vor drei Jahren mit dem Training begonnen und hoffte, dass sie anschließend nicht mehr so schüchtern sein würde. Zwischen ihren Büchern im Laden fühlte sie sich wohl. Aber draußen war sie ihrer nie ganz sicher. Im Alter von fünfundzwanzig Jahren hatte sie sich damit abgefunden, für immer eine graue Maus mit mausbraunem Haar zu sein. Doch jetzt mit dreißig war sie entschlossen, wenigstens eine tapfere Maus zu werden.

Als willkommene Nebenwirkung hatte sie David beeindruckt, der es ziemlich *cool* fand, dass sie Kickboxen lernte. Daraufhin hatte sich ihre Beziehung rasch gefestigt.

„Ich wünschte, Mutter würde es sich anders überlegen und mich auch Stunden nehmen lassen", sagte David.

Amelia zögerte. Jackie Hiller erzog ihren Sohn mit strenger Hand und erlaubte ihm nur Dinge außerhalb der Schule, die sie selber befürwortete. Wahrscheinlich hatte sie keine Ahnung von Davids neuen Freunden. Es war eine lärmende, unangenehme, einschüchternde Gruppe von ungefähr fünf Jungen, die bereits einen schlechten Ruf in der Stadt hatten. Soweit Amelia feststellen konnte, waren es allesamt Hitzköpfe, was einen Jungen, der immer noch wütend wegen des Todes seines Vaters war, viel zu stark anzog.

„Und wenn du deiner Mutter anbietest, dir einen Teilzeitjob zu suchen und selber für die Kosten aufzukommen?", schlug Amelia vor. Eine körperliche Aktivität wie das Kickboxen konnte David vielleicht helfen, seine Wut abzubauen. Auch der Teil des Trainings, bei dem es um die Kontrolle der Gefühle ging, würde dem Jungen nicht schaden.

David schnaubte verächtlich. „Es geht nicht um Geld. Das gibt sie mit vollen Händen aus. Sie möchte einfach, dass ich lauter blöde Sachen mache. Zum Beispiel Klavierstunden nehmen. Sogar im Sommer!"

„Nun, Elton John hat auch einmal so anfangen."

„Ich kann es trotzdem nicht leiden."

Amelia lächelte verständnisvoll. „Ich konnte es auch nicht."

Er sah sie verblüfft an. „Sie?"

„Ja. Meine Mutter bestand darauf, dass ich jeden Tag zwei Stunden übte."

„Wahnsinn", sagte David mit einem beredten Schauder. „Das kann mir wenigstens nicht mehr passieren."

„Hast du deiner Mutter die Stunden ausgeredet?"

„Das nicht gerade."

Etwas an seinem Tonfall gab ihr zu denken. „Was dann?"

David sah sie an, wandte den Kopf ab und blickte wieder zurück. Amelias Sorgen nahmen zu. Doch sie riss sich zusammen. Der Junge musste von sich aus reden.

„Ich gehe weg", stieß er endlich hervor.

„Weg?"

„Um woanders zu leben."

Amelia erschrak. Trotzdem überschüttete sie ihn nicht mit Fragen. Wenn sie den Jungen jetzt bedrängte, würde er sofort mauern. „Du wirst mir fehlen", sagte sie leise.

Davids Gesicht leuchtete auf, und er errötete plötzlich. Rasch senkte er den Kopf.

„Wohin wirst du gehen?", fragte sie so beiläufig wie möglich.

Ohne den Kopf zu heben, trommelte er nervös mit den Fingern auf den Tresen. „Ich werde bei meinem Bruder leben", erklärte er atemlos.

„Bei deinem Bruder?" Amelia war aufrichtig erschrocken.

„Ja, bei Luke. Luke McGuire. Genau genommen ist er mein Halb-bruder. Sie kennen ihn nicht. Er war schon weg, als Sie in die Stadt zo-gen."

Nein, sie kannte Luke nicht. Aber sie hatte eine Menge über ihn ge-hört. Es war beinahe unmöglich, in Santiago Beach zu leben und nichts von dem *Bad Boy* des Ortes zu erfahren, der am Morgen nach seinem Highschool-Abschluss davongegangen und nie wieder zurückgekehrt war. Luke McGuire hatte die Stadt vor über acht Jahren verlassen. Doch sein schlechter Ruf war bis heute geblieben.

„Ich wusste nicht, dass du noch Kontakt zu deinem Bruder hast", sagte Amelia vorsichtig. „Du hast ihn nie erwähnt."

„Er holt mich bald ab", erklärte David.

Sie merkte, dass er ihre Frage nicht beantwortet hatte. Doch sie forschte nicht näher nach. „Und wann? Bleibt mir noch Zeit, ein Ab-schiedsgeschenk für dich zu besorgen?"

Der Junge errötete erneut. „Ich ... Ich weiß es nicht genau. Nicht sofort. Aber Luke wird kommen. Ich bin mir völlig sicher."

David klang wie ein Kind, das auf den Weihnachtsmann wartete. Amelia überlegte, ob das Auftauchen seines Bruders nicht reines Wunschdenken war. Nicht zum ersten Mal fragte sie sich, ob der Äl-tere ein Teil von Davids Problem war. Ob die Erwartung der Leute, dass er diesem nichtsnutzigen Bruder ähnelte, zu einer sich selbst er-füllenden Prophezeiung geworden war.

David sah sie trotzig an. „Sie werden schon sehen. Genauso wie Mom. Sie kann ihn nicht davon abhalten, auch wenn sie ihn von gan-zem Herzen hasst."

„Es dürfte schwierig werden, wenn deine Mutter und Luke nicht miteinander auskommen und du trotzdem bei ihm leben möchtest."

„Sie weiß noch nichts davon", antwortete er mit verschlossener Miene.

„Nicht einmal, dass du Kontakt zu deinem Bruder aufgenommen hast?"

„Nein. Doch."

Das war eine typische Teenager-Antwort, dachte Amelia und war-tete, dass David sie näher erklären würde.

„Natürlich weiß sie, dass ich ihm geschrieben habe. Sie entdeckte meinen ersten Brief, bevor der Postbote ihn mitnehmen konnte. Ich fand ihn später im Abfalleimer."

Amelia unterdrückte einen Seufzer. Sie konnte sich kaum etwas vorstellen, das einen aufsässigen Teenager noch trotziger machte.

„Also hast du noch einmal geschrieben?"

Er nickte heftig. „Vor zwei Wochen. Diesmal habe ich den Brief selber zu Post gebracht."

„Und wie hat dein Bruder reagiert?"

„Er hat noch nicht geantwortet. Ich nehme an, er wird einfach kommen und mich holen. Er hat bestimmt keine Zeit zum Schreiben."

„Weshalb nicht?"

„Er hat zu viel zu tun."

„Womit?"

„Keine Ahnung. Bestimmt macht er was Supercooles. Nicht so was Langweiliges mit Schlips und Kragen."

„Du weißt nicht, womit er sein Geld verdient?"

„Nein. Aber er ist nicht im Gefängnis, wie Mom immer behauptet."

Amelia stockte der Atem. „Im Gefängnis?"

„Das sagt sie einfach so. Sie redet immer schlecht über ihn."

Amelia empfand plötzlich einen Anflug von Sympathie für den abwesenden Luke McGuire. „Du warst sehr jung, als er Santiago Beach verließ, nicht wahr?", fragte sie freundlich.

„Ich war fast acht, und ich erinnere mich sehr gut an ihn", antwortete David trotzig. „Er war richtig cool. Nahm mich immer mit, wenn er nicht gerade mit einem Mädchen ausging. Als ich noch ganz klein war und nicht schlafen konnte, schlich er sich abends zu mir ins Zimmer und las mir etwas vor."

Deshalb ist David solch eine Leseratte geworden, überlegte Amelia. Ausgerechnet der übel beleumundete Luke hatte die Grundlage dafür gelegt.

Der Junge fuhr fort, die Tugenden seines verschwundenen Bruders aufzuzählen. „Er brachte mir immer etwas mit. Keine Sachen, die man kaufen konnte. Dafür hatte er zu wenig Geld. Aber so was wie einen schönen Stein oder eine Feder. Ich habe sie sofort in einer besonderen Schachtel versteckt." Er stockte einen Moment und fügte verbittert hinzu: „Bevor meine Mutter sie finden und wegwerfen konnte."

Amelia dachte eine Weile nach. „Die Leute behaupten, Luke wäre ein ziemlicher Unruhestifter gewesen", sagte sie zögernd. Sie wollte nicht in den allgemeinen Chor einstimmen. Aber sie musste wissen, ob

David restlos blind gegenüber den Fehlern seines großen Bruders war.

„Ja, er hat Ärger gemacht", antwortete David mit einem Wohlwollen, das Amelia nervös machte. War das der Grund für die neuen Freunde des Jungen, die Ärger bereiteten, wo sie auftauchten? „Er war kein Musterknabe nach Moms Geschmack. Er wollte Spaß haben, hing mit seinen Kumpel herum und tat, wozu er Lust hatte. Er hielt sich nicht an die dummen Regeln."

Auch nicht an die Gesetze? überlegte Amelia und versuchte vergeblich, sich an Einzelheiten zu erinnern, die man ihr erzählt hatte. Schlimmer war, dass David dieselbe Richtung einzuschlagen schien. Die Augen des Jungen glänzten viel zu stark, wenn er von seinem Bruder sprach, den er eindeutig bewunderte.

Vielleicht war das Verhalten seiner Mutter gar nicht so falsch.

Amelia blickte auf die Uhr. Es war fünf Minuten nach Ladenschluss. Nichts Ungewöhnliches bei ihr. Aber heute Abend war sie ein bisschen müde. Am frühen Morgen hatte sie ihr Kickbox-Training gehabt, und am Nachmittag waren zahlreiche Bücher geliefert worden, die in die Regale eingeordnet werden mussten. Da sie den Laden allein führte, war das ziemlich anstrengend gewesen.

Rasch schloss sie die Kasse ab, verriegelte die Hintertür, holte ihre Handtasche, löschte das Licht und verließ die Buchhandlung. Gerade wollte sie die Tür von außen abschließen, da hörte sie plötzlich ein leises, beinahe kehliges Brummen. Neugierig drehte sie sich um.

Es war ein Motorrad. Aber was für eines! Die Maschine war groß und schnittig und glänzte schwarz. Doch nicht das Fahrzeug erregte ihre Aufmerksamkeit, während es langsam an ihr vorüberfuhr. Fasziniert betrachtete sie den Mann, der rittlings darauf saß.

Der Fahrer sah aus wie eine wandelnde Reklame für eine Motorradfirma, nur dass die Werbesprüche fehlten. Er trug eine schlichte schwarze Lederjacke ohne Rückenaufschrift, Stiefel, Jeans und einen Nierenschutz. Seine schwarze Sonnenbrille bestand aus Spiegelglas. Ein goldener Ring blitzte an seinem linken Ohr. Sein Haar war beinahe so dunkel wie sein Motorrad und so lang, dass es wie eine Mähne im Fahrtwind flatterte. Sein Gesicht war unrasiert, aber er trug keinen Bart. Seine Haut sah aus, als verbrächte er viel Zeit im Freien. Wahrscheinlich auf diesem Monstrum, dachte Amelia benommen.

Instinktiv wich sie ein wenig zurück. Sie wollte auf keinen Fall die

Aufmerksamkeit des Fremden erregen. Er war der Inbegriff dessen, wovon sie als junges Mädchen fasziniert gewesen war, an das sie sich aber niemals herangetraut hatte.

Nun, daran hat sich bis heute nicht viel geändert, dachte sie, und ihr Herz begann zu rasen.

Eine Reisetasche war auf dem Gepäckträger hinter dem Sattel befestigt. Fuhr der Mann einfach durch die Gegend und ließ sich nach Lust und Laune treiben?

Amelia seufzte unwillkürlich und unterdrückte ihre heimliche Sehnsucht, eine andere Frau zu sein, als sie war. Dies war kein Mann für eine graue Maus wie sie. Sie kannte sich gut genug, um zu wissen, dass sie ihm niemals gewachsen wäre.

Während er an ihr vorüberfuhr, bemerkte sie, dass ein Helm hinten an seinem Motorrad befestigt war – natürlich ebenfalls in Schwarz. Ob er ihn jemals trug? Oder hatte er ihn nur dabei, um im Fall einer Kontrolle ein Bußgeld zu vermeiden?

Er drehte ein wenig den Kopf. Wegen der Spiegelglasbrille konnte sie nicht feststellen, ob er in ihre Richtung blickte. Sie bezweifelte es. Sie hatte nichts an sich, das die Aufmerksamkeit solch eines Mannes erregte. Das Motorrad hatte ein kalifornisches Nummernschild. Doch der Mann passte nicht in das friedliche Santiago Beach. Er verkörperte die wilde Seite des Lebens.

Plötzlich wurde Amelia alles klar. Mit instinktiver Sicherheit wusste sie, wer dieser Mann war.

Luke McGuire war zurück.

2. KAPITEL

*S*antiago Beach hat sich kein bisschen verändert, dachte Luke. Zwar waren einige neue Häuser am Stadtrand hinzugekommen, auch ein kleines Einkaufszentrum. Aber die Innenstadt mit der Hauptstraße, die zu Unrecht diesen hochtrabenden Namen trug und ihn als Kind unglaublich gelangweilt hatte, besaß noch immer jenen dörflichen Charakter, der die Touristen anzog.

Nein, der Ort hatte sich nicht verändert. Aber er, Luke, war ein anderer geworden. Das hielt ihn allerdings nicht davon ab, gelegentlich mit seiner Harley Gas zu geben, um die Ruhe zu stören. Dass die Leute erschrocken oder misstrauisch zu ihm hinüberblickten wie jetzt diese Frau vor der Buchhandlung, war eine angenehme Nebenwirkung.

Doch er war nicht mehr der Jugendliche, der nur wegen des Kicks eine Menge Unsinn angestellt hatte – und um seinen schlechten Ruf weiter auszubauen. Und weshalb ließ er seine Harley trotzdem aufheulen? Aus reiner Nostalgie?

Nostalgie mit sechsundzwanzig Jahren? überlegte Luke und verzog kläglich die Lippen. Er hatte den Ort nie als seine Heimat betrachtet. Genauer gesagt, er hatte die letzten acht Jahre fast nie an Santiago Beach gedacht.

Es war erstaunlich, wie schnell er in alte Gewohnheiten zurückfiel und vertraute Dinge an ihren gewohnten Plätzen entdeckte. Die Gesichter mochten sich geändert haben – obwohl ihm einige bekannt vorkamen –, aber ihre Wirkung auf ihn war dieselbe geblieben. Er fühlte sich erneut wie in einer Falle. Das Bedürfnis, das Motorrad zu wenden und aufs Land zurückzukehren, überwältigte ihn beinahe.

Aber er durfte diesem Impuls nicht nachgeben. Erst musste er mit David reden und sich vergewissern, dass es seinem Halbbruder gut ging. Nachdem er tagelang mit sich gekämpft hatte und jetzt hier war, würde er nicht kneifen. Er war nicht mehr das verzweifelte Kind, das den Kampf leid war, den es niemals gewinnen konnte.

Er hatte die letzten acht Jahre gut genutzt und gelernt, sich nur auf sich selber zu verlassen. Vor allem hatte er erfahren, wie es war, der Sieger zu sein. Das war ein sehr schönes Gefühl.

Ich wäre nicht zu ihr gegangen, dachte Amelia. Aber jetzt war Jackie Hiller da, und sie musste mit ihr reden. Sie würde Davids Vertrauen niemals missbrauchen, doch sie machte sich Sorgen. Vor allem, falls ihr Verdacht stimmte, was diese dunkle Gestalt betraf, die gestern Abend die Main Street hinabgefahren war.

Das Bild war ihr so lebhaft im Gedächtnis geblieben, dass sie unwillkürlich erschauderte. Sie war sehr streng erzogen worden, und die eigene Schüchternheit hatte ihr weitere Grenzen gesetzt. Männer wie der Motorradfahrer hatten nicht zu ihrem Leben gehört. Wenn es tatsächlich Luke McGuire war, konnte sie verstehen, weshalb David diesen Halbbruder beinahe zu einem höheren Wesen erhob.

Energisch schüttelte Amelia das seltsame Gefühl ab. Sie hatte Jackie Hiller vor zwei Jahren bei einer Versammlung der Handelskammer kennengelernt, wo die Frau in einer leidenschaftlichen Rede ihre Meinung über Schwangerschaften bei Teenagern zum Ausdruck gebracht hatte. Seit zehn Jahren hielt sie Vorträge über dieses Thema in Schulen und Gemeinschaftseinrichtungen.

Jackie war makellos gekleidet wie immer. Amelia hatte sie nie ohne Make-up, geschmackvollen Schmuck und Schuhe mit halbhohen Absätzen gesehen. Ihr Kleid war weiblich und wirkte sehr teuer. Ihr Haar war strahlend blond und hervorragend geschnitten. Auch die Frisur schien teuer gewesen zu sein. Sie, Amelia, wäre niemals bereit, so viel Geld dafür auszugeben.

Aber deshalb war sie nicht hier. Sie wappnete sich innerlich für das Gespräch mit der Frau und trat näher.

„Mrs Hiller?"

Jackie Hiller drehte sich um und lächelte professionell. Ihre Miene veränderte sich ein wenig, sobald sie Amelia erkannte.

„Amelia Blair. Von *Blair's Buchhandlung*."

„Ja, natürlich." Jackie begrüßte Amelia herzlich. „Wie schön, Sie wiederzusehen. Ich wollte sowieso zu Ihnen kommen."

Amelia stutzte unwillkürlich. Soweit sie sich erinnerte, hatte die Frau noch nie einen Fuß in ihre Buchhandlung gesetzt.

„Ich wollte Sie bitten, unseren neuen Rundbrief auszulegen", fuhr Jackie fort. „Soviel ich weiß, gehören zahlreiche Teenager zu Ihren Kunden."

„Ja, das stimmt", antwortete Amelia.

„Natürlich ist er kostenlos. Ich bin sicher, dass Sie dazu beitragen möchten, solch eine wichtige Botschaft zu verbreiten."

Amelia konnte die Wichtigkeit der Botschaft nicht bestreiten. Trotzdem gefiel es ihr nicht, dass sie den Rundbrief ungeprüft aufnehmen sollte.

„Ich sehe ihn mir gern an und melde mich anschließend bei Ihnen", erklärte sie. Sie war vielleicht eine graue Maus, aber sie konnte ganz schön eigensinnig werden, wenn es sein musste.

Jackie zögerte nur eine Sekunde. Dann fuhr sie fort: „Sehr gut. Ich werde Ihnen ein Exemplar schicken. Sie werden sicher einen Platz dafür finden." Sie wollte gehen, doch Amelia hielt sie zurück.

„Ich muss dringend mit Ihnen reden, Mrs Hiller."

„Weshalb?"

„Über David."

„Natürlich. Ich bin Ihnen ja so dankbar, dass Sie ihn zum Lesen ermuntern", sagte Jackie lächelnd. „Mir gefällt zwar nicht alles, was Sie ihm als Lektüre vorschlagen. Aber ich vermute, das ist immer noch besser, als wenn er überhaupt nicht liest."

Wie schafft die Frau es nur, einen Dank wie eine Beleidigung klingen zu lassen? überlegte Amelia. „Sie haben recht", sagte sie. „Es ist wichtig, dass Kinder Bücher lieben lernen. Aber das klappt nur, wenn sie Dinge lesen, die sie wirklich interessieren."

Sie merkte, dass die Frau etwas einwenden wollte, und sprach rasch weiter. „Allerdings wollte ich nicht über Davids Lektüre mit Ihnen reden. Es geht – um seinen Bruder."

Das professionelle Lächeln verschwand, und Jackies blaue Augen blitzten verärgert. Ob der Mann auf dem Motorrad auch blaue Augen hat? überlegte Amelia plötzlich.

„Wie kommen Sie denn auf den?", fragte Jackie endlich. „Der Junge war von Geburt an eine Plage. Ich habe mein Bestes versucht. Aber ich kenne kein einziges Kind, das so oft in Schwierigkeiten geriet wie er. Es ist mir ein Rätsel, wie wir das überlebt haben."

„Verstehe." Mehr bekam Amelia nicht heraus.

„Ich kann mir gut vorstellen, was David Ihnen erzählt hat. Er hat Luke zu einer Art Idol erhoben. Ich muss besonders streng zu ihm sein, damit er nicht wie sein Halbbruder wird."

„Wie ist Luke denn?", fragte Amelia und überlegte, ob Davids Vermutung zutraf, dass seine Mutter den Bruder hasste.

„Nutzlos, lästig, gemein und hinterhältig", erklärte Jackie ungerührt. „Er ist das Kreuz, das ich tragen muss. Je früher David über diese dumme Schwärmerei für einen Bruder hinwegkommt, der es nicht wert ist, desto besser."

Nun, das sagt alles, dachte Amelia und spürte einen weiteren Anflug von Sympathie für den verschmähten Luke. „Meiner Ansicht nach hat Davids Stimmung viel mit dem Tod seines Vaters zu tun", sagte sie, um das Thema zu wechseln.

„Der liegt sechs Monate zurück", erklärte Jackie. „Es ist an der Zeit, an die Zukunft zu denken."

Amelia erschrak über die Kälte der Frau. „Ich glaube kaum, dass man einen Zeitplan dafür aufstellen kann", sagte sie vorsichtig. „Jeder trauert auf seine Weise."

Jackie fiel plötzlich ein, dass sie noch einen wichtigen Termin hatte, und wollte gehen. Sie schien keine Ahnung zu haben, wie sehr David der Vater fehlte.

„Wie sieht dieser Luke eigentlich aus?", rief Amelia hinter ihr her.

„Wie sein verdammter schwarzhaariger irischer Vater", antwortete Jackie verbittert und eilte davon.

Sein verdammter schwarzhaariger irischer Vater ...

Es passte alles zusammen. Und noch etwas kam hinzu. Der Mann mit der Harley war mindestens Mitte zwanzig. Jacqueline Hiller sah aus wie Ende dreißig, konnte allerdings auch eine gut erhaltene Vierzigerin sein, obwohl sie das sicher nicht hören wollte. Wenn der Mann auf dem Motorrad tatsächlich Luke McGuire war, musste sie ihn in ganz jungen Jahren bekommen haben. Und er hatte noch zu Hause gelebt, als sie mit ihrem Kreuzzug gegen die Schwangerschaft bei Teenagern begann.

Was mochte in einem Jungen vorgehen, der der Grund für solch eine Kampagne war?

„Die Sache mit deinem Dad tut mir wirklich leid, Davie. Er war ein netter Kerl."

David nickte und presste die Lippen zusammen.

Nach der längsten Nacht seines Lebens, in der er ständig mit sich gekämpft hatte, ob er nicht umkehren sollte, hatte Luke unten an der Straße gewartet, bis David morgens aus dem Haus gekommen war. Die freudige Begrüßung durch den kleinen Bruder war Dank genug gewesen.

„Er mochte dich sehr", sagte David.

„Ich mochte ihn auch."

„Er hat nie schlecht über dich gesprochen. Nicht einmal, nachdem du gegangen warst. Im Gegensatz zu Mom."

Luke seufzte leise. „Ich bin seit acht Jahren fort, und sie reitet immer noch auf mir herum?"

„Manchmal sage ich ihr, dass sie den Mund halten soll."

Ich wette, das bringt sie erst recht auf die Palme, dachte Luke und fasste die Schultern seines Bruders. „He", sagte er laut. „Bring dich meinetwegen nicht in Schwierigkeiten. Du brauchst mich nicht zu verteidigen."

„Wenn ich es nicht tue, tut es keiner", brummte David. Seine Miene hellte sich plötzlich auf. „Aber jetzt bist du ja da und kannst sie selber zum Schweigen bringen."

Luke lachte leise. „Ja, wahrscheinlich. Aber wenn du nichts dagegen hast, würde ich lieber noch etwas warten. Ich möchte nicht, dass sie von meinem Besuch erfährt."

„Ich habe ihr nicht gesagt, dass du kommen würdest", antwortete David.

„Warst du dir dessen so sicher?"

Der Junge nickte. „Allerdings habe ich es einigen Leuten erzählt."

„Wem?"

„Meinen Freunden. Wenigstens ein paar. Und Amelia."

Luke zog eine Braue in die Höhe. „Amelia? Ist das deine Freundin?"

David wurde rot. „Nee. Dafür ist sie viel zu alt. Mindestens dreißig."

Also uralt, stellte Luke kläglich lächelnd fest. Er war selber nicht weit von den Dreißigern entfernt.

„Sie ist ziemlich verschlossen", fuhr David fort. „Man weiß nie, was sie denkt. Aber sie ist wirklich cool. Sie trainiert sogar Kickboxen. Ihr gehört die Buchhandlung unten im Ort."

Luke dachte an die Frau, die sich gestern Abend in den Eingang der Buchhandlung gedrückt hatte, als hätte sie Angst, er könnte auf den Gehsteig fahren und sie packen. Nein, das konnte unmöglich die *coole* Amelia gewesen sein.

„Was ist aus dem alten Wylie geworden?", fragte er.

„Er ist in Pension gegangen. Amelias Eltern sind hierher gezogen und haben die Buchhandlung gekauft. Anschließend sind sie gestorben, und jetzt gehört der Laden ihr. Sie ist wirklich cool", wiederholte David. „Sie gibt mir tolle Bücher zum Lesen. Nicht so ein Zeug, das man in der Schule kriegt. Man kann über alles mit ihr reden, und sie hört einem richtig zu."

„Dann ist sie tatsächlich cool", stimmte Luke seinem Bruder zu. Es hatte eine Zeit gegeben, in der er unendlich dankbar für solch einen Menschen gewesen wäre.

„Mit ihr kann ich sogar über Dad reden", fuhr David fort und wischte verstohlen eine Träne weg. „Mom will nicht einmal, dass ich seinen Namen erwähne. Amelia sagt, ich soll es ruhig tun. Das würde mir helfen."

Noch ein Punkt, der an die Frau geht, dachte Luke. Ein ganz dicker sogar.

David sah seinen großen Bruder hoffnungsvoll an. „Willst du sie kennenlernen? Ich habe ihr gesagt, dass du kommen würdest."

Luke war nicht sicher, ob er irgendjemand treffen wollte. Andererseits schien die coole Amelia etwas Besonderes zu sein. Sie hörte David richtig zu, was seine Mutter nie getan hatte. Und sie gestand ihm das Recht zu, um seinen Vater zu trauern, was zu Hause offensichtlich nicht erwünscht war. Vor allem war sie erst nach Santiago Beach gekommen, als er, Luke, schon fort war, und kannte ihn daher nicht.

„Einverstanden", sagte er endlich, und David jubelte laut auf.

Die Buchhandlung lag ganz in der Nähe. Deshalb liefen sie zu Fuß. David war so aufgeregt, dass er nicht langsam gehen konnte. Er eilte voraus und merkte nicht einmal, dass die anderen ihm erschrocken auswichen. Luke beobachtete seinen jüngeren Bruder belustigt. Der drahtige David war höchstens noch zehn Zentimeter kleiner als er mit seinen eins achtzig. Er selber war in diesem Alter nicht viel anders gewesen. Je mehr Leute ihn angestarrt oder ausgeschimpft hatten, desto besser.

„Komm schon, Luke. Beeil dich!"

Vor der Buchhandlung holte er David ein. Sein Bruder stieß die Tür auf und rief: „Amelia, er ist da! Ich habe gewusst, dass er kommen würde."

Die Frau hinter dem Tresen drehte sich in dem Augenblick um, als Luke den Laden betrat. Es war tatsächlich das verängstigte Kaninchen, das er gestern Abend allein schon durch seine Anwesenheit verschüchtert hatte. Mehrere Dinge fielen ihm gleichzeitig auf:

Die Frau war nicht alt.

Sie war durchschnittlich groß, etwa eins fünfundsechzig.

Ihr Haar war mittelbraun, kurz geschnitten und ordentlich hinter die Ohren geschoben.

Sie war schlicht gekleidet, trug eine schwarze lange Hose und eine weiße Bluse mit schwarzer Paspelierung sowie eine einfache Goldkette um den Hals.

Sie hatte die größten Augen, die er jemals gesehen hatte. Vom selben Mittelbraun wie ihr Haar.

Und diese Augen blickten ihn an, als wäre er ein Gespenst.

„Sie waren es also doch", flüsterte Amelia so leise, dass er nicht sicher war, ob er es hören sollte.

Sie hatte gewusst, wer er war? Woher?

Bevor er sie fragen konnte, kam David ihm zuvor. „Was soll das heißen?"

„Ich habe ihn gestern Abend gesehen. Auf einem – Motorrad."

„Ist das nicht cool?", jubelte der Junge.

„Ja, wahrscheinlich", antwortete Amelia zögernd.

„Ich möchte unbedingt einmal darauf fahren", erklärte David mit einem Seitenblick auf seinen Bruder.

„Ich werde darüber nachdenken", sagte Luke und ließ die Frau nicht aus den Augen, die ihn immer noch ängstlich ansah. „Falls du dich erinnerst, weshalb wir gekommen sind … Würdest du mich bitte vorstellen?"

„Ja, natürlich. Entschuldige. Das ist Amelia. Amelia, das ist mein Bruder Luke." Plötzlich sah er Luke verwirrt an. „Wieso soll ich dich vorstellen, wenn sie längst weiß, wer du bist?"

„Weil es sich so gehört", erklärte Amelia.

„Weil es beweist, dass du fast erwachsen bist", fügte Luke hinzu.

„Aha." Die Erklärung schien David zu gefallen. „Okay."

„Amelia Blair nehme ich an", sagte Luke und wandte sich an die Frau.

„Ja." Sie schlug die Augen nieder, warf ihm einen verstohlenen Blick durch die Wimpern zu und wandte sich rasch ab.

Plötzlich wurde Luke alles klar. Amelia betrachtete ihn halb ängstlich und halb fasziniert wie die braven Mädchen damals in der Highschool. Früher hatte er eine seltsame Befriedigung aus der Wirkung gezogen, die er auf die Mädchen hatte. Heute war er seiner Gefühle nicht mehr so sicher. Vielleicht war er weiter gekommen, als er bisher vermutet hatte.

Diese Ms Blair war viel zu verklemmt und viel zu ernst. Trotzdem rechnete er es ihr hoch an, dass sie sich so nett um David kümmerte.

„David hat mir eine Menge – von Ihnen erzählt", sagte sie ziemlich verlegen.

„Wirklich?", fragte Luke und überlegte, was der Junge erzählt haben könnte, nachdem sie acht Jahre keinerlei Kontakt gehabt hatten.

„Er sagte, Sie hätten ihn zum Lesen gebracht."

Luke sah seinen Bruder verblüfft an.

„Das stimmt", erklärte David. „Du bist immer zu mir gekommen und hast mir vorgelesen. Inzwischen lese ich selber jeden Abend."

Lesen war Lukes Lieblingsbeschäftigung gewesen – manchmal auch seine einzige Fluchtmöglichkeit –, während er mit seiner Mutter unter demselben Dach wohnte. Er hatte versucht, diese Liebe an seinen Bruder weiterzugeben. Aber er hatte nicht geahnt, dass es so gut geklappt hatte. „Das ist … sehr gut", sagte er, weil ihm nichts anderes einfiel.

„Amelia besorgt mir die tollsten Bücher", fuhr David fort und lächelte der Buchhändlerin zu. „Manchmal leiht sie mir sogar welche, wenn ich sie nicht kaufen kann."

„Da du es gerade erwähnst", fiel Amelia ein und klang, als wäre sie froh, wieder sicheren Grund unter den Füßen zu haben. „Der neueste Band deiner Science-Fiction-Reihe ist eingetroffen. Ich habe ihn gerade ausgepackt!"

„Cool!", rief David und eilte sofort nach hinten.

„War David der Einzige, der Ihnen von mir erzählt hat?", fragte Luke, nachdem sein Bruder außer Hörweite war.

„Ich … Was meinen Sie damit?"

„Bin ich etwa nicht mehr das Top-Gesprächsthema von Santiago Beach?"

Amelia überlegte einen Moment, und ihre Mundwinkel zuckten plötzlich. „Ich fürchte, Sie sind während der letzten acht Jahre ein wenig aus den Klatschspalten gerutscht."

Aha, die graue Maus besitzt Humor, dachte Luke. Bevor er eine entsprechende Bemerkung machen konnte, war David mit seinem Buch in der einen und einem zerknitterten Fünfdollarschein in der anderen Hand zurück. Amelia gab ihm das Wechselgeld heraus und bot ihm eine Tragetasche an. Doch der Junge steckte das Buch in die Hosentasche.

„Komm, Luke. Ich möchte dir meine Freunde vorstellen", drängte David.

Luke bemerkte die beiden Sorgenfalten, die sich zwischen Amelias Augenbrauen bildeten. Fürchtet sie, dass ich einen schlechten Einfluss auf Davids Freunde haben könnte? überlegte er.

Kurz darauf trafen sie mit fünf Jungen zusammen, die ungefähr in

Davids Alter waren. Luke betrachtete die jungen Leute aufmerksam. Irgendwas an der Gruppe gefiel ihm nicht. Es lag nicht an ihrem Äußeren. David hatte denselben Haarschnitt und trug die gleichen weiten Hosen. Auch die umgedrehte Baseballkappe war allgemein üblich. Nein, die Art und Weise, wie sie miteinander flüsterten und ihn abschätzend von oben bis unten ansahen, machte ihn stutzig. Erneut überlegte er, was David von ihm erzählt haben könnte.

Dass seine Liebe zu Büchern von ihm stammte, war es sicher nicht gewesen.

3. KAPITEL

Ich hätte nicht kommen dürfen.

Luke hatte schon in River Park befürchtet, dass er die Fahrt nach Santiago Beach bereuen könnte. Aber er hatte nicht erwartet, dass es so schnell geschehen würde.

David hatte offensichtlich in der ganzen Stadt verbreitet, dass er hier wäre. Jedes Mal, wenn er sich hinauswagte, beobachteten ihn zu viele Augen. Bisher war er seiner Mutter ausgewichen. Er war nicht einmal sicher, ob sie von seinem Besuch wusste. Aber jemand würde es ihr garantiert erzählen, falls es nicht schon geschehen war.

Wahrscheinlich ist Mrs Clancy vorhin sofort ans Telefon geeilt, überlegte er und trank einen Schluck Kaffee.

Nur einen Block entfernt von dem Motel, in dem er ein Zimmer genommen hatte, lag ein Donut-Laden. Der Besitzer hatte ihn nicht erkannt, als er einen einfachen schwarzen Kaffee bestellte.

Aber dann war Mrs Clancy gekommen. Ausgerechnet sie! Es hatte einen Moment gedauert. Dann hatte sie die Brauen gerunzelt, ihre Brille ein Stück heruntergezogen und ihn missbilligend über den Rand angesehen. „Sie!“

Er hatte überlegt, ob er so tun sollte, als hätte die Frau sich geirrt. Aber das wäre sinnlos gewesen, nachdem David überall von ihm erzählt hatte.

„Guten Morgen, Mrs Clancy. Ich wünsche Ihnen einen schönen Tag.“

„Darauf kann ich verzichten, Sie … Sie Hooligan! Was machen Sie hier?“, fragte sie.

Luke verzichtete auf die Bemerkung, dass dies ein freies Land wäre, in dem sich jeder frei bewegen könnte. Er wollte die Frau nicht noch mehr verärgern. Seltsam. Früher hätte er sich nichts Schöneres vorstellen können.

„Ich hole mir einen Kaffee“, sagte er stattdessen.

„Reden Sie keinen Unsinn. Sie wissen genau, was ich meine.“

„Ich besuche David.“

Mrs Clancy runzelte die Brauen noch stärker und schob ihre Brille wieder hinauf. „Weiß seine Mutter, dass Sie hier sind?“

Eine interessante Ausdrucksweise, dachte Luke. „Keine Ahnung, ob meine Mutter von meinem Besuch weiß“, antwortete er nachdrücklich.

„Es wird ihr nicht gefallen."

„Das ist ihr Problem. Wenn sie mich in Ruhe lässt, belästige ich sie ebenfalls nicht."

Mrs Clancy presste die Lippen zusammen. „Wo treiben Sie zurzeit Ihr Unwesen? Oder waren Sie im Gefängnis, wie Sie es verdient hätten?"

Luke erschrak so sehr, dass er beinahe seinen Kaffee verschüttet hätte. Andererseits durfte er sich über solche Bemerkungen nicht wundern. Die Leute waren heilfroh gewesen, als er die Stadt verließ.

„Das würde Ihnen sicher sehr gefallen", antwortete er bissig. „Wollen Sie Donuts kaufen oder nur das Personal unterhalten?"

Erst jetzt merkte Mrs Clancy, dass der Ladenbesitzer und seine Verkäuferin die Szene interessiert beobachteten. Sie errötete sichtbar, nannte ihren Wunsch und ließ keinen Zweifel an der Tatsache, dass ihr die Kundschaft nicht gefiel.

Luke wollte den Augenblick nutzen, um zu verschwinden. Doch an der Tür blieb er stehen und drehte sich um. Er wusste nicht recht, weshalb er die nächsten Worte sagte. Aber er konnte nicht anders.

„Sie gehören zu den wenigen Menschen, die wirklich Grund haben, mich zu verabscheuen, Mrs Clancy. Das tut mir aufrichtig leid."

Mrs Clancy sah ihn verblüfft an, erholte sich aber rasch. „Gehen Sie einfach", sagte sie, und er verließ achselzuckend den Laden. Was hatte er denn erwartet …

Luke schlenderte die Main Street hinab. Während er seinen Kaffee austrank, wurde ihm klar, dass alle, die ihn erkannten, derselben Ansicht waren wie Mrs Clancy. Sie erinnerten sich nur an das Schlimmste von ihm und nahmen an, dass er im Gefängnis gelandet wäre – oder es zumindest hätte sollen.

Zuerst lachte er innerlich darüber. Doch als er den leeren Plastikbecher in einen Abfallkorb warf, wurde er langsam wütend. Sollen sie denken, was sie wollen, sagte er sich. Mir macht es nichts aus. Es ist mir völlig egal, wie sie über mich reden.

Luke hörte die Glockenschläge des Gemeindezentrums und blickte instinktiv auf die Uhr. Es war kurz nach neun. Er war erst um zehn mit David verabredet. Deshalb schlenderte er die Main Street weiter hinab. Als Jugendlicher hatte er hier gelegentlich die Fußgänger mit seinem alten zerbeulten Chevy terrorisiert. Er hatte Knallfrösche geworfen, um zu beobachten, wie die Leute auseinanderfuhren, und die Wände mit

Graffiti besprüht. Rückwirkend schien das ziemlich harmlos zu sein. Aber damals war es eine schlimme Sache gewesen.

Nach den Maßstäben von Santiago Beach wahrscheinlich immer noch, dachte Luke. Natürlich hatte man ihm auch die Schuld an Dingen gegeben, mit denen er nichts zu tun gehabt hatte. Niemand hatte ihm geglaubt, nicht einmal seine Mutter. Am Ende hatte er es aufgegeben, seine Unschuld zu beteuern.

Luke schüttelte heftig den Kopf, um die unerwünschten Erinnerungen zu vertreiben. Deshalb war er nicht hier. Er war gekommen, um David zu helfen, wenn er konnte.

Allerdings war er nicht sicher, wie er vorgehen sollte. Es hatte keinen Sinn, mit seiner Mutter zu reden. Sie hatte ihm noch nie zugehört. Aber er musste wissen, wie schlimm es tatsächlich um den Bruder stand.

Die Buchhandlung tauchte vor ihm auf, und er überlegte, ob er unbewusst diese Richtung eingeschlagen hatte. Die ordentliche Ms Blair schien David am nächsten zu stehen.

Leider öffnete der Laden erst um zehn, und dann wollte er David treffen. Drinnen brannte Licht, aber es war niemand zu sehen. Nachdenklich blickte er die Straße hinab.

„Luke?"

Erschrocken fuhr er herum. Amelia stand auf der Schwelle und sah ihn fragend an.

„Sie sind ja da", sagte er ziemlich lahm.

„Ich komme immer eine Stunde früher, um alles bereitzulegen", erklärte sie. „Möchten Sie etwas?"

„Ja", sagte er seltsam verwirrt. „Sie."

Amelia wich unmerklich zurück und riss erstaunt die Augen auf. Ihre Augen waren nicht mittelbraun, stellte er im Tageslicht fest, sondern goldbraun mit einem dunkelbraunen Rand. Sie war erneut schwarzweiß gekleidet, als wäre es eine Uniform. Aber diesmal trug sie hautenge schwarze Leggings und einen leichten Baumwollpullover, der sich sanft an ihre Rundungen schmiegte.

„Mich?", fragte sie erschrocken, und er merkte erst jetzt, was er gesagt hatte.

„Ich meine – ich möchte mit Ihnen reden", erklärte er rasch.

„Aha." Sie klang immer noch ein bisschen misstrauisch.

„Über David."

„Ach so." Amelia entspannte sich ein wenig. „Dann kommen Sie herein. Ich habe gerade Kaffee gekocht", fuhr sie fort und ging voran.

„Danke", sagte er. „Bitte schwarz."

Amelia hantierte mit der Kaffeemaschine auf dem Tisch des kleinen fensterlosen Büros, und Luke nutzte die Gelegenheit, um sich etwas umzusehen. Der Raum war so ordentlich, wie er erwartet hatte. Keine leichte Aufgabe bei so wenig Platz, der für viele Dinge herhalten musste, vermutete er. Der Schreibtisch war ziemlich klein. Neben dem Telefon, dem Computer und einigen Paketen mit ein- und ausgehenden Büchern blieb kaum noch Platz zum Schreiben. Zwei Aktenschränke standen hinter dem Schreibtisch. Dazwischen war ein Drehstuhl beinahe eingeklemmt.

Die bunten Poster und Plakate an den Wänden überraschten ihn. Er hätte hier Motive erwartet, die etwas mit Büchern zu tun hatten. Die gab es auch. Doch die meisten zeigten abenteuerliche Sportarten wie Skilaufen, Bergsteigen oder Drachenfliegen, alle in sehr gewagten Posen.

Als Amelia ihm eine Tasse dampfenden Kaffee reichte, deutete er mit dem Kopf auf die Poster. „Machen Sie so etwas in Ihrer Freizeit?"

Sie sah ihn erschrocken an. „Ich? Oh nein."

„Weshalb dann die Bilder?"

„Um mich daran zu erinnern, dass andere Menschen sich damit beschäftigen. Ich bewundere Mut."

„Manche würde solche Tätigkeiten als Tollkühnheit bezeichnet", antwortete er. Er hatte dieses Wort häufig in Zusammenhang mit sich gehört.

„Ja. Aber es muss die Erregung wert sein."

„Bis etwas schief geht", sagte er.

„Wahrscheinlich", stimmte sie ihm zu und wechselte abrupt das Thema. „Und nun zu David. Wollen Sie sich nicht setzen?" Sie deutete auf einen antiken Stuhl mit breiten Armlehnen, der erstaunlich bequem war. „Ich weiß, dass er Ihnen geschrieben hat."

Luke war froh, dass Amelia die Initiative übernahm. „Ich wusste nicht einmal, dass er meinen Aufenthaltsort kannte", antwortete er.

„Er hat mir erzählt, Sie hätten ihm immer eine Karte zum Geburtstag geschickt."

Luke nickte. „Aber ich habe niemals einen Absender angegeben, weil ich sicher wahr, dass meine Mutter die Karte dann vernichten würde."

Amelia schien weder schockiert noch überrascht zu sein. „Vermutlich hat er sich an den Poststempel gehalten", sagte sie.

„Ja. Er schrieb einfach *River Park* als Adresse. Wäre der Ort größer, hätte ich den Brief nie bekommen."

„Wo liegt River Park?", fragte sie.

„Im Vorgebirge der Sierra." Luke sah sie aufmerksam an. „Wie schlimm ist es?"

Amelia tat gar nicht erst, als hätte sie nicht verstanden. „Ihr Bruder leidet entsetzlich unter dem Tod seines Vaters. Es muss furchtbar sein, in diesem Alter schon ein Elternteil zu verlieren. Besonders wenn Vater und Sohn sich so nahe gestanden haben."

„Keine Ahnung. Ich habe meinen Vater nie gekannt", antwortete er leichthin. „Ich weiß nicht einmal, wie er aussieht. Meine Mutter hält nichts von Familienfotos."

„Er sieht aus wie Sie."

Luke setzte seine Kaffeetasse langsam ab. „Wie bitte?", fragte er endlich und war sicher, nicht richtig gehört zu haben.

„Genauer gesagt, Sie sehen aus wie er."

„Woher in aller Welt wollen Sie das wissen?"

„Ihre Mutter hat es mir erzählt."

Er hatte einen Fehler gemacht, einen gewaltigen Fehler. Von einer Frau, mit der seine Mutter sogar über den verächtlichen Patrick McGuire redete, würde er niemals eine aufrichtige Auskunft über David erhalten. Langsam stand er auf.

Amelia runzelte die Stirn. Im Gegensatz zu Mrs Clancys waren ihre Brauen zierlich geschwungen. „Was ist los?"

„Grüßen Sie meine Mutter, wenn Sie ihr von diesem Gespräch erzählen."

Sie sah ihn verständnislos an. „Weshalb sollte ich …" Plötzlich begriff sie und hielt inne. „Hören Sie, Luke, ich bin keine enge Freundin Ihrer Mutter. Ich habe nur ein paar Mal mit ihr gesprochen. Nachdem ich Sie neulich gesehen hatte, ohne zu wissen, wer Sie waren, fragte ich Jackie Hiller, wie Sie aussähen. Aus diesem Grund erwähnte sie Ihren Vater."

Luke erinnerte sich an ihre Worte. *Sie waren es also doch.*

„Ich hatte sie auf David angesprochen, weil ich mir Sorgen wegen des Jungen mache", fuhr Amelia fort. „Aber es schien sie nicht zu interessieren."

„Das ist genau die Mutter, die ich kenne und liebe", stellte er trocken fest.

Sie neigte den Kopf zur Seite und sah ihn nachdenklich an. „Verbittert klingen Sie nicht."

„Das bin ich auch nicht. Nicht mehr. Dazu habe ich keine Zeit."

„David sagte, Sie wären sehr beschäftigt."

„Tatsächlich?"

„Ich dachte, es wäre nur das Gerede eines kleinen Bruders, der seinen großen Bruder idealisiert."

„Idealisiert? David kennt mich ja kaum noch."

„Trotzdem hat er Sie zu einem Idol erhoben. Sie sind sein Held, Luke. Vor allem wegen des Ärgers, den Sie hier früher verursacht haben, fürchte ich."

Luke sank auf seinen Stuhl zurück. „Verdammt", murmelte er. Niemand wusste besser als er, wie schwierig es war, diesen Weg wieder zu verlassen, nachdem man ihn einmal eingeschlagen hatte.

„Nach dem Tod seines Vaters hat er sich mit einigen neuen Freunden zusammengetan. Sie sind ziemliche …"

„Unruhestifter", ergänzte er, als sie nicht weiterredete. „Wie ich?"

„Ich weiß nicht, was für ein Unruhestifter Sie sind", fuhr Amelia fort. „Diese Jungen treiben es immer schlimmer. Bisher haben sie niemanden körperlich verletzt. Aber ich fürchte, das ist nur eine Frage der Zeit. David fängt schon an, wie sie zu denken."

Luke überging die Tatsache, dass Amelia ihn ebenfalls für einen Unruhestifter hielt. Sollten die Leute denken, was sie wollten. Es ging ihm ausschließlich um David. „Wenn er den Weg zu weit hinabgeht, wird es schwierig, ihn aufzuhalten."

„Es ist ein selbstzerstörerischer Weg", stimmte sie ihm zu. „Wer weiß, wo der Junge enden wird."

Luke stemmte die Ellbogen auf die Armlehnen und legte die Finger spitz zusammen. „Im Gefängnis meinen Sie? Oder schlimmer? So etwas nimmt man allgemein an. Ich muss es wissen."

Einen Moment hatte er den Verdacht, sie würde ihn fragen, was er über Gefängnisse oder allgemeine Annahmen wüsste. Doch sie tat es nicht.

„Was werden Sie jetzt tun?", fragte sie, ohne die Miene zu verziehen.

„Tun?" Wie wäre es, wenn ich Sie so lange schüttele, bis Sie Ihre Zurückhaltung aufgeben? dachte er und zuckte verblüfft zusammen.

„Wegen David."

Luke konzentrierte sich wieder auf das Hauptthema. „Keine Ahnung. Wahrscheinlich mit ihm reden."

„Es ist schwierig, den Kindern in diesem Alter klarzumachen: Tu, was ich dir sage, und betrachte mich nicht als Vorbild", erklärte sie und beobachtete ihn argwöhnisch.

Fürchtet sie, dass ich ihr an die Kehle fahren könnte, weil sie auf den Stadtklatsch angespielt hat? überlegte er.

Es tat ein bisschen weh, dass sie wie alle anderen davon ausging, er führe weiterhin nichts Gutes im Schilde. Gerade wollte er ihr versichern, dass er nicht mehr der Jugendliche von damals wäre. Dass er etwas aus seinem Leben gemacht hätte. Dann fiel ihm ein, dass er sich vorgenommen hatte, die grimmigen Erwartungen der Leute zu erfüllen und sie das Schlimmste glauben zu lassen.

Entschlossen lehnte er sich zurück und legte die Finger wieder zusammen.

„Wenn ich Sie richtig verstehe, sollte David lieber nicht bei mir leben."

„Möchte er das denn wirklich?"

Er zuckte mit den Schultern. „Er hat es mir geschrieben."

Sie sah ihn einen Moment aufmerksam an. „Möchten Sie es ebenfalls?"

Luke atmete langsam aus und strich mit den Fingern durch sein Haar. „Ich weiß es nicht. Davie … Er ist mehr oder weniger die einzige gute Erinnerung, die ich an Santiago Beach habe. Ich möchte nicht, dass er durch die gleiche Hölle geht wie ich. Aber – mein Leben ist nicht das Beste für einen Jugendlichen. Vor allem nicht für einen gefährdeten Jungen. Ich bin häufig von zu Hause fort. Manchmal tagelang."

Amelia fragte sich, was er in dieser Zeit tat, ließ es sich aber nicht anmerken. „Das könnten Sie ändern, nicht wahr?"

Sie sah ihn so seltsam an, dass er unbedingt ein bisschen sticheln musste. „Ich soll sesshaft werden? Das können Sie vergessen." Für den Bruchteil einer Sekunde wirkte sie verletzt, und er bedauerte seinen Hieb. „Hören Sie, ich mache mir Sorgen um Davie. Aber …"

„Sie möchten die Verantwortung nicht übernehmen?"

Es klang nicht vorwurfsvoll, sondern eher wie eine Frage.

„Ich habe keine Ahnung, ob ich solch einer Verantwortung gewachsen bin."

„Weshalb sind Sie dann gekommen?"

„Bestimmt nicht, um an jeder Ecke daran erinnert zu werden, wie sinnlos mein Leben hier gewesen ist", antwortete er gekränkt.

„Es kann nicht völlig sinnlos gewesen sein", sagte Amelia so leise, dass seine Verärgerung sofort verflog. „Sie haben einen Bruder, der Sie anhimmelt. Das ist eine Menge wert."

Das ließ sich nicht leugnen. Auch nicht das seltsame Gefühl, das ihn durchrieselte, sobald Amelia ihn mit ihrem sanften Blick betrachtete.

Luke verließ die Buchhandlung um fünf vor zehn. Amelia war froh, dass ihr noch einige Minuten blieben, bis sie den Laden öffnen musste.

Sie war restlos erschöpft. Luke McGuire gegenüberzusitzen und so zu tun, als handelte es sich um eine normale Unterhaltung zwischen zwei Menschen, die eine gemeinsame Sorge verband, war unwahrscheinlich anstrengend gewesen. Das lag nicht an ihrer angeborenen Schüchternheit. Die hatte sie im Laufe der Jahre mehr oder weniger überwunden. Aber sie hatte noch nie so lange mit einem Mann gesprochen, der solch einen Ruf und solch eine Vergangenheit besaß.

Nein, mit einem Mann, der sich Sorgen wegen seines jüngeren Bruders macht, verbesserte Amelia sich. Der ehrlich zugab, dass er nicht bereit war, die Verantwortung für den jungen Mann zu übernehmen; der aber trotzdem gekommen war, um herauszufinden, wie schlimm die Dinge wirklich standen.

Vielleicht sollte sie ihre Meinung über Luke McGuire noch einmal überdenken.

4. KAPITEL

Luke beobachtete die fünf Jungen, die langsam davonschlenderten. Diesen forschen Gang und dieses überhebliche Lächeln kannte er. Die Fünf würden einmal böse enden, und sie würden David mit hinabziehen, wenn das so weiterging.

Die Gruppe war zu ihnen gestoßen, als sie sich an einen Picknicktisch im Park am Pier setzen und auf den Ozean schauen wollten. Inzwischen hatte Luke eine ziemlich gute Vorstellung davon, was David über ihn erzählt hatte. Auch bei ihrem zweiten Zusammentreffen hatten die Jungen ihn abschätzend betrachtet und sich stumm gefragt, wie tough er tatsächlich wäre.

Er, Luke, hatte den Anführer ausgewählt, von dem alle erwarteten, dass er den Ton angab und den ersten Schritt tat. Mit undurchdringlicher Miene hatte er den Jungen angesehen. Nicht auf bedrohliche Weise, sodass er reagieren musste, wenn er sein Gesicht nicht verlieren wollte. Aber doch wie einer, der wusste, wo es langging.

Am Ende hatte der Jugendliche nachgegeben und war mit seiner kleinen Gruppe abgezogen.

„Nette Jungs", murmelte Luke, während David und er sich setzten.

„Es sind meine Freunde", erklärte sein Bruder eigensinnig.

„Was ist mit deinen alten Freunden?", fragte Luke und merkte, dass er äußerst behutsam vorgehen musste.

„Mann, die sind furchtbar langweilig. Sie tun nie was Cooles."

„Hm."

Luke überlegte, was er jetzt sagen sollte, und aß ein paar Pommes. David hatte sich Fast Food zum Lunch gewünscht, weil seine Mutter es ihm nicht oft erlaubte. Er wäre das Essen leid, das die Köchin für sie bereitete, hatte er hinzugefügt.

Die Köchin … Nach Auskunft von David handelte es sich um eine Wirtschafterin, die bei ihnen im Haus wohnte. Offensichtlich hatte seine Mutter ihr Ziel erreicht.

„Es ist schwer, gute Freunde zu behalten", sagte Luke endlich. „Noch schwieriger ist es, neue gute Freunde zu finden."

„Hast du noch Freunde von der Schule?", fragte David.

Peng. Dieser Punkt ging an ihn. Zum ersten Mal wurde Luke bewusst, in welch einer hoffnungslosen Lage er sich gegenüber seinem Bruder befand. Wie sollte er dem Jungen beibringen, was gut für ihn war, wenn er sein eigenes Leben in dessen Alter restlos verpfuscht hatte?

„Nein", gab er zu. „Aber die meisten waren keine richtigen Freunde. Eher Kumpel, mit denen man herumhängt und einiges unternimmt. Das macht sie nicht unbedingt zu Freunden."

David runzelte die Stirn. „Wo liegt der Unterschied?"

Wenigstens hört er mir zu, dachte Luke und wählte seine Worte sorgfältig. „Freunde helfen dir, wenn es nötig ist. Sie machen keinen Ärger und ziehen dich in nichts hinein. Sie setzen dir nicht zu, wenn du etwas nicht möchtest."

David beobachtete ihn enttäuscht. „Du klingst wie Mom, wenn sie mir einen Vortrag hält."

Dieser Vergleich gefiel Luke nicht. „Oje."

„Jetzt fehlt nur noch: Freunde lassen dich nicht ans Steuer, wenn du betrunken bist", fuhr David fort.

„Das tun sie wirklich nicht. Tut mir leid, Davie. Ich wollte dir keinen Vortrag halten. So was konnte ich selber nie ausstehen."

David lächelte ein wenig über den Kosenamen, den nur Luke benutzte. „Stimmt. Ich erinnere mich, wie du mit Mom gestritten hast, wenn ich im Bett war."

„Ich wette, es wurde manchmal ziemlich laut."

„Ich habe es gehasst." David senkte den Blick und knabberte an der einzigen Fritte, die von seinem Lunch übrig geblieben war. „Manchmal – hasse ich sie auch."

Erneut wusste Luke nicht, was er sagen sollte. Auf keinen Fall wollte er den Jungen zu seinen Gefühlen ermuntern. Aber wie sollte er David böse sein, nachdem er selber nicht anders empfand? „Verstehe", sagte er endlich. „Trotzdem bin ich sicher, dass sie dich lieb hat. Sie kann es nur nicht gut zeigen."

„Das glaube ich nicht", erklärte David bestimmt. „Sie hasst mich nur nicht so stark wie dich."

Es klang so überzeugend, dass Luke nichts dagegen einwenden konnte. Sein Bruder hob den Kopf und sah ihn unendlich traurig an.

„Ich halte das nicht mehr aus, Luke", sagte er und wirkte plötzlich viel älter als seine fünfzehn Jahre. „Alles geht kaputt, seit Dad tot ist. Er hat sie daran gehindert, richtig böse zu sein. Inzwischen ist sie beinahe so gemein wie in der Zeit, bevor du gingst."

Luke atmete hörbar aus. „Liegt es wirklich nur an ihr, Davie? Oder macht sie sich Sorgen um dich und was du mit deinen neuen Freunden anstellst?"

„Sie kann die Jungen nicht leiden."

„Mögen die anderen sie?"

„Wie bitte?"

„Wer mag die Jungen noch – abgesehen von dir?"

David blickte verblüfft drein. „Keine Ahnung. Weshalb?"

„Ich bin nur neugierig."

Sie schwiegen eine ganze Weile, und Luke hoffte, dass der Bruder über seine Frage nachdachte. Leider irrte er sich. David trank sein restliches Mineralwasser aus und sagte: „Dein Ohrring gefällt mir. Ich wünschte, ich dürfte auch einen tragen. Aber Mom erlaubt nicht, dass ich mich piercen lasse. Nicht einmal am Ohr."

Luke fingerte an dem kleinen goldenen Paddel, das an seinem linken Ohrläppchen baumelte. „Das ist das Einzige, was ich gewagt habe. Ich habe schauderhafte Angst vor den Nadeln."

„Du?", fragte David ungläubig. „Du hast vor nichts Angst."

„Oh doch. Ich bin kein Held, Bruderherz." Er schaute auf die Uhr. „Es ist beinahe elf. Solltest du um diese Zeit nicht irgendwo sein?"

David fluchte grob. „Diese blöde Zeichenstunde. Als ob der Lehrer mir was beibringen könnte, obwohl ich absolut kein Talent habe."

„Ziemlich schlimm, nicht wahr?"

„Kann man wohl sagen. Ich hasse dieses ganze Zeug. Zeichnen, Klavierstunden … Die reinste Zeitverschwendung."

„Es gibt Schlimmeres."

„Ja? Was zum Beispiel."

„Keine Ahnung. Tanzstunden?"

David lachte laut und war einen Augenblick wieder der Junge, an den Luke sich erinnerte. Lächelnd stand er auf. „Geh lieber. Bring dich nicht in noch mehr Schwierigkeiten, indem du zu spät kommst."

David stand ebenfalls zögernd auf. „Sie weiß es", sagte er tonlos.

„Wirklich?"

„Ja. Die alte Clancy hat sie angerufen."

„Das habe ich mir gedacht."

„Aber sie ahnt nicht, dass du in der Stadt bist, weil ich dich darum gebeten habe."

„Sag es ihr lieber nicht", riet Luke seinem Bruder. „Behaupte lieber, dass ich – Heimweh bekommen hätte."

David nickte langsam. „Sie hat heute Morgen gesagt, dass ich nach der Sommerschule in ihren blöden Vortrag kommen soll, damit sie mich anschließend mit nach Hause nehmen kann. Als ob ich die acht Blocks nicht laufen oder mit dem Fahrrad fahren könnte." Er warf Luke einen Seitenblick zu. „Ich glaube, sie will nicht, dass ich mich mit dir treffe. Aber ich werde mich irgendwie verdrücken. Mehr Ärger, als ich schon habe, kann ich nicht mehr mit ihr bekommen."

Luke überlegte einen Moment. „Das glaube ich doch", antwortete er lächelnd. „Für mich gilt das allerdings nicht. Vielleicht sollten wir lieber so tun, als wäre es meine Schuld."

Davids Miene hellte sich auf, und er eilte in Richtung Gemeindezentrum, wo der Sommerunterricht stattfand. Luke sah ihm nach und überlegte, dass seine Mutter nie auf die Idee gekommen wäre, ihn dort anzumelden. Es war ihr gleichgültig gewesen, wo er seine Freizeit verbrachte, solange er ihr keinen Ärger bereitete.

Amelia hörte die Ladenglocke und drehte sich erwartungsvoll zur Tür. Ihr Lächeln erstarb, sobald sie die Besucher erkannte. Es waren Davids Freude, alle fünf.

Verzweifelt versuchte sie, ihre Nervosität zu verbergen. Doch sie fürchtete, dass es ihr nicht gut gelang. Davids neue Freunde waren gewiss nicht gekommen, um sich Ferienlektüre zu besorgen.

Lässig schlenderten sie herum, sahen sich kein einziges Buch an und ließen sie nicht aus dem Auge. Einer von ihnen, der mit der Cargo-Hose und ihren vielen Taschen, spielte mit einem Messer herum. Es war ein Springmesser, dessen Klinge sich mit einer einzigen Handbewegung öffnen ließ und zu einer tödlichen Waffe wurde. Sie hatte bei ihren Recherchen über Kampfwaffen darüber gelesen, bevor sie sich für das Kickboxen entschied.

Der Junge öffnete und schloss das Messer mit einer Leichtigkeit, die von großer Erfahrung sprach. Wenn sie ihn zur Rede stellte, würde er ihr wahrscheinlich mit unschuldiger Miene erklären, dass es aus reiner Gewohnheit geschähe. Es hätte nichts zu bedeuten. Weshalb sie denn so nervös wäre?

Amelia überlegte angestrengt. Weshalb war sie solch ein Feigling? Der Junge mit dem Messer war inzwischen nach hinten in die Kinderbuchabteilung gegangen, während sich die anderen in der ganzen Buchhandlung verteilten, als bezögen sie Stellung. Als hätten sie einen bestimmten Plan ...

Amelia blickte zum Telefon. Sie könnte so tun, als wollte sie mit einem Kunden telefonieren, und stattdessen die 911 wählen. Aber bisher hatten die Jungen nichts Ungesetzliches getan. Außerdem waren sie Davids Freunde.

Der mit dem Messer drehte sich um und kehrte zurück. Amelia überlegte, ob sie die Jugendlichen so behandeln sollte wie alle Kids, die in ihre Buchhandlung kamen. So viel Mut würde sie doch aufbringen, oder?

Entschlossen holte sie tief Luft und ging auf den Jungen mit dem Messer zu. „Weißt du, dass du ein Balisong in der Hand hast?"

Der Junge sah sie erstaunt an. Offensichtlich hatte er geglaubt, sie hätte zu viel Angst, um ihn anzusprechen. Inständig hoffte sie, dass er nicht ahnte, wie nahe er der Wahrheit war.

„Reden Sie mit mir?"

„Ja, ich meine dein Messer. Es ist ein Balisong. Und die Bewegung, die du manchmal damit machst, nennt sich Ricochet."

Der Junge blickte auf die Klinge, als hätte er sie noch nie gesehen. Amelia ging an ihm vorüber zu einem Regal zwei Reihen weiter. Hoffentlich fand sie das Buch sofort. Es war ein Band über alte Waffen und verschiedene Kriegskünste. Dann hatte sie ihn.

Rasch schlug sie die Seite mit dem Foto auf und hielt sie in die Höhe. „Ist das nicht schön? Guck dir mal das Drachenmuster an, das in den Griff geritzt ist. Die Sammlung des Mannes ist eine Menge wert."

Der Junge blickte von dem Foto zu dem schlichten rostfreien Modell in seiner Hand und sah Amelia wieder an.

„Niemand weiß, woher diese Messer stammen", fuhr sie fort. „Sicher ist nur, dass sie zum ersten Mal auf den Philippinen in die Kriegskunst aufgenommen wurden. Dort bekamen sie auch ihren Namen."

Seine Miene blieb undurchdringlich. Amelia war nicht sicher, ob sie die Situation besser oder schlimmer gemacht hatte. Andererseits würde er gewiss nicht aufgeben, nur weil sie – oder jemand anders – ihn dazu aufforderte.

„Im Internet sind mehrere Webseiten darüber. Auch Fotos von einigen wirklich hübschen Exemplaren."

Der Junge blickte einen Moment verblüfft drein. Plötzlich drehte er sich um und verließ den Laden. Die anderen folgten ihm. Nur einer schaute über die Schulter zurück.

Amelia schloss das Buch und sank auf einen Hocker. Sie hasste es,

Angst zu haben. Doch sie fürchtete, dass sie die Jungen nicht zum letzten Mal gesehen hatte.

Kurz darauf öffnete die Tür sich erneut. Oh nein, sie kehrten zurück! Hilflos blickte Amelia zu ihrem Büro mit dem Sicherheitsschloss. Aber zur Flucht blieb ihr keine Zeit. Sie griff nach dem Telefon, das sie auf das Regal gelegt hatte. Das Buch glitt ihr aus der Hand und fiel zu Boden.

„Amelia? Sind Sie da? Ist alles in Ordnung?"

Es war Luke. Sie erkannte seine tiefe Stimme sofort, obwohl jetzt ein anderer Ton darin lag. Als machte er sich Sorgen.

„Hier hinten", stieß sie hervor und stand auf.

Luke eilte herbei und stellte erleichtert fest, dass sie unverletzt war. „Ich sah die Jungen aus Ihrem Laden kommen", erklärte er. „Ich habe sie vorhin kennengelernt und hatte nicht den Eindruck, dass sie auf harmlose Sommerspiele aus waren."

„Einer von ihnen hat ein Messer", bestätigte Amelia und unterdrückte einen Schauder.

„Der mit den vielen Hosentaschen?"

Sie nickte.

„David nannte ihn *Snake* – die Schlange."

„Wie passend."

„Er sieht zu viele Filme", erwiderte Luke.

Sie lächelte und hoffte inständig, dass es nicht zu zittrig wirkte. Ihr großer Zeh stieß an das Buch, das sie hatte fallen lassen. Bevor sie es aufnehmen konnte, hob Luke es auf. Verblüfft betrachtete er den Titel.

„Ich habe versucht, den Jungen abzulenken, und ihm einige Fotos von Messern wie seines gezeigt – nur viel wertvollere."

„Sie haben einen Messer schwingenden Jungen mit einem Buch abgelenkt?"

„Ich wusste nicht, was ich sonst tun sollte."

„Wie wäre es mit einem Anruf bei der Polizei?"

Ausgerechnet Luke McGuire riet ihr, die Polizei zu holen? „Sie hatten ja nichts Ungesetzliches getan."

„Ich bin ziemlich sicher, dass das Wedeln mit einem Messer in Kalifornien verboten ist."

Amelia verstand die Welt nicht mehr. Sie hatte nicht erwartet, dass Luke für Recht und Ordnung eintreten würde. „Ich wollte die Sache für David nicht noch schwieriger machen. Die Jungen wissen, dass er häufig zu mir kommt."

„Ach so." Luke dachte einen Moment nach und reichte ihr das Buch zurück. „Ich schätze, ich sollte lieber nicht mit Ihnen streiten. Auf jeden Fall waren Sie erfolgreich. Die Kerle sind gegangen."

„Ja, zum Glück."

„Sie sehen aus, als könnten Sie einen starken Drink gebrauchen. Aber da es noch nicht einmal Mittag ist: Wie wäre es mit einer Tasse Kaffee?"

„Ich – ja. Aber ich muss erst frischen machen."

„Nicht nötig. Was ist mit dem *Coffeeshop* nebenan? Können Sie eine kleine Pause einlegen?"

Amelia zögerte einen Moment, dann willigte sie ein. Sie wählten einen Tisch im Freien, von dem sie jeden Kunden sehen konnten, der ihre Buchhandlung betreten wollte. Kurz darauf legte sie die Finger um eine Tasse leckeren Milchkaffee und blickte zu Luke hinüber. Sie wollte ihm danken. Doch kein Ton kam über ihre Lippen.

Luke hatte sich auf seinem Stuhl zurückgelehnt. Sein Haar glänzte beinahe Blauschwarz in der Sonne. Ein goldenes Paddel baumelte an seinem Ohrläppchen. Sie war sicher, dass die Form etwas bedeutete. Es sah richtig verwegen aus.

Der Ohrring passte ganz entschieden zu Luke.

Er trug heute Jeans und ein T-Shirt mit dem Logo einer Firma für Freizeitsport. Die lässige Kleidung tat seiner attraktiven Gestalt keinen Abbruch. Ganz gleich, wie er gekleidet war: Dieser Mann würde niemals – zahm wirken.

Luke blickte die Main Street hinab. Amelia war ihm dankbar, dass er die Sonnenbrille abgesetzt hatte, sodass sie sehen konnte, wohin er schaute.

„David erzählte, Sie wären erst nach Santiago Beach gezogen, nachdem Ihre Eltern die Buchhandlung gekauft hatten", begann er zwanglos.

„Ja. Mein Vater war Universitätsprofessor. Er ging in Pension, um ein Buch zu schreiben, und kaufte stattdessen eine Buchhandlung. Was meine Mutter sich immer gewünscht hatte", fügte sie lächelnd hinzu.

„Sie drängte ihn dazu?"

Amelia lachte leise. „Nein, das war nicht nötig. Meine Eltern lasen sich jeden Wunsch von den Lippen ab. Sie waren restlos vernarrt ineinander."

Luke reagierte nicht sofort. Amelia merkte, dass er über ihre Worte nachdachte.

„Das muss sehr schön gewesen sein", sagte er gequält.

Plötzlich empfand sie eine heftige Sympathie für diesen Mann, dem etwas so Normales und Notwendiges wie zwischenmenschliche Beziehungen völlig fremd zu sein schien.

„Ja", sagte sie leise. „Ich vergesse manchmal, wie selten und kostbar es war."

„Wieso?"

„Meine Mutter starb vor vier Jahren. Mein Vater war ohne sie völlig hilflos und folgte ihr sechs Monate später."

„Das tut mir sehr leid", sagte er. Diesmal klang seine Stimme aufrichtig. „Es muss sehr hart gewesen sein, beide Eltern kurz nacheinander zu verlieren."

„Ich habe sie sehr geliebt." Amelia trank einen Schluck Kaffee. „Sie waren ein bisschen zu besorgt. Ich wuchs sehr behütet auf. Aber das passiert wohl leicht, wenn man das einzige Kind eines älteren Ehepaars ist."

„Dann waren Sie ein Spätling?"

„Sozusagen. Sie adoptierten mich, als sie schon über vierzig waren und einsehen mussten, dass sie keine leiblichen Kinder mehr bekommen würden."

Luke stellte seine Kaffeetasse verblüfft auf den Tisch. „Sie wurden adoptiert?"

Amelia nickte. „Es waren die besten Eltern, die ich haben konnte. Sie zeigten mir stets, dass ich etwas Besonderes für sie war."

„Dann haben Sie großes Glück gehabt."

„Ja, das stimmt. Wer meine leibliche Mutter auch war: Sie tat das Beste für mich, was sie tun konnte."

„Indem sie Sie zu Eltern gab, die Sie wirklich liebten." Die Gefühlsregung in Lukes Stimme war nicht zu überhören.

Plötzlich erkannte Amelia, dass sie sogar mehr Glück gehabt hatte als manches Kind mit seinen leiblichen Eltern. Ob Luke sich auch manchmal gewünscht hatte, seine Mutter hätte ihn zu liebevollen Eltern gegeben? Alles wäre besser gewesen, als bei einer Frau zu bleiben, die ihn beschuldigte, ihr Leben durch seine Existenz ruiniert zu haben.

„Mir scheint, ich hatte sogar mehr Glück, als mir bisher bewusst war", sagte sie leise.

Er sah sie lange schweigend an und tat gar nicht erst, als hätte er nicht verstanden. „Meine Mutter hatte ihre Gründe."

„Die Sie nicht zu verantworten haben. Ich habe Ihre Mutter über die Katastrophe reden hören, die Teenagerschwangerschaften mit sich bringen können. Sie ist noch ziemlich jung. Und ich kann …" Sie holte tief Luft. „Ich kann eins und eins zusammenzählen."

Lukes rechter Mundwinkel zuckte, und er zog eine Braue in die Höhe. „Kluges Mädchen."

Amelia biss sich auf die Unterlippe. Hätte sie bloß den Mund gehalten. Sie hatte Luke ihr Mitgefühl ausdrücken wollen, und nichts als Ärger erreicht.

„Ich wollte sagen … Sie darf Ihnen nicht die Schuld geben. Sie hatten doch keine Wahl."

„Meine Mutter vermutlich auch nicht. Das ist mir inzwischen klar."

„Sie hätte Sie jemandem geben können …" Sie redete nicht weiter, denn er hob die Hand.

„Das konnte sie nicht. Ihre Mutter erlaubte es nicht."

„Ihre Großmutter?"

Luke lachte leise. „Sie starb, als ich dreizehn war, und hat mich niemals anerkannt. Ich war nicht ihr Enkel, sondern die Strafe ihrer Tochter." Nicht die geringste Verbitterung lag in seiner Stimme. Dieses Thema hatte er vor Jahren abgeschlossen.

Amelia erschauderte unwillkürlich. „Meine Güte, wie haben Sie das ausgehalten?"

„Nicht gut fürchte ich. Ich drehte ein bisschen durch. Den Rest wissen Sie ja."

Sie schüttelte den Kopf. „Es ist mir schleierhaft, weshalb Sie nicht die ganze Stadt bis auf die Grundmauern abgebrannt haben."

Er starrte sie einen Moment fassungslos an. „Und mir ist schleierhaft, weshalb ich Ihnen dies alles erzählt habe", sagte er kläglich. Er trank seinen Kaffee aus und stand auf. „Gehen wir?" Als sie nickte, fuhr er fort: „Wenn dieser Snake das nächste Mal mit einem wedelnden Messer in Ihren Laden kommt, rufen Sie bitte die Polizei."

Die besitzergreifende Art, mit der Luke sprach, wärmte Amelias Herz noch, als er schon lange gegangen war. Doch das prickelnde Gefühl verschwand, sobald ihr klar wurde, dass sie sich schon zum zweiten Mal mit dem berüchtigten Luke McGuire unterhalten hatte. Noch schockierender war die Erkenntnis, dass sie das Gespräch ausgesprochen genossen hatte. Es war sehr – anregend gewesen. Richtig befreiend.

Und ziemlich beängstigend.

Allerdings wusste sie nicht, was ihr mehr Angst bereitete: Lukes Anwesenheit oder ihre eigene Reaktion.

Sie war nicht einmal sicher, ob sie es wissen wollte.

5. KAPITEL

Luke stand vor dem Gemeindezentrum und überlegte. Am Schwarzen Brett hatte er gelesen, dass seine Mutter heute eine ihrer Hölle-und-Verdammnis-Predigten hielt. Entschlossen ging er zu dem kleinen Versammlungsraum. Der Saal fasste nur ungefähr fünfzig Leute. Ein Fenster befand sich zu beiden Seiten des Eingangs, sodass man die letzten Stuhlreihen einsehen konnte. Wahrscheinlich würde David dort sitzen und schmollen, weil er den Vortrag erneut über sich ergehen lassen musste, damit seine Mutter sicher sein konnte, dass er keinen Unsinn mit seinem nichtsnutzigen Bruder anstellte.

Luke trat an eines der Fenster und blickte auf einen Kopf in der letzten Reihe. Das Haar war blondiert und oben etwas länger geschnitten als darunter.

Bingo, dachte er.

Er überlegte kurz, ob er diesen Schritt wirklich tun sollte. Doch es dauerte nicht lange, dann war sein Entschluss gefasst.

Seine Mutter erwartete das Schlimmste von ihm. Nun, er würde sie nicht enttäuschen.

Luke zog seine schwarze Lederjacke an, die er über dem Arm getragen hatte, weil sie zu warm für die sommerlichen Temperaturen war. Sie vervollständigte das Bild, das er mit seinen schwarzen Jeans und den Motorradstiefeln abgeben wollte. Er strich mit den Fingern durch sein Haar und zog einige Strähnen heraus. Seine Mutter hatte das nie leiden können.

Dann öffnete er die Tür und trat ein.

„Überall im Land bekommen Kinder, die kaum alt genug sind, um für sich allein zu sorgen, selber Kinder", ertönte die kräftige Stimme seiner Mutter.

Die Kids sollten sich das wirklich anhören, gab Luke zu. Allerdings gefiel ihm nicht, dass er persönlich eine Menge mit dieser flammenden Rede zu tun hatte. Seine Mutter sah fantastisch aus. Viel gepflegter und eleganter als die Frau, an die er sich erinnerte. Sie hatte endlich jene Perfektion erreicht, die sie immer anstrebte.

„Die Tragödie dieser Teenagerschwangerschaften besteht darin, dass ihr erst merkt, was auf euch zukommt, wenn es zu spät ist. Wenn es passiert ist und ihr ein unerwünschtes Kind habt, das euch behindert, euch lähmt und euer Leben ruiniert …"

In diesem Moment entdeckte sie Luke, und er erlebte zum ersten Mal, dass es Jackie Hiller vor Schreck die Sprache verschlug. Mit offenem Mund stand sie da und rührte sich nicht.

David bemerkte seinen Bruder und sprang strahlend auf. Die übrigen Zuhörer drehten neugierig die Köpfe, um festzustellen, wen Jackie Hiller derart anstarrte. Plötzlich empfand Luke eine seltsame Befriedigung, dass er der Grund für die Verwirrung seiner Mutter war.

„Hallo", rief er fröhlich in den großen Raum. „Ich bin die visuelle Zugabe."

„Du …", keuchte Jackie Hiller in das Mikrofon.

„Ja, ich." Er wandte sich an die Zuhörer. „Ich bin der Grund für diesen Vortrag. Sie wissen schon, die Tragödie, der Ruin, der Ballast, der die Frauen niederdrückt. Oder, wenn Sie es unverblümter hören wollen: Ich bin das unerwünschte Kind, das diesen Feldzug ausgelöst hat."

Ein Flüstern lief durch den Raum, verbunden mit verstohlenen Blicken zu der eleganten Frau am Pult.

„Sofort hinaus!" Diesmal brauchte Luke das Mikrofon nicht, um seine Mutter zu hören.

„Aber Mom, ich versuche doch nur, dir zu helfen. Die Leute bekommen bestimmt Angst, wenn sie mich sehen. Was willst du mehr?" Er hörte, dass David leise lachte. Er lächelte seinem kleinen Bruder zu und deutete mit dem Kopf zur Tür. David sprang sofort auf und eilte hinaus.

Seine Mutter schimpfte noch hinter ihnen her, als sie den Raum längst verlassen hatten.

Der Nachmittag war fast vorüber. Immer wieder ertappte Amelia sich dabei, dass sie erwartungsvoll aufblickte, sobald die Türglocke anschlug, und jedes Mal enttäuscht war, wenn ein Stammkunde hereinkam. Es war einfach lächerlich.

Auf dem Weg zum Laden hatte sie die Leute über Luke reden hören. Es hatte geklungen, als hätte ein einziger Teenager damals ganz Santiago Beach in die Knie gezwungen. Der Mann kann unmöglich für alles verantwortlich gewesen sein, überlegte sie. Luke war gewiss kein Engel. Aber er war auch nicht der personifizierte Teufel.

Trotzdem störte es sie, dass sie sich gern mit Luke unterhielt und seine Gesellschaft richtig genossen hatte. Stimmte etwas nicht mit ihr, weil sie sich immer noch zu solch einem Mann hingezogen fühlte? Ihre

Eltern wären entsetzt gewesen.

Die Türglocke schlug erneut an, und Jim Stavros betrat den Laden. Er war einer ihrer besten Kunden und nahm ihre Empfehlungen für neue Bücher gern an.

Außerdem war er seit fünfundzwanzig Jahren Polizist, also auch schon zu jener Zeit, als Luke sein Unwesen in Santiago Beach trieb.

Amelia nahm sich fest vor, keine Fragen über den jungen Mann zu stellen. Sie redete über dieses und jenes und erkundigte sich nach Jims Frau, die als Schwester im städtischen Krankenhaus arbeitete. Doch plötzlich war der Name heraus.

„Luke McGuire? Oh ja, ich kenne ihn. Jeder von uns hat ihn gekannt. Ich habe gehört, er wäre wieder in der Stadt. Das war vielleicht ein Früchtchen. Soll er immer noch sein. Ein Kollege hat ihn schon auf seinem Motorrad gestoppt.“

Amelia rührte sich nicht. „Gestoppt?“

Jim nickte. „Ja, wegen Überschreitens der Höchstgeschwindigkeit auf der Canyon Road. An derselben Stelle, wo ich ihn immer geschnappt habe. Mich wundert, dass er sich nicht längst zu Tode gefahren hat. Er hatte dort einmal einen schweren Unfall mit seinem Chevy.“

„Wurde er verletzt?“

„Ja, er brach sich einen Arm und ein paar Rippen. Im ersten Moment dachten die Ärzte, es wäre schlimmer. Joann hatte an jenem Abend Nachtdienst und benachrichtigte seine Mutter. Aber die Frau tauchte erst am nächsten Morgen auf.“

„Ihr Sohn lag im Krankenhaus, und sie hielt es nicht für nötig, sofort zu kommen?“ Amelia war nicht sonderlich überrascht nach allem, was sie über Jackie Hiller erfahren hatte. Trotzdem war es schrecklich.

„Joann wunderte sich nicht darüber. Sie hatte gerade erst im Krankenhaus angefangen, als der Junge geboren wurde. Die ganze Stadt sprach davon, dass seine hoch moralische Großmutter sich furchtbar schämte, eine ledige Mutter als Tochter zu haben. Sie hatte verlangt, dass sie das Kind behielt, obwohl Jackie das Baby nicht wollte.“

„Zur Strafe?“, fragte Amelia und erinnerte sich an Lukes Worte.

„Ja. Verrückt, nicht wahr? Mir hat der Junge immer ein bisschen leidgetan. Es muss verdammt hart sein, eine Mutter zu haben, die einem nicht einmal einen Namen gibt.“

Amelia zuckte unwillkürlich zusammen. „Wer hat den Namen dann für ihn ausgewählt? Seine Großmutter? Mich wundert, dass es nicht

Kain geworden ist."

„Das befürchteten die Schwestern wohl auch und nannten ihn kurzerhand Luke."

„Weshalb ausgerechnet …" Amelia redete nicht weiter. Das Krankenhaus trug den Namen *St. Lukas*. „Was für ein liebevolles Leben", sagte sie bitter.

„Ja. Kein Wunder, dass er so endete. Wir hofften, alles würde sich bessern, als Jackie Ed heiratete. Aber es war wohl zu spät. Ed versuchte sein Bestes. Er war ein netter Kerl. Zu nett, um nur wegen seines Geldes geheiratet zu werden." Jim sah Amelia nachdenklich an. „Weshalb interessieren Sie sich für Luke McGuire?"

„Ich …" Verzweifelt suchte Amelia nach einer Erklärung. „Sein Bruder kommt oft in meinen Laden. Deshalb war ich ein bisschen – neugierig."

„Nun halten Sie sich an meinen Rat und lassen Sie sich nicht mit dem Kerl ein. Er bringt nichts als Ärger."

„Er war acht Jahre fort. Vielleicht hat er sich geändert."

„Das kann ich mir nicht vorstellen. Es ist bestimmt sein Charakter."

Amelia wollte Luke verteidigen. Sie wollte Jim sagen, dass der junge Mann in die verhasste Stadt zurückgekehrt war, um festzustellen, ob sein Bruder Hilfe brauchte. Aber sie war sicher, dass Jim seine Warnung dann noch verstärken würde. Und darauf konnte sie verzichten.

Das Gespräch mit Jim und Lukes Gleichgültigkeit gegenüber der Gefühlskälte seiner Mutter und der Bösartigkeit seiner Großmutter gingen Amelia den ganzen Morgen nicht aus dem Kopf. Der Gedanke, unter welch unterschiedlichen Bedingungen sie beide aufgewachsen waren, bereitete ihr beinahe körperliche Schmerzen. Sie versuchte, sich mit Arbeit abzulenken, überprüfte ihren Buchbestand und blickte immer wieder zur Tür. Als Luke kurz vor Mittag tatsächlich auftauchte, begannen ihre Augen bei seinem Anblick zu brennen.

Rasch blinzelte sie ihre Tränen fort.

Luke sah sie stirnrunzelnd an. „Waren die charmanten Kerle wieder da?"

„Nein", versicherte Amelia ihm.

„Was haben Sie dann?"

„Ich – nichts." Als er sie zweifelnd anblickte, fügte sie hinzu: „Ich habe eine traurige Geschichte gehört, das ist alles."

„Sie haben ein weiches Herz", stellte er freundlich fest und strich mit den Knöcheln über ihr Kinn. Es war eine federleichte Berührung. Trotzdem brannte ihre Haut wie Feuer.

Luke zog seine Hand zurück und betrachtete seine Finger. Er schloss sie zur Faust und strich mit dem Daumen darüber, als wollte er feststellen, was passiert war.

Viel zu spät erkannte Amelia, dass die Geste ihn ebenfalls nicht unberührt gelassen hatte. Sag etwas, forderte sie sich auf. Steh nicht wie eine dumme Gans da, weil Luke ein attraktiver Mann ist. Ein gefährlich attraktiver Mann, in mehr als einer Beziehung.

„Kann ich etwas für Sie tun?", stieß sie endlich hervor.

Er sah sie einen Moment seltsam an. „Ich brauche ein Buch", antwortete er. „Es sieht danach aus, als müsste ich länger in Santiago Beach bleiben, als ich vorhatte. Und ich habe nichts zu lesen."

Offensichtlich hatte seine Liebe zu Büchern nicht nachgelassen. „Haben Sie an etwas Bestimmtes gedacht?", fragte Amelia so sachlich wie möglich.

„Wie wäre es mit einem Krimi?"

Sie konnte nicht feststellen, ob es ihm ernst war oder ob er scherzhaft auf seinen Ruf anspielte. „Wie blutig darf die Geschichte sein? Reicht Ihnen eine Leiche, oder möchten Sie eine ganze Serie?"

Luke lächelte breit. „Sie haben doch keine Angst?"

Also hatte er tatsächlich gescherzt. „Nicht hier", antwortete sie ruhig. Bücher waren ihre Welt, ihre Leidenschaft. Zwischen ihnen fühlte sie sich wohl.

Luke ging zum Regal mit den Krimis und nahm einen Band heraus. „Ist das der neueste dieser Reihe?", fragte er.

„Ja", antwortete sie. „Mögen Sie die Schriftstellerin?"

„Ja. Sie gehört zu meinen Lieblingsautorinnen." Er lächelte erneut. „Außerdem werfe ich hin und wieder gern einen Blick auf die Arbeiten weiblicher Gehirne."

Im Moment funktioniert mein weibliches Gehirn fast überhaupt nicht, dachte Amelia kläglich. Erst jetzt wurde ihr klar, was Luke gerade gesagt hatte: Er würde noch eine Weile in Santiago Beach bleiben.

„Kommen Sie mit David nicht weiter?", fragte sie.

Er verzog den Mund. „Ich bekomme keine Gelegenheit dazu. Seine Mutter beschäftigt ihn ständig. Heute Nachmittag habe ich ihn vor ihrer Nase weggeholt. Das hat ihr gar nicht gefallen."

Amelia riss erstaunt die Augen auf. „Das kann ich mir vorstellen."

„Allerdings sind wir nicht weit gekommen. Sie holte uns bald ein und erklärte, wenn David nicht sofort mitkäme, würde sie die Polizei auf mich hetzen."

„Oh, Luke ..."

„Ich wollte David erklären, dass die Cops mir nicht viel anhaben können. Aber er war zu stark eingeschüchtert und gehorchte auf der Stelle."

Amelia setzte sich und gab Luke ein Zeichen, den anderen Stuhl zu nehmen. „Haben Sie Ihre Mutter gefragt, ob Sie mit Ihrem Bruder reden dürfen? Schließlich haben Sie beide dasselbe Ziel und möchten nicht, dass der Junge zu Schaden kommt."

„Ich habe seit acht Jahren nicht mit ihr geredet, und ich habe nicht vor, es jetzt zu tun."

Amelia lehnte sich ein wenig zurück. „Sie sagten doch, Sie hätten David vor ihrer Nase fortgelockt."

„Ja, aus ihrem Vortrag. Sie hatte meinen Bruder dorthin bestellt, damit sie ihn im Auge behalten und anschließend mit nach Hause nehmen konnte."

„Sie sind einfach in den Saal marschiert und haben David mitgenommen?"

Er zuckte mit den Schultern. „Vorhin hielt ich es für eine gute Idee. Jetzt bin ich nicht mehr so sicher. Sie wird ihn noch ständig bewachen."

„Was werden Sie dann tun?"

Luke strich seufzend mit den Fingern durch sein Haar. Amelia beobachtete es und überlegte, wie sich der dichte glänzende Schopf anfühlen mochte. „Keine Ahnung, vielleicht gebe ich auf. Wahrscheinlich dringe ich sowieso nicht zu ihm durch."

„Wenn Sie es nicht können, schafft es niemand", versuchte Amelia, ihm Mut zu machen. „So, wie er Sie bewundert ..."

„Ich glaube, darin liegt das Problem", sagte Luke kläglich. „David hat sich eine bestimmte Vorstellung davon gemacht, wie ich bin, und möchte genau so sein wie ich. Deshalb tut er alles, um denselben Weg einzuschlagen. Damit wird er sein Leben ruinieren."

„Können Sie ihm das nicht sagen? Vielleicht hört er auf Sie."

„Das bezweifle ich." Luke beugte sich vor. Er stützte die Ellbogen auf die Knie und ließ die Hände baumeln. Es sind kräftige Hände, dachte Amelia. Mit winzigen Narben und Schwielen auf der Innenseite.

Hände, die zupacken konnten. „Sie hatten recht. Er würde es mir nicht abnehmen, wenn ich ihm rate, einen anderen Weg zu wählen als ich. Ich habe keine Ahnung, wie ich zu ihm durchdringen soll."

„Hätte jemand zu Ihnen durchdringen können?"

Ein winziges Lächeln glitt über sein Gesicht. „Ich …"

Die Türglocke schlug an, und Amelia wünschte, die Kundin hätte noch einige Minuten gewartet.

„Hallo, Amelia", rief Mrs Clancy. „Ich hoffe, mein Buch über die Rosen ist …" Sie hielt inne, sobald sie Luke bemerkte, und ihre Miene wurde feindselig. „Amelia", erklärte sie streng. „Sie sollten erheblich wählerischer sein, was Ihre Kundschaft betrifft. Wissen Sie, wer dieser Mann ist?"

Luke stand auf und trat zwischen die beiden Frauen. Er lehnte eine Schulter an das Bücherregal und nahm eine lässige Haltung ein. „Sie wollen sagen, dass ich eine Ausgeburt des Teufels bin, nicht wahr, Mrs Clancy? Ich glaube kaum, dass meine Mutter mit dieser Beschreibung einverstanden wäre. Denken Sie einmal an die Schlussfolgerung, die sich daraus ergibt."

„Ihre Mutter ist eine anständige Frau. Nach ihrer einzigen Jugendsünde hat sie etwas aus ihrem Leben gemacht."

„Während ich neue Missetaten zu meinem ohnehin schon langen Strafregister fügte, dem Gefängnis einen kleinen Besuch abstattete und wer weiß, was sonst noch für Dinge anstellte, die Sie von einem Unhold wie mir erwarten."

„Genau", stieß Mrs Clancy hervor.

„Bitte, Luke", flehte Amelia.

Mrs Clancy drehte sich zu ihr. „Nehmen Sie sich in Acht, mein Kind. Dieser Mann bedeutet nichts als Ärger."

Bilder von Luke als unerwünschtes Kind, für das fremde Menschen einen Namen wählen mussten, tauchten vor Amelias innerem Auge auf. Plötzlich konnte nicht mehr an sich halten. „Was in aller Welt hat er Ihnen getan?", fuhr sie auf.

„Das ist schnell erzählt", antwortete Luke zu ihrem Erstaunen. „Ich war sechzehn, wütend auf die ganze Welt und ließ es an Mrs Clancys Garten aus. Ich überlegte nicht, wie sehr ich sie damit verletzen würde. Ich wusste nur, dass sie mich nicht leiden konnte. Deshalb schlug ich zu."

„Sie haben keine Ahnung, was Sie damals zerstört haben." Mrs

Clancy zitterte innerlich vor Wut.

„Oh doch", sagte Luke leise. „Inzwischen weiß ich es: jahrelange Arbeit und liebevolle Pflege. Jungpflanzen, die Sie gehegt hatten wie eine Mutter ihre Kinder. Schlimmer noch: den Rosenstrauch, der von Ihrer Mutter stammte. Damals wusste ich nicht, was das bedeutete. Seitdem habe ich eine Menge gelernt."

Amelias Hals schnürte sich zusammen angesichts der Gefühlsregung in seiner Stimme. Mrs Clancy schien sie nicht zu hören. Oder sie wollte sie nicht hören.

„Und deshalb soll ich Ihnen verzeihen?"

Luke seufzte leise. „Nein. Ich kann nicht verzeihen. Weshalb sollten Sie es können?" Er zog ein Bündel Dollarscheine aus der Tasche und reichte Amelia einen Zehner. „Das Wechselgeld hole ich mir später. Es ist Mrs Clancy sicher lieber, wenn ich jetzt gehe." Ohne ein weiteres Wort oder einen Blick zurück verließ er den Laden.

6. KAPITEL

Ein Geräusch vor seinem Motelzimmer riss Luke aus seiner Lektüre. Er hatte das Fenster geöffnet, und die warme Sommerluft wehte herein.

Sofort kehrten seine Gedanken zu Amelia Blair zurück. Das passierte jedes Mal, wenn er seine Aufmerksamkeit nicht auf etwas anderes konzentrierte. Er hatte keine Ahnung, weshalb.

Nicht dass Amelia nicht sein Typ gewesen wäre. Wenn er es genau bedachte, zog er keinen bestimmten Typ vor. Im Gegensatz zu seinen Freunden blickte er nicht nur Blondinen oder Frauen mit langem Haar und hohen Brüsten nach.

Nein, seine Vorlieben bezogen sich eher auf persönliche Dinge. Er fühlte sich zu Frauen mit einem sprühenden Blick hingezogen, der erkennen ließ, dass sie Spaß liebten und sich nicht ständig Gedanken darüber machten, ob ihre Fingernägel brechen, ihre Frisur zerzausen oder ihr Make-up verderben könnte.

Amelias Nägel waren kurz geschnitten. Dasselbe galt für ihr Haar. Falls ihr Inneres vor Lebensfreude sprühte, verbarg sie es geschickt hinter einem reservierten Verhalten.

Wieder hörte Luke das Geräusch. Diesmal war es wesentlich näher. Er rollte sich aus dem Bett und durchquerte barfuß den Raum. Argwöhnisch schob er den Vorhang beiseite und blickte hinaus.

David.

Luke eilte zur Tür, ließ den Jungen herein und wartete darauf, dass sein Bruder etwas sagte. Schließlich war es beinahe Mitternacht.

David stand regungslos da und sah sich verlegen um. Sein Blick fiel auf das Buch, das aufgeschlagen auf dem Bett lag.

„Du liest also immer noch", stellte er fest.

Luke nickte. „Ohne ein Buch schlafe ich nicht ein."

David lächelte versonnen. „Ich auch nicht. Amelia sagt, vor dem Schlafengehen kann man am besten lesen."

„Das würde ich nicht bestreiten."

Der Junge ging zu dem Bett, setzte sich auf den Rand und spielte mit den Seiten. „Ist es gut?"

„Bis jetzt, ja."

„Magst du Krimis?"

Luke nickte. „Sie entsprechen meinem Bedürfnis nach Recht und

Ordnung auf der Welt."

David zuckte zusammen, als hätten ihn die Worte erschreckt. Er schwieg eine ganze Weile. Dann sagte er beinahe schüchtern: „Es hat mir sehr gefallen, wenn du abends zu mir gekommen bist und mir vorgelesen hast."

„Mir ebenfalls, Davie. Es war eine schöne Zeit, nicht wahr?"

Davids Lächeln kehrte zurück. „Einige Kids halten es für reine Zeitverschwendung. Sie sagen, nur Schwächlinge oder Muttersöhnchen lesen, ohne es zu müssen."

„Das stimmt nicht."

„Ich weiß." David sah seinen großen Bruder eindringlich an. „Du liest ja auch. Aber du lässt dich von niemandem herumschubsen. Du bist tough. Sogar tougher als Snake. In der Schule wussten alle, dass du schlau bist. Dad sagte das auch. Trotzdem warst du kein Streber und bekamst keine Eins nach der anderen. Du bliebst immer cool."

Luke betrachtete seinen kleinen Bruder eindringlich. „Du meinst, ich legte mir ein Strafregister zu."

„Na ja. Ich meine, niemand kam dir in die Quere. Nicht mal die Erwachsenen. Jeder hatte Angst vor dir."

„Und das findest du cool?"

„Ja – sicher. Hier reden alle noch von dir." David richtete sich stärker auf. „So will ich auch werden. Jemand, den die Leute kennen – den sie respektieren."

Luke unterdrückte einen Seufzer. „David verwechsele bitte Respekt nicht mit einem schlechten Ruf. Natürlich ist es großartig, andere Kids zu beeindrucken. Aber irgendwann wirst du erwachsen. Und dann beeindruckt ein schlechter Ruf niemand mehr, auf den du Wert legst."

David runzelte die Stirn. „So was hast du früher nicht gesagt."

„Nein. Das begann erst, nachdem ich verzweifelt versuchte, meinen schlechten Ruf wieder loszuwerden und die Leute davon zu überzeugen, dass man mich nicht für alle Zeiten einsperren müsste." Er schob seinem Bruder einen der beiden Stühle hin, die vor einem kleinen Tisch am Fenster standen, und setzte sich ihm gegenüber. „Eingesperrt zu werden, mag in deinen Augen eine gute Möglichkeit sein, allen zu beweisen, wie tough man ist. Vielleicht findest du es aufregend oder absolut toll. Aber das ist es nicht, Davie. Es zieht dich unwahrscheinlich hinab."

„Du warst doch nicht lange im Gefängnis. Nur zwei Tage – wegen des Wagens."

Es würde nicht leicht werden. „Doch, Davie. Nachdem ich Santiago Beach verlassen hatte, verbrachte ich beinahe zwei Monate im Knast. Es war die schlimmste Zeit meines Lebens. Viel schlimmer als alles, was unsere liebe Mutter uns jemals angetan hat."

David riss erstaunt die Augen auf, und Luke hoffte inständig, dass er zu seinem Bruder durchgedrungen war. Niemand wusste besser als David, was er zu Hause durchgemacht hatte.

„Weshalb warst du im Gefängnis?"

„Das spielt jetzt keine Rolle", antwortete Luke, damit der Kleine gar nicht erst auf dumme Gedanken kam. „Glaub mir, es war die Hölle. So etwas willst du bestimmt nicht erleben."

David überlegte nicht lange. „Nein, ich möchte wirklich nicht im Gefängnis enden", erklärte er mit fester Stimme. „Aber wenn ich hier bleibe ..."

Pack deine Sachen und komm mit, hätte Luke am liebsten gesagt. Doch er hatte gelernt, dass Wünsche allein nicht genügten.

„Ich weiß, wie es ist, wenn man unbedingt raus möchte, Davie. Ich wünschte, ich könnte dir helfen. Aber Mutter würde es nicht erlauben. Sie würde dich niemals ausgerechnet mit mir gehen lassen."

„Dann laufe ich eben weg. Sie hätte keine Ahnung, dass ich bei dir bin."

„Bei mir würde sie dich als Erstes suchen."

„Aber ich kann nicht hierbleiben. Sie vermisst Dad kein bisschen. Manchmal tut sie, als hätte es ihn nie gegeben. Ich möchte leben wie du, frei und für mich selber verantwortlich. Ohne dass sie mir ständig im Nacken sitzt."

Luke wusste keine Antwort auf Davids Gefühle für seinen Vater. Deshalb konzentrierte er sich auf das, wovon er etwas verstand. „Ich bin kein Mensch, dem man nacheifern darf, Bruderherz. Unsere Mutter ist vielleicht nicht die Beste auf der Welt. Aber ich war damals auch nicht viel mehr wert."

„Sie hat dich zu dem gemacht, was du wurdest. Sie war so gemein zu dir."

Luke war richtig gerührt, dass sein Bruder ihn leidenschaftlich verteidigte. Trotzdem musste er ihm klarmachen, dass er kein Vorbild für ihn sein konnte.

„Ich darf nicht einmal über ihn reden", stieß David hervor und war den Tränen nahe. „Sie sagt, sie wäre mein Jammern leid. Ich soll end-

345

lich darüber hinwegkommen und erwachsen werden. Aber Dad fehlt mir. Er fehlt mir so sehr."

Ein schmerzlicher Knoten löste sich in Lukes Innerem. „Verdammt, du hast recht. Sie ist wirklich gemein", murmelte er. Er hatte inständig gehofft, seine Mutter würde sich gegenüber David anders verhalten. Da er der rechtmäßige Sohn ihres Ehemanns war, würde es der Junge besser haben. Inzwischen fragte er sich, ob sein Verdacht stimmte und David nur eine Versicherung dafür gewesen war, dass sein reicher Vater seine Mutter nicht wieder verließ.

„Siehst du?", rief David. „Ich habe es dir ja gesagt. Ich möchte mit dir kommen, Luke. Bitte. Ich werde dir nicht zur Last fallen, das verspreche ich. Du kannst mir viele Dinge beibringen. Wie man einen Wagen kurzschließt oder …"

„He warte mal!" Luke hob eine Hand. Offensichtlich musste er noch mehr Überzeugungsarbeit leisten. „Mutter hat mich zwar wie den letzten Dreck behandelt. Aber ich habe meine eigenen Entscheidungen getroffen. Meistens ziemlich schlechte. Dadurch habe ich alles noch schlimmer gemacht."

„Aber …"

„Glaub mir, Davie. Ich habe eine Menge Mist gebaut. Wenn du ein Vorbild möchtest, dann nimm deinen Vater dafür und nicht deinen verdorbenen Bruder. Dein Dad war ein großartiger Mensch. Er hat einen Sohn verdient, der so wird wie er."

David rührte sich nicht. In der nachfolgenden Stille klang das Klopfen an der Tür lauter, als es in Wirklichkeit war. Luke stand auf und überlegte, ob ihr hitziges Gespräch die Nachbarn gestört hatte. Er öffnete die Tür und blieb verblüfft stehen.

Amelia.

Sie starrte ihn eine ganze Weile schweigend an, und Luke wurde sich plötzlich bewusst, dass er nur seine stark verschlissenen Jeans trug. Im gelblichen Licht der Außenbeleuchtung sah er, dass sie heftig errötete. Endlich riss sie ihren Blick fort und senkte den Kopf.

„Hallo", sagte Luke leise.

„Hallo", antwortete Amelia, ohne aufzusehen. „Tut mir leid, dass ich störe. Aber …"

Luke holte tief Luft und überlegte, wie viel sie von dem Gespräch mitgehört hatte. Angesichts ihrer Verlegenheit wahrscheinlich eine ganze Menge.

„Amelia?", sagte David verblüfft.

„Darf ich hereinkommen?", fragte sie.

Wahrscheinlich war es das Dümmste, was er tun konnte. Trotzdem trat Luke beiseite und öffnete die Tür ganz. Außerdem: Was sollte schon mit David im Zimmer passieren?

„Hallo, David", sagte Amelia und betrat den Raum.

„Hallo", antwortete der Junge und stand auf. „Weshalb kommen Sie so spät noch hierher?"

„Dasselbe könnte ich dich fragen", sagte sie.

David schob das Kinn trotzig vor. „Ich wollte mit Luke reden. Ich habe doch wohl das Recht, meinen eigenen Bruder zu besuchen, oder?"

„Das nehme ich an."

„Ganz bestimmt", erklärte David. Es klang, als wollte er sich selber überzeugen. „Ich werde ihn nicht hassen, nur weil meine Mutter es tut."

„Hass ist niemals eine gute Grundlage", stimmte Amelia ihm zu. „Allerdings bin ich mir nicht sicher, ob Davonschleichen die richtige Lösung ist."

„Wie hätte ich mich denn sonst mit Luke treffen sollen? Außerdem wird sie es nie erfahren."

Amelia legte die Hand auf die Schulter des Jungen. „Ich fürchte, sie weiß es schon. Weshalb wäre ich sonst wohl hier?"

Gute Frage, dachte Luke und war enttäuschter, als er zugeben mochte.

„Sie haben mich gesucht?", fragte David verblüfft.

Amelia nickte. „Deine Mutter hatte mich angerufen."

David fluchte laut.

„Sie macht sich deinetwegen Sorgen."

„Sie werden ihr doch nicht verraten, wo ich bin?"

„Wenn du nach Hause gehst, wird es nicht nötig sein."

„Ich gehe nicht nach Hause. Nie wieder! Höchstens um meine Sachen zu holen. Ich gehe mit Luke."

Amelias Blick glitt zu Luke, der unmerklich den Kopf schüttelte. „Sie wird es herausfinden, David. Das Gesetz ist auf ihrer Seite."

„Das ist mir egal. Ich will bei Luke wohnen. Kann ich nicht selber bestimmen, wie und wo ich leben möchte?"

Luke holte tief Luft. „Amelia hat recht, Luke. Deine Mutter wird es erfahren und dich zurückholen. Wenn du nicht freiwillig mitkommst, wird sie die Polizei einschalten."

„Kannst du nicht mein Vormund sein? Du bist doch erwachsen und könntest das Sorgerecht für mich beantragen."

Luke strich mit der Hand durch sein Haar. Die nächsten Worte fielen ihm furchtbar schwer. Vor allem in Gegenwart von Amelia. Aber es musste sein. Er durfte seinen Stolz nicht zulasten von Davids Zukunft retten.

„Du erinnerst dich an meinen Ruf, auf den du so stolz bist?", fragte er den Jungen.

„Natürlich", antwortete David argwöhnisch.

„Er ist der Grund, weshalb kein Gericht der Welt dich mir anvertrauen würde. Nicht mit diesem Strafregister." Schmerzlich beobachtete er, wie Davids Hoffnung sich in Wut verwandelte.

„Das ist nicht fair!"

„Das Leben ist niemals fair", antwortete Luke bitter und bedauerte unendlich, den Jungen enttäuschen zu müssen.

David sah die beiden Erwachsenen einen Moment zornig an. Dann sprang er auf und war aus der Tür, bevor ihn jemand aufhalten konnte.

Amelia wollte ihm nacheilen.

„Lassen Sie ihn gehen", sagte Luke leise und trat zu ihr.

„Nein. Er ist viel zu durcheinander."

„Ich weiß, dass Sie ihm helfen möchten. Aber Sie würden die Sache nur schlimmer machen", fuhr er fort.

„Es ist mitten in der Nacht. Er könnte in Schwierigkeiten geraten."

„Er wird sich ein Versteck suchen, wo er allein sein kann und mit niemandem zu reden braucht."

„Aber …"

Luke fasste vorsichtig ihre Schultern. „Glauben Sie mir, ich weiß, wovon ich rede. David muss jetzt eine Weile allein sein."

Amelia sah ihn lange schweigend an. Endlich entspannte sie sich ein wenig. „Und wenn er davonläuft?"

„Ich glaube nicht, dass er schon so weit ist."

Sie sah ihn eindringlich an. „Und wenn Sie sich irren?"

Dann hänge ich mich auf, dachte Luke. „Falls ich mich irre, wird man mir die Schuld dafür geben, dass mein Bruder vom richtigen Weg abgekommen ist", sagte er laut.

Amelia senkte den Blick. Luke hatte recht. Die Leute redeten jetzt schon davon, dass David wie sein älterer Bruder werden könnte.

„Ich verstehe das nicht", antwortete sie. „Er war erst sieben, als Sie gingen."

„Ja. Aber ich bin ein wunderbares Vorbild für ihn, dem er nacheifern möchte."

Amelia trat nervös von einem Fuß auf den anderen. „Es ist spät. Ich sollte gehen", sagte sie plötzlich.

„Der *Coffeeshop* des Motels ist rund um die Uhr geöffnet. Möchten Sie einen Kaffee, bevor Sie gehen?" Als sie zögerte, fügte er hinzu: „Vielleicht fällt uns etwas ein, was wir wegen David unternehmen können."

Endlich nickte sie lächelnd. „Einverstanden."

Sie betraten das kleine Café, und Amelia blickte zu dem Münztelefon neben der Tür. „Ich glaube, wir sollten Jackie Hiller anrufen", sagte sie.

„Fürchten Sie, dass sie sich Sorgen macht?", fragte Luke spöttisch.

„Nein. Eher, dass sie die Polizei verständigt", antwortete sie und ging zu dem Apparat.

Kurz darauf saßen sie sich mit einer dampfenden Tasse Kaffee gegenüber.

„Ich kann in dieser Stadt nichts gewinnen", sagte Luke plötzlich. „Ich hätte nicht herkommen sollen."

„Doch, das war richtig", antwortete Amelia so bestimmt, dass er sie verblüfft ansah.

„Weshalb?"

„Später, wenn er ruhiger geworden ist, wird es David viel bedeuten. Selbst wenn Sie seinen Wunsch nicht erfüllen konnten."

„Das kann ich mir nicht vorstellen."

Sie sah ihn eindringlich an. „Hätte es Ihnen etwas bedeutet, wenn Ihr Vater zu Ihnen gekommen wäre, selbst wenn er Sie nicht hätte mitnehmen können?"

Ich hätte mein restliches Leben davon gezehrt, dachte Luke zu seinem eigenen Erstaunen. Er schien stärker auf diesen unbekannten irischen Vater fixiert zu sein, als er bisher angenommen hatte.

„Ja", gab er endlich mit gepresster Stimme zu. „Es hätte mir etwas bedeutet."

Amelia nickte. „Genauso wird es David eines Tages ergehen."

„Sie meinen, je älter wir werden, mit desto weniger geben wir uns zufrieden?"

„Man könnte es so ausdrücken. Meiner Ansicht nach sollte man lieber das Beste aus dem machen, was man hat, anstatt seine Kraft und seine Energie auf unerreichbare Dinge zu verschwenden."

Luke strich mit dem Finger seitlich seine Tasse hinauf und hinab. „Spricht die Stimme der Erfahrung aus Ihnen?"

Amelia trank einen weiteren Schluck Kaffee und stellte ihre Tasse wieder hin. „In gewisser Weise ja. Ich habe immer davon geträumt, eine furchtlose Abenteurerin zu sein, risikobereit und unerschrocken … Stattdessen bin ich das genaue Gegenteil davon. Und ich habe gelernt, mich damit abzufinden."

Luke sah sie über den Tisch an. Das unerwartete Geständnis verwunderte ihn, zumal es von einer Frau kam, die einen Messer schwingenden Kerl namens Snake mit einem Buch abgelenkt hatte.

„Ich glaube, Sie könnten sich ein ganz kleines bisschen irren, Ms Blair", sagte er endlich.

Sie sah ihn wieder an. „Inwiefern?"

„Was Ihre Risikobereitschaft betrifft."

„Wohl kaum. Das größte Risiko, das ich jemals eingegangen bin, war der Besuch eines Colleges hundert Meilen von zu Hause entfernt."

„Abgesehen von der Tatsache, mitten in der Nacht mit dem stadtbekannten Schurken von Santiago Beach in aller Öffentlichkeit eine Tasse Kaffee zu trinken", meinte Luke trocken.

Sie sah ihn scharf an, und er lächelte breit.

Langsam, wie Sonne in der Dämmerung über dem Horizont aufsteigt, glitt ein Lächeln über ihr Gesicht.

„Genau", sagte sie.

Luke hatte das Gefühl, ein kleines Wunder geschafft zu haben.

7. KAPITEL

Am nächsten Mittag stellte Amelia fest, dass Lukes scherzhafte Bemerkung stärker der Wahrheit entsprach, als sie vermutet hätte. Mit dem *stadtbekannten Schurken von Santiago Beach* eine Tasse Kaffee getrunken zu haben, erwies sich als das größte Risiko, das sie jemals eingegangen war. Zumindest nach der Reaktion der Leute zu urteilen.

Offensichtlich hatte die Kellnerin sie erkannt und überall die Nachricht verbreitet, dass die ehrbare Buchhändlerin zu einer äußerst verdächtigen Uhrzeit mit dem höchst unehrenhaften Luke McGuire in einem *Coffeeshop* gesessen hatte. Noch dazu im *Coffeeshop* eines Motels!

Die meisten Bewohner von Santiago Beach, die davon erfuhren, fühlten sich verpflichtet, in die Buchhandlung zu gehen und Amelia zu fragen, was in aller Welt sie sich dabei gedacht hätte.

Zunächst hatte sie Luke verteidigt. Immerhin hatte der junge Mann selbstlos versucht, seinem Bruder klarzumachen, dass er nicht als Vorbild taugte. Es war ihm furchtbar schwergefallen. Aber er hatte es um Davids willen getan.

Aber niemand hatte es hören wollen. Die Meinung der Leute über Luke stand längst fest. Das musste sie akzeptieren. Mrs Clancy hatte sie sogar ernsthaft gewarnt, ihr guter Ruf könnte auf dem Spiel stehen, wenn sie so weitermachte. Am Ende würde man ihr noch eine leidenschaftliche Affäre mit Luke andichten.

Amelia durchrieselte es glühend heiß. Stöhnend presste sie die Finger an ihre geröteten Wangen. Dabei war der Gedanke völlig absurd. Eine leidenschaftliche Affäre ganz gleich mit welchem Mann passte absolut nicht zu ihr. Die Vorstellung, so etwas mit Luke zu haben, war … atemberaubend, reizvoll und äußerst verlockend … ausgesprochen erregend, gab sie zu und verzog das Gesicht.

Durchlief es sie deshalb plötzlich so heiß? Ihre Erfahrungen mit Männern waren äußerst begrenzt: Eine Romanze auf der Highschool war zu Ende gewesen, bevor sie richtig begonnen hatte, weil sie nicht mit dem Jungen ins Bett steigen wollte. Eine weitere Beziehung auf dem College war zusammengebrochen, als eine Exfreundin wieder auftauchte. Und der letzte Mann, mit dem sie unmittelbar nach dem Tod ihres Vaters ins Bett gegangen war, weil sie etwas gesucht hatte, um ihre innere Leere wieder zu füllen, hatte nicht den Krankenpfleger spielen wollen.

So etwas wie jetzt hatte sie noch nie erlebt. Schon bei dem Gedanken ...

Luke McGuire und sie? Die unscheinbare, schüchterne Amelia Blair? Das war unmöglich. Schlimmer noch, es war absurd. Kein Wunder, dass die Leute schockiert waren.

Um sich abzulenken, rief Amelia Jackie Hiller an, erreichte aber nur den Anrufbeantworter.

Die Türglocke läutete, und die Stimme des Enterprise Computers kündete einen Kunden an. Amelia sah auf und entdeckte Luke. Ihr Lächeln vertrieb seine trüben Gedanken sofort.

Was ist mit mir los? überlegte er.

„Hallo", sagte sie in einem Ton, der zu ihrem lächelnden Gesicht passte, und seine Brust zog sich seltsam zusammen.

„Hallo", erwiderte er.

Einen Moment standen sie beide schweigend da. Zum Glück ahnte er nicht, wie verlegen sie war.

„Kommen Sie wegen des Wechselgeldes?", fragte Amelia endlich.

„Nein, ich musste in den Waschsalon und ein paar Sachen reinigen. Ich dachte, ich sehe mal vorbei, während die Maschine läuft."

„Sie hatten nicht vor, solange zu bleiben, nicht wahr?"

Seine Mundwinkel zuckten. „Nein. Aber in Santiago Beach verlaufen die Dinge nie ganz so, wie ich erwarte."

Hat die Frau lange Wimpern, stellte er plötzlich fest. Sie mussten echt sein. Amelia war keine Frau, die Tonnen von Make-up auflegte. Außerdem zeigte ihre Nase ein bisschen nach oben.

Energisch rief er sich zur Ordnung und fuhr fort: „Ich dachte, Sie wüssten vielleicht, ob David wieder zu Hause ist."

Amelia runzelte die Stirn, und er bemerkte ihre volle weiche Unterlippe. Mühsam konzentrierte er sich auf ihre Worte.

„Ich habe gerade versucht, mich zu erkundigen. Aber bei Ihrer Mutter meldete sich nur der Anrufbeantworter. Natürlich könnte David trotzdem zu Hause sein und ist einfach nicht an den Apparat gegangen. Vielleicht sollten Sie selber anrufen ..."

Luke schüttelte den Kopf. „Mein Bruder ist garantiert noch sauer auf mich."

„Er wird darüber hinwegkommen", versicherte Amelia ihm. Es

klang, als wollte sie ihm Mut machen.

Oder mich trösten, dachte Luke und überlegte, auf welche Weise er gern von Amelia getröstet werden würde. „Irgendwann vielleicht", antwortete er, bevor seine Gedanken zu stark abschweiften. „Er hat keinen Grund, mir zu trauen. Nur ein paar alte Erinnerungen."

„Und zwar fast nur gute", erwiderte sie. „Sobald seine Verärgerung verflogen ist, wird er erkennen, dass allein schon Ihr Kommen ein hervorragender Grund ist, Ihnen zu vertrauen."

„Sie sind eine unverbesserliche Optimistin", sagte Luke kopfschüttelnd.

Diesmal zuckte sie mit den Schultern. „Eigentlich nicht. Aber ich bin auch nicht pessimistisch."

Die Computerstimme ertönte erneut, und sie drehten sich beide zur Tür.

Es war David.

Der Junge kam mit gesenktem Kopf näher und wirkte furchtbar niedergeschlagen. Er trug noch dieselben Sachen wie gestern Abend. Also war er nicht zu Hause gewesen. Aber er war hier, und das war ein gutes Zeichen.

Endlich sah er auf und merkte erst jetzt, dass Amelia nicht allein war. Wie angewurzelt blieb er stehen und sah seinen Bruder feindselig an.

„Immer noch wütend auf mich?", fragte Luke.

„Ich hatte fest darauf vertraut, dass du kommen und mich hier rausholen würdest."

„Hat deine Mutter dir nicht gesagt, dass man mir nicht vertrauen darf?"

„Doch. Aber ich habe ihr nicht geglaubt", antwortete David.

„Und jetzt denkst du, dass sie die ganze Zeit recht hatte."

David runzelte die Stirn und blickte Amelia beinahe flehentlich an. Luke erkannte, dass sie jetzt die bessere Gesprächspartnerin für den Jungen war. „Ich muss mich um meine Wäsche kümmern", erklärte er daher.

Sie nickte ihm zu, und er merkte, dass sie verstanden hatte. Hoffentlich gelang es ihr, zu David durchzudringen.

„Wäsche", wiederholte David verächtlich.

Luke zuckte innerlich zusammen, ließ sich aber nicht beirren. Nie hätte er gedacht, dass die Verachtung des Fünfzehnjährigen ihn so tief treffen könnte. Vielleicht hatte ihm die Verehrung als Held mehr gefallen, als ihm bewusst gewesen war.

353

„Er wird sich bestimmt fangen, Luke. Ich bin mir völlig sicher."

Amelia trank einen Schluck Mineralwasser, das Luke zusammen mit einem Chinagericht für zwei Personen aus dem Restaurant unten an der Straße mitgebracht hatte. Er war kurz nach sechs Uhr überraschend aufgetaucht, und sie war sehr erfreut, ja geschmeichelt gewesen. Ihr Magen hatte vor Hunger geknurrt, denn sie hatte David ihren Lunch überlassen, der seit gestern nichts gegessen hatte. Inzwischen war ihr klar geworden, dass Luke nur erfahren wollte, wie das Gespräch mit David verlaufen war.

Trotzdem war es nett, dass er etwas zu essen mitgebracht hatte.

Luke lehnte sich auf dem Besucherstuhl zurück und legte die Füße auf den Schreibtisch. Er hielt einen kleinen weißen Karton mit gebratenem Reis und Shrimps in der Hand und aß erstaunlich geschickt mit den Stäbchen.

„Hauptsache, er ist nach Hause gegangen, damit seine Mutter nicht die Polizei auf ihn hetzt", sagte er.

Amelia merkte, dass er aus bitterer Erfahrung sprach. So etwas hatte er bestimmt mehr als einmal erlebt. Sie stellte ihr Glas auf den Tisch. „Er hatte es versprochen."

Dass David immer noch tief enttäuscht von seinem großen Bruder war, erwähnte sie nicht. Auch nicht, dass er nur nach Hause zurückkehren wollte, weil er erst Geld sparen musste, bevor er ausrücken konnte. Nachdem Luke ihn im Stich gelassen hatte, müsste er jetzt für sich selber sorgen, hatte er erklärt.

„Und was jetzt?", fragte sie.

Luke aß einen Shrimp und antwortete beinahe kläglich: „Keine Ahnung. Wahrscheinlich sollte ich schleunigst von hier verschwinden. Ich erreiche doch nichts und mache wahrscheinlich alles noch schlimmer."

„Äußerlich mag es so aussehen", meinte Amelia. Sie stocherte in ihrem letzten Reis und wünschte, sie könnte Luke ein bisschen Hoffnung machen. Sie wollte nicht, dass er die Stadt mit dem Gefühl verließ, gescheitert zu sein und seinen armen Bruder noch verzweifelter gemacht zu haben.

Er sollte Santiago Beach überhaupt nicht verlassen.

Punkt.

Plötzlich wurde Amelia glühend rot. Rasch wandte sie sich ab und warf ihre leere Schachtel in den Abfalleimer. Was war sie manchmal doch für ein Dummkopf.

Aber sie würde es wirklich bedauern, wenn Luke ging. Sie wurde es niemals leid, ihn anzusehen. Seine kaum beherrschte Wildheit, die Art, wie er sich bewegte und manchmal in die Weite schaute, als blickte er zu einem fernen Horizont, rührte etwas in ihr an, von dessen Existenz sie bisher nichts geahnt hatte. Außerdem schmeichelten ihr seine Aufmerksamkeiten, obwohl sie wusste, dass seine Sorge um David der eigentliche Grund dafür war.

Bevor sie länger über ihre eigene dumme Reaktion nachdenken konnte, verkündete der Enterprise-Computer die Ankunft eines neuen Kunden, und sie stand auf.

„Ich bin gleich zurück", erklärte sie und ging in den Laden.

Ihr Herz setzte einen Schlag aus, als sie Jim Stavros bemerkte. Der Polizist war erst vorgestern da gewesen und kam normalerweise nur alle vierzehn Tage. Außerdem war er in Uniform.

„Hallo, Jim", sagte Amelia so fröhlich wie möglich. „Ich hoffe, dies ist kein dienstlicher Besuch?"

„Nein, eigentlich nicht. Ich habe im Moment Nachtdienst."

Der Unterton in seiner Stimme gefiel ihr nicht. Jim klang, als fühlte er sich ziemlich unbehaglich. „Probleme mit Ihrem Buch?"

„Nein, nichts dergleichen." Er fingerte an dem Schlüsselring an seinem Gürtel.

„Was ist es dann?", forschte sie nach, als er nicht weitersprach.

Jim atmete tief durch, und Amelia überlegte, was diesen großen, kräftigen, gebieterischen Polizisten so nervös gemacht haben könnte. „Ich habe gehört, dass Sie sich ein- oder zweimal mit Luke McGuire getroffen haben", stieß er endlich hervor.

Oh nein, nicht noch jemand, dachte sie.

„Ich wollte nur …"

„Mich warnen?", fragte Amelia.

„Ja. Ich mag Sie, Amelia. Und ich möchte verhindern, dass Sie Probleme bekommen."

Es fiel ihr schwer, Jim böse zu sein, wenn er es so ausdrückte. Aber er war nur der letzte einer langen Reihe wohlmeinender Ratgeber, die heute gekommen waren, und es reichte ihr allmählich.

„Ich bin Ihnen für Ihre Sorge aufrichtig dankbar, Jim. Was Luke in der Vergangenheit auch angestellt haben mag – oder nicht –, zu mir war er immer sehr nett."

„Das mag ja stimmen. Lassen Sie sich trotzdem nicht täuschen", erklärte Jim unheilvoll. „Es ist ziemlich unwahrscheinlich, dass er sich geändert hat."

„Aber es ist nicht unmöglich."

„Vielleicht nicht. Wissen Sie eigentlich, womit er derzeit seinen Lebensunterhalt verdient?"

„Nein." Erst jetzt wurde Amelia klar, dass sie Luke nie danach gefragt hatte. „Wissen Sie es?"

„Nein, ich weiß es auch nicht. Aber ich kann es mir denken."

„Und Sie verurteilen ihn auf Verdacht?"

„Auf einen berechtigten Verdacht", verbesserte Jim sie. „Seien Sie bitte vorsichtig. Ich weiß, dass Sie und sein Bruder sich nahe stehen. Etwas anderes steckt wahrscheinlich nicht dahinter. Aber Joann wollte, dass ich vorsichtshalber mit Ihnen rede."

Na großartig, dachte Amelia. Gleich eine doppelte Warnung. „Richten Sie Ihrer Frau bitte meinen Dank für ihre Sorge aus", sagte sie.

Nachdem Jim gegangen war, kehrte Amelia nachdenklich ins Büro zurück. Luke trank gerade sein restliches Mineralwasser aus.

„Vielen Dank für das Abendessen", sagte sie betont fröhlich. „Es ist sehr angenehm, wenn man zu Hause nicht mehr zu kochen braucht."

„Gern geschehen."

„Ich räume schnell auf und bringe den Abfall nach draußen." Meine Güte, ich rede ja wie ein Wasserfall, dachte sie.

Luke schwieg eine ganze Weile. „Jim hat recht", sagte er endlich. „Sie sollten wirklich vorsichtiger sein, was mich betrifft. Sie wissen absolut nichts von mir."

Amelia richtete sich hoch auf. „Ich weiß, dass Sie eine Menge für Ihren Bruder empfinden; dass Sie allen Grund hatten, ein bisschen durchzudrehen und Ihre Mutter zu verabscheuen. Außerdem stimmt es, was ich gesagt habe. Sie waren immer sehr nett zu mir."

Sie ließ ihn nicht aus den Augen und merkte, dass seine trotzige Miene weich wurde. Als er sprach, klang seine Stimme beinahe unerträglich freundlich. „Ist das wirklich die gefügige, stille Amelia Blair, von der ich gehört habe?"

„Vielleicht bin ich es leid, immer gefügig zu sein", antwortete Amelia schnippisch.

„Proben Sie den Aufstand?"

„Ich ignoriere nur einen unerwünschten Rat."

Luke lächelte so träge, dass ihr Puls zu rasen begann. Dann stand er auf und bewegte sich geschmeidig wie ein Raubtier.

Hör auf, schalt Amelia sich. Der Mann ist einfach nur aufgestanden.

„Bekommen Sie in letzter Zeit viele Ratschläge?", fragte er.

„Zu viele", antwortete sie und zügelte ihren aufflammenden Zorn. Schließlich war es Luke und nicht sie, der mit dem Gerede in Santiago Beach leben musste.

„Das hat ja nicht lange gedauert", meinte er ruhig. Langsam ging er um den Schreibtisch herum und blieb vor ihr stehen.

Er war viel zu nahe! Sie spürte seine Hitze, roch den herben Duft seiner Seife und bekam plötzlich kaum noch Luft. Als er die Arme hob und ihr Gesicht zwischen beide Hände nahm, stockte ihr der Atem.

„Niemand ist hier jemals so für mich eingetreten wie Sie."

Er beugte sich vor und küsste sie federleicht auf die Stirn. Amelia errötete heftig. Sie hätte nicht sagen können, ob es daran lag, dass er sie wie ein Kind oder wie eine kleine Schwester küsste, oder weil es sie schon bei der geringsten Berührung seiner Lippen glühend heiß durchrieselte.

Bevor sie zu einem Schluss kommen konnte, beugte er sich erneut vor und küsste sie diesmal zärtlich auf die Nasenspitze. Eindeutig wie eine Schwester, stellte sie fest. Trotzdem wurde ihr wieder heiß.

Amelia hatte sich kaum noch unter Kontrolle. Als Luke sich etwas zurückbog und auf ihren Mund starrte, hielt sie es fast nicht mehr aus und hätte den Abstand zwischen ihnen am liebsten geschlossen.

Im nächsten Moment senkte er den Kopf und streifte mit den Lippen ihren Mund. Da wurde ihr klar, dass die Hitze, die sie gerade empfunden hatte, nur ein erstes leises Züngeln gewesen war.

Lukes Lippen waren warm und fest. Aber das war nicht der alleinige Grund, weshalb unzählige Empfindungen ihren Körper durchströmten. Es lag auch an der Art, wie sein Mund träge und verlockend ihre Lippen streifte.

Sie hörte ein leises Stöhnen und staunte, dass es von ihr selber stammte. Luke schien es als gutes Zeichen zu betrachten und vertiefte seinen Kuss. Seine unglaublich heiße, erotische Zunge strich über ihre Lippen, und sie keuchte vor lustvollem Schreck. Ohne zu überlegen, öffnete sie den Mund, und er drang tastend tiefer ein. Plötzlich spürte sie ein Beben, von dem sie nicht sagen konnte, ob es bei ihr oder bei ihm begonnen hatte.

Endlich brach er den Kuss ab und richtete sich auf. Amelia unterdrückte den Protest, der über ihre Lippen wollte, und konnte nicht glauben, was sie getan hatte. Luke starrte sie an, und sein Atem ging stoßweise. Nur die Verblüffung in seinen Augen rettete sie vor der tiefsten Verlegenheit.

„Verdammt", murmelte er.

Allerdings, dachte sie und war außerstande, einen zusammenhängenden Satz herauszubringen.

Sie konnte immer noch nicht sprechen, als er kurz darauf eine Entschuldigung stammelte und aus dem Laden floh. Erst als sie das Motorrad draußen aufheulen hörte, atmete sie erleichtert auf und sank auf ihren Stuhl.

So ist das also, dachte sie, noch ein bisschen benommen. All die Jahre hatte sie sich gefragt, was sie an den bösen Jungen so faszinierte. Jetzt wusste sie es.

Luke küsste wie ein gefallener Engel.

Die Lampe an seinem Telefon blinkte, als Luke eine ganze Weile später in sein Motel zurückkehrte. Sie zeigte an, dass eine Nachricht für ihn bei der Rezeption lag. Er hatte eine lange Fahrt die Canyon Road hinauf gemacht, um wieder einen klaren Kopf zu bekommen. Er spürte immer noch Amelias Mund unter seinen Lippen. Und der unterdrückte Schrei, den sie ausgestoßen hatte, hallte in seinen Ohren nach.

Er brauchte unbedingt mehr Abstand zu der explosiven Frau, die ein loderndes Feuer unter ihrer stillen, scheuen Schale verbarg.

Entschlossen durchquerte Luke das Zimmer und wählte die Nummer der Rezeption. „Sie haben eine Nachricht für mich?", fragte er.

„Ja", antwortete eine Frauenstimme, und er hörte das Rascheln von Papier. „Sie ist von Amelia Blair und lautet: David ist nach Hause zurückgekehrt. Er hat einen Monat Hausarrest bekommen."

Luke atmete erleichtert auf. Ein Monat Hausarrest war eine verhältnismäßig milde Strafe verglichen mit dem, was er früher von seiner Mutter auferlegt bekommen hatte. „Danke", sagte er und legte auf.

8. KAPITEL

*D*er Junge wird genauso enden wie sein älterer Bruder. Sie werden es erleben."

Das muss eine Schallplatte sein, dachte Amelia. Mrs Clancy kam regelmäßig in ihren Laden, aber niemals drei Mal die Woche. Diesmal hatte die Frau gar nicht erst so getan, als wollte sie etwas kaufen, sondern war direkt zur Sache gekommen.

„Mein George hat heute Morgen mit Mrs Hanson aus dem Haushaltswarengeschäft gesprochen. Sie ist sicher, dass der Hiller-Junge und seine Freunde die Schaufensterscheibe eingeschlagen haben. Das Feuer im Abfallcontainer hinter der Bibliothek und die Zerstörung des Spielplatzes im Park gehen bestimmt auch auf deren Konto."

„David hat Hausarrest", sagte Amelia. Vielleicht sollte sie das nicht verraten, aber sie musste der Frau unbedingt den Wind aus den Segeln nehmen.

„Nun, das hindert ihn nicht daran, sich mit seinen Freunden zu treffen", erklärte Mrs Clancy angewidert. „Ich habe ihn und die anderen Bengel gestern Abend gesehen, als wir aus dem Kino kamen. Es war beinahe Mitternacht."

Amelia runzelte die Stirn. „Sind Sie sicher, dass es David war?"

„Natürlich bin ich das. Ich kann noch recht gut sehen, meine Liebe."

Wenn Mrs Clancy recht hatte, musste David sich davongeschlichen haben. Dann bekam er garantiert noch mehr Ärger.

„Sie treffen sich doch nicht mehr mit diesem Kerl?", forschte die Frau weiter.

„Mit David?", fragte Amelia.

„Machen Sie sich nicht über mich lustig", warnte Mrs Clancy sie. „Sie wissen genau, wen ich meine."

Amelia wollte sich Mrs Clancy nicht zur Feindin machen. Deshalb beschloss sie, die Wahrheit zu sagen, auch wenn sie nicht besonders glücklich darüber war. Nach dem Kuss hatte sie nichts mehr von Luke gehört oder gesehen. Und sie mochte die Gründe nicht, die ihr dazu einfielen.

Ich habe wie eine ausgehungerte Jungfrau regiert, die plötzlich geweckt wurde. Kein Wunder, dass Luke davongerannt ist, dachte sie.

„Nein. Ich habe Luke nicht mehr gesehen", antwortete sie ehrlich.

„Sie müssen an Ihren Ruf denken", fuhr Mrs Clancy unbeirrt fort.

„Die Leute werden reden."

„Danke, dass Sie mich darauf hinweisen", sagte Amelia spöttisch.

„Wir sind ziemlich sicher, dass er hinter dem Vandalismus steckt. So etwas hat er früher auch immer angestellt."

Eben waren Sie noch sicher, dass es David war, dachte Amelia verärgert. Mrs Clancy war eine ihrer besten Kundinnen. Sie hatte sie bisher für eine eigenwillige, aber tief im Herzen gutmütige Frau gehalten. Wenn sie ihr noch ein einziges Mal erklärte, was für ein nichtsnutziger Kerl Luke wäre, würde sie aus der Haut fahren.

„Erinnern Sie sich an Ihre Gardenie, Mrs Clancy?", unterbrach Amelia das Gezeter der Frau.

„Meine Gardenie?", fragte Mrs Clancy verblüfft.

„Ja. Erinnern Sie sich, wie viel Mühe Sie zunächst mit ihr hatten? Wie viele Bücher Sie zurate ziehen mussten, bis Sie den richtigen Boden und die besten Bedingungen herausfanden, damit die Pflanze blühen konnte?"

„Ja, natürlich. Es hat beinahe drei Jahre gedauert. Dafür ist sie jetzt die schönste Gardenie in der ganzen Stadt, wenn nicht im ganzen Bezirk."

„Weshalb haben Sie damals nicht aufgegeben?"

„Wieso? Ich brauchte nur die richtige Zusammensetzung und die richtige Pflege zu finden, damit sie gedeihen konnte."

„Würden Sie sagen, dass die Pflanze ihren ursprünglichen Zustand erheblich verändert hat?"

„Ja – sicher."

„Wenn Pflanzen sich verändern können, Mrs Clancy, weshalb dann nicht auch Menschen?"

Es dauerte einen Moment, bis die Frau verstanden hatte. Dann runzelte sie die Stirn und erklärte eigensinnig: „Sie haben ein viel zu weiches Herz, meine Liebe. Luke McGuire wird sich niemals ändern."

„Ich wette, Sie hatten längst vergessen, dass er Ihren Garten einmal zerstört hatte. Luke wusste es noch genau. Es ist zehn Jahre her, und trotzdem hatte er immer noch ein schlechtes Gewissen."

„Mit gutem Grund."

„Verstehen Sie nicht?", fragte Amelia eindringlich. „Wenn er wirklich so schlecht wäre, wie Sie ihn darstellen, würde er keinen einzigen Gedanken daran verschwenden."

Mrs Clancy öffnete den Mund und schloss ihn wieder. Kurz darauf verließ sie den Laden.

Amelia brachte gerade ihre Buchhaltung auf den neuesten Stand, als die vertraute Stimme von Mr Spock ihr einen neuen Kunden ankündigte. Mit klopfendem Herzen blickte sie auf.

Es war David.

Der Junge sah so verwildert aus, als wäre er tatsächlich die ganze Nacht draußen gewesen. Plötzlich wusste Amelia nicht, wie sie sich verhalten sollte. Je näher der Junge an den Abgrund geriet, desto stärker fürchtete sie, sie könnte ihn unabsichtlich hinunterstürzen. „Alles in Ordnung?", fragte sie daher nur, als er vor ihrem Tresen stehen blieb.

David zuckte mit den Schultern.

Sie versuchte es erneut. „Ich habe gehört, du hättest Hausarrest."

Wieder zuckte er mit den Schultern. „Das ist nicht so schlimm, wenn man weiß, wie man ihn umgehen kann."

„Und wie kannst du ihn umgehen?"

Ein drittes Schulterzucken. David gab sich größte Mühe, so zu tun, als wäre ihm die Strafe völlig gleichgültig. „Meine Mutter glaubt, ich wäre in der dummen Sommerschule. Außerdem ist sie wieder auf einem ihrer Kreuzzüge. Deshalb ist es ihr im Grunde egal, ob ich zu Hause bin."

„David …"

„Versuchen Sie gar nicht erst, mich vom Gegenteil zu überzeugen. Sie wissen, dass ich recht habe."

„Ich habe nicht die Absicht, deine Meinung zu ändern, David", sagte Amelia. Sie wollte die Schwierigkeiten des Jungen mit seiner Mutter nicht vergrößern. Trotzdem sollte er wissen, dass sie seinen Verdacht teilte. „Wenn du schon glaubst, dass du es schwer hast, wie muss Luke sich dann erst fühlen? Seine Mutter beschuldigt ihn, ihr Leben ruiniert zu haben."

„Ja. Als ob sie einen Grund dafür hätte. Sie führt solch ein cooles Leben", antwortete David spöttisch.

„Erinnerst du dich an deine Großmutter?"

„Eigentlich nicht. Ich war noch ganz klein, als sie starb. Meine Mutter spricht fast nie von ihr. Ich glaube, sie war eine ziemliche Hexe." Er warf Amelia einen Seitenblick zu. „Wahrscheinlich ist meine Mutter deshalb so geworden, wie sie ist."

„Das macht es für dich nicht leichter, oder?", sagte sie mitfühlend.

„Vermutlich war die alte Hexe auch zu Luke gemein."

Wenn David das glaubt, bekommt er vielleicht mehr Verständnis für seinen Bruder, überlegte Amelia.

361

„Weshalb fragst du ihn nicht einfach danach?", schlug sie vor. Als er nicht antwortete, fügte sie hinzu: „Oder redest du immer noch nicht mit ihm?"

David starrte auf den Tresen. „Ich dachte, er würde mich verstehen und hier herausholen."

„Er versteht dich durchaus. Leider stimmte es, was er gesagt hat. Keine Behörde würde ihm das Sorgerecht für dich geben. Er hat die Gesetze nicht gemacht, David."

Der Junge hob den Kopf. „Nein, aber er lebt plötzlich danach."

„Möchtest du, dass er deinetwegen die Gesetze bricht und erneut in Schwierigkeiten gerät?"

David blickte unbehaglich drein. Allzu wütend konnte er nicht auf seinen Bruder sein. Amelia beschloss, diese Tatsache zu nutzen.

„Oder möchtest du selber in Schwierigkeiten geraten, damit er sich noch schuldiger fühlt, weil er ein schlechtes Beispiel für dich war?"

David riss kurz die Augen auf und blickte rasch beiseite. Amelia merkte, dass sie einen empfindlichen Nerv getroffen hatte.

„Einige Leute geben deinem Bruder die Schuld an allem, was in Santiago Beach geschieht. Meinst du nicht, dass er auch ohne dich schon genügend Ärger hat?"

„Ich kann doch nichts dafür, wem sie die Schuld geben", sagte David. Das war zwar kein Geständnis, kam einem solchen aber ziemlich nahe. Amelia wechselte ihre Taktik.

„Vielleicht kümmert sich deine Mutter wirklich nicht so um dich, wie sie sollte. Vielleicht hat sie es nie gelernt. Aber mir bist du nicht gleichgültig. Und dein Bruder empfindet ebenfalls eine Menge für dich."

„Ja?", fragte David ungläubig.

„Er sagte, du wärst die einzige gute Erinnerung, die er an diese Stadt hätte. Vermutlich hat er von Anfang an gewusst, dass er dich nicht mitnehmen konnte. Trotzdem ist er gekommen."

David betrachtete sie aufmerksam. „Wie kommt es, dass Sie anders sind? Dass Sie meinen Bruder nicht für seine Taten hassen?"

„Ich habe damals noch nicht hier gewohnt."

„Eine Menge andere Leute auch nicht. Aber sie haben schlimme Dinge über Luke gehört und glauben alles."

„Ich versuche, die Menschen nicht nach dem Hörensagen zu beurteilen", sagte Amelia. „Wahrscheinlich hatte ich immer schon eine Schwäche für Unterprivilegierte."

Oder für böse Jungen, fügte sie stumm hinzu. Da sie äußerst behütet aufgewachsen war, hatten sie Menschen, denen es nicht so gut ging wie ihr, immer fasziniert. Es konnte nicht schaden, wenn man auch die andere Seite des Paradieses kannte.

Mr Spocks Stimme ertönte erneut, und Amelia blickte hoffnungsvoll auf. Wenn es Luke war … Im Moment stand David seinem Bruder ziemlich positiv gegenüber.

Doch es waren Snake und seine Bande.

Amelia war sofort auf der Hut.

„He, Hiller-Mann, was machst du denn hier?"

„Ich häng' bloß so rum", antwortete David. Seine Haltung wurde plötzlich lässig, und er blickte überheblich drein.

„Sie ist ein bisschen zu alt für dich, meinst du nicht?", fragte ein anderer Junge kichernd.

„Und langweilig wie ihre Bücher", sagte Snake und warf Amelia einen Blick zu, der sie lebhaft an das Messer erinnerte, das er zweifellos in der Tasche trug.

„Wenn du mit uns zusammen sein willst, kannst du nicht hierher kommen", wandte er sich an David. „Das würde aussehen, als wärst du ein Weichei."

„Ja, sicher", stimmte der Junge ihm achselzuckend zu.

„Komm, Mann. Wir müssen unsere Pläne vor Mitternacht fertig haben."

„Sicher", sagte David erneut und ließ Amelia mit größeren Sorgen als jemals zuvor allein.

„Werden Sie noch viel länger bei uns bleiben?"

„Ich weiß es noch nicht", antwortete Luke und reichte dem Hotelmanager die Summe für eine weitere Übernachtung. Die beiden letzten Tage hatte er nur herumgegangen. Besser wäre es gewesen, er wäre am nächsten Morgen in Richtung Norden gefahren. Spätestens um halb vier hätte er wieder am Fluss in den Bergen sein können, wo er endlich eine neue Heimat gefunden hatte.

Nur die Tatsache, dass es wie eine Flucht vor Amelia aussehen würde, hatte ihn davon abgehalten.

Wäre es nicht tatsächlich eine Flucht gewesen? Die winzige Stimme in seinem Kopf meldete sich in letzter Zeit viel zu oft. Früher hatte sie ihn zu Taten ermutigt, die ihn meistens in Schwierigkeiten brachten.

363

Inzwischen schien sie ihn vor allem zu necken.

Meine Güte, es war nur ein Kuss, dachte Luke. Was ist dagegen einzuwenden? Er hatte schon viele Frauen geküsst. Dass er bei Amelia nicht hatte aufhören können, brauchte nichts zu bedeuten. Auch nicht, dass der brüderlich gemeinte Kuss rasch außer Kontrolle geraten war.

Die Flammen, die seine Nervenenden erfasst hatten, waren schon schwieriger zu erklären.

Luke blickte auf die Uhr. Es war noch nicht Mitternacht. Vielleicht sollte er eine kleine Fahrt machen, um wieder einen klaren Kopf zu bekommen.

Nein, lieber nicht, überlegte er. Für ihn mochte es noch ziemlich früh sein. Doch für die meisten Bewohner von Santiago Beach war es bestimmt schon mitten in der Nacht. Er durfte kein weiteres Öl in das Feuer gießen, indem er mit seiner Maschine durch die leeren Straßen knatterte.

Aber er konnte einen Spaziergang machen, wie er es häufig tat, wenn er nicht schlafen konnte. Entschlossen verließ er das Motelzimmer.

Er hatte es nicht vorgehabt. Aber er war in Gedanken so mit Amelia beschäftigt gewesen, dass er nicht auf den Weg geachtet hatte. Plötzlich war er nur noch wenige Schritte von seinem Elternhaus entfernt.

Unter einem großen Hibiskusbaum an der Ecke blieb er stehen und blickte hinüber zu dem großen weißen Haus, auf das seine Mutter so stolz war. Ed Hiller, den sie geheiratet hatte, als Luke zehn gewesen war, hätte etwas Kindgerechteres vorgezogen. Er hatte viele Kinder haben wollen. Aber wie immer hatte Jackie sich durchgesetzt.

Eine Bewegung an der Seite erregte Lukes Aufmerksamkeit. Er beugte sich vor, kniff die Augen leicht zusammen und blickte eindringlich in den tiefen Schatten neben der vierfachen Garage. Gerade glaubte er, dass er sich getäuscht hatte. Da bewegte sich erneut etwas an der weißen Wand. Für ein Tier war es ziemlich groß.

Plötzlich richtete der Schatten sich auf, und Luke erkannte seinen Bruder. David schlüpfte den Pfad hinab auf die Straße und eilte in die entgegengesetzte Richtung. Während er sich der Ecke näherte, kamen zwei weitere Gestalten hinzu, die einen Rucksack trugen. Die drei warteten einen Moment. Dann tauchten noch drei Jungen auf. Mit langen Schritten liefen die sechs davon und ließen ihre Umgebung nicht aus den Augen.

Luke kannte diesen Blick. Er wusste genau, wie man sich fühlte, wenn man ständig auf der Hut sein musste – bereit, davonzurennen, sobald die falsche Person einen bemerkte.

Er wusste auch, was dieses Verhalten bedeutete: David und seine Kumpel hatten etwas vor. Er wartete, bis die Jungen außer Sicht waren, dann folgte er ihnen.

Luke war noch nicht weit gekommen, da merkte er, dass er selber verfolgt wurde. Ein kleines schwarzes Coupé fuhr hinter ihm her. Der Fahrer hielt immer denselben Abstand ein. Ob es ein verdeckter Polizeiwagen war? Dafür war das Auto allerdings ziemlich schnittig.

Er erreichte die Main Street, und Luke musste vorsichtig sein. Es gab zu viele freie Flächen, auf denen die Verfolgten ihn bemerken konnten. Falls sie sich nach Norden wandten, würde es kaum eine Deckung für ihn geben. In südlicher Richtung konnte er sich wenigstens gelegentlich im Eingang eines Geschäftes oder im Hof des Gemeindezentrums mit seinen Bäumen und Bänken verbergen.

Zum Glück ging die Gruppe nach Süden weiter.

Luke folgte den Jungen bis zur Ecke und warf einen Blick zurück. Das schwarze Coupé stand am Straßenrand, und die Scheinwerfer verloschen gerade. Vorsichtig spähte er um die Ecke. Die Jungen gingen ziemlich langsam. Er musste ihnen mehr Vorsprung lassen.

„Luke!", flüsterte eine Stimme, und er fuhr erschrocken herum.

Amelia. Sie war die Letzte, die er hier mitten in der Nacht erwartet hätte. „Was machen Sie denn hier?", fragte er verblüfft.

„Das Gleiche wie Sie nehme ich an", flüsterte sie zurück. „Ich hörte, wie Davids Freunde darüber sprachen, dass heute um Mitternacht etwas passieren würde. Deshalb folgte ich ihnen."

Luke sah sie fassungslos an. „Sie folgen mitten in der Nacht einer Bande von Jungen, obwohl Sie wissen, dass einer von ihnen eine Waffe besitzt? Und Sie behaupten, dass Sie keinen Mut haben?"

„Ich versuche nur, David zu helfen. Mit Mut hat das nichts zu tun."

„Nein, wahrscheinlich nicht", stimmte er ihr leise zu und blickte verstohlen um die Ecke. Die Jungen waren drei Blocks weiter und liefen in Richtung Strand.

„Wenn wir noch lange warten, sind sie außer Sicht", sagte er leise.

„Dann sollten wir gehen."

Luke sah sie eindringlich an. „Ich nehme an, es ist sinnlos, Sie zu bitten, mir die Sache allein zu überlassen?"

„Ich kann Ihnen helfen", beharrte Amelia. „David ist immer noch wütend auf Sie. In meiner Gegenwart dürfte er dagegen kaum etwas Dummes tun."

„Hoffentlich haben Sie recht."

Vorsichtig liefen sie die Straße weiter hinab. Sie mussten aufpassen, denn alle paar Minuten drehte sich einer der Jungen aufmerksam um.

„Sie machen das nicht schlecht", stellte Amelia fest, als Luke sie zum dritten Mal in den Eingang eines Ladens zog.

„Ich bin selber oft genug diese Straße hinauf- und hinuntergeschlichen", gab er zu. „Die Namen der Läden haben sich geändert, die Häuser nicht."

Einen halben Block weiter blieb die Gruppe stehen, und die Jungen blickten sorgfältig in die Runde.

„Sie haben tatsächlich nichts Gutes im Sinn", erkannte Amelia niedergeschlagen.

„Es sieht ganz danach aus", pflichtete Luke ihr grimmig bei.

Die Jungen rührten sich immer noch nicht.

„Vielleicht haben sie es sich anders überlegt", meinte Amelia hoffnungsvoll.

„Wieder die unverbesserliche Optimistin", stellte Luke fest. „Sie sind einfach vorsichtig, damit sie nicht erwischt werden."

„Sollten wir sie nicht aufhalten?"

„Wie denn?"

„Keine Ahnung. Vielleicht können wir ihnen ihr Vorhaben ausreden."

Luke schüttelte kläglich den Kopf. „Diese Jungen lassen sich von niemandem etwas sagen."

„Müssen wir es nicht trotzdem versuchen? Möglicherweise hört David auf mich. Das hat er immer getan."

„Normalerweise vielleicht", sagte Luke. „Ich weiß, dass Sie sehr überzeugend sind. Sie könnten mich zu allem überreden. Aber David ist jetzt mit seinen Freunden zusammen. Ein Junge in seinem Alter würde eher sterben, als sich gegen seine Kumpel zu wenden und sich von einer Frau von seinem Macho-Plan abbringen zu lassen."

Amelia sah ihn lange schweigend an. Im schwachen Licht der Straßenlaterne erkannte Luke, dass sie ihre großen Augen noch weiter aufriss. „Könnte ich … das?"

Es dauerte einen Moment, bis er begriff, was sie meinte. *Sie könnten mich zu allem überreden,* hatte er gesagt. Vor allem, dass ich meine Kleidung ausziehe, fügte er stumm hinzu. Bei dem Gedanken, nackt neben Amelia zu liegen, durchrieselte es ihn glühend heiß. Schon der Kuss hatte wie eine Stromschnelle auf ihn gewirkt. Alles Weitere würde einer Fahrt über einen Wasserfall gleichen.

„Luke?"

Bei ihrer leisen Stimme schoss erneut die Hitze durch seine Adern. Mühsam riss er sich zusammen und spähte noch einmal die Straße hinab.

Die Jungen waren verschwunden.

Luke fluchte stumm und lauschte angestrengt in die Nacht. Er hörte Bewegung und einen einzelnen Schlag von Metall auf Metall.

„Was sie auch vorhaben, es hat begonnen."

Sie begannen zu laufen und hielten sich weiter so gut wie möglich im Schatten. Allerdings bezweifelte Luke, dass die Jungen noch sorgfältig achtgaben. Sicher glaubten sie, dass die Luft rein wäre.

„Sie sind beim Gemeindezentrum", flüsterte Amelia, als sie nahe genug heran waren. „Ich möchte wissen …"

Luke brachte sie mit einer raschen Handbewegung zum Schweigen, denn er hatte einen der Jungen bemerkt. „Er hat einen Benzinkanister."

„Oh nein", stöhnte sie. „Sie werden doch nicht … Wir müssen sie aufhalten. Wenn sie das Gemeindezentrum abbrennen … Ich habe mein Handy dabei."

Amelia hatte recht. Zum ersten Mal dachte Luke ebenfalls ernsthaft daran, die Polizei zu verständigen. Andererseits wusste er genau, was dann mit seinem Bruder passierte.

„Vielleicht kann ich sie vertreiben", sagte er.

„Vielleicht können wir sie vertreiben", verbesserte sie ihn, während sie weitergingen.

Der Junge mit dem Benzinkanister entdeckte sie zuerst. Er rief eine Warnung, und die anderen Jungen fuhren herum. David erkannte die beiden sofort. Er stieß eine wahre Tirade von Flüchen aus, auf die Luke in diesem Alter sehr stolz gewesen wäre.

„Guten Abend, Jungs", sagte Luke breit. „Wollt ihr eine kleine Grillparty veranstalten?"

„Sie werden es meiner Mom erzählen", jammerte David verzweifelt. „Sie wird mich für den Rest meines Lebens einsperren." Bevor jemand reagieren konnte, wandte er sich ab und rannte davon. Kurz darauf war er außer Sicht.

Snake entdeckte das Handy in Amelias Hand und trat einen Schritt vor. „Wagen Sie ja nicht zu telefonieren, oder ich schneide Ihnen die Kehle durch", zischte er und wedelte drohend mit seinem Messer.

9. KAPITEL

„ollen wir nicht nach Hause gehen und den Zwischenfall hier einfach vergessen?", schlug Amelia vor. Es kostete sie ihre ganze Selbstbeherrschung, um nicht vor Angst zu zittern.

„Gegenvorschlag: Sie kehren zu Ihren Büchern zurück und überlassen uns das wahre Leben", schnarrte Snake. „Dem sind Sie sowieso nicht gewachsen."

Amelia hielt erschrocken die Luft an. Wie war es möglich, dass dieser zornige Straßenjunge sie durchschaut hatte? Seit sie denken konnte, fürchtete sie insgeheim, dass sie zu feige wäre, um mit dem richtigen Leben fertig zu werden.

„Vorsicht", sagte Luke leise. „Halsen Sie sich nicht mehr auf, als Sie bewerkstelligen können."

Amelia entging die ruhige Warnung in seiner Stimme nicht. Sie warf Luke einen kurzen Blick zu, bemerkte aber nicht die geringste Furcht in seinem Gesicht. Sein goldener Ohrring blinkte im Laternenschein und erinnerte sie an einen Piraten.

„Ich höre ständig, was für eine toughe Frau Sie sind", fuhr Snake fort und wedelte nachdrücklich mit seinem Messer. „Aber das ist garantiert nur dummes Gerede von diesem Muttersöhnchen. Armes kleines reiches Kind."

Amelia riss sich energisch zusammen. Es ging jetzt nicht um ihren Stolz. „Verschwinden wir lieber, Luke", sagte sie leise.

Snake lachte spöttisch. „Ja, hören Sie auf die Bücherlady. Laufen Sie davon wie Ihr Bruder."

„Sie sind zu fünft", warnte Amelia erneut.

„Das ist typisch", antwortete Luke, ohne Snake und die anderen aus den Augen zu lassen. „Jungen wie sie haben nicht den Schneid, für sich allein zu kämpfen. Deshalb treten sie immer in Gruppen auf."

Diese Bemerkung brachte das Fass zum Überlaufen. Im nächsten Moment stürzte Snake auf Luke zu, das Messer kampfbereit in der Hand. Die beiden Männer umkreisten sich lauernd. Snake hatte eine Waffe. Doch Luke war größer, kräftiger und erstaunlicherweise auch schneller.

Sekunden vergingen, dann erinnerte Amelia sich an ihr Handy. Im nächsten Moment durchzuckte ein stechender Schmerz ihr Handgelenk. Sie schrie entsetzt auf, und das Handy fiel auf das Pflaster. Der Junge mit dem Benzinkanister stellte sofort seinen Fuß darauf.

Luke fuhr herum, sobald er Amelias Schrei hörte. Snake nutzte den Augenblick und stürzte sich auf ihn. Luke ging zu Boden, und die beiden rollten über den Asphalt.

Es ist alles meine Schuld, dachte Amelia verzweifelt und verdrängte ihren Schmerz. Luke konnte mit dem Messer getötet werden.

Dann waren die beiden Männer wieder auf den Beinen, und Luke machte sich unverletzt los. Snake hatte eine blutige Nase und war furchtbar wütend. „Behalt die Frau im Auge", rief er dem Jungen mit dem Kanister zu. „Wir befassen uns mit ihm."

Die anderen umkreisten Luke lauernd. Amelia sah sich verzweifelt nach einer Waffe um. Doch außer dem Kanister, den der Junge abgestellt hatte, als sie mit ihrem Handy telefonieren wollte, war nichts in der Nähe.

Zwei Jungen sprangen auf Snakes Befehl vor. Luke duckte sich rechtzeitig, und die beiden stießen mit den Köpfen zusammen. Einer ging zu Boden. Der andere taumelte an ihm vorüber und riss Snake mit. Luke fuhr in dem Moment herum, als der Vierte lossprang. Er rammte ihm die Schulter in den Bauch, sodass der Junge atemlos auf das Pflaster stürzte.

Ich muss Luke unbedingt helfen, überlegte Amelia. Entschlossen packte sie den Kanister und schwenkte ihn in einem Bogen in Richtung des Jungen. Die stechende Flüssigkeit spritzte heraus und ergoss sich über dessen Kopf. Der Junge taumelte schreiend zurück und rieb sein Gesicht und seine Augen.

Snake war wieder auf den Füßen und stürzte sich wütend auf Luke. Die Klinge in seiner Hand blitzte. Der andere Junge, der unverletzt war, kam von hinten.

Amelias Körper reagierte wie von allein. Ihre Muskeln spannten sich.

Eins, zwei, drei: Kanister hoch und drauf.

Sie war nicht sicher, was sie getroffen hatte. Es war fester als ein Bauch und weicher als ein Gelenk. Aber es genügte.

Einen Schritt zurück und noch einen, sagte sie sich stumm. Das Gleichgewicht halten.

Sie holte tief Luft, um das Zittern zu unterdrücken. Im nächsten Moment war Luke bei ihr, Snakes Messer in der Hand.

Amelia hob den Kopf und sah gerade noch, wie der Junge, den sie getroffen hatte, um die Hausecke verschwand. Dann waren sie allein.

Stechender Benzingeruch lag in der Luft.

„Alles in Ordnung?", fragte Luke.

„Ich – ja. Und was ist mit Ihnen? Dieses Messer …"

Luke hob die Hand und klappte das Messer geschickt zu. „Der Kerl hat nur mein Hemd und meinen Knöchel erwischt."

Amelia betrachtete seine Hände und bemerkte die Blutspur am rechten Zeigefinger. Die Verletzung schien tatsächlich nicht schwer zu sein. Erleichtert atmete sie auf, und ihre Knie wurden plötzlich weich.

Luke fing sie auf und lehnte sie an die Wand. Sie zitterte trotz der lauen Sommernacht. Er zog sie an sich, und sie schmiegte sich instinktiv an seinen warmen Körper.

„Danke", sagte er. „Wenn Sie die Kerle nicht k.o. geschlagen hätten, wäre ich jetzt Hackfleisch."

„Ich war viel zu langsam", antwortete sie zerknirscht. Sie hatte beschämend lange gewartet, bevor sie endlich eingegriffen hatte.

„Langsam? Sie waren absolut Spitze."

Amelia lehnte sich zurück und sah zu ihm auf. „Was blieb mir anderes übrig? Ich musste unbedingt etwas tun. David wäre am Boden zerstört gewesen."

Luke legte den Arm fester um sie. „Ich bin sehr froh, dass Sie den Mut aufbringen und zu ihm stehen."

„Ich und Mut? Nein." Amelia senkte den Kopf. „Ich bin der größte Feigling, den es gibt."

Er legte einen Finger unter ihr Kinn und hob ihren Kopf behutsam an. Der Blick in seinen Augen wärmte sie ebenso wie sein Körper, allerdings aus einem anderen Grund.

„Sie haben eine völlig falsche Vorstellung, was Ihren Mut betrifft", sagte er.

Amelia schüttelte den Kopf. „Ich habe ständig Angst. Vor allem, was neu oder wenigstens ein bisschen riskant ist."

„Amelia, Amelia", sagte Luke kopfschüttelnd, und seine Mundwinkel zuckten. „Wer zu verblödet ist, um Angst zu haben, kann sich leicht mitten in einen Kampf stürzen. Das ist kein Mut, sondern reine Dummheit. Wenn jemand Angst hat und es trotzdem versucht – das ist wahrer Mut. Und Sie haben eine ganze Menge davon."

Als sie ihn zweifelnd ansah, fuhr er fort: „Sie tun sogar etwas, wozu mehr als Mut nötig ist, Amelia. Sie sorgen sich um andere Menschen. Ich wünschte, ich hätte jemanden wie Sie gehabt, als ich in Davids Alter war."

Ihre Augen wurden feucht bei diesem unerwarteten Geständnis. „Luke …", begann sie und bekam keinen weiteren Ton heraus.

„Andererseits bin ich froh über mein jetziges Alter", fuhr er fort, und seine Stimme klang plötzlich belegt. „Deshalb brauche ich hierfür kein schlechtes Gewissen zu haben."

Entschlossen senkte er den Kopf und presste die Lippen leidenschaftlich auf ihren Mund. Das sind nur die Nachwirkungen der überstandenen Gefahr, sagte Amelia sich. Es hat nichts zu bedeuten.

Diesmal war sie nicht erschrocken. Das änderte allerdings nichts an der Wirkung des Kusses. Auch nicht an der Hitze, die ihre Adern durchrieselte, oder an dem Prickeln, das jeden Nerv ihres Körpers erfasste. Diesmal war sie sich jeder Einzelheit stärker bewusst, und Lukes heißer, männlicher Geschmack gefiel ihr sehr. Wie er es bei ihr getan hatte, strich sie mit der Zunge über seine Lippen und drang tastend mit der Spitze zwischen seine Zähne. Stöhnend vor Lust öffnete er den Mund.

Endlich brach Luke den Kuss ab und sank an die Wand. Amelia hörte seinen raschen Atem und spürte den hämmernden Schlag seines Herzens. Es dauerte lange, bis ihr die Absurdität ihrer Lage gewusst wurde. Sie standen mitten im Benzingestank auf einem der meist besuchten Plätze der Stadt und küssten sich wie zwei Teenager, die sonst nirgends hingehen konnten. Es war ein kleines Wunder, dass niemand vorbeigekommen war.

„Gehen wir", sagte Luke endlich. „Hier stinkt es bestialisch."

„Ja", stimmte Amelia ihm zu. „Aber wir sollten die Feuerwehr benachrichtigen, bevor hier jemand seine Zigarette wegwirft und den halben Block abbrennt."

Sie eilten die Straße hinab und atmeten die saubere warme Nachtluft tief ein. An einer Telefonzelle blieb Amelia stehen und verständigte die Feuerwehr. „Sehr schön", sagte Luke, als sie ihr schwarzes Coupé erreichten.

„Es stammt von meinem Vater", antwortete sie und lächelte traurig. „Er kaufte den Wagen, kurz bevor er starb. Ich hatte ihm dazu geraten, damit ihm nach dem Tod meiner Mutter neue Energie zufloss. Leider hat es nicht geklappt. Er fuhr ihn nur ein oder zwei Mal."

„Flößt der Wagen zumindest Ihnen neue Energie ein?"

Amelia dachte einen Moment nach. „Jedenfalls fahre ich ihn schneller als meine früheren Autos. Mögen Sie schnelle Fahrzeuge?"

Luke sah sie so lange eindringlich an, dass sie nervös wurde und überlegte, woran er dachte.

„Die Geschwindigkeit hat durchaus ihren Reiz für mich", sagte er endlich. „Allerdings spielte ich nicht mehr oft mit diesem Feuer."

Mit welchem Feuer spielen Sie dann? hätte Amelia beinahe gefragt, besann sich aber rechtzeitig anders. Sie wollte die Antwort gar nicht wissen.

„Wo ist Ihr Motorrad?", fragte sie stattdessen.

„Ich bin zu Fuß gekommen."

Amelia wunderte sich ein wenig. Bis zum Motel waren es mindestens zwei Meilen.

„Ich gehe gerne nachts spazieren. Eine alte Gewohnheit, die ich nie abgelegt habe", erklärte er.

„Soll ich Sie nicht trotzdem zum Motel zurückfahren?", fragte Amelia. Immerhin hatte Luke sich gerade heftig geprügelt.

„Das wäre sehr nett", antwortete er nach kurzem Zögern. „Danke. In solch einem Wagen habe ich noch nie gesessen."

„Möchten Sie ans Steuer?", schlug Amelia vor, ohne lange zu überlegen. „Nein, bestimmt nicht", fuhr sie unsicher fort. „Für einen Motorradfahrer ist ein Coupé natürlich langweilig. Das war dumm von …"

„Ja, sehr gern", unterbrach er ihr nervöses Geschnatter.

„In Ordnung." Sie reichte ihm die Schlüssel.

Luke machte sich kurz mit den Instrumenten vertraut. Dann legte er den ersten Gang ein. „Hätten Sie etwas dagegen, wenn wir die Panoramastraße nehmen?", fragte er.

Es war spät, und Amelia hätte eigentlich restlos erschöpft sein müssen. Stattdessen war sie seltsam erregt. „Nein, absolut nicht", antwortete sie.

Zu ihrer Überraschung hielt Luke sich korrekt an die Höchstgeschwindigkeit. Sie fuhren den Hügel hinab zum Strand, wo sich der Anleger in den Ozean erstreckte und die Palmen sich in der lauen Sommerluft wiegten. Amelia kurbelte ihr Fenster hinunter und atmete die salzige Luft tief ein.

„Jedes Mal nehme ich mir vor, meinen Lunch hier zu essen", sagte sie und deutete auf die Picknick-Tische im Park. „Aber immer kommt etwas dazwischen. Andere Leute reisen tagelang hierher, und ich schaffe es nicht einmal in der Mittagszeit, obwohl ich nur wenige Blocks vom Strand entfernt arbeite."

Luke fuhr bis zu der Schlaufe, die das Gelände des Segelhafens mit den Andenkenläden und den Restaurants begrenzte, und steuerte anschließend die Küstenstraße hinab. „Ich wette, das ist bei den Leuten, die in der Nähe von Disneyland wohnen, nicht anders. Man geht nicht hin, weil man es jederzeit könnte. Vielleicht schätzt man nur jene Dinge wirklich, für die man hart gearbeitet hat."

„Das klingt ziemlich philosophisch."

Er warf ihr einen raschen Seitenblick zu.

Jims Worte kamen ihr in den Sinn. Es war ganz schön riskant, mitten in der Nacht allein mit einem Mann zu fahren, dessen schlechter Ruf trotz seiner achtjährigen Abwesenheit nicht nachgelassen hatte.

„Verdammt", stieß Luke plötzlich hervor und riss Amelia aus ihren Gedanken.

Sie entdeckte den Grund sofort. Ein Wagen mit Blaulicht forderte sie zum Anhalten auf. „Wo kommt der denn her?", fragte sie erschrocken.

„Er stand neben dem mexikanischen Restaurant." Mit versteinerter Miene verringerte Luke die Geschwindigkeit und bog auf den Parkplatz.

„Zu schnell gefahren sind Sie nicht", sagte sie. „Weshalb müssen wir anhalten?"

Er sah sie kläglich an und schaltete den Motor aus. „In dieser Stadt bin ich allein schon Grund genug."

Entsetzt stellte Amelia fest, dass Jim Stavros mit einer Waffe in der Hand näher kam. Sie schluckte trocken. So etwas passiert doch nur in Großstädten oder im Film, dachte sie, als sie die nächsten Worte hörte.

„Aus dem Wagen, McGuire. Schön langsam. Und halten Sie die Hände so, dass ich sie sehen kann."

„Willkommen in meiner Welt", sagte Luke und stieg mit erhobenen Händen aus.

10. KAPITEL

Es war wie eine Rückblende.

Auf Jim Stavros' Befehl drehte Luke sich um und legte beide Hände auf das Wagendach. Als Nächstes würde der Polizist ihn abtasten, ihm Handschellen anlegen und ihn anschließend verhören. Es machte ihm längst nichts mehr aus.

Wenigstens bis heute nicht.

Aber nun geschah es vor Amelias Augen. Es war lange her, dass Luke sich gedemütigt gefühlt hatte. Was er jetzt empfand, kam dem ziemlich nahe.

„Jim?", rief Amelia in diesem Moment und beugte sich zur Fahrerseite.

„Alles in Ordnung?", rief der Polizist zurück.

Sie öffnete die Tür und stieg aus. „Ja, natürlich. Weshalb nicht?"

„Ich sah Ihren Wagen. Normalerweise sind Sie um diese Uhrzeit nicht mehr unterwegs. Deshalb beschloss ich, nach dem Rechten zu sehen. Als ich merkte, wer am Steuer saß, hielt ich es für angebracht, die Sache näher zu untersuchen."

„Anders ausgedrückt", sagte Luke und sah Amelia eindringlich an. „Er dachte, ich hätte den Wagen gestohlen und Sie entführt."

Amelia riss erschrocken die Augen auf.

„Immer noch ganz schön eingebildet, nicht wahr, McGuire?", spottete Jim.

„Diese Stadt bringt die besten Eigenschaften in mir zum Vorschein", antwortete Luke und merkte selber, wie verbittert er klang. Ich sollte lieber den Mund halten, überlegte er.

„Wir werden Sie im Auge behalten", warnte ihn Jim. „Einige Bewohner halten es nicht für einen Zufall, dass die neue Serie der kriminellen Taten ausgerechnet zu dem Zeitpunkt begonnen hat, als Sie in die Stadt zurückkehrten."

„Jim, nein!", rief Amelia. „Das können Sie nicht wirklich glauben."

„Nicht ich habe das gesagt, sondern einige andere Leute."

„Sie meinen Mrs Clancy. Dabei wissen Sie doch, dass die Frau eine riesige Wut auf Luke hat."

Luke wurde es richtig warm ums Herz, als er Amelias Worte hörte.

„Sie verteidigen ihn ziemlich schnell", meinte Jim.

„Vielleicht weil die anderen ihn möglichst schnell hängen sehen möchten. Ich glaube, sie müssen sich jemand anders suchen, auf den sie sich konzentrieren können", schrie sie ihn an.

Jim wich instinktiv zurück, und Luke schüttelte verwundert den Kopf. Amelia schob trotzig das Kinn vor.

„Vielleicht haben Sie recht", sagte Jim nach einer Weile. „Aber wenn Sie sich irren, werde ich Sie daran erinnern, dass ich Sie gewarnt habe." Er wandte sich ab und drehte sich noch einmal um. „Falls Sie dann noch hier sind."

Luke rührte sich erst, als der Polizeiwagen verschwunden war. Erschöpft ließ er den Kopf zwischen die Schultern sinken und schloss die Augen.

„Verärgert?", fragte Amelia.

„Ich habe keine Kraft mehr, um wegen so etwas verärgert zu sein. Ich war einfach – verlegen."

„Weil Jim Sie wie einen Verbrecher behandelt hat?"

Luke presste die Lippen zusammen. Er wollte es nicht sagen. Aber Amelia hatte ein Recht darauf, nachdem sie spontan zu seiner Verteidigung geeilt war.

„Nein, weil es in Ihrer Gegenwart geschah", gab er kläglich zu.

Langsam ging er hinunter zum Wasser und setzte sich. Er hörte Amelias Schritte im Sand nicht. Aber plötzlich saß sie neben ihm. Anstatt sich abzuwenden, wie er halb befürchtet hatte, legte sie tröstend die Arme um ihn.

Luke erschrak, wie stark er auf diese Geste reagierte. Er wusste nicht, was in Amelia vorging. Ob sie aus reiner Gutherzigkeit zu ihm gekommen war und sonst keine tieferen Gefühle für ihn hegte. Ihm war nur klar, dass er sie dringend brauchte.

Es dauerte sehr lange, bis er endlich sprach. „Als ich ungefähr in Davids Alter war, kam ich eines Tages hierher. Es war eine Nacht wie diese, ruhig und warm. Ich stand da und überlegte, ob ich einfach losschwimmen sollte. Gleichzeitig versuchte ich zu erraten, wie weit ich kommen würde, bis alle meine Sorgen zu Ende waren."

Amelia legte die Arme fester um ihn. „Ich bin froh, dass Ihre Mutter nicht gewonnen hat", flüsterte sie.

„Das war der einzige Grund, der mich zurückhielt", antwortete Luke. „Ich wusste, wie gern sie mich losgeworden wäre."

Sie atmete tief durch. „Schade, dass Ihre Mutter Sie nicht zur Adoption freigegeben hat. Vielleicht hätten Sie dann die gleiche Liebe wie ich von Eltern erfahren, die Sie wirklich mochten. Ihr ganzes Leben wäre anders verlaufen."

„Sie glauben nicht, dass es an den Genen liegt? Dass ich von Anfang an zu diesem Leben verdammt war?"

Amelia lehnte sich zurück. „Mir scheint, es ist ziemlich eindeutig, dass Sie zu Ihren meisten Untaten getrieben wurden."

„Reden Sie die Sache nicht schön", warnte er sie. „Vielleicht ist meine Mutter tatsächlich der Auslöser gewesen. Aber nachdem ich einmal angefangen hatte, habe ich freiwillig weitergemacht."

Sie sah ihn einen Moment nachdenklich an. Plötzlich funkelten ihre Augen vergnügt. „Okay. Vielleicht haben Sie ein bisschen von jenem hitzigen irischen Blut geerbt."

Luke lachte trocken. Amelia hatte eine ganz andere Betrachtungsweise als er. „Vielleicht."

„Haben Sie jemals versucht, ihn zu finden?"

„Meinen Vater? Ja, ein Mal. Als ich ungefähr zwölf Jahre alt war. Ich hatte die verrückte Idee, wenn ich ihn finden würde und er von meiner Existenz erführe, würde er mich zu sich holen."

„Ich bin nicht sicher, ob das verrückt war. Vielleicht hätte er es getan."

„Kinderfantasien", antwortete Luke trocken.

„Was ist passiert?"

Er zuckte mit den Schultern. „Ich stellte fest, dass es unwahrscheinlich viele Patrick McGuires gibt."

„Den Richtigen haben Sie nicht gefunden?"

„Nein. Vorher hatte meine Mutter die Telefonrechnung bekommen."

„Vielleicht sollten Sie es noch einmal versuchen."

„Es ist mir nicht mehr wichtig." Luke hatte den Gedanken vor Jahren von sich geschoben und nie wieder darüber gesprochen. Lag es an Amelia, dass die alten Erinnerungen wieder ans Licht kamen?

„Es tut mir unendlich leid", sagte sie plötzlich.

„Was?"

„Alles. Die Sache mit Ihrer Mutter, Ihrem Bruder ... Und dass Sie solch ein finsteres Leben geführt haben, dass schon der Anblick meines Wagens nach Mitternacht die Polizei dazu bringt, sich auf unsere Fersen zu setzen."

Luke musste unwillkürlich lachen, als er ihre spöttische Stimme hörte. Plötzlich lachte Amelia ebenfalls, und es klang sehr schön. Das

Lächeln in ihrem Gesicht wärmte ihn, und er konnte sich keinen größeren Gegensatz zu jener Nacht vorstellen, als er zum letzten Mal an diesem Strand gewesen war.

Bevor er merkte, was er tat, küsste er Amelia. Diesmal zögerte sie nicht und war auch nicht erschrocken. Diesmal gab sie sich ihm eifrig hin. Sie öffnete den Mund, strich mit der Zunge über seine Lippen und schob die Spitze zwischen seine Zähne, sodass er laut aufstöhnte.

Luke legte seine Hand hinter Amelias Kopf und erwiderte ihren Kuss mit gleicher Leidenschaft. Sie streifte seine Zunge, und ein Schauer durchrieselte seine Adern. Sie tat es erneut, diesmal träger, und er konnte nicht mehr an sich halten.

Bebend sank er gemeinsam mit ihr in den Sand, zog sie eng an sich und musste ihren Körper unbedingt spüren. Er schob ein Bein über ihre Hüften, hielt sie fest und erwartete beinahe, dass sie ihn wegschieben würde. Stattdessen legte sie die Arme um ihn und zog ihn noch enger an sich.

Lukes letztes Zögern verschwand. Leidenschaftlich nahm er Amelias Mund erneut in Besitz. Glühende Flammen züngelten an seinen Nerven angesichts ihrer lustvollen Liebeslaute und der Art und Weise, wie sie sich an ihm bewegte. Sie schob die Hände unter sein Hemd, und er verlor beinahe den Verstand, als sie mit den Fingern seinen nackten Rücken streichelte. Am liebsten hätte er erst seine und dann ihre Kleidung vom Körper gerissen ohne Rücksicht darauf, dass sie an einem öffentlichen Strand waren.

Er erinnerte sich nicht, jemals so schnell aufs Höchste erregt gewesen zu sein. Amelia besaß ein Feuer, das er auf den ersten Blick niemals vermutet hätte. Er bezweifelte, dass sie selber davon wusste. Aus einem unerfindlichen Grund hielt sie sich für eine schüchterne graue Maus und war nicht vom Gegenteil zu überzeugen.

Irgendwann würde er ihr beibringen, wie sehr sie sich irrte.

Aber nicht jetzt.

Luke verlagerte sein Gewicht und hätte beinahe aufgeschrien, als Amelia den schmerzlich erregten Beweis seiner Männlichkeit fest in die Hand nahm. Er strich ihre Seite hinab und umschloss eine ihrer weichen Brüste. Atemlos wartete er darauf, dass sie sich zurückziehen würde. Stattdessen lehnte sie sich gegen ihn und schmiegte die heiße volle Rundung in seine Handfläche. Er fühlte, wie die rosige Knospe sofort fest wurde.

Er wollte diese Knospe spüren, wollte sie nackt in seinen Händen, in seinem Mund haben und daran saugen, bis Amelia tief in der Kehle stöhnte.

Mit bebenden Fingern öffnete er die Knöpfe ihrer Bluse. Amelia trug einen schlichten weißen BH mit winzigem Spitzenbesatz. Das Kleidungsstück passt zu ihr, dachte er benommen. Sie bewegte sich erneut, und er fürchtete schon, dass sie ihm Einhalt gebieten würde. Dann erkannte er, dass sie es ihm nur leichter machen wollte, und sein schwelendes Feuer verwandelte sich in lodernde Flammen. Ungeduldig zerrte er an den Haken. Endlich öffneten sie sich, und er schob den Stoff beiseite.

Erstaunt holte er tief Luft. Amelia hielt eine Menge unter der strengen Bluse verborgen. Ihre Brüste waren voll und wunderschön. Die Knospen glänzten hellrosa im Mondschein. Vor allem hatten sie sich zu kleinen Spitzen aufgerichtet, die ihm den Atem raubten. Sein Körper wurde fest, und seine Hände zitterten vor Erregung.

Leidenschaftlich strich er mit den Fingern über die festen Knospen, und sein Verlangen stieg ins Unermessliche, sobald Amelia lustvoll stöhnte. Er war sicher, dass er jeden Moment explodieren würde. Trotzdem nahm er die Knospen erneut zwischen die Fingerspitzen und rieb sie vorsichtig.

„Luke!"

Sein Name von ihren Lippen war ein Ansporn, dem er nicht widerstehen konnte. Luke senkte den Kopf, nahm eine Spitze zwischen die Lippen und stieß aufreizend mit der Zunge dagegen.

Amelia bog den Rücken durch. Sie hob sich seinem Mund entgegen und rief erneut seinen Namen. Die Ehrfurcht in ihrer Stimme verstärkte sein Verlangen. Es klang, als hätte sie nie zuvor so empfunden wie jetzt. Dieser Gedanke brachte ihn dem Abgrund gefährlich nahe. Ob die stille, reservierte Amelia wusste, was sie ihm antat?

Die stille, reservierte Amelia ...

Luke hatte das Gefühl, von der reißenden Strömung eines Flusses erfasst zu werden. Nur unter größter Anstrengung gelang es ihm, die gefährlichen Stromschnellen zu umschiffen, und er richtete sich auf.

Lange war er zu atemlos, um zu sprechen. Amelia sah ihn mit vor Leidenschaft verschleierten Augen an und schien gar nicht zu merken, dass sie halb nackt war – ihre Brüste der Seeluft, dem Mondschein und seinen Blicken ausgesetzt.

Luke begann von der Erinnerung an ihre scheuen, aber leidenschaftlichen Liebkosungen zu zittern. Er wollte mehr davon, überall an seinem Körper, jetzt gleich, auf der Stelle. Vor Erregung hielt er es kaum noch aus. Ich brauche unbedingt solch eine weite Hose, wie David sie trägt, wenn ich noch mehr Zeit mit Amelia verbringen will, dachte er.

Amelia senkte den Blick und schloss ihre Bluse wieder. Im schwachen Licht des Mondes erkannte er ihr Gesicht. Die widersprüchlichsten Empfindungen spiegelten sich darin. Sicher war sie furchtbar erschrocken, dass sie so etwas an einem öffentlichen Strand hatte geschehen lassen, wo jederzeit jemand vorbeikommen und alles mit ansehen konnte.

Luke empfand plötzlich eine heftige Panik bei dem Gedanken, dass dieser Schreck sich in Scham verwandeln könnte.

„Bitte, denk nicht so darüber", flüsterte er.

„Du hast keine Ahnung, was ich denke."

Er seufzte leise. „Nein. Deshalb werden wir aufhören, bevor wir etwas tun, das du bereuen könntest."

Und wenn es mich umbringt, fügte er stumm hinzu.

Sie ordneten ihre Kleider und kehrten stumm zum Wagen zurück. „Fahr du lieber", schlug Luke vor.

Sie nickte schweigend und setzte sich ans Steuer. „Fahr zu dir", forderte er sie auf, als sie den Weg zum Motel einschlagen wollte. „Von dort laufe ich zurück. Ich möchte sicher sein, dass du gut nach Hause kommst."

„Mir scheint, du könntest eher in Schwierigkeiten geraten als ich", antwortete Amelia. Er war nicht sicher, ob ihre Worte spöttisch gemeint waren oder eine einfache Feststellung sein sollten. In beiden Fällen hätte er keine Erwiderung gewusst.

Kurz darauf hielten sie unter einem Carport neben einem kleinen hübschen Haus und stiegen aus. Unzählige Blumen blühten im Vorgarten und erfüllten die warme Nachtluft mit ihrem Duft.

„Du brauchst mich nicht zur Tür zu bringen. Ich komme schon zurecht", sagte Amelia.

„Ich bin erst beruhigt, wenn ich mit eigenen Augen gesehen habe, dass du sicher im Haus bist", antwortete Luke.

Sie sah ihn seltsam an, protestierte aber nicht, als er sie begleitete. Die Tür wollte sich nicht gleich öffnen. Doch nach einer Weile schwang sie auf.

Amelia drehte sich zu ihm, und Luke spürte das unglaubliche Bedürfnis, dort weiterzumachen, wo sie am Strand aufgehört hatten.

„Ich würde dir gern einen Gutenachtkuss geben", sagte er heiser. „Aber ich fürchte, dabei würde es nicht bleiben. Und zu mehr bist du noch nicht bereit."

„Danke, dass du es für mich entscheidest", antwortete sie ein bisschen zu scharf.

Er zuckte unwillkürlich zusammen. „Es war eine total verrückte Nacht, Amelia. Alle möglichen seltsamen Dinge sind geschehen, und du bist stark verunsichert. Dies ist nicht der richtige Zeitpunkt für solch eine wichtige Entscheidung."

„Was für eine Entscheidung? Mit dem berüchtigten Luke McGuire ins Bett zu springen?"

Luke hatte das Gefühl, einen Schlag in die Magengrube bekommen zu haben. Schweigend drehte er sich um und ging davon.

11. KAPITEL

*L*uke zögerte einen Moment vor der Buchhandlung, dann stieß er die Tür auf.

„Oje", murmelte er leise.

Amelia, die gerade die neuesten Exemplare der Zeitschriften einordnete, drehte sich verblüfft um. „Wieso?", fragte sie.

Luke lächelte einfältig. „Ich habe verloren."

„Verloren?"

„Ich habe versucht zu erraten, wer die Kunden heute begrüßt, und auf Captain Kirk getippt. Aber es ist Mr Sulu."

Amelia lächelte vergnügt. Allerdings nur so lange, bis eine Frau weiter hinten erst sie und dann Luke argwöhnisch betrachtete und anschließend fluchtartig den Laden verließ.

Meine Güte, dachte Luke. Jetzt vertreibe ich auch noch ihre Kunden.

Amelia tat, als wäre nichts geschehen. „David ist verschwunden."

„Wie bitte?"

Sie sah ihn besorgt an. „Er ist vorgestern Nacht nicht nach Hause gekommen. Seine … Deine Mutter hat mich heute Morgen angerufen und gefragt, ob ich ihn gesehen hätte."

Luke erstarrte wie jedes Mal, wenn jemand Jackie Hillers Namen erwähnte. „Was hast du ihr gesagt?"

„Die Wahrheit", antwortete Amelia.

Er atmete hörbar aus. Dann war David in großen Schwierigkeiten.

„Zumindest teilweise", verbesserte Amelia sich. „Ich habe ihr gesagt, dass ich ihn die letzten beiden Tage nicht gesehen hätte. Das entspricht der Wahrheit." Sie errötete ein wenig.

„War er seitdem wirklich nicht mehr zu Hause?", fragte Luke.

„Deine Mutter behauptet es." Sie sah ihn mit ihren großen braunen Augen besorgt an. „Das sind über sechsunddreißig Stunden."

„Vielleicht hat er sich zurückgeschlichen, und sie hat es nicht bemerkt."

„Sie sagte, sie hätte zu Hause gearbeitet."

Luke verzog den Mund. „Auf mich hat sie nie den ganzen Tag gewartet. Was hat sie jetzt vor?"

„Sie weiß nur, dass David letzte Nacht nicht da war. Ihr ist nicht klar, dass es sich schon um die zweite Nacht handelt. Trotzdem will sie die Polizei verständigen, falls er bei Einbruch der Dunkelheit nicht zu

381

Hause ist. Sie sagte, sie wird ihm die Hölle heiß machen."

Luke hatte eine ziemlich genaue Vorstellung davon, wie diese Hölle aussehen würde. „Ich habe schon nach ihm gesucht. Ich war überall, wo ich mich damals versteckt hielt, und an ein paar weiteren Orten, die man mir genannt hatte. Leider vergebens."

„Davon hatte ich keine Ahnung."

Er nickte langsam. „Ich dachte, du brauchtest vielleicht ein bisschen Zeit, um über alles nachzudenken. Deshalb habe ich mich nicht früher blicken lassen."

Amelia senkte kurz den Kopf. Dann sah sie ihn fest an. „Ich habe tatsächlich nachgedacht."

Der Klang ihrer Stimme gefiel ihm nicht. „Amelia …"

„Nein", unterbrach sie ihn und hob die Hand. „Im Augenblick müssen wir uns auf David konzentrieren. Er braucht Hilfe."

Luke verzog den Mund. „Das Problem ist nur, dass er keine Hilfe will. Vielleicht hast du mehr Glück bei ihm als ich."

„Du darfst nicht aufgeben."

„Was soll ich denn tun? Ich habe an jedem Ort nachgesehen, der mir einfiel."

„Und ich habe mit allen seinen Freunden gesprochen, die ich kenne", antwortete sie. „Vielleicht weiß jemand anders ein Versteck, an dem er früher gefunden worden ist. Oder von dem er erzählt hat."

„Wenn seine Freunde nichts wissen, wer sollte …" Luke hielt abrupt inne. „Oh nein. Nicht mit mir."

„Luke …"

„Frag sie meinetwegen selber."

„Das werde ich tun, wenn du es nicht willst. Aber meinst du nicht, es wäre deine Aufgabe?"

„Wieso? Soll ich zu ihr gehen, sie umarmen und ihr sagen, wie sehr ich sie vermisst habe?"

„Nein. Sag ihr, dass du dir Sorgen um deinen Bruder machst und ihm helfen möchtest."

„Ohne mich."

Amelia seufzte tief. „Also gut, ich fahre zu ihr."

Luke schüttelte den Kopf. „Ich bin ziemlich sicher, dass sie inzwischen erfahren hat, dass wir mehrmals zusammen waren. Spätestens von Mrs Clancy. Sie wird dich als Feindin betrachten."

„Das glaube ich nicht. Schließlich hat sie mich angerufen. Und selbst wenn es peinlich wird: Für David ist es im Moment bestimmt noch viel schlimmer."

Tiefe Scham erfasst Luke. Amelia hatte recht. Er wich seiner Mutter aus, weil er nichts mit ihr zu tun haben wollte, während sein Bruder sich irgendwo versteckt hielt und glaubte, alle hätten ihn im Stich gelassen.

„Ich schließe den Laden über Mittag, sobald ich hier fertig bin", sagte Amelia und nahm den letzten Zeitungsstapel von ihrem Wagen. „Deine Mutter hat gerade erst angerufen und ist bestimmt noch zu Hause."

Niemand in Santiago Beach war jemals für ihn eingetreten. Niemand hatte ihm eine unangenehme Arbeit abgenommen. Nur Amelia.

Das Kind in Luke erinnerte sich an die schlimmen Dinge, die seine Mutter ihm angetan hatte, und riet ihm dringend, die Sache Amelia zu überlassen.

Der Mann, zu dem er herangereift war, brachte es nicht fertig.

„Lass nur, ich übernehme das", erklärte er gepresst.

Amelia sah ihn erschrocken an. „Weshalb? Ich habe doch angeboten ..."

„Ich sagte, ich werde gehen."

„Du willst sie doch nicht sehen. Und du hast einen guten Grund dafür."

„Ich will vor allem nicht, dass sie immer noch Macht über mich hat."

„Du bist inzwischen erwachsen. Sie kann dir nichts mehr anhaben."

„Das sage ich mir auch immer."

Amelia sah ihn nachdenklich an. „Du hast die Situation völlig unter Kontrolle, Luke."

„Was meinst du damit?", fragte er verblüfft.

„Du brauchst weder bei ihr zu leben noch sonst etwas mit ihr zu tun zu haben. Es liegt ausschließlich an dir, wie weit du deine Mutter an dich heranlässt." Sie zuckte mit den Schultern." Sie ist nur so lange eine reale Bedrohung, wie du es zulässt."

Luke sah sie verblüfft an. So hatte er die Sache noch nie betrachtet. „Weshalb bist du so klug?"

„Das Alter", antwortete sie trocken. „Erst kürzlich wies mich jemand nachdrücklich darauf hin, dass ich älter bin als du."

Dass ihr der geringe Altersunterschied zwischen ihnen Sorgen bereitete, war ein gutes Zeichen. „Ich weiß", sagte er.

Sie sah ihn erschrocken an. „Woher?"

„David erzählte mir vor unserer ersten Begegnung, dass du dreißig wärst."

„Aha."

„Wenn du glaubst, dass die vier zusätzlichen Jahre dich zum Boss machen, irrst du dich gewaltig", fügte er mit gespieltem Ernst hinzu.

Amelia lächelte plötzlich, und sein Inneres zog sich seltsam zusammen. Wenn er nicht schleunigst verschwand, würde alles noch schlimmer werden. Oder besser überlegte er, während sein Körper bei der Erinnerung an die Nacht am Strand fest wurde.

„Ich fahre jetzt lieber, bevor sie wieder loszieht, um die Welt vor Katastrophen, wie ich eine bin, zu retten", erklärte Luke.

„Wir werden beide fahren", antwortete Amelia und ordnete rasch die letzten Zeitschriften ein.

„Du musst nicht mitkommen."

„Ich weiß. Ich bin älter als du und muss überhaupt nichts." Sie sprach so ernst, dass Luke einen Moment brauchte, bevor ihm klar wurde, dass sie scherzte. Dann lachte er laut. Sie sah ihn an, und er bemerkte das Funkeln in ihren Augen.

Amelia war zwar still und zurückhaltend. Aber unter ihrem ruhigen Äußeren verbarg sich ein unwahrscheinlicher Sinn für Humor, gepaart mit einem leidenschaftlichen Feuer, von dem sie selber überrascht gewesen war. Es war ein einmaliges Gefühl, zu wissen, dass er diese Reaktionen bei ihr ausgelöst hatte.

„… erheblich leichter."

Energisch verdrängte Luke seine unpassenden Gedanken und kehrte in die Wirklichkeit zurück. „Leichter?", fragte er in der Hoffnung, dass Amelia nichts gemerkt hatte.

„Ich könnte eine Art Puffer bilden. Die Leute bleiben normalerweise ruhiger, wenn jemand anders dabei ist – sozusagen als Mediator."

„Willst du dich wirklich in die Schusslinie werfen?"

„Nein", gab sie zu. „Aber möglicherweise erzählt sie mir Dinge, die sie dir nicht verraten würde."

Der Gedanke, jemanden an seiner Seite zu haben, wenn er seiner Mutter gegenübertrat, war äußerst verlockend. Oder es lag einfach an Amelia.

„Wollen wir mit dem Motorrad fahren?", fragte er. „Ich würde meine Mutter ungern enttäuschen, indem ich auf ein anderes Verkehrsmittel umsteige."

Amelia sah ihn erschrocken an. „Ich weiß nicht ... Ich habe noch nie auf einem Motorrad gesessen."

Ich wette, du hast auch noch nie nachts am Strand einen Mann geküsst, dachte er, behielt es aber klugerweise für sich.

„Du kannst meinen Helm nehmen", bot er ihr an.

„Damit du ihn nicht zu tragen brauchst?", fragte sie argwöhnisch.

„Nur zum Teil", gab er lächelnd zu.

Amelia lernte schnell, das musste Luke ihr lassen. In der dritten Kurve klammerte sie sich fest an ihn und lehnte sich gemeinsam mit ihm zur Seite. Er spürte die Hitze ihres Körpers und die erstaunliche Kraft ihrer Beine, die sich fest an ihn pressten.

Unzählige Gedanken schossen ihm durch den Kopf und ließen ihn an der eigenen Weisheit zweifeln. Er war voll erregt, und es kostete ihn seine ganze Konzentration, so langsam zu fahren, dass sie sich nicht ängstigte.

Allerdings hatte das auch sein Gutes. Als sie das Haus seiner Mutter erreichten, hatte er kaum daran gedacht, was ihm bevorstand: die Konfrontation mit der Frau, die ihm ein Leben lang das Gefühl gegeben hatte, ein Sozialfall zu sein – ein Kind, das sie nur aus Pflichtgefühl behielt. Die Erinnerung daran dämpfte seine Erregung ein wenig und machte einem viel älteren Gefühl Platz.

Entschlossen ließ er den Motor ein paar Mal aufheulen, während er in die Einfahrt bog, und erneut, bevor er ihn abstellte.

Amelias Worte fielen ihm wieder ein. *Du bestimmst, wie viel Wirkung sie auf dich hat.*

Neugierig drehte er sich um und nahm an, dass sie ein bisschen wackelig auf den Beinen wäre wie die meisten Leute nach ihrer ersten Motorradfahrt. Doch Amelia strahlte vor Erregung, und ihre goldbraunen Augen glänzten. Rasch setzte sie den Helm ab und schüttelte ihr Haar auf.

„Das war – unglaublich!"

Luke atmete erleichtert auf.

„Kein Wunder, dass die Leute süchtig danach werden. Es ist wie fliegen!"

Dies war nicht der richtige Zeitpunkt, Amelia beizubringen, dass sie nicht einmal achtzig gefahren waren. Lächelnd nahm er ihr den Helm ab und hängte ihn hinten an das Motorrad.

„Stimmt. Es kommt gleich nach dem Schießen über die Stromschnellen", sagte er stattdessen.

Amelia wollte ihn fragen, wie er zu diesem Vergleich käme. Doch er fuhr rasch fort: „Bringen wir es hinter uns."

Sie blickte über seine rechte Schulter. „Ich glaube, deine Mutter hat deine – Ankündigung gehört."

„Auf der Veranda?"

Sie nickte. „Mach dich auf etwas gefasst."

„Schäumt Sie?"

„Es sieht ganz danach aus.

Luke richtete sich auf und war entschlossen, seine innere Erregung nicht zu zeigen. Bevor er sich umdrehen konnte, legte Amelia die Hand auf seinen Arm.

„Vergiss nicht: Sie ist wütend. Sie hat ihre Gelassenheit verloren. Du hast dafür gesorgt. Du hast die Lage in der Hand."

Zum ersten Mal in seinem Leben glaubte Luke es ebenfalls. Am liebsten hätte er Amelia geküsst. Aber nicht hier und nicht jetzt. Stattdessen legte er zwei Finger auf seine Lippen und presste sie anschließend auf ihren Mund.

„Erinnere mich daran, dass ich das Original später nachliefere."

Amelia errötete heftig, hielt seinem Blick aber stand.

Luke holte tief Luft, verzog seinen Mund zu dem selbstherrlichsten Lächeln, das ihm möglich war, und rief fröhlich: „Hi, Mom." Sie hatte diese Anrede immer verabscheut und auf *Mutter* bestanden. Winkend stieg er die Stufen zur Veranda hinauf.

„Was willst du hier?" Jackie Hiller betrachtete Luke wie ein Ungeziefer auf ihren Rosen. „Hast du nicht schon genug Schaden angerichtet? Du demütigst mich in Gegenwart eines Saales voller Zuhörer und stachelst David zu einem absolut unverantwortlichen Verhalten auf."

Eine interessante Reihenfolge für meine Missetaten, dachte Luke. „Ich habe gehört, dass du noch einen Sohn verloren hast", erklärte er strahlend. „Womit hast du ihn vertrieben?" Er hatte das Gespräch nicht so beginnen wollen. Aber bei dem Blick seiner Mutter kamen seine alten Reaktionen automatisch wieder zum Vorschein.

„Luke …", sagte Amelia leise.

Er riss sich sofort zusammen. „Hör zu", sagte er zu der Frau, die aussah, als würde sie ihn jeden Moment von ihrem Grundstück weisen. „Ich bin nicht hier, um mit dir zu streiten. Ich möchte meinen Bruder ebenso finden wie du."

„Er ist nicht dein Bruder, und ich wäre dir dankbar, wenn du dich aus dieser Angelegenheit heraushalten würdest. Kehr einfach dorthin zurück, woher du gekommen bist, und überlass alles mir."

„Weshalb Davie weggelaufen ist, meinst du."

„Er heißt David!"

„Bitte", sagte Amelia. „Jetzt ist nicht der richtige Augenblick, sich über Namen zu streiten. David könnte in Schwierigkeiten stecken oder sogar verletzt sein."

Stimmt, dachte Luke. Hatte seine Mutter wirklich keine anderen Sorgen?

„Sie hat recht", sagte er laut. „Vergiss für eine Minute, dass du mich nicht leiden kannst, und sag uns, ob du eine Ahnung hast, wohin er gegangen sein könnte."

„Wenn ich eine Ahnung hätte, wäre David längst wieder zu Hause", fuhr Jackie Hiller ihn an.

„Hat er nie von einem Platz erzählt, wohin er gern geht oder gern gehen würde?", fragte Amelia beschwichtigender, als Luke lieb war.

„Nein. Er steckt voller dummer Ideen über lauter verwegene Dinge, die er gern tun würde. Und die meisten stammen von ihm!" Sie brauchte nicht darauf hinzuweisen, wen sie meinte.

„Bei allem Respekt, Mrs Hiller", sagte Amelia so eisig, dass Luke erschrak. „David hat seinen Bruder acht Jahre nicht gesehen. Wenn er auf dumme Gedanken gekommen ist, müssen sie in diesem Haus entstanden und genährt worden sein."

Jackie Hiller hob entrüstet den Kopf. „Als ob ich derart unverantwortliche Dummheiten unterstützen würde. Hören Sie, Amelia", fuhr sie herablassend fort. „Ich habe versucht, den Klatsch über Sie und Luke zu überhören. Niemand weiß besser als ich, wie charmant er sein kann, wenn er möchte. Vergessen Sie trotzdem nicht, dass er ein Taugenichts ist und immer bleiben wird."

„Es geht jetzt nicht um mich", antwortete Amelia.

„Trotzdem sollten Sie auf mich hören", fuhr die Frau nachdrücklich fort. „Ich war früher genauso wie Sie, Amelia. Jung, dumm und unerfahren. Ich habe mich ebenfalls von einem hübschen Gesicht, einem hinreißenden Lächeln und einem trügerischen Verhalten täuschen lassen. Sein Vater hat ihm all diese Eigenschaften vererbt – und die Gabe, sie zu nutzen", fügte sie unheilvoll hinzu.

387

Luke starrte seine Mutter fassungslos an. Bisher hatte sie seinen Vater kein einziges Mal in seiner Gegenwart erwähnt. *Je weniger du über ihn weißt, desto besser,* war die Antwort auf alle seine Fragen gewesen.

„Glauben Sie mir", sagte Jackie. „Ich weiß, wie reizvoll ein böser Junge sein kann, vor allem für ein behütetes junges Mädchen wie Sie – oder wie ich. Aber sie sind nicht gut für uns, Amelia. Sie bringen nichts als Ärger, und am Ende bleiben wir verletzt zurück."

Ist das eine ihrer Reden? überlegte Luke. Benutzte Jackie Hiller seinen Vater und ihn, um den jungen Mädchen Angst zu machen? Besorgt drehte er sich zu Amelia. Zum ersten Mal war ihre Miene undurchdringlich. Er hatte nicht die geringste Ahnung, was in ihr vorging. Sie nahm diesen Unsinn doch nicht ernst?

„Danke für Ihre Besorgnis", sagte Amelia ungewöhnlich steif.

„Sie haben nicht richtig verstanden", fuhr Jackie Hiller plötzlich viel freundlicher fort. „Für ein braves junges Mädchen hat ein Mann mit einem gewissen Ruf fraglos etwas Faszinierendes. Das lässt sich nicht leugnen. Ich war selber ein Opfer. Deshalb versuche ich, Sie und die anderen vor diesem Schicksal zu bewahren."

Sie redet wie die Heldin in einem Melodram, dachte Luke. „Mir reicht es für heute", schimpfte er. „Sie wird uns nicht helfen. Gehen wir, Amelia."

„Ja", antwortete sie, ohne ihn anzusehen. Ihr Gesicht glich immer noch einer Maske.

Als sie die Buchhandlung erreichten, setzte sie ihren Helm schweigend ab und hängte ihn hinten an das Motorrad. Luke brauchte drei Anläufe, bis er ihren Namen herausbekam.

„Alles in Ordnung, Amelia?"

Sie nickte. „Ja. Ich habe nur nachgedacht."

„Über das, was meine Mutter gesagt hat?", stieß er mühsam hervor.

Sie nickte erneut.

„Du weißt, dass sie mich nicht leiden kann."

„Ich meine nicht, was sie über dich gesagt hat, sondern über mich", erklärte sie merkwürdig tonlos.

12. KAPITEL

Ich weiß, wie reizvoll ein böser Junge sein kann, vor allem für ein behütetes junges Mädchen wie Sie ... Für ein braves junges Mädchen hat ein Mann mit einem gewissen Ruf fraglos etwas Faszinierendes. Das lässt sich nicht leugnen ...

Jackie Hillers Worte hallten in Amelias Kopf nach, während sie die Tür aufschloss und ihre Buchhandlung betrat. Luke folgte ihr. Sie spürte seine Nervosität. Aber sie wagte nicht, ihn anzusehen. Erst musste sie nachdenken, und das konnte sie nicht unter seinem eindringlichen Blick.

Sie war auf eine hasserfüllte Tirade gegen Luke gefasst gewesen. Stattdessen hatte Jackie Hiller ihr einen verheerenden Vortrag darüber gehalten, weshalb sie, Amelia, sich so stark zu ihrem Sohn hingezogen fühlte.

Hatte die Frau recht? War sein zweifelhafter Ruf der Grund dafür, dass sie derart stark auf Luke reagierte und Dinge tat, die sie früher nie gewagt hätte? War sie einfach ein braves Mädchen, das dem Reiz eines *bösen Jungen* erlegen war?

Bis ich wirklich eine naive dreißigjährige Närrin? überlegte sie.

Nein, Luke war so viel mehr. Amelia war sich völlig sicher.

„Amelia", flüsterte Luke kaum hörbar.

Sie rührte sich nicht, sondern blickte auf ihren Schreibtisch, ohne etwas zu sehen.

„Du glaubst doch nicht wirklich, dass du so bist wie sie?" Er klang beinahe verzweifelt. „Dass du ein ebenso großer Dummkopf bist, wie meine Mutter in ihrer Jugend war?"

Es wäre tatsächlich eine ziemliche Beleidigung, wenn Jackie Hiller annimmt, dass ich mit meinen dreißig Jahren noch genauso naiv bin, wie sie mit sechzehn war, überlegte Amelia. Sie besaß zwar nicht viel Erfahrung. Doch trotz ihrer Unsicherheit war sie kein Dummkopf.

„Wenn du glaubst, dass sie bei dir recht hat, kannst du ebenso gut glauben, was sie über mich erzählt", sagte Luke leise.

Endlich hob Amelia den Kopf und bemerkte die Verzweiflung in seinem Gesicht. All die hässlichen Bemerkungen seiner Mutter fielen ihr ein. Glaubte sie tatsächlich an das Gift, das diese Frau über ihren eigenen Sohn versprühte?

„Es stimmt einfach nicht", fuhr er fort. „Als Kind habe ich tatsächlich eine Menge angestellt. Aber …"

„Lass es gut sein, Luke", unterbrach Amelia ihn. „Ich glaube nicht, was deine Mutter über dich erzählt hat." Plötzlich war sie sich ganz sicher. „Ich überlege nur, ob ihre Bemerkungen über mich zutreffen."

„Tu dir das nicht an", sagte er, und ihr wurde ganz warm ums Herz bei dem Gedanken, dass er sich ihretwegen Sorgen machte.

„Ich weiß nicht, was ich glauben soll", fuhr sie aufrichtig fort. „Jim Stavros hat recht. Ich weiß nicht einmal, wer du heute bist. Aber du bist bestimmt nicht derjenige, für den deine Mutter dich hält."

Luke atmete tief aus und sank auf einen Stuhl an ihrem Schreibtisch, als trügen ihn die Beine nicht mehr. Er stemmte die Ellbogen auf die Knie, stützte den Kopf in die Hände und rieb seine Augen, als hätte er seit Tagen nicht geschlafen.

„Bitte entschuldige, Amelia", sagte er.

Eine aufrichtigere Entschuldigung hatte sie nie gehört. „Was genau?"

„Dass ich solch ein Idiot war", sagte er kläglich.

„Aha." In Wirklichkeit verstand sie nicht ganz, worauf er hinauswollte, und hoffte, dass er von sich aus weiterreden würde.

„Als ich nach Santiago Beach kam und feststellte, dass alle Leute glaubten, ich hätte die letzten acht Jahre im Gefängnis verbracht, bin ich fast durchgedreht. Dann dachte ich: Zum Teufel mit ihnen. Lass sie denken, was sie wollen. Ich tat absolut nichts, um ihre Einstellung zu ändern. Im Gegenteil, ich …"

„Du entsprachst ihren Erwartungen."

„Genau. Ich sagte Dinge, die ihre Meinung über mich noch verstärkten." Er verzog das Gesicht. „Sollen sie das Schlimmste von mir annehmen. Mir macht es nichts aus, redete ich mir ein." Sein Mund wurde hart. „Das war, bevor ich dich kennenlernte."

Amelia dachte einen Moment nach. „Trotzdem hast du mir immer noch nicht erzählt, wer du wirklich bist."

„Als ich es wollte, war ich nicht sicher, ob du mir glauben würdest. Manchmal hatte ich den Eindruck, dass du den Klatsch für bare Münze nahmst. Dass du dich nur mit mir abgabst, weil du David helfen wolltest. Außerdem hast du mich nie nach der Wahrheit gefragt."

„Zuerst war ich zu besorgt wegen David, um länger darüber nachzudenken. Dann erkannte ich, wie schlimm es für dich in Santiago Beach sein musste. Du solltest nicht glauben, dass ich dich nur fragte, weil ich genauso dachte wie die anderen."

„Oder du hattest Angst, der Klatsch könnte der Wahrheit entsprechen", meinte er.

„Mag sein", gab sie zu. „Es ist nicht leicht, in dieser Stadt gegen den Strom zu schwimmen."

Lukes Mundwinkel zuckten. „Interessant, dass du ausgerechnet diesen Vergleich wählst."

Sie sah ihn verständnislos an. „Wieso?"

„Hast du Zeit für eine lange Geschichte?"

„Noch habe ich den Laden nicht wieder geöffnet."

Luke schwieg eine ganze Weile. Dann lachte er verlegen. „Ich habe noch nie mit jemandem darüber gesprochen, und ich weiß nicht, wo ich anfangen soll."

Amelia legte die Arme um sich. „Ich habe eine ziemlich gute Vorstellung davon, wie dein Leben hier verlaufen ist."

Er verzog das Gesicht. Seine Worte kamen rasch und fließend, als wollte er sie herausbringen, bevor ihn der Mut verließ. „Nun, ja. Ich habe wirklich eine Menge angestellt. Allerdings beschuldigte man mich auch einiger Dinge, mit denen ich nichts zu tun hatte. Die meisten Leute würden es nicht glauben. Aber ich hatte einen Grundsatz: Ich wollte niemanden absichtlich verletzen. Außer mich selber vielleicht. Am Ende erkannte ich, dass ich von hier fort musste, wenn ich meinen eigenen Weg finden wollte."

„Deshalb gingst du, als du achtzehn warst?"

„Ja. Ich blieb gerade lange genug, um den Highschool-Abschluss zu machen. Vor allem wegen Davids Vater. Er war ein guter Mensch." Ein Schatten glitt über sein Gesicht. „Einen Tag später ging ich, um meiner Mutter zuvorzukommen. Sie hatte immer erklärt, sie würde mich nach der Schule aus dem Haus werfen." Luke hielt einen Moment inne. „Ich würde gern behaupten, dass sich mein Leben von diesem Moment an zum Besseren wendete", fuhr er kläglich fort. „Leider sieht die Wirklichkeit anders aus. Ich ging nach L.A. und dachte, in einer großen Stadt würden sich meine Probleme von allein lösen. Ich versuchte mein Bestes, aber ich fiel immer wieder zurück und verbrachte zwei Monate hinter Gittern. Es schien, als könnte ich nichts als Ärger stiften."

„In anderen Dingen hattest du ja keine Übung", murmelte Amelia, und er lächelte mühsam. „Was ist passiert?"

„Ich geriet an einige Kerle, die sich mit Autodiebstahl auf Bestellung befassten."

„Was ist das denn?"

„Du suchst dir einen Wagen aus, und sie besorgen ihn dir."

Amelia dämmerte es allmählich. „Dass der Wagen schon jemand anders gehört, spielt keine Rolle?"

Er schüttelte den Kopf. „Als ich erkannte, was sie trieben, versuchte ich auszusteigen. Aber ich wusste zu viel. Deshalb – überredeten sie mich zu bleiben."

„Überredeten?"

„Sie schlugen mich nach Strich und Faden zusammen." Luke deutete auf eine Narbe, die ihr schon bei der ersten Begegnung aufgefallen war. „Ein Polizist fand mich in einer Gasse. Ich nahm an, er hätte mich verfolgt, und erwartete das Schlimmste. Aber ..."

„Aber?", forschte sie nach.

„Es stellte sich heraus, dass er zu den Guten gehörte", sagte Luke leise. „Rob Porter warf einen Täter nicht einfach ins Gefängnis. Er versuchte, ihm zu helfen. Richtig zu helfen."

„Er half auch dir?"

Er nickte. „Dabei habe ich es ihm nicht leicht gemacht. Er brachte mich erst ins Krankenhaus und nahm mich anschließend mit zu sich nach Hause. Er schickte mich zu einem Sozialarbeiter. Aber nach zwei Sitzungen hielt ich es nicht mehr aus. Anschließend brachte er mich in einem Jungenklub unter. Doch ich war viel älter als die meisten anderen Kids – nicht nur an Jahren. Dort hielt ich es ebenfalls nicht aus. Ich weiß nicht, weshalb er nicht aufgegeben hat."

„Offensichtlich hatte er etwas an dir entdeckt, das zu entwickeln sich lohnte", sagte Amelia.

„Das behauptete er später auch. Auf jeden Fall sorgte er dafür, dass ich mit einigen anderen Kids unterschiedlichster Art an einem Wildwasser-Camp teilnehmen konnte. Eigentlich war ich zu alt für die Gruppe. Aber er brachte die Verantwortlichen dazu, die Regeln zu brechen." Er lächelte plötzlich. „Ich glaube, das tut er häufig."

„Und was passierte dort?"

„Ich verliebte mich."

Sie zuckte unwillkürlich zusammen. „Wie bitte?"

Luke richtete sich auf und wurde ernst. „In Kalifornien gibt es praktisch keine Flüsse. Das Camp lag am Kings River. So etwas hatte ich noch nie gesehen. Diese Kraft, dieses Rauschen, diese Stromschnellen ..."

„Du hast dich in den Kings River verliebt?"

„Nicht in diesen Fluss. Dabei ist er gar nicht so übel. Außer während der Schneeschmelze, wenn die Welle drei Meter hochsteigt und wirklich gefährlich werden kann, ist er ziemlich friedlich. Der Kings, der Merced, der American … Das sind großartige Flüsse. Aber für mich ist der Tuolumne zur Heimat geworden."

„Wie schön!" Amelia freute sich aufrichtig, dass Luke etwas gefunden hatte, was er liebte. Sie sah es seinen glänzenden Augen an. Interessiert beugte sie sich vor.

„Ich weiß, es klingt seltsam. Aber der Fluss … rief mich. Anders kann man es nicht ausdrücken. Ein Fluss ist … unparteiisch. Er hasst einen nicht. Wenn er einen verletzt, dann, weil man einen Fehler gemacht hat. Es ist ein sauberer Kampf. Wenn man gut genug ist, kann man ihn gewinnen."

Ob Luke erkennt, wie viel diese Worte über seine verletzte Seele verraten? dachte Amelia.

„Gary Milhouse, der Ausrüster oben am Tuolumne, war ein Freund von Rob", fuhr Luke fort. „Er bot an, mir als Gegenleistung für meine Arbeit mit den Stadtkids im Camp das Rafting beizubringen. Deshalb ging ich mit ihm nach Whitewater West, während die Kinder nach L.A. zurückkehrten."

„Dort brachte er dir das Rafting bei?"

Luke nickte. „Wir begannen mit Klasse eins, der leichtesten Strömung. Ich wollte natürlich ins eiskalte Wasser springen. Aber Gary bestand darauf, einen Schritt nach dem anderen zu tun. Es dauerte drei Jahre, bis ich die Klasse fünf zu seiner Zufriedenheit bewerkstelligte."

Einen Adrenalinstoß kann man auf die unterschiedlichste Weise bekommen, dachte Amelia plötzlich. Wenn man den kriminellen Kick nicht mehr braucht, gibt es zahlreiche andere Möglichkeiten. Zum Beispiel auf einem wilden Fluss. Jetzt wusste sie endlich, was das kleine goldene Paddel an seinem Ohr bedeutete.

Luke schwieg eine ganze Weile, bevor er fortfuhr, und sie spürte, dass er zum Kern seiner Geschichte kommen wollte. „Und dann?"

„Ich lernte den Tuolumne kennen und blieb dort hängen. Gary schickte mich auf eine Schule, damit ich den Umgang mit großen Flößen und Menschen lernte. Er übernahm alle Kosten. Anschließend gab er mir einen Job. Er kannte meine … Geschichte. Aber das machte ihm nichts aus. Er sagte, Rob hätte sich für mich verbürgt – und der Fluss ebenfalls."

Amelia wurde es richtig warm ums Herz. Während ganz Santiago Beach davon überzeugt war, dass Luke irgendwo im Gefängnis steckte, hatte er all die Jahre regelmäßig gearbeitet. Und nach seiner Miene zu urteilen, nicht nur das. Sie wartete gespannt.

„Letztes Jahr wurde ich dann Garys Partner."

Sie riss erstaunt die Augen auf. „Sein Partner?"

„Ja. Ich hatte fast meinen ganzen Lohn gespart. Da oben hat man nicht viel Gelegenheit, Geld auszugeben. Außerdem war ich ständig auf dem Fluss. Gary wollte seinen Betrieb erweitern und brauchte Bargeld. Ich bot ihm meines als Darlehen an. Aber er bestand darauf, dass ich sein Partner würde."

„Und jetzt hilfst du anderen Kindern, die so sind, wie du einmal warst?"

Er nickte. „Wir veranstalten im Sommer bis Ende August jeden Monat eine einwöchige Tour und eine weitere für erfahrene Kinder während der Osterferien. Wir bringen ihnen das Flößen bei, Erste-Hilfe-Maßnahmen und das, was man zum Camping braucht. Garys Ehefrau Diane bietet zusätzlich Naturwanderungen an. Die Touren sind immer ausgebucht."

„Die Arbeit gefällt dir, nicht wahr?"

„Ja. Es ist die einzige, die ich mir vorstellen kann. Ich liebe die Arbeit, und mir bleibt noch Zeit für einige Solotouren."

„Ich nehme an, diese Solotouren sind erheblich wilder als jene, auf die du andere Menschen mitnimmst."

Er lächelte verschmitzt. „Das wäre möglich."

Amelia lachte, und Luke fiel unbeschwert ein. Der Druck, der seit dem Besuch bei seiner Mutter auf ihr gelastet hatte, wich allmählich.

„Dein Partner scheint ein netter Kerl zu sein."

„Er benutzt mich gern als Beweis dafür, dass es niemals für ein Kind zu spät ist."

Tränen traten Amelia in die Augen. Alle verurteilten Luke. Sie waren sicher, dass er nichts taugte, und hatten ihn längst abgeschrieben. Wie hatten sie sich geirrt. Vor allem seine Mutter.

„Er ist bestimmt sehr stolz auf dich. Und auf sich, weil er dich nicht als hoffnungslosen Fall betrachtet hat."

„Ja, das ist er wohl."

Sie sah ihn nachdenklich an. „Hast du jemals daran gedacht, nach Santiago Beach zurückzukehren? Um den Leuten zu beweisen, wie sehr sie sich geirrt haben?"

„Die Rückkehr des verlorenen Sohns? Ja, ich habe daran gedacht. Aber ich hatte die Befürchtung, dass man mir nicht glauben würde. Offensichtlich hatte ich recht. Am Ende beschloss ich, dass es nicht der Mühe wert wäre."

Einen Moment schwiegen sie beide. Luke stand auf, ging ein paar Schritte und tat, als betrachtete er die Poster. Amelia merkte, wie es in seinem Kopf arbeitete.

„Macht es einen Unterschied?", fragte er aus sicherer Entfernung.

Sie war nicht sicher, was er meinte. „Einen Unterschied?"

„Dass ich nicht mehr der berüchtigte Unruhestifter von Santiago Beach bin. Der Kerl, der die braven Mädchen erröten lässt. Dass ich ein ganz gewöhnlicher Mann bin, der seiner Arbeit nachgeht, seinen wohlverdienten Lohn bekommt und seine Steuern bezahlt. Langweilig und leicht zu durchschauen."

Endlich dämmerte es Amelia, worauf er hinauswollte. Jackie irrte sich gewaltig.

„Nicht in meinen Augen", flüsterte sie.

Er trat einen Schritt auf sie zu. „Bist du sicher?"

Zögernd stand sie auf, ging zu ihm und schluckte trocken. „Ich fühle mich nicht zu dir hingezogen, weil dir der Ruf eines bösen Jungen vorauseilt, Luke, sondern trotz dieses Rufs."

Er atmete tief aus und schwieg eine ganze Weile. Amelia war nicht sicher, ob sie das Richtige gesagt hatte. Endlich fragte er heiser: „Wie stark fühlst du dich zu mir hingezogen?"

Sie sah ihn an und bemerkte die Glut in seinen Augen. „Hingezogen ist vielleicht nicht das richtige Wort", antwortete sie mit belegter Stimme.

„Was dann?"

„Fasziniert? Gefesselt?"

Er zitterte ein wenig. „Damit kann ich leben. Für den Moment."

Amelia erkannte, dass sie an einem entscheidenden Punkt angelangt waren. Ihre nächsten Worte würden darüber entscheiden, wie es weitergehen sollte. Luke stand schweigend da und wartete.

Sie sah zu ihm auf und betrachtete seine gespannte Miene. Luke McGuire mochte alles Mögliche sein. Er war verwegen, immer noch ein bisschen wild und sah gefährlich gut aus. Aber er war auch freundlich, fürsorglich und bis zu einem gewissen Grad nobel.

Ein schlechter Kerl war er sicher nicht.

Wenn sie jetzt Nein sagte, würde sie sich ein Leben lang fragen, wie es mit ihm hätte sein können.

„Mir fällt noch ein besseres Wort ein", flüsterte sie kaum hörbar, denn sie wusste, was als Nächstes kommen würde.

„Welches?" Er ließ sie nicht aus den Augen.

Sie hob die Hand und legte sie auf seine Brust. „Begehren", flüsterte sie.

Luke fasste ihre Oberarme so fest, dass es beinahe schmerzte. „Bist du sicher?"

„Absolut sicher", antwortete sie.

Das entsprach der Wahrheit. Es spielte keine Rolle, dass sie Luke erst einige Tage kannte. Es spielte keine Rolle, dass ihre Eltern entsetzt gewesen wären. Es spielte keine Rolle, welchen Preis sie später vielleicht dafür zahlen musste. Sie allein bestimmte, wie die Antwort für diesen Mann lauten musste, der ihr Inneres angerührt hatte wie keiner je zuvor.

Und ihre Antwort lautete Ja.

Luke sah es ihrem Gesicht an und stöhnte leise. „Keine Frau hat mich jemals so angesehen", sagte er heiser.

Amelia suchte gar nicht erst nach einer gewandten Ausdrucksweise. „So empfinde ich nun einmal", erklärte sie schlicht.

„Ich finde keine Worte für das, was ich fühle", antwortete Luke. Entschlossen zog er sie an sich und nahm ihren Mund in Besitz.

Amelia legte die Arme um seinen Hals, denn sie war sicher, dass ihre Knie weich werden würden, sobald Luke sie küsste.

Sie zitterte unmerklich, während er seinen Kuss vertiefte und tastend fordernder wurde. Leidenschaftlich küsste sie ihn und wollte noch mehr von diesem heißen männlichen Geschmack. Viel mehr.

Hingerissen fuhr sie mit den Fingern durch sein dunkles Haar und erkannte plötzlich, weshalb der Stadtklatsch behauptete, es müsste dringend geschnitten werden. Es war dicht und gefährlich sexy.

Luke strich mit den Händen über ihren Rücken zu ihren Hüften. Er zog sie an sich, und sie spürte den festen Beweis seiner Männlichkeit. Zögernd bewegte sie sich an ihm und streichelte ihn mit dem Körper, um zu sehen, was passieren würde.

Er stöhnte leise tief in der Kehle und drängte sich fester an sie.

Amelia war nicht sicher, wie es geschehen war. Aber plötzlich lehnte sie an ihrem Schreibtisch. Luke beugte sich über sie, drückte sie nach hinten und gab ihre Lippen nicht frei. Mit beiden Händen streichelte er ihren Körper, als wollte er sie überall gleichzeitig berühren. Bei dem Gedanken, dass sie der Grund für seine Erregung war, durchrieselte Amelia ein lustvoller Schauer.

Er schien es zu spüren, denn er hob den Kopf und sah sie an.

Amelia protestierte leise. Die Erinnerung an die Nacht am Strand, an seinen Mund auf ihren Brüsten und seine Zunge an ihren rosigen Knospen kehrte zurück. Inständig wünschte sie, Luke würde sie erneut so liebkosen, gleich hier, auf der Stelle ...

„Kannst du deinem Schild *Geschlossen* wirklich trauen?", fragte er mit belegter Stimme.

Sie brauchte einen Moment, bis sie begriff, was er meinte. Offensichtlich hatte Luke die Absicht, ihren heimlichen Wunsch zu erfüllen.

Gleich hier, auf der Stelle, auf ihrem Schreibtisch, am helllichten Tag.

Sie erschauerte in seinen Armen, und etwas Wildes in ihr, von dessen Existenz sie bisher nichts gewusst hatte, schrie: „Ja." Glühende Hitze sammelte sich unten in ihrem Körper, und sie hatte nur noch das schockierende, überwältigende Verlangen, auf der Stelle von Luke McGuire geliebt zu werden. Er sollte ihr die Kleider abstreifen, bis sie splitternackt an diesem Ort war, der bisher nur ihre Bücherwelt gewesen war. Anschließend wollte sie ihn ausziehen, damit sie jeden Zentimeter seines herrlichen männlichen Körpers im hellen Tageslicht bewundern konnte.

Erotische Bilder, wie sie eng umschlungen beisammen lagen, tauchten vor ihrem inneren Auge auf.

„Verdammt, ich möchte wissen, was du denkst", murmelte Luke plötzlich. „Aber ich bin so erregt, dass ich wahrscheinlich nicht mehr an mich halten kann, wenn du es mir verrätst."

Entschlossen legte er Amelia auf den Schreibtisch. Sie merkte nicht einmal, dass sich der Kalender in ihren Rücken drückte. Luke trat zwischen ihre Schenkel und begann, die Knöpfe ihrer Bluse zu öffnen. Kurz darauf waren ihre Brüste nackt, und sie spürte die kühle Luft der Klimaanlage auf ihrer Haut. Bebend wartete sie darauf, dass er die festen Spitzen mit seinem heißen feuchten Mund in Besitz nahm, und hielt es vor Verlangen kaum noch aus. Instinktiv bog sie sich ihm entgegen und flehte stumm um die Erlösung von ihrer süßen Qual.

Luke legte eine Hand auf ihre linke Brust, rollte die rosige Spitze und kniff sie vorsichtig. Anschließend drehte er den Kopf nach rechts und schloss die Lippen über der zweiten. Immer wieder sog er an der Knospe und reizte sie mit der Zunge.

Amelia stöhnte laut auf, und ihr Körper zog sich zusammen angesichts der lustvollen Empfindungen, die sie durchströmten.

In diesem Augenblick läutete das Telefon.

Luke fluchte laut, und Amelia protestierte leise.

Es läutete erneut, und er richtete sich auf.

Beim dritten Läuten nahm sie den Hörer ab.

„Ms Blair? Hier ist Elizabeth Adams von der *Santiago-Beach Bank*. Haben Sie heute einen Scheck über fünfhundert Dollar ausgestellt?"

„Nein, das habe ich nicht." Amelia zerrte an ihrer Bluse und versuchte, die wunderbare Benommenheit abzuschütteln, in die Luke sie versetzt hatte. „Wieso?"

„Vermissen Sie einen Scheckvordruck?"

Plötzlich war Amelia hellwach. „Nicht dass ich wüsste. Aber warten Sie bitte einen Moment." Sie legte den Hörer hin, glitt vom Schreibtisch, öffnete die Schublade und zog ihr Scheckheft hervor. Luke beobachtete sie argwöhnisch. Er war immer noch voll erregt und atmete heftig. Sie sah zu ihm hinüber und vergaß beinahe, weshalb sie aufgestanden war. Dann riss sie sich zusammen und schlug die erste Seite auf.

„Ärger?", fragte Luke mit heiserer Stimme.

„Es sieht ganz danach aus." Amelia hob den Hörer wieder auf. „Mrs Adams? Mir fehlt tatsächlich ein Scheck. Hat jemand versucht, ihn einzulösen?"

„Ja, heute Morgen in unserer Filiale am Pacific Center. Zum Glück wurde der Kassierer misstrauisch. Die Unterschrift gefiel ihm nicht, und der Kunde war ziemlich nervös. Deshalb stellte er ihm einige Fragen, die ihn in die Flucht schlugen."

„Dem Himmel sei Dank. Wissen Sie, wer der Kunde war?"

„Ein junger Mann, noch keine Achtzehn, sagte der Kassierer."

Amelia seufzte tief. „Das erklärt alles. Ich hatte vor einigen Tagen Besuch von einer Gruppe … nicht gerade sehr freundlicher Jugendlicher."

„Wir haben sein Foto auf dem Videofilm. Würden Sie bitte kommen und es sich ansehen? Wir möchten die Sache so schnell wie möglich der Polizei übergeben."

„Ja, natürlich", antwortete Amelia und legte auf.

Eine Viertelstunde später saßen Luke und sie vor dem Bildschirm im Büro der Bank. Plötzlich fiel Amelia ein, dass sie keine Ahnung hatte, wer die Jungen um Snake wirklich waren. Snake konnte sie natürlich identifizieren, die meisten anderen wahrscheinlich auch. Aber sie kannte keinen einzigen richtigen Namen.

Der Bildschirm leuchtete auf und zeigte die Szene, als der junge Mann mit dem gestohlenen Scheck an die Kasse trat.

Es war David.

„Sie scheinen überrascht zu sein", stellte Mrs Adams fest. „Hatten Sie jemand anders erwartet?"

Amelia schluckte und sah zu Luke hinüber. Er saß schweigend da und hätte nicht sagen können, was ihn elender machte: ihr verblüfftes Gesicht oder das Bild seines Bruders auf dem Videofilm.

Meine Güte, was ist aus ihm geworden, dachte er. Amelia hatte allen Grund, David zu überführen. Er war selber nahe daran, es zu tun. Der Junge hatte ihr Vertrauen und ihre Freundschaft missbraucht und seine gerechte Strafe verdient.

Bevor er zu einem Entschluss gekommen war, sagte Amelia: „Ich glaube … Möglicherweise handelt es sich um ein Missverständnis. Könnten Sie bitte so lange mit Ihrer Anzeige bei der Polizei warten, bis ich mit dem jungen Mann gesprochen habe?"

Mrs Adams runzelte die Stirn, stimmte aber zu. „Nachdem er keinen Erfolg hatte und Sie ihn zu kennen scheinen, sollte es möglich sein. Aber geben Sie uns bitte bald Bescheid."

„Das werde ich", versprach Amelia.

Erst als sie wieder in ihrem Wagen saßen, sagte Luke: „Das hättest du nicht zu tun brauchen."

„Doch, das musste ich."

Er schüttelte den Kopf. „David hätte den Scheck nicht stehlen dürfen."

„Falls er es getan hat. Ich erinnere mich nämlich nicht, dass er jemals bei mir war, als ich mein Scheckheft draußen hatte. Außerdem kann ich mir nicht vorstellen, dass dein Bruder so etwas tun würde. Wir müssen ihn unbedingt finden. Es muss eine Erklärung für sein Verhalten geben."

„Wir haben ihn bisher nicht gefunden. Und jetzt wird er sich noch sorgfältiger verbergen. Er weiß bestimmt, dass die Bank ihn anzeigen wird."

„Es war doch nur ein Versuch. In der Praxis ist nichts passiert."

Luke wurde immer wütender. „Soweit mir bekannt, ist versuchte Fälschung ebenfalls strafbar."

Amelia sah ihn neugierig an. „Weshalb bist du so böse?"

„Du meinst, obwohl nichts Schlimmeres passiert ist, als ich früher selber angestellt habe?", fuhr er sie an.

„Das habe ich nicht gesagt", antwortete sie ruhig.

„Tut mir leid." Luke fuhr mit den Fingern durch sein Haar. „David ist mein Bruder, und ich möchte ihm helfen. Weshalb lässt er seine Wut an dir aus? Ich war derjenige, der ihn seiner Meinung nach im Stich gelassen hat."

Amelia betrachtete ihn mitfühlend. „Ich bin sicher, dass er nicht mehr klar denken kann", sagte sie nach einer Weile. „Er fühlt sich von allen im Stich gelassen – erst von seiner Mutter, dann von seinem Vater und jetzt auch von dir. Deshalb schlägt er blindlings um sich. Wir müssen ihn finden, Luke", wiederholte sie.

„Ich habe überall nachgesehen, wo ich konnte."

„Dann werden wir es noch einmal tun. Außerdem werde ich deine Mutter anrufen, um festzustellen, ob er vielleicht schon zu Hause ist."

Luke verzog das Gesicht. „Bist du sicher, dass du mit ihr sprechen willst?"

„Nein, aber um Davids willen bleibt mir keine andere Wahl."

Wenn sie sich so viel Mühe wegen eines Jungen gibt, den sie sozusagen unter ihre Fittiche genommen hat, was würde sie dann erst für einen Menschen tun, den sie wirklich liebt? überlegte Luke, während Amelia telefonierte. Wahrscheinlich so ziemlich alles.

Kurz darauf unterbrach sie die Verbindung. „David ist nicht zu Hause. Deine Mutter will immer noch die Polizei verständigen, wenn er bei Einbruch der Dunkelheit nicht aufgetaucht ist", erklärte sie.

„Also gut", antwortete er. „Suchen wir erneut nach ihm."

13. KAPITEL

So hatte Luke sich den Nachmittag mit Amelia eigentlich nicht vorgestellt.

Sie hatten Davids alte Freunde erneut angerufen. Aber keiner von ihnen hatte noch engeren Kontakt zu dem Jungen, seit er mit Snakes Bande herumzog.

Sie hatten am Treffpunkt der Jugendlichen am Pier nachgesehen, im Burgershop an der Küstenstraße, beim Pizzabäcker nahe der Highschool und an all jenen Stellen, die Luke und David als Kinder bevorzugt hatten. Ohne Erfolg.

Endlich hatte Amelia vorgeschlagen, zu ihr nach Hause zu fahren, und Spaghetti mit Tomatensoße und einen Salat für sie beide zubereitet.

„Erzähl mir mehr über das Rafting", sagte Amelia, nachdem sie die Mahlzeit beendet hatten. „Ich kenne es nur aus dem Fernsehen. Da sieht es immer total – wahnsinnig aus."

„Manchmal ist es das auch. Unmittelbar außerhalb von Yosemite liegt der Cherry Creek. Er ist die schwierigste Strecke der Klasse fünf, die kommerziell genutzt wird. Das Wasser schießt mit einer Durchschnittsgeschwindigkeit von einhundertzehn Meilen die rund siebzig Meter hinab. 1992 ist dort ein Sportler ums Leben gekommen."

„Und so etwas machen die Leute zu ihrem Vergnügen?"

„Natürlich beginnen wir mit leichteren Strecken. Anschließend können unsere Gäste sich hinaufarbeiten, wenn sie möchten. Einige kehren zurück und fahren immer wieder dieselben Strecken, was völlig in Ordnung ist. Sie sichern uns ein regelmäßiges Einkommen, und wir sorgen dafür, dass sie ihren Spaß haben. Nicht jeder hat das Bedürfnis, die Klasse fünf oder fünf plus in Angriff zu nehmen – oder sollte es wenigstens nicht."

„Aber du hast dieses Bedürfnis, nicht wahr? Du bist diesen – wie heißt er noch – Cherry Creek gefahren."

Luke zuckte mit den Schultern. „Ja. Aber ich ziehe den mittleren Arm des Feather und die Garlic Falls vor. Sie sind ebenso schwierig wie der Cherry Creek, werden aber nicht kommerziell genutzt. Ich kenne noch längst nicht alle geeigneten Strecken. In British Columbia gibt es einen schmalen Wasserlauf mit einer absolut unglaublichen stehenden Welle, die …"

„Eine stehende Welle?"

Er nickte. „Sie entsteht, wenn zwei Wellen aus entgegengesetzter Richtung aufeinandertreffen. Wie bei Hochflut an der Küste. Man kann darauf reiten, ohne sich von der Stelle zu bewegen. Die in British Columbia gehört absolut zur Klasse fünf."

„Wenn ich mir die Bemerkung erlauben darf: Das klingt ziemlich verrückt", erklärte Amelia bestimmt.

„Warte, bis du es selber versucht hast", antwortete Luke. „Es ist ein unbeschreiblich erregendes Gefühl."

Sie zögerte einen Moment, und er überlegte, was in ihr vorging. „Dazu hätte ich keinen Mut", sagte sie endlich. „So etwas wie auf den Postern in meinem Büro würde ich niemals wagen. Auch kein Rafting. Alles Wilde macht mir ein bisschen Angst."

Plötzlich begriff Luke. Amelia hielt ihn ebenfalls für ziemlich wild. „Mich eingeschlossen?", fragte er.

Amelias Wangen röteten sich heftig, und er merkte, dass er den Nagel auf den Kopf getroffen hatte. Doch sie hielt seinem Blick stand und nickte langsam.

Das erklärt eine Menge, dachte Luke. „Hast du wirklich Angst vor mir?", fragte er leise.

„Nein", antwortete sie und wurde dunkelrot. „Ich habe Angst vor den Gefühlen, die du in mir weckst.

Er lächelte erleichtert. „Nun, das ist kein Problem", erklärte er und nahm ihr Gesicht zwischen beide Hände. „So was legt sich mit zunehmender Praxis."

Sie biss sich auf die Unterlippe und strich mit der Zunge über die zarte Haut. Sein Puls beschleunigte sich sofort.

„Wie beim Fahren durch deine Stromschnellen?"

„Genau. Je mehr Übung man hat, desto besser wird man. Trotzdem lässt die Erregung niemals nach."

Ihre Augen glühten, und Lukes Körper reagierte so heftig, dass seine Knie weich wurden.

„Dann sollten wir – vielleicht ein bisschen üben", sagte sie mit heiserer Stimme, die alle seine Sinne erregte.

„Das finde ich auch", erklärte er. „Jede Menge sogar."

Luke zog Amelia in seine Arme, und sie schmiegte sich leidenschaftlich an ihn. Im nächsten Moment war er beinahe ebenso erregt wie in ihrem Büro. Es würde seine ganze Willenskraft kosten, die Sache langsam angehen zu lassen.

Aber das musste sein. Nicht nur, um jede süße Minute auszukosten, sondern um zu erleben, wie Amelia sich ihm restlos hingab.

Amelia zitterte halb vor Nervosität und halb vor Erwartung. Sie führte Luke in ihr Schlafzimmer und wartete gespannt, was er sagen würde, wenn er es sah. Hier hatte sie ihren heimlichen Sehnsüchten freien Lauf gelassen. Das große Bett mit dem üppigen grünen Moskitonetz und den hohen Kissenstapeln war ihr Lieblingsplatz. Allerdings passte es kaum zu der Einrichtung des übrigen Hauses.

Luke sah sich verblüfft um und lachte leise. Liebevoll fasste er ihre Hand und zog sie an sich. „Dein Schlafzimmer gefällt mir sehr, Amelia. Hier bist du die Frau, die du vor aller Welt verbirgst und endlich herauslassen musst. Die Frau, die sich Snake entgegenstellte und die Kickboxen trainiert."

Amelia atmete erleichtert auf. Luke schien richtig froh über seine Entdeckung zu sein.

Im nächsten Moment hob er sie auf und trug sie quer durch das Zimmer. Von Wildwasserfahrten gestählte Arme haben etwas für sich, dachte sie, und das Herz in ihrer Brust begann zu hämmern.

Luke legte sie vorsichtig auf das Bett und öffnete die Knöpfe ihrer Bluse. Er strich mit den Fingern über die sanfte Rundung oberhalb ihres BHs, und ihr Körper straffte sich unwillkürlich. Am liebsten hätte sie ihm gesagt, dass er nicht so langsam vorgehen dürfe, dass er sich beeilen sollte und dass sie sich verzweifelt nach seinen Händen und seinem Mund auf ihren Lippen sehnte.

Luke öffnete ihren BH, und ihre vollen Brüste wurden frei. Zärtlich umschloss er sie mit beiden Händen. Amelia war zu unerfahren, um nicht verlegen zu werden. Doch der Gedanke daran, was als Nächstes kam – dass Luke ihre heimlichen Wünsche tatsächlich erfüllen würde –, löschte dieses Gefühl völlig aus.

Lange sah er sie einfach an. Dann ließ er sie plötzlich los, zerrte sein Hemd über den Kopf und streckte sich neben ihr aus. Nicht nur seine Arme haben etwas für sich, auch seine Brust und sein Bauch, dachte Amelia ein wenig benommen. Der Mann war wunderschön.

Mehr Zeit blieb ihr nicht, denn Luke zog sie fest an sich. Amelia holte tief Luft, sobald sie seine heiße glatte Haut an ihren nackten Brüsten spürte. Sein leises Stöhnen verriet ihr, dass er sehr lange auf diesen Augenblick gewartet hatte.

Instinktiv rieb sie sich an ihm. Er stöhnte erneut und rollte sich herum, bis sie halb unter ihm lag. Kurz darauf war sie keines klaren Gedankens mehr fähig. Lukes Hände waren überall gleichzeitig und streichelten und liebkosten sie. Anschließend folgte er mit den Lippen derselben Spur. Erneut umschloss er ihre Brüste, hob sie an seine Lippen und zog die rosigen Knospen nacheinander in den Mund. Amelia schrie laut auf angesichts dieses Anschlags auf ihre Sinne.

Luke öffnete den Bund ihrer Hose und schob den Stoff hinab. Amelia hob ohne zu zögern ihre Hüften an und half ihm dabei. Im nächsten Moment lag sie nackt neben ihm, und er liebkoste alle empfindsamen Stellen ihres Körpers erst mit den Händen und dann mit dem Mund.

Amelia hatte das Gefühl, es keine Sekunde länger auszuhalten. Leidenschaftlich strich sie mit den Händen über Lukes Rücken zum Taillenbund seiner Jeans und schob die Finger darunter. Sie wünschte nichts sehnlicher, als tiefer zu gleiten.

Luke hob den Kopf und kitzelte mit der Zunge ihr Ohr. „Möchtest du mehr Platz in den Jeans?", flüsterte er und knabberte an ihrem Ohrläppchen.

Sie erschauerte unwillkürlich und brauchte einen Moment, bevor die Worte in ihr Bewusstsein drangen. „Sie sollen weg", erklärte sie frei heraus.

Luke lächelte erfreut. „Mit größtem Vergnügen", antwortete er. Er liebkoste ihr Ohr noch einmal mit der Zunge, rollte sich beiseite und streifte seine Hose und seine Boxershorts ab.

Amelia betrachtete ihn hingerissen. Schön reicht als Beschreibung bei Weitem nicht, dachte sie.

Luke drehte sich zu ihr zurück. Fasziniert beobachtete sie das Spiel seiner Muskeln unter der glatten Haut. Der kraftvolle Beweis seiner Männlichkeit flößte ihr erhebliche Ehrfurcht ein. Erwartungsvoll zog sich ihr Unterleib zusammen. Ein Schauer durchrieselte sie, und sie hob den Kopf.

„Alles in Ordnung?", fragte Luke.

Amelia wusste nicht, ob er ihr Befinden meinte oder auf das anspielte, was sie vor Augen hatte. Aber das spielte keine Rolle. Die Antwort lautete in beiden Fällen gleich. „Oh ja, sehr in Ordnung."

Instinktiv streckte sie die Hand aus, um ihn zu berühren. Plötzlich holte Luke scharf Luft, und sie fürchtete, sie hätte ihm wehgetan. Doch er drängte sich fester an sie, damit sie merkte, dass es kein schmerzlicher Laut gewesen war. Entschlossen nahm sie ihre Liebkosungen wieder auf, bis er ihren Namen rief.

Erst jetzt bemerkte Amelia das Folienpäckchen in seiner Hand und sah ihn erstaunt an. „Merkwürdig", sagte sie mit unsicherer Stimme. „Ich hätte dich nicht für einen vorsichtigen Mann gehalten."

Luke rührte sich nicht. „Ich bin immer vorbereitet, Amelia", sagte er. „Ich habe mir geschworen, niemals ein unerwünschtes Kind zu zeugen."

Amelia schämte sich plötzlich. Sie hätte wissen müssen, dass er keine ungeplante Schwangerschaft riskieren würde. Niemand kannte die Schwierigkeiten besser als er, die daraus entstehen konnten.

Entschlossen legte sie die Arme um seinen Hals und presste die Lippen auf seinen Mund. Sie versuchte, alles in diesen Kuss zu legen, was sie mit Worten nicht ausdrücken konnte. Endlich ließ sie den Kopf auf das Kissen fallen und sah, dass ihre Botschaft angekommen war.

„Willst du es benutzen oder nur damit herumwedeln?", fragte sie fröhlich.

Luke lachte leise und riss das Päckchen auf. „Noch können wir aufhören, wenn du möchtest. Später würde es mich wahrscheinlich umbringen", sagte er.

Amelia sah ihn fassungslos an. Der Gedanke, zu diesem Zeitpunkt noch aufzuhören, wäre ihr niemals gekommen. „Mich brächte es wahrscheinlich jetzt schon um", antwortete sie und strich so unbekümmert wie möglich mit dem Finger seine nackte Brust hinab.

Lachend zog Luke sie in seine kräftigen Arme. Sie hielt ihn fest umschlungen, glitt mit den Händen seinen muskulösen Rücken hinab und genoss jeden Zentimeter seines festen, durchtrainierten Körpers.

Als er ein Knie zwischen ihre Schenkel schob, spreizte sie erwartungsvoll die Beine. Im nächsten Moment drang er langsam und äußerst behutsam in sie ein. Er erschauerte heftig, und seine Armmuskeln begannen zu zittern.

Amelia erkannte den Grund sofort. „Bitte, halt dich nicht zurück", flüsterte sie.

„Amelia", keuchte er und drang kraftvoller und tiefer in sie ein. Sie schrie leise lustvoll auf, sobald er sie ganz ausfüllte. Immer wieder stieß er mit seinen Hüften gegen sie und beschleunigte den Rhythmus, als spürte er dasselbe drängende Verlangen wie sie.

Doch so wild und leidenschaftlich er vorging, seine Liebe war alles andere als kopflos, sondern etwas ganz, ganz Besonderes. Und nur für sie. Gegeben von einem Mann, der sie in diesem Augenblick besser zu kennen schien als jeder andere Mensch zuvor.

Sie kannte sich ja selber kaum noch und hatte nichts mehr gemeinsam mit der schüchternen reservierten Amelia Blair. Sie war eine wilde, leidenschaftliche Frau, die sich von dem Mann in ihren Armen höher und höher auf den Gipfel der Lust tragen ließ.

Stöhnend löste Luke eine Hand von ihrer Schulter, schob sie zwischen ihre Beine und entdeckte ihre empfindsamste Stelle.

Er streichelte sie einmal und noch einmal, diesmal etwas fester.

„Luke!", keuchte Amelia und war sicher, dass sie jeden Halt verlieren würde.

Sie spürte einen unerträglichen Druck. Luke liebkoste die empfindsame Stelle erneut und drang tief in ihren Körper ein, bevor das unglaubliche Gefühl nachlassen konnte.

Amelia verlor nicht nur den letzten Halt. Die Welt zerbarst um sie herum. Ihr Körper verkrampfte sich, so heftig waren die Wellen der Lust. Immer wieder rief sie seinen Namen, bis er auf dem Höhepunkt ebenfalls ihren Namen ausstieß.

Als sie wieder klar denken konnte, war die Welt in tausend Stücke zersprungen und hatte sich für immer verändert. Aber Luke war noch da und drückte sie fest an sich. Alles war in Ordnung, solange er sie hielt.

Stunden später rührte Amelia sich schläfrig. Sie war nicht sicher, wie oft Luke und sie sich geliebt hatten. Einige Male musste sie es nur geträumt haben. Zum Beispiel, als sie Luke mit ihren Liebkosungen weckte und er sie ermutigte, jeden Zentimeter seines Körpers ebenso eifrig zu erforschen, wie er es bei ihr getan hatte. Sie hatte seinen Vorschlag bereitwillig angenommen, und am Ende hatten sie beide leidenschaftlich geschrien. Ja, das musste ein Traum gewesen sein. So etwas hätte sie in Wirklichkeit unmöglich tun können …

Oder doch? Amelia bewegte sich träge und merkte, dass ihr Körper an einigen ungewöhnlichen Stellen besonders empfindlich war.

Was würde passieren, wenn ich erneut nach Luke greifen würde? überlegte sie. Würde er unter ihren Händen wieder so herrlich erregt werden?

Es ist den Versuch wert, dachte sie mit frisch gewonnener Zuversicht. Entschlossen rollte sie sich auf die Seite und streckte den Arm aus.

Doch Luke war fort.

Solch eine wilde Liebesnacht hatte Luke noch nie erlebt. Dass er sie ausgerechnet mit Amelia verbracht hatte, machte die Sache noch unglaublicher. Eigentlich hätte er restlos erschöpft sein sollen.

Doch er war innerlich so seltsam aufgewühlt, dass er unbedingt etwas dagegen unternehmen musste. Deshalb wanderte er mitten in der Nacht durch die dunklen Straßen von Santiago Beach und dachte nach.

Immer wieder fragte er sich, was nun werden sollte. Einerseits konnte er unmöglich vor solch einer einmaligen Leidenschaft davonlaufen. Andererseits kam ihm der Gedanke, seine eigene turbulente, raue Welt mit Amelias gesicherter Existenz zu verbinden, absolut unrealistisch vor.

Der Fluss war sein Leben. Dorthin zurückzukehren und Amelia nie wiederzusehen … Nie wieder ihren scharfen Witz hinter ihrer reservierten Maske zu hören, nie wieder dieses scheue Lächeln zu sehen und nie wieder eine Nacht wie die vorige mit ihr zu verbringen …

Luke schüttelte energisch den Kopf. Er konnte nicht für immer nach Santiago Beach zurückkehren, das war ihm klar. Auch sich regelmäßig mit Amelia zu treffen, schien keine befriedigende Lösung zu sein.

Natürlich hatte die Vorstellung, den ganzen Tag mit dieser Frau zu verbringen, etwas äußerst Reizvolles. Aber Amelia war kein Typ für eine unverbindliche Affäre. Er selber übrigens auch nicht.

Gary und Diane hatten ihm gezeigt, was wahre Liebe war. Ihr gutes Beispiel stand ihm seit Jahren vor Augen. Allerdings hatte er nicht erwartet, jemals eine Frau zu finden, mit der etwas Ähnliches möglich sein könnte.

Liebe? War es das, was er für Amelia empfand? Bisher hatte er sich nie vorgestellt, so wie Gary und Diane mit einer Frau zusammenzuleben.

Mit Amelia konnte er es.

Plötzlich merkte Luke, dass er die Buchhandlung beinahe erreicht hatte, und fasste einen Entschluss. Zwar hatte er keine Taschenlampe dabei. Trotzdem würde er noch einmal nach David suchen.

Rasch bog er in eine Abkürzung hinter dem Gemeindezentrum – und stieß unmittelbar darauf mit seinem Bruder zusammen.

14. KAPITEL

Luke erwartete, dass David sofort flüchten würde, als er nach seinem Arm griff. Doch sein Bruder stand einfach da und wirkte plötzlich ganz klein und demütig. Sein keckes Verhalten war verschwunden. Seine Wangen und sein Kinn waren verschmutzt, und seine Kleider gehörten in die Waschmaschine.

Luke kam es vor, als sähe er sich selber in diesem Alter. Er brachte es nicht fertig, den Jungen zu verurteilen.

„Du hast gewonnen", sagte er.

David hob erstaunt den Kopf. „Wie bitte?"

„Ich hätte nicht gedacht, dass jemand noch dümmer sein könnte, als ich damals war. Offensichtlich habe ich mich geirrt."

David blickte auf seine Schuhe, als hätte er nicht mehr die Kraft, sich zu wehren. Luke zog den Jungen zu einer Bank und drückte ihn darauf.

„Das Gute ist nur, dass man nicht für immer dumm zu bleiben braucht", sagte er und fuhr fort: „Amelia war ziemlich wütend wegen des Schecks. Sie fühlte sich verraten – so wie du, als du erfuhrst, dass ich dich nicht mit zu mir nehmen konnte."

Davids Schultern sanken nach vorn. Luke konnte sein Gesicht nicht sehen. Aber er ahnte, wie es aussah. Vielleicht hörte David ihm jetzt zu.

„Wenn du das Geld so dringend brauchtest und nicht zu mir kommen wolltest, hättest du Amelia fragen sollen. Ich wette, sie hätte dir geholfen. Du hättest den Scheck nicht zu stehlen brauchen."

„Ich habe den Scheck nicht gestohlen. Ich wusste nicht einmal, dass die anderen es getan hatten! Sie haben mich gezwungen, ihn einzulösen."

Luke schnaubte verächtlich. „Was für eine kindische Ausrede."

„Es stimmt!" David wurde immer lauter. „Es war nicht meine Schuld. Ich würde Amelia niemals wehtun. Aber ich konnte sie nicht aufhalten. Ich habe es wirklich versucht. Jetzt werden sie es tun, und es ist meine Schuld."

Luke rührte sich nicht. Irgendwas hatte sich verändert. David sprach nicht mehr von dem Scheck, sondern meinte etwas anderes. „Was werden sie tun?"

„Das kann ich dir nicht sagen. Sie würden mich zusammenschlagen."

„Mir scheint, das haben sie bereits getan."

„Diesmal würde es viel schlimmer werden."

„Ich könnte ihnen unabsichtlich helfen, wenn du mir nicht erzählst, was sie vorhaben."

David duckte sich instinktiv. „Sie sind ... Sie sind furchtbar wütend wegen neulich Abend. Snake kann es nicht leiden, dass eine Frau sie in die Flucht geschlagen hat."

„Das kann ich mir vorstellen", sagte Luke und unterdrückte ein Lächeln. „Soll das heißen, sie wollen Revanche?"

David antwortete nicht.

Der Gedanke, dass Snake und seine Bande Amelia etwas antun könnten, machte Luke mehr Angst als die wildeste Strömung. Plötzlich wurde ihm klar, wie tief seine Gefühle für diese Frau gingen. Es war eindeutig Liebe.

„Und du behauptest, die Jungen wären deine Freunde", sagte er.

„Das dachte ich auch. Aber sie haben mich nur benutzt. Inzwischen weiß ich, dass sie mich nur mitmachen ließen, weil sie einen Grund brauchten, um in unserer Nachbarschaft herumzuhängen."

„Um dort einbrechen zu können", erriet Luke, und sein Bruder nickte elendig. „Was haben sie vor?"

„Das weiß ich nicht. Sie wollten es mir nicht sagen. Ich habe versucht, es herauszufinden. Aber da haben sie mich verprügelt."

„Irgendwas musst du doch gehört haben."

David schüttelte den Kopf. „Nein. Sie schlugen mich und sagten, ich sollte verschwinden. Snake wollte nicht, dass ich in seinem Wagen mitfuhr."

Luke überlief es eiskalt. „Weshalb solltest du nicht mitfahren?"

„Keine Ahnung." David rieb seine Augen. „Er sagte, heute wäre ein besonderer Abend."

Ein besonderer Abend ...

Amelia.

Lukes Herz begann zu rasen, und er sprang entsetzt auf.

„Was ist los?", fragte sein Bruder schüchtern.

„Begreifst du nicht? Sie sind hinter Amelia her." Entschlossen packte er Davids Arm und rannte los. Das Haus seiner Mutter lag nur zwei Blocks entfernt. Wenn er Amelia retten wollte, brauchte er Jackie Hillers Wagen.

Hoffentlich war es nicht schon zu spät.

Amelia saß im Bett und schlang die Arme um die Knie. Sie biss sich auf die Unterlippe und versuchte vergeblich, ihre Tränen zu unterdrücken.

Luke war nicht zurückgekehrt. Seine Kleider, die sie so eifrig von seinem Körper gestreift hatte, waren fort. Nicht einmal eine Nachricht hatte er hinterlassen.

Wie war das möglich nach der Nacht, die sie gerade gemeinsam verbracht hatten? Luke hatte sie mit einer Leidenschaft geliebt, die unmöglich gespielt gewesen sein konnte. Und erst seine Zärtlichkeiten ... Sie mussten echt gewesen sein.

Unsinn schalt Amelia sich. Luke ist fort, das lässt sich nicht leugnen. Ich bin furchtbar naiv.

Plötzlich kam ihr ein Gedanke. Luke war gegangen, und sie hatte nichts davon gehört. Dass er lautlos aufgestanden und sich angezogen hatte, mochte noch angehen. Aber sie konnte unmöglich so fest geschlafen haben, um das Aufheulen seiner Harley nicht zu hören.

Rasch sprang sie aus dem Bett, eilte in die Küche und blickte aus dem Seitenfenster zum Carport, wo er die Maschine abgestellt hatte. Der silberne Auspuff der Harley glänzte im Mondschein.

Tränen stiegen Amelia in die Augen. Luke hatte ihr doch eine Nachricht hinterlassen. Eine deutlichere konnte es nicht geben.

Er würde zurückkehren. Also war sie doch keine so große Närrin, wie sie befürchtet hatte.

Erleichtert kehrte sie ins Schlafzimmer zurück, und ihr Kopf arbeitete wie wild. Wie sollte es jetzt weitergehen? Luke würde nicht für immer nach Santiago Beach zurückkehren, das war ihr klar. Zum ersten Mal überlegte sie, wie sehr sie an dieser Stadt hing.

Im Vergleich zu ihrer Bindung an Luke McGuire nicht sehr stark.

Was sollte sie jetzt tun? Sie würde bestimmt nicht wieder einschlafen, bevor Luke zurückgekommen war. Sollte sie sich anziehen? Nein, das würde aussehen, als wollte sie auf keinen Fall noch einmal mit ihm schlafen. Was gewiss nicht der Wahrheit entsprach.

Ein lustvoller Schauer durchrieselte sie, und heiße erotische Bilder tauchten vor ihrem inneren Auge auf. Luke lag nackt über ihr und betrachtete sie so verlangend, dass sie sich wunderschön vorkam. Er drang kraftvoll in sie ein, nahm sie immer wieder in Besitz und rief auf dem Höhepunkt laut ihren Namen ...

Am Ende entschloss sie sich zu einem Kompromiss und zog ein langes gelbes T-Shirt über, das die goldenen Sprenkel in ihren Augen betonte. Es bedeckte ihren Körper von den Schultern bis zu den Knien. Doch darunter war sie herrlich nackt.

Amelia betrachtete ihr Bild im Spiegel, und ihr Herz begann zu rasen. War diese sinnliche Frau mit dem zerzausten Haar, den geröteten Lippen und den winzigen roten Flecken auf der Haut wirklich sie?

Wahrscheinlich gibt es noch weitere Flecken an viel intimeren Stellen, überlegte sie. Glühende Hitze durchrieselte sie bei der Erinnerung, und ihr Körper reagierte sofort.

Plötzlich hörte sie ein Geräusch und durchquerte lächelnd das Wohnzimmer. Auf dem Weg zur Haustür stellte sie fest, dass die Schlüssel fehlten. Luke musste sie mitgenommen haben.

Erneut hörte sie ein metallisches Klicken. Wahrscheinlich hatte Luke Schwierigkeiten, den richtigen Schlüssel zu finden. Strahlend schob sie den Sicherheitsriegel zurück und riss die Tür auf.

Eine Zange fiel zu Boden, und Amelia blickte in Snakes erschrockenes Gesicht.

Seine Freunde standen hinter ihm.

15. KAPITEL

Solche Angst hatte Amelia noch nie gehabt. Nur mit einem seidenen T-Shirt bekleidet, stand sie halb nackt da, und nirgends war eine Waffe in Sicht.

Snake hatte sich zwischen sie und die Tür geschoben. Ein zweiter Junge versperrte ihr den Weg zum Telefon. Sein Messer war viel größer als das von Snake. Die Klinge blitzte wie neu.

„Wir haben unten an der Straße gewartet, bis Ihr toller Freund gegangen war. Er wird sich wundern, in welchem Zustand er Sie bei seiner Rückkehr vorfindet."

Amelia hätte die Jungen gern gefragt, was sie vorhatten. Doch ihre Stimme würde ihre Angst verraten und ihnen das Gefühl geben, absolute Herren der Lage zu sein.

„Gefällt Ihnen Fargos Messer?", fragte Snake, als hätte er ihre Gedanken erraten. „Wir haben es extra für Sie besorgt. Ihr Blut wird als Erstes daran kleben."

Sie musste irgendetwas sagen. Sonst würden die Jungen glauben, sie bekäme keinen Ton heraus. „Fargo? Heißt er so nach dem Ort oder nach dem Film?"

Der Junge mit dem Messer sah sie erstaunt an. „Nach dem Film", antwortete Snake stirnrunzelnd.

Meine Güte, die Jungen sind bewaffnet, und sie sind gefährlich. Dabei sind sie noch Kinder, die sich Spitznamen aus Filmen geben, überlegte Amelia. Sie musste sie irgendwie hinhalten, bis Luke zurückkehrte.

„Bist du der Einzige, der hier reden kann?", fragte sie Snake.

„Halt den Mund, blöde Kuh", schnarrte Fargo.

Amelia zog eine Braue in die Höhe. „Aha, er kann also auch sprechen."

„Ich übernehme das Reden, weil ich der Anführer bin", erklärte Snake und gestikulierte mit seinem Messer.

Amelia sah die anderen erstaunt an. „Ihn habt ihr zum Anführer bestimmt? Gut, dass ihr noch nicht alt genug seid, um zu wählen."

Snake stürzte sich auf sie. Es kostete Amelia alle Willenskraft, um nicht zurückzuweichen und davonzulaufen. Unmittelbar vor ihr blieb er stehen und betrachtete sie mit einer Mischung aus Neugier und Argwohn.

„Weshalb hat sie keine Angst?", fragte einer der anderen Jungen. Amelia konnte nicht sehen, wer es war. Sie ließ Snake nicht aus den Augen.

„Keine Ahnung", murmelte er verwirrt.

Benutz deinen Verstand, forderte sie sich auf. „Ich habe keine Angst, weil ich eine Alarmanlage besitze und die Polizei jeden Moment hier eintreffen wird", antwortete sie süßlich.

Die Jungen fuhren erschrocken herum und blickten zur Straße. Amelia nutzte den Moment und floh die Diele hinab. Sie schlug die Tür zu ihrem Schlafzimmer zu, eilte in ihr Gästebad, ließ die Tür aber offen. Mit angehaltenem Atem verbarg sie sich dahinter.

Die Jungen trommelten mit den Fäusten an die Schlafzimmertür. Sie stießen wilde Flüche aus und merkten erst nach einer Weile, dass die Tür gar nicht verriegelt war. Schreiend stürzten sie ins Innere.

Sobald Amelia sicher war, dass alle Jungen verschwunden waren, verließ sie ihr Versteck. Sie nahm den Stuhl, der vor der Frisiertoilette stand, eilte lautlos durch die Diele, zog die Schlafzimmertür zu und schob die Stuhllehne unter den Griff.

Atemlos beobachtete sie, wie die Jungen versuchten, die Tür wieder zu öffnen.

Der Stuhl hielt. Aber sicher nicht ewig.

Rasch wollte sie ihr schnurloses Telefon holen, um es mit nach draußen zu nehmen.

Snake erwartete sie schon. Sie hatte nicht gemerkt, dass er nicht ebenfalls im Schlafzimmer war.

„Sie halten sich wohl für sehr schlau, was?", fragte er und kam mit geöffnetem Messer auf sie zu. Amelia bemerkte seinen verstohlenen Blick in Richtung Tür und ahnte, was in ihm vorging.

„Ich wette, du würdest wer weiß was dafür geben, wenn du deine Freunde freilassen könntest, damit du mir nicht allein gegenübertreten musst", erklärte sie so kühl wie möglich.

Snake blieb wie angewurzelt stehen, und sie wusste, was jetzt kommen würde. Der Junge ist ein Hitzkopf, überlegte sie. Reiz ihn so lange, bis er eine Dummheit begeht.

Die Jungen im Schlafzimmer schrien immer noch und trommelten an die Tür. Amelia hielt den Atem an, aber der Stuhl hielt.

„Halten Sie lieber den Mund", rief Snake und wedelte mit dem Messer. „Versuchen Sie ja nicht so etwas wie neulich mit Fargo. Sonst schneide ich Ihnen ein Bein ab."

Amelia lachte spöttisch und versuchte, so unbekümmert wie möglich zu wirken. „Keine Sorge, das habe ich nicht vor. Ich weiß etwas viel Besseres für dich. Falls die Polizei nicht vorher hier ist, um dich zu retten …"

Amelia hatte keine Ahnung, wie lange sie diese Situation durchhalten konnte. Verzweifelt überlegte sie, wie sie Snake sonst ablenken könnte. Aber ihr fiel nichts ein.

„Die Polizei wäre längst da, wenn sie benachrichtigt worden wäre", sagte Snake. „Außerdem sehe ich nirgends eine Alarmanlage."

Die Jungen im Schlafzimmer stemmten sich erneut gegen die Tür. Langsam begann der Stuhl zu rutschen.

Hoffentlich irre ich mich. Hoffentlich ist alles ein Missverständnis, und das Ganze war nur dummes Gerede. Hoffentlich ist alles ruhig, wenn ich bei Amelia ankomme, und sie schläft genauso fest, warm und sexy wie bei meinem Weggang …

Luke bog mit quietschenden Reifen um die Ecke. Zum ersten Mal in seinem Leben hoffte er, die Polizei würde ihn entdecken und ihm folgen. Doch ebenfalls zum ersten Mal war kein einziger Cop in Santiago Beach zu sehen.

Er musste sich darauf verlassen, dass sein Bruder die Polizei verständigt hatte. David fühlte sich so elend und hatte solch ein schlechtes Gewissen, dass er den Anruf bestimmt gemacht hatte.

Luke bog in Amelias Straße und erreichte das kleine weiße Haus. Ein dunkler PKW parkte halb in der Einfahrt und halb auf den blühenden Blumen.

Jeder Muskel seines Körpers straffte sich, und sein Herz begann zu rasen. Sollte er unter lautem Hupen eintreffen, damit Amelia wusste, dass Hilfe nahte? Oder würde er die Jungen so erschrecken, dass sie etwas Unüberlegtes taten? Etwas, das sich nicht rückgängig machen ließ?

Nein, dieses Risiko durfte er nicht eingehen. Luke löschte die Scheinwerfer, riss das Steuer herum und blockierte den dunklen Wagen. Lautlos stieg er aus und horchte einen Moment. Die Schreie im Haus waren unüberhörbar.

Es kostete ihn größte Selbstbeherrschung, nicht durch die halb offene Tür ins Haus zu stürmen. Stattdessen schlich er die Veranda hinauf und duckte sich unter das Fenster, das wegen der Sommerluft offenstand.

„Wenn jeder die Alarmanlage sehen und abstellen könnte, würde sie nicht viel taugen, oder?", fragte Amelia scheinbar gelassen. Doch Luke erkannte den gespannten Unterton sofort.

Er hörte noch eine weitere Stimme. Sie war leise und jung. Wahrscheinlich gehörte sie Snake.

Rasch warf er einen Blick ins Innere. Amelia lehnte an einem Stuhl, als hätte sie nichts zu befürchten. Snake stand mit dem Rücken zur Haustür und trat unbehaglich von einem Fuß auf den anderen. Wenn er ein bisschen näher käme, könnte ich ihn packen und außer Gefecht setzen, dachte Luke.

Einen Moment glaubte er, dass Amelia ihn entdeckt hätte. Sie verzog keine Miene, doch ihr Körper straffte sich unmerklich. Rasch deutete er erst auf Snake und dann auf die Tür und hoffte inständig, dass sie verstand.

„Bist du an dem Kontrollschalter vorübergegangen und hast ihn nicht bemerkt?", fragte Amelia ungläubig. „Er ist direkt neben der Tür."

Snake drehte sich um und tat den entscheidenden Schritt.

Wie er diese Frau liebte! Luke sprang über das Geländer der Veranda, stieß die Haustür weit auf und stürzte sich auf den Jungen. Aus dem Augenwinkel bemerkte er die blitzende Klinge. Im nächsten Moment lag Snake mit dem Gesicht nach unten am Boden.

Polizeisirenen näherten sich dem Haus. Also hatte David Wort gehalten. Das Trommeln und Schreien im Schlafzimmer hörte auf.

Luke hob den Kopf und sah Amelia an. Sie war unverletzt und wunderschön. „Ich bin richtig stolz auf dich", sagte er lächelnd.

„Wir wären viel früher hier gewesen", entschuldigte Jim Stavros sich bei Amelia, nachdem die erste Aufregung sich gelegt hatte. „Aber wir dachten, ein Jugendlicher hätte einen blinden Alarm gegeben."

„Zum Glück ist ja nichts Ernstes passiert", antwortete sie.

„Nein", stimmte Luke ihr zu. Er legte den Arm um sie und zog sie eng an sich. „Und ich möchte nie wieder hören, dass du keinen Mut hast. Du hast soeben den Gegenbeweis geliefert."

Amelia errötete unmerklich. Vielleicht war sie wirklich nicht so schüchtern, wie sie immer geglaubt hatte. Liebevoll schmiegte sie sich an Luke. Er hatte ihr inzwischen erklärt, weshalb er einen Spaziergang machen musste. Er war so zerknirscht gewesen, dass sie ihn mit einem Kuss zum Schweigen gebracht hatte.

„Aber hinterlass mir beim nächsten Mal eine Nachricht, ja?", bat sie.

Er atmete erleichtert auf, weil es ein nächstes Mal geben würde, und meinte: „Ich bin es nicht gewöhnt, dass man mich vermisst."

„Ich habe dich vermisst. Schon bevor die Kerle kamen." Am liebsten hätte Amelia es ihm auf der Stelle bewiesen. Aber mit all den Polizisten im Haus war das nicht ganz möglich.

Jim sah zu Luke hinüber, während zwei Polizisten Snake und Fargo hinausführten. Die anderen Jungen saßen schon im Streifenwagen.

„Ich hätte mir denken können, dass Sie mit in diesem Schlamassel stecken", sagte er.

Luke zuckte mit den Schultern. „Ich habe nur aufgeräumt. Die eigentliche Arbeit hat Amelia geleistet."

„Sergeant?", ertönte eine Stimme von der Tür. „Der Junge, der die Meldung gemacht hat, ist gerade eingetroffen."

Amelia sah Luke an. Er hatte ihr erzählt, welche Rolle David in dieser Sache gespielt hatte. Sein kleiner Bruder hatte eine sehr schmerzliche Lektion in kürzester Zeit gelernt und war heute Nacht erheblich erwachsener geworden.

„Schicken Sie ihn herein", wies Jim den Polizisten an.

David betrat zögernd den Raum. Man sah ihm an, dass er überall lieber gewesen wäre als hier. Doch er riss sich zusammen und trat zu Amelia. „Es tut mir furchtbar leid, Amelia", begann er. „Ich habe das alles nicht gewollt. Ich dachte …" Er schluckte trocken. „Ich dachte, die Jungen wären meine Freunde." Tränen traten ihm in die Augen. „Aber dann versuchten sie, dir etwas anzutun … „ Er sah sie verzweifelt an. „Dabei warst du meine wirkliche Freundin."

„Ich war nicht deine Freundin, David – ich bin deine Freundin", antwortete Amelia.

David hob erstaunt den Kopf. „Immer noch? Obwohl ich so schlimme Dinge getan habe?"

Amelia warf Luke einen eindringlichen Blick zu und wandte sich wieder an den Jungen. „Ich glaube an eine zweite Chance, David. Am Ende hast du dich genau richtig verhalten."

Sie breitete die Arme aus und hoffte inständig, dass David sich nicht zu alt dafür fühlte. Er warf sich sofort an ihre Brust und erwiderte ihre Umarmung herzlich.

„Er hat sich bereit erklärt, vor Gericht auszusagen, was er weiß. Nicht wahr, junger Mann?", sagte Jim.

David nickte zustimmend und machte sich los. Ein scheues Lächeln glitt über sein Gesicht. „Mom ist vielleicht sauer", sagte er.

„Das kann ich mir vorstellen", antwortete Luke.

Jim räusperte sich leise. „Hat diese schlechte Laune zufällig etwas mit dem Wagen in der Einfahrt zu tun, der auf Jackie Hiller zugelassen ist?"

„Vermutlich", sagte Luke. „Ich habe ihn mir ausgeliehen, um hierher zu kommen. Wahrscheinlich hat sie ihn schon als gestohlen gemeldet."

„In der Tat", bestätigte Jim. „Allerdings hatte noch niemand Zeit, sich mit der Anzeige zu befassen."

„Jim!", protestierte Amelia und traute ihren Ohren nicht. „Luke hat mir das Leben gerettet. Snake und Fargo hatten ein Messer. Sie haben es selber gesehen!"

Jim nickte und ließ Luke nicht aus den Augen. „Ich werde mit Mrs Hiller reden. Jemand muss ihr beibringen, was für einen schlechten Eindruck es machen würde, wenn sie einen Mann anzeigt, der einen Überfall oder möglicherweise sogar Mord verhindern wollte." Er machte eine kurze Pause. „Das würde wirklich nicht gut aussehen – auch wenn Sie Luke McGuire sind."

Luke blickte so fassungslos drein, dass Amelia nur mühsam ein Lächeln unterdrücken konnte. Dankbar ergriff sie Jims Hand. Er ließ Luke immer noch nicht aus den Augen.

„Nach unserer kleinen Begegnung gestern Abend habe ich einige Erkundigungen über Sie eingezogen", fuhr er fort.

„Tatsächlich?" Lukes Stimme klang seltsam gepresst.

„Ich gab Ihren Namen in den Polizeicomputer ein. Einer unserer Offiziere, Rob Porter aus Los Angeles, wusste einige interessante Dinge über Sie."

Luke atmete erleichtert auf.

„Einer der besten Raftingführer des Staates und einer der zehn besten Wildwasserkajakfahrer des Landes."

Amelia sah überrascht auf. Sie hatte geahnt, dass Luke ein guter Rafter sein würde. Aber er hatte ihr nie gesagt, wie gut er wirklich war.

Luke trat unbehaglich von einem Fuß auf den anderen. „So sagt man."

„Außerdem habe ich mit Gary Milhouse telefoniert. Er teilte mir mit, dass Sie ein examinierter Wildwasserretter wären, ausgebildet in Erster Hilfe etc. Außerdem ein Experte für Hydrotopografie und Fluss-dynamik."

Amelia sah, dass Luke aufmerksam den Boden betrachtete. Sie musste unbedingt ein ernstes Wort über seine Untertreibungen mit ihm reden.

„Milhouse sagte ferner, dass er Ihnen sein gesamtes Hab und Gut bedingungslos anvertrauen würde", schloss Jim.

Luke hob überrascht den Kopf. „Hat er das wirklich gesagt?"

„Ja. Ich betrachtete das als großes Kompliment." Jim sah zu Amelia hinüber. „Es sieht ganz danach aus, als hätte eine neue Bewohnerin unserer Stadt als Einzige die Wahrheit erkannt. Wir anderen ließen uns von der Vergangenheit blenden."

Luke richtete sich höher auf. Nie zuvor war Amelia so stolz auf ihm gewesen. „Mir erging es nicht anders."

Lächelnd streckte Jim ihm die Hand hin. Luke ergriff sie nach kurzem Zögern und schüttelte sie kräftig.

„Ich muss mich auf den Weg machen und ein bisschen Klatsch verbreiten", erklärte Jim.

Bevor Luke etwas einwenden konnte, war er gegangen.

„Ein dreifach Hoch dem Helden", sagte Amelia leise. „Luke Mc-Guire ist zurückgekehrt."

16. KAPITEL

„Mann, das war toll!"

Davids Ruf hallte zu Amelia hinüber. Sie konnte dem Jungen nur zustimmen. Sie war nass, und sie war müde. Außerdem fröstelte sie ein bisschen. Aber sie war noch nie im Leben so herrlich erschöpft und gleichzeitig so erregt gewesen.

Außer, nachdem Luke und ich uns geliebt haben, verbesserte sie sich. Aufmerksam sah sie zu, wie er das Floß vertäute, mit dem sie gerade einen Abschnitt seiner Lieblingsstrecke gefahren waren.

„Das war unwahrscheinlich cool!" David sprang immer noch auf dem Steg von Whitewater West herum. „Nicht wahr, Amelia?"

„Absolut", gab sie zu.

Luke trat zu ihnen und betrachtete lächelnd seinen kleinen Bruder. „Unsere Fahrt hat dir also gefallen?"

„Oh, Mann, ja! Es war viel cooler als das, was ich mir früher bei dir vorgestellt habe."

Zum Glück, dachte Amelia.

„Wann können wir dies wiederholen?", fragte der Junge eifrig.

„Wir werden morgen eine zweite Fahrt machen, wenn du möchtest."

„Natürlich möchte ich das. Aber ich meinte diesen Besuch."

„Dann wirst du sauber bleiben?"

„Garantiert. Das verspreche ich. Mom wird mich nicht wiedererkennen."

So einfach würde es nicht werden. Das war Luke klar. Er selber würde ebenfalls einen heftigen Kampf ausfechten müssen, um ein Teil im Leben seines Bruders zu bleiben.

„Ich werde sehen, was ich tun kann. Sergeant Stavros hat deiner Mutter so lange zugesetzt, bis sie dir diese Reise erlaubte. Vielleicht kann er sie jeden Sommer dazu überreden. Falls nötig, werde ich mich auch persönlich darum kümmern. Möglicherweise lässt sie dich dann ziehen, um mich nicht mehr sehen zu müssen."

David tat, als wäre damit alles geregelt. Amelia ahnte, dass es nicht so einfach werden würde. Jim hatte Jackie gewarnt, sie würde David verlieren, wenn sie den Jungen weiterhin von seinem älteren Bruder fernhielt. Erst dann hatte die Frau zögernd in dieses Wochenende eingewilligt.

„Ich verstehe nicht, weshalb sie dich immer noch hasst, obwohl sie die Wahrheit kennt", sagte David.

„Sie wird sich nicht ändern", antwortete Luke. „Ich glaube, das könnte sie gar nicht. Es wird niemals echte Liebe zwischen uns geben. Aber vielleicht können wir eines Tages Frieden schließen."

„He, David. Komm rüber, falls du Lunch mit uns essen willst", ertönte eine Stimme.

Der Junge eilte zu Gary, Diane und deren beiden Töchtern Jennifer und Jessica, die um einen Grill saßen. Amelia sah ihm nach und drehte sich anschließend zu Luke, der sie aufmerksam beobachtete.

„Kommst du morgen mit?", fragte er. „Oder möchtest du lieber bei Diane bleiben?"

Luke wollte ihr einen leichten Ausweg zeigen, erkannte Amelia. Diane und sie verstanden sich sehr gut. Deshalb hätte sie eine fabelhafte Ausrede, wenn sie nicht noch einmal aufs Wasser wollte.

„Ich würde lieber mit dir fahren."

„Bist du sicher?"

Sie nickte. „Ja. Es ist einfach toll."

Er lächelte befriedigt. „Ich war sicher, dass es dir gefallen würde."

„Aha. Und weshalb warst du so sicher, Mr McGuire?"

Er zog sie fest in seine Arme. „Weil sich unter deiner reservierten Schale eine Klassefrau verbirgt. Die Abenteuerlust hat schon immer in dir gesteckt, Amelia. Du hattest sie nur so tief vergraben, dass es eine Weile dauerte, bis sie zum Vorschein kam."

Amelia lachte leise. Es war total verrückt. Alles, was sie heute gemacht hatte, war total verrückt. Seit sie Luke kannte, hatte sich alles verändert. Sie war verrückt, und es gefiel ihr sehr.

„David ist mindestens für eine Stunde beschäftigt", sagte Luke, und seine Stimme wurde plötzlich heiser.

Amelia wusste sofort, was er meinte. „Vielleicht auch noch länger", antwortete sie hoffnungsvoll.

Er küsste sie kurz, aber vielversprechend. „Ich überlege gerade, wie schnell ich das ganze Zeug hier verstauen kann."

„Nicht schnell genug", sagte sie und bemerkte zu ihrer Freude, dass ihn ein Schauer durchrieselte. Rasch ließ er sie los und sammelte die restlichen Sachen ein.

„Ich glaube, David mag Jessica sehr", sagte Amelia, um ihr wachsendes Verlangen zu unterdrücken.

„Dann soll er sich lieber vor Gary in acht nehmen", warnte Luke. „Der versteht keinen Spaß, wenn es um seine Töchter geht."

„Er ist ein netter Kerl."

„Ja", sagte Luke, und seine Stimme wurde rau. „Nachdem er festgestellt hat, dass wir verschwunden sind, wird er den Jungen wahrscheinlich so beschäftigen, dass er uns gar nicht vermisst."

„So etwas nennt man Freundschaft."

Als sie seine kleine Hütte erreichten, waren sie schon wie im Fieber. Amelia zerrte Lukes Hemd heraus, bevor er die Tür richtig verriegelt hatte. Alle Schüchternheit war von ihr abgefallen. Luke hatte ihr gestanden, dass es ihn unwahrscheinlich erregte, wenn sie es vor Verlangen kaum noch aushielt.

Immer wieder küssten sie sich leidenschaftlich, verstreuten ihre Kleider quer durch das Wohnzimmer und waren längst nackt, als sie das Schlafzimmer erreichten. Mit beiden Händen erforschten sie ekstatisch die empfindsamen Stellen ihrer Körper, als wären sie viel länger als nur eine Woche getrennt gewesen.

Ohne weitere Vorbereitung warfen sie sich auf das Bett und suchten nach dem kürzesten Weg zur höchsten Erfüllung. In stummem Einverständnis legte Amelia sich auf den Rücken und zog Luke mit, ließ ihm aber genügend Zeit, um für Schutz zu sorgen. Sie stöhnte leise, als er zwischen ihre Beine glitt. Sie glühte am ganzen Körper, und sie war nicht bereit, noch eine Sekunde länger zu warten.

Luke reagierte mit der ihm eigenen Leidenschaft auf ihr Begehren und drang mit einem einzigen Stoß in sie ein. Beide schrien laut auf und klammerten sich einen Moment atemlos aneinander.

Dann loderten die Flammen auf. Luke begann sich zu bewegen, und Amelia passte sich seinem scharfen Rhythmus an. Immer schneller und kraftvoller erklomm sie den Gipfel der Lust und rief auf dem Höhepunkt laut seinen Namen. Während ihre Muskeln sich ein letztes Mal lustvoll zusammenzogen, drang Luke erneut in sie ein und schoss gemeinsam mit ihr über den Rand der Ekstase hinaus.

Endlich sank er erschöpft auf sie hinab. Lange hörte man nur ihre raschen Atemzüge in dem kleinen Raum.

Plötzlich rollte Luke sich von ihr hinunter. Er blieb einen Moment auf der Bettkante sitzen und stand unbehaglich auf. Langsam ging er zu dem einzigen Fenster und blickte hinaus auf das rauschende Wasser.

Amelia beobachtete ihn aufmerksam. Er wirkte wie eine gemeißelte klassische Statue.

„Dieser Ort hat mir das Leben gerettet, Amelia", sagte Luke endlich. „Bevor ich den Fluss entdeckte, habe ich nur existiert. Immer wieder habe ich mich gefragt, ob es nicht besser um die Welt und um mich bestellt wäre, wenn es mich nicht gäbe. Ich hatte keine Perspektive und absolut nichts, worauf ich mich freuen konnte."

Amelia setzte sich auf und runzelte die Stirn. Der Junge, der er gewesen war, tat ihr von ganzem Herzen leid. Trotzdem fühlte sie sich plötzlich unbehaglich und musste unbedingt etwas überziehen. Obwohl sie sich gerade leidenschaftlich geliebt hatten, brachte sie es nicht fertig, splitternackt zu ihm ans Fenster zu treten. Bevor sie merkte, was sie tat, hatte sie Lukes T-Shirt angezogen. Es war noch warm von seinem Körper und trug seinen Duft.

„Dann trat der Fluss in mein Leben und gab ihm einen Sinn", fuhr er fort. „Endlich weiß ich, wer ich bin."

Das unheilvolle Gefühl nahm zu, und Amelia erkannte auch den Grund. Luke flehte sie beinahe an, ihn zu verstehen.

Und sie verstand ihn sehr gut. Klarer konnte er ihr nicht beibringen, dass dies sein Leben war. Als Nächstes würde er ihr erklären, dass für sie kein Platz darin war. Die Erkenntnis traf sie wie ein Schlag. Am liebsten wäre sie aufgesprungen und geflüchtet. Aber sie traute ihren Beinen nicht.

„Ich könnte auch an einem anderen Fluss leben", erklärte Luke. „Es müsste nicht einmal direkt am Ufer sein, aber wenigstens in der Nähe. Aber bestimmt nicht in Santiago Beach. Das wäre mir unmöglich, Amelia. Ich will nie wieder dorthin zurück."

Das war es also. Sie hätte es wissen müssen. Sie war nur ein Abenteuer für ihn gewesen, eine angenehme Abwechselung, während er eine alte Geschichte aufarbeiten musste. In seinem jetzigen Leben war für sie kein Platz.

Sie würde ihm nicht zeigen, wie sehr diese Erkenntnis sie schmerzte. Ganz gleich, was es sie kostete.

„Verstehe", sagte Amelia steif. Nervös sammelte sie ihre Kleidung ein und zog sich an. „Ich werde ins Haupthaus gehen und dort auf dich warten. Sobald du morgen mit David zurück bist, werde ich mit ihm nach Hause fahren." Obwohl sie sich größte Mühe gab, klang ihre Stimme gepresst.

Wie schafften es erfahrene Frauen nur, eine Affäre zu haben und anschließend einfach zur Tagesordnung überzugehen? Wie verbargen sie ihren Schmerz und ...

„Amelia?"

Sie konnte Luke unmöglich ansehen. „Es ist alles in Ordnung", sagte sie. Von wegen. Ihre Welt würde nie wieder in Ordnung sein.

Luke fasste ihre Schultern und drehte sie zu sich. Als sie ihn immer noch nicht ansah, drückte er ihren Kopf mit einer Hand vorsichtig nach hinten.

„Ist dir Santiago Beach so wichtig?", fragte er besorgt. „Ich weiß, du lebst dort schon einige Jahre. Du hast das Haus deiner Eltern und die Buchhandlung. Aber du bist dort nicht geboren ..."

Sie sah ihn einen Moment verblüfft an. „Was hat mein Geburtsort damit zu tun?"

Luke ließ sie los und verzog das Gesicht. „Ich wusste, dass ich alles verderben würde." Erst jetzt merkte er, dass Amelia vollständig angezogen war und er nicht. Nervös hob er seine Jeans auf und zog sie mit hektischen Bewegungen über.

„Dass du was verderben würdest?", fragte sie endlich.

Er richtete sich auf und strich mit der Hand durch sein zerzaustes Haar. „Ich hatte dir von den Menschen erzählen wollen, die den River Park als Ausgangspunkt für eine Rucksackwanderung oder eine Campingfahrt benutzen. Von den erfahrenen Wildwasserflößern oder Kajakfahrern, die allein auf den Fluss gehen, weil sie die Einsamkeit dem Gruppenerlebnis vorziehen."

Er sprach wie ein Lehrer, der seinem Schüler etwas erklärte.

„Und weshalb wolltest du mir das erzählen?", fragte sie, als er nicht weiterredete.

„Ich ... Diese Leute sind ziemlich anspruchslos. Sie haben vielleicht ein Radio, aber keinen Fernseher. Nach einem langen Tag auf dem Fluss möchten sie richtig entspannen. Die meisten tun es mit einem Buch."

Amelia rührte sich nicht. Lukes Worte hatten etwas mit ihr zu tun. Aber sie konnte sich beim besten Willen keinen Reim darauf machen.

„Tatsache ist, dass viele zu spät an ihre Lektüre denken. Sie fragen uns immer wieder, ob sie irgendwo Bücher ausleihen können. Der Lebensmittelladen in der Stadt hat eine winzige Bibliothek. Aber die meisten Titel sind so alt wie David."

Amelia hielt überrascht die Luft an. „Luke ...", begann sie. Doch nachdem er einmal angefangen hatte, schien es für ihn kein Halten mehr zu geben.

„Unmittelbar neben dem Lebensmittelgeschäft, in dem die meisten Urlauber sich vor Beginn ihres Ausflugs versorgen, steht ein Laden leer. Die Miete ist ziemlich niedrig. Du könntest dorthin umziehen."

Endlich begriff sie, worauf Luke hinauswollte.

„Ich habe gestern mit Gary gesprochen", fuhr er fort. „Er wäre bereit, mir das Grundstück zu verkaufen, auf dem das Holzhaus steht. Ich könnte es ausbauen und so viel neuen Raum hinzufügen, wie du brauchst. Es würde eine Weile dauern, aber ..."

„Luke McGuire!", schrie Amelia beinahe. „Was willst du mir wirklich sagen?"

Er atmete verärgert aus. „Verdammt, ich bin nicht gut in solchen Dingen. Ich habe noch nie einer Frau einen Heiratsantrag gemacht."

All der Schmerz, der sich die letzten Minuten in ihrer Brust angesammelt hatte, all die Tränen, die ihr in die Augen steigen wollten, machten sich Luft. Verzweifelt sank Amelia auf die Bettkante.

Luke kniete sich neben sie und sah sie besorgt an. „Weinst du, Amelia? Ich weiß, ich habe eine schlimme Vergangenheit. Aber ich dachte, das würde für dich keine Rolle spielen."

Unendliche Freude durchströmte Amelia. Sie sah Luke an, und der Abenteuergeist, den er in ihr geweckt hatte, brach mit aller Kraft hervor. Es gab noch andere Möglichkeiten, als sich wie ihre Eltern ruhig und solide niederzulassen. Sicher, es würde nicht immer leicht sein. Aber mit den Schwierigkeiten würde sie ebenso fertig werden wie Luke mit seinen Stromschnellen.

Sie lächelte unter Tränen. „Heißt das, ich kann dieses T-Shirt behalten?"

Atemlos betrachtete er sein Whitewater-West-Shirt und verzog den Mund zu einem trägen Lächeln. „Nur wenn du Ja sagst."

„Das Blaue gefällt mir auch", meinte sie nachdenklich.

Luke lachte schallend. „Du kannst haben, welches du möchtest."

„Alle", erklärte Amelia und blickte auf seine nackte Brust. „Damit du kein Einziges mehr zum Tragen hast."

Er lachte aus vollem Herzen. Für Amelia war es das schönste Geräusch, das sie jemals gehört hatte. „Ich betrachte das als ein Ja", sagte Luke.

„So war es auch gemeint." Amelia beugte sich vor und küsste die geliebte Stelle auf seinem Bauch, wo die glatten, durchtrainierten Muskeln zusammentrafen. Luke holte tief Luft und stieß den Atem keuchend wieder aus, während sie höher glitt und mit der Zunge über seine feste Brustwarze strich.

Viel, viel später lag sie schläfrig neben ihm und war sicher, dass sie beide das Paradies für sich gefunden hatten.

EPILOG

*A*melia McGuire tippte nachdenklich mit dem Finger auf den dicken Briefumschlag, der in einer kühnen Handschrift ihren Namen auf der Vorderseite trug. Charlie hatte ihn heute Morgen in den Laden gebracht, als Luke schon mit einigen Kunden zu einer eintägigen Floßfahrt aufgebrochen war.

Wann sollte sie ihm die Neuigkeit erzählen? Sofort? Er musste jeden Moment zurückkehren.

Sie öffnete den Umschlag und zog das Foto heraus. Tränen stiegen ihr in die Augen, während sie es betrachtete.

Ich muss etwas ganz Besonderes machen, dachte sie. So besonders wie diese Neuigkeit. Rasch begann sie mit den Vorbereitungen.

Als Luke am späten Nachmittag nach Hause kam, hatte Amelia den kleinen Tisch mit hübschem Geschirr und Kerzen auf der Veranda gedeckt. „Ich dachte, wir sollten den Sonnenuntergang genießen", sagte sie.

Seit sie ihr altes Leben vor einem Jahr aufgegeben und ein neues gemeinsam mit Luke begonnen hatte, überraschte sie ihren Mann häufig damit. Weil es ihr selber gefiel und um ihm zu zeigen, dass sie nichts bereute, sondern diesen Ort ebenso liebte wie er. Die Sonnenuntergänge in River Park waren zwar nicht so spektakulär wie an der Küste. Dennoch genossen sie es beide, den Tag auf diese Weise ausklingen zu lassen. Wenn der Umbau fertig war, würden sie eine Terrasse am Fluss dafür haben. Bis dahin mussten sie sich mit der Veranda begnügen.

Luke lächelte Amelia so sinnlich zu, dass ihr glühend heiß wurde, und eilte ins Haus, um sich umzuziehen. Kurz darauf setzte er sich zu ihr an den Tisch. Sie aßen Spaghetti in Erinnerung an die erste Mahlzeit, die sie geteilt hatten. Anschließend erzählte er ihr von der Floßfahrt, und sie berichtete ihm von den Kunden, die heute in ihren Laden gekommen waren.

Als sie eine Flasche gekühlten Champagner und zwei Gläser holte, betrachtete Luke sie argwöhnisch und fragte: „He, was ist los?"

„Würdest du sie bitte öffnen?"

Nachdenklich füllte er die beiden Gläser und stellte die Flasche wieder hin.

„Amelia ..."

Sie holte tief Luft und öffnete den Umschlag. „Ich habe etwas für dich."

„Was denn?"

„Deine Familie." Sie legte ihm das Foto hin.

„Meine …" Er redete nicht weiter, sondern betrachtete das Bild. Es zeigte sechs Personen, die von zwei Teenagern bis zu einem grauhaarigen Paar in den Siebzigern reichten. Eindeutig eine Familie. Die Ähnlichkeit der Männer, ihre Hautfarbe und ihre Haarfarbe, ja selbst ihr Lächeln war unübersehbar. Vor allem der Mann in der Mitte hatte es Amelia angetan. Es war ein gut aussehender, verwegener Vierziger, das lebendige Abbild jenes Mannes, der das Foto jetzt in Händen hielt.

Sein Sohn.

Luke riss erstaunt die Augen auf und öffnete den Mund, als bekäme er keine Luft mehr. Endlich sah er Amelia an. „Ich …"

Sie zog das Schreiben aus dem Umschlag. „Dein Vater wusste nichts von dir, Luke. Deine Mutter hatte einen dieser typischen hysterischen Anfälle des *Morgens danach*. Sie schickte ihn weg und forderte ihn auf, nie wieder zurückzukommen. Er war damals erst achtzehn und total verantwortungslos, wie er selber zugibt. Deshalb verschwand er nach dem One-Night-Stand, der ihm ohnehin nicht viel bedeutet hatte."

Luke sah Amelia fest an. „Sind das seine Worte? Dieser Brief …" Er deutete auf das Schreiben. „… ist von ihm?"

Sie nickte.

„Wie bist du daran gekommen?"

„Jim Stavros hat mir geholfen. Er entlockte deiner Mutter einige Einzelheiten. Keine Ahnung, wie er es geschafft hat. Letzten Monat gab er mir eine Anschrift in Irland, und ich schrieb hin. Ich legte ein Foto von dir dazu, und heute kam die Antwort."

„Du hast kein einziges Wort davon gesagt."

„Ich wollte erst sicher sein, dass ich den richtigen McGuire hatte. Und dass er gefunden werden wollte."

Luke betrachtete die Gesichter erneut, die seinem sehr ähnlich waren. „Er hatte nichts dagegen?"

„Sie hatten nichts dagegen", verbesserte Amelia ihn. „Im Gegenteil. Sie waren höchst erfreut." Lächelnd reichte sie ihm den Brief. „Dein Vater schreibt, er wäre früher das schwarze Schaf der Familie gewesen. Doch schließlich wäre er erwachsen geworden, hätte ein Mädchen aus dem Ort geheiratet und zwei Kinder mit ihr bekommen. An deine

Mutter hätte er nie wieder gedacht."

„Was sie erheblich geärgert haben dürfte", murmelte Luke.

„Du kannst den Brief natürlich selber lesen", fuhr Amelia fort. „Das Fazit ist, dass wir nach Irland eingeladen worden sind, um so bald wie möglich die ganze Familie kennenzulernen."

„Irland …"

„Ich habe nachgesehen, wo sie wohnen. In der Nähe von Dublin. Man kommt ganz leicht hin."

Luke sah sie eine Weile schweigend an. Dann betrachtete er das Foto erneut. „Ich bin ein bisschen – überwältigt."

Amelia legte ihre Hand auf seine. „Ich weiß. Es liegt auch eine Notiz von seiner Frau dabei. Sie versichert dir, dass sie keine feindseligen Gefühle gegenüber einem Sohn ihres Mannes hegt, der lange vor ihrer Ehe gezeugt wurde. Sie würde den großen Bruder ihrer beiden Mädchen gern begrüßen."

„Ich …" Er klang immer noch ein wenig benommen.

„Wie schnell können wir fliegen?"

Luke bekam keinen Ton heraus. Deshalb stand er auf, zog Amelia in seine Arme und hielt sie so fest, dass sie nach Luft rang. „Ich habe einen Vater", flüsterte er endlich.

Lächelnd sah sie zu ihm auf. „Und eine Stiefmutter, die sehr nett zu sein scheint. Außerdem Großeltern und zwei Halbgeschwister. Die Mädchen werden absolut hingerissen sein, wenn sie dich sehen."

Zu ihrer großen Freude errötete Luke heftig. Dies schien ein guter Augenblick zu sein, ihre weiteren Pläne zu erwähnen. „Vielleicht könnten wir in einem oder zwei Jahren noch einmal hinfahren und deinen Schwestern eine kleine Nichte oder einen kleinen Neffen zum Verwöhnen präsentieren."

Luke rührte sich nicht.

„Ich möchte ein Kind", sagte Amelia mit fester Stimme. „Eines mit einer richtigen Familie, die es liebt und so schätzt, wie ein Kind geschätzt werden sollte."

Luke schluckte trocken und umarmte sie erneut. „An diesen Gedanken muss ich mich erst einmal gewöhnen."

„Ich weiß." Sie lehnte sich zurück und sah ihn schelmisch an. „Vergiss dabei nicht den Spaß, deine leibliche Mutter zur Großmutter zu machen, während sie aller Welt weismachen möchte, dass sie erst fünfunddreißig ist."

Luke lachte laut auf und küsste sie auf dem Mund.

Sie tranken einen Schluck Champagner und küssten sich erneut.

Diesmal ließ er sie nicht mehr los.

Der restliche Champagner hat Zeit, dachte Amelia. Die Liebkosungen ihres Ehemanns waren wesentlich anregender.

Sie war bereit zu einem weiteren Besuch im Paradies.

– ENDE –

Judith Duncan

Endlich wieder im Paradies

Roman

Aus dem Amerikanischen von
Tatjána Lénárt-Seidnitzer

1. KAPITEL

Zigarettenrauch schwebte über den vier Billardtischen, war gefangen unter den großen Messingleuchtern, die tief über dem grünen Stoff hingen. Eine Gestalt bewegte sich im Zwielicht jenseits der Lichtkegel und verursachte einen Luftzug, der den Rauch aufsteigen ließ. Die bunten Billardkugeln funkelten im Licht, bis sie eine nach der anderen in den schwarzen Löchern am Rande des Tisches verschwanden, und nur noch die weiße übrig blieb.

In der angrenzenden Bar dröhnten die Musikbox und das Stimmengewirr der Gäste, aber im Billardsaal herrschte Stille an diesem Samstagabend. Das Kicken der Kugeln und gelegentliche knappe Bemerkungen der Spieler waren die einzigen Geräusche. Auf das Spiel konzentriert, warteten alle auf den nächsten Stoß. An diesem Abend gab es keine weiteren Zuschauer.

Brodie Malone lehnte sich gegen den Türrahmen, hakte die Daumen in die Taschen seiner Jeans und beobachtete mit ernster Miene den Vorarbeiter der Circle S Ranch, der mühelos seinen Gegner besiegte. Wenn das alte Sprichwort zutraf, dass ein guter Billardspieler das Resultat einer vergeudeten Jugend war, dann hatte Ross Wilson viel vergeudet. Es gab verdammt wenige, die ihn zu schlagen vermochten.

Was nicht gerade für mich selbst spricht, dachte Brodie mit einem grimmigen Lächeln, da er zu diesen wenigen gehörte. Jeder in Bolton wusste, dass er nicht gerade mit einem Heiligenschein aufgewachsen war. Er hatte einen Ruf, den in einer Kleinstadt niemand vergisst.

Er schüttelte diese beunruhigenden Gedanken ab und richtete seine Aufmerksamkeit auf den nächsten Tisch. Es war ein ungewöhnlich ruhiger Samstag. Hauptsächlich ortsansässige Stammgäste hielten sich im Silver Dollar Saloon auf. Die Gäste aus der Stadt, die an Wochenenden gewöhnlich in Scharen eintrafen, waren ausgeblieben. Das war jedoch angesichts der Wetterlage nicht weiter verwunderlich. Es war stürmisch und regnerisch wie im November und viel zu kalt für Ende Mai. Brodie wäre selbst nicht gekommen, wenn nicht eine Feier im Festsaal stattgefunden hätte und nicht die Hälfte seines Personals wegen einer Grippewelle ausgefallen wäre.

Einer der Spieler stellte ein Glas Bier auf den Rand des Billardtisches. Brodie kreuzte die Arme vor der Brust und starrte es finster an. Gerade hatte er alle vier Tische neu beziehen lassen. Die Rechnung lag sogar noch auf seinem Schreibtisch. Er atmete tief durch und richtete sich auf. „Nehmt lieber das Bier von den Tischen, Jungs", sagte er in gezwungen leichtem Tonfall. „Ruby hat den Letzten erschossen, der einen Drink umgestoßen hat."

Schallendes Gelächter ertönte. Jemand entfernte das Glas. Das runzelige Gesicht von Artie Shaw tauchte im Lichtkegel auf. Er grinste belustigt, und seine Augen funkelten. „Ja, ja, nehmt euch lieber vor Ruby in acht, Jungs. Sie macht jeden fertig, der ihr in die Quere kommt."

Mit einem vagen Lächeln wandte Brodie sich ab und verließ den Raum, gefolgt von erneutem Gelächter.

Ruby Taubbs leitete den Silver Dollar Saloon, und sie war nicht zu unterschätzen. Solange er denken konnte, arbeitete sie bereits hier im Bolton Hotel, und sie hatte ihm in seiner vergeudeten Jugend mehr als einmal die Leviten gelesen. Jeder Cowboy im Umkreis von hundert Meilen war irgendwann einmal mit ihr aneinandergeraten, aber jeder Einzelne hatte sie im Notfall mit seinem Leben verteidigt.

Brodie vermutete, dass diese Ergebenheit hauptsächlich auf ihren unverhohlenen weiblichen Reizen beruhte. Sie war mit sehr üppigen Rundungen ausgestattet und aufgemacht wie eine Stripperin aus Las Vegas. Doch es lag nicht nur an der Wahl ihrer Kleidung, sondern vielmehr an der Art, wie sie ihren Körper, ihr kupferrotes Haar, ihre leuchtend rot lackierten Fingernägel und ihre zahlreichen Schmuckstücke zur Schau stellte.

Der äußere Schein trügte. Zwar hatte sie ein sehr loses Mundwerk, aber sie würde einem Bedürftigen ihr letztes Hemd geben. Sie war außerdem eine der sehr wenigen Personen, denen Brodie bedingungslos vertraute. Aus ihrer Personalakte wusste er, dass sie weit über fünfzig war, aber sie hätte ihm deutlich nahegelegt, diese Information lieber für sich zu behalten. Und abgesehen von all ihren anderen Merkmalen, war sie ihr Gewicht in Gold wert. Sie hatte einen sechsten Sinn für drohende Schwierigkeiten und konnte besser als jeder andere, den Brodie kannte, mit schwierigen Gästen und heiklen Situationen umgehen.

Ruby arbeitete als Geschäftsführerin, seit Brodie und sein stiller Teilhaber das Hotel vor zwei Jahren gekauft hatten. Sie verstand mehr vom Geschäft als jeder Fachmann. Bei der Renovierung des Hotels und dem Umbau der damals schmuddeligen Bar zum Silver Dollar Saloon hatte sie mehr brauchbare Vorschläge beigetragen als der Architekt. Ja, Ruby war ihr Gewicht in Gold wert, und derzeit kümmerte sie sich allein um die Bar, da der Barkeeper die geschlossene Gesellschaft im Festsaal bediente.

Brodie überquerte den schmalen Korridor und betrat den Saloon. Das Dröhnen der Musikbox verursachte ein Pochen in seinen Schläfen. Er brauchte dringend Schlaf. Seit über einer Woche sprang er für erkranktes Personal sowohl im Hotel als auch in seinem Videoverleih ein, und er fühlte sich völlig erschöpft.

Er lächelte beinahe, als er Ruby in einer hautengen Stretch-Hose müßig an der Bar stehen und in einer Zeitschrift blättern sah. Kein leeres Glas und kein schmutziger Aschenbecher waren zu sehen.

Die Barbeleuchtung ließ die strassbesetzten Kämme in ihren kunstvoll hochgesteckten Haaren funkeln. Sie blätterte eine weitere Seite um, bevor sie bemerkte: „Na, hat schon jemand deine neuen Billardtische versaut?"

Brodie lehnte sich an die Bar und entgegnete ein wenig gereizt: „Ich habe dir doch gesagt, dass sie nicht neu sind."

Sie warf ihm einen strafenden Blick unter den falschen Wimpern zu. „Aber sie könnten es sein."

„Na gut, die Rechnung ist ein bisschen höher, als ich erwartet habe", gestand er mit einem kleinen Lächeln ein. „Aber es sind sehr hochwertige Tische."

Sie deutete mit dem blutrot lackierten Daumen in die Richtung des Billardsaales. „Glaubst du wirklich, dass die Typen da drinnen den Unterschied bemerken?"

Er grinste. „Nein, aber ich." Er stellte einen Fuß auf die Messingstange an der Bar und blickte sich im Raum um. „Was ist eigentlich unten los?"

„Die Valmers feiern ihren fünfundzwanzigsten Hochzeitstag." Ruby blätterte erneut eine Seite um. „Die Buchung liegt auf deinem Schreibtisch. Liest du nie, was ich dir hinlege?"

„Nicht, wenn es sich vermeiden lässt."

„Das dachte ich mir."

„Deswegen habe ich doch Rita und dich. Damit ihr euch um diese Sachen kümmert."

„Weil du es für Weiberkram hältst, Feiern auszurichten."

Er widersprach ihr nicht. Er hielt es zwar nicht unbedingt für Weiberkram, aber diese Seite der Hotelbranche brachte ihn zur Verzweiflung. Ruby und Rita, die das Hotelrestaurant leitete, ersparten ihm viel

Kummer, indem sie sich um die Banketts kümmerten.

Das Telefon am Ende der Theke klingelte. Ruby nahm den Hörer ab und meldete sich sehr formell mit ihrem vollen Namen. „Was gibt's, Slugger?"

Slugger war der Barkeeper, der für die geschlossene Gesellschaft im Untergeschoss zuständig war. Brodie wartete mit angehaltenem Atem und hoffte inbrünstig, dass es sich nicht um einen Notfall handelte, wie zum Beispiel eine verstopfte Toilette oder ein Problem in der Küche. Er war zu erschöpft, um an diesem Abend eine weitere Krise zu verkraften.

Ruby griff nach einem Notizblock und begann zu schreiben. Schließlich sagte sie: „Nein, kein Problem. Der Boss ist hier. Er kann dir das Zeug bringen." Sie legte den Hörer auf und verkündete: „Es muss eine wahnsinnige Party da unten sein. Slugger sind der Alkohol und das Eis ausgegangen."

Brodie wollte die Liste nehmen, die Ruby gerade zusammengestellt hatte, aber sie schob seine Hand fort. „Ich kümmere mich darum. Du bist viel zu müde." Sie begab sich hinter die Bar. „Du kannst die Sachen runterbringen und uns dann allen einen Gefallen tun, indem du nach Hause gehst."

Er stieß sich von der Theke ab und ließ die verspannten Schultern kreisen. „Du kannst die Arbeit an der Bar nicht allein schaffen."

„Es ist doch nichts los. Natürlich schaffe ich es."

Müde rieb er sich die Augen und blickte sich erneut im Raum um. Trotz des beachtlichen Geräuschpegels waren nur wenige Gäste da, und die verhielten sich sehr friedlich. Aber es gefiel ihm nicht, Ruby die ganze Last aufzubürden. Dennoch wusste er, dass er ihr in seinem momentanen Zustand keine große Hilfe war.

Er drehte sich um, stützte beide Arme auf die Theke und beobachtete, wie sie eine Reihe von Flaschen in einen Karton stellte. „Sobald diese Grippewelle vorbei ist, gebe ich dir ein paar Tage frei. Das hast du dir wirklich verdient."

„Du bist oft genug für mich eingesprungen, Malone", entgegnete Ruby schroff. „Also mach nicht so ein Theater, wenn ich es mal für dich tue." Sie schloss den Karton und legte einen Beutel Eiswürfel aus dem Gefrierschrank darauf. „So, du kannst gehen. Aber fall bloß nicht die Treppe runter. In den Flaschen sind sehr edle Getränke drin."

Brodie nahm den Karton und warf ihr einen belustigten Blick zu. „Ja, Mutter."

Sie ignorierte die Bemerkung. „Und ich will dich hier nicht vor Montagabend sehen. Verstanden?"

„Ich glaube, ich sollte dir einen Hund kaufen. Dann hast du zu Hause jemanden, den du herumkommandieren kannst."

„Ich brauche keinen Hund, Malone. Ich habe doch dich."

Er wusste aus Erfahrung, dass man sehr ausgeschlafen sein musste, um ein Wortgefecht gegen Ruby gewinnen zu können. Daher verzichtete er auf eine Entgegnung und ging.

Der Festsaal, der Platz für gut hundert Personen bot, befand sich zusammen mit einigen kleineren Konferenzräumen und einer Küche im Untergeschoss des neuen Flügels, den Brodie und sein Partner an das Hotel angebaut hatten. Statt sich mit einem schlichten, fensterlosen Raum zu begnügen, hatten sie die Erde hinter dem Hotel abtragen lassen und einen Innenhof angelegt, auf den breite Terrassentüren hinausführten.

Jeder in der Stadt hatte die beiden für verrückt erklärt, einschließlich der Bank, die das Darlehen gewährt hatte. Bolton war eine Kleinstadt inmitten ländlicher Umgebung im Süden von Alberta, etwa anderthalb Autostunden von Calgary entfernt. Zu abgelegen, um die Stadtmenschen anzuziehen, hatten alle gesagt. Doch der Ausbau war vermutlich das Klügste, was Brodie je getan hatte. An Wochentagen wurden sehr häufig Konferenzen und Seminare im Hotel abgehalten, und die Wochenenden waren von Ausflüglern für die nächsten sechs Monate völlig ausgebucht.

Sobald Brodie die Küche im Untergeschoss betrat, schlug ihm der Partylärm entgegen, und seine Schläfen pochten erneut. Carl Valmer war im vergangenen Herbst zum Bürgermeister ernannt worden, und das schien seiner Frau zu Kopf gestiegen zu sein. Brodie war sehr froh, dass er die Gäste dieser Gesellschaft nicht bewirten musste. Er verband sehr unangenehme Erinnerungen mit einigen der Anwesenden und ging ihnen nach Möglichkeit aus dem Weg.

Verärgert runzelte er die Stirn. Bereits zum zweiten Mal an diesem Abend musste er daran denken, was sich damals ereignet hatte. Eine Woche ohne richtigen Schlaf schien seine Sinne zu verwirren.

Er durchquerte die Küche und betrat den Festsaal durch die Schwingtür. Der Lärmpegel verstärkte sich noch mehr.

Slugger stand hinter der Theke und half einer Kellnerin, ein Tablett mit sauberen Gläsern abzuräumen. Er blickte auf und grinste, als Brodie den Karton auf den Tresen stellte. „He, was hat dich so lange aufgehalten?"

Brodie öffnete den Eisbeutel und füllte den Thermobehälter, der in den Tresen eingelassen war. „Ruby musste sich erst die Fingernägel lackieren."

Slugger schmunzelte. „Du bist gerade noch rechtzeitig gekommen."

„Brauchst du sonst noch was?"

Slugger öffnete den Karton und nahm die Flaschen heraus. „Nein, danke."

„Dann verschwinde ich jetzt."

„Okay. Bis Montag."

Brodie wandte sich ab. Er wollte gerade durch die Schwingtür gehen, als er eine Frau am anderen Ende des Saales erblickte. Sie stand mit dem Rücken zu ihm, aber irgendetwas an der schlanken Gestalt in dem roten Kleid, an dem dunklen, zu einem schlichten Knoten verschlungenen Haar wirkte schmerzlich vertraut.

Ein seltsames Gefühl beschlich ihn. Er schüttelte verärgert den Kopf. Der Schlafmangel machte ihn offensichtlich neurotisch. Nun sah er sogar schon Geister aus der Vergangenheit.

Erneut stieß er gegen die Schwingtür, doch in diesem Augenblick drehte die Frau sich um, und er erblickte ihr Profil. Er erstarrte. Er fühlte sich, als hätte er soeben einen Schlag in die Magengegend erhalten. Sein Verstand spielte ihm doch keinen Streich.

Eden MeCall war in die Stadt zurückgekehrt.

Die blinkende Neonreklame der Videothek verlieh den dunklen Pfützen am Straßenrand in regelmäßigem Rhythmus einen pinkfarbenen Schein. Regentropfen prasselten gegen die Fensterscheibe. Brodie starrte gedankenverloren hinaus. Seine Wohnung lag über der Videothek, und das Wohnzimmerfenster bot einen ungehinderten Blick auf die verlassene Straße. Ein heftiger Windstoß brachte die Straßenlaterne an der Kreuzung ins Schwanken und rüttelte an den Zweigen der riesigen alten Pappel vor dem Geschäft. Sie wiederzusehen hatte ihn gründlich aufgewühlt. Siebzehn Jahre. Siebzehn verdammte Jahre. Eine halbe Ewigkeit. Es hatte lange Zeit gedauert, es zu überwinden. Er wollte nicht daran erinnert werden, was für ein Dummkopf er gewesen war. Er wollte sich nicht an sie erinnern, nicht an seine verletzten Gefühle, als sie ihm den Laufpass gegeben hatte, nicht an die Verbitterung, die ihn beinahe vernichtet hatte.

Die Dinge hatten sich geändert. Er war nicht länger der langhaarige Junge aus dem falschen Viertel der Stadt. Inzwischen hatte er zwei erfolgreiche Geschäfte aufgebaut. Brodie kreuzte die Arme vor der nackten Brust und beobachtete den Widerschein des pinkfarbenen Neonlichts auf der regennassen Straße. Warum, zum Teufel, stand er dann um drei Uhr morgens am Fenster und fühlte sich wie ein gefangener Tiger?

Vielleicht lag es daran, dass das Wiedersehen Gefühle in ihm weckte, die er längst überwunden geglaubt hatte, dass ihm der dümmste Fehler in Erinnerung gerufen wurde, der ihm je unterlaufen war.

Damals hatte er sich derart von seinen Gefühlen und Fantasien überwältigen lassen, dass er ihr gegenüber blind geworden war. Er hatte geglaubt, sie wäre anders. Doch dann stellte sich heraus, dass sie nicht anders als alle anderen war, nicht anders als ihr Vater und ihre Mutter. Sie hatte ihn, ohne mit der Wimper zu zucken, sausen lassen, und das hatte er nie vergessen können.

Doch es lag in der Natur des Lebens, harte Lektionen zu erteilen, und es gab mehrere Dinge, die er niemals vergessen würde. Zum Beispiel, wie es war, ohne Mutter aufzuwachsen. Wie es war, im schäbigsten, von Ratten verseuchten Stadtviertel zu leben. Mit einem Vater, der nüchtern ebenso gemein war wie betrunken, der den Alkohol als Flucht vor der Realität benutzte und niemals Verantwortung übernahm. Stets hatte jemand anders Schuld daran, dass Nick Malone keine Arbeit behalten konnte, dass er nicht länger als zwei Tage nüchtern bleiben konnte, dass seine Familie jeden Winter beinahe erfror.

Brodie biss die Zähne zusammen und stützte sich gegen den Fensterrahmen. Er wollte sich nicht von seinem alten Zorn überwältigen lassen. Zu viele Jahre hatte er gebraucht, um ihn zu überwinden. An diesem Abend wollte er sich nicht mit der Vergangenheit auseinandersetzen, dazu war er zu erschöpft. Außerdem war es auch gar nicht mehr wichtig.

Aber vielleicht hatte Eden McCall ihm in gewisser Weise einen großen Gefallen erwiesen. Er hatte all den Zorn und die Verbitterung, die er mit neunzehn verspürt hatte, zu seinem Vorteil genutzt. Er hatte sich geschworen, es allen zu beweisen.

Und das war ihm gelungen. Doch irgendwie hatte sich die Verbitterung im Laufe der Zeit in eine gewisse Gefühlskälte verwandelt. Als er mit einundzwanzig auf einer Bohrinsel in der Nordsee gearbeitet hatte, war sein Vater gestorben, und irgendwie war der alte Brodie Malone mit ihm gestorben.

Doch ein Teil jener Vergangenheit war an diesem Abend erneut erwacht. So deutlich, als würde Eden dicht vor ihm stehen, konnte er ihr Gesicht sehen, sie riechen, sie spüren.

Verärgert stieß Brodie einen Fluch aus und schlug mit der Faust gegen die Wand. Wo war sein Verstand geblieben? Erinnerungen an Eden McCall konnte er wirklich nicht gebrauchen.

„Was ist los? Hattest du Ärger in der Bar?"

Brodie drehte sich um und erblickte seinen siebzehnjährigen Neffen, der gerade das Zimmer betrat. Er schreckte immer auf, wenn Jason unerwartet auftauchte. Es war, als würde er zwanzig Jahren zurückblicken und sich selbst sehen. Derselbe Körperbau, dieselben dunklen Locken, dasselbe kantige Gesicht. Sogar die blauen Augen waren dieselben, obwohl in Jasons ein kalter, argwöhnischer Ausdruck lag, den seine nicht gehabt hatten.

Es war kein Wunder. Jason hatte mit sechs Jahren seine Mutter verloren und war in die Hände der Fürsorge geraten. Er hatte ein halbes Dutzend Pflegeheime durchlaufen, bevor es Brodie gelungen war, nach einem dreijährigen Kampf gegen die Bürokratie das Sorgerecht zu erhalten.

Brodie brachte ein verkrampftes Lächeln zustande. „Reiz mich heute nicht, Jase. Ich habe schlechte Laune."

Jason grinste. „Lydia hat heute Abend angerufen."

Brodie atmete tief durch und richtete sich auf. Lydia führte den Videoverleih und war seit zwei Wochen krank. Er konnte nur hoffen, dass es sich nicht um eine schlechte Nachricht handelte. „Und? Was hat sie gesagt?"

„Ich soll dir ausrichten, dass sie am Montag wieder zur Arbeit kommt." Brodie atmete erleichtert auf.

„Übrigens habe ich heute Abend den neuen Computer installiert."

„Ich dachte, du wolltest heute ausgehen."

„Ich hab's mir anders überlegt", entgegnete Jason tonlos.

Brodie musterte ihn forschend und erkannte einen harten, zynischen Zug um seinen Mund. „Bedrückt dich irgendetwas, Jase?"

Jason wandte rasch den Blick ab. „Ich werde schon damit fertig werden."

Brodie ließ es dabei bewenden. Vielleicht war es besser, nicht zu re-

440

den. Es war nicht der richtige Zeitpunkt für eine ernsthafte Diskussion. Zu viele alte Gespenster lauerten in der Finsternis. Er wollte nicht, dass sie durch irgendetwas Gestalt annahmen.

Er wollte sich nicht erinnern. Zu viele Jahre hatte er damit verbracht, zu vergessen.

2. KAPITEL

*E*ine leichte Brise raschelte in den Blättern der Pflanze, die an den Verandapfosten emporrankte. Eden McCall zog die Decke fester um sich und kuschelte sich tiefer in den weißen Korbsessel. Sie stützte das Kinn auf die angezogenen Knie und beobachtete die anbrechende Morgendämmerung, die den Himmel rötlich und die Unterseiten der Wolken bläulich färbte. Die ersten Sonnenstrahlen fielen durch die Zweige der Weiden, die das Grundstück im Osten begrenzten und sich im Wind wiegten. Es war ein beeindruckendes Schauspiel.

Das Haus der McCalls lag auf einem Hügel am Stadtrand von Bolton und bot einen herrlichen Ausblick auf den östlichen Horizont. Eden betrachtete den Himmel und wusste, dass sie die Reinheit oder das prächtige Farbenspiel niemals auf der Leinwand einfangen konnte, sosehr sie sich auch bemühte. Es war einfach zu intensiv, zu überwältigend.

Sie erschauerte, zog die Schultern zusammen und genoss die Friedlichkeit. In der gesamten Stadt herrschte sonntägliche Ruhe. Kein Verkehrslärm, kein Türenknallen, kein Kinderlärm ertönten. Nur der Gesang der Vögel und das Rascheln des Laubes waren zu hören.

Auf der anderen Straßenseite blinkte eine pinkfarbene Neonreklame an einem Gebäude, das früher einmal der ersten Bank in der Stadt gehört hatte. Nun beherbergte es eine Videothek. Das beharrliche Blinken wirkte seltsam fehl am Platze in der stillen, verlassenen Straße. Das Geschäft selbst wirkte ebenfalls deplaziert, dort am Stadtrand, in der Straße, die früher einmal die Hauptstraße von Bolton gewesen war. Doch seit vor Jahren eine neue Zugangsstraße gebaut worden war, wurde sie kaum mehr benutzt. Die anderen Geschäfte waren entweder abgerissen worden oder verfallen. Nur noch das alte Bankgebäude war geblieben und erinnerte an eine vergangene Zeit.

Mit einem Anflug von Bedauern wandte Eden sich ab. Sie atmete tief ein, genoss die verschiedenen Düfte und versuchte, den Kloß zu ignorieren, der sich plötzlich in ihrer Kehle bildete. Sie hatte das weite, stille Land vermisst. Es füllte eine Leere tief in ihrem Innern. Doch sie wusste, dass dieses Wohlbehagen nur vorübergehend sein konnte.

Sie wollte nicht hier sein. Zu viel Reue, zu viele alte Schuldgefühle erwachten. Aber sie hatte sich zur Rückkehr verpflichtet gefühlt. Ihr Vater war wegen eines Herzinfarkts ins Krankenhaus eingeliefert worden, und ihre Mutter hatte sie gebeten zu kommen. Vor zwei Tagen war sie erst eingetroffen, und schon hatte sie Bedenken.

Drei Rotkehlchen ließen sich auf dem üppigen Rasen nieder, hüpften umher und verspeisten die Regenwürmer, die aufgetaucht waren. Der Garten war Ellie McCalls ganzer Stolz, und sie verbrachte viel Zeit darin. Er war wundervoll, aber für Eden allzu steril. Die Büsche waren präzise gestutzt, die Beete ebenso präzise angelegt. Sogar die Blumen waren in präziser Symmetrie nach Farben angeordnet. Kontrolliert. Exakt. Steif. Genau wie ihre Mutter.

Edens Kehle schnürte sich erneut zu. Sie wandte den Blick ab und blinzelte verärgert die Tränen fort, die in ihren Augen brannten. Ihr Leben war eine Katastrophe. Aber vielleicht hatte sie selbst daran Schuld. Sie hätte Richard niemals heiraten dürfen. Sie hatte nicht genügend Selbstbewusstsein und Erfahrung besessen, um die Hochzeit abzusagen, aber sie hatte von Anfang an geahnt, dass es ein Fehler war. Vielleicht hatte sie deshalb den Namen McCall beibehalten.

Sie hatte viele Jahre gebraucht, um nicht länger die perfekte, wohlerzogene Tochter und die nachgiebige, gehorsame Ehefrau zu sein und zu lernen, sich zu behaupten und sich nicht ständig unzulänglich zu fühlen.

Außerdem hatte sie viele Jahre gebraucht, um sich einzugestehen, dass ihre Mutter sie manipuliert hatte, und dass ihr Vater ein Tyrann war. Im Gegensatz zu ihren Brüdern war sie jedoch niemals offen tyrannisiert oder manipuliert worden, sondern vielmehr sanft und verstohlen – durch ihr eigenes Gefühl der Unzulänglichkeit, ihre allzu leicht zu entfachenden Gewissensbisse und das Bedürfnis, alles richtig zu machen. Und in gewisser Weise war diese verdeckte Beeinflussung bei Weitem schädlicher und schwerer zu bekämpfen.

Das war einer der Gründe, warum sie höchst selten nach Bolton zu Besuch kam. Seit der Heirat mit Richard vor vierzehn Jahren war sie nicht öfter als fünfmal nach Hause gekommen. Sie konnte sich nicht gegen ihre Eltern wehren, also blieb sie ihnen fern.

Doch durch das Leben an Richards Seite hatte sie nicht nur gelernt, eine perfekte Gastgeberin zu sein, sondern auch, sich zu behaupten. Trotzdem hätte sie vermutlich nicht den Mut aufgebracht, sich vor sechs Monaten von ihm scheiden zu lassen, wenn sie nicht von seinen unzähligen Affären erfahren hätte.

„Ich bin wirklich stolz auf mich. Ich habe mir gedacht, dass du hier draußen sitzt, und es stimmt tatsächlich!"

Eden wischte sich hastig über die Augen, setzte ein Lächeln auf und drehte sich um. Ihr Bruder Chase stand am anderen Ende der Veranda. Sie musterte ihn, und ihr Lächeln wurde aufrichtiger. „Ich fasse es nicht! Chase McCall steht tatsächlich auf McCall-Boden! Es ist ein Wunder, dass der Himmel nicht einstürzt."

Er grinste, und seinen Augen funkelten. „Treib's nicht zu weit, Schwesterherz. Falls sich die Dinge nicht geändert haben, steht neben dem Gewächshaus eine Regentonne, die nur darauf wartet, benutzt zu werden."

„Du hättest keine Chance gegen mich. Ich habe auf meine alten Tage gelernt, unfair zu kämpfen."

„Willst du es darauf ankommen lassen?"

Sie schüttelte lachend den Kopf. Seine Gegenwart tröstete sie. Er war vier Jahre älter als sie, und sie hatte ihn stets bewundert. Es bedeutete ihr sehr viel, dass er sie aufsuchte. Er hatte dieses Haus mit achtzehn Jahren verlassen und war nie zurückgekehrt. Nun war er da, weil er wusste, dass sie sich sehr unsicher und einsam fühlte.

Chase musterte sie forschend und fragte mit rauer Stimme: „Und, wie geht's dir so? Ist alles in Ordnung?"

Sie nickte und erwiderte mit schwankender Stimme: „Ja, so weit schon."

Chase wandte den Kopf und starrte hinaus auf den Garten. Ein langes Schweigen folgte. Schließlich schluckte er schwer und bemerkte: „Verdammte Sentimentalität."

„Keine Sorge, Chase. Ich werde es niemandem verraten. Aber wieso schleichst du um halb sechs Uhr morgens in der Stadt herum? Und weiß deine Frau davon?"

„Ich schleiche nicht herum. Und meine Frau liegt zu Hause im Bett. Judd Carver hat einen zweijährigen Hengst, den sie sich ansehen soll. Also bin ich auf dem Weg, um ihn abzuholen."

„Du meinst, du schleichst mit einem Pferdeanhänger in der Stadt herum? Wie rührend, Chase!"

„Willst du doch Bekanntschaft mit der Regentonne schließen?"

„Nein."

Er bedachte sie mit einem warnenden Blick. „Dann hüte lieber deine Zunge. Wickel dich aus dieser Decke und steh auf. Ich bin gekommen, um dich zum Frühstück auszuführen."

Eden verdrehte die Augen. „Und wo willst du zu dieser Morgenstunde Frühstück bekommen?"

„Barker's Café hat geöffnet. Also komm."

Sie seufzte. „Ich kann nicht, Chase. Megan schläft noch. Ich kann nicht einfach verschwinden."

„Wann wacht sie gewöhnlich auf?"

„Gegen sieben."

„Und wenn sie aufwacht und du nicht da bist, gerät sie dann in Panik?"

„Nein. Sie sieht fern."

„Also, dann komm. In spätestens einer Stunde bist du zurück." Sie zögerte, schüttelte erneut den Kopf. „Ich bin nicht angezogen und …"

„Was hast du denn an?"

Sie schlug die Decke auf und enthüllte einen alten, verwaschenen Jogginganzug und die flauschigen Häschen-Hausschuhe, die Megan ihr zu Weihnachten geschenkt hatte.

„Das reicht doch völlig. Gehen wir."

„Nein, Chase, ich kann nicht so gehen, und wenn ich ins Haus gehe, wacht Mom bestimmt auf."

Er bedachte Eden mit einem ungeduldigen Blick. „Meine Güte, Eden, es handelt sich nicht um ein piekfeines Lokal in Toronto, Molly Barker wirft dich nicht raus, nur weil du Hausschuhe anhast. Komm endlich. Ich brauche einen Kaffee, bevor ich noch mürrischer werde."

Sie kämpfte mit ihrem Gewissen, warf dann die Decke von sich und stand auf. „Warum nicht? Mom wird zwar schockiert sein, aber was soll's?"

„Ma ist schon schockiert, wenn du nur komisch atmest." Er legte einen Arm um ihre Schultern, als sie zu ihm trat. „Außerdem, von wem soll sie es erfahren? Von mir bestimmt nicht."

Das kleine Straßencafé hatte sich seit Edens letztem Besuch kaum verändert. Dieselben Hocker standen an der Theke, dieselben hochlehnigen Bänke befanden sich bei den Fenstern. Nur das Dekor war neu. Der alte Elchkopf über der Tür war verschwunden, die gemusterten Gardinen durch Jalousien ersetzt, und die Hocker und Bänke waren nun sandfarben statt Rot gepolstert.

Nur ein weiterer Gast saß an der Theke. Eden kannte weder ihn noch die Kellnerin, die an einem der hinteren Tische Kaffee trank und eine Zigarette rauchte.

Chase wählte eine Nische mit Blick auf die Schnellstraße und ließ Eden allein. Sie sank auf die lange, schmale Bank, stützte das Kinn auf eine Hand und schaute aus dem Fenster.

Sie liebte die Umgebung von Bolton, die Weiden im Osten und die Hügel im Westen. Zwar war sie in der Stadt aufgewachsen, hatte aber viel Zeit auf der McCall-Ranch verbracht und sich nie so frei gefühlt wie auf dem Rücken eines Pferdes in der offenen Prärie.

Sie seufzte und musterte die Weide auf der anderen Straßenseite. Nach einem trockenen Frühling wurde das Gras allmählich wieder grün, und sie entdeckte ein Büschel Krokusse. Wie lange mochte es her sein, seit sie Krokusse gepflückt hatte?

„Molly ist in der Küche. Ich habe einen großen Stapel Pfannkuchen mit allem Drum und Dran bestellt. Ist dir das recht?"

Eden wandte den Kopf zu Chase, der zwei dampfende Becher mit Kaffee auf den Tisch stellte. „Klingt großartig."

Chase setzte sich, legte seinen Stetson neben sich und strich sich durch das Haar. Es war ebenso dunkel wie Edens und leicht gelockt. Nun erst bemerkte sie vereinzelte Silberfäden an seinen Schläfen. Chase mit grauen Haaren! Es erschien ihr unmöglich.

„Also, Pooky, wie geht's dir wirklich?"

Sie grinste wehmütig. „Ganz gut, Chase. Vor allem, wenn du aufhörst, mich Pooky zu nennen. Du hast dich wohl wieder bei den beiden verkommenen alten Subjekten herumgetrieben, wie?"

Chase grinste sie an, nahm einen Schluck Kaffee und bemerkte dann ernst: „Sie werden sehr enttäuscht sein, wenn du sie diesmal wieder nicht besuchst."

Eden wandte den Blick ab. Eine vertraute Sehnsucht stieg in ihr auf. Burt und Cyrus waren zwei alternde Cowboys, die mit ihrem Halbbruder Tanner auf der Circle S Ranch lebten. Burt war für sie wie ein lieber alter Onkel, und Cyrus hatte sie auf ihr erstes Pony gesetzt. Jedes Mal, wenn sie an die beiden dachte, verspürte sie ein beinahe unerträgliches Heimweh. Richard hatte nie verstehen können, warum zwei alte Männer ihr so viel bedeuteten, und sie wusste es selbst nicht genau.

Chase setzte eine ernste Miene auf und hob mit einem Finger Edens Kinn. „He, du hättest den Schuft schon vor Jahren verlassen sollen."

Sie brachte ein unsicheres Lächeln zustande. „Wie geht es Tanner und Kate?"

„Großartig. Kates Ex hat wieder geheiratet und endlich eingewil-

446

ligt, dass Tanner die Jungen adoptiert. Und Kate ist wieder schwanger."

„Im Ernst?"

„Ja." Seine Augen funkelten belustigt. „Zwei Jungen, zwei Mädchen und eins ist unterwegs. Tanner ist offensichtlich auf ein ganzes Dutzend aus."

„Oh, Chase, das ist ja wundervoll. Sie müssen überglücklich sein."

„Ja, das sind sie wohl." Er senkte den Blick, spielte mit seinem Becher und murmelte schließlich sanft: „Wenn jemand etwas Gutes im Leben verdient hat, dann ist es Tanner."

Alte Erinnerungen stürmten auf Eden ein. Sie dachte an einen heftigen Streit zwischen ihren Eltern über einen Halbbruder, von dessen Existenz sie bis dahin nichts geahnt hatte. Sie erinnerte sich an das erste Mal, als Chase sie auf die Circle S mitgenommen hatte, als sie Cyrus und Burt und einen großen, dunklen Mann mit der Haut eines Halbbluts und seltsam vertrauten Augen kennengelernt hatte. Sie war zwölf Jahre alt gewesen, und er hatte ihr äußerst geduldig beigebracht, die Mähne eines Pferdes zu flechten.

Und sie erinnerte sich an jene Nacht, als Chase nach einem hässlichen Streit mit ihrem Vater das Haus verlassen hatte und sie befürchten musste, ihn niemals wiederzusehen.

Doch am deutlichsten erinnerte sie sich an jenen Abend, als sie erfahren hatte, dass Chase auf die Circle S zurückgekehrt war. An diesem Abend hatte sie sich mitten in der Nacht zu ihm geschlichen. Sechzehn Jahre alt war sie damals gewesen, und in dieser Nacht hatte Chase ihr die ganze Geschichte erzählt: dass ihr Vater vor seiner Ehe mit ihrer Mutter mit einer Indianerin zusammengelebt hatte. Dass sie ein Kind bekommen und Selbstmord begangen hatte, als er mit Ellie als Ehefrau aus Texas zurückgekehrt war. Dass ihr Vater jenes Kind in den schlimmsten Umständen zurückgelassen und ihre Mutter ihm ein Zuhause verwehrt hatte. Dass Cyrus und Burt davon erfahren und das Kind bei sich aufgenommen hatten.

Diese Geschichte hatte sämtliche Illusionen über ihre Eltern zerstört. Und dann hatte Chase ihr erzählt, dass der große, dunkle Mann mit den seltsam vertrauten Augen, der sie stets so geduldig behandelte und den sie nur als Tanner kannte, ihr Halbbruder war. Etwas in ihr war in dieser Nacht gestorben, doch sie hatte auch etwas ganz Besonderes gefunden. Etwas Solides und Beständiges und Verlässliches. Und das war Tanner. Er war immer für sie und Chase da, wenn sie ihn brauchten.

Vor sechs Monaten war er in Toronto aufgetaucht, als sich die Sache mit Richard auf hässliche Weise zugespitzt hatte. Sie hatte niemandem anvertraut, was vor sich ging, aber Tanner hatte es irgendwie gespürt. Er war gekommen und hatte ihr beigestanden.

„Woran denkst du?"

Sie schluckte schwer und blickte zu Chase auf. „Ich habe gerade an Tanner gedacht. Dass er immer für uns da ist, wenn wir ihn brauchen."

Chase drehte gedankenverloren seinen Becher in den Händen. „Für mich war er es allerdings. Ich weiß nicht, wo ich gelandet wäre, wenn er mich nicht aufgenommen hätte." Er zuckte die Achseln. „Es ist wirklich paradox. Dad will nicht mal wahrhaben, dass er existiert, aber er hält die Familie zusammen. Wusstest du, dass er sogar eine beträchtliche Summe für Milts Wahlkampf gestiftet hat?"

Eden lachte unwillkürlich laut auf. Ihr anderer Bruder hatte sich stets über Tanners Existenz aufgeregt. Daher musste die Spende eine sehr bittere Pille für ihn sein. „Und wie geht es dem neuen Parlamentsmitglied?"

„Anscheinend gut. Er liebt den Trubel in Ottawa und scheint gute Arbeit für seinen Wahlkreis zu leisten."

„Und genießt es zweifellos, nicht mehr unter Dads Pantoffel zu stehen."

„Zweifellos."

Eden stützte die Ellbogen auf den Tisch und verschränkte die Hände unter dem Kinn. „Und wie geht es dir und Devon?"

Seine Miene erhellte sich beträchtlich. Mit sanfter Stimme erwiderte er: „Großartig." Mit einem Funkeln in den Augen fügte er hinzu: „Obwohl ich es kaum erwarten kann, dass das Baby endlich kommt. Ich entwickle mich zu einem Nervenbündel."

„Pränatale Ängste?"

„Mir wäre wohler, wenn sie einfach in einem Sessel sitzen und stricken würde. Aber gestern habe ich sie beim Ausmisten der Ställe erwischt. Als ich ihr Vorwürfe gemacht habe, hat sie mir einfach eine Ladung Dung auf die Stiefel gekippt."

Eden lachte. „Sie hat noch vier Monate, Chase. Und wenn du dich ständig so benimmst, treibst du sie wahrscheinlich zum Wahnsinn."

„Verdammt, ihr Frauen seid doch alle gleich."

„Stimmt." Nachdenklich nahm Eden einen Schluck Kaffee. Als Chase das Gestüt Silver Springs gekauft hatte und nach Bolton zurückgekehrt war, hatte sie es für unklug gehalten. Doch offensichtlich verstand er es besser als sie, mit ihrem Vater umzugehen. Allerdings war seine Lösung recht radikal. Er vermied einfach jeglichen Kontakt mit seinem Vater. Soweit sie wusste, sprachen die beiden seit Jahren nicht miteinander. „Eden?"

Sie blickte ihn an und verspürte ein seltsames Gefühl in der Magengegend, als sie seine ernste Miene sah.

Er zögerte einen Moment und sagte dann: „Ich weiß, dass du nicht darüber reden willst, aber Tanner und ich sind besorgt wegen der Scheidungsregelung."

Sie blickte hinaus auf die Straße, nahm vage ein vorüberfahrendes Auto wahr. Sie wollte all das vergessen, zumindest für eine Weile. Aber offensichtlich war es nicht so einfach.

„Tu nicht so, als ob nichts wäre", fügte Chase mit warnendem Unterton hinzu.

Sie zwang sich, seinem Blick zu begegnen, der stählern wirkte. „Hat er dich je geschlagen?"

Sie seufzte tief und schüttelte den Kopf. „Nein. Ich wollte einfach weg von ihm", erklärte sie mit leiser, schwankender Stimme. „Und es war mir egal, was es mich kostet. Solange ich Megan habe, ist mir alles andere egal."

„Also hat er das Haus und das Bankkonto behalten, und du hast gar nichts."

„Ich habe ihn verlassen, was gegen mich spricht. Und ich wollte keinen Sorgerechtsprozess gegen ihn als Anwalt führen. Womöglich hätte ich verloren. Ich wollte nur Megan und etwas, wovon ich eine Weile leben kann. Deshalb habe ich eine Abfindung akzeptiert, und ich habe meinen Wagen und Grans Möbel und die Investitionen von Dad behalten."

„Aber er hat dich betrogen."

Sie richtete sich auf und entgegnete entschieden: „Das ist mir egal, Chase. Und vielleicht hat er mir damit sogar einen Gefallen getan."

Er lehnte sich auf der Bank zurück und stieß einen empörten Laut aus.

Bevor er etwas sagen konnte, fuhr sie fort: „Wenn ich nicht von seinen Affären erfahren hätte, hätte ich wahrscheinlich noch weitere dreizehn Jahre ausgehalten." Sie lächelte. „Reg dich nicht künstlich auf, Chase. Ich bin nicht mehr so rückgratlos wie früher."

Verärgerung blitzte aus seinen Augen. „Du warst nie rückgratlos. Unsere Eltern wussten nur, welche Knöpfe sie drücken mussten."

Eden wandte sich ab und schaute aus dem Fenster. Ihr wurde bewusst, dass sie zum ersten Mal seit Wochen befreit aufatmen konnte. Vielleicht konnte sie bald auf die Schlaftabletten verzichten und wieder essen, ohne dass ihr Magen rebellierte. Und vielleicht gelang es ihr endlich, das Gefühl der Angst zu besiegen, das sie stets quälte.

Chase beugte sich vor und stützte die Arme auf den Tisch. Sie blickte ihn an und ahnte, dass er im Begriff war, ihre Entscheidungen infrage zu stellen. Nach langem, angespanntem Schweigen musterte er sie eindringlich. Dann erschienen Lachfältchen um seine Augen. „Wenn du so viel Rückgrat hast, warum hast du mir dann nicht gesagt, dass ich das Maul halten soll?"

„Das werde ich. Sobald du das Frühstück bezahlt hast."

Er grinste. „Es ist alles eine Frage des Timings, wie?"

„Verdammt richtig."

Ein Auto fuhr vor dem Café vor. Eden blickte aus dem Fenster und sah zwei Männer aus einem schlammbespritzten Pick-up steigen. Sie fühlte sich seltsam fehl am Platze, als sie beide nicht erkannte. Früher einmal hatte es sich stets um einen Fremden in der Stadt gehandelt, wenn sie jemanden nicht kannte. Nun war sie die Fremde.

„Mich trifft der Schlag! Eden McCall! Wieso bist du wieder zurück?"

Eden wandte sich um. Ihre Miene erhellte sich. „Hi, Molly. Wie geht's?"

Molly stellte zwei Teller mit Pfannkuchen auf den Tisch und füllte die Kaffeebecher aus einer Kanne. „Ausgezeichnet, Honey." Sie bedachte Chase mit einem vorwurfsvollen Blick. „Dein lausiger Bruder hat mir gar nicht erzählt, dass du hier bist."

Eden grinste. „Weil er keine Manieren hat. Du kennst ihn doch."

Molly schmunzelte und setzte sich neben Eden. „Nur zu, gib's ihm gehörig. Für all seine Schandtaten hat er es verdient."

Chase blickte sie empört, aber mit belustigt funkelnden Augen an. „Himmel, es ist Jahre her, seit ich auf deinem Parkplatz Schleuderübungen veranstaltet habe. Kannst du mich damit nicht endlich in Frieden lassen?"

„Wenn man dich in Frieden lässt, wirst du nur übermütig." Molly wandte sich an Eden. „Wie geht's dir denn so? Bleibst du länger hier?"

„Eine Weile. Das hängt davon ab, wie es Dad geht."

„Ich habe gehört, dass er krank ist. Wie hält sich deine Ma?"

„Recht gut. Die Ärzte sind zuversichtlich."

„Das freut mich. Das freut mich wirklich." Molly schaute sich im Café um, heftete den Blick auf die Kellnerin am hinteren Tisch und seufzte übertrieben. „Das Mädchen zieht ihre Kaffeepause mehr in die Länge als jeder andere, den ich kenne." Sie stand widerstrebend auf. „Ich sollte mich lieber wieder an die Arbeit machen und noch ein paar Pfannkuchen backen." Sie zwinkerte Eden zu. „Ich werde deiner Ma nicht verraten, dass du in Häschen-Hausschuhen hier warst, wenn du sehr bald auf einen Kaffee zu mir kommst."

Chase hielt die Bemerkung für sehr witzig. Eden trat ihm unter dem Tisch ans Schienbein und bedachte ihn mit einem strafenden Blick. Dann lächelte sie Molly an. „Ich komme. Darauf kannst du wetten."

Die Sonne stand beträchtlich höher am Horizont, als Eden sich von Chase am Postamt absetzen ließ. Sie wusste, dass er nicht mit ihrer Mutter zusammentreffen wollte, aber das war nicht der Grund dafür, dass sie den restlichen Weg zu Fuß nach Hause gehen wollte. Die Straßen lagen noch still und verlassen da, und sie wollte sich gemächlich und ungestört mit dem Ort wieder vertraut machen, in dem sie aufgewachsen war.

Sie zog die Hausschuhe aus und steckte sie in die Hosentaschen. Sie nahm nicht den kürzesten Weg nach Hause, sondern machte einen großen Umweg, vorbei an der Bibliothek und der alten Kirche, in der sie getraut worden war.

Es schien beinahe, als wäre sie nie fort gewesen. Einige Zäune und alte Häuser waren zwar abgerissen und erneuert worden, doch die Stadt wirkte immer noch vertraut. Die Sonne fiel wie immer durch die Zweige der riesigen Pappeln, und die Gärten wurden von den alten Hecken begrenzt. Die Gullys wiesen dieselben Gitter auf wie vor Jahren, und die rostfleckigen Straßenschilder trugen dieselben Namen.

Sogar die Sinnesempfindungen waren dieselben – die Wärme der Sonne auf dem Gesicht, die Kälte des Asphalts unter den bloßen Füßen, die Frische des Bergwindes im Rücken. Und derselbe Frühlingsduft lag in der Luft. Es war ihr Zuhause, und das erste Mal seit Jahren fühlte sie sich wieder mit einem Ort verbunden.

Sie kam an ein freies Grundstück, das von Löwenzahn überwuchert war, und dachte zurück an jenen Sommer, in dem sie und ihre Freundin Susan ein Spielhaus zwischen den Bäumen errichtet hatten. Es lag

451

so lange zurück, aber sie erinnerte sich sehr deutlich an das angeschlagene Geschirr und das rostige Besteck, das sie zusammengetragen hatten. Es war ein wundervoller, unbeschwerter Sommer gewesen, voller Fantasien und Freude.

Doch andere Erinnerungen lauerten ein Stückchen weiter die Straße hinunter, wo der Asphalt endete und das Weideland begann, wo ein alter, überwucherter Feldweg von einem Stacheldrahttor abgesperrt war. Unliebsame Erinnerungen an Rosenduft und heiße Sommernächte.

Es lag siebzehn Jahre zurück. Doch die Erinnerungen an die Geschehnisse jenes Sommers waren immer noch viel zu lebhaft. Eine Woge schmerzlicher Nostalgie und alter Schuldgefühle überwältigte sie.

Eden steckte die Hände in die Taschen ihres Jogginganzugs und ging weiter. Der Schmerz in ihrer Herzgegend war beinahe unerträglich. Aber zumindest war es eine Erinnerung, der sie sich nicht stellen musste. Er hatte die Stadt vor Jahren verlassen. Als Letztes hatte sie von ihm gehört, dass er auf einer Bohrinsel in der Nordsee arbeitete. Er war für immer aus ihrem Leben verschwunden.

Doch der Anblick jenes abgesperrten Feldwegs erinnerte sie schmerzlich an all das, was sie verloren hatte. Die Heimkehr erwies sich als wesentlich schwieriger, als sie geglaubt hatte.

3. KAPITEL

egen prasselte gegen die Fensterscheiben. Dunkle Wolken hingen tief am Himmel und brachten eine frühe Abenddämmerung. Es war düster im Büro hinter dem Videoverleih. Brodie zog sein Taschenmesser hervor, schlitzte das Klebeband eines Kartons auf und klappte den Deckel hoch. Es war sein erster voller Arbeitstag in der Videothek seit der Grippewelle. Er hatte den ganzen Tag gebraucht, um den Papierkram zu durchforsten, der sich angesammelt hatte. Es war bereits sechs Uhr durch, und nun musste er noch die neue Lieferung auspacken, die Rechnungen kontrollieren und den neuen Bestand in den Computer eingeben.

Sein Hund Max spazierte mit der Leine im Maul ins Büro, legte sie Brodie zu Füßen und blickte herzerweichend zu ihm auf.

Brodie neigte sich mit einem bedauernden Grinsen ihm zu und kraulte seinen Kopf. „Tut mir leid, Kumpel, du musst noch etwas warten. Ich habe zu arbeiten."

Mit kummervoller Miene wanderte Max zur Tür und ließ sich auf der Schwelle nieder. Er legte den Kopf auf die Pfoten und beobachtete Brodie verdrießlich.

Brodie wusste, dass er das mitleiderregende Verhalten nicht lange ignorieren konnte. Er beschloss, nur noch diesen einen Karton auszupacken. Dann wollte er mit Max zum Hotel joggen. Nachdem er den ganzen Tag am Computer verbracht hatte, konnte auch er Bewegung und etwas zu essen gebrauchen.

Gerade hatte er die Videos auf dem Schreibtisch aufgestapelt, als eine Bewegung an der Tür ihn aufblicken ließ. Ein Mädchen von sechs oder sieben Jahren in gelbem Poncho und roten Gummistiefeln hockte neben Max und streichelte sehr behutsam seinen Kopf. Ihr Haar war hellbraun. Feine Löckchen hatten sich aus dem dicken Zopf auf ihrem Rücken gelöst, und Grashalme hatten sich darin verfangen. Sie war kein besonders hübsches Kind, aber irgendetwas an ihrer Miene faszinierte ihn.

Er beobachtete eine Weile, wie sie Max streichelte. Dann sagte er sehr leise, um sie nicht zu erschrecken: „Sei vorsichtig mit seinen Ohren. Er mag es nicht, wenn man sie anfasst."

Sie hob den Kopf und blickte ihn erstaunt an. „Okay." Sie streichelte

Max den Rücken. „Wie heißt er?"

„Max."

Sehr sanft, so als wüsste sie, dass sie nicht widersprechen sollte, es aber nicht verhindern konnte, entgegnete sie: „Ich hätte ihn Silver Chief oder Goliath genannt."

Er unterdrückte ein Lächeln. Offensichtlich hielt sie den Hund eines weitaus bombastischeren Namens für würdig. „Na ja, eigentlich heißt er Maximilian. Aber wir nennen in Max."

Sie formte den Namen mit den Lippen und nickte dann, so als wäre sie damit einverstanden.

„Hast du auch einen Hund?"

Sie schüttelte den Kopf. „Mein Dad hat es mir nicht erlaubt. Er hat gesagt, sie sind zu schmutzig." Sie hob trotzig das Kinn. „Aber wenn ich groß bin, hole ich mir einen."

Ihre Entschlossenheit belustigte Brodie, und ihm gefiel die behutsame, sanfte Art, wie sie mit dem Hund umging. Sie mochte noch klein sein, aber irgendetwas an ihr wirkte irgendwie erwachsener. „Wie alt bist du?"

„Acht. Fast neun." Sie beugte sich vor und spähte Max ins Ohr. „Warum hat er denn Haare in den Ohren?"

„Das hilft, Ungeziefer und Staub fernzuhalten."

„Wie ein Zaun."

Brodie blickte sie verblüfft an. Er fragte sich, wie viele Kinder die Haare in den Ohren eines Hundes mit einem Zaun vergleichen würden. Anscheinend arbeitete ihr Verstand auf einer anderen Wellenlänge. „Ja, wie ein Zaun."

„Meine Mom hat gesagt, dass wir jetzt vielleicht ein Kätzchen halten können – wenn wir erst mal eine neue Wohnung haben." Sie hob erneut das Kinn, und die trotzige Miene kehrte zurück. „Mein Dad wollte mich auch kein Kätzchen haben lassen."

Das klingt nach einer Scheidung, dachte Brodie nachdenklich. Und „Dad" schien nicht viele Pluspunkte bei ihr gesammelt zu haben. Ob sie wohl aus dieser Gegend stammte? Er war sicher, dass er sie noch nie gesehen hatte. „Wohnst du hier in der Nähe?"

Sie schüttelte den Kopf. „Wir sind nur zu Besuch bei Grandma und Grandpa." Sie kicherte, als Max den Kopf hob und ihr das Gesicht ableckte. „Das kitzelt, Maxie."

„Megan?", rief eine Frauenstimme.

„Ich bin hier!"

„Honey, du darfst da nicht einfach hereinspazieren", schalt die Frau sanft. „Das ist ein Büro, und ..."

Brodie öffnete den Mund, um die Mutter des Kindes zu beruhigen. Doch es war nicht irgendeine Mutter, die er da erblickte.

Es war Eden McCall. Und sie starrte ihn an, als hätte sie soeben einen Geist gesehen.

„Hallo, Eden", sagte er schroff und abweisend.

Die Farbe war aus ihrem Gesicht gewichen. Sie schloss die Augen und rang mühsam nach Atem.

Er musterte sie mit unbewegter Miene. Sie war dünner als früher und wirkte zerbrechlich, so, als hätte sie eine lange Krankheit hinter sich. Ihm wurde bewusst, dass er Dinge registrierte, die er nicht registrieren wollte. Er bedachte sie mit einem kalten Lächeln. „Es freut mich auch, dich zu sehen", sagte er bitter.

Sie versuchte sichtbar, sich zu fassen. Abrupt schob sie die Hände in die Taschen ihres Regenmantels. Ihre Lippen waren so farblos wie ihre Wangen. „Ich ..." Sie holte erneut tief Luft und sagte mit schwankender Stimme: „Hallo Brodie."

Hätte er es nicht besser gewusst, hätte er geglaubt, dass mehr als nur Erstaunen in ihren Augen lag. Aber er wollte keine Spekulationen anstellen. Er wollte nur, dass sie sein Geschäft verließ.

Als er nicht antwortete, zwang sie sich zu einem kleinen Lächeln. „Ich wusste nicht, dass du in der Stadt bist."

„Sicherlich", entgegnete er in zynischem Ton. Er sah einen betroffenen Ausdruck in ihren Augen und erkannte, dass dieselben Gefühle in ihm aufstiegen wie damals, als sie ihm den Laufpass gegeben hatte. Und er wollte nichts mit ihr zu tun haben. Er hatte das ganze Wochenende über versucht, die Angelegenheit in die richtige Perspektive zu rücken. Eden war einfach eine Frau, die er vor langer Zeit gekannt hatte. Gleichgültig zuckte er mit den Achseln und setzte eine ausdruckslose Miene auf. „Ich bin schon lange wieder zurück."

Eden wandte abrupt den Kopf ab. Ihr dunkles Haar war zu einem Knoten zurückgesteckt, aber einige Strähnen hatten sich gelöst und umrahmten ihr Gesicht. In dem dunklen Regenmantel und dem grauen Licht der Abenddämmerung wirkte sie einsam und seltsam verletzlich, wie eine einsame Gestalt auf einem alten Gemälde.

„Ich bin froh, dass sich die Dinge so gut für dich entwickelt haben", sagte sie sanft.

Sie stand mit den Händen in den Taschen da, hielt den Blick gesenkt und bemühte sich, die Sohle ihrer Turnschuhe in eine Linie mit der Naht des Teppichs zu bringen. Irgendetwas an ihrer Pose verwunderte ihn. Er musterte sie scharf und versuchte zu ergründen, was es war.

Eine leise Stimme verkündete vom Fußboden: „Das ist Maximilian, Mommy. Ist er nicht ein hübscher Hund?"

Eden blickte hinab und zwang sich zu einem Lächeln. „Ja, er ist wundervoll." Sie richtete sich auf. „Megan, das ist Mister Malone." Sie schaute in Brodies Richtung, begegnete aber nicht seinem Blick. „Das ist meine Tochter Megan."

Megan blickte ihn neugierig an und öffnete den Mund. Wahrscheinlich wollte sie eine höfliche Bemerkung von sich geben. Obwohl er nicht in der Stimmung für Höflichkeiten war, wollte er das Kind nichts von der unangenehmen Situation spüren lassen. Also zwang er sich zu einem Lächeln. „Lassen wir diesen Unsinn mit Mister Malone, ja? Meine Freunde nennen mich Brodie."

Grübchen erschienen in ihren Wangen, als sie erfreut verkündete: „Und meine Freunde nennen mich Meg."

Er reichte ihr die Hand. „Es freut mich, dich kennenzulernen, Meg."

Sie erhob sich auf die Knie und nahm seine Hand. Die Grübchen erschienen erneut. „Es freut mich auch."

„Wir sollten jetzt gehen, wenn du dir den Film heute noch anschauen willst, Megan", verkündete Eden.

Megan ließ Brodies Hand los und stand widerstrebend auf. Max erhob sich ebenfalls und leckte ihr schwanzwedelnd die Hand. Mit sehnsüchtiger Miene beugte sie sich hinab, umarmte ihn und barg das Gesicht in seinem dichten Fell.

Brodie beobachtete sie mit einem seltsamen Gefühl. Sie sah nicht wie ihre Mutter aus. Er konnte überhaupt keine Ähnlichkeit feststellen.

Seine Miene verhärtete sich abrupt. Mit diesen Dingen wollte er sich nicht befassen. Er wandte sich ab und nahm seine Jacke vom Garderobenhaken. „Ich wünsche dir viel Spaß bei dem Film", sagte er zu Megan. „Die Ausgabe ist vorn im Laden." Ohne einen Blick zu Eden stürmte er an ihnen vorbei. Zehn Minuten mit Eden McCall – oder wie auch immer sie nun heißen mochte – waren zehn Minuten zu viel. Eden stand am Rundbogenfenster des formellen Speisezimmers und beobachtete den Regen, der in den Garten fiel. Die Abenddämmerung tauchte den

Raum in dunkle Schatten.

Das Wiedersehen mit Brodie Malone hatte Eden erschüttert. Sie hatte nicht erwartet, ihn in der Stadt anzutreffen. Seit Jahren hatte sie nichts von ihm gehört. Unzählige Male hatte sie sich gefragt, wo er sein mochte, was er tun mochte, doch sie war nie auf die Idee gekommen, dass er zurückgekehrt sein könnte.

Tränen verschleierten ihre Sicht. Von all den Fehlern, die sie begangen hatte, war ihr Verhalten gegenüber Brodie Malone der schwerste und der unverzeihlichste. Sie war siebzehn Jahre alt gewesen und hatte nicht genug Rückgrat besessen, um sich gegen ihre Eltern zu behaupten. Ihre Mutter hatte ihre Gefühle als törichte, kindische Schwärmerei abgetan und Eden in ein exklusives Internat geschickt.

Doch es hatte sich nicht um eine törichte, kindische Schwärmerei gehandelt. Eden mochte zwar jung und naiv und voller Illusionen gewesen sein, aber sie hatte aufrichtige, tiefe Zuneigung für Brodie empfunden. Das war ihr jedoch zu spät bewusst geworden. Und sie hatte sich nie verzeihen können, was sie ihm angetan hatte.

„Was ist los, Mom? Guckst du dir nicht den Film mit uns an?"

Hastig wischte Eden sich über die Augen, straffte die Schultern und setzte ein Lächeln auf, bevor sie sich zu Megan umdrehte. „Nichts ist los, Honey. Ich habe nur dem Regen zugesehen."

Megan musterte sie eindringlich. „Weinst du wegen Daddy?"

Eden schluckte schwer. „Nein. Ich bin nur ein bisschen traurig."

„Kommst du dir nun den Film anschauen?"

„Macht es dir sehr viel aus, wenn ich es nicht tue? Ich bin heute nicht in der Stimmung."

„Schon gut. Martha schaut mit mir. Sie sagt, dass sie endlich die verdammten Füße hochlegen und eine Pause machen kann, weil Grandma ins Krankenhaus gefahren ist."

Martha Briggs führte seit Jahren den Haushalt bei den McCalls, und sie war die einzige Person außer Chase, die sich nicht von der gebieterischen Ellie McCall einschüchtern ließ. Und manchmal vergaß sie, dass Megan alles nachplapperte.

Mit strenger Miene blickte Eden ihre Tochter an. „Du weißt, dass du solche Ausdrücke nicht benutzen sollst. Vor allem nicht gegenüber Grandma. Sonst wäscht sie dir den Mund mit Seife aus."

Megans Miene verriet, dass sie es gern darauf ankommen lassen würde, aber sie erwiderte knapp: „Okay, Mom."

„Sieh dich vor, Megan. Sonst wasche ich dir den Mund mit Seife aus."
Megan grinste verlegen und wandte sich ab. „Ich habe doch nur erzählt, was Martha gesagt hat." An der Tür drehte sie sich um und blickte Eden mit einer Ernsthaftigkeit an, die sie auf einmal viel älter wirken ließ. „Mach dir keine Sorgen, Mom", flüsterte sie. „Es wird alles gut. Wir brauchen ihn nicht."

Eden zwang sich zu einem Lächeln. Ihre Tochter war erst acht Jahre alt und spendete ihr Trost! „Ich weiß, Honey", murmelte sie gerührt. „Geh du dir den Film anschauen. Ich bleibe noch eine Weile hier."

Megan nickte. „Wenn er richtig toll ist, sage ich dir Bescheid."

„Tu das. „Eden blickte ihr nach, drehte sich dann wieder zum Fenster um und schlang die Arme um sich selbst. Manchmal fragte sie sich, womit sie ihre Tochter verdient hatte. Meggie war so unerwartet in ihr Leben getreten, es war ein kleines Wunder gewesen.

Fünf lange Jahre lang hatte sie vergeblich auf eine Schwangerschaft gehofft. Selbst eine ärztliche Behandlung hatte nichts genützt. Ihr Leben war ihr so öd und leer erschienen, dass sie nicht einmal mehr malen konnte. Es gab einfach nichts, was sie auf eine Leinwand übertragen konnte. Als ihr bewusst geworden war, dass sie in eine ernste Depression verfiel, hatte sie gegen Richards Willen einen Job angenommen – einen wundervollen Job in einer privaten Galerie, der ihrem Leben wieder einen Sinn gab.

Genau vier Wochen später hatte Richard ihr mitgeteilt, dass er ein Baby gefunden hatte, das zur Adoption freigegeben war. Zwei Tage später holten sie Megan aus dem Krankenhaus ab. Eden war so froh und dankbar, dass er in die Adoption einwilligte, dass sie seine Motive nicht hinterfragte. Bisher hatte er sich stets dagegen gewehrt, ein fremdes Kind aufzuziehen. Doch fünf Monate später, als ihr ehemaliger Chef ihr eine Halbtagsstelle in der Galerie anbot, verlangte Richard, dass sie zu Hause blieb und sich um das Baby kümmerte, das er ihr besorgt hatte. Da begriff sie, dass die Adoption seine Weise war, über ihr Leben zu bestimmen. Ihr Engagement für wohltätige Zwecke war akzeptabel, und ihre Malerei sah er als harmloses Hobby an. Aber ein richtiger Job roch für ihn zu sehr nach Unabhängigkeit.

Doch das winzige Baby verlieh ihr die Kraft, sich gegen Richard zu behaupten. Sie wollte eine Mutter sein, auf die ihre Tochter stolz sein konnte. Dabei ging es ihr nicht um eine Karriere, sondern darum, Selbstachtung und innere Stärke zu gewinnen. Den Job anzunehmen war ihr erster Schritt in diese Richtung gewesen.

Richard hatte mit kühler Missbilligung reagiert, aber zum ersten Mal in ihrem Leben hatte sie sich behauptet. Nicht um ihrer selbst willen, sondern um Megans willen war es ihr gelungen.

Eden fragte sich manchmal, warum er nicht ernsthaft um das Sorgerecht für Megan gekämpft hatte. Doch andererseits hatte er nie mehr als oberflächliches Interesse an ihrer Tochter bewiesen. Sie schien für ihn nichts weiter als ein Spielzeug zu sein, das er für Eden nach Hause gebracht hatte. Einmal hatte er mit einem Sorgerechtsprozess gedroht, doch dabei war es ihm nicht um das Kind gegangen, sondern um Edens Einwilligung in die Scheidungsregelung. Also hatte sie ihm gegeben, was er wollte, und das Einzige behalten, was ihr wichtig war.

„Eden?"

Sie drehte sich um.

Marthas füllige Gestalt zeichnete sich im Lichtschein des Korridors ab. Das graue Haar umgab ihren Kopf wie eine Krone. Mütterliche Besorgnis lag auf ihrem Gesicht, „Wollen Sie sich wirklich nicht den Film anschauen? Es hilft vielleicht, Sie abzulenken."

Eden schüttelte den Kopf und versuchte zu lächeln. „Ich bin nicht in der richtigen Stimmung dazu."

Martha musterte sie forschend und besorgt. Dann wandte sie sich zum Gehen.

„Ist Brodie Malone eigentlich verheiratet?"

Martha drehte sich um und seufzte schwer. „Sie haben ihn also gesehen."

„Ja."

Martha ging zum Rosenholztisch hinüber und wischte mit ihrer Schürze einen Fleck von der glänzenden Fläche. „Martha?", drängte Eden sanft.

Die Haushälterin seufzte erneut und begegnete schließlich Edens Blick. „Nein, er ist nicht verheiratet."

„Er hat gesagt, dass er seit einer Weile wieder hier ist."

„Ja, das stimmt."

„Bitte, Martha", flüsterte Eden eindringlich.

„Nach dem Tod seines Vaters wurde er hin und wieder in der Stadt gesehen, und seit geraumer Zeit ist er ständig hier. Sein erstes Geschäft hat er vor elf oder zwölf Jahren eröffnet. Er hatte jahrelang eine Videothek neben der alten Bäckerei. Dann hat er das alte Bankgebäude

459

gekauft und renoviert. Und vor etwa zwei Jahren hat er das Hotel gekauft und auch renoviert. Es ist ein verdammt schickes Haus geworden." Mit selbstgefälliger Miene richtete sie sich zu ihrer vollen Größe auf. „Manche Leute wundern sich darüber, dass er Erfolg hat. Aber ich war immer anderer Meinung über den Jungen als Ihre Eltern. Ich habe immer gesagt, dass er Rückgrat hat und nur eine Chance braucht."

Eden konnte Marthas Blick nicht standhalten. Sie wandte sich dem Fenster zu und verschränkte die Arme vor der Brust. Wie seltsam, dass Brodie zurückgekehrt war und sie nichts davon gewusst hatte.

„Hat er etwas von seinem Neffen gesagt?"

Eden wandte den Kopf. „Ich wusste gar nicht, dass er einen Neffen hat."

„Er hat ihn vor einigen Jahren bei sich aufgenommen. Man weiß nicht viel darüber, außer dass seine Schwester gestorben ist. Der Junge muss damals in Megans Alter gewesen sein."

Eden drehte sich erneut zum Fenster um und verdaute die Informationen. Es schien, als sprächen sie von einem völlig Fremden.

„Wollen Sie sich wirklich nicht den Film ansehen?"

„Nein danke, Martha", entgegnete Eden mit rauer Stimme.

Sie wusste nicht, wie lange sie mit einem leeren Gefühl im Innern am Fenster stand und auf den Regen hinausblickte.

Schließlich wurde ihr bewusst, dass es dunkel geworden war. Sie seufzte und wandte sich ab. Diese Grübelei führte zu nichts. Vielleicht fühlte sie sich besser, wenn sie Popcorn für Megan und Martha zubereitete. Der Geruch von frischem Popcorn wirkte tröstlich an einem kalten, verregneten Abend.

Sie war in der Küche und suchte die Popcornmaschine, als ihre Mutter zur Hintertür hereinkam. Eden blickte auf und fragte: „Wie geht es ihm heute?"

Ellie McCall schlüpfte aus dem Regenmantel und hängte ihn ordentlich über eine Stuhllehne. Ihre Miene wirkte angespannt. Trotz ihres Alters und ihrer silbergrauen Haare besaß sie eine kühle, elegante Schönheit, die beinahe zeitlos war. Doch nun wirkte sie alt. Tonlos erwiderte sie: „Nicht gut."

„Was ist passiert?"

„Er hatte einen weiteren Infarkt. Einen Kleinen sagen die Ärzte, aber sie halten es für besser, ihn in ein Krankenhaus in Calgary zu verlegen."

Eden wusste, dass ihre Mutter dazu neigte, stets das Schlimmste zu befürchten. Sie schob die Hände in die Hosentaschen und lehnte sich zurück an den Küchenschrank. „Das ist nicht unbedingt schlecht, Mom. Es klingt vernünftig, ihn in ein Krankenhaus zu verlegen, das auf Herzbehandlungen spezialisiert ist. Ich bin nicht sicher, ob Dr. Bradley ihn effektiv genug behandelt."

Mit einem vernichtenden Blick entgegnete Ellie: „Seit wann bist du auf medizinischem Gebiet so eine Autorität? Ist diese grenzenlose Weisheit der Grund, weshalb du so lange gebraucht hast, um nach der Einlieferung deines Vaters nach Hause zu kommen?"

Noch vor zwei Jahren hätte Eden sich durch eine derart schneidende, sarkastische Bemerkung töricht und unzulänglich gefühlt. Nun verspürte sie nur Überdruss. „Mom", sagte sie in sehr ruhigem Ton, „wenn du dich so verhältst, ziehe ich zu Chase oder Tanner."

Ellie erstarrte vor Verblüffung. Es geschah zum ersten Mal, dass Eden sich ihr widersetzte, und sie hatte nicht die Absicht, es durchgehen zu lassen.

Doch bevor sie etwas entgegnen konnte, fuhr Eden fort: „Ich meine es ernst, Mutter. Ich bin nach Hause gekommen, um dir beizustehen, aber wenn du mich wie ein dummes Kind behandelst, werde ich ausziehen." Sie wandte sich zum Schrank um und fragte sehr ruhig: „Wo bewahrst du das Popcorn auf?"

Eine lange Stille folgte. Dann sagte Ellie mit zitternder Stimme: „Auf dem obersten Bord in der Speisekammer."

Eden öffnete die schwere Eichentür und holte das Glas.

„Dein Vater will Chase sehen", verkündete Ellie zögernd.

Nachdenklich schüttete Eden die Körner in die Maschine, bevor sie fragte: „Wann wird Dad verlegt?"

„Ich weiß nicht, ob es überhaupt geschieht. Er weigert sich beharrlich."

Eden seufzte. „Ich werde mit Chase reden. Aber ich kann nichts versprechen."

„Danke", flüsterte Ellie in steifem Ton und verließ die Küche.

Erschöpft starrte Eden vor sich hin. Sie entschied, dass es doch keine so gute Idee war, Popcorn zu machen. Also schüttete sie die Körner zurück in das Glas, stellte die Maschine in den Schrank und löschte das Licht. Dann ging sie hinüber zu der Essecke bei der Verandatür und starrte hinaus.

Durch ein altes, schmiedeeisernes Tor in der hohen Hecke am Ende

461

des Gartens konnte sie die blinkende Neonreklame der Videothek sehen. Der Schmerz in ihrer Herzgegend kehrte verstärkt zurück. Wie sehr hatte sie Brodie geliebt! Er war wundervoll und wild und übermütig gewesen, und durch ihn hatte sie sich ebenfalls wundervoll und wild und übermütig gefühlt, so wie nie zuvor und nie seitdem.

Ihre Eltern hatten behauptet, dass er ein Nichtsnutz sei und nur Schwierigkeiten brachte. Doch sie hatten sich geirrt. Sie war sehr froh, dass er es zu etwas gebracht, dass er alle eines Besseren belehrt hatte. Doch das unerwartete Wiedersehen hatte den alten Schmerz in ihr entfacht. Sie fühlte sich zurückversetzt zu jenem Augenblick, als sie ihm den Laufpass gegeben hatte. Mit einem einzigen kalten, verächtlichen Blick hatte er ihr bewusst gemacht, wie unverzeihlich sie gehandelt hatte.

Das lag alles so lange zurück, dass sie sich längst von ihm vergessen geglaubt hatte. Doch er wirkte nun genauso verbittert wie damals.

4. KAPITEL

Eden stand mit einer Tasse kalt gewordenen Kaffees am Küchenfenster. Seit dem Morgengrauen stand sie bereits dort. Sie hatte nicht schlafen können und war die Nacht über von einem Fenster zum anderen gegangen.

Es war nicht nur die Begegnung mit Brodie, die ihr den Schlaf raubte. Es war eine erneute Angst und Unsicherheit und ein erschreckendes Gefühl der Unzulänglichkeit. Sie hatte nichts. Sie war ein Nichts. Ihr ganzes Leben lang hatte sie sich in ihren Entscheidungen von anderen beeinflussen lassen. Und nun trug sie allein die Verantwortung für Megan. Natürlich war sie nicht ganz allein. Sie konnte sich immer an Tanner oder Chase oder schlimmstenfalls an ihre Eltern wenden, aber sie wollte nicht länger von anderen abhängig sein. Sie wollte sich aus eigener Kraft um Megan kümmern können.

Sie schluckte schwer und blickte zur Uhr. Sieben. In zwei Stunden musste sie zu ihrem Vater ins Krankenhaus fahren. Ihr graute davor. Sie blickte erneut aus dem Fenster und betrachtete die Bäume, die sich im Nieselregen gegen den grauen Himmel abhoben.

Ihre Eltern hatten zunächst beide mit heftigem Zorn auf ihre Scheidung reagiert. Seit der Unterzeichnung der Papiere schwieg ihre Mutter in äußerster Missbilligung zu diesem Thema. Ihr Vater jedoch hielt ihr weiterhin vor, wie töricht sie sich verhielt, und erklärte sie für unfähig, allein für Megan zu sorgen. Und mindestens zweimal hatte er Richard angerufen und ihm diese Meinung kundgetan. Es war sinnlos, mit ihm darüber zu reden, und daher versuchte sie es gar nicht erst.

„Hi, Mom. Was tust du da?"

Eden drehte sich um und lächelte über Megans zerzauste Haare. „Hi. Hast du gut geschlafen?"

Megan kletterte auf die Küchenbank. „Ja." Sie rieb sich die Augen und gähnte herzhaft, „Fährst du wieder ins Krankenhaus?"

Eden unterdrückte ein Seufzen. „Ja."

„Kann ich den Film allein zurückbringen?"

Mit einem seltsamen Gefühl in der Magengegend wandte Eden sich ab und stellte ihre Kaffeetasse in die Spüle. „Ja. Aber sag Martha Bescheid, wohin du gehst. Und sei bitte leise im Haus. Grandma schläft gern lange, und jedes ungewohnte Geräusch stört sie."

Megan seufzte schwer. „Ich weiß. Aber es ist so langweilig hier, Mom."

Eden drehte sich zu ihr um. „Sobald es Grandpa besser geht, muss ich nicht mehr jeden Vormittag ins Krankenhaus, und dann können wir etwas unternehmen. Und wenn die Ferien hier erst mal anfangen ..." Das Telefon unterbrach sie. Hastig griff sie zum Hörer und nahm vor dem zweiten Klingeln ab. „Residenz McCall."

Ein unangenehmes Lachen ertönte. „Nun, Eden, es ist schön zu hören, dass du immer noch einen Sinn für Umgangsformen hast."

Mit plötzlich feuchter Hand umklammerte sie den schnurlosen Hörer. „Was willst du?"

Richard lachte erneut. „Tja, Süße", erwiderte er in herablassendem Ton, „wenn ich mich recht erinnere, gewährt mir die Sorgerechtsvereinbarung ein großzügiges Besuchsrecht. Und ich habe beschlossen, es in Anspruch zu nehmen. Mein Anwalt und ich halten es für angebracht, dass Megan den Sommer hier bei mir verbringt. Ich gebe dir bis Freitag in einer Woche Zeit, um die nötigen Vorbereitungen zu treffen."

Einen Moment lang fürchtete Eden, dass sie sich übergeben müsste. Sie schloss die Augen und schluckte schwer.

„Ich weiß, dass du nicht gern von unserem Küken getrennt bist", fuhr er fort. „Also kannst du gern mitkommen."

Panik stieg in ihr auf. Sie ging hinüber ins Esszimmer und lehnte sich an die Wand. „Warum tust du das, Richard?", flüsterte sie.

„Ich möchte Zeit mit meiner Tochter verbringen. Nach allem, was du mir angetan hast, ist das wohl nicht zu viel verlangt. Und ich habe die Sorgerechtsvereinbarung in gutem Glauben unterschrieben."

Mit zitternden Knien sank Eden auf einen Stuhl. Sie holte tief Luft und entgegnete: „Ich muss mit Megan darüber reden und sehen, was sie möchte."

In hartem Ton verkündete Richard: „Ich würde dich nur ungern wegen Missachtung des Gesetzes anzeigen, meine Liebe. Wenn mir mein Besuchsrecht nicht gewährt wird, muss ich das Sorgerecht neu regeln lassen. Vor allem, da du Megan ohne meine Einwilligung aus der Provinz gebracht hast."

Zitternd strich sie sich über das Gesicht und versuchte, klar zu denken. Sie musste ruhig bleiben, und sie durfte sich nicht in die Enge drängen lassen. Schließlich erwiderte sie mit fester Stimme, die nicht wie ihre eigene klang: „Ich werde dich zurückrufen. Ich bin gerade auf dem Weg ins Krankenhaus, und Megan schläft noch."

Er wollte etwas sagen, doch sie unterbrach ihn. „Es tut mir leid, Richard. Ich kann jetzt nicht reden. Ich rufe dich später an." Sie drückte einen Knopf, um das Gespräch zu beenden, und dann einen weiteren, damit die Leitung besetzt war, wenn er noch einmal anzurufen versuchte.

Plötzlich spürte sie eine kleine, warme Hand auf ihrem Nacken. „Was ist denn, Mommy?", flüsterte Megan ängstlich. „Was wollte er?"

Eden zog sie auf ihren Schoß und drückte sie an sich. Sie musste ihr eine Erklärung geben, ohne sie zu erschrecken. Sie strich ihr das zerzauste Haar aus dem Gesicht und erwiderte ruhig: „Dein Vater möchte, dass du für eine Weile zu ihm nach Toronto kommst. Das ist alles." Sie gab ihr einen Kuss auf die Stirn. „Aber keine Sorge, Sweetheart. Wenn du nicht willst, musst du auch nicht."

Megan schlang beide Arme um Edens Hals und klammerte sich an sie. „Ich will nicht zu ihm. Und er ist nicht mein Vater."

Lächelnd erwiderte Eden: „Das stimmt. Er ist nicht dein Vater."

Megan hob den Kopf und blickte sie trotzig an. „Ich will nicht zu ihm. Er kann mich nicht zwingen."

„Mach dir keine Sorgen, okay? Wir finden schon einen Weg, um es zu verhindern."

Megan nickte und stand auf. „Kann ich jetzt mein Frühstück haben?"

„Ja, mein Engel." Eden stand auf und ging in die Küche zurück. Sie beschloss, ihren Anwalt anzurufen, sobald sie aus dem Krankenhaus zurückkehrte. Notfalls würde sie nach Sibirien ziehen, um zu verhindern, dass Richard seine boshaften kleinen Spielchen mit Megan veranstaltete.

Eden war so müde, dass sie beinahe im Sitzen einschlief. Ihr Vater war seltsam aufgeregt. Sobald sie sich von ihm entfernte, wurde er unruhig. Daher saß sie seit zwei Stunden an seinem Bett, hielt seine Hand und summte alte Melodien. Trotz all der Auseinandersetzungen, die sie mit ihm gehabt hatte, schmerzte es sie, ihn so zerbrechlich zu sehen. Er hatte stets unzerstörbar gewirkt. Und nun war er nur noch ein schwacher, alter Mann.

Das Mittagsgeschirr wurde gerade abgeräumt, als Ellie McCall mit aschfahlem Gesicht und angstvollem Blick in der Tür auftauchte und Eden zu sich in den Korridor rief. Sie presste eine Hand auf ihre Brust und flüsterte eindringlich: „Darling, ich glaube, du solltest lieber nach Hause fahren."

„Was ist denn passiert?", fragte Eden erschrocken.

„Richard hat angerufen, und ich habe ihn mit Megan sprechen lassen. Und sie ist …"

Eden erblasste. Mit leiser, aber zorniger Stimme entgegnete sie: „Ich habe euch allen gesagt, dass er nicht mit ihr sprechen darf."

„Ich weiß, ich weiß. Aber ich dachte, du übertreibst. Ich dachte, es könnte nicht schaden. Schließlich ist er ihr Vater, und …"

„Wo ist sie?"

Ellie wurde noch blasser. „Ich weiß es nicht. Sie ist verschwunden. Wir haben sie über eine Stunde gesucht …"

Einen Moment lang war Eden wie erstarrt vor Schreck. Dann holte sie ihre Jacke aus dem Krankenzimmer und warf ihrer Mutter einen wütenden Blick zu. „Verdammt, Mutter! Konntest du nicht dieses eine Mal auf mich hören? Aber nein, du weißt ja immer alles besser!" Sie wirbelte herum und lief zum Ausgang.

Sie rannte den ganzen Weg nach Hause und stürmte zur Hintertür hinein.

„Ich habe es ihr gesagt", versicherte Martha mit betroffener Miene. „Wirklich! Aber sie wollte nicht auf mich hören."

Eden keuchte so stark, dass sie kaum sprechen konnte. „Wissen Sie, was er zu ihr gesagt hat?"

Martha schüttelte besorgt den Kopf.

Eden atmete tief durch und versuchte, klar zu denken. „Vielleicht ist sie zu Chase gelaufen. Sie kennt den Weg dorthin."

Martha rang die Hände. „Daran habe ich schon gedacht. Ich bin hingefahren, aber sie ist nicht da. Ich wollte Devon nicht beunruhigen. Deshalb habe ich gesagt, dass ich Sie suche."

Eden presste eine Hand auf die Stirn und zwang sich zur Ruhe. Was würde Megan tun? Wohin würde sie gehen? Sie ließ die Hand sinken und blickte Martha an. „Wo ist der Videofilm? Hat sie ihn zurückgebracht?"

Martha eilte ins Wohnzimmer. „Vorhin lag er noch auf dem Tisch, aber jetzt ist er weg.

„Hat sie eine Jacke mitgenommen?"

„Ich weiß nicht. Sie ist einfach verschwunden."

„Bleiben Sie hier, Martha", ordnete Eden an, während sie eine von Megans Jacken von der Garderobe nahm. „Falls sie zurückkommt."

Eden rannte, so schnell sie konnte. Eine neue Woge der Panik stieg in ihr auf. Lieber Gott, betete sie insgeheim, lass sie in der Videothek sein. Lass sie einen Film auf der großen Leinwand anschauen. Lass sie einfach die Zeit vergessen haben.

Ängstlich und hoffnungsvoll zugleich stieß Eden die schwere Glastür auf und spähte in die Ecke, in der ein großer Fernseher stand. Leer. Fieberhaft suchte sie zwischen den Regalen.

„Kann ich Ihnen helfen?", erkundigte sich eine freundliche Stimme.

Eden drehte sich um. „Meine Tochter wollte heute einen Videofilm zurückbringen. Es war ein lustiger Kinderfilm. Haben Sie sie gesehen?"

„Ja. Sie hat ihn vor ein paar Stunden abgegeben. Sie hat eine Weile mit dem Hund gespielt und ist dann gegangen."

Eden schloss die Augen, sank gegen die Wand und schluchzte laut auf. „Oh, Gott."

„Was ist denn? Stimmt etwas nicht?", erkundigte sich die Frau besorgt. Eden schluckte schwer. „Sie ist verschwunden. Wir wissen nicht, wo sie sein könnte."

„Ich kümmere mich darum, Lydia", verkündete Brodie. Er nahm Eden bei den Schultern und schob sie in sein Büro. „Setz dich. Und erzähl mir, was los ist."

Sie sank auf den Stuhl. Seine Hand auf ihrer Schulter wirkte seltsam beruhigend. „Megan ist verschwunden."

Er verschränkte die Arme und blickte sie mit undurchschaubarer Miene an. „Was ist passiert?"

Mit schwankender Stimme erzählte sie es ihm. Sein Gesichtsausdruck verfinsterte sich zusehends, und als sie endete, presste er die Lippen zu einer harten Linie zusammen.

Nach langem Schweigen deutete er auf die Jacke, die sie an sich drückte, und fragte sachlich: „Ist das Megans?"

Sie nickte.

Er nahm ihr die Jacke ab. „Max komm her." Dann kniete er sich nieder, als der Hund schwanzwedelnd gehorchte, und nahm ihn am Halsband. Das Tier spitzte die Ohren und stand völlig reglos da. Brodie legte die Jacke auf den Boden. „Max, such."

Aufgeregt schnüffelte Max ausgiebig an der Jacke, hob schließlich den Kopf und stürmte zur Tür.

Brodie schlüpfte in eine Jacke, nahm ein Handy vom Schreibtisch und steckte es sich in die Tasche. „Komm, ihm nach."

Verständnislos stand Eden auf und folgte ihm. „Wie …"

„Er ist als Spürhund ausgebildet." Er hielt ihr die Tür auf und folgte ihr hinaus. Dann gab er Max einen weiteren Befehl, und das Tier begann zu suchen.

„Aber es ist doch so nass", gab Eden zu bedenken. „Vielleicht haben wir trotzdem Glück."

Max drehte sich im Kreis, schnüffelte am Boden, hob dann den Kopf und bellte einmal. Nach einem weiteren Kommando sauste er davon.

Brodie nahm Eden bei der Hand und zog sie mit sich. „Komm. Wir wollen ihn nicht verlieren."

Sie stolperte ihm nach. Panik erfüllte sie erneut. Zum Teufel mit Richard! Zum Teufel mit seinen rachsüchtigen Manövern! Sie mussten Megan finden. Sie war noch so klein und bestimmt furchtbar verängstigt.

Mit der Nase am Boden lief der Hund die Straße entlang, die aus der Stadt führte. Brodie warf Eden einen flüchtigen Blick zu. „Wir müssen etwas zulegen, um mit ihm mitzuhalten."

Sie nickte, ließ seine Hand los und begann zu rennen. Etwa eine halbe Meile außerhalb der Stadt, neben einer ungemähten Grasfläche, blieb Max stehen, schnüffelte und drehte sich dann im Kreis.

Eden erkannte, dass er die Fährte verloren hatte. Tränen strömten über ihr Gesicht. Wenn es doch nur nicht die ganze Nacht geregnet hätte! Wenn doch nur …

Brodie nahm ihr Kinn und drehte ihren Kopf fort von dem orientierungslos kreisenden Hund. „Hör auf, Eden", befahl er. „Es ist noch nichts verloren." Er nahm sie bei den Schultern, zog sie vor sich und deutete auf das Feld. „Siehst du die alte Scheune zwischen den Bäumen da drüben? Und hier vorn die Spur im Gras?"

Sie spürte die Wärme seines Körpers, blickte in die Richtung, in die er deutete, und nickte.

„Es sieht so aus, als wäre jemand vor Kurzem durch dieses Gras zur Scheune gegangen."

Eden schluckte schwer, wischte sich die Tränen von den Wangen und flüsterte: „Lass uns nachschauen."

Er nahm sie bei der Hand, gab Max eine Anweisung und führte sie durch den Straßengraben ins hohe, nasse Gras. Sie erreichten einen Stacheldrahtzaun. Bevor sie zwischen den Drähten hindurchklettern konnte, hob er Eden hinüber. Dann stützte er sich auf einen Pfosten und sprang darüber hinweg. Schließlich hob er den untersten Draht, damit Max durchschlüpfen konnte, und führte ihn einige Schritte ins Feld. Dort hockte er sich vor ihn und gab ihm einen Befehl.

Während Max zur Scheune vorauslief, kehrte Brodie zu Eden zurück und reichte ihr die Hand. „Komm weiter."

Mit einem Anflug von Hoffnung schob sie die Hand in seine. Sie war dankbar für seine Unterstützung, für seine beruhigende Wirkung, für seine Anwesenheit.

Das Gras war hoch und nass und der Boden aufgeweicht und uneben. Sie hatten das Feld halb durchquert, als Max dreimal kurz bellte. Brodie drückte ihre Hand. „Sie ist da."

Tränen verschleierten ihre Sicht, und sie stolperte auf dem unebenen Untergrund. Als sie das Ende des Feldes erreichten, war sie von der Taille abwärts völlig durchnässt, und ihre Knie zitterten.

Die Scheune war alt und baufällig. Das Holz war verwittert und das Dach hing durch.

Brodie blieb stehen und flüsterte ihr zu: „Es ist besser, wenn sie nicht merkt, dass wir da sind. Ich möchte nicht, dass sie abzuhauen versucht und womöglich durch das Loch im Dach klettert."

Eden nickte benommen und folgte ihm mit klopfendem Herzen in das Gebäude. Drinnen war es düster und leer. Geflatter ertönte im Gebälk, und zwei erschrockene Spatzen flogen über ihren Köpfen davon.

Max stand am Fuß einer Leiter und blickte schwanzwedelnd zum Dachboden hinauf.

„Braver Junge", flüsterte Brodie sehr leise.

Eden ließ seine Hand los und wollte die Leiter erklimmen, doch er hielt sie am Arm fest. „Sie hält dein Gewicht nicht aus", sagte er so leise, dass sie es kaum verstand.

Er blickte sich um und fand eine Futterkrippe in einer Ecke. Direkt darüber befand sich ein Loch im Dachboden, durch das gräuliches Licht fiel.

Brodie ging hinüber und stieg auf die Krippe. Dann reckte er sich und umfasste den Rand des Lochs. Mühelos und geräuschlos zog er sich hinauf. Eine unerträgliche Stille folgte. Dann sprach Brodie mit sanfter Stimme: „Megan, wach auf, Honey. Deine Mom ist hier."

Eden schluchzte auf vor Erleichterung. Megan war gefunden, sie war wohlauf, und das allein zählte. Sie wartete gespannt.

„Komm, Meg. Deine Mom ist hier", sagte Brodie.

Aus einer Ecke war ein Geräusch zu hören, und Staub fiel durch die Fugen in den Brettern. Dann ertönte Megans tränenerstickte Stimme. „Nein! Nein! Ich bleibe hier. Ich gehe nicht zu ihm. Ich will nicht. Er ist nicht mal mein Vater."

„Deine Mom hat gesagt, dass du nicht zu ihm musst, wenn du nicht willst. Sie wird es verhindern", entgegnete Brodie sanft. „Du hast deiner Mom furchtbare Angst eingejagt. Das ist nicht fair, oder?" Nach einer kleinen Pause sagte er: „Braves Mädchen. Und jetzt musst du zu mir kommen, Honey. Das Holz ist sehr morsch, und wenn ich zu dir komme, bricht es vielleicht ein."

Erneut rieselte Staub herab. Dann, es schien, als sei eine Ewigkeit vergangen, erklangen Schritte auf dem knarrenden Gebälk.

Eden erkannte, dass Brodie ihre Hilfe brauchte. Hastig wischte sie sich die Tränen der Erleichterung aus den Augen und stellte sich unter das Loch.

Nun hörte sie seine Stimme direkt über ihr. „Ich reiche sie dir hinunter. Okay, Mom?"

„Ja, ich bin bereit."

In leicht belustigtem Ton verkündete er: „Sie hat einen Schlafsack und eine große Tüte mit Lebensmitteln hier oben."

Eden schloss die Augen. Sie wusste nicht, ob sie lachen oder weinen sollte. Niemand konnte behaupten, dass es ihrem Kind an Entschlossenheit mangelte. Sie streckte die Arme hoch. „Reich mir alles hinunter."

Er übergab ihr eine große Plastiktüte und warf den Schlafsack hinunter. „Jetzt kommst du, Meggie. Die Füße zuerst."

Behutsam ließ er Megan hinabgleiten. Sobald Eden sie in den Armen hielt, erklärte sie mit tränenerstickter, angsterfüllter Stimme, aber in trotzigem Unterton: „Ich gehe nicht zu ihm. Und wenn er mich holen kommt, laufe ich wieder weg."

Eden drückte sie an sich. „Ich sag dir was. Wenn er wieder auftaucht, laufe ich mit dir zusammen weg."

Brodie landete mit einem dumpfen Aufprall neben ihr. Sie wollte ihm danken, aber ihre Kehle war wie zugeschnürt.

Er musterte sie einen Moment, hob dann die Tüte und den Schlafsack auf und drängte: „Verschwinden wir von hier. Diese Hütte kann jeden Moment über uns einstürzen." Er schnippte mit den Fingern. „Komm, Max."

Mit Megan im Arm wandte Eden sich zur Tür um. Draußen legte Brodie den Schlafsack und die Tüte auf einen Holzstapel und holte sein Handy aus der Tasche. Er wählte eine Nummer und musterte die Umgebung, während er auf die Verbindung wartete. „Lydia sag Jase bitte, er soll den Jeep nehmen und mich an der Ausfallstraße nach Norden abholen. Bei Mitchells Heufeld. Und er soll sich beeilen." Schweigend blickte er zur Stadt hinüber. „Ja, wir haben sie gefunden. Danke, Lydia."

Er drückte einen Knopf und wandte sich an Eden. „Soll ich Martha anrufen?"

Sie nickte nur.

Sein Blick war sanft, aber sein Ton schroff, als er sagte: „Ich brauche die Nummer, Eden."

Sie holte Luft und nannte sie ihm. Sie wusste, dass sie mit Martha sprechen sollte, aber sie fürchtete, jeden Augenblick in Tränen auszubrechen.

Brodie informierte die Haushälterin knapp und sachlich und steckte das Handy zurück in die Tasche. Er rollte den Schlafsack zusammen, hob die Tüte auf und trat zu Eden. „Hier, du nimmst das Zeug, und ich trage Megan."

„Darf Brodie dich tragen?", erkundigte sich Eden.

Megan nickte und streckte ihm die Arme entgegen.

Er hob sie lächelnd hoch. „Du hattest Glück, dass du dich in dem hohen Gras nicht verlaufen hast, du Wicht."

„Ich bin kein Wicht", protestierte sie.

„Bist du doch." Er schwang sie mühelos auf seine Schultern, blickte Eden an und fragte besorgt: „Schaffst du es, Mom?" Sie biss die Zähne zusammen und nickte.

Brodie griff nach dem Schlafsack und den Lebensmitteln. „Komm, lass mich das nehmen." Sie schüttelte stumm den Kopf.

„Gib mir das Zeug, Eden", befahl er, und sie ließ es sich abnehmen. Er wandte sich ab und rückte Megans Beine zurecht. „Halt dich gut fest, Kind. Wir müssen uns beeilen, sonst werden wir nass. Da kommt eine riesige Regenwolke."

Eden zitterte am ganzen Körper. Nun erst schien die Reaktion auf die Anspannung der vergangenen sechs Monate einzusetzen, ausgelöst durch die ausgestandene Angst um Megan. Sie sah Max herumtollen und hörte Brodie mit Megan sprechen, aber sie wurde sich dessen nur vage und verschwommen bewusst. Sie heftete einfach den Blick auf seine breiten Schultern und folgte ihm.

Ein schwarzer Jeep Cherokee hielt am Straßenrand an, und ein großer Mann mit seltsam vertrauter Gestalt stieg aus. Eden stolperte und heftete den Blick erneut auf Brodies Rücken. Der Fahrer watete durch den Graben und das hohe Gras, nahm Brodie die Sachen und Megan ab und kletterte den Abhang zur Straße hinauf.

Brodie drehte sich zu Eden um und hob sie über den Zaun. „Bleib stehen." Er kletterte zu ihr hinüber und ließ Max hindurchschlüpfen. Dann nahm er sie am Arm und zog sie mit sich.

„Ich schaffe es allein", flüsterte sie steif.

„Sei still, Eden", entgegnete er schroff.

Sie erreichten die Straße, und als der Fahrer sich zu ihnen umdrehte, erstarrte Eden. Brodie schien aus ihrer Erinnerung auferstanden zu sein. Sie verspürte einen schmerzlichen Stich in der Brust. Dann wurde ihr bewusst, dass es nicht Brodie war. Es musste der Neffe sein, von dem Martha gesprochen hatte.

„Gib mir deine Jacke, Jase", verlangte der richtige Brodie.

Der Teenager setzte Megan auf die Motorhaube und warf Eden einen undeutbaren Blick zu, bevor er schweigend aus seiner Jacke schlüpfte.

Ebenfalls schweigend zog Brodie ihr die nasse Jacke aus und half ihr in die trockene. In ausdruckslosem Tonfall erklärte er: „Das ist mein Neffe Jason, und das sind Eden McCall und ihre Tochter Megan."

Jason nickte nur und kreuzte die Arme vor der Brust.

„Schnall Megan auf dem Vordersitz an und lass Max nach hinten", bat Brodie. Dann schob er Eden auf den Rücksitz und setzte sich zu ihr.

Jason befolgte seine Aufforderung, stieg ein und blickte seinen Onkel im Rückspiegel an. „Wohin?"

„Nach Hause."

Eden kuschelte sich in die warme Jacke und schob die zitternden Hände zwischen die Knie. Sie war sich des Mannes neben ihr überdeutlich bewusst. Sie wusste, dass ihre Reaktion furchtbar übertrieben war, und sie wusste auch, dass nicht nur der Schrecken, den Megan ihr eingejagt hatte, dafür verantwortlich war. Alles schien auf einmal auf sie einzustürmen. Der Kampf um die Scheidung, die Sorge um ihren Vater, das aufwühlende Wiedersehen mit Brodie, der Anruf von Richard an diesem Morgen.

Und darüber hinaus hatte sie in der vergangenen Nacht nicht geschlafen, und sie war durchnässt und fror furchtbar. Ihr Verstand sagte ihr, dass sie nun, da Megan gefunden und unversehrt war, nicht mehr zittern sollte. Doch je mehr sie sich dagegen wehrte, desto schlimmer wurde es.

Sie biss die Zähne zusammen und starrte abwesend aus dem Fenster. Ihre Kehle war wie zugeschnürt. Vielleicht lag es daran, dass sich in den vergangenen Monaten zu viele Probleme angesammelt hatten. Warme, starke Finger ergriffen ihr Handgelenk. „Entspann dich, Eden", sagte Brodie schroff.

Verwirrt blickte sie ihn an. Sein dunkles Haar war feucht und windzerzaust. Seine Miene wirkte grimmig, aber seine Augen blickten ausdruckslos. Er zog ihre Hände zwischen ihren Beinen hervor. „Komm. Wir müssen aussteigen."

Sie schaute aus dem Fenster und erkannte, dass sie vor der Garage der Videothek angehalten hatten. Benommen folgte sie Brodie aus dem Wagen und sah, dass Jason mit Megan durch eine Seitentür ging. „Wohin bringt er sie?"

„Er kocht ihr eine Tasse Kakao in der Personalküche und lenkt sie ein bisschen ab." Brodie hob Eden kurzerhand auf die Arme. Sie wollte protestieren, doch er schüttelte den Kopf und trug sie ins Haus und eine breite Treppe hinauf.

„Ist Megan …"

„Keine Sorge. Jase und Lydia kümmern sich um sie." Im ersten Stock betrat er ein Wohnzimmer und setzte sie auf ein Ledersofa. „Bleib hier."

Er verschwand, und sie schloss die Augen und schob die Hände erneut zwischen die Schenkel. Sie hörte ihn zurückkehren, blieb aber reglos sitzen. Sachte zog er ihre Hände hervor. Als sie ihn verwirrt anblickte, erklärte er: „Du hast einen Schock, und du bist nass und kalt." Schnell zog er ihr die nasse Kleidung aus. Ohne ihrem Blick zu begegnen, hüllte er sie in eine Decke. „Trinkst du immer noch Tee?"

Sie heftete den Blick starr auf sein gebräuntes, markantes Gesicht und flüsterte: „Mir ist so schlecht."

Er seufzte und setzte sich auf den Couchtisch vor ihr. Dann stützte er die Unterarme auf die Schenkel und starrte mit gesenktem Kopf zu Boden. Schließlich blickte er sie resigniert an. „Was geht hier eigentlich vor?"

Sie erinnerte sich an die Abscheu, die er ihr am Vortag entgegengebracht hatte, und der Druck in ihrer Brust verstärkte sich. Hätte er ihr doch nur im Laufe der vergangenen siebzehn Jahre verzeihen können, wenn auch nur ein wenig. Sie schluchzte auf und barg das Gesicht in den Händen, als all die Reue und die Schuldgefühle mit überwältigender Stärke aufwallten.

Mühsam, mit brüchiger Stimme brachte sie hervor: „Kannst du mir ein paar Minuten Zeit lassen?"

Nach einer langen Pause sagte er seltsam niedergeschlagen: „Ich stecke deine Kleider in den Trockner und sehe nach Megan."

Sie beherrschte sich eisern, bis sie hörte, wie sich die Tür hinter ihm schloss. Dann ließ sie sich gehen. Sie musste einfach. Sie konnte es nicht länger zurückhalten.

5. KAPITEL

*E*s hatte zu regnen begonnen. Eden saß in der Ecke des Sofas, lehnte die Stirn an die angezogenen Knie und versuchte, das dumpfe Pochen in ihrem Kopf zu ignorieren. Sie wäre am liebsten verschwunden, bevor Brodie zurückkehrte. Doch er hatte ihre Kleidung und ihre Tochter: Es war nicht Angst, die in ihr den Drang erweckte, vor ihm davonzulaufen, sondern schlichtweg Stolz. Sie wollte nicht, dass er sie so sah. Seit Monaten hatte sie nicht mehr so heftig geweint, und nun waren ihre Augen bestimmt schrecklich verquollen. Doch sie fühlte sich irgendwie befreit. Zum ersten Mal seit langer Zeit war sie innerlich entspannt.

Sie seufzte tief, hob den Kopf und sah sich um. Brodie lebte, in einer riesigen Wohnung, die das gesamte Stockwerk einnahm. Hier war früher einmal eine Tanzschule untergebracht gewesen, wo Eden Unterricht genommen hatte.

Doch die Räumlichkeiten waren kaum wiederzuerkennen. Der Parkettboden war dunkel lasiert, die Wände waren hellgrau gestrichen und die Fenster vergrößert worden.

Eine riesige Schrankwand beherbergte eine umfangreiche Stereoanlage, einen Fernseher und eine beträchtliche Büchersammlung, Zwei schwarze Ledersofas standen im rechten Winkel zueinander. Die beiden Beistelltische aus Chrom und Leder sahen sehr teuer aus, und in einer Ecke befand sich eine Stehlampe aus Chrom und schwarzer Emaille.

Es war ein wundervoller, seltsam behaglicher Raum, trotz der beträchtlichen Größe und der spärlichen Einrichtung, der in vielerlei Hinsicht an den Besitzer erinnerte. Doch es war der Anblick des Couchtisches, der ihr die Kehle zuschnürte. Er bestand aus einem sehr alten, dicken Baumstamm, der kunstvoll mit Leder überzogen und mit Messing eingefasst war. Sie kannte diesen Tisch. Sie und Brodie hatten ihn an einem heißen Sommertag in der Dachkammer eines alten, verlassenen Hauses gefunden.

Sie hörte Brodie eintreten und reckte das Kinn ein wenig vor, um gefasst zu wirken.

Holz und Leder knarrten, als er sich auf den Tisch setzte. Er hielt ihr ein Glas mit einer bernsteinfarbenen Flüssigkeit hin, nahm ihre Hand und schmiegte ihre Finger um den Stiel. „Du siehst aus, als könntest du einen kräftigen Schluck vertragen." Ein Funkeln erschien in sei-

nen Augen. „Kipp es runter, McCall. Ich weiß aus Erfahrung, dass du
es kannst."

Eden lachte unsicher. „Ich bin jetzt älter und weiser."

„Trink."

Sie holte tief Luft und trank. Es war ein sehr guter, alter Scotch, der
eine wohltuende Wärme in ihr auslöste. Brodie stellte das leere Glas
neben sich ab. Er stützte die Ellbogen auf die Schenkel, verschränkte
die Finger und blickte Eden an. „Also, was zum Teufel ist eigentlich
los?"

Es überraschte sie, dieses plötzliche Gefühl der Unbefangenheit in
seiner Gegenwart. Er hatte ihr nie einen Grund gegeben, an ihm zu
zweifeln, und dieses Gefühl hatte irgendwie überlebt. Einen Moment
lang hielt sie seinen Blick gefangen, fand Stärke und Beständigkeit in
den blauen Tiefen seiner Augen.

Dann senkte sie den Kopf und spielte mit einem Zipfel der Decke.
Sie holte tief Luft und begann zu reden, erzählte ihm von Richards Reaktion auf die Scheidung und von den Vorfällen an diesem Morgen. Sie
ließ nichts aus.

Als sie endete, herrschte lange Zeit Schweigen. Schließlich fragte
Brodie: „Was hat Megan damit gemeint, dass er nicht ihr Vater ist?"

„Megan ist adoptiert. Ich kann keine Kinder bekommen." Sie seufzte
und fuhr fort. „Ich glaube nicht, dass er wirklich ein Baby wollte. Er hat
die Adoption nur arrangiert, um mich zu besänftigen. Und er drängt
nur auf sein Besuchsrecht, um sich an mir zu rächen."

„Hast du deiner Familie davon erzählt?"

Sie schüttelte den Kopf. „Tanners Frau hat eine sehr hässliche Scheidung hinter sich und würde sich nur aufregen. Sie ist schwanger, genau
wie Devon, und deshalb will ich sie nicht hineinziehen."

„Und deine Eltern?"

„Meine Eltern sympathisieren mit Richard."

„Wer ist dein Anwalt?"

Sie sagte es ihm.

„Wie lautet seine Nummer?"

Sie senkte den Blick und spielte wiederum mit der Decke. „Ich habe
im Moment nicht die Energie, mit ihm zu reden. Ich rufe ihn morgen
an."

„Wie lautet seine Nummer?", hakte er nach. „Ich rufe ihn morgen
an."

476

Ein Anflug von Verärgerung blitzte in seinen Augen auf. „Ich rufe ihn jetzt an."

Sie hielt seinem Blick einen Moment lang stand. Es wäre so schön, dieses Problem auf einen anderen abzuwälzen, nur für eine kleine Weile, bis sie sich wieder gefangen hatte.

„Eden?"

Sie schluckte, unterdrückte ihr schlechtes Gewissen und gab schließlich nach. Mit zittriger Stimme nannte sie ihm eine Nummer in Toronto.

„Ich brauche deinen Ehenamen."

„Ich habe McCall behalten. Er heißt Dodd. Megan hat beide Namen – mit Bindestrich."

Wortlos wandte Brodie sich ab und ging hinaus. Eden lehnte den Kopf zurück an das Sofa und schloss die Augen. Nur dieses eine Mal wollte sie jemand anderen mit dieser verdammten Sache betrauen. Nur dieses eine Mal.

Es dauerte lange, bis sie ihn zurückkehren hörte. Widerstrebend öffnete sie die Augen. Ihr Magen verkrampfte sich, als sie den harten Zug um seinen Mund sah. Schweigend nahm sie die getrockneten Kleidungsstücke, die er ihr reichte. „Danke."

„Er will sofort Dodds Anwalt anrufen und meldet sich heute Abend oder morgen früh bei dir." Er hielt inne und sah sie eindringlich an. Dann wandte er sich ab. „Ich gehe hinunter, damit du dich anziehen kannst."

Megan merkte nicht einmal, dass Eden den Raum betrat. Vermutlich wäre ihr sogar ein Erdbeben entgangen. Sie stand zwischen Jasons Knien vor einem Computer und konzentrierte sich völlig auf den Bildschirm, während Jason ihre Hände auf zwei Joysticks führte. Ihr Gesicht war vor Aufregung gerötet.

Doch es war weniger ihre Tochter, deren Anblick Eden zu Herzen ging. Es war der junge Mann, der dahinter stand. Aus irgendeinem Grunde schmerzte es sie, die beiden so zusammen zu sehen. Seine Miene wirkte eifrig und sehr jungenhaft, obwohl niemand ihn als Jungen bezeichnet hätte. Zu viel Enttäuschung und negative Lebenserfahrung standen in diesem Gesicht geschrieben. Sie fragte sich unwillkürlich, was für ein Leben er geführt haben mochte.

Brodies Schwester hatte Bolton vor vielen Jahren verlassen, und es hatte viel Gerede um die Umstände dieser Trennung gegeben. Sie war

Brodie sehr ähnlich gewesen, mit der Figur eines Fotomodells, tief-blauen Augen, langen dunklen Haaren und einer gewissen Wildheit in sich. Angeblich war sie in einer Seitenstraße von Vancouver tot aufge-funden worden. Ansonsten wusste Eden wenig über sie, auch nicht, dass sie ein Kind hatte.

Die Ähnlichkeit zwischen Jason und Brodie war atemberaubend. Das gleiche dichte lockige Haar, das gleiche markante Gesicht mit der geraden Nase und dem vollen Mund. Der einzige Unterschied bestand darin, dass Brodie sein Haar lang – rebellisch lang – getragen hatte, wäh-rend Jasons der Mode entsprechend kurz geschnitten war.

Der Computer gab ein Geräusch von sich, das wie eine Bombenex-plosion klang. Megan verzog das Gesicht. „Verdammt! Er hat mich er-wischt, Jase. Ich habe ihn ganz übersehen."

Eden blickte gen Himmel und seufzte schwer. Sie musste etwas ge-gen Megans Ausdrucksweise unternehmen. Aber was? Sie beschloss, es diesmal auf sich beruhen zu lassen, und verkündete: „Es wird Zeit zu gehen."

Jason wie Megan blickten auf. Seine Miene wurde verschlossen und ihre trotzig.

Manchmal wünschte Eden, ihre Tochter wäre nicht ganz so starrsin-nig. „Hol deine Sachen, Megan. Wir müssen jetzt nach Hause."

Megan seufzte übertrieben. Widerstrebend ließ sie die Joysticks los und trat zwischen Jasons Knien hervor. „Danke, Jase", sagte sie sanft.

Er zog neckend an ihrem Zopf, stand auf und blickte Eden ernst an. „Brodie telefoniert gerade. Ich hole ihn."

Sie wollte protestieren, aber er ging davon, bevor sie etwas sagen konnte. Sie wandte sich an Megan. „Weißt du, wo Jason deine Sachen hingestellt hat?"

Sie fanden den Schlafsack, die Plastiktüte und ihre Jacken bei der Tür. Max lag daneben. Eden hockte sich neben ihn und kraulte ihn. „Danke, Max", sagte sie leise. „Ich schulde dir einen sehr großen Knochen."

Max erhob sich und stellte sich schwanzwedelnd vor Megan. Sie kniete sich nieder und umarmte ihn. „Willst du spielen? Willst du raus und spielen?"

Eden nahm den Schlafsack und die Jacken und stand auf. „Nicht heute, Meg. Wir gehen nach Hause und führen ein kleines Gespräch, du und ich."

„Ach, Mom."

„Nimm deine Lebensmittel und komm."

Megan bedachte die Plastiktüte mit einem mürrischen Blick. „Ach, Mom, die ist so schwer. Und meine Arme tun so weh. Können wir sie nicht einfach hierlassen?"

Eden unterdrückte ein Lachen. „Nein, wir können sie nicht hierlassen. Und sie war dir nicht zu schwer, als du zur Scheune gegangen bist." Sie reichte ihr den Schlafsack. „Also kannst du jetzt alles wieder nach Hause tragen."

Mit verstimmter Miene hob Megan die Tüte auf. „Vielleicht tragen Jason oder Brodie sie für mich."

„Das glaube ich nicht, Wicht", entgegnete eine Stimme hinter ihnen. „Deine Mom wirkt sehr entschieden."

Eden drehte sich um und erblickte Brodie und Jason. Megan errötete verlegen und flüsterte: „Verdammt."

„Megan", sagte Eden warnend. „Wir haben doch heute Morgen darüber gesprochen, dass dir der Mund ausgeseift wird. Und zwar nicht von Grandma, sondern von mir höchstpersönlich, wenn du nicht mit diesen Ausdrücken aufhörst."

Mit einem Anflug von Trotz blickte Megan zu ihr auf. „Wenn ich ein Junge wäre, dürfte ich es sagen."

„Nein, dann dürftest du das auch nicht sagen", entgegnete Eden mit strenger Miene. „Was sagst du jetzt zu Brodie und Jason?"

Megan blickte ein wenig scheu zu Brodie. „Danke, dass du meiner Mom geholfen hast." Sie wandte sich an Jason. „Danke, dass du uns geholt und mir das tolle Spiel gezeigt hast." Sie bückte sich zu Max. „Danke, dass du mich gefunden hast. Es hat mir da nicht besonders gefallen." Sie blickte zu Eden auf. „Und danke, dass du …"

„Das reicht, Megan Anne. Du brauchst es nicht bis zum Exzess zu treiben." Mit einem seltsamen Flattern in der Magengegend wandte Eden sich an Brodie. „Danke, Brodie", sagte sie rau. „Für alles."

Völlig ausdruckslos blickte er sie an. Dann nickte er stumm. Sie presste die Lippen zusammen und wandte sich ab. Ihre Kehle war plötzlich wie zugeschnürt. Unwillkürlich fragte sich Eden, ob sie jemals aufgehört hatte, ihn zu lieben.

Eden wich einer Pfütze auf dem Bürgersteig aus und zog die Jacke fester um sich. Sie atmete tief durch und genoss die klare, saubere Luft. Es war wundervoll draußen, zwar kalt und feucht, aber hin und wieder war der Himmel zwischen den Wolken zu sehen.

Sie hatte Megan zu Bett gebracht und war zu einem Spaziergang aufgebrochen. Diese Tageszeit gefiel ihr am besten – wenn die Sonne unterzugehen begann und die Dämmerung sich herabsenkte. Wenn die Vögel ihren Abendgesang zwitscherten und das Laub der Bäume sich kaum noch bewegte.

Die Kälte wirkte belebend, und Eden holte erneut tief Luft, als sie den kleinen Hügel erklomm. Statt am Ende der Straße in Richtung Stadt umzudrehen, blieb sie stehen und blickte hinüber zu dem alten Feldweg. Das Stacheldrahttor war geöffnet, und ihr Herz begann zu pochen.

Erinnerungen ließen sich nicht zurückdrängen. Sie verließ den Asphalt und schlug den Weg ein, den sie viele Male beschritten hatte. Er war noch mehr mit Silberpappeln und dichten Büschen zugewachsen als früher, aber Reifenspuren deuteten darauf hin, dass er gelegentlich noch benutzt wurde.

Etwa zwei Meilen entfernt, bei der alten Holzbrücke, befand sich eine verlassene Kirche mit Friedhof. Es war ein abgelegener, ungestörter Ort, der sie immer schon angezogen hatte. Mit etwa sieben Jahren hatte sie ihn entdeckt, als sie mit ihrem Fahrrad herumgefahren war, und ihn damals zu ihrem Versteck erkoren hatte.

Eine leichte Brise erhob sich, Eden stellte den Jackenkragen hoch und schob die Hände in die Taschen. Eine schwere Melancholie hatte sie befallen. Sie musste unbedingt eine Weile allein sein, um diese schmerzliche Nostalgie auszuleben, die sie seit dem ersten Wiedersehen mit Brodie verspürte. Sie brauchte Zeit zum Nachdenken, hatte ein ausgeprägtes Bedürfnis nach Einsamkeit und Trost. Vielleicht fand sie all das bei der alten Kirche.

Sie rief sich in Erinnerung, dass sie für so viele Dinge dankbar sein musste. Sie hatte ein langes Gespräch mit Megan geführt und ihr erklären können, was Richard eigentlich im Schilde führte. Ihr Anwalt hatte sie nach dem Dinner angerufen und ihr versichert, dass Richard lediglich bluffte und eine Anzeige wegen Missachtung langwierige, komplizierte Rechtswege erforderte. Und ihre Mutter schien es zu bereuen, dass sie Richard mit Megan hatte sprechen lassen, was bedeutete, dass sie in Zukunft vorsichtiger sein würde.

Doch es fiel Eden schwer, sich einzureden, dass die Situation nicht so trostlos war, wie es ihr erschien. Vor allem, weil sie sich so verdammt unglücklich fühlte. Und die Quelle dieser Niedergeschlagenheit war Brodie. Noch vor drei Tagen hatte sie geglaubt, dass er jenen langen, heißen Sommer vergessen hatte. Doch sein verbittertes, abweisendes Verhalten ihr gegenüber belehrte sie eines Besseren.

Sie betrachtete den Weg vor sich und fragte sich, wie oft sie sich von zu Hause fortgeschlichen hatte, um Brodie dort zu treffen, der sie auf seinem schwarzen Motorrad erwartet hatte und mit ihr zu ihrem Versteck, der alten Kirche, gefahren war.

Ihr Herz pochte noch immer, wenn sie daran zurückdachte. Er war ein fordernder und leidenschaftlicher, aber auch ein unglaublich zärtlicher und geduldiger Liebhaber gewesen. Er hatte sie angeleitet und unterrichtet und ihr sämtliche Hemmungen genommen. Und er hatte sie stets wissen lassen, wie sehr sie ihm gefiel, und wie sehr er sie schätzte. Er hatte sie beschützt und umsorgt und mit sanften Küssen und Zärtlichkeiten überhäuft.

All das hatte in ihrer Ehe gefehlt, von Anfang an. Unzählige Nächte hatte sie neben ihrem schlafenden Ehemann wach gelegen, sich leer und einsam gefühlt und sich nach jener Zärtlichkeit gesehnt.

Vielleicht war es ein Fehler, zu der alten Kirche zu gehen. Aber es schien, als hätte sie vor langer Zeit einen Teil ihrer selbst dort zurückgelassen, und sie musste einfach zurückkehren und danach suchen.

Nach einer Biegung führte der Weg hinab zu der schmalen, von Unkraut überwucherten Brücke. Doch Eden überquerte sie nicht. Sie folgte einem abzweigenden, von wilden Rosen und hohem Gras gesäumten Pfad. Zwei zerbröckelnde Steinsäulen markierten den Eingang zum Friedhof.

Mit einem seltsamen Gefühl blieb Eden stehen. Im sanften Abendlicht wirkte die verwitterte Kirche unverändert, aber eine hohe alte Fichte war umgestürzt, und die jungen Pappeln, an die sie sich noch erinnerte, waren nun ausgewachsene Bäume. Der Himmel spiegelte sich in zerbrochenen Fensterscheiben, die von innen vernagelt worden waren.

Eden erklomm die von Gras überwucherten Treppenstufen und setzte sich mit dem Rücken zur Kirchenmauer. Sie zog die Knie an, schlang die Arme darum und starrte hinab in das flache Tal. Eine neue Woge der Nostalgie überkam sie. Es schien, als würden sich all die Geister ihrer Jungmädchenzeit erheben und sie umringen. Hier war sie so glücklich gewesen.

Sie beobachtete das Wechselspiel der Farben am Himmel und lauschte dem abendlichen Rascheln in den Büschen und Bäumen. Eine Fle-
dermaus flatterte vorüber, und sie blickte ihr nach, bis sie in den Bäumen verschwand.

Plötzlich fühlte Eden sich beobachtet. Sie drehte sich um und erwartete, ein Reh auf dem Pfad zu erblicken. Doch es war kein Reh. Es
war Brodie.

Er stützte sich mit einer Hand an einem Baumstamm ab. Offensichtlich war er gerade gejoggt. Seine Brust hob und senkte sich, und sein
Haar war wirr und feucht. Er trug eine dunkelblaue Trainingshose, ein
verwaschenes rotes Sweatshirt und ein weißes Handtuch um den Hals.
Um seinen Mund lag ein grimmiger Zug. Offensichtlich war er keineswegs erfreut, sie anzutreffen. Er starrte sie einen Moment länger an,
dann schüttelte er den Kopf und wandte sich ab.

Mit klopfendem Herzen beobachtete Eden ihn. Aus unerklärlichem
Grunde hatten sich ihre Wege nach so vielen Jahren unerwartet erneut
gekreuzt. Wenn sie ihn nun gehen ließ, vergab sie vielleicht für immer
die Chance, ihm zu sagen, was ihr auf dem Herzen lag. Sie sprang auf
und stürmte die Stufen hinab. „Brodie! Warte."

Er blieb stehen, mit dem Rücken zu ihr. Dann schüttelte er erneut
den Kopf und ging weiter.

Mit brüchiger Stimme rief sie: „Bitte!"

Er zögerte, drehte sich schließlich zu ihr um und stemmte die Hände
in die Hüften. Zorn stand ihm ins Gesicht geschrieben. „Warum bist
du hier?"

, Sie steckte die Hände in die Taschen und zog die Schultern zusammen. „Mein Vater hatte einen …"

„Nein, verdammt!" Er deutete zu Boden. „Ich meine hier."

Sie holte Luft. „Das weißt du doch eigentlich selbst. Wegen allem,
was hier passiert ist. Weil ich trotz allem, was du von mir denkst, hier
glücklich war. Glücklicher als sonst überhaupt."

Ein Muskel zuckte an seinem Kiefer. „Wenn du so überaus glücklich
warst, warum hast du dann diese Masche abgezogen? Du hast uns nie
eine Chance gegeben. Als ich dich in deiner verdammten Privatschule
besucht habe, hast du mich wie Dreck behandelt."

Sie errötete vor Scham. Damals hatte sie ihn wirklich auf schlimmste
Weise gedemütigt.

Er bedachte sie mit einem bitteren Lächeln. „Was ist los, Eden? Hast du deine Zunge verschluckt, oder suchst du nach einer verdammten Entschuldigung?"

Sie nahm all ihren Mut zusammen und begegnete seinem Blick. „Es gibt keine Entschuldigung", flüsterte sie. „Ich weiß nicht mal, ob ich es erklären kann. Was ich getan habe, war falsch. Und ich weiß, dass du es mir nicht glauben wirst, aber ich habe damals gehandelt, ohne darüber nachzudenken. Ich habe einfach reagiert. Und ich bereue es seitdem."

Ihr Schuldeingeständnis verblüffte ihn offensichtlich. Das zornige Funkeln in seinen Augen nahm ein klein wenig ab. Als er sprach, klang seine Stimme weniger schroff, aber dennoch sarkastisch. „Warum versuchst du es nicht einfach, McCall? Du warst doch immer sehr gut darin, Erklärungen abzugeben."

Eden senkte den Blick. Sie war den Tränen nahe. Mit der Schuhspitze stieß sie immer wieder gegen einen Erdklumpen und wartete darauf, dass der Kloß in ihrer Kehle sich auflöste. Schließlich sagte sie leise: „Ich war jung und dumm und sehr unsicher. Ich bezweifle, dass ich überhaupt einen eigenen Gedanken im Kopf hatte. Meine Eltern redeten mir immer wieder ein, wie dumm und naiv ich sei, dass meine Gefühle nichts als eine törichte Schwärmerei seien …" Sie hob den Kopf und blickte trostlos ins Tal hinab. Nach langem Zögern fügte sie hinzu: „Und ich habe wohl nie geglaubt, dass jemand wie du es wirklich ernst mit jemandem wie mir meinen könnte."

Tonlos hakte Brodie nach: „Was soll das heißen – jemandem wie dir?"

Mit einem freudlosen Lächeln zuckte sie die Achseln. „Jung und dumm. Unbedeutend und gewöhnlich." Sie seufzte schwer. „Ich hatte keine Ahnung, was du an mir gefunden hast."

„Du warst die wundervolle, elegante Miss McCall", entgegnete er mit bitterem Unterton. „Dessen warst du dir doch bestimmt bewusst."

„War das alles, Brodie?", entgegnete sie leise. „Alles nur oberflächlich? Ging es denn gar nicht tiefer?"

Er trat zu ihr, aber sie blickte nicht auf. Er umfasste ihr Kinn und hob ihren Kopf. Verärgert funkelte er sie an. „Du weißt verdammt gut, dass es wesentlich mehr war."

„Aber damals wusste ich es nicht. Und es hatte nichts mit dir zu tun, Brodie. Es lag an mir. Daran, wie ich mich selbst sah." Tränen brannten in ihren Augen. „Ich wusste nicht, was echt war, und was nicht. Und als ich es herausfand, war es zu spät."

Er wandte den Kopf halb ab, sodass sie sein Profil sah. Sein Blick war starr, sein Mund wirkte hart.

Eden schob die Hände tiefer in die Taschen. „Es tut mir leid, Brodie. Mein Verhalten war dumm und unverzeihlich, und ich werde es immer bereuen."

Mit sehr beherrschter Miene drehte er sich zu ihr um. „Es ist ein wenig spät dafür, oder?", entgegnete er tonlos.

Sie blickte zu Boden und sagte leise: „Ja, das ist es wohl." Dann hob sie den Kopf und starrte zur Kirche hinüber. „Aber ich war die Schuldige, und das musste ich dir sagen. Du hattest es nicht verdient." Als er nicht antwortete, fügte sie hinzu: „Und ich möchte dir für deine Hilfe heute Nachmittag danken. Ohne dich und Max hätte ich Megan nie gefunden."

„Sie wäre bei Einbruch der Dunkelheit nach Hause gekommen."

„Du kennst Megan nicht."

Nach einer langen Pause seufzte Brodie. „Es wird bald dunkel. Ich bringe dich zurück in die Stadt."

Tränen rannen über ihre Wangen. Sie wusste, dass ihm nicht nach einem Spaziergang von zwei Meilen mit ihr zumute war. Zweimal musste sie schlucken, bevor sie entgegnen konnte: „Geh du nur vor. Wir haben ja Vollmond. Ich möchte noch ein bisschen am Bach spazieren."

Sie spürte, dass er sie anschaute, aber sie hielt den Blick auf den Horizont geheftet. Geh, flehte sie im Stillen, bitte geh einfach. Steif und reglos blieb sie stehen, als er sich tatsächlich entfernte.

Nun war es endgültig aus. Es war alles gesagt worden, was noch zu sagen war.

6. KAPITEL

Der Vollmond stand groß und hell am Horizont, als Brodie zu Hause eintraf. Er war schweißgebadet, und seine Muskeln wie seine Lungen schmerzten. Bis zur körperlichen Erschöpfung hatte er sich getrieben, in der Hoffnung, sich dadurch von Eden ablenken zu können.

Die Begegnung bei der Kirche hatte ihn zutiefst aufgewühlt und unliebsame Gefühle in ihm erweckt, die er seit langer Zeit überwunden geglaubt hatte.

Verärgert lief er die Treppe zu seiner Wohnung hinauf und stürmte ins Badezimmer. Er hoffte, dass eine ausgiebige Dusche ihn beruhigen würde. Doch gewisse Dinge ließen sich einfach nicht ignorieren. Wie die Tatsache, dass er voll erregt war, und dass sein rasender Puls nicht nur auf den Spurt von zwei Meilen zurückzuführen war. Er schloss die Augen und ließ das heiße Wasser über seinen Körper strömen.

Er hatte geglaubt, alles unter Kontrolle zu haben, und den Nachmittag recht gut überstanden. Er hatte einfach getan, was nötig war, und seine Gedanken nicht abschweifen lassen. Es war ihm sogar gelungen, Eden die nassen Kleider auszuziehen, ohne dass es ihn erregte. Er hatte tatsächlich geglaubt, es überwunden zu haben. Später dann hatte er sich auf das Sofa gelegt, um ein paar Stunden zu schlafen. Doch ihr Duft hing immer noch in der Decke und hatte sehr lebhafte, erotische Erinnerungen entfacht.

Brodie fluchte und drehte das kalte Wasser auf, als ihm bewusst wurde, dass es erneut geschah. Es raubte ihm den Atem, aber es half nicht, sein Verlangen zu beseitigen. Verdammt, er wollte sie nicht begehren. Er stellte das Wasser ab. Es führte zu nichts. Es gab nicht genug kaltes Wasser auf der Welt, um seine Gefühle fortzuspülen.

Er schob die Glastür auf, riss ein Handtuch von der Stange und trocknete sich heftig ab. Verdammt, er wollte nichts für sie empfinden. Doch im Geiste sah er ihren trostlosen Gesichtsausdruck vor sich, und er wusste, dass er sie nicht allein dort draußen lassen konnte.

Verärgert zog er sich an, schnappte sich eine Jacke und die Motorradschlüssel und lief hinunter. Er stürmte in die Garage, stieg auf die Harley und brauste davon zur alten Kirche.

Um Eden nicht zu erschrecken, stellte er Motor und Licht ab und schob die Maschine die letzten hundert Meter. Der Vollmond warf unheimliche Schatten auf den überwucherten Pfad. Am Eingang zum Friedhof stellte er das Motorrad ab.

Nur das Rascheln der Blätter und der Schrei einer Eule waren zu hören, als er die Kirche erreichte. Eden war nirgendwo zu sehen. Besorgt wandte er sich dem Pfad zu, der zum Bach hinabführte, aber ein seltsames Geräusch ließ ihn innehalten. Er drehte sich um und sah etwas Helles auf den Stufen zur Kirche.

„Eden?"

Ein leiser, gedämpfter Laut erklang. Mit pochendem Herzen näherte er sich.

Sie hockte dicht an der Mauer, beinahe im Schatten verborgen. Den Kopf hielt sie gesenkt, und die Arme hatte sie um die angezogenen Knie geschlungen.

Brodie kniete sich vor sie und strich ihr über das Haar. „Nicht, Eden", flüsterte er in bewegtem Ton.

Sie erstarrte, wischte sich dann mit dem Jackenärmel über die Wangen und holte tief Luft.

Er umfasste ihre Oberarme und zog sie mit sich hoch. „Komm zu mir, Baby", murmelte er rau.

Sie weigerte sich einen Moment lang. Dann gab sie nach und schlang die Arme um ihn. „Es tut mir so leid, Brodie", schluchzte sie.

„Das weiß ich." Er bettete ihren Kopf an seine Schulter und drückte sie an sich. Überwältigende Gefühle stiegen in ihm auf, doch er zwang sich, reglos stehen zu bleiben. Es kostete ihn Mühe, aber es gelang ihm, sich zu beherrschen. So aufgelöst hatte er sie noch nie erlebt. Die Vorstellung, dass sie in all ihrem Kummer ganz allein dort gesessen hatte, ernüchterte ihn. Er drückte sie noch dichter an sich und hielt sie einfach fest. Sie war so verdammt schmal und wirkte so verletzlich.

Doch sie fühlte sich so gut an und roch so gut, und er begehrte sie. Er konnte nur hoffen, dass sie so außer sich war, dass sie nicht spürte, in welchem Zustand er sich befand.

Doch so außer sich war sie nicht. Sie erstarrte in seinen Armen. Dann gab sie einen leisen Laut von sich, drehte den Kopf und presste den Mund heiß und drängend auf seinen.

Brodie stockte der Atem. Er erschauerte und öffnete die Lippen. Sie schmiegte sich noch enger an ihn, und er verlor beinahe die Beherrschung. Doch der Geschmack nach Tränen drang in sein Bewusstsein vor, und er wandte den Kopf ab.

Es war falsch. Sie war völlig aufgelöst und wusste nicht, was sie tat. Sie suchte nur Trost. Und das war gefährlich. So vertraut waren sie sich, und ihr Verlangen war so stark. Es war sehr verlockend, es einfach geschehen zu lassen, aber irgendwie musste er es verhindern.

„Ganz ruhig", flüsterte er an ihrem Haar. „Ganz ruhig, Baby. Es ist ja alles gut."

Sie schluchzte auf und flüsterte verzweifelt seinen Namen. Dann schmiegte sie sich an ihn, rieb die Hüften an seinen Lenden, und plötzlich gab es kein Zurück mehr.

Er senkte den Kopf und küsste sie voller Leidenschaft. Es war einfach zu viel und dennoch nicht annähernd genug.

Ein heftiger Schauer durchfuhr ihn, als Eden sich von ihm löste und seine Hose öffnete. Er stöhnte ihren Namen, als er ihre Hand auf seiner nackten Haut spürte. Irgendwie gelang es ihm, ihr die Hose auszuziehen und die Bluse zu öffnen. Doch als sie anfing, ihn zu streicheln, verlor er vollends die Beherrschung. Er drängte sie an die Wand und hob sie hoch. Sie schlang die Beine um ihn, und er konnte sich keine Sekunde länger zurückhalten. Er schloss die Augen und drang in sie ein. Heftige Empfindungen durchströmten ihn und raubten ihm den Atem.

Eden drückte sich fester an ihn und drängte ihn, sich zu bewegen. Seine Erregung wuchs immer mehr, und die Erlösung kam in einer überwältigenden Woge. Er wollte es genießen, wollte stillhalten, aber er wusste, dass sie kurz vor dem Höhepunkt war, und bewegte sich weiter. Sie schrie auf und klammerte sich an ihn, und dann erstarrte sie in seinen Armen und entspannte sich schließlich.

Ihm schwindelte beinahe, und sein gesamter Körper zitterte. Mit geschlossenen Augen lehnte er matt den Kopf an ihren.

Er wusste nicht, wie lange er sie so in den Armen hielt. Schließlich wurde ihm bewusst, dass ihre Wange feucht von Tränen war. Er drehte den Kopf und küsste Eden zärtlich auf die Stirn. „Kannst du dich einen Moment an mir festhalten?", flüsterte er rau.

Sie nickte und schlang Arme und Beine fester um ihn. Er ließ sie los, zog sich die Jacke aus und warf sie auf den Boden. Deutlich spürte er ihre nackten Brüste an seinem Oberkörper, als er sie an sich drückte und sich mit ihr zusammen auf die Jacke legte. Er bettete ihren Kopf an seine Schulter, und sie legte sich mit ihrem ganzen Gewicht auf ihn und nahm ihn tiefer in sich auf.

Brodie schloss die Augen, schob eine Hand unter ihre Bluse und streichelte ihren Rücken. Er spürte, wie sie erschauerte und sich entspannte. So war es immer geschehen, wenn er ihren Rücken streichelte. Es war eines der tausend Dinge, die er von ihr wusste.

Er schmiegte eine Hand um ihr Kinn, hob ihren Kopf und gab ihr einen zärtlichen Kuss, um ihr zu zeigen, dass es von seiner Seite aus nicht nur ein Akt der Vergeltung oder bedeutungsloser Sex war. Mit ihr war Sex nie bedeutungslos gewesen. Sie erstarrte, und er verspürte einen Anflug von Zorn. Sie schien zu erwarten, dass er sie von sich stieß und davonstürmte, und es ärgerte ihn maßlos, dass sie so schlecht von ihm dachte.

Er verstärkte den Griff um ihr Kinn und flüsterte an ihren Lippen: „Öffne dich mir, Babe."

Sie reagierte auf den Druck seiner Finger und öffnete den Mund. Er vertiefte den Kuss, und schließlich erwiderte sie ihn.

Ihr Atem beschleunigte sich, als er eine Hand zu ihrer Brust schob und mit dem Daumen federleicht die Knospe streichelte. Sie ergriff seine Hand und presste sie auf ihren kleinen Busen, bis er das Pochen ihres Herzens spüren konnte.

Er umfasste ihre Hüften und rollte sich mit ihr zusammen herum, sodass sie unter ihm lag. Er stützte sich auf die Ellbogen, nahm ihr Gesicht zwischen die Hände und küsste sie erneut. Diesmal wollte er ihr beweisen, dass er sie trotz der vergangenen Ereignisse voller Zärtlichkeit begehrte.

Der Mondschein warf lange Schatten durch die Bäume. Aus der Ferne drang das Heulen eines Kojoten durch das flache Tal.

Eden lag neben Brodie, mit dem Kopf an seiner Schulter und einem Arm auf seiner Brust. Ihre gleichmäßigen Atemzüge kündeten davon, dass sie tief und fest schlief, als wäre es der erste vernünftige Schlaf seit sehr langer Zeit. Brodie zog sie fester an sich, um sie zu wärmen, und blickte hinauf in den nächtlichen Himmel.

Nachdenklich beobachtete er die Wolken, die über den Vollmond zogen. Nicht einmal in seinen wildesten Träumen hatte er etwas Derartiges erwartet. Nicht nach so vielen Jahren. Nach Edens Eheschließung hatte er sie endgültig abgeschrieben und sich vorgenommen, sie aus seinem Leben zu verbannen. Doch nun war sie zurück und frisch geschieden, und sie befanden sich in ihrem alten Versteck. Ganz wie in alten Zeiten.

Seine Miene wurde ernst. Ihm wurde bewusst, dass er vermutlich soeben den größten Fehler seines Lebens begangen hatte, so unglaublich schön es auch mit ihr war. Der Sex war nie das Problem gewesen. Es waren andere Dinge, die ihre Beziehung zerstört hatten. Wie zum Beispiel ihre Eltern.

Eden bewegte sich neben ihm. Er blickte zu ihr hinab, streichelte ihren Arm. Die Nacht war kühl geworden und Edens Haut war kalt. Er hatte sie mit jedem Kleidungsstück in seiner Reichweite zugedeckt, aber es reichte nicht.

Sie bewegte sich erneut und murmelte im Schlaf seinen Namen. „Mach die Tür zu."

Der Anflug eines Lächelns spielte um seine Lippen, während er beobachtete, wie sie aufwachte. Es dauerte stets lange bei ihr. Er erinnerte sich, wie leicht sie in diesem halb wachen Zustand zu erregen war, wie rasch sie reagierte, wie nachgiebig sie war. Aber er verdrängte diesen Gedanken schnell. Er hatte nicht die Absicht, den schwerwiegenden Fehler zu wiederholen.

Er schüttelte sie sanft. „Eden, es wird Zeit aufzuwachen,"

„Mir ist kalt. Wo ist die Decke?"

Er lächelte erneut. Sie hatte keine Ahnung, wo sie sich befand, aber zumindest wusste sie, bei wem sie war, und das vermittelte ihm eine gewisse Genugtuung. „Wir haben keine Decke."

Sie schlug die Augen auf. Ein Ausdruck von Verständnislosigkeit huschte über ihr Gesicht, gefolgt von Unsicherheit und Beklommenheit. Offensichtlich wusste sie nicht, was sie von ihm zu erwarten hatte.

Zärtlich bettete er ihren Kopf auf seine Brust und versuchte, ihr Sicherheit zu vermitteln. Daran hatte es ihr das ganze Leben lang gemangelt, und ganz bestimmt war es auch jetzt so.

Es dauerte eine Weile, aber schließlich entspannte sie sich, hob den Kopf und blickte ihn an. Er zwang sich zu einem Lächeln und sagte bedauernd: „Es ist ziemlich spät geworden, McCall. Bestimmt schon nach Mitternacht."

Statt erschrocken aufzuspringen, wie er es erwartet hatte, senkte sie den Kopf wieder auf seine Brust und seufzte. Er spürte erneut, wie verletzlich sie war, und drückte sie sanft an sich. „Komm", flüsterte er. „Ich helfe dir, deine Sachen zu finden."

Sie zogen sich schweigend an. Brodie fiel auf, wie sehr ihre Hände zitterten. Er trat zu ihr, schob stumm ihre Hände beiseite und knöpfte ihr die Bluse zu. Dann half er ihr in die Jacke.

Er hob ihr Gesicht, strich ihr das Haar aus der Stirn und streichelte ihre Wange. Schließlich gab er dem Drang nach, sie in die Arme zu schließen. Er ließ das Kinn auf ihrem Kopf ruhen und rieb ihren Rücken, um die Anspannung zu vertreiben. Sie sollte nicht glauben, dass er verärgert war. An diesem Abend war etwas geschehen, das ihn sehr erschüttert hatte. Er fühlte sich, als hätte er eine Stütze verloren, als würde er noch einmal mit seiner ganzen Vergangenheit konfrontiert. Aber das war sein Problem, nicht Edens.

Nach einer langen Weile schlang sie die Arme um seine Taille und entspannte sich. Er schloss die Augen, genoss es einfach, sie zu spüren.

Schließlich sagte er leise: „Wir sollten jetzt gehen. Bestimmt bist du halb erfroren, bis ich dich nach Hause gebracht habe."

Sie holte tief Luft, löste sich dann langsam von ihm. Er nahm ihre Hand und führte Eden auf dem Pfad zwischen den Bäumen hindurch.

Als sie das Motorrad erblickte, blieb sie abrupt stehen. „Du hast es immer noch."

Er zwang sich zu einem Lächeln. „Es ist nicht dasselbe. Das hier habe ich vor ein paar Jahren gekauft."

Er ließ ihre Hand los, stieg auf die Harley und startete den Motor. Eden setzte sich hinter ihn und hielt sich an seiner Jacke fest. Er griff hinter sich und legte sich ihre Arme um die Taille. Er wusste nicht recht, warum seine Kehle wie zugeschnürt war. Wegen der alten Zeiten vielleicht. Oder vielleicht hatte es auch noch andere Gründe.

Langsam fuhr er nach Hause zurück, weil es bei höherem Tempo verdammt kalt geworden wäre. Als sie die Stadt erreichten, bog er nicht in die Straße ein, in der Eden wohnte. Stattdessen fuhr er um den Block herum und hielt vor seiner Garage an. Eine Harley vor dem Haus der McCalls – noch dazu seine – hätte alle möglichen Spekulationen heraufbeschworen, und die konnten sie wirklich nicht gebrauchen. Er wartete, bis sie abgestiegen war, dann klappte er den Ständer der Maschine aus und stieg ebenfalls ab.

Eden wollte etwas sagen, als er zu ihr trat, aber er umschlang ihren Nacken, presste ihr Gesicht an seine Brust und murmelte schroff: „Sag nichts, okay? Ich will nicht vermasseln, was heute passiert ist. Und ich glaube, du willst es auch nicht. Also belassen wir es einfach dabei."

Seine Brust war wie zugeschnürt, und seine Knie zitterten plötzlich.

Eden nickte und atmete tief durch.

490

Er hielt sie noch eine Weile fest, bis er sich wieder unter Kontrolle hatte. Dann streichelte er ihre Wange und sagte rau: „Komm, ich bringe dich nach Hause."

Er hielt ihre Hand, während sie die Straße überquerten. Mit jedem Schritt wurde der Druck ihrer Hand fester, und seine Beklemmung wuchs. Er machte sich nichts vor. Die Vergangenheit lag hinter ihnen. Was heute Nacht geschehen war, war nur ein Ausflug in die Erinnerung. Aber zumindest waren einige Punkte geklärt worden. Sie hatte ihm gesagt, dass es ihr leidtat, und er hatte zumindest einen Teil seiner alten Bitterkeit überwunden. Und das war gut so. Vielleicht konnten sie nun zurückblicken und sich nur an die schönen Dinge erinnern, nicht an die schlechten, die sie auseinandergebracht hatten. Das hoffte er sehr.

Brodie ließ ihre Hand los, als sie das Haus der McCalls erreichten. Er widerstand dem Drang, sie noch einmal in die Arme zu schließen, doch er streichelte mit einem Finger ihre Wange und ihre Unterlippe. In ihren Augen lag ein bestürzter, herzzerreißender Blick, aber er wusste, dass es einmal ein Ende geben musste.

Er presste den Daumen auf ihre Lippen. Seine Kehle war wie zugeschnürt, sodass er kaum sprechen konnte. „Geh", sagte er sanft.

Sie starrte ihn einen Moment lang an. Ihre Augen glitzerten vor ungeweinten Tränen. Dann wandte sie sich ab und ging die Stufen hinauf. Er blieb stehen, bis sich die Verandatür hinter ihr schloss. Dann wandte auch er sich ab.

7. KAPITEL

Am nächsten Morgen erwachte Brodie mit pochendem Herzen und einem beengten, erstickenden Gefühl. Und er wusste, dass er aus der Stadt verschwinden musste. Er verabschiedete sich von Jason für einige Tage und ließ ihm Geld da. Dann packte er sein Handy und einige Kleidungsstücke ein und brauste auf seiner Harley davon, sobald Lydia den Dienst in der Videothek antrat.

Er fuhr nach Süden. Er brauchte Geschwindigkeit. Er brauchte weites, offenes Land. Er brauchte Einsamkeit. Gegen Mittag überquerte er die Grenze zu Montana. Er nahm die schlechteste Straße durch die Berge, die er finden konnte. Es war eine Straße, die ihn und das Motorrad herausforderte, die all seine Konzentration erforderte. Sie war schmal und steil und voller Haarnadelkurven. Er ignorierte die spektakuläre Landschaft, die kalte Bergluft und die Geschwindigkeitsbegrenzung.

Als er am Abend Kalispell erreichte, waren seine Hände eisig kalt, aber die Kleidung unter dem Lederanzug war schweißnass, und er zitterte am ganzen Körper. Er nahm sich ein Motelzimmer und kaufte sich eine Flasche Jack Daniel's, um sich einen Rausch anzutrinken.

Doch Absicht und kalte, harte Wirklichkeit waren zwei verschiedene Dinge. Er trank selten, nur gelegentlich ein Glas Bier oder einen Schluck Whiskey nach einem besonders harten Tag. Zu oft hatte er seinen Vater im Alkoholrausch erlebt. Daher rührte er die volle Flasche auf dem Nachttisch nicht einmal an.

Brodie lag auf dem Bett, starrte an die Decke und versuchte, die innere Leere zu überwinden, die ihn bereits den ganzen Tag lang plagte. Er hatte gehofft, seine Gefühle in den Griff zu bekommen, sobald er aus Bolton fort war. Aber es funktionierte nicht. Er konnte nicht vor sich selbst davonlaufen, und auch nicht vor den Erinnerungen an Eden. Sobald er die Augen schloss, sah er sie mit diesem furchtbar bestürzten Blick beim Abschied vor sich stehen. Doch er wusste, dass es keine gemeinsame Zukunft für sie gab. In der Vergangenheit war bereits zu viel passiert, und eigentlich hatte sich nichts geändert.

Brodie legte einen Arm über die Augen und schluckte schwer. Wie sehr hatte er Eden geliebt! Er hätte Berge für sie versetzt und hatte es in gewisser Weise sogar getan. Ihretwegen hatte er sein Leben umgekrempelt, wenn auch aus den falschen Gründen, wie zum Beispiel

Verbitterung und Zorn.

Bei Tagesanbruch war Brodie bereits wieder unterwegs. Er hatte sich weder rasiert, noch hatte er gegessen. Er hatte nur wenige Stunden geschlafen und fühlte sich erschöpft und verkatert, obwohl er die Flasche Jack Daniel's unberührt auf dem Nachttisch stehen lassen hatte.

Die nächste Nacht verbrachte er in Billings. Er kehrte in das erste Restaurant ein, das er fand, nahm im Motel nebenan ein Zimmer und schlief sofort ein.

Um halb vier Uhr erwachte Brodie. Es war zu früh, um weiterzufahren, und zu spät, um wieder einzuschlafen. Und zu dieser frühen Morgenstunde holten ihn schließlich einige der Dinge ein, denen er zu entfliehen versucht hatte.

Er hatte Eden stets wegen der Trennung gezürnt. Er hatte nie weiter gedacht. Doch ihre Erklärung auf dem Kirchhof klang aufrichtig. Sie war sehr jung gewesen, und trotz seiner Unbekümmertheit hatte er gewusst, wie sehr ihre Eltern sie beherrschten. Und sie hatte sich unsicher gefühlt. Wäre er ein wenig reifer gewesen, hätte er vielleicht auch das erkannt.

Doch das war nicht alles, wovor er davonlief. Ihn plagten außerdem Gewissensbisse. Er hatte das Gefühl, dass er sie ausgenutzt hatte. Sie war gefühlsmäßig so aufgewühlt gewesen, dass sie keine rationale Entscheidung hatte treffen können. Er hatte es gewusst und trotzdem mit ihr geschlafen. Darüber hinaus musste sie annehmen, dass es für ihn nur ein unbedeutender Zwischenfall war. Doch es war wesentlich mehr. Mehr, als ihm lieb war.

Auf einer heruntergekommenen Tankstelle an einer Nebenstraße tankte Brodie die Harley auf. Um sich die Beine zu vertreten, spazierte er in den Shop, der das übliche Angebot an Souvenirs, T-Shirts, Zeitschriften und Taschenbüchern aufwies. Eine Schmuckvitrine in der hinteren Ecke erregte seine Aufmerksamkeit.

Genau in der Mitte lag auf blauem Samt ein breites, mit Achat besetztes Silberarmband. Verarbeitung und Qualität kündeten von einem meisterhaften Silberschmied, aber es waren die Steine selbst, die ihn faszinierten. Sie waren moosgrün mit goldbraunen Pünktchen – genau wie Edens Augen. Lange Zeit starrte er das Armband an, und erneut meldete sich sein schlechtes Gewissen. Er hatte sie tatsächlich benutzt. Nicht um der sexuellen Befriedigung willen. Aber er hatte genommen, was sie ihm zu geben hatte, und sich dann abgewendet.

Er glaubte nicht eine Sekunde lang, dass sie dort fortfahren konnten, wo sie vor siebzehn Jahren aufgehört hatten. Er war zu sehr Skeptiker, um plötzlich an Wunder zu glauben. Aber vielleicht gelang es ihnen, sich mit der Vergangenheit auszusöhnen und zumindest die innige Freundschaft, die in jenem langen, heißen Sommer entstanden war, zurückzugewinnen. Er hatte sich den Abschied zu leicht gemacht.

Impulsiv kaufte er das Armband, rief Jason an und sagte ihm, dass er auf dem Heimweg war. Wenn er sich beeilte, konnte er gegen Mitternacht in Bolton eintreffen.

Völlig erschöpft traf Brodie zu Hause ein. Jeder Muskel in seinem durchgefrorenen Körper schmerzte. Der Fahrtwind war verdammt kalt in der Nacht.

Vielleicht werde ich einfach zu alt dafür, dachte er mit einem kleinen Lächeln, während er sich die Satteltasche über die Schulter hängte und das Haus betrat.

In der Küche brannte eine kleine Lampe, und auf dem Tisch lag ein Zettel von Jason, auf dem stand: „Heißer Kaffee ist in der Thermoskanne. Habe im Mathe-Examen hundert Prozent. Stone hat angerufen. Soll ihm dieses Wochenende zur Hand gehen. Wir sehen uns morgen früh. Jase." Er schrieb in seinen Zetteln mehr, als er an den meisten Tagen sprach.

Mit der Thermoskanne und einem Becher ging Brodie in den Flur. Vor Jasons Zimmer blieb er stehen, als er leise Gitarrenklänge vernahm. Er schob die Tür mit einem Finger auf, lehnte sich in den Rahmen und musterte den Jungen.

Das schwache Licht der Straßenlaterne vor dem Haus fiel auf Jasons Gesicht und milderte seine Züge. Was würden seine Freunde wohl sagen, wenn sie wüssten, dass er jeden Abend bei Musik einschlief? Gewöhnlich war es Flamenco oder Blues, manchmal auch klassische Gitarre. Vermutlich hatte er ihnen nicht einmal verraten, wie gut er selbst spielte. Er war sehr verschlossen.

Das nächtliche Gitarrenspiel hatte vor langer Zeit begonnen. Als Brodie endlich das Sorgerecht erhalten hatte, war Jason in ziemlich schlechter Verfassung gewesen – schweigsam, beinahe stumm, argwöhnisch, mit dem Blick eines verwundeten Habichts, kalt, abweisend, unzugänglich.

Erst nach drei Tagen bemerkte Brodie, dass Jason sich mit Kissen und Decke in den Kleiderschrank verkroch, um zu schlafen. Am nächsten Abend schaltete er ein Tonband mit einer Blues-Gitarre ein und legte sich mit dem damals neunjährigen Jungen auf das Sofa.

Aber Jason schlief nicht wie erhofft ein. Die Musik fesselte ihn. Und der erste freiwillige Satz, den er wie einen Schwur äußerte, war: „Eines Tages werde ich so spielen lernen."

Am nächsten Tag kaufte Brodie ihm eine Gitarre. Seitdem nahm Jason Unterricht, und seitdem schlief er bei Musik ein.

„Hast du meinen Zettel gefunden?", murmelte Jason.

Brodie nickte. Er hielt die Thermoskanne und den Becher hoch. „Danke für den Kaffee. Und meinen Glückwunsch zum Examen. Ich bin stolz auf dich, Kumpel."

„Ich weiß", murmelte Jason in rauem Ton.

Worte fielen beiden nicht leicht, aber Gefühle waren durchaus vorhanden. Brodie richtete sich auf und sagte ebenfalls ein wenig rau: „Wir sehen uns morgen früh."

Jason drehte sich auf die Seite. „Waffeln zum Frühstück wären nicht schlecht."

„Die sollst du haben."

„Ach, übrigens hat Dave Jacksons Dad gesagt, dass er dir bei der Gründung des Motocross-Klubs helfen will. Er kümmert sich um die Versicherung und das ganze Zeug."

„Ich werde ihn anrufen."

„Okay." Jason drehte ihm den Rücken zu. „Gute Nacht."

Ende der Konversation, dachte Brodie und schloss lächelnd die Tür. In seinem Zimmer schenkte er sich Kaffee ein und trat ans Fenster. Dann nahm er einen Schluck und heftete den Blick auf das Haus der McCalls.

Er war sich nicht sicher, was er empfand. Nach den drei Tagen, die er unterwegs gewesen war, fühlte er sich erschöpft, aber er verspürte auch eine gewisse innere Unruhe. Es war kein sexuelles Verlangen. Es war eher eine seelische Rastlosigkeit.

Ihm wurde bewusst, dass er zur Ruhe gekommen wäre, wenn Eden in seinem Bett geschlafen hätte. Dann hätte er sich einen Stuhl herangezogen, die Füße auf die Bettkante gelegt und sie einfach im Schlaf beobachtet. Das hätte wie Gutenachtmusik auf ihn gewirkt.

Seine Kehle schnürte sich zusammen, und er wandte sich vom Fenster ab. Ihm stand erneut eine lange, einsame Nacht bevor.

Brodie verbrachte die Nacht nicht in seinem Schlafzimmer. Der Anblick des breiten, leeren Doppelbettes ließ zu viele unangenehme Gedanken in ihm aufkommen. Er ging hinüber ins Wohnzimmer, schlief schließlich auf einem Sofa ein und erwachte um sechs Uhr morgens. Sein ganzer Körper schmerzte von den langen Motorradfahrten der vergangenen Tage, aber er fand, dass es ihm nur recht geschah.

Er hatte geduscht, sich aber nicht rasiert, als Jason in der Küche erschien, ihn erstaunt und ein wenig belustigt musterte, aber kein Wort verlor.

Der Junge weiß, wann er den Mund zu halten hat, dachte Brodie ebenfalls ein wenig belustigt und reichte Jason einen Teller mit Waffeln. Er schenkte sich eine zweite Tasse Kaffee ein und erkundigte sich: „Wann willst du zu den Stones hinausfahren?"

„Gleich nach der Schule, wenn es dir recht ist."

„Es ist mir recht. Nimm am besten den Jeep. Auf den letzten zwanzig Meilen ist die Straße sehr schlecht befahrbar."

„Ich würde Max gern mitnehmen."

Brodie nickte. „Aber gib gut auf ihn acht. Er ist da oben immer sehr ausgelassen."

„Okay. Hast du dieses Wochenende etwas vor?"

Brodie dachte an das Armband in seiner Satteltasche. „Ich weiß noch nicht." Er wusste nur, dass er jedes Mal nervös wurde, wenn er daran dachte, Eden anzurufen.

Es war beinahe zehn Uhr, als er es schließlich wagte, die Nummer der McCalls zu wählen. Der Anrufbeantworter war eingeschaltet, aber er hinterließ keine Nachricht. Gegen Mittag versuchte er es erneut, und noch einmal um zwei Uhr.

Erst um sechs Uhr abends meldete sich jemand. Leider war es nicht Eden, sondern Martha Briggs, die Haushälterin.

Nach kurzem Zögern nannte Brodie seinen Namen und bat, mit Eden sprechen zu dürfen.

„Sie sind's, Brodie!", rief Martha erfreut. „Eden ist nicht hier. Ihrem Vater geht es wieder schlechter, und deshalb ist er nach Calgary verlegt worden."

„Haben Sie schon etwas von ihr gehört?"

„Gerade eben. Ihre Mutter bleibt im Krankenhaus und will den Wagen dort behalten. Eden hat mich gebeten, Chase anzurufen und zu fragen, ob er sie abholen kann."

496

„Und wo ist Megan?", erkundigte er sich besorgt. Nach allem, was er über Edens Exmann gehört hatte, traute er ihm durchaus zu, das Kind zu entführen.

„Ich habe sie gerade für ein paar Tage zu Tanner gebracht. Es macht ihr so viel Spaß, mit ihren Cousins zu spielen."

Brodie atmete erleichtert auf. „Sie brauchen Chase nicht anzurufen. Ich hole Eden ab."

„Das wäre prima. Und es würde Chase eine lange Fahrt ersparen." Nach kurzer Pause fügte Martha hinzu. „Und sie könnte weiß Gott eine Aufmunterung gebrauchen. Sie ist in den letzten Tagen sehr niedergeschlagen."

Schuldgefühle stiegen in Brodie auf. Er rieb sich die Augen, atmete tief durch und fragte: „In welchem Krankenhaus liegt ihr Vater?"

Es war halb sieben Uhr, als Brodie das Wartezimmer der Herzstation betrat. Eine halbe Stunde später kam Eden. Sie trug Jeans, einen Sweater in der Farbe ihrer Augen und einen bunten gewebten Rucksack über einer Schulter. Und sie sah erschöpft aus.

Sie war nur noch ein paar Schritte von ihm entfernt, als sie aufblickte und ihn sah. Überrascht blieb sie stehen.

Er hielt ihren Blick gefangen und verkündete: „Ich habe gehört, dass du eine Mitfahrgelegenheit nach Hause brauchst."

Sie starrte ihn an, sagte dann, mit einer fahrigen Handbewegung: „Ich … ich wollte gerade in der Eingangshalle nachsehen, ob Chase da ist."

„Ich habe Martha gesagt, dass sie ihn nicht anrufen soll."

Eden wandte sich halb ab und bedeckte die Augen mit einer Hand.

Brodie sah, wie mühsam sie um Beherrschung rang. Er schmiegte eine Hand um ihren Nacken und sagte rau: „Komm, verschwinden wir hier."

Auf den Korridoren wie auf dem Parkplatz herrschte ein ständiges Kommen und Gehen. Schweigend gingen sie hinüber zu seiner Corvette am anderen Ende. Nun erst waren sie allein. Brodie zog Eden an sich und drückte ihr blasses Gesicht an seine Schulter. Sie war einmal sein bester Kumpel gewesen, und nun brauchte sie Trost. Deshalb war er in erster Linie hergekommen, um zumindest diesen Teil ihrer Vergangenheit zurückzugewinnen.

Eden atmete tief durch, schlang die Arme um seine Taille und klam-

497

merte sich an ihn.

Er ließ das Kinn auf ihrem Kopf ruhen und rieb ihr den Rücken. Es dauerte nicht lange, bis sie sich schließlich in seinen Armen entspannte und tief seufzte.

Er schob eine Hand unter ihr Haar im Nacken und lehnte die Wange an ihre Schläfe. „Wir haben zwei Möglichkeiten, McCall", murmelte er. „Wir können uns ein kleines, ruhiges Restaurant suchen, oder wir können nach Hause fahren, und ich biete dir dort etwas Spektakuläres."

Sie lachte zittrig. „Ich glaube, du solltest dieses Spektakuläre lieber genauer definieren."

„Willst du eine Speisekarte?"

Sie schüttelte zögernd den Kopf.

„Also, Mac, was soll es sein?", hakte Brodie mit einem Lächeln nach. Bewusst nannte er sie bei dem Spitznamen, den er vor Jahren benutzt hatte, um die Spannung zwischen ihnen zu mildern. „Sag's mir."

Zum ersten Mal, seit sie wieder in sein Leben getreten war, sah er ein belustigtes Funkeln in ihren Augen. „Wie waren doch gleich die Alternativen?"

„Dinner in einem stillen kleinen Restaurant. Oder etwas Spektakuläres zu Hause."

Eden senkte den Blick. „Kein Restaurant, okay?"

„Dann also nach Hause." Er holte den Wagenschlüssel aus der Tasche, öffnete die Tür und warf ihren Rucksack auf den Rücksitz.

Überrascht blickte sie auf. „Das ist deiner?"

Er nahm eine Jacke und eine Schirmmütze vom Sitz. „Ja. Ich dachte mir, eine Fahrt mit heruntergeklapptem Verdeck wäre genau die richtige Medizin für dich." Er half ihr in die Jacke und reichte ihr die Mütze. „Stopf deine Haare lieber darunter. Es wird recht windig, wenn wir erst mal auf der Schnellstraße sind."

Vorfreude leuchtete aus ihren Augen, und sein Herz schlug höher. Sie sah aus wie die Siebzehnjährige von damals, die Geschwindigkeit und Risiken und Abenteuer geliebt hatte, die mit ihm auf Wildwasserfahrt gegangen war und Motorradfahren gelernt hatte, die seine Freundin, sein Kumpel gewesen war. Und er hatte den Eindruck, dass diese Seite an ihr sehr lange unterdrückt worden war.

Sobald sie den dichten Stadtverkehr hinter sich gelassen hatten, nahm er ihre Hand und legte sie auf seinen Schenkel. Sie drehte die Handfläche nach oben und verschränkte die Finger mit seinen. Als er sie anblickte, hatte sie den Kopf zurückgelehnt und die Augen geschlossen, so als würde sie den belebenden Fahrtwind genießen.

Die Dämmerung war bereits hereingebrochen, als sie Bolton erreichten. Brodie stellte den Wagen in der Garage ab, nahm Eden bei der Hand und führte sie die Treppe hinauf.

Er wollte sie loslassen, sobald sie seine Wohnung betraten, aber sie warf sich ihm in die Arme und barg das Gesicht an seiner Brust.

Er wandte sich dem Schlafzimmer zu. Er war sich nicht sicher, worauf er sich einließ, und es war ihm ziemlich egal. Sie brauchte jemanden, der sie festhielt, an dem sie sich festhalten konnte. Und er war nicht in der Verfassung, es stehend zu tun.

Sobald sie das Schlafzimmer betreten hatten, nahm er ihr die Mütze ab und half ihr aus der Jacke. Ihre Brust hob und senkte sich rasch. Abrupt wandte er sich ab und zog sich die Jacke aus. Als er sich wieder zu ihr umdrehte, zog sie sich gerade den Sweater über den Kopf.

Der Anblick ihrer Brüste in einem zarten, durchsichtigen BH erweckte heißes Verlangen in ihm. Aber er zwang sich zur Beherrschung. Er nahm sie bei den Schultern und blickte ihr ernst in die Augen. „Honey, das ist nicht der Grund, aus dem ich dich hergebracht habe", sagte er schroff. „Ich wollte uns eine Chance geben zu reden. Und ich wollte dich eine kleine Weile in den Armen halten. Sex stand nicht auf dem Programm. „Er bemühte sich, seine Erregung zu ignorieren, und atmete tief durch. „Vor allem möchte ich nicht, dass du etwas tust, das du später bereust."

Verzweifelt und voller Verlangen sah sie ihm in die Augen. „Das ist eine Sache, die ich nie bereut habe", sagte sie mit zittriger Stimme. „Niemals."

Sein Herz begann zu pochen. Er versuchte, Vernunft zu wahren, doch sie hob die Hände und öffnete den Vorderverschluss ihres BHs.

Brodie rang nach Atem. Er musste zweimal ansetzen, bevor er hervorbringen konnte: „Bist du dir sicher, Mac?"

Sie hielt seinen Blick gefangen. „Ja. Ganz sicher."

8. KAPITEL

Die Intensität des Höhepunktes hatte Brodie völlig erschöpft. Er atmete tief durch und blieb reglos liegen, bis sich sein Puls beruhigte. Dann nahm er all seine restliche Kraft zusammen und stützte sein Gewicht auf die Ellbogen. Seine Kehle war wie zugeschnürt, als er erkannte, wie verzweifelt sich Eden an ihn klammerte.

Er schloss die Augen und presste die Wange an ihre. Mit Eden war jedes Liebesspiel wie das Erste. Oder das Letzte. Doch daran wollte er nicht denken.

Er hob den Kopf, murmelte ihren Namen und löste ihre Arme von seinem Rücken. Sie lag mit geschlossenen Augen da, und er spürte, wie sie zitterte. Er strich ihr das Haar aus dem Gesicht, küsste sanft ihren Mund und flüsterte rau: „Sieh mich an, Mac."

Sie atmete tief durch und schlug die Augen auf.

„Bist du okay?"

Sie nickte, schloss erneut die Augen und schlang die Arme um seinen Nacken.

Brodie drückte sie an sich und wünschte sich sehnlichst, er könnte die Zeit anhalten und sich für den Rest seines Lebens an diesen Augenblick klammern.

Er seufzte und gab ihr einen Kuss auf den Hals. Er hatte nicht geplant, mit ihr ins Bett zu gehen. Aber er hatte auch nicht erwartet, dass sie ihn derart herausfordern würde. Nie zuvor hatte sie etwas von ihm verlangt. Nie zuvor hatte sie ihm gesagt, was sie wollte oder brauchte. Und obwohl es vermutlich ein großer Fehler war und er sich dadurch immer mehr in diese Angelegenheit verstrickte, hätte er es nicht verhindern können.

„Eden?", flüsterte er sanft.

Sie öffnete die Augen und blickte ihn unsicher an.

Er brachte ein Lächeln zustande. „Es gibt etwas, worüber wir reden müssen, Honey. Ich muss mich bei dir entschuldigen, Mac." Er streichelte ihre Lippen. „Jetzt ist es schon zweimal passiert, und ich habe dich nicht geschützt. Du hattest es ziemlich eilig. Hättest du mir einen kleinen Vorsprung gewährt, dann hätte ich zuerst Jasons Vorrat geplündert."

Sie starrte ihn verständnislos an. „Was für einen Vorrat?"

„Er ist siebzehn. Was meinst du wohl, was für einen Vorrat ich meine?"

„Und du weißt davon?"

„Natürlich, ich habe sie ihm gegeben. Er hat mit vierzehn einen ausführlichen Vortrag über sicheren Sex bekommen."

„Ich verstehe."

„Das dachte ich mir." Seine Miene wurde ernst. „Ich hätte dich schützen sollen. Es war verdammt verantwortungslos von mir."

„Du brauchst dich nicht zu entschuldigen. Ich habe dir doch gesagt, dass ich keine Kinder …"

In schroffem Ton warf er ein: „Du sollst nicht glauben, dass ich achtlos mit dir war. Das war nie meine Absicht."

Ihre Miene wurde sanft. „Du warst nie achtlos, Brodie." Ihre Augen funkelten belustigt. „Und seit wann brauchst du einen Vorsprung?"

„Mach's mir nicht schwer, McCall. Du weißt verdammt gut, was ich meine." Er küsste sie zärtlich. „Ist dir eigentlich bewusst, dass wir uns zum ersten Mal in einem Bett geliebt haben?"

Sie wandte den Kopf ab und flüsterte: „Lass das, okay?"

Er umschmiegte ihr Kinn und drehte ihr Gesicht zu sich zurück. „Was soll ich lassen?"

„Bring nicht die Vergangenheit ins Spiel." Sie blickte ihn verzweifelt und ängstlich an. „Ich möchte unsere Beziehung nicht zerstören, Brodie."

„Das möchte ich auch nicht", sagte er leise.

Sie schluckte schwer. „Ich war mir nicht sicher. Du bist nach dem letzten Mal sehr schnell aus der Stadt verschwunden."

„Woher weißt du das?"

„Ich habe in der Videothek angerufen."

„Ich brauchte Zeit, um nachzudenken. Schließlich war ich nicht gerade stolz auf mich. Ich hatte das Gefühl, dich und die Situation ausgenutzt zu haben."

„Du hast nichts ausgenutzt. Ich wusste sehr gut, was ich getan habe."

„Das wusstest du allerdings", entgegnete er mit einem Anflug von Humor. „Und trotz allem ist dies das erste Mal in einem richtigen Bett."

Sie lachte unsicher und drückte ihn fest an sich. „Das stimmt."

Er schob ihr die Arme unter den Rücken, küsste ihre Schulter und bewegte sich langsam zwischen ihren Schenkeln. Sie presste das Gesicht an seine Halsbeuge und klammerte sich an ihn. Einen Moment lang verharrte er, dann bewegte er sich erneut.

Er nahm ihr Gesicht zwischen die Hände und flüsterte: „Sieh mich an, Eden."

Sie lockerte den Griff um seinen Nacken und ließ den Kopf auf das Kissen sinken. Er bewegte sich erneut, und sie schloss die Augen. Er spürte, wie die Spannung in ihr wuchs und wusste, dass es nicht viel brauchte, um sie erneut zum Höhepunkt zu bringen. Er vergrub die Finger in ihren Haaren und verlangte sanft: „Sieh mich an, Eden."

Mit offensichtlicher Mühe schlug sie die Augen auf. Ihr Blick wirkte verschleiert. Langsam bewegte er sich in ihr. Ihr Atem beschleunigte sich, und sie bog sich ihm entgegen. Endlich spannte sich ihr ganzer Körper an, und die Erfüllung ließ sie erschauern.

Brodie schloss die Augen und drückte Eden an sich. Er fühlte sich überwältigt von wundervollen Empfindungen, die weit über das Sexuelle hinausgingen.

Es dauerte eine Weile, bis Eden in die Wirklichkeit zurückfand. Zitternd atmete sie tief durch. „Oh, Brodie, du bist nicht …"

„Seht. Es ist okay."

„Aber du bist nicht …"

Er lächelte zärtlich. „Nein. Aber du bist, und das zählt. Dich dabei zu beobachten bewirkt wahre Wunder für mein Ego."

„Wann hast du dich zu einem Voyeur entwickelt?"

„Vor etwa zehn Minuten."

„Nun, dann lass dir sagen, dass du auch einige sehr spektakuläre Dinge tust."

„Dann hatten wir beide viel Spaß." Er rollte sich auf den Rücken und zog sie mit sich. Ein kleines Lächeln spielte um seine Lippen.

„Warum grinst du?", fragte sie in vorwurfsvollem Ton.

„Ich habe gerade gedacht, dass ein Bett wesentlich besser ist als die Kirchenstufen."

Sie kuschelte sich an ihn und schloss die Augen. „Du denkst aber auch immer nur an das eine."

„Ich weiß." Er streichelte ihren Rücken und spürte, dass sich ihr Körper entspannte. Einen Moment später war sie eingeschlafen.

Mit einem Seufzen schloss auch er die Augen. Er konnte nur hoffen, dass sie am nächsten Morgen noch bei ihm war. Der frühmorgendliche Sonnenschein warf lange Schatten auf die Straße, als Brodie nach Hause zurückkehrte. Er war fünf Meilen gerannt und schweißüberströmt. Er wischte sich mit dem Handtuch, das er um den Hals trug, über das Gesicht. Da erblickte er eine Gestalt auf der Veranda der McCalls. Es war Martha Briggs. Sie fegte die Stufen und hielt dabei den Blick auf sein Geschäft geheftet. Gewiss fragte sie sich, wo Eden stecken mochte. Nachdenklich musterte er sie. Er hatte sie immer gemocht. Sie hatte Jason jahrelang heimlich mit Schokoladenkeksen versorgt. Es konnte nichts schaden, sie anzurufen und ihr zu sagen, wo Eden war.

Brodie betrat seine Wohnung und öffnete geräuschlos die Schlafzimmertür.

Eden lag auf dem Bauch und schlief offensichtlich noch immer tief und fest. Sie war da. Zumindest vorläufig. Und damit musste er sich zufriedengeben. Während seines Laufes hatte er viel nachgedacht und beschlossen, die Vergangenheit ruhen zu lassen und die Gegenwart Tag für Tag zu nehmen, wie sie kam. Nur so konnte er verhindern, verrückt zu werden.

Eden bewegte sich, und die Decke rutschte ihr von den Schultern. Er stellte sich vor, ins Bett zurückzukehren und sie im Schlaf zu verführen. Sein Körper reagierte augenblicklich auf diese Fantasie. Doch er unterdrückte sein Verlangen.

Er schloss leise die Tür und rief Martha an, um ihr mitzuteilen, dass Eden nach der Rückkehr aus Calgary vor Erschöpfung in seiner Wohnung eingeschlafen war. Entgegen seiner Erwartung reagierte sie höchst erfreut und verkündete: „Es wird auch verdammt Zeit, dass sich jemand um sie kümmert. Würden Sie ihr bitte ausrichten, dass ich mir heute freinehme und zu meiner Schwester fahre?"

Brodie versprach es und legte mit einem Anflug von Belustigung den Hörer auf. Wer hätte je gedacht, dass er eine Verbündete im Lager McCall finde, würde?

Gerade kochte er eine zweite Kanne Kaffee, als Eden in die Küche taumelte. Ihr Haar war zerzaust. Sie trug ein graues T-Shirt, das wie aus der Lumpensammlung aussah und vermutlich dem Rucksack entstammte, den sie aus Calgary mitgebracht hatte. Es reichte ihr bis zu den Knien, war verwaschen und sehr fadenscheinig. All diejenigen, die Reizwäsche aus schwarzem Satin für sexy hielten, hatten Eden noch nicht in diesem hauchdünnen Hemd gesehen. Brodies Körper reagierte augenblicklich. Vorsichtshalber hob er den Blick zu ihrem Gesicht,

Sie wirkte benommen und noch nicht ganz wach. „Ich habe Martha gestern Abend nicht angerufen. Sie weiß nicht, wo ich bin."

Brodie musterte sie belustigt. „Ich habe sie gerade angerufen."

Sie blinzelte ihn an und befeuchtete sich die Lippen. „Du hast sie angerufen?"

Er nickte. „Ich soll dir ausrichten, dass sie den Tag bei ihrer Schwester verbringt." Eden blickte völlig verwirrt drein. „Oh."

„Möchtest du Kaffee?" Sie schwankte ein wenig. „Kaffee?"

„Du weißt schon, dieses braune Zeug in Tassen oder Bechern. Voller Koffein und gewöhnlich heiß serviert."

Sie schloss die Augen und strich sich mit beiden Händen durch das Haar. Dann riss sie die Augen extrem weit auf. „Ich möchte Kaffee."

Er hielt ihr den Becher entgegen, und sie trat zu ihm. Sie nahm ein paar Schlucke und seufzte tief. „Kaffee. Herrlich."

Er musterte belustigt ihr Gesicht. Er war fest entschlossen, den Blick nicht tiefer wandern zu lassen. Sie hatte atemberaubend lange Beine, und er wusste, dass sie unter dem T-Shirt nichts trug. Er verspürte den Drang, sie wie ein Höhlenmensch zurück ins Bett zu zerren.

Sie trank den Becher aus, und es dauerte nicht lange, bis die Wirkung des Koffeins einsetzte. „Geht's dir besser?", erkundigte er sich.

Sie blickte ihn an und lächelte verlegen. „Hi."

„Dein Gehirn beginnt zu funktionieren, stimmt's?"

„Sei vorsichtig, Brodie", warnte sie. „Ich brauche eine zweite Tasse, bevor ich menschlich werde."

„Du musst leider noch einen Moment warten. Diese Kanne ist noch nicht durchgelaufen."

Sie lehnte sich an den Schrank. „Was hat dich so früh aus dem Bett getrieben?", fragte sie, ohne ihn anzusehen.

„Du."

Sie warf ihm einen erschrockenen Blick zu. „Ich?"

„Ja, du", erwiderte er in leisem, verführerischem Ton. „Ich bin aufgewacht, und du hast nackt und warm neben mir gelegen, und ich habe mir vorgestellt, wie es wäre, dich zu lieben, während du noch schläfst."

Sie starrte ihn benommen an. Dann stellte sie heftig den Becher ab. Ihre Brust hob und senkte sich rasch. Schließlich blickte sie ihn an und murmelte: „Verdammt, Malone." Sie zog seinen Kopf zu sich herab und gab ihm einen leidenschaftlichen, aufreizenden Kuss.

Er schloss die Arme um sie und zog sie an sich. Sie drückte sich gegen ihn, und ihm stockte der Atem vor Erregung. Er hatte keine Geduld erst ins Schlafzimmer zu gehen.

Er hob sie auf den Küchenschrank und zwängte sich zwischen ihre Schenkel. Sie schlang die Beine um seine Taille und presste sich an ihn, und er konnte kaum an sich halten. Es übertraf all seine Fantasien.

Gegen zehn Uhr fanden sie endlich Zeit zu frühstücken. Brodie briet Steaks und Eier und sorgte dafür, dass Eden ihren Teller leerte. Es beunruhigte ihn, dass sie so dünn war. Er wusste von früher, dass ihr jeglicher Stress auf den Magen schlug, und er vermutete, dass sie in letzter Zeit viel Aufregung erlebt hatte. Daher behielt er ihren Kaffeebecher nach der zweiten Füllung ein. Sie schien nicht einmal zu merken, was er damit beabsichtigte.

Da er gekocht hatte, bestand sie der Fairness halber darauf, den Abwasch zu erledigen. Er ließ sie gewähren. Nicht wegen der Fairness, sondern weil es ihm die Chance bot, sie zu betrachten.

Er beobachtete, wie sie die Pfanne abwusch. Ihre Miene wirkte sehr konzentriert, so als ginge sie völlig in ihrer Tätigkeit auf. Derselbe Ausdruck hatte immer auf ihrem Gesicht gelegen, wenn sie versucht hatte, etwas auf ihrem Skizzenblock einzufangen. „Malst du eigentlich noch?"

Sie warf ihm einen erstaunten Blick zu. Dann wandte sie sich mit undurchschaubarer Miene wieder der Pfanne zu. „Nicht viel."

„Warum nicht?"

Sie zuckte die Achseln. „Es kommt einfach nichts mehr dabei heraus."

Brodie wurde ärgerlich. Bestimmt hatte ihr Exmann ihr auch diesen Traum genommen. Um sich nicht zu äußern, biss Brodie die Zähne zusammen.

Eden spülte die Seifenblasen von der Pfanne. „Würdest du mir bitte das Geschirrhandtuch geben?" Er reichte es ihr mit ernster Miene.

Sie blickte ihn an und bat unvermittelt: „Erzähl mir von Jason."

„Da gibt es nicht viel zu erzählen. Seine Mutter starb, als er fünf war, daraufhin kam er in verschiedene Waisenheime. Ich habe das Sorgerecht für ihn bekommen, als er neun war."

Nach einer kleinen Pause bemerkte Eden gerührt: „Er ist genau, wie du damals warst."

„Er ist überhaupt nicht, wie ich damals war. Er hat sein Leben im Griff."

„Das hat er nicht allein geschafft", entgegnete sie. Brodie schwieg.

Sie beugte sich zu ihm, hängte ihm das Geschirrhandtuch über die Schulter und berührte dabei absichtlich die Vorderseite seiner Jeans.

Er schreckte aus seinen trübsinnigen Grübeleien auf. „Du bist ziemlich schamlos."

Sie blickte ihn mit Unschuldsmiene an. „Das muss ich mir von dem Mann sagen lassen, der mir erzählt hat, was er mir im Schlaf alles antun wollte?"

Er grinste und griff nach ihr. In diesem Moment klingelte das Haustelefon. Er fluchte, hob den Hörer ab und schaltete den Lautsprecher ein. „Was gibt's?", fauchte er.

Lydias Stimme füllte die Küche. „Wir haben ein Problem mit dem Computer, Brodie."

„Ich will nichts davon hören."

„Der Scanner funktioniert nicht."

„Kümmer dich selbst darum, Lydia."

„Das tue ich ja gerade."

Er seufzte. „Versuche es mit einem anderen Kabel."

„Das hättest du mir auch gleich sagen können. Was ist denn los mit dir heute Morgen, Malone? Hast du eine Frau bei dir?"

Brodie warf Eden einen Blick zu. Sie hielt sich mit beiden Händen den Mund zu, um nicht laut zu lachen. „Allerdings."

„Ach, deshalb bist du so verdammt mürrisch."

„Auf Wiederhören, Lydia." Er legte den Hörer auf und stürmte mit drohendem Blick zu Eden. „Hast du mich etwa ausgelacht, Mac?"

„Ja", bestätigte sie belustigt und wich vor ihm zurück.

Bevor sie ihm entfliehen konnte, warf er sie sich über die Schulter und ging in Richtung Schlafzimmer. „Dafür wirst du mir bezahlen, McCall."

Lachend und außer Atem versuchte sie, sich seinem Griff zu entwinden. „Du wirst keinen roten Heller von mir kriegen, Malone."

Er grinste. Das klang ja geradezu nach einer Herausforderung!

9. KAPITEL

Brodie lag auf dem Rücken, eine Hand unter den Kopf geschoben, und starrte an die Decke. Aus der Nachbarschaft hörte er das Plätschern eines Sprengers, und er fragte sich, welcher Idiot nach zwei Wochen Regen noch seinen Rasen bewässerte.

Eden bewegte den Kopf auf seiner Schulter. Er blickte zu ihr hinab und streichelte sanft ihren nackten Arm. Sie schlief seit zwei Stunden. Er hatte ein Röhrchen Schlaftabletten unter den Sachen entdeckt, die sie aus ihrem Rucksack geräumt hatte, und das beunruhigte ihn. Einerseits, weil sie überhaupt welche brauchte, und andererseits, weil er ihr vermutlich durch sein Verschwinden einige schlaflose Nächte bereitet hatte.

Vor zwei Stunden hatte er den Telefonstecker herausgezogen, um zu verhindern, dass sie durch einen weiteren Anruf geweckt wurde. Er wollte sie schlafen lassen, bis sie von selbst aufwachte.

Er blickte erneut an die Decke und dachte über ihr Verhältnis nach. Es schien, als wäre sie niemals fortgegangen. Aber er wusste, dass sie sich auf verdammt dünnem Eis bewegten. Es war kein Neubeginn. Es war vielmehr wie ein Ausflug in die Vergangenheit.

Eden strich mit der Hand über seine Brust. „Wie spät ist es?", fragte sie verschlafen.

Er blickte zum Radiowecker auf dem Nachttisch. „Viertel vor drei."

„Ich hätte nicht einschlafen dürfen."

„Du bist erschöpft, Eden."

Sie lächelte. „Ich frage mich bloß, wovon."

„Werd nicht frech, Mädchen. Du hattest schließlich auch deine Hand im Spiel."

„Da hast du wohl recht."

Er lachte und drückte sie an sich. „Musst du Megan abholen?"

Sie schüttelte den Kopf. „Erst morgen." Sie seufzte schwer und sagte niedergeschlagen: „Aber ich muss ins Krankenhaus. Milt ist seit gestern da, aber er muss heute Nachmittag wieder weg."

Brodie schwieg. Nichts konnte ihn davon abhalten, sie nach Calgary zu fahren, aber ihrer Familie ging er lieber aus dem Weg. Er konnte ihren Vater nicht ausstehen, und von ihrer Mutter hatte er auch keine viel höhere Meinung. Mit Devon allerdings bestand ein unausgesprochenes Einverständnis. Sie waren im selben schäbigen Viertel unten am

Fluss aufgewachsen, aber er sah sie nur selten, seit sie Chase geheiratet hatte. Chase hatte er einige Male im Silver Dollar bei einem Bier oder einem Billardspiel angetroffen.

Tanner kannte er nur vom Sehen, aber er wusste, dass der alte McCall ihn verleugnet hatte. Und es war allgemein bekannt, dass weder Chase noch Tanner mit ihrem Vater etwas zu tun haben wollten, was sehr viel besagte.

Andererseits wusste Brodie besser als jeder andere, wozu Bruce McCall fähig war. Der alte Mann war damals mit einer Peitsche auf ihn losgegangen, als er herausgefunden hatte, dass Eden und Brodie sich heimlich trafen. Doch Brodie war nicht umsonst in einem schäbigen Stadtviertel aufgewachsen. Er hatte sich verteidigen können, und es war zu einem sehr hässlichen Kampf gekommen.

Der alte Zorn stieg in ihm auf. Er schloss die Augen und biss die Zähne zusammen. An diesen Zwischenfall wollte er nicht mehr denken. Und er wollte sich nicht erneut fragen, ob Eden von dem kleinen, spätabendlichen Besuch ihres Vaters wusste.

Mit sanfter Stimme verkündete sie: „Es ist furchtbar, ihn so zu sehen. Er ist so schwach, dass er nicht mal allein essen kann. Und es regt ihn auf. Es muss frustrierend für ihn sein, wo er doch immer so aktiv war."

Brodie wollte nichts über Bruce McCall hören, und schon gar nicht die Besorgnis in ihrer Stimme. Er zog seinen Arm unter ihrem Blicken hervor und stand auf. Als er in seine Jeans schlüpfte, mied er ihren Blick. „Ich setze Kaffee auf."

„Brodie?"

Mit verschlossener Miene drehte er den Kopf zu ihr um. „Was?"

Sie musterte ihn besorgt. „Was hast du denn?"

„Nichts."

„Doch, du hast was", beharrte sie mit schwankender Stimme.

Er hob sein Hemd vom Fußboden auf und ging zur Tür. „Im Badezimmerschrank sind saubere Handtücher, falls du duschen möchtest." Ohne sie anzublicken, verließ er den Raum. Brodie stand am Fenster im Wohnzimmer, als Eden schließlich eintrat. Er wandte den Kopf und blickte sie mit starrer Miene an. Ihr nasses Haar war zurückgekämmt und verlieh ihrem blassen Gesicht Strenge.

Sie stellte ihren Rucksack auf das Sofa, schob die Hände in die Taschen und sagte ruhig: „Du bist sauer, weil ich über Dad gesprochen habe, stimmt's?"

Er starrte sie einen Moment lang an. Dann wandte er sich wieder dem Fenster zu.

„Ich weiß, wie du von ihm denkst, Brodie. Ich müsste taub und blind sein, um es nicht zu wissen. Aber er ist alt und krank, und trotz allem, was er in der Vergangenheit getan hat, ist er immer noch mein Vater, und ich habe ihn lieb. Kannst du das nicht verstehen?"

Brodie drehte sich mit hölzerner Miene zu ihr um. „Tu, was du tun musst, Eden. Aber versuche nicht, bei mir ein gutes Wort für ihn einzulegen, okay?"

„Ich versuche nur, es dir zu erklären", entgegnete sie in flehendem Ton.

Brodie verschränkte die Arme vor der Brust. „Erzähl mir doch nicht solchen Unsinn. Du willst, dass ich klein beigebe, aber das tue ich nicht mehr. Schon gar nicht ihm gegenüber."

„Das verlange ich ja gar nicht von dir. Ich bitte dich nur um dein Verständnis."

„Dafür habe ich aber kein Verständnis, und ich hatte es nie."

Eden senkte den Kopf und zog die Riemen des Rucksacks zurecht. Dann blickte sie Brodie herausfordern an. „Worauf willst du hinaus? Willst du mich zwingen, zwischen dir und meinem Vater zu wählen?"

„Verdammt, Eden, ich will dich zu gar nichts zwingen. Ich war schon einmal in dieser Situation, und ich weiß, was du beabsichtigst."

Sie reckte trotzig das Kinn vor. „Ich bin mir gar nicht so sicher, ob du es weißt. Seit ich sechzehn war, habe ich einiges gelernt. Dir hätte es gefallen, wenn ich meiner Familie damals den Rücken zugekehrt hätte, aber auf diese Weise geht es nicht. Jeder muss hin und wieder Kompromisse schließen. Ich habe nie behauptet, dass meine Familie perfekt ist. Ganz im Gegenteil. Ich bitte dich nicht, sie ins Herz zu schließen. Ich bitte dich nur zu verstehen, wo ich stehe."

„Dann sag es mir. Wo genau stehst du, Eden? Bin ich nur ein kleines Abenteuer für dich, oder bedeute ich dir etwas?"

Sie zuckte zusammen, als hätte er sie geschlagen. Er erwartete halb, dass sie ihren Rucksack nahm und ging. Die alte Eden hätte es getan. Doch sie blieb stehen und entgegnete mit verletztem Blick: „Du weißt es wirklich nicht, oder?"

„Was?"

„Glaubst du, dass ich gestern Abend hergekommen wäre, wenn ich dich nicht liebte? Hältst du mich für so billig?"

Brodie ballte die Hände zu Fäusten und hakte mühsam beherrscht nach: „Ist das dein Ernst? Oder spielst du wieder nur mit mir?"

Sie brachte ein freudloses Lächeln zustande. „Es ist mir sehr ernst. Mir war noch nie etwas so ernst.".

Er atmete tief durch und entspannte sich. „Dann heirate mich, Eden."

Sie erstarrte. Jegliche Farbe wich aus ihrem Gesicht. „Wie bitte?"

„Wenn du wirklich so empfindest, dann heirate mich. Sofort. So schnell wie möglich."

Sie griff nach der Sofalehne und schloss die Augen. Nach einer Weile hob sie den Kopf. Ihr Gesicht war aschfahl. „Meinst du es ernst?", flüsterte sie.

Er lächelte verkrampft. „Sehr."

„Warum?"

„Du weißt, warum. Nach gestern Abend und heute Morgen solltest du das nicht fragen müssen."

Tränen stiegen ihr in die Augen. Sie wandte den Blick ab und schluckte schwer. „Tu mir das nicht an, Brodie", flüsterte sie mit brüchiger Stimme.

„Was?"

„Zwing mich nicht, zu wählen."

„Ich zwinge dich nicht, zu wählen. Ich bitte dich, mich zu heiraten."

Eden wandte sich ab. Er wusste, dass er sie in die Enge trieb, und er wusste, dass er sich nicht sehr nett verhielt, aber er hatte nicht die Absicht, die nächsten siebzehn Jahre auf der Stelle zu treten.

Nach einem langen, angespannten Schweigen drehte sie sich wieder zu ihm um. „Wenn ich dich jetzt heirate, bringt es ihn wahrscheinlich um. Und das kann ich nicht tun. Ich würde mir nie verzeihen, wenn es dazu käme." Sie hob eine Hand in einer beschwörenden Geste. „Können wir nicht warten, bis es ihm besser geht? Zumindest, bis er wieder auf den Beinen ist?"

Zornig blickte er sie an. „Worauf warten, Eden? Auf die Zustimmung deiner Eltern? Auf deine Entscheidung, dein eigenes Leben zu führen? Worauf genau sollen wir warten? Du weißt verdammt gut, dass sich die Dinge niemals ändern werden."

Tränen hingen an ihren Wimpern. Eden wischte sie mit dem Handrücken fort und sagte in beherrschtem Ton: „Du bist nicht fair, Brodie. Mein Vater ist krank und verdient momentan ein bisschen Rücksicht. Das ist alles. Es hat nichts mit dem zu tun, was damals passiert ist."

„Verdammt, Eden, es hat nur damit zu tun! Merkst du nicht, dass du wieder genau dasselbe tust? Du triffst eine Entscheidung, die auf deren Meinung basiert. Und was zum Teufel soll ich tun? Auf der Stelle treten, bis sie es sich anders überlegen? Sie werden niemals zustimmen. Sieh das doch endlich ein. Du kannst nicht beides haben."

„Das weiß ich. Aber er ist krank, und ich kann seine Genesung nicht gefährden."

Eine sehr alte Bitterkeit stieg in ihm auf. „Dann sag mir eines, Eden. Weißt du von dem kleinen Besuch deines Vaters bei mir, den er unternommen hat, kurz bevor sie dich ins Internat verfrachtet haben?"

Erstaunt blickte sie Brodie an und befeuchtete sich dann die Lippen. „Was für ein Besuch?"

Brodie drehte sich zum Fenster um und starrte hinaus. Niedergeschlagenheit überlagerte seinen Zorn. Wenn er diesen Vorfall als Druckmittel einsetzte, war er letztlich nicht viel besser als ihr Vater.

„Was für ein Besuch, Brodie?"

„Es ist nicht wichtig. Vergiss es."

„Es ist wichtig", beharrte sie mit einem Anflug von Panik in der Stimme.

Brodie atmete tief durch und rieb sich die Augen. Es war alles so sinnlos.

„Sprich mit mir, verdammt! Was für ein Besuch?" Er drehte sich zu ihr um, doch er sagte kein Wort. „Du willst es mir nicht sagen, oder?"

„Nein."

Ein angespanntes Schweigen folgte. Schließlich trat Eden an ein anderes Fenster und verschränkte die Arme vor der Brust. „Ich habe dir sehr weh getan, oder?", flüsterte sie.

Seine Niedergeschlagenheit wuchs. Er zögerte, bevor er es schroff bestätigte.

„Und du vertraust mir nicht sehr, oder?"

„Ich glaube nicht."

Sie starrte weiterhin aus dem Fenster. „Ich kann es dir nicht übel nehmen."

Müde strich Brodie sich mit einer Hand über das Gesicht. Er wusste nicht mehr weiter. Denn es stimmte. Er vertraute ihr nicht. Nicht mehr. Er hatte sein Vertrauen in sie vor langer Zeit verloren. Er hatte es nur nicht erkannt, bis sie es ausgesprochen hatte.

Schritte auf der Treppe unterbrachen seine Gedanken. Vermutlich war es Lydia, und der Zeitpunkt war denkbar schlecht. Jemand klopfte an der Tür.

Brodie warf Eden einen flüchtigen Blick zu und presste die Lippen zusammen, als er sah, wie unbewegt und abwesend sie wirkte.

Mit grimmiger Miene öffnete er die Tür. Es war nicht Lydia. Es war Tanner, der ihn mit unergründbarem Blick musterte. „Hallo, Brodie. Ich habe gehört, dass Eden hier ist."

Wortlos ließ Brodie ihn eintreten. Ebenfalls wortlos wandte Eden sich vom Fenster ab.

Tanner blickte von ihr zu Brodie und wieder zu ihr. „Es tut mir leid, dass ich hier einfach so hereinplatze, aber deine Mutter sucht dich."

Besorgnis spiegelte sich auf ihrem Gesicht, und sie öffnete den Mund zu einer Frage.

Doch Tanner hielt eine Hand hoch und lächelte. „Es ist nichts Ernstes. Zumindest nicht medizinisch gesehen. Dein Vater scheint ziemlich aufgebracht zu sein und will unbedingt mit dir und Chase reden."

Brodie erkannte, wie verwirrt sie war und wusste, dass sie einen Augenblick Zeit brauchte, um sich zu sammeln. Er deutete auf das Sofa. „Nehmen Sie doch Platz."

Tanner nickte und folgte der Aufforderung. Brodie setzte sich auf das andere Sofa. Eden faltete die Hände und brachte ein kleines Lächeln zustande. „Du hättest doch einfach anrufen können", bemerkte sie trocken.

„Das habe ich versucht, aber seit Stunden geht niemand ran. Und da ich einen Stapel Videos zurückbringen muss, dachte ich mir, ich schlage zwei Fliegen mit einer Klappe."

Brodie wandte den Blick ab. Das verdammte Telefon! Es war ihm völlig entfallen, dass er den Stecker herausgezogen hatte.

Eden schluckte verlegen und fragte: „Woher weißt du, dass ich hier bin?"

Tanners Augen funkelten. „Tja, das ,ist eine lange Geschichte. Deine Mutter hat versucht, Martha anzurufen, aber die war nicht da. Also hat deine Mutter bei Chase angerufen, und der hat mich angerufen und gefragt, ob du bei mir bist. Anscheinend hatten dein Vater und Milt einen furchtbaren Krach." Das Funkeln in seinen Augen verstärkte sich. „Willst du das alles wirklich hören?"

Eden lehnte sich an das Fensterbrett. Ihr Lächeln wirkte verkrampft, aber in ihren Augen lag ein belustigtes Schimmern. „Ich würde es mir um nichts in der Welt entgehen lassen."

Tanner grinste sie an. „Nun, um es kurz zu machen, ich habe Chase versprochen, dich aufzuspüren. Kate ist eingefallen, dass Martha etwas von einem Besuch bei ihrer Schwester gesagt hat, als sie Meggie gebracht hat. Also hat sie bei Marthas Schwester angerufen und mit Martha gesprochen."

Brodie beobachtete die beiden und schätzte die Situation ein. Tanner McCall hatte Bruce McCall kein einziges Mal als seinen Vater bezeichnet, immer nur als Edens Vater. Noch auffälliger war die Verbundenheit zwischen Bruder und Schwester.

Eden richtete sich auf und wischte sich nervös die Hände an der Jeans ab. Sie setzte ein gekünsteltes Lächeln auf und zog eine Schulter hoch. „Tja, dann sollte ich mich jetzt wohl nach Calgary begeben."

Mit klopfendem Herzen stand Brodie auf und vergrub die Hände in den Hosentaschen.

Ohne ihn anzusehen, nahm Eden ihren Rucksack. Mit demselben unnatürlichen Lächeln wandte sie sich an Tanner. „Kommst du mit?"

Er blickte sie ausdruckslos an. „Nein. Ich habe etwas Geschäftliches mit Brodie zu besprechen." Er wandte sich an Brodie. „Art Jackson hat mir erzählt, dass Sie ein Grundstück für eine Motocrossstrecke suchen. Ich habe ein Stück Land, das dafür geeignet sein könnte, und ich habe außerdem zwei Söhne, die recht wild auf Motocross sind. Art hat vorgeschlagen, dass ich mit Ihnen darüber rede, wenn Sie eine Minute Zeit haben."

Brodie zuckte die Achseln. „Sicher. Warum nicht?" Er bekämpfte die Verzweiflung, die in ihm aufstieg, und wandte sich mit betont ausdrucksloser Miene an Eden.

Sie hängte sich den Rucksack über eine Schulter, hob den Kopf und schaute Brodie verletzt an. Dann sagte sie zu Tanner: „Wir sehen uns später." Ohne einen weiteren Blick zu Brodie ging sie hinaus und schloss leise die Tür hinter sich.

Brodie starrte auf den Fußboden und biss die Zähne zusammen. Er hatte seine Antwort. Die Geschichte wiederholte sich. Abrupt wandte er sich ab und ging in die Küche. „Möchten Sie ein Bier?", fragte er schroff.

„Das wäre prima."

Brodie nahm zwei Flaschen aus dem Kühlschrank und öffnete sie. Ihm war momentan nicht nach Gesellschaft zumute. Er hoffte instän-

513

dig, sein Besucher würde sich kurzfassen und schnell wieder verschwinden. Denn ein beklemmendes Gefühl der Endgültigkeit erfüllte ihn. Ihm war, als wäre ihm der Boden unter den Füßen entrissen worden. Eden hatte ihn erneut im Stich gelassen, weil sie sich noch immer nicht gegen ihren Vater behaupten konnte.

Er wandte sich zur Tür und erstarrte, als er Tanner mit verschränkten Armen im Rahmen lehnen sah.

Tanner nahm die Flasche, die Brodie ihm wortlos reichte, und strich nachdenklich mit einem Finger über das Etikett. „Wissen Sie, die meisten Leute scheinen zu glauben, dass Eden es mit all dem Geld ihres alten Herrn verdammt leicht hatte."

Brodie nahm einen großen Schluck Bier und fragte tonlos: „Warum sind Sie also wirklich hier?"

Nach einer langen Pause erwiderte Tanner: „Vielleicht, um Ihnen zu sagen, dass ich weiß, womit Sie zu kämpfen haben." Ein Funkeln trat in seine Augen. „Und um mit Ihnen über diesen verdammten Motocross-Klub zu sprechen. Meine Jungen setzen mir ziemlich hart zu, und ich möchte wissen, worauf ich mich einlasse, bevor ich mich hineinstürze."

Brodies Mundwinkel hoben sich ein klein wenig. Er deutete mit seiner Bierflasche auf den Tisch. „Dann setzen Sie sich. Ich werde Sie aufklären."

10. KAPITEL

Vor dem Zimmer ihres Vaters blieb Eden stehen. Sie schloss die Augen, atmete tief durch und setzte eine gefasste Miene auf, bevor sie eintrat.

Chase lehnte mit verschränkten Armen am Fensterbrett. Ihre Mutter gab ihrem Vater gerade Wasser durch einen Strohhalm. Sie drehte sich zu Eden um und sagte in scharfem Ton: „Es wird auch langsam Zeit, dass du dich blicken lässt. Ich habe den ganzen Tag lang versucht, dich zu erreichen. Bei dem Zustand deines Vaters hättest du zumindest den Anstand besitzen können, uns deinen Aufenthaltsort wissen zu lassen."

Eden bedachte sie mit einem unverwandten Blick und trat wortlos ans Bett. Ihr Vater lag mit geschlossen Augen da. Seine Wangen waren gerötet, und sein Atem ging rasch. Sie nahm seine Hand, streichelte sie mit dem Daumen und sagte sanft: „Hi, Dad. Wie fühlst du dich?"

Er öffnete die Augen und umklammerte ihre Finger. „Ich werde deinen verdammten Bruder enterben", stieß er mit zornig zitternden Lippen hervor.

„Welchen?"

„Diesen verdammten Milt! Ich wollte ihm die Ranch vererben, aber er will sie nicht!" Seine Hand begann zu zittern, und seine Wangen röteten sich noch mehr. „Ich habe ihn hinausgeworfen."

Eden schloss die Augen und rieb sich müde die Stirn. Wie oft hatte sie derartige Szenen erlebt? Beim letzten Mal hatte er die Ranch Chase vermachen wollen, der ihm unmissverständlich erklärt hatte, was er damit tun konnte. Eden holte tief Luft und schlug die Augen auf. „Dad, Milt will nicht hier angebunden sein. Du wolltest, dass er in die Politik geht, und er hat es getan. Er führt jetzt sein eigenes Leben."

Bruce entriss ihr seine Hand und umklammerte aufgebracht die Bettdecke.

Ihre Mutter strich ebenso aufgebracht die Decke wieder glatt. „Nach allem, was dein Vater für ihn getan hat, könnte er ruhig ein wenig Verantwortung für die Familie übernehmen." Vorwurfsvoll blickte sie Chase an. „Und du hast auch keinen Sinn für Verantwortung. Diese Ranch befindet sich seit über hundert Jahren in Familienbesitz. Man sollte meinen, dass du stolz darauf sein müsstest."

Chase warf ihr einen warnenden Blick zu. „Fang keinen Streit mit mir an, Ma."

„Nun, zumindest könntest du versuchen, Milt zur Vernunft zu bringen."

„Ich werde kein Wort sagen. Zum ersten Mal in seinem verdammten Leben hat er sich behauptet. Ich verstehe nicht, warum man ihn nicht einfach in Ruhe lassen kann."

Bruce ergriff Edens Hand. „Dann werde ich dir die Ranch vererben. Zum Teufel mit meinen nichtsnutzigen Söhnen!"

„Dad, was soll ich mit einer Ranch anfangen? Warum vererbst du sie nicht deinen Enkelkindern?"

„Seinen Enkelkindern?", hakte ihre Mutter nach. „Das ist das Lächerlichste, was ich je gehört habe. Er hat keine Enkelkinder."

Heißer Zorn stieg in Eden auf, aber sie beherrschte sich mühsam und sagte sehr leise und ruhig: „Chase, bring sie hier raus."

Er richtete sich auf. „Komm, Ma, wir gehen spazieren."

Ellie straffte beleidigt die Schultern. „Ich bleibe hier."

„Nein, Ma. Wir gehen spazieren."

Eden fühlte sich wie ein Nervenbündel, als es Chase endlich gelang, ihre Mutter aus dem Zimmer zu führen. Ihr war danach zumute, ebenfalls zu verschwinden. Sie gönnte sich einen Moment, um sich zu beruhigen. Dann legte sie ihrem Vater einen Arm um die Schultern. „Komm, Dad, ich drehe dich auf die Seite und massiere dir den Rücken."

Eine halbe Stunde später war er endlich eingeschlafen, und sie verließ den Raum und schloss leise die Tür hinter sich. Ihr ganzer Körper zitterte vor unterdrücktem Zorn. Sie hatte beinahe den Fahrstuhl erreicht, als Ellies Stimme hinter ihr erklang. „Ich will mit dir reden."

Eden blieb stehen und drehte sich um. „Das trifft sich gut", erwiderte Eden mit zitternder Stimme. „Ich will nämlich wissen, was zum Teufel du mit diesem Unsinn über die Enkelkinder gemeint hast. Ob du es zugeben willst oder nicht, es sind mehrere Kinder vorhanden, die den Namen McCall tragen, und in einigen Monaten kommen noch zwei dazu. Und jedes Einzelne hat genauso viel Recht auf diesen Namen wie ich. Jetzt wage ja nicht anzudeuten, dass Megan nicht zur Familie gehört. Auch wenn ich sie nicht geboren habe, ist sie trotzdem meine Tochter."

„Das habe ich nicht gemeint, Eden. Das weißt du doch."

„Nein, das weiß ich nicht. Aber ich weiß, dass Tanner zwei wundervolle Töchter hat, in deren Adern McCall-Blut fließt."

Ellie McCall bedachte sie mit einem verächtlichen Blick. „Du hast

516

nicht einen Funken Familienehre in dir, Eden. Und ich will wissen, wo du letzte Nacht warst."

„Das geht dich nichts an."

Ellie presste verbittert die Lippen zusammen. „Ich dachte, ich hätte dich besser erzogen. Ich nehme an, du hast dich wie eine räudige Hündin mit diesem Brodie Malone herumgetrieben."

Eden trat einen Schritt vor und warnte eindringlich: „Wage es ja nicht, ihn je wieder schlechtzumachen. Ich habe deine überhebliche Einstellung satt. Brodie ist ein anständiger Mann, und wenn ich auch nur einen Funken Verstand besessen hätte, wäre ich vor siebzehn Jahren mit ihm durchgebrannt."

Ihre Mutter erblasste. „Brodie Malone ist nichts als Gesindel, und du tätest gut daran, es nicht zu vergessen."

„Wenn es hier Gesindel gibt, dann sind wir es", entgegnete Eden. „Du bist eine schrecklich verbitterte Frau, und ich will bestimmt nicht so enden wie du. Du bist diejenige, die all diese Probleme in der Familie heraufbeschwört und Dad gegen alle Leute aufhetzt. Du schürst nur Hass."

„Wie kannst du es wagen, so mit mir zu reden?"

„Ich rede mit dir, wie ich will. Und ich sage dir noch etwas. Ihr habt Chase vertrieben, und jetzt habt ihr Milt vertrieben. Und es fehlt nicht viel, damit ihr auch mich vertreibt." Der Zorn verlieh Eden eine Stärke, die sie nie zuvor besessen hatte. „Aber bevor ich gehe, will ich von Dads kleinem Besuch hören, den er Brodie damals abstattete, als er erfuhr, dass ich mit ihm geschlafen habe."

Schockiert über die Offenheit ihrer Tochter, wandte Ellie wortlos den Blick ab.

„Was genau hat er getan?", hakte Eden in scharfem Ton nach. Ellie hielt weiterhin den Kopf gesenkt.

Plötzlich ahnte Eden, was vorgefallen war. „Er ist mit seiner verdammten Peitsche auf ihn losgegangen, stimmt's?"

Ellie wandte sich halb ab und nickte beinahe unmerklich.

Entsetzt ballte Eden die Hände zu Fäusten. „Ihr beide habt euch wirklich gesucht und gefunden." Abrupt wirbelte sie herum und stürmte zum Fahrstuhl. Zornestränen verschleierten ihr die Sicht. Wie konnten sie nur! Und sie hatte ihre Eltern Brodie gegenüber verteidigt! Wie töricht war sie doch gewesen!

In der Eingangshalle stürmte sie aus dem Fahrstuhl und stieß prompt mit jemandem zusammen.

„Eden!"

Mit Tränen in den Augen lief sie weiter zum Ausgang. „Eden! Warte, verdammt!" Chase ergriff sie am Arm und drehte sie zu sich herum. Sie riss sich los. „Was ist?"

„Ich will mit dir reden."

„Aber ich will nicht mit dir reden."

Er ergriff erneut ihren Arm und drängte sie in eine Ecke. „Zu schade. Wir reden nämlich trotzdem."

„Und was hast du mir zu sagen? Willst du über unsere charmante Familie diskutieren?"

„Was zum Teufel ist denn in dich gefahren?"

„Sag endlich, was du zu sagen hast."

Er zögerte, bevor er verkündete: „Ma hat mir erzählt, was vor sich geht, und ich glaube, dass du dich ins Unglück stürzt. Ich glaube, dass du vorsichtig sein solltest, nach allem, was du durchgemacht hast."

Sehr ruhig entgegnete sie: „Und warum glaubst du das, großer Bruder? Erzähl mir, wie du zu der Schlussfolgerung gekommen bist, dass Brodie mir nur Unglück bringt, du Schlaumeier."

Chase holte tief Luft. „Verdammt, Eden, benutz doch mal deinen Verstand. Sein Vater war der größte Trunkenbold der Stadt, seine Schwester war eine Herumtreiberin, und Ma hat mir gerade erzählt, wie er dir fast das Leben ruiniert hätte, als du siebzehn warst. Und dann braust er auf dieser schwarzen Harley herum wie der Rächer."

Sie schenkte ihm ein kaltes Lächeln. „Im Gegensatz zu dir, der in seinem schwarzen Truck herumrast und sich ständig angegriffen fühlt?"

Ein warnendes Funkeln erschien in seinen Augen. „Leg dich nicht mit mir an, Eden."

„Du willst dich nach Mutters Urteil richten? Also gut. Sein Vater war ein Trunkenbold. Wenn ich mich recht erinnere, war Devons Mutter ebenfalls Trinkerin. Mutter nennt ihn Gesindel. Ich erinnere mich, dass sie die Familie deiner Frau als Indianerpack bezeichnet hat. Als Dad herausfand, dass du mit ihr schläfst, habt ihr beide beinahe das Haus auseinandergenommen. Mich hat er nur in ein Internat verfrachtet."

„Wage es ja nicht, Devon in diese Sache hineinzuziehen", drohte Chase. „Sonst kriegst du es mit mir zu tun."

„Nachdem sie Devon so heruntergemacht haben, musst ausgerechnet du so reden. Von dir hatte ich etwas anderes erwartet." Sie blinzelte heftig, wandte sich abrupt ab und eilte aus dem Gebäude.

Zitternd vor Zorn stieg sie in ihren Wagen. Sie verschränkte die Arme auf dem Lenkrad und ließ die Stirn auf ihnen ruhen. So viele wirre Gefühle tobten in ihrem Innern, dass sie eines nicht vom anderen unterscheiden konnte. Verzweifelt suchte sie nach einer Ablenkung, nach etwas, das sie beruhigte. Sie schloss die Augen und beschwor im Geiste ein Bild von Megan herauf.

Allmählich hörte sie auf zu zittern. Sie richtete sich auf, startete den Motor und nahm sich vor, während der gesamten Fahrt nur noch an Megan zu denken.

Als Eden die Schnellstraße erreichte, verspürte sie eine seltsame Benommenheit. Sie nahm nichts wirklich wahr. Nicht die Landschaft. Nicht die Wildblumen, die im Straßengraben blühten. Nicht die Berge, die von der untergehenden Sonne in ein rosiges Licht getaucht wurden. Sie funktionierte einfach mechanisch, und als sie schließlich in die Auffahrt der McCalls einbog, wusste sie nicht genau, wie sie dort hingekommen war.

Ein bedrückendes Schweigen begrüßte sie, als sie das Haus betrat. Sie öffnete die Tür zur Veranda und trat hinaus.

Der kunstvoll angelegte Garten ihrer Mutter weckte heftige Gefühle in ihr. Sie verspürte den Drang, die perfekt gestutzten Büsche herauszureißen und die symmetrisch angeordneten Blumentöpfe im Gewächshaus zu zerschmettern. Nie zuvor hatte sie einen derart blinden Zorn verspürt.

Abrupt kehrte sie ins Haus zurück und stürmte in ihr Schlafzimmer. Sie fühlte sich gefangen und in die Enge getrieben. Als ihr Blick auf das Hochzeitsfoto ihrer Eltern fiel, das auf der Spiegelkommode stand, konnte sie sich vor lauter Zorn und Schmerz, die sich in ihr angestaut hatten, nicht mehr beherrschen. Sie schnappte sich den Silberrahmen und schleuderte ihn mit voller Wucht durch den Raum. Das Glas zerbrach in Tausende Scherben, als es den Kaminsims traf.

Mit geschwollenen Augen und rauer Kehle von ihrem Gefühlsausbruch stand Eden am Küchenfenster. Sie starrte hinaus und beobachtete, wie sich die Abenddämmerung herabsenkte. Sie verspürte eine seltsame Ruhe und Leere im Innern. Es war ein angenehmes Gefühl. Vielleicht, dachte sie mit einem Anflug von Humor, hätte ich schon längst mit Gegenständen um mich werfen sollen.

Doch die Stille wirkte bedrückend. Eden wandte sich vom Fenster ab und ging zur Vordertür hinaus. Sie blickte die lange Auffahrt hinab und wünschte, Megan wäre bei ihr. Sie seufzte schwer. Sie hätte niemals nach Hause zurückkehren dürfen.

Das plötzliche Brummen eines Motorrads ließ ihr Herz pochen. Das Motorengeräusch einer Harley erkannte sie auf Anhieb. Sie zögerte nur flüchtig, bevor sie hinter der Hecke hervortrat, die den Garten von der Straße trennte.

Brodie saß vor seiner Garage auf der Harley. Vorgebeugt brachte er etwas am Tank der Maschine in Ordnung. Dann richtete er sich auf, gab ein paar Mal Gas und wandte sich der Straße zu. Plötzlich erblickte er Eden und erstarrte. Er trug keinen Helm. Ihre Mundwinkel hoben sich ein klein wenig. Er war immer noch der Rebell, der Vorschriften missachtete. Immer noch der alte Brodie.

Plötzlich war ihre Kehle wie zugeschnürt. Eine ganz besondere, bittersüße Erinnerung, die sie ihr halbes Leben lang gehütet hatte, stürmte auf sie ein. Vielleicht lag es an dieser sanften, purpurnen Abenddämmerung. Und vielleicht lag es an der schwarzen Harley. Jedenfalls war die Erinnerung so lebhaft, dass sie glaubte, die Hitze zu spüren, die Stille zu hören, den Blütenduft zu riechen.

Es war ein Abend wie dieser gewesen, purpurnes Zwielicht. Hitze. Stille. Mit pochendem Herzen hatte sie sich zu ihrem geheimen Treffpunkt begeben. Am Abend zuvor hatten sie beinahe miteinander geschlafen. Aber im letzten Moment hatte er sich zurückgehalten und ihr gesagt, dass er das Risiko nicht eingehen konnte, dass er sie schützen musste.

Sie wusste, was geschehen würde. Sie war so verängstigt und nervös, aber trotzdem kam sie zum Treffpunkt. Als sie die alte Kirche erreicht hatte, war Brodie nicht zu sehen, aber seine Harley stand unter den Bäumen, und auf dem Sitz lag eine langstielige Rose.

Und dann trat Brodie wie ein geheimnisvolles Wesen hinter den Bäumen hervor. Mit ernster Miene und ohne ein Wort berührte er sanft ihre Wange.

An diesem Abend schliefen sie das erste Mal miteinander. Er hatte sieh so behutsam und zärtlich verhalten, und es war ein so wundervolles, überwältigendes Erlebnis, dass sie hinterher in Tränen ausgebrochen war. Und jedes Mal, wenn sie Rosen sah, dachte sie glücklich an jene Nacht zurück.

Aufgewühlt musterte sie ihn. Sie hatte ihm erneut wehgetan. Hätte sie die Zeit zurückdrehen könnte, hätte sie ohne Zögern genommen, was er ihr bot. Aber es war zu spät. Sie hatte ihn erneut verraten.

Er verschränkte die Arme und starrte weiterhin zu ihr hinüber. Sie konnte seine Miene nicht erkennen, aber sie spürte seinen Zorn. Mit tränenverschleierten Augen blickte sie ihn an. Sie erwartete, dass er jeden Augenblick davonfahren würde, aber er saß reglos da, so, als wartete er auf ein Zeichen von ihr.

Ein Funken Hoffnung stieg in ihr auf. Ihr Herz pochte immer mehr. Sie schluckte schwer und trat hinaus auf den Bürgersteig. Sie hörte einen Wagen anhalten, aber sie heftete den Blick auf Brodie und ging weiter.

Warte, flehte sie im Stillen, fahr nicht weg. Gib mir die Chance, dir zu sagen, dass du recht hattest und ich unrecht. Und bitte, bitte verzeih mir.

Sie trat auf die Straße, und er war immer noch da. Sie begann zu laufen, doch eine Stimme hinter ihr sagte: „Eden, warte. Ich muss mit dir reden."

Sie blieb stehen, wirbelte herum und erblickte Chase. Panik stieg in ihr auf. Sie blickte zu Brodie und erneut zu Chase. „Nicht jetzt, Chase. Bitte, nicht jetzt."

Er ergriff ihren Arm, bevor sie davonlaufen konnte. „Ich weiß verdammt gut, dass ich es nicht verdient habe, aber bitte, hör mich an."

Sie zögerte, und dieses Zögern kam sie teuer zu stehen. Die Harley heulte auf. Eden wirbelte herum und erblasste, als sie Brodie um die Straßenecke verschwinden sah. Und sie wusste genau, warum er davonfuhr. Sie hatte ihm wieder einmal den Rücken zugekehrt, als ein Mitglied ihrer Familie aufgetaucht war. Sie schlug die Hände vor das Gesicht und schluchzte auf.

Chase versuchte, ihre Hände wegzuziehen. „Was ist?", fragte er rau.

Sie wandte sich ab und schüttelte den Kopf.

Nach einer kleinen Pause stieß er einen Fluch aus. Er drehte sie zu sich um und bettete ihren Kopf an seine Schulter. „Es tut mir leid, Pookey. Manchmal bin ich furchtbar begriffsstutzig."

Eden wich zurück und wischte sich die Tränen ab. „Schon gut."

Er seufzte und starrte zum Horizont. „Ich habe ihn nicht mal gesehen."

Sie holte ein Taschentuch hervor und putzte sich die Nase. „Schon gut. Das habe ich doch gesagt."

„Verdammt, es ist nicht gut. Sonst würdest du nicht heulen."

Sie reckte das Kinn vor und entgegnete feindselig: „Ich heule nicht."
Er bedachte sie mit einem brüderlichen, nachsichtigen Blick. „Würde
es dir helfen, mir einen Tritt zu geben?"

„Wahrscheinlich."

Er blickte zu Boden und sagte schroff: „Ich wollte dir nichts verderben, aber ich muss wirklich mit dir reden."

„Ich bin nicht sicher, ob du etwas verdorben hast. Willst du reinkommen und etwas trinken?"

„Dieses Haus betrete ich nie wieder", entgegnete er heftig.

Eden sank auf den Bürgersteig, schlang die Arme um die angezogenen Knie und starrte auf die Straße. „Wo ist Devon?"

Chase setzte sich neben sie. „Sie hat mich rausgeworfen."

Eden blickte ihn verblüfft an. „Wie bitte?"

„Ich habe ihr erzählt, was im Krankenhaus vorgefallen ist", erklärte
er mit betretener Miene, „und sie hat gesagt, dass ich verschwinden
und nicht zurückkommen soll, bevor ich mich entschuldigt habe. Ich
fürchte, ich brauche eine schriftliche Bestätigung von dir, damit sie mich
wieder ins Haus lässt."

Noch vor zehn Sekunden hätte Eden es nicht für möglich gehalten,
aber er brachte sie zum Lachen. „Schriftlich, ja?"

„Ja." Nach kurzem Zögern gestand er ein: „Und sie hat recht. Ich
habe mich daneben benommen. Ich muss dich um Verzeihung bitten,
und Malone gleich mehrfach."

„Wir brauchen nur an die Vergangenheit zu denken, um zu wissen, dass die ganze verdammte Stadt sich bei ihm entschuldigen muss."

„Willst du darüber reden?"

„Da gibt es nicht viel zu reden", entgegnete sie leise. „Ich habe mich
in ihn verliebt, als ich siebzehn war, und als ich Schwierigkeiten mit
den Alten bekam, bin ich abgesprungen. Und heute bin ich wieder abgesprungen."

„Willst du ihm nachfahren?"

„Dazu ist es ein bisschen zu spät."

„Es ist nie zu spät, Eden", entgegnete Chase eindringlich. Sie versuchte zu lächeln und schüttelte den Kopf. Es war zu spät. Sie hatte soeben ihre letzte Chance vergeben.

11. KAPITEL

Eden hatte die schweren Samtgardinen im Salon zugezogen und lag mit einem Arm über den Augen auf dem weißen Brokatsofa. Sie hatte so starke Kopfschmerzen, dass sie bei geschlossenen Augen helle Pünktchen sah.

Der Raum, der mit weißen Teppichen, weißen Polstern, makellosen Kirschholztischen, antiken Porzellanfiguren, schweren Kristallwaren, einem silbernen Kandelaber und geschmackvollen Aquarellen an den zartblauen Wänden angerichtet war, war tabu für den täglichen Gebrauch, und aus diesem Grund war Eden dort. Weil es der letzte Ort war, an dem ihre Mutter sie suchen würde.

Ellie war am Vortag zurückgekehrt, um sich um einige geschäftliche Dinge zu kümmern und saubere Kleidung für sich zu holen. Sie gab sich verschlossen und kühl und ließ nur gelegentlich kleine abfällige Bemerkungen fallen.

Die Anspannung wirkte sich allmählich auf Eden aus. Sie hatte beschlossen, sich nicht auf einen weitern Streit einzulassen. Der Zustand ihres Vaters hatte sich endlich stabilisiert, und in zehn Tagen sollte ihm ein Bypass eingesetzt werden. Sie wollte bleiben, bis er wieder auf den Beinen war, weil sie sich dazu verpflichtet fühlte und die Einzige war, die ihn dazu bringen konnte, auf die Ärzte zu hören. Danach wollte sie abreisen und nie zurückkehren. Zumindest nicht in dieses Haus.

„Du weißt, dass du nicht auf diesem Sofa liegen sollst, Eden. Es ist nicht dazu gedacht."

Eden behielt den Arm über den Augen und entgegnete in täuschend mildem Ton: „Wozu ist es denn dann gedacht, Mutter?"

„Nun, gewiss nicht für diese Art von Missbrauch."

Eden schob den Arm auf die Stirn und starrte ihre Mutter an. Das Pochen in ihrem Kopf verstärkte sich. „Du hältst nichts davon, anderen etwas zu geben, und sei es nur eine Ruhepause auf deinem Sofa, oder?"

„Was weißt du schon vom Geben?", entgegnete Ellie bitter.

„Weißt du, was ich nicht begreife? Wie ist es nur möglich, dass wir Kinder so anständig geworden sind, obwohl wir Eltern wie euch haben", bemerkte Eden in demselben milden Ton. „Ihr seid wirklich nicht gerade nett, weißt du."

Ellie McCall erstarrte. Sie warf Eden einen vernichtenden Blick zu. „Dass du es wagst, so etwas zu sagen, nach allem, was dein Vater und ich für dich getan haben. Du bist ein sehr selbstsüchtiger Mensch, Eden, und du hast mich sehr enttäuscht."

„Prima, Mutter. Weil du mich auch sehr enttäuscht hast. Und ich habe festgestellt, dass ich dich nicht besonders mag."

Mit zitternden Lippen setzte Ellie zu einer Entgegnung an, doch Eden unterbrach sie. „Ich lasse mich nicht wieder auf einen Streit mit dir ein, Mutter. Und ich will nichts mehr hören. Wenn du möchtest, dass ich bis nach Dads Operation bleibe, dann behalte deine engstirnigen Ansichten für dich." Eden schloss die Augen. „Geh jetzt lieber. Sonst kommst du zu spät zu deinem Termin mit dem Chirurgen."

Ein langes, angespanntes Schweigen folgte. Dann hörte Eden das Schließen der Haustür. Sie atmete auf. Sie fühlte sich befreit.

„Ist Grandma weg?"

Eden öffnete die Augen und blickte Megan an. „Ja."

Megan trat zu ihr und kniete sich mit besorgtem Blick neben das Sofa. „Ich habe dir einen Eisbeutel gebracht."

Eden streichelte ihr die Wange und brachte ein Lächeln zustande. „Ich glaube, meine Kopfschmerzen sind gerade zur Tür hinausgegangen."

Megans Augen funkelten. Grübchen erschienen auf ihren Wangen. „Du meinst Grandma?"

„Ja, ich meine Grandma", bestätigte Eden mit einem Anflug von Belustigung.

Megan legte ihr den Eisbeutel auf die Stirn. „Martha hat gesagt, du sollst ihn benutzen."

Die Kopfschmerzen waren bereits zu einem schwachen Pochen abgeklungen, aber die Kälte war wohltuend. „Nun, dann sollten wir lieber auf Martha hören."

„Ja." Megan stützte das Kinn in die Hand. Sie zögerte einen Moment, bevor sie fragte: „Mom, darf ich zu Brodie gehen? Er hat mich gefragt, ob ich ihm helfen will, neue Videos in die Regale zu stellen, und Martha hat Knochen für Max aufgehoben."

Eden legte erneut einen Arm über die Augen, Ihre Kehle war plötzlich wie zugeschnürt. Brodie. Sie war ihm seit jenem Zwischenfall mit Chase auf der Straße erst einmal wieder begegnet. Sie war zur Post gefahren, und er war gerade aus dem Hotel gekommen. Sobald er sie erblickt hatte, hatte er sich abgewendet und war in die andere Richtung davongeeilt. „Ja, du kannst gehen, aber komm um fünf Uhr zurück."

„Gehst du Grandpa nicht besuchen?"

„Nein. Er wird heute den ganzen Tag lang untersucht, und Grandma ist bei ihm."

Megan stand auf. „Martha hat Limonade aus frischen Zitronen gemacht. Soll ich dir ein Glas bringen?"

„Nein, danke, Honey. Ich stehe sowieso gleich auf."

„Okay. Bis nachher, Mom."

„Bis später."

Nach dem Dinner auf der Veranda blieben Eden und Martha draußen sitzen und beobachteten, wie die Dämmerung hereinbrach. Eden faltete die Hände über dem Magen und sah Martha dabei zu, wie sie an einer Decke häkelte. „Wissen Sie eigentlich, wie viele Decken Sie schon gehäkelt haben?"

Martha blickte mit funkelnden Augen auf. „Verdammt viele."

„Sie sollen doch nicht ‚verdammt' sagen. Meine Mutter wird Ihnen den Mund mit Seife auswaschen."

„Verdammt unwahrscheinlich. Sie weiß, was sie an mir hat." Martha blickte zu Megan hinüber, die an der Brüstung stand und Seifenblasen durch eine Drahtschlinge blies. „Ich habe Brodie heute gesehen", bemerkte sie betont beiläufig.

Eden legte den Kopf zurück und schloss die Augen.

„Er wirkt sehr grimmig – nur der Kleinen gegenüber ließ er sich nichts anmerken", fuhr Martha unbeirrt fort. „Er hätte einen ausgezeichneten Vater abgegeben."

Eden holte tief Luft. „Bitte nicht, Martha", flüsterte sie.

„Nun, es wird allmählich kühl. Ich gehe jetzt einen Kuchen für den alten Mr Ferris backen. Seine Frau ist im Pflegeheim, und ich glaube, er fühlt sich verdammt einsam." Sie steckte die Häkelarbeit in einen großen Leinenbeutel und stand auf. „Möchtest du mir helfen, Meggie? Du kannst den Mixer betätigen."

Eden blieb auf der Veranda sitzen, während Megan und Martha in die Küche gingen. Sie schloss die Augen, und es gelang ihr, völlig abzuschalten und an gar nichts zu denken.

Es war dunkel geworden, als sie schließlich hineinging, um Megan ins Bett zu bringen. Sie betrat die Küche und blinzelte gegen das helle Licht. Megan saß am Tisch und malte. Sie hatte ihren Pyjama an, ihr Haar war frisch gewaschen und gekämmt und ihr Gesicht blitzsauber.

„Sag bloß nicht, dass du schon gebadet hast", bemerkte Eden erstaunt. „Und ganz ohne Kampf?"

Megan malte weiter. „Martha hat gesagt, dass ich die verdammten Seifenblasen mitnehmen darf." Sie lehnte sich zurück, begutachtete ihr Werk und griff zu einem anderen Buntstift. „Sie hat gesagt, ich darf von ihr aus das ganze verdammte Badezimmer mit verdammten Seifenblasen vollmachen, weil sie morgen sauber macht."

Eden wusste, dass Megan sich absichtlich so ausdrückte, und ging auf das Spielchen ein. Sie packte sie am Nacken und schüttelte sie leicht. „Was soll ich nur mit dir tun, Miss Megan?"

Megan kicherte und zog die Schultern hoch. „Reingefallen, Mom!"

Eden beugte sich über das Bild, das unverkennbar Max darstellte. „He, das ist gut, Kind."

„Bloß sein Körper ist zu lang."

„Wo ist Martha?"

„Sie bringt den Kuchen zu Mr ... zu dem Mann."

„Möchtest du heiße Schokolade, bevor du ins Bett gehst?"

„Ja, bitte."

Die Türglocke ertönte. „Ich mache auf!", rief Megan eifrig. Sie kletterte vom Stuhl und stürmte aus der Küche.

Eden nahm gerade die Kakaodose aus dem Schrank, als sie Megan schreien hörte: „Nein! Nein! Ich gehe nicht mit!"

Erschrocken ließ Eden die Dose fallen und lief in den Flur. Sie erblasste, als sie Richard erblickte, und stellte sich schützend vor Megan.

„Du Biest!" Zornig stieß er sie zur Seite und griff nach Megan. „Du hast es mir zum letzten Mal vermasselt. Sie kommt mit mir."

In Panik warf Eden sich mit ihrem vollen Gewicht gegen ihn, sodass er Megan losließ, die sofort zur Tür hinauslief und rief: „Ich komme nicht mit dir!"

Richard wollte ihr nachlaufen, aber Eden versperrte die Tür und klammerte sich mit beiden Händen an den Rahmen. „Bist du verrückt geworden?", rief sie. „Du kannst hier nicht einfach reinplatzen und ..."

Richard griff nach ihr und stieß sie gegen die Wand. „Oh doch, ich kann", fauchte er. „Dein verdammter Bruder hat ein kleines Gespräch mit Sam Carlton bei einer verdammten Wahlveranstaltung geführt." Mit einem boshaften Grinsen stieß er sie erneut gegen die Wand. „Du erinnerst dich doch an Sam Carlton, oder? Der Seniorpartner der Kanzlei. Dein Bruder hat ihm erzählt, dass ich mit allen Frauen was anfange, die ich nur kriegen kann, einschließlich der Frau eines Partners. Leider ist Sam davon überzeugt, dass es sich um seine eigene Frau handelt."

Eden riss ruckhaft die Arme hoch, um sich aus seinem Griff zu befreien. Dann stieß sie ihn von sich und wich zurück zur Küche. „Wo liegt das Problem, Richard?", entgegnete sie scharf. „Da hat er doch den Nagel auf den Kopf getroffen."

Er hob eine Hand und holte aus, doch sie verschränkte herausfordernd die Arme vor der Brust und sagte kalt: „Schlag mich, Richard, und du hast eine Anzeige wegen Körperverletzung am Hals."

Sein Gesicht verzerrte sich zu einer hässlichen Maske. „Er hat mir gestern gekündigt. Deinetwegen bin ich arbeitslos."

„Oh, nein, Richard. Du bist deinetwegen arbeitslos, weil du deinen Reißverschluss nicht geschlossen halten kannst."

„Du wirst trotzdem dafür bezahlen. Ich nehme Megan mit, und du kannst nichts dagegen tun." Er nahm ein gefaltetes Blatt Papier aus der Innentasche seiner Anzugsjacke und hielt es hoch. „Das ist eine gerichtliche Verfügung, die mir das vorübergehende Sorgerecht bescheinigt." Er warf das Papier auf den Küchenschrank hinter ihr und zog ein weiteres Blatt hervor. „Und ich habe eine eidesstattliche Erklärung von Sharon Tattersol. Du erinnerst dich doch an sie, oder, Sweetheart? Sie ist Megans richtige Mutter." Er trat näher und hielt ihr das Blatt unter die Nase. „In dieser eidesstattlichen Erklärung gibt sie an, wer der Vater ist. Und der Vater, Darling, bin ich."

Angst um ihre Tochter verlieh Eden eine Stärke, die sie nie zuvor besessen hatte. Sie riss ihm das Papier aus der Hand, drehte sich zur Spüle um und stopfte es in den Müllschlucker. Richard zerrte sie zurück, aber es gelang ihr, den Knopf zu drücken, und mit einem lauten Brummen wurde die Erklärung vernichtet.

Mit einem zornigen Knurren griff er Eden ins Haar und zerrte ihren Kopf zurück. Er hatte die Hand erhoben und wollte gerade zuschlagen, als Brodie in die Küche stürmte, gefolgt von Martha, die eine leere Kuchenform in der Hand hielt.

Bevor Richard reagieren konnte, schnappte Brodie ihn sich. Er zwang ihn, Edens Haare loszulassen, und schleuderte ihn durch die Küche. Zwischen zusammengebissenen Zähnen stieß er hervor: „Wenn Sie sie noch einmal anfassen, Sie Schuft, kommen Sie hier nicht heil raus."

Eden schluchzte auf und klammerte sich an den Schrank, als ihre Knie plötzlich nachzugeben drohten.

Richard stand langsam auf, schüttelte den Kopf und zog seine Anzugjacke zurecht. „Sieh an, sieh an. Wer ist denn das, Süße?", fragte er mit seinem gemeinen Grinsen. „Ist das der Kerl, an den du während unserer gesamten Ehe gedacht hast, wenn wir im Bett waren?"

Brodie sah rot. Ein lebenslanger Zorn schien schließlich aus ihm hervorzubrechen. Heftig stieß er Richard zur Fliegentür hinaus. „Sie haben es jetzt nicht mehr mit einer Frau zu tun, Dodd, sondern mit mir. Lassen Sie sie und das Kind zufrieden, oder Sie lernen mich richtig kennen. Verstanden?"

Richard nickte.

Brodie gab ihm erneut einen Stoß. „Verschwinden Sie aus der Stadt, und steigen Sie in das nächste Flugzeug nach Toronto." Er hob die Fliegentür auf, die aus den Angeln geraten war, und lehnte sie gegen das Geländer, „Und glauben Sie ja nicht, dass Sie mich zum Narren halten können, Dodd. Verschwinden Sie augenblicklich." Mit einem letzten warnenden Blick wandte er sich ab und betrat das Haus.

Er griff zum Telefon auf dem Küchenschrank und wählte eine Nummer. „Martha kommt Megan holen", sagte er knapp, als Jason sich meldete. „Auf der Straße steht ein weißer Caddy. Ein Leihwagen." Er nannte das Kennzeichen und fuhr fort: „Fahr ihm nach und vergewissere dich, dass er nach Calgary fährt und dort in ein Flugzeug steigt. Gib mir Bescheid, falls er einen Umweg macht. Und falls er dir Schwierigkeiten macht, dann nimm ihn auseinander."

„Okay", erwiderte Jason.

Brodie legte den Hörer auf, strich sich mit einer Hand über das Gesicht und seufzte schwer. Dann durchquerte er die Küche und hockte sich neben Eden. Sie saß mit angezogenen Knien auf dem Fußboden und hielt sich zitternd die Hände vor das Gesicht.

Martha betrat die Küche mit einem Schal in der Hand. Er blickte zu ihr auf. „Ich möchte, dass Sie Megan aus meiner Wohnung holen und herbringen." Er unterdrückte den Zorn, der erneut in ihm aufwallte, und dachte nach. „War Richard schon mal auf Tanners Ranch?"

Martha schüttelte den Kopf. „Meistens ist Eden allein zu Besuch hergekommen, und auch das war nicht oft. Ich glaube nicht, dass er weiß, wo Tanner wohnt."

„Okay. Wenn Sie Megan geholt haben, packen Sie bitte ihre Sachen. Sobald ich von Jason gehört habe, dass Dodd einen Flug gebucht hat, bringe ich Megan und Eden zu Tanner. Ich will nicht das Risiko eingehen, dass Dodd zurückkommt und sie allein antrifft."

Martha hängte Eden den Schal um die Schultern und ging zur Tür.

„Vergewissern Sie sich, dass der weiße Wagen weg ist, bevor Sie zurückkommen!", rief Brodie ihr nach.

„Keine Sorge. Solange ich da bin, wird er die Kleine nicht wieder in die Finger kriegen."

„Gibt es irgendwelchen Alkohol im Haus?"

Wortlos eilte Martha ins Wohnzimmer und kehrte mit einer Flasche Schnaps zurück. Sie nickte Brodie aufmunternd zu und verschwand.

Eden hatte sich nicht gerührt, und sie zitterte immer noch wie Espenlaub. Er sah einen roten Abdruck von Dodds Hand auf ihrem Arm, und sein Zorn kehrte zurück. Behutsam strich er ihr das Haar zurück, schmiegte eine Hand um ihren Nacken und schüttelte sie ein wenig. „Komm, Honey, wir müssen reden, ich muss wissen, was hier vorgeht."

Eine Weile lang reagierte sie nicht. Dann holte sie tief Luft und ließ die Hände vom Gesicht sinken. Er nahm ihre Hand, half ihr auf die Füße und führte sie zum Tisch. Er drückte sie auf einen Stuhl, suchte ein Glas und schenkte einen großen Schluck Schnaps ein. „Trink, Eden", befahl er. „Sofort." Er legte ihre Finger um das Glas und wartete.

Nach einer Weile folgte sie seiner Aufforderung und leerte es in einem Zug. Ohne ihn anzusehen, stellte sie das Glas ab. Sie verschränkte die Arme auf dem Tisch und ließ den Kopf darauf ruhen. Brodie zog den Schal fester um ihre Schultern und strich ihr über das Haar.

Da hörte er das Öffnen der Haustür. Er drehte er sich um, als Megan gerade in die Küche rannte. Ihr Gesicht war verquollen vom Weinen, und in ihren Augen lag Angst. Bevor sie Eden erreichte, hob er sie auf die Arme. „Ganz ruhig, Meg", murmelte er. „Es ist alles okay."

Martha bedeutete ihm, ihr zu folgen, und führte ihn über den Flur in eine Bibliothek. Er setzte sich in einen großen Ledersessel, rückte Megan auf seinem Schoß zurecht und drückte ihr Gesicht an seine Brust. „Du musst mir jetzt gut zuhören, Wicht", sagte er sanft. „Deine Mom ist ziemlich aufgeregt und braucht einen Moment, um sich zu beruhigen, okay?"

Sie holte tief Luft, nickte und flüsterte: „Okay."

„Ich weiß, dass du Angst hast, aber ich brauche deine Hilfe." Megan schlang die Arme um seinen Nacken und klammerte sich an ihn.

„Dein Dad …"

„Er ist nicht mein Dad", unterbrach sie ihn.

Er drückte sie noch fester an sich; „Okay. Richard ist auf dem Weg nach Toronto. Jason folgt ihm nach Calgary und passt auf, dass er wirklich ins Flugzeug steigt. Martha packt deine Sachen und die von deiner Mom, und dann bringe ich euch zu Tanner."

Megan wischte sich das Gesicht an seinem Hemd ab. Dann setzte sie sich mit erleichtertem Blick auf. „Damit er uns nicht finden kann?"

„Genau."

Sie spielte mit einem Knopf seines Hemdes. Dann blickte sie trotzig zu ihm auf. „Er kann mich nicht zwingen, mit ihm zu gehen. Ich schreie und trete, wenn er es versucht."

Brodie musterte sie amüsiert. Er zweifelte nicht an ihrem Kampfgeist.

„Ich tue es wirklich."

„Das weiß ich." Er berührte ihre Nasenspitze. „Macht es dir sehr viel aus, wenn du nicht sofort mit deiner Mom redest?"

Sie spielte erneut mit dem Knopf und schüttelte den Kopf.

„Glaubst du, dass du Martha helfen kannst, alles einzupacken, was deine Mom braucht?"

Megan nickte, glitt von seinem Schoß und nahm Martha bei der Hand. An der Tür drehte sie sich zu Brodie um und fragte mit ängstlicher Miene und Tränen in den Augen: „Was ist, wenn er wiederkommt, und du bist nicht da?"

Brodie stand auf, nahm eine kleine Karte aus seiner Brieftasche und reichte sie ihr. „Darauf stehen all die Telefonnummern, unter denen du mich erreichen kannst. Vom Videoverleih, vom Hotel, vom Handy und von meiner Wohnung. Wenn du mich nicht persönlich erwischst, dann hinterlässt du eine Nachricht. Aber sag auf alle Fälle, wo du bist und wie ich dich erreichen kann, okay?"

Megan nickte stumm.

„Weißt du, wie man ein Ferngespräch führt?"

Sie nickt erneut. „Mom hat mich immer wählen lassen, wenn sie Onkel Tanner oder Onkel Chase anrufen wollte. Und sie hat mir auch gezeigt, wie man ein R-Gespräch anmeldet."

Er hockte sich vor sie und streichelte ihre Wange. „Braves Mädchen. Es war wirklich schlau von dir, dass du Hilfe geholt hast. Wenn du mich je wieder brauchst, musst du nur anrufen. Egal, wie spät es ist oder wo du gerade bist. Du rufst an, und ich komme, so schnell ich kann."

Sie starrte auf die Karte und kämpfte mit den Tränen. Schließlich blickte sie zu ihm auf und fragte zittrig: „Schwörst du es?"

Mit ernster Miene legte Brodie eine Hand aufs Herz. „Ich schwöre es."

Sie kicherte zu seiner Überraschung, schlang die Arme um seinen Nacken und drückte ihn mit überraschender Stärke. „Danke, Brodie. Jetzt habe ich nicht mehr so doll Angst."

Er schloss die Augen und schluckte gerührt. „Gut. Du bist ein sehr tapferer Wicht." Er drückte sie noch einmal an sich, stand auf und blickte Martha an. „Sie sollten Tanner anrufen und ihn informieren. Es könnte spät werden, bis wir bei ihm eintreffen."

Martha nickte und nahm Megan bei der Hand. „Komm, Kleines, machen wir uns an die Arbeit."

Mit einem tiefen Seufzer kehrte Brodie in die Küche zurück. Eden saß noch immer am Tisch, aber sie hatte den Kopf gehoben und drehte das leere Glas zwischen den Fingern. Sie war so gedankenverloren, dass ihr seine Anwesenheit gar nicht bewusst wurde.

Mit einem zweiten Glas und der Flasche setzte er sich ihr gegenüber. Er schenkte ihr nach und goss sich ebenfalls einen kräftigen Schluck ein.

Ihr bleiches Gesicht wirkte völlig ausdruckslos. Mechanisch griff sie zum Glas und nahm einen Schluck. „Wo ist Megan?", fragte sie tonlos.

„Oben bei Martha."

Eden hob erneut das Glas und leerte es.

Brodie nahm ebenfalls einen Schluck und fragte dann: „Was war heute Abend hier los?"

„Er hatte eine gerichtliche Verfügung dabei, um Megan mitnehmen zu können."

„Wo ist sie?"

„Auf dem Küchenschrank."

Er holte das Papier, las es und legte es mit zorniger Miene vor Eden auf den Tisch. „Sieh es dir an", befahl er schroff.

Sie tat es und blickte dann verständnislos zu ihm auf.

„Es ist zwar eine gerichtliche Verfügung, aber sie ist nicht unterschrieben", erklärte er. „Er hat versucht, dich zu bluffen, Eden. Der Wisch ist völlig wertlos."

Sie schlang die Arme um sich selbst und schloss die Augen.

Brodie leerte sein Glas und schenkte sich nach. „Was geht hier vor, Mac? Du bist schon seit anderthalb Monaten hier. Warum hat er gerade jetzt beschlossen, dir Probleme zu machen?"

Eden zog den Schal fester um die Schultern und heftete den Blick auf ihr Glas. „Richards Vorgesetzter Sam Carlton hat bei einer Wahlveranstaltung von Milt erfahren, dass Richard eine Affäre mit seiner Frau hatte. Ich wusste davon. Er hatte die Güte, mir seine Affären zu beichten, nachdem ich die Scheidung verlangte." Sie seufzte. „Sam hat Richard fristlos entlassen."

„Das ist Richards Problem. Es hat nichts damit zu tun, dass du das Sorgerecht hast."

Plötzlich füllten sich ihre Augen mit Tränen. Sie wandte den Blick ab und presste eine Hand auf den Mund.

Er konnte es nicht ertragen, sie so verzweifelt zu sehen. Er nahm ihre andere Hand, drückte sie sanft und sagte beruhigend: „He, keine Sorge. Er kann gar nichts ausrichten, und das weiß er."

Eden drehte die Hand in seiner um und klammerte sich an ihn. „Aber das ist noch nicht alles", flüsterte sie und blickte ihn angsterfüllt an. „Er hat eine eidesstattliche Erklärung von Megans richtiger Mutter mitgebracht, in der sie beschwört, dass er der Vater ist."

Brodie starrte sie entgeistert an. „Wo ist diese Erklärung?"

„Im Müllschlucker."

„Wie bitte?"

Eden wischte sich über die Augen und erklärte trotzig: „Er hat sie mir unter die Nase gehalten, also habe ich sie mir geschnappt und in den Müllschlucker gestopft."

Brodie lachte, zum ersten Mal seit geraumer Zeit.

Nun musste auch sie unwillkürlich lächeln, doch sie protestierte: „Das ist überhaupt nicht witzig, Malone."

„Gut gemacht, Mac", sagte er anerkennend. „Den Beweis zerstört. Das muss ihn schwer getroffen haben."

Abrupt wurde sie ernst und wandte den Blick ab.

„Macht es dir viel aus, wenn es wirklich stimmt?"

„Nein. Es macht mir überhaupt nichts aus. Sie ist meine Tochter, und ich habe sie lieb. Aber ich weiß nicht, was werden soll, wenn er sie mir wegnimmt."

Erneut überkam ihn ein unbändiger Zorn auf Dodd, doch es gelang ihm, ruhig zu entgegnen: „Er kommt nicht damit durch. Da kann er Beweise beibringen, soviel er will. Es braucht nur einen guten Anwalt, um ihn vor Gericht zu Fall zu bringen. Und es ist verdammt unwichtig, ob er wirklich der Vater ist oder nicht. Es gibt keinen Richter in diesem Land, der sein Spielchen nicht durchschauen würde. Dodd geht es nicht um Megan. Es ist nur ein Racheakt gegen dich. Außerdem könnte es ein Bluff sein, genau wie die gerichtliche Verfügung." Er hielt einen Moment inne, bevor er ihr sanft riet: „Lass dich nicht von ihm terrorisieren, Eden."

Mit einem tiefen Seufzer fragte sie: „Was soll ich Meg sagen?"

„Die Wahrheit. Sie ist zäh und klug, und sie weiß, wie er ist. Das Wichtigste ist momentan, euch an einen sicheren Ort zu bringen, wo er sie nicht …"

Das Klingeln des Telefons unterbrach ihn. Er blickte zur Uhr. Eine Stunde war vergangen, seit er Jason losgeschickt hatte. Zu früh für eine gute Nachricht. Besorgt griff er zum Hörer.

Tanner McCall meldete sich und verkündete: „Ich habe gerade mit Chase telefoniert. Er ist unterwegs. Wir müssten beide in zwanzig Minuten eintreffen."

„Sie holen sie ab?"

„Ja", bestätigte Tanner. „Bis gleich."

Brodie legte den Hörer auf. Er sah die Angst in Edens Gesicht und erklärte: „Das war Tanner."

Sie atmete erleichtert auf. „Was wollte er?"

„Er kommt her, um euch auf die Ranch zu holen."

„Das geht nicht. Sie haben das Haus schon voll, und …"

„Du fährst mit ihm, Eden. Nach allem, was heute passiert ist, kannst du nicht hierbleiben."

Tränen stiegen ihr in die Augen. „Richard hat sich noch nie so verhalten", flüsterte sie. „Ich habe ihn noch nie so erlebt."

„Und deswegen fährst du mit Tanner", entgegnete Brodie schroff. Er wusste nicht, warum er plötzlich zornig auf sie war. Vielleicht lag es daran, dass Zorn wie ein Schutzschild wirkte und all seine anderen Gefühle überlagerte. Und wenn es um Eden ging, brauchte er Schutz vor seinen eigenen Gefühlen.

12. KAPITEL

Müdigkeit und dumpfe Kopfschmerzen plagten Brodie, als er die Bar betrat. Es war kein Wunder. Der Zorn auf Dodd hatte ihn die ganze Nacht lang wach gehalten und den ganzen Tag über beschäftigt. Er hatte als Kind hinreichend Gewalttätigkeiten erlebt und verabscheute sie heute ebenso wie damals.

Er schenkte sich ein Bier ein und setzte sich auf einen Hocker. Nach einem großen Schluck stützte er die Arme auf die Theke und wischte den Schaum vom Glas. Das Telefon stand neben ihm. Einen flüchtigen Moment lang spielte er mit dem Gedanken, auf der Circle S anzurufen. Dann schüttelte er den Kopf und nahm einen weiteren Schluck.

Erneut dachte er zurück an den vergangenen Abend. Es würde lange dauern, bis er die Wut überwinden konnte, die Dodd in ihm geweckt hatte. Sie war nur wenig abgeklungen, als Jason angerufen und bestätigt hatte, dass Dodd auf dem Weg nach Toronto war.

Als Chase und Tanner eingetroffen waren, hatte Brodie ihnen kurz von den Vorfällen berichtet und war nach Hause gegangen. Er hatte sich einen Trainingsanzug angezogen und bis zur Erschöpfung gejoggt.

An diesem Morgen war er erneut gerannt, aber er konnte seine Gefühle nicht abschütteln. Er brauchte nur an Dodd zu denken, um erneut in Wut zu geraten;

„Was ist los, Malone?", fragte Ruby, als sie mit einem Tablett voller Gläser hinter die Bar trat. „Hat jemand dein Lieblingsspielzeug kaputt gemacht?"

Brodie ignorierte sie und nahm noch einen Schluck. Verdammt, konnte sie ihn keine fünf Minuten in Ruhe lassen?

Ruby hob sein Glas, wischte den Schaum vom Tresen und legte demonstrativ einen Bierdeckel hin, auf den sie das Glas stellte.

„Lass das, Ruby", fauchte er. „Und hör auf, mich wie ein rotznäsiges Kind zu behandeln."

„Tja, wenn du dich wie ein rotznäsiges Kind benimmst, wirst du wie eins behandelt. Du machst dir ins Hemd, seit Eden McCall in der Stadt aufgetaucht ist."

„Es hat nichts mit Eden zu tun, Ruby Jean. Es geht darum, dass sich die Leute um ihre eigenen Angelegenheiten kümmern sollten."

Sie nahm sein Glas und füllte es. „Mir kannst du nichts vormachen. Ich erinnere mich sehr gut, wie dick befreundet ihr wart – wie ihr auf deiner Harley herumgefahren und euch in Nebengassen herumgedrückt habt. Ich habe immer vermutet, dass ihr Vater sie deinetwegen ins Internat gesteckt hat." Sie ignorierte seinen finsteren Blick. „Was ist passiert, Malone? Bist du wieder mal abgesprungen?"

„Nein, Mutter, ich bin nicht abgesprungen", entgegnete er schroff. „Ich bin nicht geeignet für eine McCall."

„Rede dir nicht solchen Unsinn ein", entgegnete Ruby ernst. „Du hattest schon immer solche Komplexe, dass du den Sumpf vor lauter Alligatoren nicht gesehen hast."

„Du weißt ja nicht, wovon du redest."

„Damals musstest du schon immer deinen Kopf durchsetzen", beharrte sie. „Du hast nichts getan, um es Eden zu erleichtern. Du hast dir nicht die Haare schneiden lassen oder dein Motorrad stehen lassen. Alles musste zu deinen Bedingungen ablaufen. Mein Großvater pflegte immer zu sagen, dass nie einer allein die Schuld trägt, und dass man Manns genug sein muss, um seinen Anteil auf sich zu nehmen. Vielleicht solltest du alles noch mal genauer unter die Lupe nehmen, Malone."

Jemand betrat die Bar. Ruby blickte mit neugieriger Miene zum Eingang. „Malone?"

Er hatte genug von ihren Belehrungen, „Was ist?", fauchte er.

„Ist die Prämie für deine Lebensversicherung bezahlt?"

Er schloss die Augen und zählte im Stillen bis zehn. „Wovon redest du da, Ruby Jean?"

„Chase und Tanner sind gerade reingekommen, und ihren Gesichtern nach zu urteilen, wollen sie keinen Tee trinken."

Brodie musste unwillkürlich lächeln. „Haben sie Gewehre dabei?"

„Nein. Heißt das, dass es ein Freundschaftsbesuch ist?"

Brodie seufzte übertrieben. „Warum suchst du dir nicht ein paar schmutzige Aschenbecher, die du ausleeren kannst? Oder irgendeinen alten Rancher zum Flirten?"

Sie grinste, wandte sich ab und ging zu einem besetzten Tisch in einer Ecke.

Brodie drehte sich auf dem Hocker um und blickte den beiden McCalls entgegen. „Chase. Tanner. Kann ich Ihnen ein Bier holen?"

Tanner deutete auf einen Tisch, „Wir möchten ein paar Dinge mit Ihnen besprechen."

Ruby kehrte hinter die Bar zurück. Brodie bestellte drei Bier und folgte Edens Brüdern an den Tisch. Seine Kopfschmerzen verstärkten sich. Er wartete, bis das Bier serviert war, und fragte dann in gelassenem Ton: „Was gibt's?"

Tanner nahm einen Schluck. „Wir wollten wissen, ob Dodd irgendetwas gesagt hat. Ob er Drohungen ausgesprochen oder angedeutet hat, was er als Nächstes vorhat."

„Dazu habe ich ihm nicht viel Gelegenheit gegeben. Aber nein, er hat nicht viel gesagt." Doch Brodie erinnerte sich an die Bemerkung, ob er der Mann sei, an den Eden während der gesamten Ehe gedacht hatte. Die Erinnerung erweckte ein heftiges Gefühl in ihm, das er verbarg. „Warum?"

Chase grinste. „Vor allem, weil ich den Kerl in die Finger kriegen und mit dem Kopf zuerst in den Boden rammen möchte."

Mit einem Anflug von Belustigung dachte Brodie, dass er gern dabei wäre, falls Chase jemals die Gelegenheit erhielt.

Tanner verkündete ernst: „Leider ist Edens Anwalt auf Urlaub, ebenso wie Richards, und Richard geht nicht ans Telefon. Eden hat die ganze Nacht auf der Veranda verbracht und die Straße beobachtet. Ich glaube nicht, dass sie es noch lange verkraftet, und ich möchte dem ein Ende setzen." Er seufzte. „Aber sie kann nichts unternehmen, bis ihr Anwalt zurück ist. Ich befürchte, dass Richard zurückkommt. Wenn ja, nimmt er sich wahrscheinlich hier ein Zimmer."

„Wenn er das tut, dann verlässt er das Hotel auf einer Trage."

Chase grinste. „Verdammt, Sie enttäuschen mich, Malone. Ich dachte eher an einen Leichensack."

Tanner stand auf. „Sie geben uns Bescheid?"

„Ja."

„Machen wir uns auf den Weg, Chase. Wir haben morgen einen harten Tag auf der Ranch."

Chase leerte sein Glas, setzte sich den Hut tief in die Stirn und verkündete: „Sie können jederzeit auf mich zählen, Malone." Dann folgte er seinem Bruder. „Und danke für das Bier."

Brodie blickte ihnen nach. Wieder verspürte er dieses vertraute Gefühl der inneren Leere. Er fragte sich, ob Eden auch in dieser Nacht auf der Veranda sitzen und die Straße beobachten würde. Es war zwei Uhr morgens durch, als Brodie die Bar schloss und nach Hause ging. Die Stadt schlief bereits. Der Himmel war sternenklar, und die Luft roch nach Herbst.

In der Wohnung war es still. Das Lämpchen am Anrufbeantworter blinkte, und über dem Küchenschrank brannte eine Lampe und beleuchtete einen großen, braunen Umschlag und einen Zettel, auf dem stand: Tanner und Chase waren hier. Habe sie ins Hotel geschickt. Der Jeep hat einen Platten. Habe ihn in die Werkstatt gebracht. Eden hat angerufen. Habe ihr gesagt, dass du gegen zwei zurück bist. Jase.

Brodie fluchte und blickte zur Uhr. Es war zwanzig nach zwei. Enttäuschung stieg in ihm auf. Die ganze Zeit hatte er darauf gewartet, dass Eden den nächsten Schritt unternahm. Seit jenem letzten gemeinsamen Morgen hoffte er, dass sie zu ihm kam.

Er ging zum Anrufbeantworter und drückte die Abspieltaste. Nur ein Knacken ertönte, aufgenommen um 2:05 Uhr. Er hatte Edens Anruf um fünfzehn Minuten verpasst. Es war zu spät, um sie zurückzurufen. Er wusste es. Aber er verspürte einen heftigen Drang dazu.

Um das plötzliche Gefühl der Leere zu vertreiben, ging er ins Badezimmer. Er wollte schnell duschen, bevor er ins Bett ging und hoffentlich Schlaf fand.

Gerade hatte er das Wasser wieder abgedreht, als er das Telefon klingeln hörte. Er schnappte sich ein Handtuch, stürmte ins Schlafzimmer und griff zum Hörer. Sein Herz hämmerte. „Malone."

„Hier ist Eden", sagte sie sehr leise. „Ich weiß, dass es sehr spät ist, aber …" Sie holte tief Luft. Dann fuhr sie mit etwas kräftigerer Stimme fort: „Ich wollte dir danken. Ich war gestern Abend ziemlich fertig, und du bist gegangen, bevor …" Sie hielt inne, und er spürte, dass sie geweint hatte. „Und ich wollte dir sagen, wie leid es mir tut, dass du in die ganze Geschichte hingezogen wurdest."

„He, McCall", entgegnete er mit erzwungener Gelassenheit. „Mach keinen Elefanten aus einer Mücke. Es war nichts Besonderes."

„Doch", entgegnete sie mit brüchiger Stimme. „Du bist immer für mich da, wenn ich dich brauche."

Ein unbehagliches Gefühl beschlich Brodie. Es stimmte nicht. Er war nie für sie da, wenn sie ihn wirklich brauchte, weil er seinen verdammten Stolz nicht überwinden konnte. Damals vor siebzehn Jahren, als er in der Aufmachung eines Gammlers in ihrer Privatschule aufgetaucht war, hatte sie zwar beschämt gewirkt, aber er war es, der fortgegangen und nie zurückgekehrt war.

„Brodie? Bist du noch da?"

„Ja, ich bin noch da."

„Ich wollte dir nur danken. Ich weiß, dass du wahrscheinlich schon im Bett bist, und …"

Sein Herz begann zu pochen. Aus irgendeinem Grunde konnte er sie noch nicht auflegen lassen. „Wie geht es Meg?", warf er ein.

Eden seufzte. „Sie ist ziemlich aufgeregt wegen Richard, aber ansonsten ist alles klar."

„Und wie geht es dir?"

„Ganz gut." Nach einer kurzen Pause fügte sie mutlos hinzu: „Mir wäre wohler, wenn ich mit meinem Anwalt sprechen könnte. Aber er kommt erst in zwei Wochen zurück. Und Richards Anwalt ist auch verreist. Ich muss wohl abwarten."

„Du solltest ins Bett gehen, Mac."

„Ich weiß. Aber ich musste einfach vorher mit dir reden."

Ihm wurde bewusst, wie sehr er sie im Stich gelassen hatte. „Schlaf gut", sagte er mit belegter Stimme. „Wir sprechen uns später."

Dann legte er den Hörer auf, lehnte sich zurück an das Kopfende und schloss die Augen. Warum hatte er es vorher nicht erkannt? Vielleicht hatte Rubys Bemerkung über beidseitige Schuld ihm die Augen geöffnet. Oder vielleicht war er eine Menge alten Schund losgeworden, als er Dodd zur Tür hinausgeworfen hatte. Und vielleicht war er einfach ein egoistischer Schuft, der sie erst zweimal verlieren musste, um endlich zu begreifen. Er hatte ebenso viel Schuld wie sie. Vielleicht sogar mehr.

Er öffnete die Augen und starrte vor sich hin. Das Licht aus dem Badezimmer fiel auf die Kommode. Das Armband aus Montana lag in der Sockenschublade. Das Armband, das er gekauft hatte, weil die Edelsteine den Farbton ihrer Augen hatten.

Eines Tages wollte er ihr dieses Armband schenken. Doch zuvor musste er einige Ungerechtigkeiten bereinigen. Er konnte nicht die Zeit zurückdrehen und die Vergangenheit ändern, aber vielleicht konnte er die Gegenwart beeinflussen. Es musste einen Weg geben, ihr Dodd vom Hals zu schaffen. Vielleicht hatte er dann das Recht, ihr seine Liebe zu gestehen. Er schluckte schwer und schloss die Augen. Es war an der Zeit, sich einzugestehen, dass er nie aufgehört hatte, sie zu lieben.

Brodie hatte Großstädte nie besonders gemocht. Und nach vierzehn Tagen in Toronto mochte er sie noch weniger. Es war heiß. Es war feucht. Der ständige Lärm ging ihm auf die Nerven. Er dachte zurück an die Bohrinsel in der Nordsee, an das ständige Donnern der Wellen, das ständige Dröhnen des Bohrers. Damals hatte er selbst bei dem schlimmsten Unwetter schlafen können. Nun jedoch hielt ihn der Lärm wach.

Die grellen Lichter der Stadt störten ihn. Er wandte sich vom Fenster seines Hotelzimmers ab, zog sich aus und legte sich auf das Bett.

Vierzehn Tage. Es erschien ihm wie hundert. Aber in diesen vierzehn Tagen hatte er mehr über Richard William Dodd erfahren, als ihm lieb war.

Ken Smith, dem von ihm beauftragten Privatdetektiv, war Edens Scheidungsregelung sehr verdächtig erschienen, und er hatte in Erfahrung gebracht, dass Dodd und Edens Anwalt Jackson R. Marcus zusammen die Universität besucht hatten und sehr dick befreundet waren.

Auf Anraten von Ken Smith hatte Brodie dann diesen Anwalt aufgesucht. Er hatte gewusst, dass Jackson R. Marcus nicht mit ihm über Edens Fall diskutieren würde, und war unter dem Vorwand hingegangen, selbst eine Scheidung beantragen zu wollen, nur um sich ein Bild von ihm zu machen. Nach dieser Begegnung mit dem Anwalt ahnte Brodie, wie faul die Sache war. Marcus wirkte auf ihn aalglatt und gerissen und auf den ersten Blick unsympathisch.

Brodie verschränkte die Arme hinter dem Kopf und starrte an die Decke. Seine Augen brannten vor Müdigkeit. Der wenige Schlaf, den er in letzter Zeit fand, wurde von beunruhigenden Träumen gestört. Träumen aus seiner Kindheit, von seiner Mutter, von Eden.

Trotz seiner Erschöpfung vermochte er nicht stillzuliegen. Er trat erneut ans Fenster und starrte gedankenverloren hinaus. Nicht nur durch das Problem mit Edens Anwalt fühlte er sich wie ein gefangenes Tier. Er trieb außerdem umfangreiche Seelenforschung, seit er sich in Toronto aufhielt, und ihm gefiel nicht, was dabei herauskam.

Rubys Bemerkungen, dass alles stets nach seiner Nase gehen musste, und dass die Schuld immer beide Parteien trifft, hatten ihn aufgerüttelt. Denn sie hatte recht. Er hatte sich nie bemüht, Eden die Situation zu erleichtern. Nicht vor siebzehn Jahren und nicht in den vergangenen Wochen. Hätte er sich an jenem Morgen in seiner Wohnung anders verhalten, hätte er sie nicht bedrängt, sondern ihre Bedingungen akzeptiert, wäre er nun nicht allein mit diesem Gefühl der inneren Leere.

Er seufzte schwer. Zu schade, dass Ruby ihm nicht schon vor Jahren den Kopf zurechtgerückt hatte. Ihre Ausführungen leuchteten ihm überwiegend ein. Alles ergab allmählich einen Sinn. Vielleicht kämpfte er ständig gegen die falschen Dinge.

Das Klingeln des Telefons unterbrach seine Überlegungen. Er blickte zur Uhr. Es war nach Mitternacht. Er griff zum Hörer. „Malone."

„Ich habe nachgedacht", verkündete Ken Smith ohne Vorrede.

„Ich zahle Ihnen acht Dollar pro Stunde. Dafür sollten Sie auch nachdenken."

Ken lachte. „Ich habe einen Plan, um diesen Schuft ranzukriegen." Brodie horchte auf. „Was für einen Plan?"

„Sie haben doch erwähnt, dass Sam Carlton der Vorgesetzte ist, der Dodd gefeuert hat. Da ich nichts Besseres zu tun hatte, habe ich ihn überprüft. Wussten Sie, dass er von den letzten siebenundzwanzig Prozessen nicht einen einzigen verloren hat? Das ist äußerst beachtlich, Malone. Und wahrscheinlich ist er ein Mann, der gern alte Rechnungen begleicht. Also frage ich mich, ob eine Möglichkeit besteht, ihn wegen dieses Sorgerechtsstreits auf Dodd anzusetzen."

Brodies Müdigkeit war schlagartig verschwunden. „Ja, ich glaube, diese Möglichkeit besteht."

„Wie wäre es, wenn wir uns zum Frühstück treffen und eine Strategie ausarbeiten?"

Brodie hatte das Gefühl, endlich ein Licht am Ende des Tunnels zu sehen. „Das klingt großartig."

Drei Tage später betrat Brodie Sam Carltons gediegenes Büro. Ein Blick auf den Anwalt vertrieb all seine Spannungen. Ergraute Schläfen, distinguiert, die Augen eines Adlers. Dieser Mann besaß Macht und wusste sie einzusetzen.

„Nehmen Sie bitte Platz, Mr Malone", sagte Sam und deutete auf einen Ledersessel vor seinem Schreibtisch. „Was kann ich für Sie tun?"

Brodie stellte die Aktentasche mit all den Informationen, die Ken Smith ausgegraben hatte, auf den Fußboden. Er setzte sich und erklärte ohne Umschweife: „Ich möchte, dass Sie Richard William Dodd einen Dämpfer verpassen."

Sam Carlton starrte ihn sekundenlang an. Dann lehnte er sich zurück und lächelte: „Ich höre."

Eine Stunde später stand Brodie am Fenster. Sam Carlton saß noch immer am Schreibtisch und las das letzte der Dokumente, die Brodie ihm gegeben hatte. Schließlich nahm er die Brille ab und lehnte sich zurück. „Sie haben gute Arbeit geleistet, Mr Malone. Um es salopp auszudrücken: Wir haben ihn beim Wickel."

Brodie drehte sich zu ihm um.

Mit zufrieden funkelnden Augen fuhr Sam fort: „Setzen Sie sich, mein Freund. Die Show kann beginnen." Er setzte sich die Brille wieder auf und griff zum Telefon. „Erica rufen Sie bitte Jackson Marcus an. Sagen Sie ihm, dass es dringend ist."

Zwei Minuten später klingelte das Telefon. Brodies Herz begann zu pochen. Sam Carlton nahm den Hörer ab und meldete sich mit einem kalten Lächeln. „Jackson, haben Sie eine Minute Zeit für mich? Ich bin gerade beauftragt worden, Eden Eleanor McCall zu vertreten. Wie ich hörte, haben Sie vor einigen Monaten ihre Scheidung bearbeitet."

Nach einer Pause fuhr Sam fort: „Nein, Mrs McCall ist nicht meine Klientin. Ich bin von jemand anderem beauftragt worden." Erneut folgte eine Pause. Ich würde sagen, dass Sie in einem Interessenkonflikt gestanden haben." Ich kann vor Gericht beweisen, dass Sie und ihr Exmann auf eine lange, lukrative Verbindung zurückblicken." Seine Miene verhärtete sich. „Ich empfehle Ihnen, mich nicht zu unterbrechen, Jackson. Ich habe die Unterlagen über Mrs McCalls Scheidung vor mir liegen." Seine Miene wurde noch härter. „Wie ich sie bekommen habe, tut nichts zur Sache. Für mich hat es den Anschein, dass Sie Ihre Klientin nicht mit der nötigen Sorgfaltspflicht vertreten haben. Ich wage sogar zu behaupten, dass Sie und ihr Ex-Mann sie regelrecht ausgenommen haben."

Brodie verfolgte das Gespräch voller Spannung und mit wachsender Hoffnung.

Mit einem gereizten Seufzer fuhr Carlton fort: „Jackson, ich habe nicht die Absicht, die Scheidungsregelung anzufechten. Nicht, solange Ihr Kollege sich als kooperativ erweist. Ich bin in der Sorgerechtsfrage für Megan Anne McCall beauftragt worden. Offensichtlich hat Ihr Freund Mrs McCall bedroht … Es gefällt mir nicht, wenn Sie mich unterbrechen, Jackson. Ich will, dass Sie und Richard Dodd morgen früh um neun in meinem Büro erscheinen. Ich will weiterhin, dass er jegliche Ansprüche auf das Kind abtritt und diesen Unsinn vergisst, dass er der Erzeuger ist – ob es nun stimmt oder nicht. Ich will von ihm außerdem eine hübsche Summe für die Ausbildung des Kindes und eine weitere als Schadensersatz für Mrs McCall."

Sam blickte Brodie an, zwinkerte ihm zu und fuhr fort: „Nein, Jackson. ,Ich werde sehen, was ich tun kann', reicht mir nicht. Sie und Mr Dodd werden morgen früh hier erscheinen. Andernfalls müsste ich Sie beide der Anwaltskammer melden." Er lächelte und fügte in plötzlich herzlichem Ton hinzu: „Prima, Jackson. Bis morgen also."

Behutsam legte er den Hörer zurück auf die Gabel. Seine Augen funkelten vor Genugtuung. „Ich wage zu behaupten, dass wir gut im Rennen liegen. Die beiden haben sehr viel zu verlieren. Wenn die Sache vor Gericht geht, sind beide ruiniert, und das weiß Marcus genau." Er beugte sich vor und öffnete eine kunstvoll geschnitzte Schachtel auf seinem Schreibtisch. „Nehmen Sie eine Zigarre, mein Freund." Er wählte eine aus, entfernte die Zellophanhülle, schnitt ein Ende ab und entzündete sie mit einem goldenen Feuerzeug. Dann lehnte er sich zurück und stieß eine blaue Rauchwolke aus. „Ich möchte gern erfahren, warum Sie das tun, wenn Sie nichts dagegen haben."

Brodie senkte den Blick, nahm sich eine Zigarre und entfernte die Hülle. „Ich bin es der Dame schuldig", sagte er in rauem Ton.

Carlton verschränkte die Arme vor der Brust und musterte Brodie durch eine Rauchwolke. Er sagte nichts.

Brodie entzündete die Zigarre, begegnete Carltons Blick und verspürte einen Anflug von Belustigung. Er wusste nicht recht, warum er sich diesem Mann gegenüber so behaglich fühlte. Vielleicht waren sie von einem Schlag.

„Weiß sie, dass Sie hier sind?"

„Nein." Brodie beugte sich vor und schnippte Asche in den Kristallbehälter. „Ich würde gern über Ihr Honorar sprechen."

Carlton bedachte ihn mit einem durchdringenden Blick. „Sie haben das Pferd beim Schwanz aufgezäumt, wie?" Er nahm die Zigarre aus dem Mund und schnippte die Asche in einen Blumentopf neben seinem Stuhl. „Die meisten Klienten wollen als Erstes das Honorar besprechen. Sie dagegen sind mit einer ganz anderen Tagesordnung hergekommen."

Brodie blickte ihn wortlos an.

Carlton nahm erneut die Zigarre aus dem Mund und betrachtete die Glut. „Sie wollen also über das Honorar reden."

„Ja", bestätigte Brodie tonlos. Er war sich nicht mehr so sicher, ob er diesen Mann wirklich mochte.

Carlton schwieg einen Moment lang. Dann grinste er plötzlich. „Dieser Fall geht aufs Haus, Mr Malone." Er paffte an seiner Zigarre und blies mit zufriedener Miene den Rauch zur Decke. „Ehrlich gesagt ist mir dieser Auftrag ein reines Vergnügen."

13. KAPITEL

Drei Wochen waren seit Brodies Abreise aus Bolton vergangen. In seiner Aktentasche befanden sich beglaubigte Kopien der Dokumente, in denen Richard Dodd sich verpflichtete, Eden das alleinige Sorgerecht für Megan zu überlassen und sie künftig in Ruhe zu lassen. Außerdem enthielt sie zwei bankbestätigte Schecks in Höhe von jeweils fünfzehntausend Dollar von Dodd. Der eine war auf Megan ausgestellt und der andere auf Eden.

Es war zwei Uhr morgens durch, als Brodie in Calgary aus dem Flugzeug stieg. Jason holte ihn am Flughafen ab. „Hat sie das Kind?", erkundigte er sich, sobald Brodie in den Wagen gestiegen war.

„Ja, sie hat das Kind."

Es war bereits nach vier Uhr, als sie in Bolton eintrafen. Jason trug Brodies Gepäck in die Wohnung und verkündete: „Ich haue mich aufs Ohr. Ich habe Lydia versprochen, morgen früh die Videothek zu übernehmen."

Brodie nickte nur geistesabwesend und trat ans Wohnzimmerfenster. Er war so erschöpft, dass er kaum klar denken konnte. Doch er wusste, dass er keinen Schlaf fand, solange er Eden die Dokumente nicht überreicht hatte.

Um sechs Uhr morgens ging er sich schließlich waschen und umziehen. Um halb sieben traf er auf der Circle S ein. Mit dem Umschlag in der Hand stieg er aus dem Wagen und näherte sich zögernd dem Ranchhaus.

Die Haustür öffnete sich, und Tanner erschien. Mit überraschter Miene blieb er stehen und murmelte: „Hallo, Brodie."

„Ich möchte gern mit Eden sprechen", erklärte Brodie nervös.

Tanner musterte ihn einen Moment, öffnete dann die Tür weiter. „Kommen Sie rein. Sie sehen aus, als könnten Sie einen heißen Kaffee gebrauchen."

Sie betraten die Küche. Kate, die gerade den Geschirrspüler einräumte, blickte erstaunt auf. Wortlos zog Tanner einen Stuhl für Brodie und einen für sich selbst unter dem Tisch hervor und setzte sich.

Brodie legte den Umschlag und die Arme auf den Tisch und starrte hinab auf seine Hände. Eine Tasse Kaffee wurde ihm vorgesetzt. Er blickte auf und wollte dankbar lächeln, aber es gelang ihm nicht. Erneut starrte er auf seine Hände. Er wusste, dass Tanner auf eine Erklärung wartete.

„Ich habe die letzten drei Wochen in Toronto verbracht", begann er.

Und dann, ohne aufzublicken, berichtete er von seinen Verhandlungen mit Ken Smith und Sam Carlton ebenso wie von seinem törichten Verhalten vor siebzehn Jahren. Er ließ nichts aus. Als er endete, schob er den Umschlag über den Tisch. „Das sind beglaubigte Kopien der Dokumente, die Richard unterschreiben musste. Ich möchte sie Eden geben." Müde hob er den Kopf.

Kate blickte ihn mit Tränen der Rührung in den Augen an, doch Tanner war nicht so leicht zu durchschauen. Er hatte einen Arm auf Kates Stuhllehne gelegt und streichelte ihre Schulter. Mit unergründlicher Miene sagte er: „Sie ist nicht hier."

„Wo ist sie?"

Kate nahm Tanners Hand und erwiderte besorgt: „Wir wissen es nicht."

„Was soll das heißen?", hakte Brodie beunruhigt nach.

Sie wischte sich über die Augen und holte tief Luft. „Ein paar Tage nach der Operation ihres Vaters, als Tanner und ich aus der Stadt nach Hause kamen, lag ein Zettel von ihr auf dem Tisch. Sie hat geschrieben, dass sie mit Megan fortgeht und sich melden würde." Sie wischte sich erneut über die Augen. „Das ist über eine Woche her, und wir haben seitdem nichts von ihr gehört. Wir nehmen an, dass sie nach Toronto zurückgekehrt ist."

Brodie sprang abrupt auf. Er fühlte sich, als hätte er einen Schlag in den Magen erhalten. Zu spät. Er war eine Woche zu spät gekommen. Mit dem Rücken zum Tisch strich er sich über das unrasierte Gesicht. Seine Augen brannten, seine Kehle war wie zugeschnürt. Sie war fort, und es war allein seine Schuld.

Jemand legte eine Hand auf seine Schulter und schüttelte ihn sanft. „Kommen Sie, setzen Sie sich wieder. Sie brauchen etwas zu essen und mindestens zehn Stunden Schlaf", sagte Tanner. „Kate macht Ihnen Frühstück."

Brodie schüttelte den Kopf. „Nein, danke. Ich fahre zurück in die Stadt." Er drehte sich zu Kate um und versuchte zu lächeln. „Danke für den Kaffee." Er wandte sich ab und stürmte zur Tür hinaus.

Gerade hatte er seinen Jeep erreicht, als Tanner ihn mit dem Umschlag in der Hand einholte. „Nehmen Sie den lieber mit. Es ist nur gerecht, dass sie ihn von Ihnen bekommt."

Brodie senkte den Blick. „Nein. Geben Sie ihn ihr, wenn Sie sie sehen." Er stieg ein und knallte die Tür zu.

544

Tanner warf den Umschlag durch das geöffnete Fenster. „Wir rufen Sie an, wenn wir etwas von ihr hören."

„Das wäre sehr nett." Ohne ihn anzublicken, startete Brodie den Motor und fuhr davon.

Brodie hatte in den vergangenen drei Wochen von Ken Smith sehr viel über das Anstellen von Nachforschungen gelernt. Er fand heraus, dass Eden in Calgary einen Wagen gemietet und einen größeren Betrag von ihrem Bankkonto abgehoben hatte. Doch weiter kam er nicht. So sehr es ihm missfiel, musste er sich schließlich eingestehen, dass er nichts mehr tun konnte, als auf ihren nächsten Schritt zu warten.

Tagelang hielt er sich nur in seiner Wohnung, der Videothek und dem Hotel auf und hoffte, von ihr zu hören. Am Freitagnachmittag schließlich hielt er es nicht mehr aus und ging joggen.

Eine Stunde später kehrte er schweißüberströmt und erschöpft zurück, aber er fühlte sich wohler als seit Tagen. Er trank gerade ein Glas Wasser in der Küche, als Jason mit seltsamer Miene eintrat.

Brodie stellte das Glas ab und wischte sich über das Gesicht. „Was gibt's?"

„Megan hat gerade angerufen."

Brodie schlug mit der Faust auf den Tisch. Verdammt! Das einzige Mal in der ganzen Woche, dass er sich nicht in der Nähe eines Telefons aufgehalten hatte, und ausgerechnet dann! Er wartete, bis seine Enttäuschung und Verzweiflung abklang, bevor er fragte: „Was hat sie gesagt?"

„Nicht viel. Dass sie mit dir reden will. Und dann hat sie gesagt, dass sie auflegen müsste, weil Eden gekommen ist. Sie will später noch mal anrufen, wenn Eden schläft. Ich habe ihr gesagt, dass du heute Abend im Hotel zu erreichen bist."

„Ich gehe jetzt duschen. Hol mich, wenn sie wieder anruft. Und wenn sie nicht warten kann, dann finde heraus, wo sie sind und wie ich sie erreichen kann."

Um zwanzig vor sieben traf Brodie im Hotel ein. Er hatte geduscht und ein paar Kleidungsstücke, den braunen Umschlag, das Armband und eine Autokarte von Kanada eingepackt. Nun musste er nur noch warten.

Der Anruf kam um kurz nach neun Uhr. Nervös griff Brodie zum Hörer und meldete sich. „Ich habe ein R-Gespräch für Sie von Megan McCall. Wollen Sie …"

„Ja, ich nehme es an", unterbrach er. „Dann verbinde ich Sie."

545

„Brodie? Ich bin's. Megan."

„Hi, Meggie. Jase hat mir gesagt, dass du schon mal angerufen hast."

„Kannst du kommen? Ich glaube, mit Mom stimmt was nicht."

„Ich fahre sofort los. Du musst mir nur sagen, wo ihr seid."

„Ich musste ihr versprechen, dass ich Onkel Chase und Onkel Tanner und Grandma nicht anrufe, aber von dir hat sie nichts gesagt."

Er hörte die Panik in ihrer Stimme und fragte in beherrschtem Ton: „Wo ist deine Mom jetzt?"

„Im Bett. Sie schläft dauernd, und manchmal höre ich, dass sie sich im Badezimmer übergibt. Und sie benimmt sich so komisch", sprudelte Megan mit schwankender Stimme hervor.

„He, ganz ruhig", sagte er sanft. „Reg dich nicht auf, Wicht. Sag mir, wo ihr seid, und ich komme sofort."

Sie holte tief Luft und antwortete mit kräftigerer Stimme: „Wir sind am Pidgeon Lake. Mom hat hier eine Hütte gemietet. Weißt du, wo das ist?"

Brodie atmete erleichtert auf. Der Pidgeon Lake war keine drei Autostunden entfernt. „Ja, ich weiß, wo das ist."

Megan gab ihm sehr genaue Anweisungen, bis hin zur Farbe des Hauses. Er notierte sich alles und sagte: „Und jetzt gib mir die Telefonnummer."

„Wir haben kein Telefon. Ich rufe aus einer Zelle an."

„Okay, Meg. Ich bin schon unterwegs. Ich müsste gegen Mitternacht ankommen. Lass das Licht draußen brennen, ja? Und mach dir keine Sorgen, okay?"

„Okay", erwiderte sie mit tränenerstickter Stimme.

Schweren Herzens legte Brodie den Hörer auf. Die Vorstellung, dass sie einsam und verlassen in einer Telefonzelle stand, behagte ihm gar nicht. Aber er musste es jetzt verdrängen. Er hatte viele Meilen zu bewältigen.

Er wartete, bis er die Schnellstraße erreichte, bevor er Tanner anrief und ihm von Megans Anruf berichtete. Dann warf er das Handy auf den Beifahrersitz und gab Gas.

Um kurz vor Mitternacht bog Brodie in die schmale, holperige Zufahrt zur Hütte ein. Er atmete erleichtert auf, als die Scheinwerfer auf einen blauen Leihwagen fielen. Er parkte die Corvette dahinter, stieg aus und schloss geräuschlos die Tür.

Eine kleine Gestalt im Schlafanzug stürmte aus dem Schatten geradewegs in seine Arme und klammerte sich an ihn.

Er hob sie hoch und bettete ihren Kopf an seine Brust. „He, es ist ja alles gut, Wicht. Können wir irgendwo reden, ohne dass wir deine Mom aufwecken?"

„Auf der Terrasse", schlug Megan unter Tränen vor.

Er trug sie die zwei Stufen hinauf, setzte sich auf einen Holzstuhl und rieb ihren Rücken. Er wartete, bis sich ihr Griff um seinen Nacken entspannte. „Es wird ja alles gut, Meg", versicherte er sanft. „Aber du musst mir erzählen, was passiert ist, okay?"

Sie schniefte und nickte. Dann hob sie den Kopf und blickte ihn an. „Sie hat einen Brief von ihm gekriegt, aber sie hat ihn nicht aufgemacht. Sie hat ihn zerrissen und weggeschmissen. Und sie hatte einen riesigen Streit mit Grandma, nachdem Grandpa operiert war. Es war wegen dir. Dann sind wir hierhergekommen, und jetzt benimmt sie sich so komisch und da habe ich Angst gekriegt. Zuerst konnte ich deine Karte nicht finden, aber dann habe ich sie doch gefunden."

Er wischte ihr mit dem Daumen eine Träne von der Wange. „Da sind ein paar Dinge, über die ich mit dir reden möchte, bevor ich mit deiner Mom spreche, okay?"

Sie nickte ernst.

Er lächelte, tippte ihr auf die Nasenspitze und seufzte. „Ich habe deine Mom sehr lieb", verkündete er mit wankender Stimme. „Wir haben uns schon vor langer Zeit gekannt, aber dann ist was schief gegangen. Und ich habe ganz dumme Fehler gemacht, aber jetzt will ich alles wiedergutmachen, wenn es dir recht ist."

Megan starrte ihn einen Moment lang nachdenklich an. Dann lächelte sie strahlend. „Du meinst, du willst mein Dad werden?"

Er lächelte. „Ich weiß nicht recht. Du bist ziemlich hart zu Dads, Wicht."

Sie tippte ihm auf die Brust. „Aber zu dir doch nicht, Brodie."

Er strich ihr das Haar aus dem Gesicht. „Ich weiß nicht mal, ob deine Mom überhaupt mit mir reden will. Aber wenn sie es tut, müssen wir viele Dinge klären und uns lange unterhalten."

„Ihr beide allein."

„Ja, Honey, genau. Ich möchte nicht, dass du dich dann ausgeschlossen fühlst."

Sie schlang die Arme um seinen Nacken und drückte ihn mit aller

Kraft. „Das ist okay", flüsterte sie. „Ich bin so froh, dass du da bist."

Er schloss die Augen und hielt sie fest. Er hegte Empfindungen, die er nicht mehr verspürt hatte, seit er Jason damals nach Hause geholt hatte. „Meinst du, dass du jetzt schlafen gehen kannst?"

Sie nickte.

Ein Nachtlicht in der Küche erhellte schwach die Hütte. Brodie folgte Megans Anweisungen und trug sie durch einen kurzen Flur in ein Schlafzimmer. Er brachte sie ins Bett und blieb bei ihr sitzen, bis sie eingeschlafen war. Dann ging er hinaus und schloss leise die Tür.

Lange Zeit stand er vor der Tür zum anderen Schlafzimmer. Nun, da er Eden gefunden hatte, wusste er nicht, was er ihr sagen sollte.

Schließlich trat er unsicher ein. Das schwache Licht aus der Küche fiel auf das Bett. Eden schlief. Sie lag auf der Seite, mit dem Gesicht zu ihm. Er musterte sie, und verschiedene Gefühle beschlichen ihn. Schuld, Unsicherheit, Zweifel, aber vor allem Liebe.

Zögernd hockte er sich neben das Bett. Mit zitternder Hand strich er ihr über das Haar. Seine Kehle war wie ausgedörrt. Er wusste nicht, was er tun sollte, wenn sie erneut aus seinem Leben verschwand.

Sie öffnete die Augen und runzelte verwirrt die Stirn. „Brodie?"

Er streichelte ihre Wange. „Du hast mir einen furchtbaren Schrecken eingejagt, McCall."

Sie schluchzte leise auf, warf sich an seine Brust und klammerte sich an ihn.

Brodie atmete erleichtert auf. Dann streifte er sich die Schuhe ab und legte sich neben sie, und sie schmiegte sich an ihn. „Ich kann dir gar nicht sagen, wie sehr ich dich liebe, McCall", flüsterte er. „Und wie leid es mir tut, dass ich dir wehgetan habe."

Sie schlang die Arme fester um ihn und begann zu weinen. Er sagte nichts, hielt sie nur mit all seiner Liebe und Stärke umschlungen,

Schließlich holte sie tief Luft und wisperte: „Ich dachte zuerst, ich träume."

„Und ich glaube immer noch, dass ich träume, Mac."

Sie lachte leise. „Wie bist du hergekommen?"

Er nahm ihr Gesicht zwischen die Hände und streichelte ihre Wangen. „Meg hat mich angerufen. Sie hatte solche Angst an dem Abend, als Dodd auftauchte. Also habe ich ihr meine Visitenkarte gegeben und ihr gesagt, dass sie mich anrufen soll, wenn sie mich braucht. Sie hat mir erklärt, wo ich euch finde."

Eden schluckte schwer. Ihre Augen füllten sich erneut mit Tränen. „Es tut mir so leid, Brodie. Ich mache immer wieder denselben Fehler."

Er schüttelte den Kopf. „Nein, Babe. Ich mache immer wieder denselben Fehler. Ich habe einen gehörigen Tritt gebraucht, um zu erkennen, wie sehr ich dich benutzt habe."

„Aber das hast du gar nicht …"

„Doch, Eden. Es musste immer nach meinem Kopf gehen. Ich hätte vor siebzehn Jahren viel tun können, um dir die Situation zu erleichtern, und ich hätte diesmal vieles anders handhaben können, aber ich wollte dich unbedingt zu meinen Bedingungen. Und das war falsch." Er streichelte erneut ihre Wange. „Ich will dich bedingungslos, Mac, was auch geschieht. Und es wird Zeit, dass ich es dir zeige. Ich liebe dich."

Sie presste das Gesicht in seine Halsbeuge. „Ich hätte nicht gedacht, dass ich es noch einmal von dir hören würde."

„Du wirst es von jetzt an sehr oft hören." Er hob ihr Gesicht, küsste sie sanft und blickte sie dann sehr ernst an. „Diesmal will ich alles, Eden. Ein richtiges Zuhause für Megan und Jase und für uns. Und dazu müssen wir über meine Einstellung zu deinen Eltern reden." Er legte einen Finger auf ihren Mund, als sie ihn unterbrechen wollte. „Ich mag deinen Vater nicht besonders. Aber das ist mein Problem, nicht deines."

„Aber er ist mit einer Peitsche auf dich losgegangen", warf sie in verzweifeltem Ton ein. „Ja. Aber das hättest du nie erfahren sollen."

„Aber das war so …"

„Hör mir zu, Mac. Ich glaube, wir sollten einen Pakt schließen. Die Vergangenheit bleibt Vergangenheit. Wir können sie nicht ändern. Wir können sie nur hinter uns lassen, okay?"

Sie nickte unter Tränen. „Ich liebe dich so sehr. Ich hatte solche Angst, dass ich dich wieder verloren habe."

Er drehte sich auf den Rücken und zog sie auf sich. „Diesmal schaffen wir es, Mac", verkündete er überzeugt, bevor er ihren Kopf zu sich herabzog und sie leidenschaftlich küsste. Endlich war er heimgekehrt.

Unverkennbare Geräusche aus dem Badezimmer weckten Brodie früh am nächsten Morgen. Er schlüpfte in eine Jeans, durchquerte den Flur und öffnete die Tür. Die Toilettenspülung rauschte. Eden saß auf dem Fußboden. Sie hatte die Ellbogen auf den Wannenrand gestützt, hielt sich den Kopf und war kreidebleich.

Er benetzte einen Waschlappen, hockte sich neben sie und wischte ihr über die Stirn.

„Das kann ich selbst", flüsterte sie und schloss die Augen.

„Ich weiß, dass du es kannst, aber ich möchte es tun, okay?"

Abrupt wandte sie sich von ihm ab und übergab sich erneut. Mit besorgter Miene hielt er ihren Kopf. Schon vor Jahren hatte ihr Magen stets rebelliert, wenn sie unter Stress stand. Aber er hatte es nie so schlimm erlebt.

Er wartete, bis sie sich aufrichtete, und wischte ihr erneut über das Gesicht, das noch blasser geworden war. „Besser?" Sie nickte. „Ich muss mir die Zähne putzen."

Er half ihr auf und spülte die Toilette. Sobald sie die Zähne geputzt hatte, hob er sie auf die Arme. „Und jetzt gehst du wieder ins Bett." Sie wollte protestieren, aber er befahl: „Keine Widerrede, Mac."

Er trug sie ins Schlafzimmer, legte sie ins Bett und deckte sie zu. Er setzte sich zu ihr und streichelte ihre Stirn. Sie war so bleich und so verdammt dünn, und die dunklen Ringe unter ihren Augen beunruhigten ihn.

Er beugte sich vor und gab ihr einen Kuss auf die Wange. „Fühlst du dich besser?"

Sie nickte. „Brodie ..."

Nun legte er einen Finger auf ihre Lippen. „Ich habe etwas für dich im Auto. Ich bin gleich wieder da, okay?"

Sie nickte erneut, und er küsste ihre Stirn und stand auf.

Es war noch sehr früh. Die beginnende Morgendämmerung verlieh der Landschaft einen sanften Blauton. Das Gras war nass vom Tau, und über dem See hing Nebel. Brodie zitterte in der kalten, feuchten Luft. Er rannte zum Wagen, nahm seine Reisetasche vom Rücksitz und lief zurück ins Haus. Leise schloss er die Tür, um Megan nicht zu wecken.

Im Schlafzimmer nahm er den Umschlag und die Schachtel mit dem Armband aus der Tasche und setzte sich zu Eden. Er gab ihr einen Kuss, auf den Mund und reichte ihr zuerst das Armband. „Das habe ich für dich besorgt, als ich in Montana war."

Mit verwirrter Miene nahm Eden die Schachtel. Sie wusste, wann und warum er nach Montana gefahren war, und es verblüffte sie offensichtlich, dass er zu jenem Zeitpunkt etwas für sie erstanden hatte. Mit zitternden Fingern öffnete sie die Schachtel. „Oh, Brodie", flüsterte sie gerührt. „Es ist wundervoll."

„Ich habe es gekauft, weil die Achate dieselbe Farbe wie deine Augen haben."

Sie legte sich das Armband an und blickte ihn mit Tränen in den Augen an.

Bevor sie etwas sagen konnte, legte er ihr den Umschlag auf den Schoß und verkündete: „Und das habe ich für dich besorgt, als ich in Toronto war."

„Toronto?", hakte sie verständnislos nach.

„Ich war die letzten drei Wochen in Toronto, Mac."

„Oh, Gott!", flüsterte Eden und riss ungeduldig den Umschlag auf. Während sie die Dokumente las, huschten die verschiedensten Ausdrücke über ihr Gesicht: Angst, Hoffnung und schließlich unendliche Erleichterung spiegelten sich in ihren Augen wider. Sie warf sich an Brodies Brust und klammerte sich an ihn. „Es ist vorbei", brachte sie mit erstickter Stimme hervor. „Es ist endlich vorbei."

Brodie schloss die Augen und drückte Eden an sich. Diese Sache hatte er richtig gehandhabt. Es war ihr Neubeginn. Seine Kehle war wie zugeschnürt. Er liebte sie so sehr, dass er glaubte, sein Herz müsste zerspringen.

Schließlich murmelte sie: „Danke."

„Gern geschehen."

Eden löste sich von ihm, trocknete sich die Augen mit einer Hand und begegnete seinem Blick. „Wie hast du das bloß geschafft? Wie hast du ihn dazu gebracht, diese Papiere zu unterzeichnen?"

Er gab ihr einen Kuss und stieß sanft gegen ihre Hüfte. „Rück mal rüber."

Sie gehorchte, und er streckte sich neben ihr aus. Er nahm sie in die Arme, bettete ihren Kopf auf seine Schulter und begann zu erzählen.

Die Sonne war aufgegangen, als er seinen Bericht beendete. Edens Kopf lag noch immer auf seiner Schulter, und sie streichelte gedankenverloren seine nackte Brust. „Ich will das Geld nicht, Brodie. Es ist mir egal."

„Ich wollte es auch nicht, aber es ist praktisch Sams Honorar. Er wollte es Richard heimzahlen und konnte ihn auf diese Weise bluten lassen. Ich dachte mir, er hätte ein bisschen Rache verdient."

Sie kuschelte sich dichter an ihn und seufzte zufrieden. „Das ist sehr angenehm, Brodie."

Er hob ihr Kinn und küsste ihren Mund. „Das ist mehr als angenehm." Er seufzte ebenfalls. „Aber ich mache mir Sorgen um dich, Mac. Du bist so verdammt dünn, und diese Sache mit deinem Magen gefällt mir gar nicht."

Ein seltsamer Ausdruck huschte über ihr Gesicht. Sie setzte sich auf und holte tief Luft. „Brodie, ich glaube nicht, dass diese Sache mit meinem Magen bald vorbeigeht."

Er runzelte die Stirn. „Warum nicht?"

Sie lächelte, beugte sich über ihn und gab ihm einen aufreizenden Kuss. „Weil ich höchstwahrscheinlich schwanger bin."

EPILOG

Große Schneeflocken tanzten im Schein der Straßenlaternen. Brodie schlug den Jackenkragen hoch und zog die Schultern ein. Es war Mitte November und schneite zum ersten Mal in diesem Jahr, sodass er sich eigentlich nicht beklagen konnte. Doch er war auch nicht gerade verrückt danach, um zwei Uhr morgens im Schneetreiben nach Hause zu gehen.

Er ging an einem freien Grundstück vorüber und lächelte. Seit zwei Monaten stritten er und Eden sich wegen dieses Grundstücks. Er wollte es kaufen und ein Haus darauf bauen, sie wollte in der Wohnung über der Videothek bleiben. Sie hatten gerade die bislang ungenutzten Räume ausgebaut: ein Atelier für sie, ein Gästezimmer, ein großes Zimmer mit eigenem Bad für Jase, ein Kinderzimmer. Er hielt es für eine vorübergehende Lösung, sie für eine endgültige. Er grinste erneut. Er war sicher, dass er früher oder später gewinnen würde. Außerdem hatte er bereits ein Angebot abgegeben, was sie jedoch nicht wusste.

Ein wohliges Gefühl stieg in ihm auf. Er war so verdammt glücklich. Eine Woche nach ihrer Rückkehr vom See hatten sie in der alten, verlassenen Kirche im engsten Freundes- und Familienkreis geheiratet. Die Vorbereitungen für den anschließenden Empfang hatte er leider Ruby überlassen. Er hatte an eine kleine, intime Feier gedacht, doch sie hatte die ganze Stadt eingeladen. Noch als alter Mann würde er sich an den Schock erinnern, den er erlitten hatte, als er den Festsaal betreten und die Menschenmenge erblickt hatte. Aber es war ein gelungenes Fest geworden, und Eden hatte sich köstlich amüsiert und sich nicht ein einziges Mal übergeben müssen.

Der einzige Wermutstropfen war, dass Bruce und Ellie sich geweigert hatten, an der Hochzeit teilzunehmen. Um Edens willen hatte er persönlich die Einladung übergeben, obwohl es ihm egal war. Zum Glück hatte Eden es mit Gelassenheit hingenommen. Sie war so entzückt über die Schwangerschaft, dass nichts ihre Laune trüben konnte. Er selbst war auch entzückt. Wenn er die Bewegungen des Babys unter seiner Hand spürte, fühlte er sich geradezu überwältigt vor Dankbarkeit. Er war ein Glückspilz. Und manchmal fragte er sich, womit er sie verdient hatte.

Er erreichte das Haus und blickte hinauf wie immer, wenn er abends spät aus der Bar kam. In Jasons Zimmer und in der Küche brannte

Licht, aber die restliche Wohnung war zu seiner Enttäuschung dunkel. Er hatte gehofft, dass Eden noch wach war.

Er betrat die Wohnung, schloss leise die Tür hinter sich und zog sich die Jacke aus.

„Hi."

Er drehte sich um und lächelte. „Wir kriegen einen Haufen Ärger, wenn deine Mutter uns erwischt."

Megan grinste. „Sie schläft doch, Brodie. Jase sagt, wir müssen bald den Feueralarm auslösen, damit sie wach bleibt."

„Mach dich nicht über deine Mutter lustig, Wicht. Sie hatte einen schweren Tag."

Megan verdrehte die Augen. „Sie ist eingeschlafen, als sie dein Bett gemacht hat. Sie ist eingeschlafen, als sie die Zeitung gelesen hat. Und dann ist sie beim Fernsehen eingeschlafen."

Brodie ging an Megan vorbei in die Küche. „Und du und Jase lasst euch keine Gelegenheit entgehen es ihr unter die Nase zu reiben."

„Nein." Megan zog sich die Pyjamahose hoch und setzte sich auf einen Stuhl. „Brodie?", murmelte sie in bekümmertem Ton.

Er musterte sie ernst. In den ersten Wochen nach der Hochzeit hatte er diesen Ton sehr oft gehört. Damals hatte sie noch befürchtet, dass Richard sie ihrer Mutter wegnehmen könnte. Schließlich hatte Brodie Sam Carlton angerufen und sie mit ihm reden lassen, und dem Anwalt war es gelungen, sie zu beruhigen.

Er hob ihr Kinn, sodass sie ihn ansehen musste, und fragte sanft: „Was hast du denn auf dem Herzen?"

Sie zögerte und fragte dann ernst: „Kann ich Jase heiraten, wenn ich erwachsen bin?"

Brodie musste die Zähne zusammenbeißen, um nicht laut aufzulachen. „Hast du das vor?", hakte er in erstaunlich beherrschtem Ton nach.

„Ja, aber kann ich das? Ich meine, verstößt es gegen irgendein Gesetz oder so?"

Er räusperte sich. „Weiß Jase davon?"

Sie blickte ihn trotzig an. „Nein. Also können wir?"

Er räusperte sich erneut und nickte. „Ihr seid nicht miteinander verwandt, also kannst du Jase heiraten." Er hob sie hoch, und sie schlang Arme und Beine um ihn.

„Du verrätst es Jase doch nicht, oder?", fragte sie mit zittriger Stimme.

„Nein, ich verrate es ihm nicht."

„Versprochen?"

„Hoch und heilig."

Sie drückte ihn. „Bringst du mich ins Bett?"

„Sehr gern." Er trug sie in Jasons ehemaliges Zimmer, steckte sie ins Bett und gab ihr einen Gutenachtkuss.

Mit gemischten Gefühlen betrat er das Schlafzimmer. Das Licht aus dem Flur fiel auf Edens Gesicht. Er knöpfte sich das Hemd auf und dachte zurück an jene Nacht, als er aus Montana zurückgekehrt war und sich gewünscht hatte, sie im Schlaf beobachten zu können. Er zog sich einen Stuhl heran, setzte sich und legte die Füße auf die Bettkante.

Sie lag auf dem Rücken und hatte die Bettdecke weggestoßen. Neuerdings trug sie seine T-Shirts im Bett, und der Stoff spannte sich über ihrem gewölbten Bauch. Es wirkte seltsam Ehrfurcht gebietend, das Kind in ihr wachsen zu sehen und zu vermuten, dass sie es an jenem Abend bei der alten Kirche gezeugt hatten. An jenem Abend, als die Vergangenheit die Gegenwart eingeholt hatte.

Eden schlug die Augen auf, drehte sich auf die Seite und lächelte. „Hi", murmelte sie schlaftrunken.

„Selber hi."

Eden blinzelte ein paarmal. „Was treibst du denn da drüben, Malone?"

„Ich genieße die Aussicht."

„Seit wann stehst du auf Nilpferde?"

Er lachte. „Fühlen wir uns ein bisschen dick und unförmig?"

„Das nächste Mal werde ich dich schwängern."

Brodie beobachtete, wie sie mit dem Schlaf kämpfte, und beschloss, sie richtig wachzurütteln. „Sag mal, Mac, wie fühlst du dich denn so als Brautmutter?"

Sie runzelte verwirrt die Stirn. „Wie bitte?"

„Megan hat mir soeben mitgeteilt, dass sie Jase heiratet, wenn sie erwachsen ist. Ich dachte mir, das solltest du erfahren."

Sie rollte sich auf den Rücken und schlug eine Hand vor das Gesicht. „Ach, du meine Güte", flüsterte sie überwältigt.

„Ich habe ihr versprochen, es Jase nicht zu sagen."

Eden wandte ihm den Kopf zu und bemerkte: „Sie treibt uns noch zum Wahnsinn, Brodie."

Er grinste. „Ich weiß."

Sie winkte ihn zu sich heran. Er setzte sich neben sie und gab ihr einen leidenschaftlichen Kuss. „Hi, Baby, wie wäre es mit einem Ausflug?"

„Du und deine Spielchen, Malone."

Er strich mit der Zungenspitze über ihre Lippen. „Du magst meine Spielchen, gib's zu."

„Ja, das stimmt."

„Ich liebe dich, Mac", flüsterte er an ihren Lippen. Und da er wusste, wie leicht sie in letzter Zeit zu Tränen gerührt war, küsste er sie erneut, während er eine Hand unter den Saum ihres T-Shirts schob und ihren Schenkel streichelte. „Wie steht's also mit dem Ausflug, Mrs Malone?"

Sie drückte Brodie fest an sich und blickte ihn belustigt und liebevoll an. „Darf ich das Ziel bestimmen?"

Er lachte. „Dann schießen wir garantiert darüber hinaus."

Eden richtete sich auf und setzte sich auf ihn. Dann nahm sie sein Gesicht zwischen die Hände, senkte den Kopf und gab ihm einen Kuss, der ihm den Atem raubte. „Halt dich gut fest, Darling. Wir probieren jetzt aus, wie schnell du von null auf achtzig kommst", flüsterte sie.

Er seufzte wohlig. Denn dieser Ausflug übertraf seine schönsten Fantasien.

– ENDE –

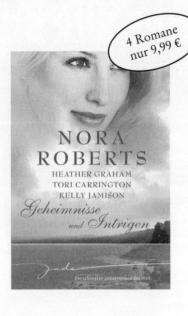

Nora Roberts u.a.
Geheimnisse und Intrigen

„Vier großartige Romane der Meisterinnen der spannenden Romantik! Freuen Sie sich auf Lesemomente voller Leidenschaft, rätselhafter Intrigen und dem ganz großen Glück."

Band-Nr. 20032
9,99 € (D)
ISBN: 978-3-86278-310-6
528 Seiten

Nora Roberts u.a.
Frühlingszauber

„Vier Frauen – vier zauberhafte Lebensgeschichten um Schicksal, Sehnsucht und die ganz große Liebe! Romantik und Gänsehaut sind garantiert."

Band-Nr. 20031
9,99 € (D)
ISBN: 978-3-89941-986-3
480 Seiten

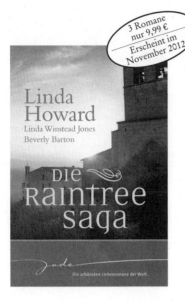

3 Romane nur 9,99 €
Erscheint im November 2012

Linda Howard u.a.
Die Raintree-Saga

„Linda Howards Raintree ist rasant, aufregend, voller faszinierender Charaktere, von der ersten bis zur letzten Seite unterhaltsam. Ein Leuchtfeuer in der Nacht!"
Romantic Times

Band-Nr. 20037
9,99 € (D)
ISBN: 978-3-86278-480-6
592 Seiten

Susan Andersen
Private Dancer / Safer (S)EX

„Mit ihren liebenswert skurrilen Heldinnen und ihren ebenso spannenden wie warmherzigen Geschichten erobert Susan Andersen regelmäßig die internationalen Bestsellerlisten – und alle Herzen."

Band-Nr. 20035
8,99 € (D)
ISBN: 978-3-86278-355-7
352 Seiten

2 Romane nur 8,99 €

3 Romane nur 9,99 €

Nalini Singh
Nächte voller Sinnlichkeit

„Leidenschaftliche Geschichten über die heilende Kraft der Liebe."
Romantic Times Book Review

Band-Nr. 20034
9,99 € (D)
ISBN: 978-3-86278-336-6
368 Seiten

Sandra Brown
Seinen Exmann küsst man nicht /
Bittersüsse Zärtlichkeit

„Sandra Brown ist eine begnadete Erzählerin. Ihre raffinierten Geschichten halten den Leser von Anfang bis Ende in Atem."
USA Today

Band-Nr. 20033
8,99 € (D)
ISBN: 978-3-86278-327-4
336 Seiten

2 Romane nur 8,99 €